Vanessa Frank, Kriminalkommissarin und Gruppenführerin der Sondereinheit Nova, wurde betrunken am Steuer erwischt und vom Dienst suspendiert. Nicht das Einzige, das in ihrem Leben gerade schiefläuft. Doch anstatt einen Gang runterzuschalten, stürzt sie sich in neue Ermittlungen. In
Stockholm wurde ein exklusiver Uhrenladen überfallen, aber keine einzige
Uhr entwendet. Kurz darauf werden zwei Geschäftsmänner entführt und
nach der Erpressung eines hohen Lösegeldes unversehrt wieder freigelassen. Außer ihrem dicken Bankkonto verbindet die Männer nichts miteinander. Und keiner von beiden will auch nur ein Wort über die Sache verlieren.
Was zunächst wie eine Reihe seltsamer Einzeltaten klingt, entpuppt sich
schnell als brisanter Fall, der Vanessa Frank um den halben Erdball jagt –
bis in die deutsche Kolonie Colonia Rhein in Chile.

Pascal Engman, geboren 1986, war Journalist des schwedischen *Expressen*.
Bereits sein Thriller-Debüt »Der Patriot« wurde in Schweden zum Bestsel-
ler. »Feuerland« ist der erste Band der Thriller-Serie um Kriminalkommissarin Vanessa Frank. Pascal Engman lebt in Stockholm.

Nike Karen Müller, geboren in Hannover, studierte Nordische Philologie in
München und Lund. Seit 2002 übersetzt sie Kriminalliteratur aus dem
Schwedischen, u. a. Erik Axl Sund und Caroline Eriksson.

PASCAL ENGMAN

FEUER LAND

EIN FALL FÜR VANESSA FRANK

AUS DEM SCHWEDISCHEN VON
NIKE KAREN MÜLLER

TROPEN

Tropen
www.tropen.de
Die Originalausgabe erschien unter dem Titel »Eldslandet«
bei Piratförlaget, Stockholm
© 2018 by Pascal Engman
Published by arrangement with Nordin Agency AB, Sweden
Für die deutsche Ausgabe
© 2020, 2021 by J. G. Cotta'sche Buchhandlung
Nachfolger GmbH, gegr. 1659, Stuttgart
Alle deutschsprachigen Rechte vorbehalten
Printed in Germany
Umschlag: Zero-Media.net, München
Fotos: Landschaft © Jonathan Chritchley / Trevillion Images
Vögel: © FinePic®, München
Gesetzt von C.H.Beck.Media.Solutions, Nördlingen
Gedruckt und gebunden von CPI – Clausen & Bosse, Leck
ISBN 978-3-608-50492-7

Zum Gedenken an die junge idealistische Generation chilenischer Männer und Frauen, denen die Folterkammern der Diktatur das Leben und ihre Träume genommen haben.

Die Colonia Dignidad war eine deutsche Kolonie im Süden von Chile, deren Fläche in etwa der Größe Liechtensteins entsprach. Seit 1961 wurden dort Kinder von Sektenmitgliedern, von denen viele frühere SS-Soldaten waren, sexuell missbraucht.

Nach dem Militärputsch im September 1973 kooperierte die Colonia Dignidad mit der DINA, der Geheimpolizei von General Augusto Pinochet. Die Deutschen nahmen Folterungen und Hinrichtungen vor und stellten Chemiewaffen her, durch Stacheldraht, elektrische Zäune und Bewegungsmelder von der Umwelt abgeschirmt.

Frauen und Männer lebten getrennt voneinander. Die Kinder wurden ihren Müttern sofort nach der Geburt weggenommen. Kalender, Zeitungen und Uhren waren verboten.

Sowohl die CIA als auch der Nazijäger Simon Wiesenthal behaupteten, dass sich Josef Mengele, der »Todesengel«, berüchtigt für seine grausamen Experimente an Juden, zeitweise in der Colonia Dignidad aufgehalten hat. Es ist dokumentiert, dass Augusto Pinochet die Sekte besucht hat.

Der Gründer der Kolonie und Anführer der Sekte, der ehemalige Nazi-Offizier Paul Schäfer, wurde 2006 zu dreiunddreißig Jahren Haft wegen sexueller Übergriffe auf fünfundzwanzig Kinder verurteilt.

Die Siedlung gibt es noch immer.

Sie heißt heute Villa Baviera.

PROLOG

Nie zuvor in ihrem dreiundzwanzigjährigen Leben war Matilda Malm so unglücklich gewesen. Vor einer Woche hatte ihr Freund Peder sie gebeten, sich mit ihm aufs Sofa zu setzen, hatte ihre Hand in seine genommen und ihr tief in die Augen gesehen.

Sie hatte die Situation missverstanden. Hatte geglaubt, dass er endlich seinen Mut zusammengenommen hatte, dass es endlich so weit sein würde. Und während Peders Lippen sich zu bewegen begannen, überlegte Matilda, welcher ihrer Freundinnen sie zuerst von der Verlobung erzählen wollte.

Doch stattdessen teilte er ihr mit, er habe eine andere kennengelernt. Eine Sara. Bislang hatte Peder sie immer nur als nette Kollegin beschrieben, mit der er manchmal zu After-Work-Partys ging und mit der er während der langweiligen Arbeitsabendessen mit den Kunden der PR-Agentur witzeln konnte. Doch nun war alles anders.

Die Taschen standen gepackt im Schlafzimmer.

Nachdem er die Tür hinter sich zugeschlagen hatte, stürzte Matilda ans Fenster und ließ ihren Blick über die Brantingsgatan schweifen, wo Peder seine Habseligkeiten in einen Taxi-Stockholm-Kombi lud. Sie rief ihm nach. Doch Peder sprang auf den Beifahrersitz, und das Auto fuhr davon.

Seitdem hatte sie ihn genau fünfundsechzig Mal angerufen.

Und er war kein einziges Mal rangegangen.

Matilda hielt die Patek Philippe ins Licht. Das Armband glänzte, die Zeiger verrieten ihr, dass es Mittagszeit war. Die Faszination, die sie in den ersten Wochen empfunden hatte, wenn sie eine Uhr in den Händen hielt, die fast eine halbe Million Kronen wert war,

war verschwunden. Dieses Exemplar gehörte einem Grafen, der es zur Reparatur gebracht hatte und es am Nachmittag wieder abholen wollte.

Sie legte das kostbare Stück in die Schachtel und schob sie in den Safe.

In der Biblioteksgatan hasteten gut gekleidete Passanten zu ihrem Dreihundert-Kronen-Lunch. Zwei Touristen drückten ihre Nasen am Schaufenster platt. Hinter ihnen ging mit großen Schritten ein Wachmann vorbei.

Matilda strich ihren dunklen Bleistiftrock glatt. Sie wollte gerade ins Büro hinuntergehen, um ihre Chefin Laura zu fragen, ob sie Mittagspause machen könne, als das Telefon klingelte.

»Guten Tag, Sie sprechen mit Matilda von Bågenhielms Uhren«, meldete sie sich protokollgemäß.

»Ja, *hej*. Mein Name ist Carl-Johan Vallman, ich habe mal eine Uhr bei Ihnen gekauft, die ich jetzt überprüfen lassen möchte.«

Matilda wusste sofort, wer der Mann war. Vergangenes Jahr hatte er gleich zwei Patek Philippe gekauft. Der Gesamtpreis lag knapp unter einer Million Kronen. Carl-Johan Vallman sah nicht direkt reich aus, eher wie ein Surfer, mit seinen schulterlangen Haaren und löchrigen, verwaschenen Jeans. Deswegen hatte sie, sobald er das Geschäft wieder verlassen hatte, seinen Namen gegoogelt. Hatte herausgefunden, dass er, als er in ihrem Alter gewesen war, einen Fonds gegründet hatte. Dieser Fonds wurde aktuell auf eineinhalb Milliarden Kronen geschätzt.

»Sehr gerne«, sagte sie. »Sollen wir die Uhr abholen?«

»Nein, ich schicke einen DHL-Boten«, erwiderte er. »Er müsste jeden Augenblick bei Ihnen eintreffen. Ich hätte früher anrufen sollen, aber es kam ein bisschen was dazwischen.«

»Kein Problem.« Matilda nahm eine Bewegung an der Tür wahr, ein Mann stand davor, bekleidet mit der gelben Jacke und Kappe des DHL-Paketdienstes. »Er ist sogar schon da. Am besten, ich lasse ihn herein und rufe Sie später zurück, dann können Sie mir in Ruhe erklären, was wir machen sollen.«

»Perfekt.«

Matilda beendete das Gespräch und drückte auf den Knopf neben dem Kartenlesegerät. Der DHL-Bote hob einen Daumen und schob mit der Schulter die Glastür auf. Ihr erster Gedanke war, dass er ungewöhnlich gut aussah. Braune Locken ragten unter der Kappe hervor. Er hatte breite Schultern, war über einen halben Kopf größer als sie, hatte blaue Augen und einen markanten Kiefer. Ihr zweiter Gedanke war, dass sie in der letzten Woche über keinen anderen Mann so gedacht hatte.

Er stellte das Päckchen vor ihr ab. Erst da kam ihr ein dritter Gedanke: Obwohl es August war, trug er sowohl eine Jacke als auch dünne weiße Handschuhe.

»Ich werde dir nichts tun, das verspreche ich. Verstehst du?«

Sie machte verwundert den Mund auf, aber er legte einen Finger an seine Lippen.

»Du brauchst nicht zu reden, tu einfach, was ich dir sage, dann bin ich gleich wieder weg.«

»Okay ...«

Sein Blick verharrte auf ihrem Revers. »Matilda?«

Der Mann strahlte vollkommene Ruhe aus.

Matilda wurde klar, dass er ernst meinte, was er sagte; wenn sie sich seinen Anweisungen nicht widersetzte, würde er ihr nichts tun. Sie nickte.

»Gut.«

»Mach die Tür zum Büro auf.«

Matilda umrundete den Tresen. Ihre Hand zitterte, als sie den vierstelligen Code eingeben wollte.

Ein rotes Lämpchen leuchtete auf.

»Entschuldigung, ich ...«

»Ganz ruhig«, unterbrach er sie. »Ich mach das. Wenn du mir den Code sagst.«

»Vierunddreißigzweiundfünfzig.«

Er gab die Zahlen ein. Streckte langsam den Arm aus. Matilda zuckte zusammen, als er behutsam nach ihrer Hand griff.

»Den Daumen, Matilda«, sagte er. Er schien fast belustigt.

»Ent... Entschuldigung.«

Er drückte ihren Daumen vorsichtig auf den Fingerabdruckscanner. Die kleine Lampe leuchtete nun grün. Das Schloss klickte.

»Ich muss dich bitten mitzukommen«, sagte er gedämpft und machte die Tür auf.

»Meine Chefin ist da unten«, flüsterte sie.

»Ich weiß.«

Sie gingen die Treppe hinunter. Sie voran, er dicht hinter ihr.

»Matilda?«

Lauras Stimme. Die Tür zum Büro stand offen. Ihr Herz klopfte wie wild. Matilda überlegte, was der Mann von Laura wollte. Er legte ihr eine Hand auf die Schulter, ging an ihr vorbei und bedeutete ihr mit einer Geste stehen zu bleiben.

Er verschwand in Lauras Arbeitszimmer. Matilda schwankte, sie musste sich an der Wand abstützen. Dann hörte sie Lauras Rufe. Gleich darauf seine Stimme, ruhig, aber bestimmt. Sollte sie nach oben laufen, um den Alarmknopf zu drücken?

Aber dann wäre Laura allein mit ihm hier unten. Und sie war sich nicht sicher, ob ihre Beine sie tragen würden. Es klang, als gäbe er Laura Anweisungen. Sein Ton war nicht aggressiv, eher sachlich.

Kurz darauf stand er wieder im Türrahmen. Matilda drückte sich an die Wand, um ihn vorbeizulassen.

»In drei Minuten könnt ihr raufkommen, aber solange müsst ihr hier warten«, sagte er im Vorbeigehen.

Vor der Tür hielt er noch einmal inne, rückte seine Kappe zurecht und drückte auf den Türöffner. Dann war er verschwunden.

TEIL EINS

EINS Mit ihren zweiundvierzig Jahren würde Kriminalkommissarin Vanessa Frank heute zum ersten Mal auf eine Psychotherapeutin treffen. Sie war die einzige Patientin im Wartezimmer. Rechts neben ihr lag ein Stapel Zeitschriften. Sie nahm sich eine und blätterte nachlässig darin herum, während sie den Snus-Portionsbeutel wechselte. Wenn sie nicht aß, schlief oder trainierte, hatte sie immer einen Göteborgs Rapé unter der Lippe. Seit fünfzehn Jahren war das nun schon so. Denn nach ihrer Rückkehr aus Kuba hatte sie die Zigaretten gegen Snus getauscht.

»Vanessa? Vanessa Frank?«

Vanessas Blick fiel auf eine kleine Frau mit Kurzhaarfrisur, die eine senfgelbe Tunika trug. Dazu kam noch eine Hornbrille, wodurch sie alle Vorurteile bestätigte, die Vanessa gegenüber der äußeren Erscheinung von Therapeuten hegte.

»Ich bin Ingrid Rabeus«, sagte die Therapeutin mit einem freundlichen Lächeln.

Vanessa stand auf und streckte Ingrid Rabeus die Hand entgegen, doch diese wandte sich ab und ging einen schmalen Flur entlang.

Sie führte Vanessa in einen Raum mit Schreibtisch und zwei Polstersesseln – einem grünen und einem blauen. Ingrid Rabeus deutete auf den blauen, der mit der Lehne zum Fenster stand, und bat Vanessa, Platz zu nehmen.

Auf einem runden Couchtisch stand eine Vase mit einer einzelnen weißen Blume, daneben lag ein Päckchen Taschentücher. Sie beugte sich vor, um an der Blüte zu riechen. Sie war aus Plastik.

Die Psychotherapeutin setzte sich Vanessa gegenüber und schlug die Beine übereinander.

»Ich möchte mit der Frage beginnen, warum Sie hergekommen sind.«

»Ich lasse mich gerade scheiden und saß mit Alkohol am Steuer«, gab Vanessa zurück.

»Scheidungen sind schwierig«, sagte Ingrid Rabeus neutral.

»Nicht besonders. Die Scheidung ist nicht das Problem.«

Die Therapeutin wirkte verwundert, sammelte sich aber rasch.

»Nein?«

»Überhaupt nicht. Das Problem ist, dass ich angetrunken Auto gefahren und von Kollegen angehalten worden bin. Jetzt muss ich unfreiwillig eine Auszeit nehmen, während meine Vorgesetzten überlegen, ob ich meinen Job behalten darf oder nicht. Als Zeichen meines guten Willens habe ich meinen Chefs versprochen, zu Ihnen zu kommen.«

»Am liebsten würden Sie also gar nicht hier sein?«

Der Mund der Therapeutin kräuselte sich zu einem wissenden Lächeln.

»Ehrlich gesagt, nein. Ich hatte Alkohol im Blut und bin Auto gefahren, das war blöd. Vor allem wegen meines Jobs. Mir ist schon klar, dass ich nicht einfach weiterarbeiten kann, als wäre nichts gewesen, denn dann würde mit unserem Rechtssystem irgendwas nicht stimmen.«

»Sie sind Polizistin?«

»Kriminalkommissarin. Gruppenführerin bei der Nova.«

»Verstehe. Wie lange waren Sie mit Ihrem Ex-Mann verheiratet … Wie heißt er eigentlich?«

»Svante. Zwölf Jahre.«

»Das ist eine lange Zeit. Haben Sie …«

»Kinder? Nein. Wir haben keine Kinder.«

Es entstand eine Pause. Vanessa konnte den Verkehr auf der Hornsgatan hören. Sie wollte nach draußen, in die Sonne. Weg von Ingrid Rabeus und ihrer Plastikblume.

»Wissen Sie, was mich stört?«, fragte Vanessa nach einer Weile.

»An der Scheidung?«

»Nein, an Therapien.«

Ingrid Rabeus setzte sich anders hin.

»Erzählen Sie.«

»Jeder sagt, psychische Erkrankungen seien ein Riesentabu. Aber das ist überhaupt nicht der Fall. Promis und Semipromis machen doch nichts anderes, als im Frühstücksfernsehen auf dem Sofa zu hocken und damit zu kokettieren, wie schlecht sie sich fühlen. Die reden dann davon, dass sie eine halbe Arbeitswoche im Monat vor jemandem wie Ihnen sitzen. Das können die ja auch locker machen, weil sie keinen richtigen Job haben. Es ist ja nicht so, dass Bindefeld oder wer auch immer die Kinopremieren organisiert, bei ihnen anruft und sie anschreit, weil sie nicht auftauchen. Aber ich habe einen richtigen Job. Im besten Fall hindere ich andere Menschen daran, Straftaten zu begehen. Im schlimmsten Fall sorge ich dafür, dass sie in den Knast wandern, wenn sie es doch tun. Und jede Sekunde, die ich hier sitze, werde ich davon abgehalten.«

Ingrid Rabeus machte den Mund auf, um etwas zu erwidern, schwieg dann aber doch.

»Sie sehen übrigens wie der Prototyp einer Therapeutin aus«, bemerkte Vanessa.

»Tue ich das?«

»Ja.«

»Inwiefern?«

»Nehmen Sie's mir nicht übel. Aber ich glaube, es ist die Brille … und diese Tunika.«

»Okay.«

Ingrid Rabeus schürzte die Lippen, wodurch die Haut zwischen Nase und Oberlippe ihre Raucherfältchen offenbarte.

»Ich bin eine ziemlich gute Menschenkennerin«, sagte Vanessa.

»Wirklich?«

»Lassen Sie mich raten. Sie sind in einer afrikanischen Tanzgruppe?«

»Das ist richtig«, sagte sie. »Aber lassen Sie uns weiter über Sie sprechen.«

Vanessa schielte auf die Uhr. Gerade mal zehn Minuten. Sie konnte nicht fassen, dass sie noch ganze fünfunddreißig Minuten hier sitzen musste.

»Sie sind also angetrunken Auto gefahren?«

»Ja, aber ich habe kein Alkoholproblem, auch wenn ich weiß, dass alle Alkoholiker das von sich behaupten.«

Ingrid Rabeus' verständnisvolles Lächeln wurde etwas angespannter.

»Haben Sie im Zusammenhang mit der Scheidung angefangen, mehr zu trinken? Oder davor?«

»Nein, wegen Svante habe ich nicht angefangen zu trinken. Aber ich habe mehr getrunken, nachdem ich mit Alkohol am Steuer erwischt worden bin. Mir ist schon klar, dass die meisten normalen Menschen nach einem solchen Vorfall ihren Alkoholkonsum zurückschrauben würden, aber ich nicht. Ich habe noch zugelegt.«

»Sie haben zugelegt?«

»Ja. Ich sitze tagsüber zu Hause rum, anstatt zu arbeiten. Und weil ich nicht einsam sterben will, habe ich mir Tinder besorgt, diese Dating-App, falls die Ihnen was sagt?«

»Ich habe davon gelesen.«

»Zwei, manchmal drei Abende die Woche sitze ich glatzköpfigen Männern zwischen vierzig und fünfzig gegenüber und höre mir an, was sie über ihr ödes Leben erzählen, während sie darauf hoffen, dass ich sie für einen Mitleidsfick mit zu mir nach Hause nehme. Und das langweilt mich dermaßen, dass ich ein Glas nach dem anderen runterkippe, nur um mich zu betäuben.«

Die Therapeutin beugte sich vor, rückte ihre Brille zurecht und blinzelte ein paar Mal.

»Warum haben Sie und Svante sich getrennt?«

»Unsere Beziehung hat sich leer angefühlt.«

»Hat er jemanden kennengelernt?«

»*Got me, doctor.* Eine junge Schauspielerin, Johanna heißt sie. Sie bekommen ein Kind. Svante ist Regisseur. Oder Dramatiker, wie er sagen würde. Ich freue mich für ihn, auch wenn ich weiß, dass sie schon ein Jahr miteinander geschlafen haben, bevor ich ihn rausgeworfen habe.«

»Also hat er Sie betrogen?«

»Ja, er hat fremdgevögelt, wie man so sagt. In solchen Momenten greifen die Leute normalerweise danach, oder?« Vanessa zeigte auf die Taschentücher. Sie nahm eins, entfernte den Snus-Portionsbeutel aus ihrem Mund, wickelte ihn in das Papier und legte es auf den Tisch. »Sie wollen, dass hier geweint wird, oder? Aber ich sage Ihnen was. Seit ich erwachsen bin, habe ich genau einmal geweint. Wollen Sie wissen, wann?«

»Ja.«

Vanessa beugte sich vor und senkte die Stimme.

»Sage ich Ihnen aber nicht«, flüsterte sie.

»Nein?«, entgegnete Ingrid Rabeus und runzelte die Stirn.

»Nein. Es ist bestimmt erleichternd und hat was Reinigendes. Die Leute sitzen hier vor Ihnen und weinen Krokodilstränen, und das tut ihnen vermutlich gut. Und wenn Sie dann abends nach Hause gehen, bilden Sie sich ein, dass Sie bis in ihre Psychen vorgedrungen sind. Dass Sie einen guten Job gemacht haben. Noch eine Seele gerettet haben. Und das haben Sie wahrscheinlich sogar, Sie sind sicher nett und klug und haben irgendeine tolle Uni besucht. Aber eins verspreche ich Ihnen, Sie werden mich niemals weinen sehen. Ich weine nicht.«

Eineinhalb Stunden nach dem Termin bei Ingrid Rabeus saß Vanessa auf einem Barhocker in Luigis Espressobar in der Roslagsgatan und blätterte in der *Dagens Nyheter*. Alle zwanzig Sekunden richtete sie ihren Blick auf den Eingang des Solariums Solkungen. Ihr Informant Reza Jalfradi musste jeden Moment auftauchen.

Sie war der einzige Gast in dem kleinen Café.

Der Barista, den Schlips in das weiße Hemd gesteckt, räusperte sich.

»Mehr Kaffee, *signora*?«, fragte er mit schonischem Einschlag.

Sie drehte den Hocker herum und hielt ihm das leere Glas hin. Er schenkte nach, während sie überlegte, was sie am meisten störte: Der eingesteckte Schlips oder dass er sie *signora* genannt hatte. Der Kerl war blond. Mit derart blasser Haut, dass sie vermutlich rote Flecken bekam, wenn man sie nur mit der Taschenlampe anleuchtete.

»Danke.«

Vanessa schlug das Feuilleton auf und starrte ihrem Ex-Mann ins Gesicht. In dem Artikel ging es um Svantes neues Stück *Der Fluch der Liebe*, das am Dramaten uraufgeführt werden würde.

Ein Interview mit Svante und der weiblichen Hauptrolle, sprich seiner neuen Freundin Johanna Ek. Auf dem Foto saßen sie nebeneinander auf einem braunen Ledersofa. Hinter ihnen hing ein Bild von einem Segelboot.

Svante sagte dem Journalisten, er sei davon überzeugt, das Stück bringe Johannas großen Durchbruch, er nannte sie die »nächste Greta Garbo«.

Vanessa schüttelte lachend den Kopf und warf erneut einen Blick auf die Straße, wo Reza Jalfradi gerade in den Solkungen verschwand.

Sie legte die Zeitung weg und nahm noch einen Schluck Kaffee.

Zwölf Jahre hatten Vanessa und Svante zusammengelebt.

Sie hatten sich bewusst dafür entschieden, sich auf ihre Karrieren zu fokussieren und keine Kinder in die Welt zu setzen. Vanessa als Kriminalkommissarin in der Gruppe, die nach der Umstrukturierung der Behörde Ermittlungseinheit mit den Fahndungsgruppen 5 und 6 hieß, aber von jedem Beamten nur Nova genannt wurde. Die Aufgabe dieser Sondereinheit bestand darin, sich im Großraum Stockholm an Einzelpersonen dranzuhängen, die eine Verbindung zur organisierten Kriminalität hatten. In den letzten Jahren war die Gruppe rasant angewachsen.

Für Svante hatte die Arbeit als Theaterregisseur auch mehrere Kneipenbesuche pro Woche umfasst, sowie erotische Abenteuer mit Frauen, denen seine Berühmtheit imponierte. Für Vanessa war das vollkommen in Ordnung gewesen. Sie machte einen Unterschied zwischen Sex und Liebe.

Aber eines Morgens am Frühstückstisch hatte Svante eine MMS bekommen. Vanessa hatte in dem Glauben, es sei ihres, nach dem Mobiltelefon gegriffen, und auf dem Display war ein kleines alienhaftes Wesen erschienen. Noch am selben Nachmittag hatte sie Svante rausgeworfen. Seitdem wohnte er in Johanna Eks Zweizimmerwohnung in Södermalm.

Vanessa verscheuchte die Erinnerungen, erhob sich und trat an den Tresen.

»Ich möchte zahlen.«

»Selbstverständlich, *signora*.«

Sie schob ihre American-Express-Karte in das Lesegerät und gab den Code ein.

»*Mille grazie*«, sagte der Schone und lächelte.

Reza Jalfradi hatte den Blick auf sein Mobiltelefon geheftet, als Vanessa die Tür zu Solarium Nr. 2 aufschob. Ohne wortreiche Begrüßungsfloskeln setzte sie sich neben ihn.

Er war ein achtundvierzigjähriger ehemaliger Krimineller, der Geldtransporte überfallen, dann aber auf Kneipier umgeschult hatte. Reza nahm keine Drogen, war also zuverlässig, und kannte jeden. Vanessa machte sich keine Illusionen, dass er die Welt zu einem besseren Ort machen wollte, sie wusste, dass die Informationen, mit denen er sie versorgte, gründlich abgewogen waren und stets in irgendeiner Weise seinen eigenen Zwecken dienten.

»Schön, dass es endlich geklappt hat«, sagte sie sarkastisch.

»Ich bin ein gefragter Mann mit prall gefülltem Terminkalender, aber meine Sekretärin konnte noch was freimachen«, gab Reza im gleichen Tonfall zurück.

»Ja, ich habe gehört, deine Pizzeria wird auch dieses Jahr wieder das Nobel-Bankett ausrichten. Der König schätzt anscheinend ganz besonders deine Quattro Stagioni. Liegt das am Analogschinken?«

Er lachte.

»Erinnere mich daran, dich anzurufen, wenn ich bei der nächsten Feier einen Komiker brauche.«

Vanessa fischte eine Snusdose aus ihrer Gesäßtasche und hielt sie Reza unter die Nase. Der schüttelte den Kopf.

»Ich habe nicht viel Zeit«, sagte sie. »Was ist los?«

»Jede Menge. Ein Banker ist gekidnappt worden.«

»Davon weiß ich gar nichts. Wann?«

»Vor zwei Wochen. Er wurde nach ein paar Tagen aber wieder freigelassen.«

»Und wer steckt dahinter?«

»Keine Ahnung.«

»Komm schon.«

»Im Ernst. Ich weiß es nicht.«

Sie musterte ihn und entschied für sich, dass er die Wahrheit sagte.

»Und wie heißt der Banker?«

»Weiß nicht. Aber ich kann's rausfinden.«

»Entführungen von Bankern sind nicht gerade alltäglich, jedenfalls nicht in Schweden. Könnte die Legion dahinterstecken?«

Reza schüttelte den Kopf.

Seit einem Jahr war die Legion ein neuer Machtfaktor in Stockholms Unterwelt. Die beiden Köpfe der Gang, Joseph Boulaich und Mikael Ståhl, waren beim Militär gewesen. Nachdem sie in Afghanistan im Einsatz gewesen waren, hatten sie in den privaten Sektor gewechselt und für amerikanische Sicherheitsfirmen im Irak gearbeitet. In Kopenhagen dominierten schon seit Jahren aus Irak- und Afghanistanveteranen bestehende Gangs die Bandenkriminalität. In Schweden war dieses Phänomen dagegen neu. Und, wie sich herausgestellt hatte, nur schwer in den Griff zu bekommen.

Die Organisation der Legion funktionierte. Auf allen Ebenen herrschte absolute Diskretion, wodurch sie von den Abendzeitungen gar nicht wahrgenommen wurde.

Soweit bekannt war, versorgte die Legion Stockholm, Göteborg und Malmö mit erstklassigem Kokain. Anfangs hatten die anderen Gangs noch versucht, ihre Anteile am Drogengeschäft mit Gewalt zurückzugewinnen. Doch die Legion hatte mit militärischer Taktik und Präzision zum Gegenschlag ausgeholt und das ganze Land mit Leichen übersät. Allein acht davon in Stockholm. Keinen der Toten hatte man der Legion zuschreiben können. Und kein einziger Täter war gefasst worden.

Seit ein paar Monaten hatte sich die Situation beruhigt. Aber jeder Versuch, der Legion einen Schlag zu versetzen, hatte für die Polizei in einem Fiasko geendet. Die Gang war ihr stets einen Schritt voraus. Vanessa konnte sich das nur so erklären, dass es im Präsidium einen Maulwurf gab.

»Dann wäre das nie rausgekommen. Von denen quatscht keiner«, sagte Reza.

Vanessa trat ans Waschbecken und wusch sich die Hände. Zog ein Papiertuch aus dem Spender und trocknete sie ab.

»Noch was?«

Er schüttelte den Kopf.

»Ich muss dir was sagen«, begann Vanessa.

Reza hob überrascht die Augenbrauen.

»Ich bin suspendiert. Wahrscheinlich habe ich meinen Job noch, aber solange die Untersuchungen laufen, bin ich suspendiert.«

»Was ist denn passiert?«

»Spielt keine Rolle. Wenn du lieber wen anders treffen willst, kann ich mit meinen Kollegen reden.«

»Vergiss es. Ich rede nur mit dir.«

»Gut. Wir brauchen wieder eine neue E-Mail-Adresse.«

»Diesmal suche aber ich den Namen aus.«

»Ja, ja.«

Vanessa gab den Code in ihr Mobiltelefon ein und reichte es Reza, der den Browser öffnete, um eine neue Mailadresse anzumelden. Sie musterte sein Gesicht im Wandspiegel. Plötzlich brach er in Gelächter aus.

»Was ist das denn?«

Es dauerte einen Moment, dann begriff sie – sie hatte vergessen, den Suchverlauf zu löschen.

»Lauter lesbisches Zeug«, frotzelte Reza. »Ich hab's ja gewusst, du stehst auf Mädels.«

»Halt die Klappe.«

Reza hob abwehrend die Hände.

»Ich urteile nicht. Ist doch cool, dass wir gemeinsame Interessen haben. Nächstes Mal gehen wir auf Kneipentour, Bräute abchecken.«

»Lass gut sein.«

»Dann wollen wir doch mal sehen«, murmelte Reza nach einer Weile. »Was hältst du von unserer neuen Mailadresse für die nächsten drei Monate?« Er zeigte ihr das Display.

Dort stand: Ilikegirls@hotmail.com.

»Das gleiche Passwort wie immer«, sagte Reza.

ZWEI

Nicolas Paredes brachte noch eine Handvoll Besteck in der Spülmaschine unter, schloss die Klappe und drückte den grünen Startknopf. Trat zwei Schritte zur Seite, umfasste den Griff der Maschine daneben und öffnete sie. Eine heiße Wasserdampfwolke schlug ihm entgegen.

Er wischte sich die Hände an seinem schwarzen T-Shirt ab und ließ die Klappe offen, damit das Geschirr trocknen konnte.

»*Shit*. Was ist daran denn so schwer?«

An dem langen Arbeitstisch saß Oleg, sein Kollege für diesen Abend, auf einem wackligen Hocker und blickte unglücklich auf sein Mobiltelefon. In der Spüle rechts neben ihm dümpelten ein paar große Töpfe in schmutzigem Wasser.

»Was ist denn?«, fragte Nicolas auf Englisch.

»Meine Schwester und meine Mutter sind gerade mit dem Boot angekommen. Ich versuche, ihnen zu erklären, wie sie zu meiner Wohnung in Hallunda kommen.«

Nicolas griff nach einem Topf und begann, ihn mit der Bürste zu bearbeiten. Olegs Telefon klingelte. Während Oleg zuhörte, führte er seinen linken Zeigefinger an die Schläfe und verdrehte die Augen. Im nächsten Moment entfuhr ihm eine Suada auf Lettisch.

»Ich gehe mal kurz Luft schnappen«, sagte Nicolas und stellte den Topf ab.

Er setzte sich auf den Treppenabsatz vor dem Eingang zur Küche und ließ seinen Blick über die Nybrogatan schweifen.

Die Tür hinter ihm ging auf und Josephine Stiller, eine der Kellnerinnen, trat auf ihn zu.

»Hast du eine Zigarette, Paredes?«, fragte sie.

Er schüttelte den Kopf.

»Dann komm mit zum Seven Eleven.«

Sie gingen die Straße Richtung Nybroviken hinunter. Nicolas wartete draußen, und als Josephine wiederkam, hielt sie ihm eine Schachtel Marlboro Gold entgegen.

»Schon gut, danke.«

Josephine zuckte mit den Schultern, schob sich eine Zigarette zwischen die Lippen und schlug den Rückweg ein.

»Wir beide müssen heute dableiben, bis sie schließen. Wie findest du das?«, wollte sie wissen.

Nicolas fuhr sich mit der Hand durch seine dunklen Haare.

»Wie soll ich das schon finden?«

Josephine ging nun langsamer und kam ihm so nah, dass er ihren feuchten Atem am Ohr spürte.

»Ich finde, du solltest mich noch mal so vögeln wie beim letzten Mal«, flüsterte sie. Nicolas sah sie an. Wenn er die Zunge rausstrecken würde, könnte er ihre Lippen berühren, so nah waren sie sich. »Oder du lässt es halt bleiben. Das liegt ganz bei dir. Ich will nur ein bisschen Spaß haben.«

Josephine steckte sich die Zigarette an und blies den Rauch aus. Er schien für einen Moment in der Luft zu schweben, dann verflüchtigte er sich.

Schon bei der ersten gemeinsamen Schicht hatte sie ihm deutlich zu verstehen gegeben, was sie von ihm wollte. Nach monatelanger ausgiebiger Flirterei hatte er schließlich nicht länger widerstehen können.

Wenn Josephine nicht gerade bei Benicio bediente, studierte sie Jura an der Universität Stockholm. Aufgewachsen war sie in Östermalm, und in vielerlei Hinsicht war sie ein typisches Mädchen der Oberschicht: hübsch und voller Selbstvertrauen. Nicolas unterhielt sich gern mit ihr, denn im Gegensatz zu vielen anderen, die mit solcher Schönheit gesegnet waren, hatte Josephine Humor und Verstand. Vielen, die so aussahen wie sie, mangelte es Nicolas' Erfahrung nach an Charakter. Sie waren langweilig, weil sie nie soziale Fähigkeiten hatten entwickeln müssen, denn sie bekamen ohnehin immer, was sie wollten.

»Du willst doch nur deinen Vater auf die Palme bringen, indem du einen tätowierten Vorstadttypen anschleppst«, sagte er mit einem Lächeln.

»Kann sein.« Sie nahm einen tiefen Zug. »Aber ich kapier's trotzdem nicht. Sonst muss ich eigentlich nie wirklich betteln und bitten.«

»Ich mag dich, Josephine. Aber es geht nicht. Du bist zu jung.«

»Ich bin zwanzig. Und entspann dich, Opa, ich mach dir ja keinen Antrag. Außerdem steh ich drauf, dass du's mir nicht so leicht machst. Du bist nicht so berechenbar wie alle anderen in dieser notgeilen Stadt.«

»Ein andermal vielleicht«, entgegnete Nicolas.

Sie setzten sich auf die Treppe vor der Küche.

»Was machst du nachher noch?«

»Maria treffen.«

Josephine riss Augen und Mund auf, aber er kam ihr zuvor.

»Das ist meine Schwester.«

»Ich hätte kein Problem damit, die Zweitfrau zu sein. Aber gut, dann muss ich wohl irgendeinen reichen Loser in einer Bar aufgabeln.«

Sie stand auf, schnippte die Zigarette weg und drückte ihm einen Kuss auf die Wange.

Die Tür schlug zu. Die Zigarette glimmte noch. Es war schön gewesen beim letzten Mal. Am Morgen danach hatte sie eines seiner T-Shirts angezogen und Frühstück gemacht. Den Rest des Tages hatten sie im Bett verbracht und waren nur aufgestanden, um unten am Gullmarsplan Pizza zu holen.

Josephine brachte ihn zum Lachen. Er wollte sie anständig behandeln. Und es gab gewisse Umstände in seinem Leben, die ein Verhältnis mit ihr völlig undenkbar machten.

Vor allem wegen Maria. Sie war die wichtigste Person in seinem Leben.

Er stand auf, gab den Code ein und trat wieder in die Küche.

Oleg kämpfte mit der Klappe der Spülmaschine, und als er sie endlich aufbekam, drehte er sich weg, um der Dampfwolke auszuweichen. Das gelang ihm nur leidlich, seine runden Brillengläser beschlugen.

»Wie ist es gelaufen?«

Oleg putzte seine Brille mit seinem T-Shirt und blinzelte zu Nicolas hinüber.

»Nicht so toll.«

Das Telefon klingelte. Oleg legte es frustriert auf den Hocker.

»Wie lange bleiben sie?«, erkundigte sich Nicolas.

»Bis Samstag.«

»Ich komme hier schon klar. Fahr zu ihnen.«

Oleg schüttelte den Kopf.

»Ich kann dich mit diesem Chaos nicht alleinlassen. Und ich brauche das Geld.«

Nicolas wusste, dass Oleg seit Monaten Geld auf die Seite gelegt hatte, damit seine Mutter und seine Schwester ihn besuchen kommen konnten. Neben dem Job als Spüler bei Benicio arbeitete der Lette auch noch auf einer Baustelle in Märsta. Und in manchen Nächten sammelte er mit verarmten Rentnern und osteuropäischen Roma Pfandflaschen um die Wette.

Nicolas gab ihm einen leichten Schubser, stellte sich an seinen Arbeitsplatz und begann, die Teller aus dem Geschirrspüler zu räumen.

»Ich regle das. Das bleibt zwischen uns. Ich kapiere zwar nicht, warum jemand über die Ostsee fährt, nur um dich zu treffen. Aber ich werde ja schließlich fürstlich dafür bezahlt.«

»Ja, das ist die reinste Goldgrube hier«, meinte Oleg und verzog den Mund. Er setzte seine Brille wieder auf. »Danke, wirklich. Das vergess ich dir nie.«

Ein paar Stunden später stieg Nicolas am Östermalmstorg in die U-Bahn. Die Türen schlossen sich, und er musste daran denken, dass er einmal irgendwo gelesen hatte, dass die durchschnittliche Lebenserwartung der Einwohner von Danderyd, wo die rote U-Bahn-Linie begann, dreiundachtzig Jahre betrug. In Vårberg, nach wenigen Minuten Fahrt, wurden die Einwohner im Schnitt nur noch neunundsiebzig.

Er hatte keinen Grund zu glauben, dass sich daran etwas geändert hatte, seit er den Artikel gelesen hatte.

Die Situation in den Stockholmer Vororten war verheerender denn je. Brennende Autos, fliegende Steine und Schusswechsel waren zum Alltag geworden. Es wurde ganz offen mit Drogen gedealt. Die Gang hatte überall das Sagen, und ihre halbwüchsigen Mitglieder, die immer jünger wurden, vertrieben sich mit Diebstählen und Misshandlungen die Zeit.

Andere Gangmitglieder wurden erschossen in Autos aufgefunden oder auf offener Straße hingerichtet. Die übrigen Einwohner der Vororte waren die Verlierer, sie wollten nur ihr Leben leben und ihre Kinder aufwachsen sehen, hatten aber nicht die finanziellen Möglichkeiten, um woanders hinzuziehen.

Menschen wie Maria.

Er musste seine Schwester heute Abend sehen, während der nächsten Tage würde er keine Zeit dazu haben. Außerdem vermisste er sie. Sie war ein Jahr älter als Nicolas, und sie war Autistin. Sie wohnte noch immer in dem Wohnheim, in das sie gezogen war, als sie volljährig geworden war.

Seit Nicolas' Rückkehr nach Stockholm war sie bereits zweimal ausgeraubt worden. Aber den Tätern ging es dabei nicht nur um Geld. Maria litt seit ihrer Geburt an einem Hüftfehler und zog das rechte Bein etwas nach, was sie in ihrer gesamten Kindheit in Sollentuna zu einem ebenso leichten wie offensichtlichen Mobbingopfer gemacht hatte.

In Vårberg bewarfen Kinder und Teenies sie mit Steinen, wenn sie auf die Straße ging.

Nicolas hatte sie zu überreden versucht, in seine Wohnung am Gullmarsplan zu ziehen, doch das wollte sie nicht. Sie verabscheute Veränderungen. Wollte niemandem zur Last fallen. Doch sobald Nicolas genug Geld beisammen hätte, würde er mit ihr weggehen aus Vårberg, weit weg.

Das schlechte Gewissen, dass er sie so lange allein gelassen hatte, plagte ihn unaufhörlich. In seiner Zeit als Soldat, während der er sich oft im Ausland aufgehalten hatte, hatte er sie nur ein-, zweimal gesehen. Und immer hatte sie vorgegeben, alles sei in Ordnung, damit er sich keine Sorgen machte.

Nie wieder, dachte er.

Vier Reisende hasteten über den Bahnsteig von Vårberg. Der Zug ächzte, beschleunigte und verschwand in südlicher Richtung. Hinter dem menschenleeren Zentrum bog Nicolas rechts ab, überquerte die Rasenfläche und ging über den Parkplatz. Er nahm den Schlüssel, den er von ihr bekommen hatte, und betrat das Wohnheim.

An der Anmeldung saß niemand.

Nicolas ging zu den schmalen Fahrstühlen und fuhr in den zweiten Stock.

Essensdunst hing im Korridor, irgendwo lief ein Fernseher, ein Kind weinte, Stimmengewirr. Er blieb vor Marias Tür stehen und drückte auf die Klingel. Dann hörte er die schlurfenden Schritte seiner Schwester.

Die Tür glitt langsam auf. Die Diele hinter Maria lag im Dunkeln. Aber als sie ihn ansah, bemerkte er sofort das angetrocknete Blut in ihren Haaren. Ihr rechtes Auge zierte ein grüngelbes Veilchen. Sie trat zurück, um ihn hereinzulassen.

»Verflucht«, murmelte er.

DREI In jenem Teil der Welt, den der Entdecker Ferdinand Magellan Feuerland getauft hatte, herrschte komplette Dunkelheit. Die Wellen des Pazifik donnerten gegen die Klippen und zerschellten zu weißem Schaum. Der Wind zerrte und riss an der Vegetation und seinen Kleidern.

In den wolkenfreien Nächten in Südchile schien der Mond so hell, dass man Zeitung lesen konnte, doch jetzt versteckten sich Mond und Sterne hinter einer dichten Wolkenbank.

Eine Seemeile weiter draußen lag der Frachter M/S *Iberica* im Meer. Wären die Positionslichter des Schiffs nicht da, man wüsste nicht, in welchem Jahrhundert man sich befindet, dachte Carlos Schillinger. In der Natur spielte Zeit keine Rolle. Deswegen mochte er sie. Die schmutzigen Städte hingegen, in denen sich die Menschen wie Vieh drängten, hasste er.

Er zog den Mantel enger um seinen Körper und blickte auf das Wasser. Auch wenn er das Motorboot nicht sehen konnte, wusste er, dass es sich auf die kleine Bucht unterhalb von ihm zubewegte.

Der Teil der Ladung, den die M/S *Iberica* von den Philippinen mit sich führte, war nirgendwo registriert. So sollte es auch bleiben. Mit dem bereitstehenden Lastwagen sollte die lebende Ware über tausend Kilometer weitertransportiert und dann versteckt werden.

Er hörte Schritte hinter sich. Ohne sich umzudrehen wusste Carlos, dass der junge Mann, der nun neben ihm auftauchte, sein Adoptivsohn Marcos war.

»Sie sind fast da«, sagte er.

»Gut«, gab Carlos zurück.

Marcos blies seinen Atem in die hohlen Hände, um sie zu wärmen.

»Und wann kommt die nächste Lieferung?«, fragte er. Seine Stimme klang dumpf und fremd durch die Hände.

»Das hier ist die letzte von den Philippinen.«

»Keine neue Quelle?«

»Nein, bis jetzt nicht.«

Auf dem Wasser, etwa fünfzig Meter entfernt, leuchtete eine Taschenlampe auf. Eine Sekunde später war die M/S *Iberica* wieder die einzige Lichtquelle.

»Es ist so weit«, sagte Carlos.

Sie stiegen die Klippen hinunter. Marcos leuchtete ihnen mit seinem Mobiltelefon. In der Ferne schrie ein Seevogel.

Dieselschwaden stachen ihm in die Nase, auf dem Wasser gingen die Positionslichter des Motorboots an und es glitt langsam Richtung Ufer. Als der Rumpf auf den Sand aufsetzte, wurden die Scheinwerfer des Lasters eingeschaltet. Sofort war die Dunkelheit von Stimmen und Schatten erfüllt.

Ein Kind begann zu weinen. Jemand brachte es mit ein paar Ohrfeigen zum Schweigen, und die Schluchzer des Mädchens wurden von der Brandung, dem Motor des Lastwagens und den gehetzten Stimmen der Männer erstickt. Starke Arme führten die Kinder über den Strand und auf die Ladefläche des Lkw.

Ein älterer Junge riss sich los und rannte auf ein Gebüsch zu. Zwei Männer setzten ihm nach. Die anderen machten ihre Taschenlampen an und leuchteten in die Richtung, in die der Junge verschwunden war. Die beiden Männer kamen zurück, den Jungen zwischen sich. Er ließ den Kopf hängen und stemmte seine Beine in den Boden. Flehte und bettelte. Sie warfen ihn auf die Ladefläche, schlossen die Klappe und klopften zweimal gegen die Seite als Zeichen, dass alle Kinder verladen waren.

Als Laster und Begleitfahrzeug verschwunden waren, wurde es wieder ruhig am Strand.

Carlos ging zu seinem Wagen. Sein Chauffeur Jean rauchte in der Hocke, den Rücken gegen die Tür gelehnt.

»Können wir fahren, *jefe*?«, fragte er, als er Carlos entdeckte, stand auf und schnippte die Zigarette weg.

»Sí.«

Die Zigarette glimmte noch, Carlos trat sie aus, hob sie auf und reichte sie Jean.

»Wirf sie zu Hause weg.«

»Natürlich. Tut mir leid.«

Sie fuhren die ganze Nacht, bis Carlos das Tor erblickte, das die Colonia Rhein vom Rest der Welt trennte. Es glitt lautlos auf. Die dreizehntausend Hektar Land der Kolonie bestanden zum Großteil aus Wald, etwa ein Viertel waren Äcker und Viehweiden. Die Wohnhäuser der hundertfünfzig Bewohner verteilten sich auf den umliegenden Hügeln. In der Mitte lag ein kleines Dorf mit Geschäften und Fabriken, dazu gab es eine Schule, eine Bäckerei und eine protestantische Kirche.

»Nach Hause?«, fragte Jean und gähnte.

Hinter den Anden war die Sonne aufgegangen. Gleich machte die Bäckerei unten im Dorf auf. Carlos wusste, dass er sowieso nicht schlafen konnte. Er brauchte Kaffee. Wollte allein sein, nachdenken. Er ließ seinen Blick über die dunklen Felder schweifen, über denen dichter weißer Nebel hing.

Rechts neben dem Wagen ragte das Krankenhaus der Colonia Rhein empor, die Clínica Bavaria. Es war das modernste Gebäude der Kolonie und hatte mehrere Stockwerke. Aus der ganzen Welt kamen Patienten hierher, vor allem Geschäftsmänner aus Asien. Die Klinik hatte nicht nur eine Behandlung auf Weltklasseniveau und fortschrittlichste Stammzellenforschung an abgetriebenen Föten im Angebot, sondern verfügte außerdem über eine Organbank. Manche Patienten zahlten Millionen, um die Wartelisten für ein Spenderorgan in ihren Heimatländern zu umgehen. Einige Transplantationen wurden sogar rein prophylaktisch vorgenommen, die

Reichsten ließen ihre Organe nur austauschen, um den Alterungsprozess zu verlangsamen und ihr Leben zu verlängern.

Seit Anfang der Neunzigerjahre wurde die Organbank durch Straßenkinder bestückt, die von den Philippinen nach Chile gebracht worden waren. Aber seit der neue Präsident Duterte im Amt war und den Drogenkartellen den Krieg erklärt hatte, hatten Carlos' philippinische Geschäftspartner immer größere Lieferschwierigkeiten.

Deshalb war die Fracht der M/S *Iberica* die letzte von dort. Wollte das Krankenhaus überleben, musste Carlos eine neue Quelle auftun, durch die er die Klinik mit Organen versorgen konnte.

»Nein, fahr mich ins Dorf runter und leg dich dann zu Hause aufs Ohr.«

»Wie Sie wünschen, *patrón*.«

Jean blieb vor der weiß gestrichenen Kirche stehen. Carlos stieg aus, und der Mercedes entfernte sich. Der Duft von frisch gebackenem Brot in der klammen Morgenluft machte ihn hungrig.

Carlos grüßte *señora* Gisela, die die Bäckerei betrieb, und bat um Nusskuchen und Kaffee.

»Sehr gern, *don* Carlos. Nehmen Sie doch Platz, ich bringe es Ihnen sofort.«

Neben der altmodischen Kasse lag ein Stapel deutscher Zeitschriften. Carlos nahm sich den *Spiegel* und setzte sich draußen an einen Tisch.

Er schlug die vier Tage alte Zeitschrift auf, während ihm *señora* Gisela Nusskuchen und Kaffee servierte.

Carlos bedankte sich und kostete.

»*Delicioso*, wie immer.«

Sie nahm einen Lappen, wischte die leeren Tische ab und spähte hinüber zu den Feldern, während Carlos in seine Lektüre versank. Er überflog den Leitartikel und blätterte anschließend ziellos durch das Magazin, bis eine Überschrift sein Interesse weckte.

Fünfhundert Flüchtlingskinder verschwinden in Schweden – jedes Jahr.

In dem Artikel ging es darum, dass Schweden ein Problem damit hatte, die zahlreichen minderjährigen Einwanderer zu überblicken, die sich im Land aufhielten. Menschenrechtsaktivisten beschuldigten die Polizei und die Behörden, einfach wegzusehen, wenn sie spurlos verschwanden. Giselas Stimme schreckte ihn aus seiner Lektüre auf.

»Da kommt *don* Dieter«, sagte sie und ging wieder in die Bäckerei.

Eine schlaksige Gestalt kam unsicher die Straße hinauf und stützte sich dabei auf einen Stock.

»Guten Morgen«, grüßte Dieter Schück auf Deutsch, ließ sich mit einem leisen Seufzer am Nebentisch nieder und lehnte den Stock an den Stuhl.

Hinter ihnen ging die Tür auf, und *señora* Gisela brachte Kaffee und ein Plunderstück.

»Welche Zeitung wünscht *don* Dieter heute?«, fragte sie auf Spanisch.

»Die«, sagte Dieter, zeigte auf Carlos und brach in polterndes Gelächter aus, das in einen Hustenanfall überging. Obwohl Dieter seit Mitte der Vierziger in Chile lebte, hatte er noch immer einen unüberhörbaren Akzent. Jetzt schwenkte er auf Deutsch um. »Was liest du da?«, presste er zwischen den Hustern hervor.

»Was über Schweden«, sagte Carlos knapp. Er mochte und respektierte Dieter, aber er hasste es, wenn er beim Lesen gestört wurde.

»Ah, deine dritte Heimat. Du kannst doch Schwedisch, oder?«

Dieter schlug sich auf die Brust, und der Husten verstummte.

»Ja«, gab Carlos zurück. »Auch wenn mein Vater nie viel für Schweden übrig hatte. Er sah sich als Deutscher, und wie du weißt, hat er bei der Heirat den deutschen Namen meiner Mutter angenommen.«

Dieter führte zitternd das Gebäck zum Mund und biss hinein. Krümel rieselten über sein Hemd und auf seinen Schoß.

Im Krieg war Dieter Untersturmführer der Waffen-SS gewesen. Er hatte an der Ostfront gekämpft und war bis Stalingrad gekommen, war dann aber von der Roten Armee nach Deutschland zurückgedrängt worden. Hatte Berlin bis zum Ende verteidigt. War verwundet worden und wieder genesen. War anschließend nach Südamerika geflohen und hatte gemeinsam mit anderen SS-Familien die Colonia Rhein aufgebaut.

Ein neuerlicher Hustenanfall kündigte sich an. Dieter schlug sich die Faust vor die Brust und räusperte sich.

»Keiner hat Berlin mit solcher Verbissenheit und Hingabe verteidigt wie dein Vater«, sagte er und tupfte sich die Mundwinkel ab. »Wie lange ist er jetzt tot?«

»Siebenundzwanzig Jahre.«

»Siebenundzwanzig Jahre ... Ja, er ist zum richtigen Zeitpunkt gestorben.«

Sie schwiegen, während die Sonne den Himmel erklomm.

In der Bäckerei ging Porzellan zu Bruch, und *señora* Gisela verfluchte lautstark irgendeinen Heiligen, von dem Carlos noch nie gehört hatte.

Er hängte seine Jacke über die Stuhllehne und legte die Zeitschrift aus der Hand. Ein kleiner Punkt auf einem der Hügel brachte ihn dazu, den Kopf zur Seite zu drehen. Der schwarze Chevrolet Pick-up seines Adoptivsohns tauchte am Fuß des Hangs auf.

»Willst du?«, fragte Carlos und reichte Dieter den *Spiegel*.

Der alte Mann entgegnete nichts und starrte mit halb offenem Mund ins Leere.

Als Marcos sein Auto abgestellt hatte, setzte er sich zu Carlos an den Tisch.

»Guck dir das mal an«, sagte Carlos und zeigte auf die Meldung über die Flüchtlingskinder. Carlos musterte Marcos, während der mit zusammengekniffenen Augen las.

Sein Adoptivsohn war in einem kleinen Dorf in der Nähe von Valdivia auf die Welt gekommen. Damals wie heute wurden die Menschen dort in den Sommermonaten von verheerenden Waldbränden heimgesucht, die alles zu Asche machten, was ihnen in den Weg kam. Das Haus von Marcos' biologischen Eltern war zwischen zwei Flammenwände geraten. Die letzte Handlung seiner Mutter hatte darin bestanden, ihren neunjährigen Sohn in den Brunnen abzuseilen. Danach waren sie und ihr Mann bei lebendigem Leib verbrannt.

Eine Woche später fanden Rettungskräfte den Jungen, er war völlig erschöpft, aber unverletzt. Er hatte das Brunnenwasser getrunken und Ratten gegessen, die ebenfalls dort Schutz gesucht hatten. Marcos' Geschichte verbreitete sich in ganz Chile, die Zeitungen schrieben ellenlange Artikel über den Wunderjungen von Valdivia, und Carlos war sofort von seinem Schicksal angetan. Er rief in dem Kinderheim an, in dem Marcos untergekommen war, einigte sich mit der Leiterin darauf, ihn zu adoptieren, und bezahlte sie für ihr Schweigen. Dokumente wurden keine unterschrieben, und zwei Tage später saß der Junge auf Carlos' Beifahrersitz und fuhr mit ihm nach Süden. In die Colonia Rhein.

Carlos hatte Marcos vom ersten Augenblick an wie einen Sohn geliebt. Und Marcos hatte sich dem Leben in der Kolonie angepasst, die Sprache gelernt und Freunde gefunden, obwohl er schüchtern und wortkarg war. Unter den Gleichaltrigen war er immer der Schmächtigste gewesen, aber er war am schnellsten gelaufen, am höchsten gesprungen und hatte die härtesten Schläge ausgeteilt. Carlos war nie einem anderen Menschen mit Marcos physischer Konstitution begegnet. Jede seiner Bewegungen war von einer rohen, geradezu animalischen Kraft.

Vielleicht kommt das gar nicht so überraschend, hatte Carlos gedacht, als er seinen Adoptivsohn aufwachsen sah. Schließlich waren Marcos' biologische Eltern Mapuche – Indianer jenes Stammes, den weder die Inka noch die Spanier sich jemals untertan machen konnten.

Marcos hatte die Meldung zu Ende gelesen, schob die Zeitschrift weg und steckte sich ein Stück Nusskuchen in den Mund.

»Kennst du irgendwelche Schweden, die uns da behilflich sein könnten?«, fragte Carlos.

Marcos kaute, dann nickte er langsam.

»Ja, in meinem Verband in Kolumbien gab es einen, der hat für Blackwater gearbeitet. Äußerst kompetent und seriös. Einer, dem man trauen kann.«

»Und dieser kompetente Mensch könnte uns dabei helfen, die Kinder zu beschaffen?«

»Ja.«

»Dann nimm Kontakt mit ihm auf und buch Flugtickets nach Schweden, für uns beide.«

»Wann?«

Carlos überlegte. Es war ihm zuwider, die Kolonie zu verlassen. Chile zu verlassen. Aber diesmal gab es keine andere Möglichkeit, wenn die Clínica Bavaria überleben sollte.

»So bald wie möglich«, sagte er und seufzte.

VIER

Vanessa bat den Taxifahrer, an der Kreuzung Surbrunns-gatan-Birger Jarlsgatan zu halten. Nachdem das Auto weitergefahren war, bückte sie sich, berührte mit den Fingern den Asphalt und stellte fest, dass die Straße noch nass war.

Aus dem Monica-Zetterlunds-Park drang gedämpfter Gesang. Ein Mann hatte sich auf der Holzbank niedergelassen, die zum Gedenken an die Jazzsängerin aufgestellt worden war und rund um die Uhr ihre Lieder spielte.

Als Vanessa näher kam, sah sie, dass es sich bei dem Mann um Rufus Ahlgren handelte, einen der wenigen übrig gebliebenen Alkis des Viertels.

»Guten Abend, Sheriff«, rief er und hob zum Gruß die Flasche.

Sie blieb vor ihm stehen.

»Was trinkst du da, Rufus?«

»Gin. Das hält die Malariamücken fern in dieser Hitze. Willst du?«

»Wenn du die fernhalten willst, musst du den Gin mit Tonic mischen. Da ist Chinin drin.«

»Äh.«

Vanessa nahm die Flasche und wog sie in der Hand.

»Wieso setzt du dich eigentlich nie in eine Bar?«, fragte sie und musste an ihre Stammkneipe denken, das McLarens. Seit ihrer Trennung von Svante hatte sie dort keinen Fuß mehr hineingesetzt.

»Ich mag keine Bars.«

»Ein Alki wie du, der keine Bars mag. Das ist wie ...« Vanessa führte die Flasche zum Mund, trank einen Schluck und schnitt eine Grimasse »... ein Löwe, der kein Fleisch mag.«

»Eher wie ein Löwe, der nicht gern im Zoo eingesperrt ist.« Rufus hob einen Finger. »Hör zu.«

Monica Zetterlund sang ihre Glanznummer *Sakta vi gå genom stan*. Rufus wiegte sich im Takt zur Musik, eine einzelne Träne rann seine Wange hinab. Als der Song verklungen war, wandte er sich wieder an Vanessa.

»Sie ist so verdammt einsam gestorben, das ist das Traurige an der ganzen Sache. Sie hat im Bett geraucht und aus Versehen die Laken in Brand gesteckt. Sie war invalide und hatte keine Chance. Die Wohnung da oben, da drin ist sie verbrannt.« Er deutete Richtung Birger Jarlsgatan und zündete sich eine verbogene Zigarette an. »Deswegen rauche ich nur noch draußen.«

»Das ist sehr weise. Ich rauche überhaupt nicht, aber ich werde trotzdem einsam sterben«, sagte Vanessa und wedelte den Rauch weg.

»Mieses Date?«

»Der Ärmste war so notgeil, dass er Mühe hatte, vollständige Sätze rauszubringen.«

»Oh verflucht.«

»Hast du Kinder, Rufus?«

»Einen Sohn. Und du, Constable?«

»Nein.«

»Weil du keine willst, oder weil dein überheblicher Mistkerl keine Kugeln im Lauf hat?«

Rufus hatte nie einen Hehl daraus gemacht, was er von Svante hielt.

»Ich bin nicht so der mütterliche Typ. Ich mag keine Kinder. Das hat der überhebliche Mistkerl genauso gesehen.«

»Habt ihr die Kerle geschnappt, die den Polizisten auf dem Gewissen haben?«

Eine Woche zuvor war Klas Hemäläinen in einem Industriegebiet in Sätra gefunden worden, erschossen. Klas war auch bei der Nova-Gruppe und bei den Kollegen sehr beliebt gewesen.

»Bisher noch nicht, leider.«

»Das ist ja das Letzte. Kanntest du ihn?«

»Er war ein netter Mann«, sagte Vanessa und verstummte. »Gute Nacht, Rufus«, sagte sie dann, »und bleib nicht mehr so lange.«

»Als Frau ohne Muttergefühle bist du manchmal ganz schön gluckenmäßig«, entgegnete Rufus und hob zum Abschied die Flasche.

Vanessa gab den Sicherheitscode der Roslagsgatan 13 ein.

Auf dem Teppich in der Diele lag der Flyer eines Immobilienmaklers, der sich in knappen Worten erbot, ihre Wohnung zu begutachten. Die Erkerwohnung mit vier Zimmern war ohnehin zu groß, war schon zu groß gewesen, als sie mit Svante hier eingezogen war. Aber sie mochte Sibirien, so hieß ihr Viertel in Vasastan, auch wenn es sich gerade im Wandel befand. Die alten Kneipen und Trödelläden wichen Saftbars und Hamburgerlokalen.

In den Neunzigern hatte Vanessas Wohnung einem Mann gehört, der von den Abendzeitungen als Pornokönig tituliert worden war. Der Mann, der zwei Stripclubs in der Innenstadt besessen hatte, hatte in der Jugendstilwohnung fast jede Wand entfernen und vor den Panoramafenstern im Wohnzimmer eine Badewanne einbauen lassen. Eine der beiden Terrassen hatte er verglasen lassen und Loungemöbel sowie eine kleine Bar hineingestellt. Danach hatte ein Internet-Millionär die Wohnung gekauft und die ganzen Kameras abmontiert, die der Pornokönig angebracht hatte, um seine legendären Partys zu verewigen. Nur die am Eingang hatte er behalten.

Als Svante gelesen hatte, dass die fast dreihundert Quadratmeter große Wohnung zum Verkauf stand, war er mit Vanessa zum Besichtigungstermin gegangen. Im Schlafzimmer, dem *master bedroom*, wie der lispelnde Makler es andächtig genannt hatte, stand ein nostalgischer Kachelofen, und die Decke war aus Spiegelglas. Als würde man in einem ottomanischen Palast schlafen, hatte der Makler gewispert und zur Decke gedeutet. Oder in einem drittklassigen Bordell, hatte Vanessa gedacht und ein Gebot abgegeben.

Seit Svante ausgezogen war, benutzte Vanessa im Grunde nur das Wohnzimmer. Das Bett im Schlafzimmer war gemacht und unberührt. Sie schlief stattdessen vor dem Fernseher. Ihre Fernsehgewohnheiten variierten, je nach Stimmung schaute sie Sendungen auf National Geographic oder dem History Channel oder Wiederholungen von *Paradise Hotel* auf TV 6.

Zuvor hatte sie fast jeden Abend im McLarens gegessen, aber seit der Trennung tat sie das nicht mehr. Sie konnte die Blicke der anderen Gäste und ihre Fragen nach Svante nicht ertragen und hatte in letzter Zeit lieber Kebab vom Falafelkungen gegessen. Zu ihrer großen Belustigung hatte Vanessa festgestellt, dass sie wegen der katholischen Gebetskette, die ihre Schwester Monica ihr von einer Zentralamerikareise mitgebracht hatte, von den koptischen Christen an der Kasse fünf Prozent Rabatt bekam. Und obwohl Vanessa überzeugte Atheistin war, wollte sie die jungen Männer nicht enttäuschen und fing plötzlich an, ihnen lebhaft von ihren regelmäßigen Pilgerreisen nach Santiago de Compostela zu erzählen, während sie darauf wartete, dass das Essen fertig war.

Vanessa zündete ein paar Holzscheite im Kachelofen an, ging ins Bad, putzte sich die Zähne und wusch sich das Gesicht. Sie öffnete die Terrassentür, schloss die Augen und lauschte auf die Geräusche der Stadt: die Autos auf der Birger Jarlsgatan, ein beschwipstes Lachen, eine lautstarke Diskussion, ein Paar, das Sex hatte, ein Alarm.

Sie trat an den Globus, der als Barschrank fungierte, öffnete ihn am Äquator, nahm eine Whiskyflasche heraus und schenkte sich zwei Fingerbreit in ein Glas. Danach zog sie sich aus, legte sich aufs Sofa, deckte sich zu und schaltete den Fernseher ein. *Paradise Hotel*. Ein sonnengebräunter Kerl mit nacktem Oberkörper und roter Kappe verbreitete seine Lebensweisheiten.

»Befolge nie den Rat eines fetten Personal Trainers«, erklärte er.

Vanessa zappte weiter. Discovery Channel. Zebras liefen durch eine ostafrikanische Steppe. Ihre Lider wurden immer schwerer, und sie nickte ein. Irgendwo im Grenzland zwischen Schlaf und Wachsein summte ihr Mobiltelefon. Sie tastete schlaftrunken danach und öffnete den Posteingang des Mailaccounts, den sie mit Reza teilte.

Der Banker heißt Oscar Petersén.

Unter der kurzen Nachricht befand sich ein Bild von einem Mädchen, das mit leicht geöffneten Lippen direkt in die Kamera blickte. Vanessa schüttelte den Kopf, trank noch einen Schluck Whisky und schlief ein.

FÜNF

Mitten in der Nacht hatte Carlos genug davon, im Bett zu liegen und sich hin und her zu wälzen. Er schnappte sich eine Matratze aus einem der Gästezimmer und trug sie auf die Terrasse. Der Mond tauchte die Felder und den Wald am Fuße des Hügels in sein helles Licht. Carlos blickte in den Himmel und sah zwei Sternschnuppen. Er folgte der Bahn der Satelliten, erfreute sich an der Jagd der Fledermäuse, hörte im Tal die Hunde bellen und die Pferde wiehern. Die Außenbeleuchtung zog Insekten an, sie kamen aus allen Richtungen und surrten um die Lampen herum. Die nachtaktiven Tiere orientierten sich normalerweise am Mondschein, doch die künstlichen Lichtquellen irritierten ihr Nervensystem, sie hielten sie für zusätzliche Monde.

Mittlerweile war wieder die Sonne über Südchile und der Colonia Rhein aufgegangen. In der Küche klapperte die Haushälterin. Der Duft von frisch gebrühtem Kaffee stieg Carlos in die Nase und bewegte ihn zum Aufstehen. Er reckte und streckte sich, ging ins Haus und murmelte »Guten Morgen«. Marisol reichte ihm einen dampfenden Becher schwarzen Kaffee und fuhr fort, einen Teller mit dem Schwamm zu bearbeiten. Sie beharrte darauf, alles mit der Hand abzuwaschen, obwohl Carlos schon vor Jahren eine Spülmaschine angeschafft hatte. Und irgendwie gefiel es ihm, wenn Leute an ihren Gewohnheiten festhielten.

Er ließ sich auf das Wohnzimmersofa sinken, führte den Becher an die Lippen, verbrannte sich, verzog das Gesicht und stellte ihn ab.

Über dem offenen Kamin hing die Luger seines Vaters an der Wand. Die Mündung war vergoldet, den Griff schmückten Elfenbeinintarsien. Auf einer kleinen Messingplakette stand: *Für meinen Freund Gustav Schillinger. General Augusto Pinochet. Februar 1974.*

Die Colonia Rhein war eine der beiden deutschen Exklaven, in denen die chilenische Militärdiktatur Verhöre durchgeführt hatte. Die zweite, die Colonia Dignidad, lag rund eintausend Kilometer weiter nördlich. In diese beiden deutschen Kolonien waren die gefährlichsten Gefangenen gebracht worden, diejenigen, die über wichtige Informationen verfügten. Denn abgesehen von ihrem Wissen über Landwirtschaft, Gesundheitswesen und Industrie hatten die Deutschen auch Foltermethoden mitgebracht, die zu perfektionieren sie einen Weltkrieg lang Zeit gehabt hatten.

Auch schon vor dem Militärputsch von 1973 waren die Immigranten willkommen gewesen und hatten den Schutz von Politik, Polizei, Kirche und Wirtschaft genossen. Aber als dann General Pinochet an die Macht kam, nahm der Einfluss der Deutschen zu. In der Colonia Rhein und der Colonia Dignidad entstanden Folterzentren und Waffenfabriken, abgesegnet und finanziert durch die Diktatur. In den Labors wurde mit Chemiewaffen experimentiert, in der Colonia Rhein waren sogar noch heute irgendwo Behälter mit Sarin vergraben.

Während die Colonia Dignidad jedoch implodiert war, weil ihr Leiter des sexuellen Missbrauchs von chilenischen Kindern schuldig gesprochen worden war, hatte die Colonia Rhein überlebt und sich den neuen Zeiten angepasst.

Seit ihrer Glanzzeit hatte sich dennoch vieles verändert. Die jungen Leute zogen in die Städte oder verließen Südamerika, um nach Europa zurückzukehren. Die Colonia Rhein war nicht mehr so traditionell deutsch wie früher. Einflüsse von außen wurden zugelassen. Aber rein wirtschaftlich betrachtet, war es der Colonia Rhein nie besser gegangen. Über den Mutterkonzern Alemagne gehörten ihr Fabriken, Lachszuchtbetriebe und Äcker in ganz Südchile.

Auf diese Weise schufen die Deutschen Tausende Arbeitsplätze. Und deshalb ließen die Politiker sie gewähren, solange sie Steuern zahlten und dazu beitrugen, dass die Arbeitslosenzahlen im Rahmen blieben.

Die wirtschaftliche Bedeutung der Clínica Bavaria war hingegen gesunken. Doch Carlos ging es beim Fortbestand des Krankenhauses nicht um Geld, die Clínica Bavaria war mehr als das, sie war das Lebenswerk seines Vaters. Abgesehen davon, dass die Klinik reiche Ausländer mit medizinischer Betreuung und Organen versorgte, behandelte sie seit fast sechzig Jahren arme Chilenen kostenlos. Durch die Clínica Bavaria und die Schule der Colonia Rhein, die den chilenischen Kindern aus der Umgebung eine Gratisausbildung ermöglichte, waren die Deutschen bei der lokalen Bevölkerung beliebt.

Auf dem Hof bellte Bruja. Carlos ging an den Rosensträuchern vorbei zum Zwinger. Die Hündin verstummte, drückte ihre Nase gegen den Hühnerdraht und wedelte mit dem Schwanz.

Nach seiner Ankunft in Chile 1948 hatte sein Vater damit experimentiert, eine neue Rasse zu züchten, indem er den Dobermann mit dem hiesigen Rottweiler kreuzte. Von jedem Wurf tötete sein Vater alle außer zwei, die fortan um ihr Futter kämpfen mussten, damit nur der Stärkere überlebte. Das Ergebnis war ein großer kurzhaariger Wachhund mit der Intelligenz und Kraft des Rottweilers und dem Mut und der Aggression des Dobermanns.

Während Bruja über den Hof jagte, ließ Carlos sich auf der Bank unter dem Avocadobaum nieder.

Als wenig später das Auto kam, stand Carlos auf, rief nach Bruja und zeigte auf den Zwinger. Die Hündin gehorchte sofort. Carlos griff nach einer PET-Flasche, die er mit seinem Urin gefüllt hatte, goss ein wenig davon in Brujas Wassernapf und schob den Riegel vor. Wissenschaftliche Belege gab es dafür zwar keine, aber er hatte diese Methode von seinem Vater gelernt. So verleibte die Hündin sich jedes Mal, wenn sie von dem Urin trank, ein Stück ihres Herren ein. Das schaffte Loyalität und untermauerte, wer das Sagen hatte.

Er grüßte Jean und nahm auf der Rückbank Platz.

»Nach Santa Clara?«

»Zuerst will ich mit Marcos reden, aber sein Mobiltelefon ist aus. Ist er beim Bunker?«

»Ich habe sein Auto in die Richtung fahren sehen, ja«, sagte Jean.

»Dann fahren wir dorthin.«

SECHS »Was ist passiert?«

Nicolas führte die Hand zum Schalter und knipste das Licht in der Diele an. Hinter dem blau angeschwollenen Gesicht seiner Schwester hing ein gerahmtes Poster von Gunde Svan. Mit Autogramm. *Für die beste Maria der Welt*, stand mit schwarzem Edding darauf geschrieben. Seine Schwester war schon seit Kindertagen wie besessen von dem Skilangläufer.

Vorsichtig strich Nicolas ihr eine verfilzte Haarsträhne aus dem Gesicht. Er zog Maria an sich. Sie ließ ihn gewähren.

»Ich … ich war hungrig und wollte nur etwas zu essen kaufen. Aber dann haben sie mich geschlagen und mir mein Geld weggenommen«, sagte sie an seinen Brustkorb gedrückt.

Nicolas mahlte mit den Kiefern.

»Wann war das?«

»Ich weiß nicht. Vor ein paar Tagen.«

»Hast du was gegessen?«

Sie schüttelte den Kopf.

Es war zwecklos, sie weiter mit Fragen zu löchern oder zu ermahnen. Wenn sie reden wollte, würde sie das von sich aus tun. Er spürte einen Stich in der Magengegend, als er daran dachte, wie es ihr in den Jahren seiner Abwesenheit ergangen sein musste. Maria war einsam und wehrlos gewesen.

Nicolas hatte der SOG angehört, der geheimsten und bestausgebildetsten Spezialeinheit der Schwedischen Streitkräfte. Und obwohl der schwedische Staat mehrere Millionen Kronen dafür ausgegeben hatte, um Nicolas in Tauchen, Fallschirmspringen und Nahkampf auszubilden, arbeitete er als Tellerwäscher im Restaurant Benicio, seit er vor neun Monaten nach Stockholm zurückgekehrt war.

Er vermisste seine Einheit, seine Kameraden. Dabei war es keineswegs von Anfang an klar gewesen war, dass er Soldat werden würde.

Sein Vater Eduardo Paredes war nach dem Militärputsch von 1973 aus seiner Heimat Chile geflohen. Die Abneigung und das Misstrauen gegen Soldaten hatten seinen Vater Zeit seines Lebens begleitet. Als Nicolas zu den Küstenjägern gegangen war und verkündet hatte, er wolle Berufssoldat werden, war sein Vater so enttäuscht gewesen, dass er nach Chile zurückgekehrt war. Das lag nun zehn Jahre zurück, und seitdem hatten Vater und Sohn kein Wort mehr miteinander gewechselt.

Über Marias Kopf hinweg warf er einen Blick in die Wohnung. Kleider, Zeitungen, Flaschen und Kartons lagen über den Linoleumboden verteilt.

»Warum ziehst du nicht zu mir?«, flüsterte er. »Da hättest du es gut, ich würde dir jeden Tag Pizza mitbringen.«

Maria löste sich aus seinen Armen.

»Weil du mal an dich denken musst. Ich weiß, du hast mich lieb, aber du wirst nächstes Jahr dreißig. Und ich bin deine große Schwester. Außerdem ist jeden Tag Pizza ungesund.«

Nicolas nahm die Tüte mit den Hamburgern, die er mitgebracht hatte, und folgte ihr ins Wohnzimmer. Er stellte das Essen ab und suchte in der Küche unter der Spüle nach einer Plastiktüte, um aufzuräumen.

Sie folgte ihm mit dem Blick, während sie aß.

»Weißt du, wann ich begriffen habe, dass ich nicht mehr deine große Schwester bin?«

»Nein.«

»Als die Jungs aus meiner Klasse mich in der Toilette eingesperrt haben und du dich auf sie gestürzt hast und zusammengeschlagen worden bist. Die waren natürlich älter als du. Und stärker.«

»Aber ...«

»Gleich, das meine ich nicht. Aber als du mit blutigen Klamotten und blauen Flecken am ganzen Körper nach Hause gekommen bist und Papa wütend geworden ist und dich gefragt hat, was passiert ist. Da hast du gesagt, dass du verprügelt worden bist, aber du hast nicht gesagt, warum. Du hast irgendeine Geschichte erfunden, du hast dich auf dem Pausenhof gestritten, hast du gesagt. Weil du wusstest, dass ich mich vor Mama und Papa schäme, und das wolltest du nicht.«

»Du hast gewusst, dass das deinetwegen war?«

»Ja, klar.«

»Das habe ich nicht gewusst.«

»Nein, ich habe mich ja auch vor dir geschämt. Weil du sieben warst und mein kleiner Bruder und derjenige, der mich verteidigt hat. Und ich wusste, dass du nicht wolltest, dass ich mich vor dir schäme.«

Nicolas bückte sich und legte eine leere Coladose in die Tüte. Maria schob sich eine Pommes in den Mund.

Er ging ins Schlafzimmer und bezog ihr Bett neu.

Es hatte Zeiten gegeben in seiner Kindheit, in denen ihm Maria peinlich gewesen war. Nicht in der Grundschule, aber später. Da war er sogar extra einen Umweg gegangen, um nicht mitansehen zu müssen, wie sie durch die Schule humpelte und die anderen Schüler grölten, Grimassen schnitten, sie nachmachten, schubsten und boxten.

Wäre er da in der Nähe gewesen, hätte er eingegriffen. Dann hätte er nicht mehr an sich halten können. Aber damals, als er mit blutverschmierten zerrissenen Klamotten zu Hause aufgetaucht war, hatte er eine Standpauke bekommen. Sein Vater hatte ihn als streitsüchtig bezeichnet und damit gedroht, ihn in ein Internat für Schwererziehbare zu stecken. *Als ob es nicht reicht, dass deine Mutter und ich uns um deine Schwester Sorgen machen müssen, musst du dich jetzt auch noch wie ein verdammter kleiner Terrorist aufführen*, hatte er auf Spanisch geschrien und gegen Tische und Wände geschlagen, gegen alles, was ihm gerade in den Weg kam. Die ungezügelten

Wutausbrüche seines Vaters gehörten zu den deutlichsten Erinnerungen an seine Kindheit. Es war die gleiche Wut, die er selbst in sich trug, wie er festgestellt hatte. Eine Wut, die er dann aber in der SOG zu kontrollieren gelernt hatte.

»Denkst du an Papa?«

Nicolas schwieg.

»Du hast dann immer diesen finsteren Blick«, sagte Maria und trank geräuschvoll ihren Softdrink leer. »Glaubst du, er denkt manchmal an uns?«

»Ich weiß es nicht. Und es ist mir auch egal.«

»Warum?«

Den wahren Grund, den seine Mutter ihm auf ihrem Sterbebett verraten hatte, hatte Nicolas seiner Schwester nie erzählen wollen.

»Weil er nach Chile zurückgegangen ist. Ich war achtzehn und du neunzehn. Mama war gerade erst gestorben, und es wäre … einfach verdammt schön gewesen, wenn ein Erwachsener da gewesen wäre.«

Es entstand eine Pause.

»Entschuldige«, murmelte Nicolas. »Ich wollte nicht wütend werden.«

»Wie er.«

»Ja, so wie er.«

»Aber er konnte auch nett sein. Nicht so wie Mama, aber ein bisschen nett. Das dürfen wir nicht vergessen.«

»Ich weiß«, seufzte Nicolas und setzte sich neben Maria aufs Sofa. Er nahm eine Pommes frites. »Zeit für deine Dusche.«

»Muss ich wirklich?«

»Ja«, lachte Nicolas. »Du musst.«

Maria machte ein gequältes Gesicht und erhob sich. Als sie an dem Poster in der Diele vorbeikam, hielt sie inne.

»Gunde hat auch nicht gerne geduscht.«

Nicolas tat, als kannte er die Geschichte noch nicht, obwohl Maria sie ihm bestimmt schon fünfzig Mal erzählt hatte.

»Hat er nicht?«

Sie machte die Badezimmertür auf.

»Er hat so viel trainiert und musste andauernd duschen. Deshalb wollte er dabei besonders schnell sein.«

»Wirklich?«

»Ja, er hat die Zeit gestoppt und so schnell gemacht, wie er konnte. Er hat auch das Abtrocknen trainiert. Versucht, möglichst viel von seinem Körper mit dem Handtuch zu bedecken. Kennst du seinen Rekord, mit aus- und wieder anziehen?«

»Nein.«

»Eine Minute und dreiundzwanzig Sekunden. Für Haare, Körper und Abtrocknen.«

»Unglaublich.«

Maria begann ungeniert, ihre Kleidung abzulegen, und Nicolas wandte sich hastig ab. Als sie in die Dusche gestiegen war und den Vorhang vorgezogen hatte, ließ er sich mit dem Rücken an der Wand hinabgleiten, bis er auf dem Fußboden saß.

Das Wasser rauschte.

»Du denkst auch ans Zähneputzen?«

»Ja, manchmal.«

Er lachte. Maria konnte einfach nicht lügen.

»Weißt du, was ich mache?«, fragte er.

»Nein, was denn?«

»Ich putze mir unter der Dusche die Zähne. Das ist witzig und man vergisst es dann nicht.«

Maria lachte. Nicolas hörte sie gern lachen.

»Das hätte Gunde gefallen. Kann ich das gleich ausprobieren?«

»Klar.«

Nicolas drückte einen Streifen Colgate auf die Zahnbürste und streckte sie durch den Vorhang. Danach wischte er sich die Hand am Hosenbein ab und setzte sich wieder auf den Boden.

»Spielen wir nachher Backgammon?«

Nicolas warf einen Blick auf die Uhr. Halb eins. Er konnte ebenso gut auf Marias Sofa schlafen. Morgen Nachmittag würde er Ivan treffen. Und in achtundvierzig Stunden würden sie den Broker Hampus Davidson entführen.

»Nur, wenn du mich wenigstens ein Mal gewinnen lässt.«

SIEBEN

Der Bunker lag in dem Teil der Kolonie, der am schwersten zugänglich war. Um ihn zu erreichen, musste man den Fluss über eine einfache Holzbrücke queren und über holprige Wege bis zur Pazifikküste vorstoßen. Der letzte Streckenabschnitt war so zugewachsen, dass die Äste der Bäume gegen die Windschutzscheibe und den Unterboden des Wagens schlugen.

Als sie ankamen, entdeckten sie Marcos Chevrolet.

»Bleib hier«, sagte Carlos. »Es dauert nicht lange.«

Carlos ging dreihundert Meter in den Wald hinein, direkt auf einen Hügel zu.

Mit dem Bau des Betonbunkers, dessen Eingang am Fuß des Hügels lag, war direkt nach der Kubakrise begonnen worden. Ein Atomkrieg hatte kurz bevorgestanden, aber die Welt war noch einmal mit dem Schrecken davongekommen. Die Deutschen der Colonia Rhein hatten trotzdem kein Risiko eingehen wollen. Wenn die Sowjets und die Amis sich gegenseitig mit Atombomben vernichten wollten, dann konnten sie das gern tun. Die Kolonie aber würde überleben. Zwanzig Meter unter der Erde hatten sie deshalb so etwas wie eine unterirdische Stadt errichtet. Viertausend Quadratmeter mit Krankenstation, Schlafplätzen, Waffenlagern, Essensvorräten und Wasser.

Zum Atomkrieg war es aber nie gekommen. Stattdessen hatte der Bunker bis zum Militärputsch von 1973 leer gestanden. Anschließend war er mit politischen Gefangenen belegt worden. Niemand, der den gleichen Weg, den Carlos gerade ging, entlanggeschleift worden war, war lebend wieder herausgekommen. Nach der Folter waren ihre Überreste im Wald verscharrt worden.

Seit Mitte der Achtziger, als die Armee die Dienste der Kolonie nicht länger gebraucht hatte, hatte der Bunker erneut leer gestanden – bis die erste Fuhre mit philippinischen Straßenkindern eingetroffen war.

Carlos blieb vor der grünen Metalltür stehen, dem einzigen Zugang zum Bunker, nahm seine Karte und hielt sie vor das Lesegerät. Der Schließmechanismus klickte. Er drückte die Klinke hinunter und zog die Tür auf.

Der Fahrstuhl befand sich bereits auf dem Weg nach oben. Er lugte in den Schacht und erkannte Marcos. Als der Lift stoppte, schob sein Adoptivsohn das Gitter zur Seite und stieg aus dem Fahrkorb.

»Probleme?«, fragte Carlos.

»Nein. Die Gören wurden getestet, und zwei von ihnen werden schon heute Verwendung finden. Die Patienten sind mit dem Heli aus Santiago auf dem Weg hierher. Die OPs werden heute Nacht stattfinden.«

»Gut.« Sie gingen wieder auf ihre Autos zu. »Und Schweden?«

»Ist alles klar. Wir fliegen morgen. Wir treffen unseren Kontakt in unserem Hotel.«

»Wie zuverlässig ist der Mann?«

Marcos überlegte.

»Ich vertraue ihm. Er benutzt die Leute, die er in Kolumbien kennengelernt hat. Und die machen nicht mit jedem Geschäfte.«

»Kolumbianer? Dann geht es um Drogen, nehme ich an?«

»Korrekt.«

»Ich traue keinem, der mit Drogen zu tun hat. Die machen die Gesellschaft kaputt, die Menschlichkeit«, sagte Carlos.

Marcos hob die Schultern.

»So wie ich das sehe, haben wir keine Wahl, wenn die Klinik überleben soll. Die Schweden sind ehemalige Soldaten, die jetzt Geschäftsmänner sind. Außerdem haben sie eine Pipeline, die wir nutzen dürfen.«

»Eine Pipeline?«, fragte Carlos.

»Dieselbe Route, auf der sie ihre Drogen von Kolumbien nach Skandinavien schaffen, nach ... wie heißt die Haupt...«

»Stockholm.«

»Stockholm, genau. Die können wir benutzen. Wir verlängern die Route einfach über Ecuador und Bolivien.«

Sie hielten vor ein paar hohen Fichten inne. Marcos biss die Zähne zusammen und blickte schweigend in den Wald, in die Richtung, aus der sie gekommen waren. Plötzlich kreischte ein schwarzer Vogel und stieg mit rauschenden Flügelschlägen in den Himmel auf.

ACHT

Vanessa hängte ihren leichten Mantel über die Stuhllehne im Restaurant Nero, bestellte ein Glas Rotwein und schaute sich in dem halb vollen Lokal um. Zu ihrer Linken blickte sie in ihr Spiegelbild. Sie wusste, sie sah gut aus. Wobei ihr klar war, dass sie seit ihrer Trennung von Svante ihrer äußeren Erscheinung immer mehr Aufmerksamkeit widmete. Das Problem war, dass sie nicht im Geringsten an Männern interessiert war; diese Affen in Menschengestalt, mit denen sie ausging, beeindruckten sie einfach nicht.

Sie nestelte an ihrem Micky-Maus-Anhänger, der an einer feinen Goldkette um ihren Hals hing, ehe sie ihn unter der Bluse verbarg.

In den letzten Jahren war die Arbeit alles für sie gewesen. Sie hatte soziale Kontakte außerhalb ihres Jobs bewusst gemieden. Dabei war sie gar nicht angewiesen auf einen Job. Das Erbe ihres Vaters enthielt ein Aktienportfolio, das dreiundvierzig Millionen Kronen wert war. Außerdem gehörte ihr die Wohnung in der Roslagsgatan 13, daran änderte auch die Scheidung nichts. Aber wenn sie bei der Polizei rausflog, wusste sie nicht, was sie mit sich anfangen sollte, das war das Problem. Sie kannte keinen anderen Beruf. Und das Urteil wegen Alkohol am Steuer war rechtskräftig, der Fall wartete nur noch darauf, vom Disziplinarausschuss der Polizei geprüft zu werden. Im Anschluss daran würde die Stockholmer Polizeibehörde entscheiden, ob Vanessa ihren Job behalten durfte oder nicht.

Um die Langeweile zu vertreiben, arbeitete sie seit ihrer Suspendierung als Freiwillige für eine Organisation, die sich in Enskede um Flüchtlingsmädchen kümmerte. Sie kochte, half beim Schwedischunterricht und bei Besorgungen. Ihre Schwester Monica, die Journalistin bei der *Aftenposten* war, hatte ihr den Kontakt vermittelt.

Doch zwei Abende in der Woche reichten ihr nicht – die Rastlosigkeit schickte ihr ein lästiges Kribbeln durch den Körper, und nicht nur abends. Deshalb traf sie sich auch weiterhin mit ihren Informanten. Oft stand sie ihnen sowieso näher als ihren Kollegen.

Jonas Jensen, der einzige Polizist, den sie als Freund bezeichnete, betrat das Restaurant. Er blieb kurz am Tresen stehen, wechselte ein paar Worte mit der Dame an der Kasse, bekam sein Bier und ließ sich gegenüber von Vanessa auf den Stuhl sinken.

»Durstig?«

»Total«, gab er zurück. »Es ist aber auch ganz schön heiß draußen. Außerdem habe ich heute frei.«

Während ihrer Abwesenheit übernahm Jonas ihre Position bei der Nova. So enttäuscht sie darüber war, dass sie ihrer Arbeit nicht nachgehen durfte, konnte sie sich keinen besseren Vertreter wünschen. Jonas war neununddreißig und ein ausgezeichneter Polizist. Vor vier Jahren hatte sie ihn selbst aus einer Einheit des Drogendezernats rekrutiert, die verdeckt in der Gastronomie ermittelte. Genau wie Vanessa brannte er für seine Arbeit. Und trotzdem gelang es ihm, seinen beiden Kindern ein guter Vater zu sein. Er war nett und aufmerksam, ohne deswegen eine Schnarchnase zu sein.

Anderen gegenüber verhielt Vanessa sich reserviert oder auch mal unverhohlen feindselig, wenn sie der Ansicht war, sie habe es mit einer inkompetenten Person zu tun, doch das war bei Jonas nie der Fall gewesen. Dieser Unwille, Kompromisse einzugehen, um anderen zu gefallen oder sich bei den Kollegen beliebt zu machen, hatte ihr in der Chefetage den Ruf eingehandelt, schwierig zu sein.

»Wie geht es dir?«, fragte Jonas und fuhr sich mit dem Handrücken über die Wange.

»Ich hatte den ersten Termin bei meiner Therapeutin. Das war sehr … interessant.«

»Die arme Therapeutin.«

Vanessa schnaubte, obwohl sie wusste, dass Jonas Spaß machte.

»Die läuft rum wie eine Karikatur ihrer selbst, inklusive Hornbrille, und sie tanzt afrikanische Tänze. Doch, wirklich, ich habe sie gefragt. Sie sieht genauso aus wie die, die in den Siebzigern nur mit ihren gelockten Schamhaaren bekleidet die Turnhallen besetzt haben.«

Jonas grinste.

»Hast du das nicht auch gemacht?«

»Pass auf, was du sagst, ich bin Jahrgang fünfundsiebzig. Aber stimmt schon, Anfang der Neunziger war ich auch Revoluzzerin und wollte Ärztin werden, um Südamerika vom amerikanischen Imperialismus zu befreien. Ehrlich gesagt glaube ich aber, dass es mir mehr darum ging, meinen Vater auf die Palme zu bringen, als mich um die armen Bauern und Bergmänner zu kümmern.«

»Ich glaube trotzdem nicht, dass die Therapie so verkehrt ist«, meinte Jonas und räusperte sich. »Sie könnte für dich genau das Richtige sein. Du hast eine schwere Zeit durchgemacht. Und egal wie du über die Scheidung denkst, sie bringt auf jeden Fall Veränderungen mit sich. Ich habe übrigens auch mal eine Therapie gemacht.«

»Du?«, fragte sie überrascht.

Jonas wollte schon antworten, unterbrach sich aber, als die Bedienung fragte, ob sie etwas essen wollten. Vanessa bestellte Rigatoni mit Hühnchen, und Jonas entschied sich für Kalbsfrikadellen.

Draußen vor dem Fenster ragte die Backsteinfassade des Norra Real in den Himmel.

»Hast du gewusst, dass das Norra Real das Gymnasium ist, das weltweit die meisten Nobelpreisträger hervorgebracht hat? Da kommt keine andere Schule ran, nicht mal annähernd«, sagte Vanessa, als die Bedienung wieder verschwunden war.

»Woher weißt du das?«

»Mein werter Herr Vater war auf dem Norra Real. Und jedes Mal, wenn wir vorbeigefahren sind, hat er das erzählt. Aber du hast eine Therapie gemacht, hast du gesagt?«

»Sogar eine Paartherapie.«

Vanessa verzog vielsagend das Gesicht.

»Jetzt guck nicht so geschockt.« Jonas lachte. »Das war, nachdem Vincent, unser Erster, auf die Welt gekommen ist. Mir war das alles plötzlich viel zu viel. Karin meinte, ich würde die Vaterrolle nicht ernst genug nehmen, und damit hatte sie, im Nachhinein betrachtet, auch recht. Wir haben uns sogar vorübergehend getrennt. Aber dank der Therapie haben wir wieder zueinandergefunden.«

Jonas war alles andere als ein Machotyp. Auch wenn er jeden Morgen ins Fitnesstraining ging und früher Kampfsportler gewesen war, wie Vanessa wusste. Dennoch, obwohl er immer freundlich und besonnen war, hatte er etwas Ungeschliffenes an sich. Deshalb war er für sie kein Mann, der sich von einem Psychologen analysieren ließ, schon gar nicht zusammen mit seiner Frau.

Mehrmals hatte sie sich vorgestellt, wie es wäre, Sex mit ihm zu haben. Und da war sie nicht die Einzige, das wusste sie. Aber vermutlich war Vanessa nicht seine erste Wahl, wenn es darum ginge, seine Frau zu betrügen. Zum einen, weil die Fremdgeherei nicht zu ihm passte, und zum anderen, weil er kein Mann war, der die Dinge unnötig verkomplizieren wollte, indem er mit seiner Chefin ins Bett stieg.

»Da schau an. Das hätte ich nie von dir gedacht.«

»Aber so ist es«, entgegnete Jonas und tunkte ein Stück Brot in Olivenöl. »Hatte dein Informant was Interessantes zu berichten?«

»Ein Banker ist entführt worden. Soweit ich weiß, ist er nicht als vermisst gemeldet worden.«

»Und wer soll das sein?«

»Oscar Petersén.«

»Nie gehört. Wie safe ist die Info?«

»Ich habe sie von meinem besten Mann.«

NEUN

Der Nachbarort der Colonia Rhein, Santa Clara, zählte rund zweihundert Einwohner und lag in einer Senke am Fuß der Anden. So gut wie alle Einwohner arbeiteten in irgendeiner Form für Carlos Schillinger und die anderen Deutschen.

Vor dem Autofenster weideten Kühe auf der grünen Wiese. Der dunkle, gewundene Koloss der Anden wachte über das Dorf und seine Felder. Ein Kilometer vor Santa Clara ging Jean vom Gas. Ein paar Kühe hatten den Weidezaun durchbrochen und grasten am Wegesrand. Ein Mann war von seinem Pferd gestiegen und kniete vor dem kaputten Zaun.

»Ist das nicht Raúl?«

»Doch«, erwiderte Jean und rückte seine Sonnenbrille zurecht. »Klar, das ist *Raúlito*.«

Als Raúl die Autotür zuschlagen hörte, ging er Carlos entgegen. Raúl war in den Dreißigern, hatte schwarze, wellige Haare und dunkle Augen. Er war schweigsam, arbeitete hart und beklagte sich nie. Und er log nicht, versuchte sich nicht einzuschmeicheln wie viele der anderen Arbeiter.

In jungen Jahren war Raúl ein vielversprechender Fußballspieler gewesen und hatte sogar in der Akademie des Erstligisten Colo-Colo in der Hauptstadt Santiago vorspielen dürfen. Die Einwohner von Santa Clara hatten für das Busticket und den Aufenthalt in der Stadt Geld gesammelt und die Hälfte zusammenbekommen. Die andere Hälfte hatte Carlos beigesteuert. Aber Raúl war gescheitert. Und war noch stiller in sein Heimatdorf zurückgekehrt. Hatte in einer der Fabriken angefangen und dann als Bauarbeiter weitergemacht.

Einen Meter vor Carlos blieb Raúl stehen.

»Alles gut, Raúl?«

»Sí, *patrón*.«

»Ich habe gehört, du hast geheiratet. Wollte dir noch gratulieren.«

»Danke, *patrón*.«

»Wie heißt sie?«

»Consuelo, *patrón*.«

Raúl kratzte sich am Arm. Genau neben der Achselhöhle hatte er eine Narbe so groß wie eine Zigarettenschachtel. Carlos war sie früher schon aufgefallen, aber er hatte Raúl nie darauf angesprochen. Raúl sah zu Boden.

»Verbrennung?«

Raúl schüttelte den Kopf.

»*Araña de rincón*.«

Die Webspinne war die giftigste in Chile und häufig anzutreffen. Ihr Biss konnte tödlich enden und war äußerst schmerzhaft.

»War's schlimm?«, fragte Carlos und beäugte die Narbe.

Raúl lächelte schwach.

»Die krassesten Schmerzen, die ich je hatte.«

Er hob den Arm, damit Carlos die Narbe besser sehen konnte. Carlos berührte behutsam mit den Fingerkuppen die unebene verhärtete Haut.

»Das Fleisch um den Biss herum stirbt ab«, erklärte Raúl. »Die Ärzte mussten das tote Gewebe rausschaben. Unter der Haut ist jetzt nur noch der Knochen.«

»Wie ist das passiert?«

»Ich habe auf einer Ihrer Baustellen draußen vor Pucón gearbeitet. Das Hotel, wissen Sie? Es war ein heißer Tag, und ich habe meinen Pulli ausgezogen und liegen gelassen.«

»Und da ist sie reingekrabbelt«, unterbrach Carlos ihn. »So werden wahrscheinlich die meisten gebissen.«

»*Exactamente*.«

Raúls Pferd, das er am Zaun angebunden hatte, schnaubte ungeduldig und wirbelte Staub mit den Hufen auf. Der Wind trug die Wolke ein paar Meter auf die Berge zu.

»Schaust du dir das Spiel nicht an?«, fragte Carlos.

Raúl schüttelte den Kopf.

»Nein, ich will den Zaun reparieren. Ich sehe nicht gern Fußball.«

Carlos stieg wieder ins Auto, und sie fuhren weiter nach Santa Clara. Dort hielten sie auf einem Stück Rasen hinter dem Spielfeld. Ein herrenloser Hund kam näher, sein Fell war räudig vor Krätze, er schnupperte am Vorderreifen, aber trottete von dannen, als die Autotüren aufgestoßen wurden. Die erste Mannschaft von Santa Clara würde im Ligaspiel gegen Coyhaique antreten. Carlos war Hauptsponsor der Mannschaft und verpasste kein einziges Spiel, obwohl Santa Clara in der Regel verlor und hoffnungslos Tabellenletzter war.

»Was glaubst du, Jean?«

Der Chauffeur zündete sich umständlich eine Zigarette an.

»Was das Spiel angeht? Wir gewinnen.«

»Das sagst du jedes Mal, und dann verlieren wir doch wieder fünf null.«

Jean lachte, die Zigarette im Mundwinkel. Er führte beide Hände zum Gürtel und zog sich die Hose hoch.

»Was soll ich sagen? Ich bin eben optimistisch veranlagt, *jefe*.«

Es war ein warmer Tag, der Himmel wie leergefegt. Die Dorfbewohner standen am Spielfeldrand, und es duftete nach gegrillten Chorizos. Die Spieler wärmten sich in einer Wolke aus Staub und Sand auf – Santa Clara in grünen und Coyhaique in roten Trikots. Die Dorfbewohner richteten ihre Blicke sofort auf Carlos, nickten respektvoll und machten Platz, damit die beiden Männer sich auf die kleine Holztribüne setzen konnten. Jean legte seine Waffe neben sich und lehnte sich zurück.

Auf der anderen Seite des Spielfelds jagte der Dorftrottel Ignacio in seinem Rollstuhl einem Plastikball hinterher. Der Junge war knapp fünfzehn und von Geburt an geistig behindert. In seiner

Kindheit war er zudem von einem Hausdach gestürzt und seitdem von der Hüfte abwärts gelähmt.

Doch Carlos richtete seinen Blick nicht auf Ignacio, sondern auf die junge Dame in einem weißen Baumwollkleid, die neben ihm stand. Ihr schwarzes Haar wehte im Wind. Carlos dachte, dass sie mit Haaren gesegnet war, die immer glänzten, als wären sie nass.

Er stieß Jean in die Rippen.

»Wer ist das?«

Jean schob seine Sonnenbrille auf die Stirn und blinzelte.

»Die neben dem Idioten?«

»Ja.«

»Ich habe sie noch nie gesehen. Aber sie ist schön.«

Carlos stellte keine weiteren Fragen.

Die Mannschaften bezogen Position in ihrer jeweiligen Hälfte, und der Schiedsrichter pfiff das Spiel an. Die Zuschauer brüllten los. Es hagelte Beschimpfungen, das Publikum drohte bei jeder Entscheidung des Schiedsrichters gegen ihre Mannschaft mit den Fäusten. Ein paar Frauen hatten Topfdeckel mitgebracht, die sie mit Stöcken malträtierten.

Aber es lag nicht an dem Lärm, dass Carlos sich nicht auf das Spiel konzentrieren konnte. Die junge Frau zog seine volle Aufmerksamkeit auf sich.

Nach der ersten Halbzeit stand es 2:0 für Coyhaique, und Carlos sah, wie die Frau sich in die Schlange vor dem Chorizogrill stellte.

»Ich geh mir mal kurz die Beine vertreten«, sagte er.

»Soll ich Ihnen Gesellschaft leisten, *patrón*?«, fragte Jean, griff nach seinem Revolver und machte Anstalten aufzustehen, aber Carlos legte ihm eine Hand auf die Schulter.

»Nein, bleib ruhig sitzen.«

Carlos verließ die Tribüne. Als er über das Spielfeld schritt, legte sich eine dünne Schicht aus rotem Staub auf seine Schuhe. An der Mittellinie warf der Dorftrottel gerade den Ball von sich, und er landete vor Carlos' Füßen. Er passte ihn mit dem Fuß zurück zu dem Jungen und gab ihm einen grün-weißen Tausend-Pesos-Schein.

»*Gracias, patrón*«, sagte Ignacio mit seinen schlaffen, feuchten Lippen. Ein Speichelfaden hing an seinem Kinn. Carlos zerstrubbelte ihm die Haare und lächelte.

Er reihte sich hinter der Frau in die Schlange ein. Er stand so dicht bei ihr, dass er den Duft ihrer glänzenden Haare wahrnahm. Dreimal machte er den Mund auf, um sie anzusprechen, besann sich aber jedes Mal anders. Schließlich nahm er all seinen Mut zusammen, streckte seine Hand aus und berührte sie an der Schulter.

»Sind Sie neu hier im Ort, *señorita?*«, fragte er freundlich. »Ich glaube, ich habe Sie hier noch nie gesehen.«

Sie wandte sich um und schirmte mit der Hand an der Stirn die Sonne ab.

»*Sí señor*, ich bin aus Valdivia. Aber die Familie meiner Mutter stammt von hier.«

»Wie heißt Ihre Mutter?«, murmelte Carlos, obwohl er die Antwort kannte.

»Ramona. Ramona Salinas, *señor*.«

Ein Windstoß fuhr in Carlos' Hemd.

»Haben Sie sie gekannt?«, fragte sie, als sie seinen Blick bemerkte.

»Santa Clara ist ein kleines Dorf. Es tut mir leid, dass sie verstorben ist.« Er beeilte sich, das Thema zu wechseln. »Ich hoffe, es gefällt Ihnen hier bei uns. Warum sind Sie zurückgekommen?«

»Mein Mann arbeitet für Sie.«

»Ach ja? Wie heißt er denn?«

»Sie haben so viele Angestellte, wahrscheinlich kennen Sie ihn gar nicht. Er heißt Raúl Sanchez.«

ZEHN

ZEHN Zwei weißhaarige Senioren schlenderten gemächlich Hand in Hand vor Nicolas her. Ein Stück weiter zog eine Frau an der Leine ihres Schäferhunds.

Auf dem Sportplatz spielten ein paar Halbwüchsige Beachvolleyball. Sand spritzte hinter ihren Füßen auf, wenn sie nach dem Ball hechteten. Nicolas schirmte mit der Hand die Sonne ab und beobachtete das Spiel, dann hörte er hinter sich ein Auto hupen. Er sah, wie Ivan Tomic auf dem Parkplatz neben dem Imbiss hielt.

Sie kauften sich jeweils einen Hundertfünfzig-Gramm-Cheeseburger, und als sie sich auf der Bank niederließen, hatten die Volleyballspieler ihr Match beendet und lagen im Sand. Nicolas deutete auf das Mineralwasser in Ivans Hand.

»Ramlösa? Früher hast du doch sogar schon zum Frühstück Limo getrunken.«

Ivan schnitt eine Grimasse.

»Weißt du, wie viele Würfel Zucker in einer einzigen Dose Limo sind?«

»Nee, du?«

»Nein, aber total viele. Wenn wir durch sind mit der Sache und ich nach Thailand fliege, will ich beim Baden nicht andauernd den Bauch einziehen.«

Nicolas musterte lachend seinen besten Freund.

Sie kannten sich seit der Grundschule, waren Tür an Tür im Malmvägen in Sollentuna aufgewachsen. Seit ihrem siebten Lebensjahr waren sie unzertrennlich gewesen, was sich aber änderte, als sie fünfzehn waren. Nicolas' Eltern hatten ihn dazu überredet, sich für ein Stipendium zu bewerben, um das Humanistische Gymnasium in Sigtuna besuchen zu können. Das Internat nahm jedes Jahr einige Schüler auf, deren Familien die Gebühren nicht aufbringen konnten. Nicolas war angenommen worden und ins Internat gezogen. Und obwohl er am Anfang jedes Wochenende nach Hause gekommen war, war die Kluft zwischen den beiden Freunden immer tiefer geworden.

Ivan war nach und nach von Diebstahl und Sachbeschädigung, Körperverletzung und Raub zum Drogenhandel übergegangen. Jedes Mal, wenn Nicolas ihn wiedersah, hatte sich die Schwere seiner Straftaten gesteigert. Schließlich schmiss Ivan die Schule und wurde kurz darauf zu acht Monaten Jugendhaft verurteilt, weil er einen gleichaltrigen Jungen nach einem Kneipenabend auf Södermalm verprügelt hatte.

Als er seine Strafe verbüßt hatte, leistete Nicolas gerade seinen Wehrdienst ab. In den darauffolgenden Jahren hatten die beiden keinen Kontakt mehr. Während Nicolas bei der SOG war, saß Ivan in verschiedenen Anstalten, vertickte Drogen und Anabolika und wurde schließlich selbst abhängig.

Aber Nicolas liebte Ivan und fühlte sich schuldig, weil er den Freund zurückgelassen hatte – allein, ohne jemanden, der ihn von Dummheiten abhielt, ihn zur Vernunft brachte oder ihn verteidigte, wenn er in der Klemme steckte.

Einer der Volleyballspieler stand auf und zog sein T-Shirt aus. Ivan glotzte. »Krasser Körper«, murmelte er und nahm einen großen Bissen von seinem Cheeseburger.

»Wie lief's gestern?«, wollte Nicolas wissen.

»Davidson war den ganzen Tag im Büro, gegen fünf ist er dann gegangen. Direkt nach Hause. Seine Frau war schon da.«

Der Broker hatte sein Büro im Strandvägen. Seine klotzförmige Villa lag in Gåshaga auf Lidingö. Ivan hatte ihn in den letzten Tagen beschattet.

»Wie heißt sie?«

»Milena. Sieht aus wie ein Filmstar. Ich weiß wirklich nicht, warum du darauf bestehst, dass wir die Männer kidnappen.«

Nicolas schüttelte den Kopf.

»Nicht schon wieder diese Diskussion. Keine Frauen, keine Kinder. Das sind die Regeln.«

»Du und deine Regeln. Aber wenigstens hast du mir dieses Mal vertraut und mich machen lassen. Und du siehst ja, ich komme klar.«

»Ja, sieht ganz so aus. Du warst nicht schlecht.«

Ivan grinste.

»Schlagen wir bald zu?«, fragte er und schob sich den letzten Bissen in den Mund.

»Ja.«

»Gut, ich habe nämlich langsam keine Lust mehr, ihn zu beschatten.« Ivan stand auf und warf die Alufolie mit den Burgerresten in den Mülleimer. »Und dieses Mal entscheidest nicht du, wo wir hinfahren, wenn wir hier fertig sind.«

»Was meinst du damit?«

»Der Sommer nach dem Schulabschluss. Ja, ich weiß, ich hab ja keinen, aber nach deinem eben. Alle sind danach irgendwo hingeflogen. Magaluf, Sunny Beach, Rhodos. Und was haben wir gemacht? Du hast mich dazu gezwungen, einen ganzen Monat lang in einem verdreckten Zug durch die Gegend zu fahren.«

»Das war Interrail, Ivan. Das haben nicht nur wir gemacht.«

»Aber in Sollentuna waren wir zwei verfluchte Ufos. Die anderen haben von wilden Partys, Schlägereien mit Engländern, Mädels in Bikinis, azurblauem Meer und langen Sandstränden erzählt. Sie haben sich schlappgelacht, als ich erzählt habe, dass ich mit einem Rucksack durch die Gegend gelaufen bin, draußen geschlafen habe und mir die Reste von irgendeiner Betonmauer angeguckt habe.«

»Das war die Berliner Mauer.« Nicolas lachte. »Und so schlimm war's jetzt auch wieder nicht.«

»Äh ja, war schon okay. Weißt du, was ich mir kaufen will?«

»Was denn?«

»Hähne. Du weißt schon, solche die gegeneinander kämpfen. Und dann organisiere ich die Kämpfe, so wie Pablo Escobar in *Narcos*.«

»In deiner Dreizimmerwohnung, oder was? Und wo willst du die Hähne auftreiben, du kannst die ja schlecht aus dem Freilichtmuseum schmuggeln.«

»Das werde ich schon irgendwie hinkriegen«, sagte Ivan. »Sei nicht immer so skeptisch.«

Die Volleyballspieler schlenderten Richtung Tessinparken. Nicolas aß den Rest seines Burgers.

»Du baust keinen Scheiß, oder?«

»Keine Panik. Ich werd's schon nicht versauen. Ich bin dran an ihm. Ich würde mir nur wünschen, dass du mich mal von der Leine lässt, ich will auch mal leben. Ich habe die Nase voll davon, immer in dieser verdammten Tür zu stehen und vor den Leuten den Diener zu machen. Schließlich bin ich jetzt Millionär.«

»Durch mich hast du doch immerhin die Wohnung gekriegt, unter der Hand sogar, und du kannst so viel leben, wie du willst, sobald ich mich mit Maria aus dem Staub gemacht habe. Aber bis dahin musst du sauber bleiben und tun, was ich dir sage.« Nicolas merkte, dass er strenger klang als beabsichtigt. Er breitete entschuldigend die Arme aus. »Ich will nur, dass du vorsichtig bist. Ich darf Maria nicht noch einmal im Stich lassen.«

»Wie geht es ihr?«

»Die haben sie wieder überfallen.«

»Schon wieder?« Ivan stand auf und schüttelte den Kopf, setzte sich aber gleich wieder hin. »Ich kapier einfach nicht, wieso du mich nicht nach Vårberg rausfahren lässt, damit ich den Idioten mal erkläre, dass sie Maria in Ruhe lassen sollen.«

Nicolas klopfte ihm auf die Schulter.

»Weil sie allein wäre, wenn das schiefgeht. Und dann wird alles nur noch schlimmer. Aber ich weiß dein Angebot zu schätzen. Und sie auch.«

»Vergiss nicht, dass sie irgendwie auch meine Schwester ist«, sagte Ivan, streckte sich und nahm eine Pommes von Nicolas' Pappteller.

ELF Carlos schaute an Jeans Hinterkopf vorbei direkt in die gelbe Smogglocke, die Santiago de Chile wie ein Glorienschein umgab. Ein Auto hupte, woraufhin sich mehrere Fahrer zu einem ganzen Konzert hinreißen ließen.

Vor ihnen in der kilometerlangen Schlange stand ein alter Lkw, beladen mit Zwiebeln. Schwarze Abgaswolken quollen aus den Auspuffen, stiegen nach oben und verflüchtigten sich.

»Warum wollen die Leute bloß in Städten wohnen?«, murmelte Carlos.

Marcos, der auf dem Beifahrersitz saß, drehte den Kopf und wollte etwas sagen, hielt aber inne, als ein Straßenverkäufer in Shorts und T-Shirt vor dem Fenster auftauchte. Die Autodiebstähle waren in der Hauptstadt in den letzten Jahren explosionsartig in die Höhe geschnellt. Marcos ließ die Scheibe herunter, um den Verkäufer mit ein paar Beleidigungen zu vertreiben.

Carlos hatte die ganze Nacht wach gelegen. Nicht mal im Auto hatte er schlafen können, obwohl die Müdigkeit seinen Kopf zu zerspringen drohte. Früher hatte er im Auto immer schlafen können, weswegen er kurz davor gewesen war, Jean anzurufen und ihn zu bitten, ihn herumzufahren, damit er endlich schlafen konnte.

Auch in dieser Nacht hatte er wieder einmal die Matratze auf die Terrasse geschleppt, die Hände hinter dem Kopf verschränkt und in den Sternenhimmel geblickt. Consuelo wollte ihm einfach nicht aus dem Kopf gehen. Oder war es vielmehr Ramona, ihre Mutter – seine große Liebe? Es war beinah dasselbe, denn ihre Ähnlichkeit war erstaunlich. Als er auf die Geräusche der Nacht gelauscht und seinen Blick ins Universum gerichtet hatte, hatte er beschlossen, dass Consuelo ihm gehören würde. Sie musste die Seine werden. Nicht immer, aber manchmal. In gewissen Nächten. Wenn er sie brauchte.

Er nahm den Brief aus der Innentasche, den Ramona ihm geschrieben hatte. Er überflog ihn, obwohl er ihn seit Langem auswendig konnte. Er führte ihn an die Nase und sog den Duft des Papiers ein, ehe er ihn wieder zusammenfaltete und in die Tasche zurückschob.

»Marcos«, sagte er. »Ich habe eine Aufgabe für dich.«

»Was denn?«

»Versetz Raúl.«

Marcos drehte sich um. Carlos merkte, dass Jean ebenfalls gespannt zuhörte.

»Hat er was falsch gemacht?«

»Überhaupt nicht. Mach ihn zum Schichtleiter in der Fabrik in Concepción, egal für welche Schicht. Er soll sich unter der Woche erst mal dort aufhalten.«

»Und wann?«

»Jetzt gleich.«

»Wird gemacht.«

Carlos ließ sich in den Sitz sinken. In dreißig Stunden würde er zum ersten Mal in Schweden sein. Er fragte sich, ob die schwedische Hauptstadt genauso ein gottvergessener Ort war wie Santiago.

TEIL ZWEI

EINS »Fotze.«

Ivan Tomic holte zu einem Schlag Richtung Bildschirm aus, ließ seine Faust dann aber gegen die Wand sausen. Mit einem einzigen Mausklick hatte er beim Pokern dreiundvierzigtausend Kronen an einen Japaner verloren. Er loggte sich aus, lehnte sich im Sofa zurück und massierte sich die Fingerknöchel.

Die Dreizimmerwohnung in der Sandhamnsgatan war so gut wie leer. Es hallte, wenn er redete, Musik hörte, oder wenn der Fernseher lief. Von dem Echo wurde ihm übel, vor zwei Wochen war er im Rausch sogar überzeugt gewesen, dass er sich unter Wasser befand und sterben würde.

Er nahm ein wiederverschließbares Klarsichttütchen aus der Schublade des Sofatischs, legte sich eine Line Kokain und schnupfte sie. Er verzog das Gesicht und schniefte. Er hatte gedacht, er würde sich wieder beruhigen, sobald er eine neue Wohnung hatte. Deshalb hatte er Nicolas überredet, ihm eine zu beschaffen, doch jetzt fühlte er sich noch einsamer und frustrierter als vorher.

Obwohl im Schrank eine Tasche mit rund drei Millionen Kronen lag, durfte er keinen Spaß damit haben. Nicolas zwang ihn dazu, weiter als Türsteher zu arbeiten. Einer der vielen Kanaken zu sein, die im O'Leary's in Huddinge in der Tür standen und bedauernswerte Säufer begrüßten.

Könnte er zeigen, wie reich er war, würde er nicht mehr für Sex mit teilnahmslosen Rumäninnen in irgendwelchen Bordellen bezahlen müssen.

Er konnte sich teurere Mädels leisten, er hatte sich im Netz Seiten mit Edel-Escort-Girls angesehen, die zwanzigtausend Kronen pro

Stunde kosteten. Aber irgendwie schämte er sich. Er hatte Angst, sie würden ihn auslachen und für einen Loser halten. Was die Rumäninnen dachten, war ihm egal – bei denen ließ er nur die Hose runter und erledigte, was erledigt werden musste. Meistens waren sie ohnehin so zugedröhnt, dass sie kaum etwas mitbekamen.

Nein, es ergab keinen Sinn, eine Tasche voller Geld zu haben, wenn man es nicht ausgeben durfte. Ivan wollte der Welt und denjenigen, die ihn sein Leben lang verspottet hatten, beweisen, dass er kein Niemand war. Sondern eine Respektsperson, die nicht zu unterschätzen war.

Nicolas verstand das nicht. Er hatte nie kämpfen müssen. Weder um Mädchen oder Freunde noch in der Schule oder beim Sport. Wegen Nicolas wurde auch Ivan akzeptiert. Nicolas war Ivans Eintrittskarte in die Welt. Als Kind war Ivan einen Kopf kleiner als alle anderen, außerdem war er fett und ängstlich. Einmal war er ein paar älteren Jungs in die Fänge geraten, und sie hatten ihn grün und blau geschlagen, worauf Nicolas sich auf sie gestürzt hatte.

Natürlich hatten sie dann beide Prügel bezogen, aber von dem Tag an war er Nicolas überallhin gefolgt. In der Schule war er deshalb »Nicolas Hund« genannt worden. Aber das hatte er ignoriert, denn Nicolas war sein Freund gewesen, und zwar einer, der ihn gegen jeden mit seinem Leben verteidigte.

Bis er aufs Internat gegangen war, neue Freunde gefunden und ihn links liegen gelassen hatte. In der Zeit, in der er von Besserungsanstalt zu Besserungsanstalt verschoben worden war, war er sich sicher gewesen, dass er Nicolas nie wiedersehen würde. Und als er dann endlich wieder auf freiem Fuß war, schuldete er den Behörden und Kredithaien fast eine halbe Million.

Doch dann hatte Nicolas wieder Kontakt zu ihm aufgenommen und erzählt, dass er nicht mehr beim Militär war. Ivan hatte schnell begriffen, dass etwas passiert sein musste, aufgrund dessen er bei der Sondereinheit rausgeflogen war, doch Nicolas wollte nicht darüber sprechen.

Sie hatten wieder angefangen, sich zu treffen, wenn auch nicht so häufig wie früher. Mal tranken sie ein Bier zusammen, mal spielten sie Fußball im Vasaparken oder fuhren nach Sollentuna zu ihrer alten Schule. Eines Tages hatte Nicolas ihm eröffnet, dass er abhauen und Maria mitnehmen wollte. Dafür brauchte er allerdings Geld, und er hatte Ivan in seinen Plan eingeweiht, das Uhrengeschäft zu überfallen. Vor zwei Monaten hatte Nicolas das Ding durchgezogen, Ivan hatte im Auto gewartet. Und genau wie Nicolas es vorhergesagt hatte, war keine Anzeige bei der Polizei eingegangen.

Nicolas hatte Bågenhielms mit einer Liste der Patek-Philippe-Kunden verlassen. Im Prinzip hatten sie damit Namen und Adressen der zweihundert reichsten Schweden, da stand einfach alles drauf.

Ivan stemmte sich vom Sofa hoch. Er musste mal an die frische Luft. Er wählte ein Hemd aus und stellte sich vor den Spiegel. Das Fett und die Rettungsringe seiner Kindheit waren längst verschwunden. Seine geringe Körpergröße kompensierte er mit beinhartem Training und der Einnahme von Anabolika, wodurch er mittlerweile die Statur eines Kampfhundes hatte: knapp neunzig Kilo bei einer Größe von einseinundsiebzig. Unter dem eng sitzenden Hemd zeichneten sich seine Muskeln ab. Er machte einen Knopf am Kragen auf, dabei fiel sein Blick unwillkürlich auf seine Hände.

Sie waren klein, fast mädchenhaft. Er hasste sie. Schämte sich dafür und ekelte sich vor ihnen. Jahrelang hatte er nach einer Operationsmethode gesucht, um sie vergrößern zu lassen, aber er war nicht fündig geworden. Er war dazu verdammt, mit Frauenhänden zu leben.

Er machte die Tasche mit dem Geld auf und nahm einen Packen Tausender an sich.

Er konnte sich genauso gut gleich auf den Weg machen, obwohl es noch früh war. Joseph Boulaich, der Chef der Legion, hatte ihn in den Club Ambassadeur bestellt. Ivan wollte nicht, dass Joseph sah, wie er sich anstellen und bezahlen musste, um reinzukommen.

Aber wenn er früh genug dort war, musste er sich keine Gedanken machen, dass er gesehen wurde.

Er stieß die Wohnungstür auf und hörte, wie jemand im Treppenhaus nach oben stieg.

Ein Stockwerk tiefer begegnete er einer alten Dame in Tartanrock und Tweedjacke. Unter ihrer roten Baskenmütze schauten weiße Locken hervor. Hinter der Dame knurrte ein Fellknäuel, das kaum größer als ein Meerschweinchen war.

Ivan drückte sich an die Wand, um die beiden vorbeizulassen. Aber die Dame blieb stehen und deutete mit ihrem krummen Zeigefinger auf ihn.

»Übrigens«, ihre Augen verengten sich zu Schlitzen, »ihr seid auch dafür verantwortlich, euch um den Hof zu kümmern, und da sieht es schon seit Wochen aus wie im Schweinestall.«

Ivan blickte erst sie und dann ihren Hund fragend an.

»Kannst du kein Schwedisch? In deinem Arbeitsvertrag steht klar und deutlich, dass ihr auch den Hof sauber zu halten habt. Das ist völlig inakzeptabel.«

Ivan ballte die Hände zu Fäusten und unterdrückte den Impuls, sie niederzuschlagen.

»Blöde Kuh, ich bin nicht dein Straßenkehrer«, zischte er. »Putz doch den Hof mit deinem ekligen Köter, wenn du meinst, dass er dreckig ist.«

ZWEI

Das Wasser spritzte um die Vorderläufe. Carlos spannte Bauch- und Schenkelmuskeln an, um auf dem sandigen Untergrund nicht vom Pferd zu rutschen. Als es im Fluss zum Stehen kam, drückte er den Rücken durch und lenkte das Tier gegen den schwachen Strom. Er war froh, wieder in Chile zu sein. Gleich nach dem Frühstück hatte er seine Lieblingsstute Reina gesattelt und nur seine Hündin Bruja mitgenommen. Nach zwei Tagen in Stockholm, dem Transatlantikflug und der langen Autofahrt zurück zur Colonia Rhein schrie sein Körper förmlich nach Einsamkeit.

Endlich war er wieder da, wo sein Platz war.

Und doch hatte Carlos Mühe, seinen Kopf freizubekommen. Es fühlte sich so an, als ob der Verkehrslärm und die gehetzten Bewohner Santiagos noch immer darin herumspukten.

Gleich darauf war er in Gedanken wieder in Stockholm bei dem Treffen mit Joseph Boulaich und Mikael Ståhl. Genau wie Marcos es gesagt hatte, hatten sie einen kompetenten und seriösen Eindruck gemacht, als sie sich in einem Hotelzimmer in der Nähe der Centralstationen getroffen hatten.

Vor allem Joseph. Er hatte von Kindern aus Ländern wie Afghanistan, Marokko und Syrien erzählt, die in Parks und auf Plätzen herumlungerten. Wie sie sich vor der Polizei versteckten, immer völlig benommen waren von Drogen und deshalb leicht anzulocken. Niemand würde nach ihnen suchen, wenn sie verschwanden. Niemand wollte mit diesen Kindern etwas zu tun haben.

Carlos fragte nach der Pipeline, und Joseph und Mikael tauschten einen raschen Blick. Die Drogen, hauptsächlich Kokain und von

Anfang an in großen Mengen, kamen aus Kolumbien. Sie wurden mit Privatmaschinen eingeflogen. Carlos versuchte, die Route im Kopf nachzuvollziehen, gab aber auf und fragte, wie genau sie vorgingen.

»Die Route verläuft über kleine Flughäfen, wo wir sicher sein können, dass uns das Bodenpersonal freundlich gesonnen ist.« Ein Lächeln huschte über Josephs Gesicht. »Die Kinder werden von Stockholm nach Norden gefahren, zu unserem Flugfeld. Von dort geht die Reise in die Berge von Norwegen und weiter nach Reykjavík auf Island. Von da aus nach Grönland.«

Bei jeder Stadt, die Joseph aufzählte, ließ er den Zeigefinger auf die Tischplatte sausen und bewegte ihn ein paar Zentimeter weiter zum nächsten Ziel. Wider Willen war Carlos beeindruckt.

Joseph war kein Mann, der gern prahlte oder Dinge versprach, die er nicht halten konnte. Stattdessen war er sachlich, akribisch und respektvoll. Das schaffte Vertrauen. Nach rund einer Stunde war ihr Treffen beendet gewesen, sie waren aufgestanden und hatten sich die Hände geschüttelt. Marcos war noch geblieben, um die Einzelheiten und das Finanzielle zu besprechen, während Carlos auf sein Zimmer gegangen war.

Das Wasser reichte Reina bis zu den Knien.

Rechts mündete ein schmaler Nebenfluss in einen Weiher, der umgeben war von Schilf und hohen Pappeln, die ihre unteren Zweige hängen ließen. Er zog die Zügel an, und das Pferd gehorchte sofort.

Während Reina sich vorwärtsarbeitete, erhoben sich schnatternd ein paar Enten vom Wasser und flogen davon. Bruja bellte und jagte ihnen hinterher. Als die Strömung nachließ, konnte Carlos den mit Steinplatten gepflasterten Untergrund ausmachen, er hörte das Kratzen der Hufe, sah Flusskrebse die Flucht ergreifen und große neugierige Fische in angemessenem Abstand in Kreisen um sie herumschwimmen.

Er sog die frische Luft in seine Lunge. Beim Ausatmen konnte er beinah spüren, wie die letzten Smogpartikel Santiagos aus seinem Körper wichen.

Am Ufer stieg Carlos vom Pferd und befestigte die Zügel am Sattel, damit die Stute sich nicht darin verhedderte. Er nahm die Satteltaschen und ging zu einem Fleckchen Gras. Dort legte er sie in den Schatten einer Pappel, breitete die Decke aus und holte seinen Proviant und die Wasserflasche aus den Taschen.

Er befühlte den Baumstamm, bis er den rostigen Nagel wiederfand, den er vor über dreißig Jahren dort eingeschlagen hatte, und hängte seinen Sonnenhut daran. Über dem Nagel waren die Initialen von Ramona und ihm eingeritzt. Carlos nahm den handgeschriebenen Brief, schob sich eine der Taschen unter den Kopf und streckte sich auf der grauen Decke aus.

Der Brief war das Einzige, was ihm von Ramona geblieben war. Ein kurzes Lebewohl, irgendwann im Oktober 1984 in aller Hast geschrieben. Er hatte zu der Zeit in Santiago gelebt und an der Universidad Católica Medizin studiert. Ramona stammte aus einer Zigeunerfamilie, die in Santa Clara wohnte. Während Carlos in Santiago gewesen war, hatte Ramonas Vater sie nach Valdivia geschickt und sie zur Heirat gezwungen.

Carlos hatte sich anfangs eingeredet, er würde sie vergessen. Sein Vater war ohnehin alles andere als begeistert davon gewesen, dass er ein Zigeunermädchen heiraten wollte. Aber als vier Jahre ins Land gegangen waren, er noch immer täglich an Ramona dachte und die gesundheitliche Verfassung seines Vaters immer schlechter wurde, beschloss er, sie aufzusuchen.

Aber sie war nicht mehr da. Brustkrebs. Der Krebs hatte gestreut und in wenigen Monaten zu ihrem Tod geführt.

Damals war eine Heilung kaum möglich, wenn man sich nicht bei einem Spezialisten behandeln lassen konnte. Alles, was von Ramona geblieben war, war ein Grab auf dem Armenfriedhof von Valdivia. Und der Brief.

Er drückte ihn an seine Brust und schloss die Augen. Die Berge verschwanden und rote und blaue Punkte traten an ihre Stelle. Die

Geräusche wurden greifbarer, die Insekten surrten und Bruja bellte und rannte im seichten Wasser den Vögeln hinterher. Reina war ein Stück in den Fluss hineingewatet und stillte dort ihren Durst.

Nach Ramonas Tod war Carlos regelmäßig zu einem Bordell in der Nachbarstadt Las Flores gefahren und hatte versucht, seinen Trieb mit den kolumbianischen und peruanischen Huren zu befriedigen. Vor jedem Besuch rief er den Bordellbesitzer *don* Leonardo an und verlangte, das Mädchen, das er bekommen würde, solle mindestens zwei Wochen lang keinen anderen Kunden treffen, sich jeden Tag sorgfältig waschen, nur Obst essen und Wasser trinken.

Doch all das half nicht, es bereitete ihm keinen Genuss, nicht so wie mit Ramona.

Seit ein paar Jahren spielte er mit dem Gedanken, sich eine Frau zu nehmen. In einem der Dörfer eine passende zu finden, dürfte nicht weiter schwierig sein. Eine, die ihm Gesellschaft leistete, die ihn verstand, die nach dem Rechten sah und willig war, wenn die Lust ihn übermannte. Die Eltern der Auserwählten würden überglücklich sein bei dem Gedanken daran, dass ihre Tochter sich mit dem Leiter der deutschen Kolonie vermählte. Ihre finanzielle Situation wäre gesichert, und das Ansehen der Familie würde rapide steigen. Aber irgendetwas hielt ihn zurück. Vielleicht die Erinnerung an Ramona, vielleicht das Wissen um die Tatsache, dass er allein immer noch am besten zurechtkam.

Carlos drehte sich auf die Seite, machte die Tasche auf und nahm eine rohe Zwiebel heraus. Er schälte sie und biss beherzt in ihr weißes Fleisch. Es war mild, der Saft rann ihm über Wangen und Kinn. Eine rohe Zwiebel wie einen Apfel zu essen, war keine chilenische Tradition. Als Junge hatte Carlos *Die Disteln brennen* von Yaşar Kemal gelesen. Schon wenige Jahre später hatte er sich zwar nicht mehr besonders gut an die Handlung des Buchs erinnern können, aber wie der Räuber seine Zwiebeln aß, das hatte er noch gewusst.

Sie hatten es ausprobiert, er und Ramona, genau an diesem Ort.

Sie hatte das Gesicht verzogen und den Geschmack schrecklich gefunden. Carlos hingegen hatte es gemocht. Und Ramona hatte lachend versprochen, ihn, obwohl der Geschmack noch Stunden später auf seiner Zunge lag, auch weiterhin zu küssen.

»Dann weiß ich wenigstens, dass keine andere so verrückt ist und dich küsst«, hatte sie verkündet und ihn mit dem Blick aus ihren dunklen Augen verschlungen.

Carlos wollte Consuelo diesen Ort zeigen. Wollte ihr von ihrer Mutter erzählen, von ihren gemeinsamen Stunden als junges Paar. Wollte ihr erklären, dass er sie Raúl nicht wegnehmen wollte, sondern sie nur gelegentlich brauchte. Sie würde nicht protestieren. Nicht aufbegehren und niemandem davon erzählen. Denn sie wusste, wozu er fähig war. Was er mit Menschen gemacht hatte, die ihm im Weg gewesen waren. Er spürte, wie er bei dem Gedanken an sie einen Steifen bekam. Er würde ihr sagen, sie solle sich ausziehen und nackt in den See steigen, genau wie ihre Mutter es getan hatte.

Carlos ließ seine Hand über seinen Bauch gleiten. Richtung Schritt. Doch mitten in der Bewegung hielt er inne.

Er wollte lieber bis zum Abend warten. Er stand auf, legte seine Kleider ab und ging ins Wasser, um sich abzukühlen.

DREI Der Club Ambassadeur hatte eine Viertelstunde früher aufgemacht als sonst und war so gut wie leer. Ivan kaufte bei dem gelangweilten Barkeeper einen Wodka-Red-Bull, lehnte sich mit dem Rücken an den Tresen und tat so, als verschickte er eine SMS.

Plötzlich hörte er Stimmen und sah auf.

Zwei junge Frauen in den Zwanzigern stellten sich neben ihn. Selbstsicher, schick. Sie bestellten ihre Drinks, und Ivan verfluchte sich, weil er die Gelegenheit hatte verstreichen lassen, sie einzuladen. Er zupfte seinen Hemdkragen zurecht und schob sich unauffällig näher heran. Was sollte er sagen? Er ging noch mögliche Floskeln durch, als eine der beiden ihm den Kopf zudrehte, ihn musterte und sich dann gleich wieder ihrer Freundin zuwandte. Ivans Mut sank. Aber er wusste, dass er zeigen musste, wer hier das Sagen hatte. Zu Alphamännchen fühlten Frauen sich hingezogen.

»Was habt ihr denn heute Abend so vor?«

Die Frau seufzte, den Blick weiter auf ihre Freundin gerichtet.

»Nicht viel. Wir warten auf Freunde.«

»Ich auch«, entgegnete Ivan.

Sie hatten an ihren Drinks bisher zwar lediglich genippt, aber vielleicht war es trotzdem einen Versuch wert.

»Wollt ihr einen Drink?«

»Danke, aber wir sind versorgt«, gab sie zurück und hob das Glas an. Sie betrachtete ihn verstohlen aus dem Augenwinkel. Ivan versteckte seine Hände in den Taschen, er wollte nicht, dass sie ihr auffielen.

»Und sonst? Was machst du beruflich?«

Sie schüttelte den Kopf.

»Ich studiere.«

Ivan wartete vergebens auf die Gegenfrage. Die junge Frau nahm ihre Freundin beim Arm und sie gingen. Er sah ihnen nach, dann ließ er seinen Blick durch das Lokal schweifen, um sicherzugehen, dass niemand verfolgt hatte, was sich eben abgespielt hatte.

Ivan war es noch nie leichtgefallen, mit Frauen ins Gespräch zu kommen. Warum, war ihm ein Rätsel. Er wusste, dass er keine Schönheit war, aber er war gut trainiert, männlich. Und er wusste, was die Frauen wollten: Einen, der sich um sie kümmerte, für sie sorgte und sie beschützte. Und das konnte er alles. Außerdem hatte er schon bedeutend kleinere und schmächtigere Männer mit hübschen Frauen an ihrer Seite gesehen.

Es musste an den Händen liegen. Sie schienen die Blicke der Frauen auf sich zu ziehen, egal was er mit ihnen machte. Und nicht nur die Frauen, selbst Männer bedachten sie mit geringschätzigen Blicken.

Nur eine einzige Frau hatte mit Ivan geschlafen, ohne dass er dafür bezahlt hatte. Sonja. Das Verhältnis hatte sechs Monate gedauert. Er war sicher gewesen, dass sie sich hinter seinem Rücken mit einem anderen traf. Ihn demütigte. Eines Abends kam er high nach Hause und stellte sie zur Rede. Die Situation eskalierte. Er schlug und trat sie, bespuckte sie. Ließ sie ohnmächtig liegen, in einer Blutlache mitten auf dem Wohnzimmerteppich.

Als er am nächsten Tag nach Hause kam, war nur noch das Blut da. Sie hatte ihn verlassen. Ivan flehte sie an zurückzukommen, bereute, was er getan hatte, und versprach, ihr nie wieder ein Haar zu krümmen. Doch sie wollte nicht. Ein paar Monate später lernte Sonja einen anderen Mann kennen. Einen blassen, dürren Mann mit Brille. Eine halbe Portion, irgend so ein Ingenieur. Mitten in der Nacht drang er durch ein offenes Fenster in ihre gemeinsame Wohnung ein. Der Mann weinte. Schloss sich im Bad ein. Sonja schrie. Ivan gab ihr ein paar Ohrfeigen und trat ihr in den Bauch, um sie zum Schweigen zu bringen. Brach die Badezimmertür auf. Zog seinen Schlagring über und schlug den Milchbart bewusstlos.

Er wurde zu zwei Jahren Haft verurteilt, wegen schwerer Körperverletzung, Freiheitsberaubung und Nötigung. Als Nicolas ihn fragte, wofür er gesessen hatte, erzählte er ihm irgendwas von einer Kneipenschlägerei. Er wusste, dass sein Freund kein Wort mehr mit ihm reden würde, wenn er die Wahrheit erfuhr.

Er seufzte und trank von seinem Wodka.

In vielerlei Hinsicht war ihm Nicolas ein Rätsel. Er wusste zwar nicht, was er beim Militär genau gemacht hatte, oder warum er rausgeflogen war, aber dass er kein normaler Soldat gewesen war, hatte er schon kapiert.

Nicolas arbeitete als Spüler, wollte nie Party machen, vermied jeden Streit. Er tat alles, um bloß keine Aufmerksamkeit auf sich zu ziehen – abgesehen von dem einen Mal vor ein paar Monaten, als sie im Vasaparken Fußball gespielt hatten.

Nicolas hatte einen gegnerischen Spieler zu Fall gebracht, war aber sofort stehen geblieben, hatte sich entschuldigt und dem Gestürzten aufhelfen wollen. Doch der, ein hochgewachsener Araber, hatte Nicolas' Hand weggeschlagen, war aufgesprungen und hatte zum Schlag ausgeholt. Was dann passierte, ließ sich nur schwer in Worte fassen. So etwas hatte Ivan noch nie gesehen. Als der Araber zuschlagen wollte, trat Nicolas einen Schritt auf ihn zu. Die Faust sauste noch vorbei, als Nicolas' Ellenbogen schon den Brustkorb des Mannes traf, gefolgt von einem Knie im Unterleib. Der Mann krümmte sich und stürzte zu Boden, doch Nicolas fing ihn noch in der Luft auf, drehte ihn zu sich um und hob den Arm. Erst in allerletzter Sekunde beherrschte er sich, die Faust nur einen Zentimeter von der bloßen Kehle seines Gegners entfernt.

Beinah verwundert, wie in Trance, sah er sich um. Ließ den Araber los, sammelte seine Sachen zusammen und verschwand in Richtung Odenplan. Eine Woche lang ging er nicht ans Telefon. Ivan hatte schon viel Gewalt gesehen in seinem Leben, aber nichts war vergleichbar mit dem, was er an jenem Nachmittag mitangesehen hatte. Ihm war klar, wenn Nicolas sich nicht gebremst hätte, wäre der andere jetzt tot.

Er warf einen Blick auf seine Uhr.

Halb elf.

Ivan ging aufs Klo, den Drink in der Hand. Fand eine leere Kabine, klappte den Toilettendeckel zu, zückte sein Mobiltelefon und loggte sich auf Mariacasino.com ein.

VIER Nachdem er sie vergewaltigt hatte, blieb Carlos auf dem Bett liegen. Consuelo zog ihr weißes Baumwollkleid über den Kopf und schlüpfte rasch ins Bad. Die Laken rochen nach ihr. Und nach Ramona.

Die Decke war niedrig, er konnte kaum aufrecht stehen. Das Haus bestand aus einem einzigen finsteren kleinen Raum. Küche, Schlafzimmer, Wohnzimmer, alles in einem. Der Raum war gemütlich, obwohl er abgetakelt war. Es fehlte das erdrückende, verzweifelte Gefühl von Not und Elend, mit dem zu leben so viele hier in der Gegend gezwungen waren. An den Wänden krabbelten keine Läuse und in den Möbeln und Betttüchern hockten keine Flöhe. Die Wäsche lag akkurat gefaltet auf einer rustikalen Holzkommode neben dem Bett. Ein schwacher Geruch nach Scheuermittel. Töpfe und Pfannen hingen sauber und ordentlich an der Wand. Vielleicht würde sich das ändern, wenn Raúl und Consuelo Kinder bekämen. Dann würde sie den Haushalt nicht mehr so tadellos führen können. Ihr Körper würde verfallen. Carlos beschloss, ihr Verhütungsmittel zu besorgen, um dem zuvorzukommen.

Er erhob sich vom Bett, nahm Hose und Hemd an sich und schlüpfte hastig hinein. Er wollte sich nicht frisch machen, wollte ihren Duft bewahren. Auf dem Tisch stand eine Glasvase mit Wildblumen. Frisch, schön. Vermutlich nur wenige Stunden bevor er an ihre Tür geklopft hatte, gepflückt.

Carlos prüfte, ob man ihn vom Fenster aus sehen konnte. Rückte den Stuhl vom Tisch ab. Blickte auf seine Brust, wo sich weiße Haare kräuselten, und schloss ein paar Hemdknöpfe. Aus dem Bad drang das Geräusch von fließendem Wasser.

Dann kam sie wieder heraus, und Carlos lächelte. Consuelo wirkte verwirrt. Ihre Haare waren zerstrubbelt. Sie war so schön. Am liebsten hätte er aufgehört zu blinzeln, um nicht eine Sekunde mit ihr zu verpassen.

»Es ist ziemlich dunkel«, sagte er sanft. »Glaubst du, du könntest eine kleine Kerze anzünden?«

Consuelo trat vor die Anrichte und zog eine Schublade auf. Anschließend zündete sie eine Kerze an, schob die Vase auf die Seite und stellte den Kerzenhalter daneben.

»Eine Tasse Tee wäre nicht schlecht. Ich kann so schlecht schlafen, wenn ich um diese Zeit noch Kaffee trinke.«

Sie wandte sich wieder der Anrichte zu, schaute, ob der Wasserkocher gefüllt war, und schaltete ihn an. Nahm eine Tasse aus dem Wandregal und gab einen Teebeutel hinein.

Danach stützte sie sich mit den Handflächen auf die Anrichte und wartete, bis das Wasser kochte.

»Willst du keinen?«

Consuelo schüttelte den Kopf.

Ihr Haar floss über die schmalen Schultern, sie war so schlank, dass die Haut über dem Schlüsselbein spannte. Ein Träger ihres Kleids war heruntergerutscht und ruhte auf dem dünnen Oberarm. Erneut flammte die Lust in ihm auf. Er wollte sie noch mal.

Aber Carlos zwang sich sitzen zu bleiben. Er wollte, dass sie verstand, dass es hier nicht um einen *patrón* ging, der seine Hausangestellte vögelte, sondern um mehr. Um Liebe. Er wollte ihr zeigen, dass er sie respektierte und nicht nur fickte, um seine Lust zu stillen.

Der Wasserkocher begann zu rauschen. Consuelo wartete, bis das Wasser sprudelte.

»Du kannst jetzt aufgießen«, sagte Carlos.

Sie kam seiner Aufforderung nach, stellte den Tee vor ihn hin, ohne seinem Blick zu begegnen, und nahm ihm gegenüber Platz. Die Tasse dampfte. Es war ihm nicht entgangen, dass sie ihn loswerden wollte, und er rechnete es ihr hoch an, dass sie nichts unternahm, um ihn zu vertreiben.

Vermutlich war ihr klar, dass das ohnehin aussichtslos war. In Zukunft würde er kommen und gehen, wie es ihm beliebte.

»Wenn du nett zu mir bist, werde ich auch nett zu dir sein, und zu Raúl«, sagte er und pustete auf den Tee. »Ich will dich ihm nicht wegnehmen, sondern dich nur gelegentlich haben. Verstehst du das?«

Consuelo nickte langsam und mit ernster Miene.

»Aber wenn du ihm oder sonst jemandem davon erzählst, dann werde ich ihn rausschmeißen. Vielleicht sogar umbringen.«

»Nein, *patrón*. Dann *müssen* Sie ihn umbringen.«

»Warum sagst du das? Und nenn mich nicht *patrón*.«

»Sie wissen genauso gut wie ich, dass er versuchen würde, Sie zu töten.«

Carlos suchte in ihren Worten nach einer versteckten Drohung oder unterschwelligem Trotz, aber konnte nichts dergleichen finden. Er nahm den Löffel und rührte im Tee.

»Du hast recht.« Er fischte den Teebeutel aus der Tasse und ging damit zur Anrichte. Dabei hielt er die Hand darunter, um nicht auf den Boden zu tropfen. »Raúl ist der Einzige in der ganzen Gegend, der stur und verrückt genug ist, das tatsächlich auch zu probieren. Dafür respektiere ich ihn. Und ich will wirklich nicht, dass er zu Schaden kommt.«

Er überlegte, wo er den Teebeutel hintun sollte.

»Da«, sagte sie und deutete mit der Hand in Richtung Abfalleimer.

Er hob den Deckel an, ließ den Teebeutel hineinfallen und kehrte zum Tisch zurück.

»Ich gehöre Ihnen, wann immer Sie wollen, ich weiß, dass ich keine Wahl habe. Aber ich bitte Sie, ebenfalls aufzupassen, damit Raúl nichts merkt. Er würde daran zerbrechen. Und ich liebe ihn.«

Carlos führte die Tasse zum Mund und trank einen Schluck.

»Es gibt einen Ort am Rande der Kolonie. Einen kleinen See. Den möchte ich dir gerne zeigen. Deine Mutter und ich sind oft dorthin geritten, als wir jung waren. Morgen früh schicke ich meinen Chauffeur, um dich abzuholen.«

Er trank noch ein paar Schlucke von dem Tee, ehe er sich erhob, seine Schuhe anzog und das Haus verließ.

FÜNF Ivan schnupfte etwas Kokain, stellte fest, dass er zehntausend Kronen verspielt hatte, und machte die Tür auf. Drei Kerle standen vor den Pissoirs. Das Geräusch von Urin auf Metall und die Musik von der Tanzfläche. Der Club füllte sich langsam. Er ging zurück zur Bar und verlangte noch einen Drink. Die junge Frau, mit der er geredet hatte, war nicht mehr da.

Der VIP-Bereich war leer. Joseph Boulaich und seine Entourage waren nirgendwo zu sehen. Ivan trat ein paar Schritte zur Seite und lehnte sich an eine Säule, damit es nicht so auffiel, dass er allein da war und auf jemanden wartete.

Eine halbe Stunde später hatte Ivan den Drink ausgetrunken. Er gähnte. Eigentlich konnte er genauso gut nach Hause gehen. Morgen war ein wichtiger Tag. Aber er wollte Joseph treffen. Er bahnte sich einen Weg zur Bar, wo der Barkeeper sich gerade über den Tresen beugte, um mit ein paar Mädels zu reden. Jetzt wirkte er bei weitem nicht mehr so gelangweilt und träge wie vorhin, als er Ivans Bestellung entgegengenommen hatte.

Als er ihn endlich wahrgenommen hatte, schlurfte der Barkeeper zu ihm herüber und mixte ihm einen neuen Wodka-Red-Bull.

Ivan wollte Joseph Boulaich von den Entführungen erzählen. Von dem Raub. Der Liste. Dem Geld. Wollte ihm beweisen, dass er kein Verlierer mehr war. Er wollte zur Legion gehören. Wenigstens ihren Respekt genießen. Ivan ließ den Strohhalm auf den Boden fallen, trank einen Schluck, und dann entdeckte er Joseph, der in der Tür auftauchte.

Eine Bedienung brachte die kleine Gruppe zum VIP-Bereich. Joseph wurde von vier Männern flankiert, die alle dunkle Anzüge und weiße Hemden trugen. Dahinter folgte eine Mädels-Eskorte. Joseph reichte dem Security Guard an der Absperrkordel die Hand, und sie wechselten ein paar Worte, lachten. Dann ging er die kleine Treppe hinauf, nahm sich eines der schwarz eingebundenen Menus, suchte sich etwas aus und tippte mit dem Finger darauf. Die Bedienung lächelte und nickte.

Ivan wollte auf keinen Fall sofort rübergehen, sondern mindestens zwanzig Minuten warten, damit es so aussah, als wäre er gerade erst gekommen. Er wollte keinen verzweifelten Eindruck machen.

Vor Josephs Entourage reihte das Personal Champagner, Flaschen mit Hochprozentigem, Drinks und Shots auf. Ivan konnte nicht länger an sich halten, ignorierte, dass erst fünf Minuten verstrichen waren, und bewegte sich auf den Typen von der Security zu. Dieser warf ihm einen flüchtigen Blick zu und schüttelte den Kopf.

»Ich bin mit Joseph verabredet.«

Der Sicherheitsmann schnaubte.

»Dann sag ihm, er soll dich hier abholen.«

Ivan sah entmutigt zum Boss der Legion hinüber, der sich mit einem der Mädels unterhielt. Wenn er nach ihm rief, würde er ihn sowieso nicht hören.

»Von hier hört er mich doch eh nicht. Jetzt komm schon. Wenn ich bis zu ihm durchkomme und mit ihm rede, dann siehst du ja, dass wir uns kennen.«

»Ich kann nichts für dich tun.«

Ivan holte tief Luft. Es war sinnlos, weiter herumzuargumentieren. Also ging er ein paar Schritte auf die Seite und versuchte, Joseph durch Winken auf sich aufmerksam zu machen.

Eine der jungen Frauen, die Ivan vorhin in Josephs Gesellschaft gesehen hatte, ging an ihm vorbei. Der Einlasser hob die Kordel. Mit zwei schnellen Schritten war Ivan bei ihr und fasste sie am Arm.

»Kannst du Joseph bitten herzukommen? Der Idiot hier will mich nicht durchlassen. Grüße von Ivan.«

»Ivan?«

Als sie bei Joseph angekommen war, deutete sie auf Ivan, der grüßend die Hand reckte. Joseph nickte dem Einlasser zu, worauf der erneut die Kordel anhob.

Joseph legte einen Arm um Ivan, bat ihn, auf dem Sofa Platz zu nehmen, und wies eines der Mädchen an, ihnen Drinks zu mixen. Ivan ließ seinen Blick über die Gäste zu ihren Füßen schweifen. Jetzt ging es ihm schon viel besser. Er verabscheute es, von etwas ausgeschlossen zu sein, von dem er wusste, dass es besser, lustiger war. Doch jetzt war er genau da, wo er sein wollte.

»Cool, dass du kommen konntest«, sagte Joseph.

»Kein Problem«, entgegnete Ivan. »Du brauchst meine Hilfe?«

Joseph verzog den Mund.

»Wie lange kennen wir uns jetzt? Fünfzehn Jahre?«

»Ungefähr.«

Joseph musterte ihn.

»Früher hattest du Schulden, warst drogenabhängig, bist wegen jedem Scheiß in die Luft gegangen und warst andauernd im Knast. Jetzt nicht mehr. Du bist reifer geworden, das freut mich zu sehen.«

Ivan wusste nicht, was er darauf antworten sollte. Zum Glück beugte sich in diesem Moment einer der Typen vor und flüsterte Joseph etwas ins Ohr. Joseph sagte »okay« und wandte sich wieder an Ivan.

»Da hat sich was aufgetan, und dafür brauche ich tatsächlich deine Hilfe. Einfacher Job, jeder Idiot aus Tensta kriegt das hin. Aber man muss diskret vorgehen, ich brauche jemanden, der nicht redet. Jemanden mit Erfahrung, der nicht beim kleinsten Problem um sich schießt.«

Ivan spannte die Kiefermuskeln an, um nicht grinsen zu müssen. Endlich. Endlich hatte Joseph eingesehen, dass die Legion ihn brauchte. Bald würde er zu der geachtetsten Gruppe der Stadt gehören.

»Klar, kein Ding«, erwiderte er.

»Gut.« Joseph klopfte ihm auf den Rücken. »Ich will, dass du ein Treffen zwischen mir und Nicolas Paredes organisierst.«

TEIL DREI

EINS Leichter Nieselregen fiel auf Stockholm.

Ivan trommelte mit den Fingern auf das Lenkrad, während sie darauf warteten, dass die Ampel am Sveaplansrondellen auf Grün umsprang. Nicolas reckte den Hals, um durch die getönten Rückscheiben in Hampus Davidsons Wagen zu spähen.

»Hast du dich eigentlich noch mal mit dieser Kellnerin getroffen?«, fragte Ivan.

»Josephine? Nein.«

»Ich werde einfach nicht schlau aus dir.« Es wurde grün. Ivan trat leicht aufs Gas. »Sie ist hübsch und will unbedingt mit dir ins Bett. Sie ruft dich sogar extra deswegen an. Aber du willst nicht. Ist dir klar, wie schräg das ist?«

»Das hier ist gerade wichtiger«, sagte Nicolas und deutete auf Davidsons Bremslichter, die im Tunnel Richtung Lidingö verschwanden. »Und darauf will ich mich konzentrieren. Nach Davidson nehmen wir uns noch einen vor. Dann verschwinde ich mit Maria. Und erst dann habe ich den Kopf wieder frei für solche Sachen.«

Ivan stellte die Scheibenwischer aus.

»Du kannst Maria nicht mal dazu bewegen, zum Gullmarsplan zu ziehen. Ich weiß ehrlich nicht, wieso du glaubst, dass sie mitkommen wird.«

Nicolas schwieg. Dasselbe hatte er sich auch schon gefragt. Und bisher noch keine Antwort darauf gefunden. Er wusste nur, dass Maria mitkommen musste. Er würde sie nie wieder alleinlassen.

»Ach übrigens, Joseph Boulaich will dich treffen«, sagte Ivan tonlos.

Nicolas warf ihm einen überraschten Blick zu.

»*Der* Joseph? Der aus Sollentuna?«

Ivan nickte.

»Was will der denn von mir?«

»Keine Ahnung. Er hat nur gesagt, er muss mit dir reden«, murmelte Ivan.

»Ich will mit denen nichts zu tun haben. Du weißt doch, was die treiben. Von denen solltest du dich besser fernhalten.«

»Sag mir nicht, was ich zu tun und zu lassen habe.«

Es entstand eine Pause. Wieder klopfte Ivan mit den Fingern auf das Lenkrad.

»Was hast du denen von mir erzählt?«, wollte Nicolas wissen.

»Nichts.«

Sie fuhren aus dem Tunnel. Die Regenwolken schienen gen Süden zu verschwinden.

»Willst du mir nicht endlich mal erzählen, warum du wieder zurückgekommen bist?«, fragte Ivan.

»Ich bin rausgeflogen.«

»Ich weiß. Aber warum?«

»Weil ich's verbockt hab.«

»Wie das?«

»Das spielt keine Rolle. Ich kann und darf dir das nicht sagen.«

Sie kamen auf die Lidingöbron. Nicolas spürte, wie er ungewollt in der Zeit zurückversetzt wurde. Die beiden misshandelten Körper der Mädchen. Die starren, gläsernen Blicke. Die Mündungsfeuer. Die Schluchzer der beiden schwedischen Geschäftsmänner, während sie vorwärtstorkelten. Der verwunderte Aufschrei seines Freundes Tom Samuelsson, ehe er vor Schmerzen ohnmächtig wurde. Seine eigene verwirrte Stimme, mit der er Anweisungen brüllte. Die verbissenen, konzentrierten, schwarz angemalten Gesichter seiner Kameraden. Die Schatten. Der lärmende Helikopter. Die aufgeregten Stimmen im Ohrhörer.

»Früher haben wir uns alles erzählt. Vertraust du mir nicht mehr?«

Nicolas sagte nichts. Konzentrierte sich darauf, seine Gedanken zu verbannen. Er umfasste mit einer Hand seinen Unterarm und krallte die Fingernägel ins Fleisch. Drehte die Hand. Spürte den Schmerz. Und die Gedanken verblassten. Maria hatte ihm in ihrer kindlichen Art erklärt, dass die Innenseite immer mehr wehtat als die Außenseite und dass man den Schmerz woandershin leiten musste.

Die Digitaluhr im Armaturenbrett zeigte 16:57 Uhr an, als Hampus Davidson auf den Parkplatz des ICA Kvantum fuhr. Er bog links ab zu den Müllcontainern, wo es noch freie Parklücken gab.

Ivan stellte das Auto drei Plätze vom Mercedes des Finanzmannes entfernt ab, dazwischen stand ein grauer Minivan. Davidson stieg aus. Als er zehn Meter gegangen war, drückte er auf den Schlüssel, um seinen Wagen abzuschließen.

Ivan aktivierte den Reichweitenverlängerer, der das Signal zwischen Davidsons Schlüssel und seinem Wagen registrierte. Dann starrte er auf den Bildschirm.

»Wir haben ihn«, sagte er nach einer Sekunde und entsperrte das Auto wieder.

»Gut. Du weißt, was du zu tun hast?«, fragte Nicolas.

»Das Gleiche wie letztes Mal. Sich das zu merken, ist jetzt nicht so schwer.«

»Hast du aufgeschlossen?«

»Ja.«

Nicolas schnappte sich die schwarze Sporttasche vom Rücksitz, schob die Tür auf und ging auf Davidsons Wagen zu. Rasch kontrollierte er, dass niemand in dem Minivan saß und ihn auch sonst niemand beobachtete. In den getönten Scheiben begegnete er seinem Blick, dann machte er die linke hintere Tür auf, warf die Tasche in den Wagen und legte sich der Länge nach auf die Rückbank. Im Liegen machte er den Reißverschluss der Tasche auf, streifte die Sturmhaube über, suchte nach der Glock, fand sie und betastete prüfend den Griff.

Nun blieb ihm nichts anderes übrig, als zu warten.

Der Regen prasselte auf das Autodach. Im Innern war es warm, und Nicolas brach unter der Sturmhaube der Schweiß aus. Er schob eine Hand in den Nacken und kratzte sich, krümmte die Zehen, um die Blutzirkulation anzuregen.

Er ging gedanklich noch einmal durch, was gleich passieren würde.

Wenn Davidson wieder zu seinem Auto zurückkam, würde Nicolas sich klein machen und ganz still liegen bleiben. Die getönten Scheiben minimierten das Risiko, dass der Finanzhai ihn entdeckte, ehe er einstieg.

Es war alles unter Kontrolle. Er sah Marias blau geschlagenes Gesicht vor sich. Sie würde nie wieder Angst zu haben brauchen, nie wieder mit Steinen beworfen, nie wieder verspottet werden.

Nicolas wollte eben die Pistole von der einen in die andere Hand wechseln, als er eine Bewegung wahrnahm.

Der Kofferraum ging auf.

Davidson lud Lebensmittel ein. Der Wagen wippte, als er die Klappe wieder zuschlug. Dann tauchte sein Kopf vor dem Fenster auf. Die Fahrertür wurde geöffnet. Nicolas hielt den Atem an. Würde er entdeckt werden, bevor Davidson losfuhr, würde dieser genügend Zeit haben, aus dem Auto zu hechten und um Hilfe zu rufen.

Nicolas hörte Stimmen. Warum machte er die Fahrertür nicht wieder zu?

»Wenn Linnea heute Abend sowieso zu uns rüberkommt, kann sie doch auch schon jetzt gleich mitfahren und mir mit dem Grill helfen. Wir haben auch Netflix.«

»Das ist doch keine schlechte Idee«, antwortete eine Männerstimme.

Nicolas drehte vorsichtig den Kopf, um einen Blick auf den Mann zu erhaschen, mit dem Davidson redete.

»Willst du das, Schatz?«, fragte die Stimme.

Ein Mädchen antwortete. Aber sie sprach zu leise und undeutlich, als dass Nicolas verstehen konnte, was sie sagte. Er spürte Schweiß an seinen Händen und wischte sie am Hosenbein ab.

Im Kopf ging er seine Möglichkeiten durch. Entweder er machte sofort die Tür auf, warf sich aus dem Auto, rannte die wenigen Meter bis zu Ivan zurück und verschwand. Oder er wartete ab. Aber wenn das Mädchen sich tatsächlich entschloss, mit Davidson mitzufahren, würde er auf jeden Fall entdeckt werden.

Nicolas ließ ein paar Sekunden verstreichen, noch hatte er ein wenig Zeit.

ZWEI Das Taxi glitt über die Centralbron. Über Gamla stan hingen graue Wolken. Der Herbst ist jetzt wohl endgültig da, dachte sie grimmig. In sechs Wochen würde sich die Finsternis über Stockholm senken und die Stadt ein halbes Jahr lang im Griff haben. Ein paar Stunden graues Licht, schwache Sonnenstrahlen ohne Wärme. Schwere klamme Mäntel, Schneematsch, Verspätungen im öffentlichen Nahverkehr. Danach wieder monatelang Licht, Grün, Wärme. Und das alles wiederholte sich, Jahr für Jahr. Bis zum Tod.

Wenn sie bei der Polizei rausflog, gab es jedenfalls nichts mehr, das sie noch länger in Stockholm hielt. Vanessa warf einen letzten düsteren Blick Richtung Wolkendecke, bevor das Auto in den Tunnel fuhr. Sie musste sich ablenken, um die Melancholie zu vertreiben, die in ihr aufstieg. Stockholm ist die Stadt mit den meisten Singlehaushalten, meine Einsamkeit macht mich also kaum einzigartig, mein Selbstmitleid ist einfach nur pathetisch, dachte sie.

Sie nahm die Abendzeitung aus der Zeitschriftentasche zur Hand, die in die Rückenlehne des Sitzes eingearbeitet war. Sie roch an dem Papier, bevor sie sie überflog. In der Mitte gab es eine Kolumne, in der Leserfragen von einem Sexualtherapeuten beantwortet wurden. Ein Mann, dessen Frau nicht mit ihm schlafen wollte, und eine Frau, die mit einem Kollegen eine Affäre angefangen hatte. Beide wollten anonym bleiben. Vanessa überlegte, dass sie vor einem Jahr das letzte Mal Sex gehabt hatte.

Sie hatte sich immer als heterosexuelle Frau verstanden, auch wenn sie sich in jungen Jahren manchmal zu Frauen hingezogen gefühlt hatte. Aber in letzter Zeit hatte sie immer öfter von Sex mit einer Frau fantasiert. Warum auch nicht? Die magere Ausbeute unverheirateter Männer auf Tinder riss sie wirklich nicht vom Hocker. Die Dates, die sie gehabt hatte, waren ungefähr so prickelnd gewesen wie Mülltrennung oder eine Eigentümerversammlung.

Vanessa lachte auf.

»Wie bitte?«

Der Taxifahrer reckte den Kopf, ihre Blicke kreuzten sich im Rückspiegel.

»Ach, nichts«, sagte Vanessa.

Zehn Minuten später hielt der Wagen vor einer gelben Holzvilla. Das Haus war eigentlich ein Frauenhaus, wo Frauen und Kinder Zuflucht suchen konnten vor gewalttätigen Ehemännern und Vätern, aber das Erdgeschoss wurde an zwei Abenden die Woche in ein Freizeitzentrum für Mädchen umgewandelt, die ohne Begleitung nach Schweden geflüchtet waren.

Vanessa zahlte und stieg aus. Im selben Moment hielt ein silberner Toyota Prius, die Autotür flog auf, und eine der Frauen, von denen Vanessa in letzter Zeit fantasierte, winkte ihr zu.

Sie hieß Tina Leonidis, war knapp unter dreißig und die Leiterin von Mentor.se, der Organisation, die sich um die Mädchen kümmerte.

Bei ihrer ersten Begegnung hatte sie Tina zunächst als naive linke Idealistin abgetan, die sie locker in die Tasche stecken konnte. Eine verträumte Gans. Eine hübsche und gut angezogene zwar, aber eben doch eine Gans. Sie hatte ihre Meinung jedoch rasch geändert. Vanessa hatte ihr kaum die Hand geschüttelt, da hatte Tina sie schon zum Spüldienst abkommandiert. Als Gruppenführerin bei der Nova war es eigentlich Vanessa, die die Anweisungen gab, aber in Tinas Gegenwart gab es keinen Zweifel, wer das Sagen hatte.

Tina hatte eine komische Wirkung auf sie. Sie wunderte sich darüber, dass es ihr so wichtig war, von Tina respektiert und gemocht zu werden. Auch dieses Mal hatte sie, bevor sie ins Taxi gestiegen war, eine Stunde gebraucht, um ihre Klamotten zusammenzustellen und sich zu schminken.

Tina trug einen Rock mit hoher Taille und ein weißes Hemd. Das dunkle Haar hatte sie zu einem Pferdeschwanz zusammengebunden. Vanessa eilte auf sie zu, um ihr eine der beiden Einkaufstüten abzunehmen, die sie aus dem Auto geholt hatte.

»Was steht denn heute auf dem Programm?«, fragte Vanessa und warf einen Blick in die Tüte, die Brot, Butter, Käse und Putenwurst enthielt.

»Du arbeitest wieder mit den jüngeren Mädchen«, sagte Tina. »Du machst das gut, sie mögen dich. Vier von ihnen haben mir erzählt, dass sie Polizistin werden wollen. Sie brauchen solche Vorbilder wie dich.«

Vanessa freute sich darüber. Ihren ersten Dienst hatte sie, wie die anderen Freiwilligen auch, mit Schwedischunterricht, Lesen und Gesellschaftsspielen bestritten. Das hatte sie jedoch schnell gelangweilt, weswegen sie begonnen hatte, einem der Mädchen von ihrer Arbeit bei der Polizei zu erzählen. Und die anderen hatten sich bald dazugesellt.

»Super«, sagte sie und spürte, wie sie errötete.

Als sie das Haus betreten hatten, verschwand Tina in das kleine Zimmer, das ihr als Büro diente. Vanessa brachte die Lebensmittel in die Küche, nahm Teller und Becher aus dem Schrank und trug sie ins Wohnzimmer. Danach klopfte sie an die Bürotür.

»Ich würde gerne etwas mit dir besprechen. Du meintest doch eben, den Mädchen hat gefallen, was ich über meinen Job erzählt habe. Und ich dachte mir, dass ich ihnen auch Dinge beibringen könnte, die für die Praxis wichtig sind.«

»Was denn zum Beispiel?«

»Praktische Polizeiarbeit. Wie man eine Person unschädlich macht, so was.«

Die junge Juristin musterte sie skeptisch.

»Selbstverteidigung. Das ist auch gut für die Kondition«, fügte Vanessa rasch hinzu.

Tina machte eine ausholende Geste.

»Probieren wir's mal aus. Brauchst du dafür irgendwas?«

»Nein, der Garten hinter dem Haus ist perfekt. Ich kaufe dann nur noch einen Satz Trainingsklamotten.«

»Sehr schön. Wenn du mir die Quittung gibst, kümmere ich mich darum.«

Die Organisation wurde allein mit Spendengeldern finanziert, also konnte sie auch genauso gut mit ihrem eigenen Geld bezahlen.

»Ich mach das schon.«

»Du kannst mich gerne korrigieren, wenn ich da falschliege, aber am Anfang bist du nicht besonders gerne hergekommen, oder?«

Vanessa setzte sich auf den zweiten Stuhl im Raum und faltete die Hände im Schoß.

»Ich hatte meine Zweifel. Aber meine Schwester hat keine Ruhe gegeben, und ich habe ja gerade nichts zu tun, bis der PAN endlich seinen Beschluss gefasst hat.«

»Der PAN?«

»Der Disziplinarausschuss der Polizei. Versteh mich bitte nicht falsch, ich finde Organisationen wie diese hier wirklich gut. Sogar unersetzlich für die Integration. Ich habe mich einfach nicht als jemanden gesehen, der hier nützlich ist.«

»Aber das bist du. Wie gesagt, viele der Mädchen blicken zu dir auf. Du bist anders als die Frauen, die sie aus ihren Heimatländern kennen«, meinte Tina. »Übrigens, wir haben ja auch Mentor-Programme. Wäre das was für dich? Heute kommt ein neues Mädchen zu uns, sie heißt Natasja, und sie hat wirklich ... viel durchgemacht. Ihre komplette Familie ist in Syrien ausgelöscht worden. Sie ist ganz allein hier.«

DREI

Nicolas biss die Zähne zusammen und presste die Wange gegen den Rücksitz. Das schwarze Leder roch neu. Draußen vor dem Fenster drehte Hampus Davidson ihm den Rücken zu.

Das Mädchen hatte sich noch immer nicht entschieden, ob sie mitfahren wollte oder nicht. Nicolas hörte sie mit dem Mann diskutieren, der ihr Vater sein musste. Er fuhr mit dem Fingernagel den Pistolengriff entlang und schielte zum Türgriff. Wenn sie beschloss, mit Davidson mitzufahren, würde Nicolas die Tür aufstoßen und aus dem Auto hechten.

Dann wäre die ganze Mühe, die sie auf Davidson verwendet hatten, vergebens gewesen. Sie müssten ein paar Wochen lang den Ball flach halten, noch mal bei null anfangen und eine andere Person von der Liste nehmen.

»Hampus, fahr du jetzt erst mal nach Hause. Ich bringe Linnea dann später bei euch vorbei«, sagte die Männerstimme.

»Dann machen wir's so. *Hej då*, Linnea. Melina wartet zu Hause auf dich.«

Nicolas atmete geräuschvoll aus. Davidson stieg ein und legte Mobiltelefon und Brieftasche auf den Beifahrersitz. Dann ließ er den Motor an. Langsam setzte der Wagen sich in Bewegung.

Der Mercedes fuhr vom Parkplatz und beschleunigte.

»Hände am Steuer lassen und nach vorne schauen. Sie machen nur das, was ich Ihnen sage«, wies Nicolas ihn an, legte eine Hand auf seine Schulter und drückte ihm die Mündung der Waffe in den Nacken.

Vor Schreck schrie Hampus Davidson auf. Sein Wagen schlingerte. Das rechte Vorderrad streifte den Bordstein, ehe er das Auto wieder unter Kontrolle hatte.

»Ganz ruhig«, sagte Nicolas. »Im Kreisverkehr nehmen Sie die erste Ausfahrt.«

»Was wollen Sie von mir?«, fragte Davidson und schielte über den Rückspiegel zu Nicolas nach hinten. »Wenn Sie das Auto wollen, das ist kein Problem, nehmen Sie es einfach.«

»Ich will Ihr Auto nicht. Hören Sie zu, Hampus.«

Der Finanzmann fuhr zusammen, als er seinen Namen hörte. Nicolas wagte einen Schulterblick, um sicherzugehen, dass Ivan sich wie geplant hinter ihnen befand.

»Zuerst fahren Sie Richtung Stadt. Wenn Sie keine Dummheiten machen, erkläre ich Ihnen unterwegs, worum es geht. Ich habe nicht vor, Ihnen wehzutun. Aber wenn Sie versuchen, während der Fahrt auszusteigen oder um Hilfe zu rufen, muss ich es tun. Kapiert?«

»Ja, kapiert«, entgegnete Davidson.

Krampfhaft umklammerte er das Lenkrad. Die Fingerknöchel wurden weiß. An der Shell-Tankstelle fuhren sie über Rot.

Davidson blieb auf der rechten Spur und hielt sich an die vorgeschriebenen fünfzig Stundenkilometer.

»Sie fahren an einen Ort, wo wir Sie ein paar Tage lang festhalten. Sie nehmen Kontakt zu Ihrer Frau Melina auf und weisen sie an, zehn Millionen Kronen in bar bereitzuhalten. Das Geld wird sie später an einem Ort deponieren, den wir ihr noch nennen werden. Danach sind Sie wieder frei.«

»Okay.«

Der Finanzhai nickte hektisch.

»Wichtig ist, dass sie nicht zur Polizei geht.«

»Ich schalte die Polizei ganz sicher nicht ein. Keiner wird erfahren, was hier passiert, aber bitte tun Sie mir nichts.«

Nicolas senkte die Waffe, lehnte sich im Sitz zurück und blickte aus dem Fenster. Zwei Motorboote pflügten in hohem Tempo durch die kleinen Wellen unter der Lidingöbron. Nicolas spürte, wie seine Anspannung langsam nachließ.

»Fahren Sie in den Tunnel, Richtung Norrtälje, dann auf die rechte Spur und die Geschwindigkeit halten.«

An einer Abzweigung im Wald zwang Nicolas den Finanzmann, ihm sein Mobiltelefon auszuhändigen und sich in den Kofferraum zu legen. Hampus Davidson befolgte die Anweisungen. Nicolas machte das Telefon aus, warf das GPS-Gerät weg, das Davidson im Handschuhfach hatte, und zog sich die Sturmhaube vom Kopf.

Anschließend setzte er sich ans Steuer und fuhr weiter. Eine halbe Stunde später hielt er vor dem roten Holzhaus, das sie gemietet hatten. Das Haus war von dichtem Laubwald umgeben, und der nächste Nachbar war fünfhundert Meter entfernt.

Nicolas streifte wieder die Sturmhaube über, rückte sie zurecht, machte den Kofferraum auf und starrte in Davidsons leichenblasses Gesicht. Er half ihm auf. Nicolas deutete mit der Pistole auf das Haus und bemerkte, dass Davidson zitterte.

Nachdem Nicolas die Tür hinter ihnen geschlossen hatte, zeigte er auf einen Stuhl. Davidson beeilte sich, der Aufforderung nachzukommen.

Nicolas gab ihm das Mobiltelefon, das auf dem Küchentisch lag.

»Rufen Sie jetzt Ihre Frau an, damit sie sich keine Sorgen macht. Wenn sie gefragt wird, wo Sie sind, soll sie sagen, dass Sie noch mal ins Büro zurückmussten. Verstanden?«

»Ja.«

»Vergessen Sie nicht, was ich Ihnen gesagt habe. Es ist absolut wichtig, dass sie nicht die Polizei einschaltet. Sie müssen sie davon überzeugen, dass sich das nicht lohnt.«

»Sie wird sich nicht an die Polizei wenden«, versicherte Davidson und riss die Augen auf, als Ivan, ebenfalls maskiert, in die Hütte trat.

VIER Die Mädchen kamen näher und scharten sich um Vanessa. Natasja blieb auf Abstand und setzte sich mit einem Buch aufs Sofa. Sie war kleiner und sah jünger aus als die anderen. Ihre Haut war blass, sie hatte große hellblaue Augen und dunkle Haare.

Die Enttäuschung war ihnen deutlich anzumerken, als Vanessa erklärte, dass sie heute keine Polizeigeschichten zum Besten geben würde.

»Was machen wir denn dann?«, fragte eines der Mädchen in gebrochenem Schwedisch.

»Kommt mit in den Garten, meine Damen, dann zeige ich euch was«, gab Vanessa zurück.

Vanessa fragte Natasja, ob sie mitkommen mochte. Das Mädchen lächelte, schlug das Buch zu und stand auf. Mit zehn Mädchen im Schlepptau stapfte Vanessa in den Garten und bat sie, sich in einer Reihe aufzustellen.

Sie stemmte die Hände in die Hüften und musterte sie.

»Wisst ihr noch, dass ich euch davon erzählt habe, wie eine Kollegin und ich den Idioten ... also den Mann festgenommen haben, der vor ein paar Jahren Mädchen in der U-Bahn belästigt hat?«

Die Mädchen warteten auf die Fortsetzung.

»Ich werde langsam alt.« Vanessa hielt sich theatralisch das Kreuz, und die Mädchen kicherten. »Deswegen will ich euch zeigen, wie ich bei der Festnahme vorgegangen bin, dann müsst ihr mich nicht anrufen, wenn bei euch einer zudringlich wird.«

Sie verstummte und wählte ein Mädchen aus.

»Wie heißt du?«, fragte Vanessa.

»Samira.«

»Komm mal hier rüber bitte.«

Das Mädchen ging ein paar Schritte auf sie zu.

»Okay, Samira, du bist jetzt ein Kerl, der glaubt, er kann Mädchen einfach so angrabschen, weil ihm grade danach ist. Das mögen wir gar nicht, stimmt's? Also, versuch mich mal anzufassen.«

Samira streckte die Hand aus. Vanessa packte ihren Arm, trat einen Schritt zurück und brachte das Mädchen zu Fall. Vorsichtig kniete sie sich auf sie und drehte ihr den Arm auf den Rücken. Die Mädchen keuchten auf, Gemurmel wurde laut.

Vanessa klopfte sich die Kleider ab, und Samira kam wieder auf die Füße.

»Habt ihr gesehen, wie ich's gemacht hab? Ich zeige es euch noch ein paar Mal, dann tut ihr euch zu zweit zusammen und übt miteinander.«

Sie machte die Übung noch ein paar Mal vor, beantwortete die Fragen der Mädchen, die es kaum erwarten konnten, endlich anzufangen, und teilte sie nach Körpergewicht und Größe ein.

Es begann zu tröpfeln und kurz darauf öffnete der Himmel seine Schleusen.

Vanessa spornte die Mädchen an, die nass wurden vom Regen und schwitzten und außer Atem waren, aber das alles gar nicht zu bemerken schienen.

Sie warf Natasja einen Blick zu. Bisher hatte Vanessa es bewusst vermieden, die Mädchen danach zu fragen, was sie durchgemacht hatten. So etwas prägte. Aber dass Natasja ihre gesamte Familie verloren hatte und ganz allein auf sich gestellt nach Schweden gekommen war, sah man ihr nicht an. Ihr Blick war fokussiert, der Mund zusammengekniffen. Als sie zu Boden gerungen wurde, war sie rasch wieder auf den Beinen und sofort bereit, weiterzumachen.

Nach einer Weile bat Vanessa um Aufmerksamkeit.

»Ich will nicht sehen, dass ihr eurem Angreifer aufhelft«, sagte sie. »Wir trainieren Körper und Gehirn, instinktiv auf eine Bewegung zu reagieren. Versteht ihr? Wenn ihr an einen dieser vermeintlichen Männer geratet und ihn zu Fall bringt, darf euer Hirn nicht darauf programmiert sein, ihm die Hand hinzustrecken. Deshalb will ich nicht, dass ihr dem Angreifer beim Aufstehen helft.«

Die Mädchen hörten atemlos zu und übten dann unbeirrt weiter.

Nach der Kaffeepause ließen sie sich im Wohnzimmer nieder. Zwei andere Freiwillige kümmerten sich um die Hausaufgaben. Natasja saß auf dem Sofa, las *Die Brüder Löwenherz* und bewegte dabei lautlos die Lippen. Neben ihr lagen Stift und Notizbuch. Immer wieder hielt sie bei der Lektüre inne, griff zum Stift und schrieb etwas in ihr Notizbuch. Vanessa bemerkte, dass Natasja Linkshänderin war, wie sie selbst.

»Gefällt dir das Buch?«

»Sehr. Aber ich habe es schon mal gelesen.«

»Auf Arabisch?«

»Nein, auf Englisch.«

Vanessa führte ihre Tasse zum Mund und trank einen Schluck Kaffee. Er war ein bisschen zu dünn.

»Woher kannst du so gut Englisch?«, wollte Vanessa wissen und stellte den Becher wieder ab.

»Mein Vater hat an der Uni Literaturwissenschaften unterrichtet. Er fand es wichtig, dass meine Schwester und ich auch andere Sprachen lernen, nicht nur Arabisch.«

»Wie heißt deine Schwester denn?«

»Sie hieß Aleksandra.«

»Natasja und Aleksandra. Sind das nicht russische Namen?«

»Der Lieblingsautor unseres Vaters war Fjodor Dostojewski. Am besten hat ihm *Der Idiot* gefallen, unser kleiner Bruder hieß Lev.«

Natasja ließ ihre Hand über das Buch gleiten. Vanessa fürchtete, die Unterhaltung über ihre Familie würde sie traurig machen, deshalb wollte sie rasch das Thema wechseln.

»Findest du es schön in Schweden?«

»Ich liebe Schweden. Im Sommer das Licht, wenn die Nächte hell sind und die Vögel dich mit ihrem Gezwitscher wecken. Und die vielen Seen, in denen wir gebadet haben. Ich dachte, schöner kann es nicht mehr werden. Aber dann kam der Schnee.« Natasja strahlte über das ganze Gesicht. »Bevor ich hierhergekommen bin, kannte ich Schnee nur von YouTube. Als es zum ersten Mal geschneit hat ... wollte ich, dass es nie wieder aufhört. Ich bin rausgerannt. Alles war weiß. Auf einem Hügel in der Nähe sind Eltern mit ihren Kindern Schlitten gefahren. Ich habe mich dazugestellt und mitgelacht. Das sah so lustig aus. Und die Kinder waren so froh und glücklich. Eine Frau ist auf mich zugekommen und hat gefragt, ob ich das auch mal ausprobieren will. Sie hat mir gezeigt, wie es geht, und ist mit mir gefahren. Und dann ...« Natasja biss sich auf die Lippe und senkte den Blick auf die Tischplatte. »Und dann hat sie mir den Schlitten ihrer Tochter geschenkt.«

Natasja verstummte. Vanessa war so gebannt von ihrer Erzählung, dass sie zusammenzuckte und den Mund aufmachte, um etwas zu sagen, aber dann fuhr Natasja fort.

»Die Sprache war schwierig und es war anstrengend, so oft umzuziehen, aber Bibliotheken gibt es ja überall und die Bücher sind gratis. Und bald ist wieder Winter, dann kann ich wieder Schlitten fahren.«

Vanessa musste schmunzeln. Sie tauschten einen Blick, dann räusperte sie sich.

»Was ist mit deiner Familie passiert?«

Ein Schatten huschte über Natasjas Gesicht.

»Du musst mir das nicht erzählen«, sagte Vanessa und legte ihr eine Hand auf den Arm.

»Meine Geschwister und meine Mutter sind bei einem Bombenangriff gestorben«, sagte Natasja und bohrte ihren blauen Blick in Vanessas Augen. »Papa hat überlebt ... aber er musste ins Krankenhaus. Sie haben sein Bein amputiert. Er hat zu mir gesagt, dass ich aus Syrien fliehen und mich nach Schweden durchschlagen soll. Er hat mir erzählt, wo er unsere Ersparnisse versteckt hat, ich habe sie geholt und bin bis zur türkischen Grenze geflüchtet. Und dann hierher. Nach Schweden.«

»Wie hast du das geschafft?«

Natasja zeigte auf ihre Turnschuhe.

Vanessa fielen die Bilder aus dem Sommer und Herbst 2015 ein, als lange Schlangen von Menschen an Europas Autobahnen entlang gen Norden wanderten, ihre wenigen Habseligkeiten geschultert. Natürlich hatte sie mit ihnen gefühlt, auch wenn ihr das gleichzeitig völlig unwirklich vorgekommen war. Es waren so viele gewesen, dass ihre Gesichter zu einer grauen Masse verschwommen waren. Aber irgendwo in dieser grauen Masse war auch das Mädchen gewesen, das nun neben ihr saß. Allein.

Natasja hatte ihren Blick auf einen Punkt direkt unterhalb von Vanessas Hals gerichtet. Sie begriff, dass das Mädchen ihre Kette entdeckt hatte. Vanessa trug den Micky-Maus-Anhänger normalerweise unter ihrem Oberteil, um keine neugierigen Fragen beantworten zu müssen, aber bei den Übungen im Garten musste er herausgerutscht sein. Sie zeigte ihr die kleine Figur, und Natasja hielt sie vorsichtig mit Daumen und Zeigefinger fest.

Vanessa rechnete mit einer Frage, aber das Mädchen begegnete ihrem Blick und steckte den Anhänger feierlich wieder in den Ausschnitt zurück.

»Aber trotz allem, was du durchgemacht hast, wirkst du irgendwie ... glücklich«, meinte Vanessa.

Natasja lächelte und suchte nach Worten.

»Ich lebe. Meine Familie ist tot, aber ich habe überlebt, und wenn ich mein Leben nicht selbst in die Hand nehme, hätte ich genauso gut sterben können. Alles andere würde ihnen nicht gerecht. Und bald ist wieder Winter.« Sie lehnte sich zurück und ihr Blick schweifte in die Ferne. »Ich sehne mich wirklich nach dem Winter.«

FÜNF

Ivan hatte Hampus Davidsons Laptop aus dem Auto geholt und setzte sich an den runden Tisch in der Küche, um die Dateien durchzugehen. Er suchte kompromittierendes Material, um den Finanzhai daran zu hindern, zur Polizei zu gehen, wenn er wieder frei war. Bei Davidsons Vorgänger, dem Finanzmann Oscar Petersén, war das einfach gewesen. Als Ivan und Nicolas ihn beschattet hatten, hatten sie entdeckt, dass er Schwulenclubs aufsuchte, ohne dass seine Frau und seine Freunde etwas davon wussten.

Nicolas lehnte mit dem Rücken am Kühlschrank, trank Kaffee und ertappte sich dabei, dass er Hampus Davidson unsympathisch fand. Seine Erscheinung hatte etwas an sich, dass ihn an die übelsten Drangsalierer an seiner Schule in Sigtuna erinnerte.

Im Internat hatten die älteren Schüler die jüngeren »gezähmt«, wie sie es genannt hatten. Mit einer Art Pennalismus, die alles beinhalten konnte, von dem Befehl, in die Stadt zu gehen, um Süßigkeiten zu kaufen, bis hin zu regelrechter körperlicher Misshandlung. Oft hatten sich die Älteren damit amüsiert, die jüngeren Schüler einzufangen und ihnen »das Genick zu brechen«. Das Opfer wurde von zwei Leuten festgehalten, während ein Dritter es an den Haaren packte und seinen Kopf so weit es ging nach hinten riss.

In Nicolas' Jahrgangsstufe war ein Junge namens Carl-Johan Vallman gewesen, der besonders unter den älteren Schülern zu leiden gehabt hatte. Eine ihrer Lieblingsquälereien war es gewesen, sich mit Carl-Johan und einer Tüte Keksen einzuschließen. Er musste sich ausziehen und auf die Knie gehen. Dann befahlen die Älteren ihm, mit dem Mund die Kekse aufzufangen, die sie ihm zuwarfen. Jedes Mal, wenn Carl-Johan den Keks verpasste, bekam er einen Tritt gegen den Brustkorb oder einen Schlag in die Einge-weide. In seinem ersten Jahr in Sigtuna war Carl-Johan zweimal ins Krankenhaus eingeliefert worden.

»Sieh dir das an«, sagte Ivan und blickte vom Rechner auf.

Er hatte sich in Davidsons Mailaccount eingeloggt und eine Videodatei angeklickt. Auf dem Bildschirm erschien ein kleines Zimmer mit einem Bett und weißen Laken. Die Beleuchtung war spärlich. Nicolas schielte fragend zu Ivan hinüber, woraufhin die-ser auf Play klickte. Das Bild begann sich zu bewegen. Von rechts kam ein Mädchen herein, sie war ungefähr fünfzehn Jahre alt, klein, dürr und blass. Sie trug ein schwarzes Top und helle Jeans. Ivan stellte den Ton lauter. Davidson fragte das Mädchen auf Eng-lisch, wie es hieß. Irena, gab sie zurück.

Ihr Blick war leer und willenlos, wie tot.

Davidson forderte sie auf, die Kleider abzulegen.

»Was ist das denn?«, murmelte Nicolas.

»Warte, es wird noch schlimmer.«

Schließlich war sie nackt. Die Kamera filmte ihren Körper von oben bis unten. Sie hielt schützend die Arme vor die Brust. David-sons Hand war kurz zu sehen, als er ihre Arme beiseiteschob. Die Kamera zoomte auf die kleinen Brüste.

Neuer Winkel, die Kamera schien nun auf einem Stativ zu ste-hen. Davidson saß auf dem Bett, das Mädchen kniete zu seinen Füßen. Er drückte ihren Hinterkopf in seinen Schoß, und das Mädchen gab gurgelnde Laute von sich. Es klang, als wäre sie kurz davor zu ersticken. Davidson blickte in die Kamera, den Mund leicht geöffnet.

»Ich habe genug gesehen«, sagte Nicolas und wandte sich ab.

»Er vergewaltigt sie dann auch noch. Krass, wie jung sie ist. Wie alt sie wohl ist?«

»Sie ist noch ein Kind, Ivan. Ein Kind, verdammt. Ein armes hilf-loses Mädchen, das er sich gekauft hat, damit er mit ihr machen kann, was er will.«

Ivan stellte den Film aus, und Davidsons schwere Atemzüge verstummten.

»Jedenfalls brauchen wir uns keine Sorgen zu machen, dass er zur Polizei geht. Es gibt in dem Ordner noch acht weitere Filme. Soll ich sie durchgehen, damit wir sicher sein können, dass er in allen zu sehen ist?«

Ivan lehnte sich zurück und kreuzte die Arme vor der Brust.

»Nein, der hier reicht schon.«

Nicolas schloss die Augen, um die Bilder aus seinem Kopf zu vertreiben, und spürte Wut in sich aufsteigen. Er griff nach der Sturmhaube und ging auf die Kellertür zu. Ivan wusste, was passieren würde und stand auf, um Nicolas zurückzuhalten, doch der hatte die Tür schon aufgerissen. Er nahm zwei Treppenstufen auf einmal, während er sich maskierte. Davidson lag in Handschellen auf dem Bett. Nicolas packte ihn mit beiden Händen am Kragen, zerrte ihn aus dem Bett und drückte ihn gegen die Wand. Davidsons Füße baumelten in der Luft.

»Wir haben deine kranken Filme gesehen. Und wir schicken sie an deine Frau, deine Eltern, deine Geschäftspartner, deine alten Wehrdienstkumpel, einfach an alle, die du kennst, wenn du irgendjemand hiervon erzählst.«

In Davidsons Blick lag Panik.

»Ich …«

»Halt's Maul«, brüllte Nicolas. »Wenn ich rausfinde, dass du dich noch mal an kleinen Mädchen vergehst, dann will ich kein Geld mehr von dir, sondern dich. Und du wirst leiden, das kannst du dir gar nicht vorstellen. Kapiert?«

»Ja.«

Er ließ Davidson zurück auf den Boden. Der Finanzmann stolperte zum Bett zurück und krümmte sich schlotternd darauf zusammen. Nicolas drehte sich um und steuerte auf die Treppe zu, wo Ivan mit verschränkten Armen auf ihn wartete.

Sie gingen wieder hinauf. Nicolas setzte sich aufs Sofa, nahm die Sturmhaube ab und fuhr sich mit der Hand durchs Haar.

»Ich kann solche Typen einfach nicht ab. In Sigtuna habe ich zu viele davon erlebt«, meinte er. »Die glauben, sie können sich alles erlauben, die nehmen sich das Recht heraus, ohne Rücksicht auf Verluste mit anderen Menschen umzuspringen, weil sie sie gekauft haben oder weil sie sich für die Stärkeren halten.«

Er stand auf und trat an den Tisch. Der Kaffee war kalt geworden. Er trank einen Schluck und verzog das Gesicht.

»Ich fahre zu Davidsons Haus. Wenn seine Frau die Polizei informiert hat, dann müssten ein paar Beamte dort sein. Hast du was zu essen gekauft?«

»Fertiggerichte von Findus für ihn und Quark und Kebabpizza für mich.«

—

Durch das Fenster sah Ivan, wie die Rücklichter des Autos kleiner wurden und verschwanden. Er nahm die Glock aus Nicolas' Tasche und wog sie mit anerkennendem Blick in der Hand, ehe er sie in den Hosenbund steckte.

Dann holte er ein thailändisches Gericht aus dem Tiefkühlfach, riss die Verpackung auf und stellte die Schale in die Mikrowelle. Die Warterei würde lang werden, und er musste die Drecksarbeit machen, wie immer. Davidson bewachen, Essen machen, ihn aufs Klo begleiten.

Er verfluchte Joseph, weil der nicht einsah, dass er für die Legion von Nutzen sein konnte. Der einzige Grund, warum Joseph ihn ins Ambassadeur bestellt hatte, war der, dass er von Nicolas etwas wollte. Es war genau wie früher. Ivan wurde nur auf Partys eingeladen, wenn er mit Nicolas kam. Und wenn er ohne ihn auftauchte, fragte jeder enttäuscht, wo Nicolas sei. Selbst Milo, Ivans Vater, zog Nicolas seinem eigenen Sohn vor. Wenn Nicolas nach der Schule mit zu Ivan gegangen war, strahlte Milo und steckte ihnen Geld zu, damit sie zur Pizzeria runterlaufen konnten.

Die Mikrowelle gab ein Geräusch von sich.

Er nahm das Essen heraus, stellte es auf einen Teller und holte sich eine Gabel. Nicolas hatte entschieden, dass Hampus Davidson im Keller essen sollte. Aber warum sollte Ivan immer das machen, was Nicolas sagte? Ivan mochte den Keller nicht. Und es war öde, dazusitzen und jemandem beim Essen zuzusehen. Er ließ den Teller auf dem Tisch stehen, zog die Sturmhaube auf und ging zu Davidson hinunter.

»Komm mit rauf.«

Davidson rappelte sich im Bett auf.

»Gibt es ein Problem?«, fragte er beunruhigt.

»Essen«, gab Ivan schroff zurück.

Als sie nach oben kamen, sah Davidson sich um.

»Wo ist der andere?«

»Weg. Jetzt sind es nur noch wir zwei.«

Der Finanzmann wirkte erleichtert. Ivan deutete auf den Teller und zog den Stuhl vom Tisch weg, damit Davidson sich setzen konnte. Er stocherte im Reis herum und schob sich zögernd eine Gabel davon in den Mund. Ivan stellte sich an die Spüle, die Pistole ragte aus dem Hosenbund.

»Du bist wohl was anderes gewohnt? Gänseleber und so?«, fragte Ivan.

Davidson lachte auf. Kaute und schluckte.

»Das ist schon okay«, murmelte er.

»Wo sind die Filme aufgenommen worden?«

Hampus Davidson aß den nächsten Bissen.

»Baltikum.«

»Huren?«

Davidson schwieg.

»Keine Angst. Ich bin nicht so ... empfindlich wie der andere.«

Der Finanzhai grinste und sah zu Ivan hinüber.

»Aber nicht irgendwelche Huren von der Straße. Schulmädchen. Die kosten zwar mehr, aber dafür sind sie noch ganz frisch. Ich sage immer, je kleiner die Braut, desto größer wirkt der Schwanz.«

Ivan lachte.

SECHS Nicolas hielt an und stellte den Motor ab. Das Viertel bestand aus großen Steinvillen. Davor drängten sich die Luxuskarossen, und in den schattigen Gärten standen Trampoline neben Statuen. Hampus Davidsons Haus lag direkt am Strand und hob sich von den anderen Villen ab. Schwarze Holzfassade, futuristisch, mit runden Fenstern und Flachdach. Er beschloss, nicht länger als zehn Minuten zu bleiben, oft gab es in Wohngebieten wie diesem viele Überwachungskameras. Und ein fremdes Auto, noch dazu ein ramponierter Volvo V70, würde die Neugierde der Anwohner wecken.

Es war schön, rauszukommen aus der Hütte, weg von Davidson.

Er wusste, die Welt war voll von Männern, die kleine Mädchen ausnutzten, erniedrigten und den Missbrauch filmten, um damit ihre perverse Lust zu füttern. Wegen solcher Männer hatte er die Spezialeinheit verlassen müssen. Doch die Bilder von dem jungen Mädchen gingen ihm einfach nicht mehr aus dem Kopf. Einen Augenblick lang spielte er mit dem Gedanken, das Geld in den Wind zu schießen und Davidson vor dem Polizeipräsidium festzubinden, um den Hals ein USB-Stick mit dem Filmmaterial. Sein Leben zu zerstören. Irena erinnerte ihn an Maria. Nicht, weil sie sich ähnlich sahen, sondern wegen ihrer Hilflosigkeit.

Maria hatte sich durch ihre Kindheit, ihre Jugend, ihr Leben gekämpft. Hatte Mühe, mit anderen in ganzen Sätzen zu sprechen, außer mit Nicolas. Wirkte verloren. Verstoßen. Hilflos. Doch so wollte er sie nicht sehen. Maria war anders. Sie verstand nicht, wie die Menschen funktionierten, kannte ihre sozialen Codes nicht. Aber sie war intelligent. Witzig. In einer anderen Welt hätten auch andere Menschen das sehen können, anstatt sie nur zu verspotten und anzustarren.

Zwei Scheinwerfer tauchten hinter ihm auf. Als das Auto wieder verschwunden war, zückte er sein Mobiltelefon und tippte auf Marias Namen.

»Ich wollte nur hören, was du so machst«, sagte er, als sie sich meldete.

»Ich schaue *Friends*«, sagte Maria.

»Welche Folge?«

»Die, in der Ross glaubt, dass er und Rachel eine Beziehungspause machen.«

»*We were on a break*«, sagte Nicolas mit affektierter Stimme.

Er konnte den Fernseher hören, das Gelächter des Publikums im Studio, die Stimmen der Schauspieler. Er hatte plötzlich Sehnsucht danach, nach Maria.

»Willst du mich gar nicht fragen, was ich mache?«, sagte er.

»Doch.«

»Dann frag mich.«

Maria kicherte.

»Was machst du, Nico?«

»Arbeiten.«

»Ist Oleg da?«

»Nein, er hat heute frei.« Er hielt inne. »Ich habe nur angerufen, weil ich dir sagen wollte, dass ich dich vermisse.«

»Dann ist ja gut«, meinte Maria.

»Jetzt musst du sagen, dass du mich auch vermisst.«

»Aber ich vermisse dich nicht. Jedenfalls nicht jetzt. Und man darf nicht lügen.«

»Nein, das stimmt.« Nicolas lachte. Sein Blick blieb an einer Frau hängen, die ein Stück weiter ihren Hund ausführte. »Ich muss jetzt weiterarbeiten. Aber übermorgen komme ich bei dir vorbei.«

Sie beendeten das Gespräch.

Die Frau mit dem Hund bog um eine Ecke. Nicolas sah auf die Uhr. Nichts deutete darauf hin, dass Hampus Davidsons Frau die

Polizei gerufen hatte. Sie schien zu Hause zu sein. Machte sich bestimmt Sorgen. Hatte nicht die leiseste Ahnung, mit was für einem Mann sie verheiratet war. Melina Davidson versuchte vermutlich, ihre Bank zu erreichen, um an das Geld zu kommen.

Nicolas wollte gerade den Motor starten, als ein weiteres Auto auftauchte.

Ein Taxi. Es hielt vor Davidsons Villa und ließ den Motor laufen.

Dann ging die Außenbeleuchtung in der Auffahrt des schwarzen Hauses an.

Die Haustür glitt auf. Nicolas folgte Melina Davidson mit dem Blick, und als der Lichtschein der Laternen auf ihr Gesicht fiel, war ihm sofort klar, dass sie die schönste Frau war, die er jemals gesehen hatte.

—

Ivan ließ sich dem Finanzmann gegenüber auf den Stuhl sinken. Der zog sofort den Kopf ein und senkte den Blick.

»Was machst du mit den Filmen?«

»Ich hebe sie auf.«

»Und du zeigst sie keinem? Relax. Ich tue dir nichts, wenn du nichts Dummes versuchst. Aber wenn doch, puste ich dir den Schädel weg.«

Davidson holte tief Luft, während er auf die Pistole schielte.

»Nein, die Filme sind nur für den Eigengebrauch. Sozusagen.«

»Und deine Frau?«

Davidson runzelte die Stirn.

»Was soll mit ihr sein?«

»Sie ist … hübsch. Eine der hübschesten Bräute, die ich je gesehen habe. Woher kommt sie? Nicht aus Schweden, oder?«

Davidson lachte auf und schüttelte den Kopf.

»Ihre Mutter ist aus Brasilien, ihr Vater aus Schweden. Klar, sie sieht umwerfend aus, aber auch bei solchen verliert man irgendwann die Lust.«

»*For every hot chick in this world there is a dude tired of banging her*«, rief Ivan aus.

Davidson sah ihn irritiert an.

»Hast du *Californication* nicht gesehen?«, wollte Ivan wissen.

»Nein, ist das ein Film?«

»Eine Serie. Für jede heiße Braut gibt es auch einen Typ, der keinen Bock mehr hat, sie zu vögeln.«

»Ach so, okay, habe ich nie gesehen«, entgegnete Davidson.

Sie schwiegen eine Weile, dann ergriff der Finanzmann wieder das Wort.

»Wie lange haben Sie … haben Sie mich schon auf dem Schirm?«

Ivan sah ihn mit durchdringendem Blick an.

»Ich bin nicht bescheuert. Ist das klar? Wenn du mich dazu bringen willst, Details zu verraten, durch die wir auffliegen könnten, oder wenn du mich wie den letzten Blödmann behandelst, dann werfe ich dich die Treppe runter und trample auf deinem Schädel rum.«

»So war das nicht gemeint«, murmelte Hampus Davidson.

Ivan bekam Hunger. Er stand auf, nahm den Quark aus dem Kühlschrank und einen Löffel aus einer der Schubladen. Davidson konzentrierte sich auf sein Essen. Ivan zog den Deckel vom Becher und griff nach der Sirupflasche, um den Quark zu süßen. Er rührte um, setzte sich wieder und schob den Löffel in den Mund. Davidson beobachtete ihn. Oder beobachtete er seine Hände? Ivan ließ den Löffel fallen. Mit einem Scheppern schlug er auf der Tischplatte auf.

»Was glotzt du so?«, bellte er.

Hampus Davidson zuckte zusammen.

»Sorry, Sie haben da was … im Mundwinkel.« Der Finanzmann führte einen Finger an den Mund. »Hier.«

SIEBEN

Melina Davidson hatte ihren Mantel an einen Haken unter der Theke gehängt und einen Drink bestellt, den sie in einem Zug geleert hatte, um sich sofort einen zweiten zu ordern.

Als Nicolas dem Taxi in die Innenstadt gefolgt war, hatte er schon befürchtet, sie würde zum Polizeipräsidium fahren. Aber am Roslagstullsrondellen war das Taxi Richtung Östermalm abgebogen, die Birger Jarslgatan hinaufgefahren und hatte dann auf dem Norrmalmstorg vor dem Nobis gehalten. Nicolas hatte sein Auto schnell in der Tiefgarage der Birger Jarlsgatan abgestellt, dann war er wieder zum Norrmalmstorg zurückgelaufen und in das Hotel gegangen. Dort hatte er sich einen freien Tisch an der Wand gesucht und ein Bier bestellt.

Er hatte angenommen, dass sie sich mit jemandem verabredet hatte, aber eine Stunde nachdem sie gekommen war, war sie immer noch allein, nippte mechanisch an ihren Drinks und starrte mit stumpfem Blick vor sich hin. Ihre Bewegungen wurden langsamer – der Alkohol zeigte seine Wirkung. Nach einer Weile stand sie auf und ging schwankend zu den Toiletten. Ihre Jacke und Handtasche ließ sie am Haken unter der Theke hängen. Nicolas runzelte die Stirn. Sie benahm sich nicht wie eine Frau, deren Mann gerade entführt worden war.

Als sie wieder zurückkam, winkte sie dem Barkeeper diskret zu, und schon stand ein neuer Drink vor ihr.

Nicolas war nicht entgangen, dass sie die Aufmerksamkeit des gesamten Raumes auf sich zog. Die Männer schielten zu ihr hinüber, und in regelmäßigen Abständen wagte sich einer zu ihr vor und erbot sich, sie auf ein Getränk einzuladen. Doch alle wurden mit einem Lächeln und einem Kopfschütteln abgewiesen.

Sie wollte offenbar ihre Ruhe. Von ihrer umwerfenden Schönheit abgesehen, hatte sie eine fragile Traurigkeit an sich, die ihr gesamtes Wesen zu vereinnahmen schien. Nicolas konnte nicht anders, auch er war fasziniert von ihr. Er trank den letzten Schluck Bier und wollte gerade aufstehen, um das Lokal zu verlassen, als sich zwei Männer in den Fünfzigern neben Melina Davidson stellten.

Sie waren betrunken, hatten ihre Krawattenknoten gelockert und machten unkontrollierte, ausholende Handbewegungen. Einer von ihnen drehte den Kopf, musterte sie vom Scheitel bis zur Sohle und leckte sich die Lippen. Nicolas ließ sich auf den Stuhl zurücksinken und beschloss zu warten, bis sie gegangen waren. Die Männer sprachen sie an. Sie schüttelte den Kopf, lächelte und ignorierte sie dann wieder. Dennoch blieben sie neben ihr stehen. Einer der beiden schob sich am anderen vorbei und fasste Melina Davidson an der Schulter.

Nicolas war zu weit weg, um zu hören, was sie sagten, aber er spürte seine Unruhe mit jeder Sekunde wachsen. Er umklammerte die Bierflasche, er durfte nicht dazwischengehen, er war nur hier, um sicherzustellen, dass sie nicht zur Polizei ging. Mehr nicht. Es wäre kompletter Wahnsinn, jetzt den Helden zu spielen. Solche Dummheiten würden sowohl ihn als auch Ivan in Gefahr bringen. Die Bar konnte videoüberwacht sein.

Der Mann legte Melina Davidson eine Hand auf den Rücken. Sie schüttelte sie ab, aber die Hand war sofort wieder da. Und Nicolas konnte nicht mehr an sich halten. Er stand auf und bahnte sich zwischen den Tischen einen Weg zur Bar. Einen knappen Meter von den Männern entfernt blieb er stehen.

»Entschuldige, Liebling, ich bin zu spät«, sagte er.

Sie wandte sich verwundert um. Die Männer musterten ihn und zogen dann enttäuscht ab.

»Ich habe mitbekommen, dass die zwei aufdringlich geworden sind, und dachte, Sie könnten vielleicht Hilfe gebrauchen.«

Die Pianistin spielte das Intro von Bruce Springsteens »Thunder Road«.

Er drehte sich um, rief den Barkeeper zu sich und bestellte sich noch ein Bier. Er spürte ihre Blicke auf sich. Das einzig Richtige wäre jetzt, das Hotel zu verlassen und das Auto zu holen. Stattdessen aber kehrte er an seinen Tisch zurück. Sie sah sich suchend um, dann nahm sie Drink, Tasche und Mantel, stand auf und kam direkt auf ihn zu.

Er wusste sofort, dass er einen Fehler gemacht hatte. Aber die Entführung von Hampus Davidson, Ivan, das alles war jetzt so weit weg. Melina Davidson lächelte und deutete auf den freien Stuhl an seinem Tisch.

—

Ivan wollte sich einfach nur aufs Sofa fläzen, den Fernseher einschalten und ein bisschen Koks schnupfen. Damit sein Körper wieder in die Gänge kam. Nicolas würde erst in zwei Tagen wieder zurück sein. Er wies Davidson an, sich aufs Bett zu legen, prüfte die Handschellen und zog sie enger. Dann verriegelte er die Kellertür von außen. Oben schleuderte er die Sturmhaube von sich und machte seine Tasche auf, in die er die Wechselklamotten gepackt hatte.

Er griff nach dem Beutel, legte auf dem Küchentisch eine Line und schnupfte sie mithilfe eines zusammengerollten Tausenders. Die Wirkung trat sofort ein, er kniete sich hin und machte ein paar Liegestütze. Drehte sich auf den Rücken und machte ein paar Sit-ups.

Dann nahm er sein Mobiltelefon zur Hand. Drei verpasste Anrufe von Joseph Boulaich. Er setzte sich an den Küchentisch, während das Freizeichen ertönte.

»Endlich«, meldete Joseph sich. »Hast du mit Nicolas geredet?«

»Er ist nicht interessiert.«

»Aber er weiß doch gar nicht, was ich von ihm will. Ich muss ihn unbedingt erreichen.«

Ivan streckte sich nach dem Quark und steckte sich einen Löffel voll in den Mund. Er musste sich mit Joseph gut stellen. Ihm helfen. Nicolas würde sowieso mit seiner Schwester weggehen. Und ihn zurücklassen. Wieder mal. Es konnte doch nicht schaden, wenn Nicolas wenigstens mit Joseph redete. Vielleicht würde er seine Meinung ja ändern. Und dann hätte Ivan vielleicht einen Fuß in der Tür.

»Hallo?«

»Fahr am besten dahin, wo er jobbt. Morgen Abend ist er da.«

»Wo?«

»Restaurant Benicio. Das ist in der Nybro …«

»Das kenn ich. Ist er etwa ein verdammter Kellner?«

»Nein, Spüler.«

»Im Ernst?«

»Ja.«

Joseph lachte auf.

»Okay, ich fahr hin und rede mit ihm.«

—

Vor Melina Davidson stand ein Drink mit einer halben Zitronenscheibe am Glasrand. Die Pianistin spielte nicht mehr Springsteen, sondern »Don't Look Back In Anger« von Oasis.

»Wissen Sie, was mich stört?«

Nicolas schüttelte langsam den Kopf. Wachsam bei jedem ihrer Worte, bei jeder Bewegung, die sie machte.

»Dass sie mich erst in Ruhe gelassen haben, als Sie, also ein anderer Mann, gekommen sind und ihnen gezeigt haben, dass ich vergeben bin. Erst da sind sie gegangen. Was ich wollte, war ihnen egal. Aber dass ich zu einem anderen Mann gehöre, haben sie respektiert. Danke trotzdem.«

»Nichts zu danken.«

»Eigentlich nicht, aber ich tu's trotzdem.«

Nicolas griff nach seinem Bier. Melina nach ihrem Drink. Synchron führten sie die Gläser an den Mund. Bemerkten es im selben Moment und mussten lachen. Nicolas wischte sich den Schaum von der Oberlippe.

»Warten Sie auf jemanden?«, fragte sie.

»Nein«, gab Nicolas zögerlich zurück. »Oder eigentlich doch, auf einen Freund. Aber er hat kurzfristig abgesagt, und dann haben sich diese Idioten wie Neandertaler benommen, und ich bin hiergeblieben.«

»Und eigentlich war dieser er eine sie«, meinte Melina mit einem Lächeln.

»Auf die ich gewartet habe?«

»Ja, ein Blind Date. Ich weiß, es ist hart für Sie zuzugeben, aber sie hat Sie gesehen und hat in der Tür sofort wieder kehrtgemacht.«

Nicolas hob abwehrend die Hände.

»Sie haben mich durchschaut.« Er zeigte auf ihre linke Hand, an der ein Ring mit einem Edelstein funkelte. »Und Sie sind verheiratet.«

Sie streckte den Arm und betrachtete verwundert den Ring, als sähe sie ihn zum ersten Mal.

»Mein Mann ist … verreist. Das ist er ziemlich oft. Ich bin gern allein, aber umgeben von Menschen. In ihrer Gesellschaft, aber ohne dazuzugehören. Verstehen Sie?«

Sie lächelte. Aber ihr Blick war ernst.

»Ja.«

Er strich über die Flasche. Der Alkohol stieg ihm langsam zu Kopf. Er beschloss, das Auto stehen zu lassen und für die Heimfahrt ein Taxi oder die U-Bahn zu nehmen. Er warf einen Blick Richtung Bar.

»Sind Sie Polizist?«, fragte sie.

Er sah sie überrascht an.

»Ich war Soldat.«

»Was ist passiert?«

»Ich habe aufgehört«, entgegnete er. »Aus verschiedenen Gründen.«

Nicolas erwartete eine Folgefrage, wie immer, wenn er von seiner beruflichen Vergangenheit erzählte, aber sie blieb aus. Stattdessen warf sie einen Blick auf ihre Armbanduhr. Er dachte, sie wollte, dass er ging.

Er wollte etwas sagen, aber Melina kam ihm zuvor.

»Ich hatte mal einen Freund, der war Polizist. Fünfzehn Jahre älter als ich. Verheiratet. Wenn wir uns getroffen haben, dann immer in schummrigen Lokalen, Kaschemmen, Sie wissen schon.«

»Spelunken, wo selbst der Wind in der Tür kehrtmacht, aber Sie nicht.«

»So ungefähr. Wenn Sie sich umsehen, haben Sie den gleichen taxierenden Blick wie er. Ich habe nie verstanden, ob er diesen Blick hatte, weil er Polizist war oder weil er Angst hatte, seine Frau könnte uns entdecken.«

»Und ... hat sie?«

»Nein, nie.«

»Was ist dann passiert?«

»Irgendwann war es halt vorbei«, sagte sie und blinzelte. »Das hatte auch verschiedene Gründe. Und dann bin ich wieder nach Hause zurück.«

»Nach Hause?«

»Ja, das war in Barcelona. Da habe ich drei Jahre gelebt.«

»Und dann?«

»Und dann habe ich meinen Mann Hampus kennengelernt.« Nicolas öffnete den Mund, um zu fragen, wie, aber Melina schüttelte den Kopf. »Wie wir uns kennengelernt haben, spielt keine Rolle. Ich nehme mir jetzt ein Taxi und fahr nach Hause.«

Auf dem Norrmalmstorg gingen sie in Richtung McDonald's. Die Taxen standen in einer Reihe, und vor dem Eingang des Schnellrestaurants diskutierte eine Traube betrunkener Mädchen, in welche Kneipe sie als Nächstes gehen wollten. Einige wankten Arm in Arm an Nicolas vorbei und grölten einen Popsong, den er nicht kannte.

Melina stolperte und hakte sich bei Nicolas ein, um nicht das

Gleichgewicht zu verlieren. Nicolas hielt ihr die Tür des Taxi-Kurir-Wagens auf, der vorne in der Schlange stand, und Melina kletterte umständlich hinein.

»Fahren Sie ein Stück mit?«, fragte sie plötzlich.

Er umrundete das Auto. Der Ledersitz knarzte, als er sich setzte.

Sie nannte dem Taxifahrer die Adresse.

»Riddargatan 14.«

Überrascht warf Nicolas ihr einen verstohlenen Blick zu. Der Taxifahrer machte einen U-Turn über die Straßenbahnschienen und die durchgezogenen Linien und fuhr Richtung Strandvägen. Mit jedem Häuserblock, den sie sich der Riddargatan näherten, wurde Nicolas nervöser. Als sie an der Ampel vor dem Dramaten hielten, wo sie links abbiegen mussten, berührten sich ihre Hände.

Melina rutschte ein Stückchen näher an ihn heran und umklammerte seinen kleinen Finger, den Blick geradeaus gerichtet. Nicolas' Herz pochte. Was erwartete ihn in der Riddargatan? Ein Appartement für Übernachtungen in der Innenstadt? Das Auto setzte sich wieder in Bewegung. Sie behielt seinen Finger in ihrer Hand. Könnte er mit zu ihr raufgehen? Nur für eine Nacht. Niemand würde je davon erfahren. Aber danach? Würde er einfach aufstehen und nach Hause fahren? Eine Affäre mit ihr anfangen? Er hielt verdammt noch mal ihren Mann in einer Hütte gefangen, nur wenige Kilometer entfernt.

Vor einer Jugendstilfassade kam das Taxi zum Stehen. Sie wandte sich ihm zu, lächelte und sah ihn fragend an. Er schüttelte den Kopf.

»Ich kann nicht«, sagte er.

Sie schien verwundert, überspielte das aber sofort und holte ihr Portemonnaie aus der Tasche. Er legte seine Hand auf ihre.

»Ich fahre weiter.«

Sie machte die Tür auf. Er hörte, wie ihre Schuhe auf den Asphalt aufsetzten, doch dann hielt sie inne und drehte sich noch einmal zu ihm um. Langsam lehnte sie sich zurück und küsste ihn sanft auf die Wange.

ACHT

Consuelo war keine besonders gute Reiterin, kein Vergleich zu Ramona, die es sogar mit Carlos hatte aufnehmen können, wenn sie den Pferden freien Lauf gelassen hatten. Oder machte nur seine Sehnsucht nach ihr sie schöner, klüger und zu einer geschickteren Reiterin als alle anderen? Er konnte es nicht sagen. Und nun, vor sich Consuelo auf einem rotbraunen Wallach, spielte das vielleicht auch gar keine Rolle.

Als er ihr in den Sattel geholfen hatte, war sie richtig aufgekratzt gewesen. Hatte das Pferd gestreichelt, sich vorgebeugt und ihm beruhigende Worte ins Ohr geflüstert. Oder tat sie nur so, damit er nicht wütend wurde und ihr und Raúl etwas antat? Doch Carlos beschloss, dass auch das keine Rolle spielte. Sie war hier. Mit ihm. Und das war alles, was zählte.

Er trieb Reina an. Die Stute lief schneller, holte auf, und gleich darauf ritt er neben Consuelo. Sie drehte den Kopf und erwiderte seinen Blick.

»Es ist schön hier«, sagte sie über das Geräusch der Hufe im Flussbett hinweg. »Gehört das alles Ihnen?«

»Das gehört alles der *Kolonie*.«

»Also Ihnen.«

Sie bogen in den Nebenfluss ab, der zum Weiher führte. Carlos griff nach der Wasserflasche und reichte sie ihr. Consuelo legte den Kopf nach hinten und trank einige Schlucke, dabei rutschte ihr der Hut in den Nacken. Sie lächelte und schob ihn sich wieder auf den Kopf.

»Ich bin nur der Leiter. Die Firmen, Fabriken, Kliniken, Schulen und auch die landwirtschaftlichen und viehwirtschaftlichen Betriebe gehören uns Deutschen gemeinsam. Über unser Mutter-unternehmen Alemagne.«

»Sie nennen sich immer noch Deutsche? Obwohl sie hier in Chile geboren sind?«

Carlos zog die Zügel etwas nach links, um einem großen Stein auszuweichen.

»Ja. Aber dass wir uns so nennen, liegt eher an euch als an uns«, meinte er und nahm die Wasserflasche wieder an sich. »Ich sehe mich als Chilene. Ich bin hier geboren und kann besser Spanisch als Deutsch, und trotzdem werde ich als Ausländer angesehen und auch so behandelt, nur weil ich blond bin und helle Augen habe.«

»Fühlen Sie sich denn als Fremder?«

Er betrachtete die Anden. Die Sonne hatte die Wolkendecke noch nicht durchbrochen, sie verbarg die Bergkuppen wie ein Vorhang.

»Nicht als Fremder, einfach anders«, sagte er.

»Wie wir *gitanos*. Wir leben unter euch, aber nicht mit euch.«

»Ja, wir sind wie ihr Zigeuner, wobei deine Familie sicher lange vor meiner nach Südamerika gekommen ist. Vermutlich vom Balkan, irgendwann im neunzehnten Jahrhundert. Vor hundert Jahren habt ihr dann von der argentinischen Seite aus die Anden überquert und euch hier in der Gegend niedergelassen.«

»Das wusste ich gar nicht. Wo ist der Balkan?«

»In Südosteuropa.«

»Dann sind wir ja beide Europäer.«

Consuelo lächelte wieder. Carlos musste lachen. Ob wegen ihrer Bemerkung oder wegen ihres Lächelns wusste er nicht.

»Ja, wir sind beide Europäer. Zwei Europäer am Ende der Welt.«

Während Carlos die Pferde absattelte, breitete Consuelo die Decke unter den Pappeln aus und stellte den Proviant darauf.

Allmählich riss auch die Wolkendecke auf und ließ ein paar Sonnenstrahlen durch. Bald würden die Wolken hinter die Berge verschwinden und dem Blau des Himmels Platz machen.

Nachdem er die Pferde laufen gelassen hatte, setzte er sich neben sie auf die Decke. Die unbeschwerte Stimmung war wie weggeblasen, Carlos war verärgert und wollte den leichten Ton zurückholen. Auch Consuelo spürte, dass die Stimmung umgeschlagen war. Sie hielt ihren Blick auf das Ufer geheftet, wo die Pferde standen.

»Zieh dich aus.«

Sie gehorchte ohne jegliche Gefühlsregung. Sie zog den Slip aus und das rote Kleid über den Kopf. Dann rollte sie sich auf den Bauch und spreizte die Beine, damit er sie von hinten nehmen konnte.

»So war das nicht gemeint.« Er räusperte sich. »Ich will, dass du hier badest. Deine Mutter ... Ramona hat das oft gemacht.«

Consuelo stand auf, band ihr schwarzes Haar zu einem Knoten und watete langsam ins Wasser. Carlos folgte ihr mit dem Blick. Ihre nassen Hüften glänzten in der immer intensiveren Sonne. Es ist, als wäre Ramona wieder zum Leben erwacht, dachte Carlos.

Er legte sich auf den Rücken, verschränkte die Hände im Nacken, blickte in die Baumwipfel und lauschte den Geräuschen der Natur und Consuelos Schwimmzügen im Wasser. Ihm schwindelte und er verlor jegliches Zeitgefühl. Er konnte sich jetzt genauso gut in den Achtzigern befinden, er um die Zwanzig, Ramona etwas jünger.

Sie hatten über Kinder, über ihre Zukunft gesprochen. Weder er noch sie durfte jemanden von außen heiraten. Aber sie hatten sich nicht darum geschert. Sobald sein Vater nicht mehr da sein würde, konnte Carlos tun und lassen, was er wollte. Aber der Alte war zäh gewesen und hatte einfach nicht sterben wollen.

In der Zwischenzeit hatte Ramonas Familie hinter ihrem Rücken ihre Zukunft geplant und sie nach Valdivia geschickt. Dann hatte sie Consuelo zur Welt gebracht, und dann hatte sie die Krankheit dahingerafft. In einem anderen Leben, unter anderen Umständen hätte Consuelo auch ihre gemeinsame Tochter sein können.

»Man hat nur ein Leben, was anderes zu glauben, ist verrückt«, flüsterte er vor sich hin.

Consuelo kam aus dem Wasser. Als er sie näherkommen sah, griff er nach dem Handtuch und faltete es auseinander. Während sie sich abtrocknete, packte er das Picknick aus.

Baguette mit Tomaten und Olivenöl beträufelt, luftgetrockneter Schinken, eine kleine Schale Oliven und eine frische Zwiebel. Er reichte ihr eines der Brote, und sie biss hinein. Sie aßen schweigend und ließen ihre Blicke auf den Pferden ruhen. Als sie aufgegessen hatten, schälte er die Zwiebel und gab sie ihr.

»Probier mal.«

»Einfach so? Wie einen Apfel?«

Er nickte.

»Das habe ich irgendwann mal in einem Buch gelesen. Ein Landstreicher aus dem Mittleren Osten hat so seine Zwiebeln gegessen. Nur sein Heimatland hat er mehr geliebt als rohe Zwiebeln. Ramona und ich haben das auch ausprobiert. Das Buch hat ihr gefallen, aber die Zwiebel hat sie nicht gemocht. Ich will wissen, ob du sie magst.«

»Mögen Sie's denn?«

»Ja, sehr.«

Consuelo musterte die Zwiebel. Sie leuchtete wie ein Schneeball in ihrer braunen Hand.

»Sie war die erste Frau in unserer Familie, die lesen gelernt hat«, sagte sie nachdenklich.

»Ich weiß. Ich habe es ihr beigebracht.«

»Mein Vater wollte das nicht. Als er sie mit einem Buch erwischt hat, hat er sie geschlagen.«

Carlos sagte nichts.

»Haben Sie ihr auch Englisch beigebracht?«, fragte Consuelo schüchtern.

»Ja. Eigentlich wollte ich, dass sie Deutsch lernt, aber sie hat gemeint, dass ihr das nichts bringt. Sie hat die alten schwarz-weißen Hollywoodfilme geliebt.«

»Ich weiß. Deswegen habe ich auch Englisch gelernt.«

»Wie das?«

»Mein Vater konnte sich allein nicht um mich kümmern und hat mich in eine Klosterschule gesteckt. Eine der Nonnen war Amerikanerin, und als ich ihr erzählt habe, dass meine Mutter Englisch konnte, hat sie es mir beigebracht.« Consuelo lachte verlegen und führte die Zwiebel zum Mund. Biss mit den Schneidezähnen hinein und kaute bedächtig. »Es schmeckt ungewöhnlich«, sagte sie, nachdem sie geschluckt hatte. »Aber ich glaube, ich mag's.«

NEUN

»Ryttarvägen ... 47. Wir sind da«, sagte der Taxifahrer und bremste.

Die Straße wurde von weiß gestrichenen Reihenhäusern mit dazugehörigen Garagen gesäumt. Akkurate kleine Rasenflächen. Alles war identisch und ordentlich. Vanessa bezahlte und stieg aus. Es roch nach Grillanzünder und Qualm. In der Auffahrt stand Jonas Jensens weißer Volvo XC60. Links davon eine Mülltonne und ein Kompost für Biomüll.

Vanessa spähte durch ein Fenster neben der Haustür und konnte eine Diele und eine Treppe ausmachen, die zum Wohnzimmer hinunterführte. Sie klingelte. Jonas kam die Treppe herauf. Braungebrannt, in weißem T-Shirt und Jeansshorts, Sandalen an den Füßen. Er machte auf.

»Schön, dass du da bist«, sagte er fröhlich. »Du kannst die Schuhe anlassen, wir gehen hinters Haus.«

»Ich habe die hier mitgebracht.«

Vanessa hielt ihm eine Flasche Rotwein hin.

»Danke.«

Er drehte sich um, stieg über ein Paar Kinderschuhe, die auf dem Boden lagen und ging die Treppe hinunter. Vanessa folgte ihm. Im Wohnzimmer gab es eine Sitzgruppe, einen großen Esstisch und einen Fernseher.

»Nimm dir ein Bier, wenn du willst«, rief Jonas aus dem Garten.

Vanessa ging in die Küche, nahm sich ein Corona aus dem Kühlschrank und trat durch die Terrassentür ins Freie. Sie setzte sich an den Holztisch unter der langen Markise.

Der Garten bestand zum großen Teil aus einer soliden Holzterrasse. Unterhalb davon befand sich ein Stück Rasen mit einem Trampolin und einem gelben Spielhaus. Zwei niedrige Hecken bildeten die Grundstücksgrenze zu den Nachbarn. Jonas stellte sich an den Kugelgrill, hob den Deckel und hielt die flache Hand über den Rost.

»Wir warten noch kurz mit den Koteletts, es hat noch nicht genug Glut«, stellte er fest.

»Was findet ihr Männer eigentlich am Grillen so toll?«

Jonas lachte und blieb die Antwort schuldig. Er nahm sein halb leeres Corona, setzte sich, legte die Füße auf den Tisch und drehte sein Gesicht der untergehenden Sonne zu.

»Irgendwas muss euch daran doch faszinieren«, fuhr Vanessa fort. »Und was ist das mit weißen Männern und ihren Komplexen schwarzen Männern gegenüber?«

Jonas warf ihr einen neugierigen Blick zu.

»Wie meinst du das jetzt?«

»Als wir uns kennengelernt haben, habe ich den Fehler gemacht, Svante zu erzählen, dass mein Ex Camilo hieß und schwarzer Kubaner war. Das hat ihn total fasziniert. Ein paar Mal im Jahr hat er nach Camilo gefragt, wie er im Bett war und ob er gut bestückt war. Eure Faszination daran, wie ein Schwarzer eine weiße Frau vögelt, ist wirklich krank.«

»Da ist vielleicht was dran. Wieso das so ist, weiß ich aber auch nicht. Wann warst du denn mit ihm zusammen ... wie hieß er noch mal?«

»Camilo.« Vanessa trank einen Schluck Bier. »Als wir uns kennengelernt haben, war ich zweiundzwanzig. Einen Monat später bin ich mit ihm nach Kuba.«

»Wirklich? Wie lange bist du dort geblieben?«

»Zwei Jahre.«

»Das wusste ich ja gar nicht. Warum ...?«

Vanessa hob die Schultern.

»Es war vorbei.«

Von der Straße waren die schwachen Motorengeräusche der vorbeifahrenden Autos zu hören. Jonas sah Vanessa an und prostete ihr zu. Vanessa machte eine Geste Richtung Trampolin und Spielhaus.

»Das ist hier bestimmt eine gute Gegend, um Kinder großzuziehen. Wirklich idyllisch.«

»Auf jeden Fall. Die Straße erinnert mich an meine eigene Kindheit in Eskilstuna.« Jonas grinste, ließ seinen Blick durch den kleinen Garten schweifen und dann auf Vanessa ruhen. »Du dagegen bist ja eher in extravaganten Verhältnissen aufgewachsen.«

Vanessa wusste, dass im Kollegenkreis über ihren Oberschicht-Background getuschelt wurde.

»Als ich zum ersten Mal bei dir zu Hause war, habe ich echt gedacht, du schiebst Bestechungsgelder ein«, sagte Jonas mit einem Grinsen. »Aber dann habe ich gehört, dass du im Prinzip in einem Schloss aufgewachsen bist, mit fünfzehn Dienern, die dir den Hintern abgewischt haben, bis du volljährig warst.«

Vanessa legte den Kopf in den Nacken und brach in Gelächter aus.

»Mein Vater war Direktor verschiedener Unternehmen innerhalb des Kinnevik-Konzerns. Aber als Hugo Stenbeck starb und Jan Stenbeck wenige Jahre später seine Nachfolge angetreten hat, dauerte es nicht lange und mein Vater hat sich mit Jan überworfen. Mit dem Welpen, wie er ihn genannt hat. Der Welpe hatte eine Vorliebe dafür, alte Kommunisten einzustellen, und damit hat sich mein Vater nie anfreunden können. ›Mit dem Feind steigt man nicht ins Bett‹, hat er immer gesagt. Nach ein paar Jahren hat er hingeschmissen, hat als Unternehmensberater gearbeitet und vor seinem Tod seine Millionen in Immobilien gesteckt.«

Vanessa verstummte. Sie verabscheute es, über sich selbst zu reden.

»Wie war euer Verhältnis?«

»Schlecht, und mit zunehmendem Alter noch schlechter. Er war sehr konservativ. Er fand zum Beispiel, Frauen sollten nicht arbeiten gehen. Also habe ich alles darangesetzt, ihn zu ärgern. Ich war links, hatte langhaarige Freunde mit Che-Guevara-Komplex und habe von der Befreiung der Frau geredet. Als ich dann den Schulabschluss gemacht habe, ist er richtig ausgeflippt.«

Jonas machte ein verwundertes Gesicht.

»Warum das?«

»Ich wollte kein weißes Kleid anziehen. Stattdessen habe ich ein schwarzes und eine Baskenmütze getragen. Mein Vater hat einen totalen Schock gekriegt. Ich habe damit aber auch wirklich nicht normal ausgesehen.«

»Davon würde ich ja gern ein Foto sehen.«

»Ich auch. Aber das geht leider nicht. Mein Vater hatte zwar einen Fotografen engagiert, aber als er mich gesehen hat, hat er ihn wieder nach Hause geschickt.«

Jonas musste lauthals lachen, und sein Lachen hallte noch nach, als er aufstand und ins Haus ging. Als er wieder zurückkam, trug er einen weißen Teller mit rosafarbenen Lendenkoteletts.

»Warum bist du eigentlich Polizistin geworden?«, fragte er und legte das Fleisch auf den Grill.

Vanessa fühlte sich von der Frage überrumpelt.

»Ich glaube, das hat mehrere Gründe«, sagte sie gedehnt. »Mein Vater war, wie gesagt, sehr konservativ. ›Es gibt Männerberufe und Frauenberufe‹, hat er immer gesagt. Er meinte, Pastorinnen wären absoluter Unfug, von Polizistinnen gar nicht zu reden. Und da ich nie an Gott geglaubt habe, habe ich mich für den Schlagstock entschieden, wenn man das so sagen kann.«

Jonas wendete das Fleisch mit der Grillzange. Es zischte und spritzte, als das Fett auf die Glut tropfte.

»Ein paar Minuten noch. Du kannst ja schon mal den Salat raustragen.«

ZEHN

Nicolas stand vor der großen Spülmaschine in der Küche des Benicio. Der heiße Wasserdampf legte sich wie ein Film auf sein Gesicht. Er griff sich ein Handtuch, fuhr sich damit über Stirn, Hals und Wangen und warf es über einen Stuhl.

Er hatte gelernt, seine Gefühle zu kontrollieren, Gedanken und Impulse zu unterdrücken, alles aus seinem Gehirn zu verbannen, was nicht mit dem nackten Überleben zu tun hatte. Egal in welcher Situation.

Er hatte sich fern der Heimat in Gefechten befunden, bei kompletter Dunkelheit, und die Mündungsfeuer waren so viele und so weit verstreut gewesen, dass es ihm so vorgekommen war, als schösse er in den Sternenhimmel. Er hatte Selbstmordattentäter gesehen, die sich samt den umstehenden Zivilisten in die Luft sprengten, hatte gesehen, wie aus Märkten Schlachthöfe, wie aus lebenden Menschen bloße Fleischmassen wurden. Hatte Situationen erlebt, in denen Menschen in Panik gerieten, und Situationen, in denen sie apathisch auf den Tod warteten.

Natürlich, das physische Training hatte den größten Teil der SOG-Ausbildung ausgemacht, aber der wichtigste Teil war das mentale Training gewesen. Zu lernen, den Kopf zu kontrollieren, Gefühle und Gedanken. Auf die Gefahr zuzulaufen, statt dem Überlebensinstinkt zu folgen und davonzurennen. Die Willensstärke aufzubringen, durch eine Tür zu treten, obwohl man weiß, dass dahinter bewaffnete Männer lauern, die alles daransetzen, einen zu töten.

Und dennoch war es Melina Davidson gelungen, ihm unter die Haut zu gehen. Ihr Gesicht tauchte vor seinem inneren Auge auf, und er malte sich aus, wie es wäre, mit ihr zusammen zu sein. Er versuchte, Gründe und Vorwände zu finden, um Kontakt mit ihr aufzunehmen, sobald Davidson wieder frei sein würde.

Nicolas stellte einen Teller in den blauen Geschirrkorb.

Er musste sich dringend fokussieren. In der Zwischenzeit hatte Hampus Davidson Melina noch einmal angerufen. Es war seltsam gewesen, ihre Stimme zu hören, als sie miteinander redeten. Melina informierte ihn darüber, dass sie den Bankberater kontaktiert hatte und das Geld bereitlag. Nicolas war überrascht, wie schnell das gegangen war. Im Laufe des Abends würden Ivan und Nicolas ihr genaue Angaben zu Ort und Zeit der Übergabe machen.

Die Tür flog auf, Nicolas drehte sich um. Ove Landgren, der Restaurantchef, stand im Türrahmen.

»Da sind zwei Gäste, die nach dir fragen.«

Nicolas hob die Brauen, streckte sich nach dem Handtuch und trocknete sich den Nacken ab.

»Ich hab hier alle Hände voll zu tun, Oleg ist krank. Sie sollen warten, bis wir schließen. Kannst du ihnen das bitte sagen?«

»Am besten redest du selbst mit ihnen«, meinte Ove und lehnte sich mit der Schulter an den Türstock.

»Wieso das denn? Sind das etwa Bullen?«, entgegnete Nicolas mit einem Grinsen.

Ove blieb ernst.

»Kommst du?«

Nicolas ließ das Handtuch fallen und folgte Ove.

Sein Chef blieb vor der Tür zum Saal stehen und zeigte durch die runde Glasscheibe.

»Da hinten, am Fenstertisch.«

Das Restaurant war so gut wie leer, nur vier Tische waren besetzt.

Am Fenster saßen zwei Männer an einem Vierertisch. Nicolas erkannte Joseph Boulaich auf den ersten Blick. Den anderen Mann hatte er noch nie gesehen.

»Kennst du die?«, fragte Ove.

»Der eine ist ein alter Bekannter.«

»Aha.«

Nicolas richtete seinen Blick auf einen Punkt oberhalb von Oves Schulter. Hinter seinem Chef stand eine Lade mit Austernmessern im Regal.

»Ich hab vergessen, den zweiten Geschirrspüler anzustellen«, sagte Nicolas. Er wollte in die Küche zurück, aber Ove versperrte ihm den Weg.

»Ich mach das. Geh nur.«

»Okay.«

Der Restaurantchef wandte sich um und ging Richtung Geschirr-spüler. Nicolas schnappte sich eines der Messer und ließ es in seine linke Hosentasche gleiten.

ELF Nach dem Essen machte Jonas die Rotweinflasche auf, die Vanessa mitgebracht hatte, verschwand im Wohnzimmer und kehrte mit einem Lautsprecher unter dem Arm wieder zurück. Er stellte ihn in die Tür, und die Stimme von Elvis erfüllte die Luft.

Die Sonne war fast verschwunden, und der Spätsommerabend kühlte sich ab. Jonas blickte skeptisch zum Himmel. Dunkle Wolken zogen auf.

»Dann müssen wir wohl gleich die Wärmelampen anmachen.« Er nippte an seinem Wein. »Wie fühlst du dich?«

»Oh Gott, du klingst genau wie sie.«

»Wie wer?«

»Die Therapeutin. Ich habe sie übrigens heute angerufen und gesagt, dass das nichts für mich ist.«

Jonas lachte auf.

»Schade, ich dachte das würde dir guttun. Du musst mir natürlich nicht erzählen, wie du dich fühlst. Aber ich mache mir halt Gedanken.«

»Ich weiß.« Vanessa stützte den rechten Ellenbogen auf den Tisch und ließ das Kinn in ihrer Hand ruhen. »Es ist nicht leicht. Zu viel Zeit zum Totschlagen. Irgendwie muss ich die Leerstellen in meinem Leben füllen. Der Job war mir immer am wichtigsten, alles andere kam an zweiter Stelle. Wenn ich das in Zukunft nicht mehr habe, weiß ich nicht mehr, wer ich bin. Oder was ich auf dieser Welt soll.«

»Die Leerstellen füllen, das hast du gut gesagt.«

»Danke.«

Die Regenwolken rückten näher. Jonas drehte sich um, drückte einen Knopf, und ihre Gesichter wurden von dem orangefarbenen Schein der Wärmelampen erhellt.

»Eine Zeit lang habe ich Flüchtlingsmädchen betreut, die ohne Begleitung hierhergekommen sind. Jetzt soll ich mich um eines der Mädchen kümmern, ihre Mentorin sein. Sie heißt Natasja. Ich habe darüber nachgedacht …«

»Aber?«

»Aber ich weiß nicht, wie ich das machen soll«, seufzte Vanessa. »Ich mag sie wirklich gern, sie ist intelligent und nett und hat viel durchgemacht. Wie soll ausgerechnet ich ihr da helfen und ihr Sicherheit geben? Bei mir überlebt doch nicht mal eine Blume.«

»Das redest du dir nur ein.«

Vanessa lächelte matt.

»Nein, das weiß ich. Zwei Wochen vor meinem Vierzigsten habe ich festgestellt, dass ich schwanger war. Ich habe Svante gefragt, ob wir vielleicht doch nicht nur auf unsere Karrieren setzen sollten, schließlich war das vermutlich meine letzte Chance. Aber er wollte nicht. Und ich habe klein beigegeben und es wegmachen lassen.«

Jonas schüttelte langsam den Kopf.

»Ich bin aus deiner Beziehung mit Svante nie richtig schlau geworden. Bei allen anderen bleibst du hart, egal was sie denken, aber wenn er …«

»… seinen Schwanz wie einen Staffelstab durch ganz Theaterschweden reicht, dann ignorier ich das?«

»So ungefähr, ja.«

»Zwischen Sex und Liebe mache ich einen Unterschied, und ich dachte, das würde er genauso sehen. Ich glaube, mir tut das deswegen so weh, weil er jetzt plötzlich Vater werden will und es auch wird. Und weil ich selbst nicht mehr Mutter werden kann.«

»Gerade deswegen solltest du dich um das Mädchen kümmern«, meinte Jonas und sah sie mit ernster Miene an. »Du bist so ein lieber und wunderbarer Mensch, auch wenn du alles tust, um das zu verbergen.«

Vanessa warf einen Blick in den dunklen Garten. Sie hatte das nie jemandem erzählt. Weder ihren Eltern noch ihrer Schwester noch Svante.

Stattdessen war sie weg aus Kuba und nach Schweden zurückgekommen, als wenn nichts gewesen wäre. Hatte sich an der Polizeischule beworben. Gebüffelt. Sich reingekniet. Sich verdient gemacht. Sich in Svante verliebt.

Sie spürte, wie ihre Augen zu brennen begannen, und griff nach dem Micky-Maus-Anhänger.

»Als ich auf Kuba mit Camilo zusammen war, habe ich ein Kind bekommen. Eine Tochter.«

Jonas klappte die Kinnlade herunter.

»Und was ist dann passiert?«

Jonas' Mobiltelefon klingelte. Er nahm es vom Tisch, sah Vanessa entschuldigend an und stand auf.

»Mist, da muss ich rangehen. Warte kurz.«

Vanessa beobachtete ihn, während er im Wohnzimmer im Kreis ging und sich das Telefon ans Ohr drückte. Er schien angestrengt zuzuhören und wirkte besorgt.

Es begann zu regnen.

Vanessa griff nach ihrem Weinglas und trank einen Schluck. Der Regen machte die Luft schwer. Sie schloss die Augen und lauschte den Tropfen, die auf die Markise fielen. Irgendwo über der Stadt donnerte es. Sie streckte die Hand aus und fing ein paar kalte Regentropfen auf.

Als Jonas zurückkam, ließ er sich wieder auf seinen Stuhl sinken und sah Vanessa an.

»Deine Frau?«, fragte sie.

Er schüttelte den Kopf und legte das Mobiltelefon aus der Hand.

»Die Arbeit. Es ist noch ein Banker entführt worden.« Jonas klopfte zweimal mit dem Zeigefinger auf die Tischplatte. »Ein Mann namens Hampus Davidson. Wohnt auch hier auf Lidingö.« Er nahm sein Telefon wieder zur Hand und gab den Namen ein. »Nur ein privater Facebook-Account, sonst ist er in keinen sozialen

Netzwerken aktiv, aber es gibt hier ein paar Treffer in der Fach-presse.«

Er reichte Vanessa sein iPhone. Das Display zeigte einen Mann in weißem Hemd und beigen Chinos auf einem Boot. Das Foto war offenbar irgendwo im Mittelmeerraum aufgenommen. Das Wasser war türkis und glitzerte einladend. Hampus Davidson hatte eine überdimensionierte Sonnenbrille auf und kurz geschnittene Haare. Sie legte das Telefon wieder aus der Hand.

»Die wollen, dass wir von der Nova mit dazukommen, auch weil ich den Bericht über Oscar Petersén geschrieben habe. Das ist wirk-lich dumm, ich könnte dich jetzt gut gebrauchen, Vanessa.«

»Wie hoch ist denn die Lösegeldforderung?«

»Zehn Millionen.«

»Ich kapiere das nicht. Die zwei Typen könnten doch viel mehr Geld lockermachen. Zehn Millionen sind doch Peanuts für die. Warum geben sich die Entführer damit zufrieden?«

Jonas zuckte mit den Schultern.

»Wir müssen den gemeinsamen Nenner finden zwischen Peter-sén und Davidson. Um zu verstehen, nach welchen Kriterien sie ihre Opfer auswählen.«

»Es sind Millionäre«, sagte Jonas knapp.

»Ja, aber davon gibt es viele. Wir müssen wissen, warum ausge-rechnet diese beiden ausgewählt wurden.«

ZWÖLF Als Joseph Boulaich ihn bemerkte, stand er auf.

»Nicolas«, sagte er, streckte ihm die Rechte entgegen und legte ihm die Linke auf die Schulter. »Lange nicht gesehen. Nimm Platz.«

Joseph deutete auf einen leeren Stuhl. Der Mann, der gegenübersaß, musterte ihn in aller Ruhe. Er war in den Vierzigern, hatte einen kahlrasierten Schädel, graublaue Augen und rötliche vernarbte Haut.

»Mikael, das ist Nicolas. Ein Freund von früher, aus der Kindheit. Genau wie ich aufgewachsen im Malmvägen in Sollentuna.«

Der Mann namens Mikael hielt ihm seine große Hand hin. Nicolas ergriff sie, ohne seinem Blick zu begegnen, und setzte sich so dicht an den Tisch, dass die Platte seinen Unterkörper verdeckte.

»Wein?«, fragte Joseph, scheinbar unbeeindruckt von Nicolas' abweisender Art.

Nicolas schüttelte den Kopf. Joseph legte einen Arm auf die Rückenlehne und wandte sich ihm zu.

»Ivan hat erzählt, dass du hier arbeitest. Wir müssen mit dir reden. Wir haben nämlich einen Job für dich, der dich interessieren könnte.«

»Das glaube ich nicht.«

Joseph lächelte, aber der Blick aus seinen dunklen Augen war kalt.

»Du weißt doch noch gar nicht, worum's geht. Du bist doch nicht etwa immer noch sauer wegen der Sache damals?«

Vor Jahren waren Ivan und Nicolas in der Stadt im Kino gewesen. Auf dem Heimweg von der Bahnstation Sollentuna waren sie vor dem Zeitungskiosk dem fünf Jahre älteren Joseph und seiner

Gang begegnet. Eine Handvoll knallharte Typen, für die Raub und Handtaschendiebstahl das Normalste der Welt war. Unter einer Straßenlaterne ließen sie eine Wodkaflasche rumgehen und als sie Ivan und Nicolas bemerkten, tauschten sie ein paar Begrüßungsfloskeln aus. Joseph reichte Nicolas die Wodkaflasche, der aber schüttelte den Kopf.

Babak, der etwas älter als die anderen war, berüchtigt für seine Zeit hinter Gittern und stets mit einem Messer bewaffnet, trat einen Schritt nach vorn und fragte, wo das Problem liege und ob der Wodka Nicolas nicht gut genug sei.

Nicolas erklärte, dass er gerade keine Lust auf Wodka hatte. Babak kam näher, nahm Joseph die Flasche ab, drückte sie Nicolas vor den Brustkorb und befahl ihm zu trinken. Nicolas zwang sich, in die blutunterlaufenen Augen zu starren und schüttelte erneut den Kopf. Daraufhin baute sich Ivan zwischen Nicolas und Babak auf. Ballte die Fäuste.

Babak drehte sich um und schielte zu den anderen.

Dann, völlig unvermittelt, verpasste er Ivan eine Kopfnuss.

Er traf die Nase, und es knirschte. Ivan schlug die Hände vors Gesicht, und das Blut schoss zwischen den Fingern hervor. Die anderen warfen sich auf Nicolas und übermannten ihn rasch. Dann schleiften sie beide zu einem Parkplatz. Ivan und Nicolas wehrten sich, versuchten freizukommen, aber es half nichts. Zwei der Männer hielten Ivan fest, der mit offenem Mund keuchte und stöhnte, während ihm das Blut auf den Pullover tropfte. Joseph und ein anderer drückten Nicolas auf die Motorhaube eines rostigen Autos.

Der gelbe Schein der Straßenlaternen wurde geteilt, als Babak grinsend auf ihn hinabsah. Im nächsten Moment rammte er ihm seine Faust in den Magen. Er schnappte nach Luft. Dann goss Babak ihm den Wodka übers Gesicht. In die Augen, in den Mund. Als Nicolas die Lippen zusammenpresste, zwang Babak ihm die Flasche zwischen die Zähne. Nicolas versuchte, sich loszuwinden. Der Alkohol brannte in seinem Hals, blockierte seine Atemwege.

Er hustete verzweifelt, glaubte, er würde ersticken. Seine Bauchmuskeln verkrampften.

Schließlich, nach einer gefühlten Ewigkeit, ließen sie von ihm ab. Er rollte von der Motorhaube und blieb auf dem Asphalt liegen. Sie standen um ihn herum und lachten, während er sich übergab. Im Augenwinkel sah er, wie Babak auf Ivan zuging und ihm ein paar Schläge in den Magen verpasste. Dann verschwanden die Typen Richtung Zentrum.

Nicolas musterte Joseph. Das Oberhaupt der Legion war sich treu geblieben. Nicolas hatte ihn damals nicht gemocht und mochte ihn auch jetzt nicht.

»Wie gesagt, ich habe kein Interesse.«

Er schob den Stuhl zurück, um aufzustehen, aber Joseph hielt ihn auf.

»Schluck deinen Stolz runter und hör mir zu. Wir brauchen dich, und wir zahlen gut«, sagte er verbissen.

»Ich brauche dein Geld nicht.«

»Schau dich doch mal um. Du arbeitest in einer verfluchten Restaurantküche. Ich weiß, wie du tickst, und will dir eine Chance geben ...«

Joseph verstummte, als sich die Bedienung näherte. Nicolas schaute sich zu ihr um, es war Josephine. Sie warf ihm einen überraschten Blick zu, sammelte sich aber sofort wieder und lächelte Joseph an.

»Ich wollte nur fragen, ob Sie noch einen Wunsch haben. Ein Dessert? Oder Kaffee?«

»Nein, wir sind versorgt.«

Mikael sah ihr nach und leckte sich die Lippen.

»Die würde ich mir gern mal vornehmen«, murmelte er.

Joseph wandte sich wieder Nicolas zu.

»Es ist an sich keine große Sache. Aber ich brauche dafür einen wie dich«, sagte er, unterbrach sich und ließ seinen Blick durch das Lokal schweifen. »Ich will, dass du für uns zehn Kids einsammelst. Flüchtlingskinder, du weißt schon, solche, die auf der Platte abhängen oder in Björns trädgård, dem kleinen Park. Sich Heroin spritzen und jede Menge Scheiße bauen. Nimm deinen Kumpel Ivan mit, wenn dir das lieber ist. Das Auto stellen wir. Ihr kriegt Hunderttausend pro Kopf.«

»Du bist ja krank«, sagte Nicolas gedämpft.

»Jetzt sei kein Weichei. Die vermisst sowieso keiner, das sind kaum noch Menschen. Die bestehlen unschuldige Bürger, nehmen Drogen und schlagen alte Omas zusammen.«

»Und was wollt ihr mit den Kindern?«

»Das geht dich nichts an«, erwiderte Joseph.

Nicolas streckte ein Bein unter den Tisch und berührte dabei Mikaels Stuhl. Dann schob er sein rechtes Bein etwas weiter vor, drückte den Rücken durch und tastete mit der Linken nach dem Messer in seiner Hosentasche.

»Ich bin nicht interessiert«, sagte er und wandte sich an Mikael. »Ihr zahlt jetzt und geht. Und versucht nie wieder, mich zu kontaktieren.«

Im nächsten Augenblick schlang er seine Beine um Mikaels Wade und drückte die Messerklinge an die Innenseite seines Oberschenkels.

Mikael fuhr zusammen.

Joseph sah erst ihn, dann Nicolas fragend an.

»Ruft die Bedienung, zahlt und verschwindet«, wiederholte Nicolas.

Joseph verzog keine Miene. Mikael presste die Lippen zusammen und rührte sich nicht.

»Sonst schlitze ich seine Schlagader auf. Von der Leiste bis zum Knie. Er verblutet in sechzig Sekunden.«

Joseph nahm langsam die Serviette zur Hand, tupfte sich die Mundwinkel ab und hob gleichzeitig die andere Hand über den Kopf.

»Wir möchten gerne zahlen«, sagte er ruhig.

TEIL VIER

EINS

Vanessa stand unter einem Dachvorsprung in Tyresö. Das rote Backsteingebäude, gegen das sie sich mit dem Rücken lehnte, während sie dem nachlassenden Regen zusah, war ursprünglich eine Schule gewesen, aber dann aufgrund der Flüchtlingswelle umfunktioniert worden zu einer Unterkunft für Minderjährige, die ohne Begleitung Erwachsener geflohen waren.

Sie hatte Tina Leonidis angerufen und gesagt, sie wolle sich um Natasja kümmern, doch nun konnte sie sich nicht überwinden, hineinzugehen.

Stattdessen blieb sie weiter vor dem Eingang stehen. Sie hatte im Gegensatz zu ihren gleichaltrigen Freundinnen nie gern mit Puppen gespielt, nie die Mutterrolle für sich entdeckt, sich nie um andere gekümmert wie ihre Schwester Monica. Vanessa konnte nichts tun, um Natasja zu helfen. Wie hatte sie das überhaupt jemals glauben können?

Sie hatte den gleichen Fehler schon einmal gemacht. Warum konnte sie nicht einsehen, dass sie nicht dafür geschaffen war, sich eines anderen Menschen anzunehmen? Schon gar keines halbwüchsigen Kriegsflüchtlings. Sie war viel zu unberechenbar, viel zu unzuverlässig. Am besten, sie machte Natasja erst gar keine Hoffnungen. Natasja war klug und konnte sich durchsetzen. Wenn Vanessa erst wieder in ihren alten Job zurückging, hätte sie ohnehin keine Zeit mehr für sie. Sie hatte komplizierte Monate hinter sich, wegen Svante, wegen des Disziplinarverfahrens. Das hatte ihr Urteilsvermögen getrübt. Natürlich war sie einsam, aber das war nur eine Phase. Und es war nicht Natasjas Aufgabe, diese Leere zu füllen.

Vanessa zückte ihr Telefon und rief ein Taxi.

Das war besser so. Sollte Tina doch Natasja erklären, dass Vanessa nicht ihre Mentorin sein konnte.

Am Morgen hatte sie eine von Svantes Jacken durchsucht und eine zerknickte Schachtel Marlboro und ein kleines Feuerzeug gefunden. Sie hatte beides eingesteckt und versuchte nun, sich eine der krummen, trockenen Zigaretten anzustecken, während sie auf das Taxi wartete.

Vanessa sog den Zigarettenrauch in die Lunge, ließ den Blick über den Schulhof schweifen und dachte an ihren Job.

Ein zweiter Banker war gekidnappt worden. Ein oder mehrere Täter entführten reiche Männer und forderten von ihren Familien Geld. Dass die Polizei überhaupt von dem Fall erfahren hatte, war bloßer Zufall gewesen. Hampus Davidsons Bruder Niklas war zusammen mit seiner Frau Celine und seiner Tochter Linnea in Davidsons Villa auf Lidingö gewesen, als Melina Davidson angerufen worden war.

Niklas Davidson hatte sofort das Kommando übernommen und die Entscheidungen getroffen.

In zwei Tagen sollte der Austausch über die Bühne gehen. Hampus Davidson gegen zehn Millionen Kronen. Der Ort stand noch nicht fest. Solange würde die Polizei sich ruhig verhalten. Aber Jonas Jensen zufolge wollten die Kollegen die Entführer schnappen, während die Übergabe stattfand. Das war verrückt und würde Hampus Davidson schlimmstenfalls das Leben kosten.

Der Regen hatte fast aufgehört. Vanessa spähte zur Straße, doch sie konnte kein Taxi entdecken.

Sie suchte nach der Göteborgs-Rapé-Dose in ihrer Tasche und schob sich einen Snus-Portionsbeutel unter die Lippe.

In dem Moment wurden rechts neben ihr am Eingang Stimmen laut.

Vier Jungs steuerten auf das Klettergerüst zu, sie wirkten weitaus älter als achtzehn Jahre, das maximal zulässige Alter in der Flüchtlingsunterkunft. Sie wusste, dass viele Flüchtlinge logen, wenn es um ihr Alter ging, um in Schweden bleiben zu können. Vanessa konnte die Leute nicht verstehen, die sich darüber aufregten, dass diese Menschen jedes Mittel nutzten, um eine Aufenthaltsgenehmigung zu bekommen.

Gleichzeitig war es unhaltbar, dass erwachsene Männer zusammen mit Kindern wohnten und schliefen. Es hatte sich schon oft genug gezeigt, dass die Jüngeren von den Älteren misshandelt oder gar vergewaltigt wurden.

Auf der schmalen Straße, die zur Schule führte, näherte sich ein Scheinwerferpaar. Ein Wagen von Taxi-Stockholm. Vanessa ging ihm einige Schritte entgegen und hob die Hand. Der Wagen rollte heran und stoppte. Sie machte die Beifahrertür auf und streckte den Kopf hinein.

»Frank?«

»Genau.«

Vanessa stieg ein.

»In die Roslagsgatan 13 hatten Sie gesagt, oder?«

»Ja, bitte.«

Aus dem Augenwinkel sah Vanessa, wie die Tür der Unterkunft aufging und zwei Mädchen herauskamen.

Natasja. Sie trug bauschige helle Jeans und einen grauen Adidas-Kapuzenpulli. Das Mädchen neben ihr sagte etwas, und sie brach in Gelächter aus.

Vanessa schmunzelte. Sie hatte die richtige Entscheidung getroffen. Natasja brauchte sie nicht. Es würde nur wenige Tage dauern, bis ihr klar werden würde, wer Vanessa wirklich war. Und dann würde sie alles bereuen.

Natasja und ihre Freundin überquerten den Schulhof. Die vier jungen Männer beim Klettergerüst folgten ihnen mit ihren Blicken. Sie schienen etwas zu rufen, aber Natasja und das Mädchen ignorierten sie und beschleunigten ihren Schritt. Zwei der Kerle standen auf und gingen ihnen hinterher.

»Bitte halten Sie an«, sagte Vanessa.

»Hier?«

»Ja.«

Der Taxifahrer bremste.

»Haben Sie was vergessen?«

»Warten Sie kurz …«

Die Männer hatten die beiden Mädchen fast eingeholt. Schließlich blieben die Mädchen stehen und verstummten. Sie wirkten verängstigt. Einer der Kerle sagte etwas zu Natasja, die den Kopf schüttelte.

Er gestikulierte immer aggressiver. Natasja nahm ihre Freundin am Arm, drehte den Männern den Rücken zu und ging schnell weiter.

Vanessa stieß die Beifahrertür auf.

»Wo wollen Sie hin?«, rief der Taxifahrer ihr nach.

»Lassen Sie das Taxameter laufen, ich bin gleich zurück.«

Vanessa schlug die Tür zu.

Natasja entdeckte sie und sagte etwas zu ihrer Freundin, die stehen blieb, während Natasja Vanessa entgegenlief.

»Und ich dachte schon, du hättest unser Treffen vergessen«, sagte Natasja fröhlich.

Vanessa sah den Männern hinterher, die sich ein paar Mal umwandten und ihnen feindselige Blicke zuwarfen.

»Was war da grade los?«, fragte Vanessa und zeigte Richtung Klettergerüst. Die vier musterten sie ungeniert.

»Nichts.«

»Das sah aber nicht nach nichts aus.«

Natasja sah zu Boden.

»Du kannst mir das ruhig erzählen«, sagte Vanessa.

»Die sagen, ich soll ein Kopftuch tragen und mich nicht wie eine Hure anziehen.«

Vanessa spürte einen Stich in der Magengegend. Als sie jung war, hatten sich die Männer andauernd eingemischt – was ihre Berufswahl anging, ihren Kleidungsstil, ihr Aussehen. Nichts machte sie wütender als Menschen, die anderen unter Androhung von Gewalt ihr intolerantes Weltbild aufzwingen wollten. Und hier ging es um ein Mädchen. Ein vierzehnjähriges Mädchen, das, obwohl es alles verloren hatte, das Leben mehr liebte als jeder andere, dem Vanessa jemals begegnet war. Ein Mädchen, das den Winter liebte und gern Schlitten fuhr.

»Haben die dich angefasst?«, fragte sie tonlos.

»Nein.«

»Warte hier.« Sie ging zum Klettergerüst.

Der junge Mann, der Natasja angesprochen hatte, war kleiner als Vanessa, breitschultrig und athletisch. Er kam ein paar Schritte auf sie zu, schob das Kinn vor und sah sie geringschätzig an.

Er spuckte in den Sand und sagte etwas zu seinen Kumpels, die vor Lachen losbrüllten.

Als Vanessa etwa einen Meter von ihm entfernt war, holte sie Schwung und trat zu.

Er riss die Arme in die Höhe, und sein Gesichtsausdruck wechselte von hämisch zu überrumpelt. Vanessas Knie traf ihn in den Magen, sofort setzte sie ihr komplettes Gewicht ein, um ihn zu Fall zu bringen. Er landete auf dem Rücken, sie über ihm. Er schrie auf und versuchte, sie mit einem unkontrollierten Faustschlag zu treffen. Er streifte ihr Ohr und machte sie dadurch nur noch zorniger. Vanessa presste ihr Knie in seinen Schritt.

Der Mann brüllte und versuchte, sich herauszuwinden. Seine Freunde wichen zurück.

Sie verringerte den Druck, setzte sich rittlings auf ihn, fixierte seine Arme mit ihren Beinen und verpasste ihm einen Fausthieb. Die Augenbraue platzte auf. Das Blut strömte ihm über das Gesicht und tropfte in den Sand. Vanessa stand keuchend auf und stützte sich auf die Schenkel.

»Wenn ich noch einmal höre, dass du einer Frau vorschreibst, was sie anziehen soll, dann kriegst du's mit mir zu tun. Verstanden?«, brüllte sie auf Englisch.

Der Mann wimmerte.

Vanessa sah die anderen drei der Reihe nach an. »Und für euch gilt das Gleiche.«

ZWEI Nicolas entdeckte sie, sowie er die Tür aufgeschoben hatte. Melina Davidson stand auf der anderen Straßenseite hinter einem Auto und winkte ihm zu. Er ging auf sie zu. Sein Herz schlug schneller. Wie hatte sie ihn gefunden? Er hatte schließlich immer noch eine geschützte Identität. Vor zwei Wochen hatte er beim Finanzamt angerufen und die Information erhalten, dass es keinen Eintrag mit dem Namen Nicolas Paredes gab.

»*Hej*«, sagte sie und trat von einem Bein auf das andere. In dem Augenblick lugte die Sonne hinter den Wolken hervor und sie musste blinzeln.

»*Hej*«, erwiderte er.

Melina lächelte unsicher. Sie hatte ihr Haar zu einem Pferdeschwanz gebunden und trug eine dunkelblaue Bomberjacke, Jeans und weiße Sneakers. Sie wirkte jünger, wenn sie nicht so gestylt war. Und sie war sogar noch schöner als in seiner Erinnerung. Nicolas musste sie von hier wegbringen. Wenn sie jemand zusammen sah, gäbe es nur Chaos. So gern er bei ihr sein wollte, es war einfach nicht möglich.

»Komm«, sagte er und ging Richtung Gullmarsplan. »Du kannst hier nicht sein.«

Er erkannte seine eigene Stimme kaum wieder, sie klang blechern, fremd. Er vermied es, ihr in die Augen zu sehen, und hielt den Blick ein paar Meter vor sich auf den Boden geheftet.

Sie schloss zu ihm auf.

»Ich versteh nicht«, sagte sie.

—

Als Nicolas nicht auftauchte, obwohl er versprochen hatte, ihn abzulösen, setzte Ivan sich ins Auto und fuhr zu seiner Wohnung. Unterwegs rief er Nicolas noch einmal an. Das Freizeichen wurde nach einer Weile von einer Mailbox abgelöst.

Ein Stück vom Haus entfernt fand Ivan eine Parklücke, stellte den Motor ab und wollte gerade aussteigen, als er Nicolas auf der anderen Straßenseite sah – zusammen mit einer Frau.

Im ersten Moment dachte Ivan, es wäre Josephine, die Bedienung aus dem Restaurant. Sie hatte etwa dieselbe Größe und eine ähnliche Frisur.

Da konnte er Nicolas keinen Vorwurf machen. Er selbst hätte es genauso gemacht, wenn eine Braut wie Josephine sich mit ihm hätte treffen wollen. Also steckte er den Schlüssel zurück ins Zündschloss.

Aber als Nicolas und die Frau näherkamen, wurde ihm klar, dass es gar nicht Josephine war, sondern Melina Davidson.

—

Nicolas musterte sie von der Seite. Sie hatte ein dunkles Muttermal auf der linken Wange. Er dachte an Hampus Davidson und an Ivan. Sie musste weg von hier. Sofort.

»Wie hast du mich gefunden?«, fragte er.

»Was spielt das denn für eine Rolle?« Sie sah ihn an und schüttelte den Kopf. Als er nicht antwortete, machte sie eine entschuldigende Geste. »Das Taxi. Ich habe in der Zentrale angerufen und gesagt, dass ich meine Brieftasche vergessen habe. Ich habe die Nummer des Taxifahrers bekommen und ihn dann nach der Adresse gefragt, zu der er gefahren ist. Jetzt bleib doch mal stehen.«

Sie stoppten vor einer Bank am Gullmarsplan. Melina fasste ihn am Arm und hielt ihn fest. Sie sah ihn eindringlich an.

»Bitte, ich weiß nicht, was ich falsch gemacht habe«, sagte sie leise. »Ich … ich dachte, du würdest auch etwas für mich empfinden. Da in der Bar ist doch etwas passiert zwischen uns.«

Maria. Wenn er geschnappt wurde, wäre Maria wieder allein. Das durfte auf keinen Fall passieren. Nicolas spannte die Kiefermuskeln an und sah Melina mit starrem Blick an. Er hatte ihren Mann entführt. Das konnte er nicht rückgängig machen. Würde er eine Affäre mit ihr anfangen, würde er nicht mit heiler Haut davonkommen.

Zwei Frauen gingen an ihnen vorbei und warfen ihnen neugierige Blicke zu.

»Als du mir in der Hotelbar geholfen hast, hast du das doch nicht ohne Grund getan«, fuhr sie fort.

»Nein.«

Er machte sich los. Konnte ihr nicht in die Augen sehen. Unter anderen Umständen hätte er alles dafür getan, um sie wiederzusehen. Sie hatte recht, zwischen ihnen war etwas geschehen. Schon als er sie vor dem Haus auf Lidingö gesehen hatte, hatte er etwas gespürt, und dieses Gefühl war stärker geworden, als er sie in der Bar beobachtet hatte, und war geradezu explodiert, als sie sich unterhalten hatten. Was war das? Verbundenheit? Liebe?

Vielleicht wusste sie, was für einen Mann sie geheiratet hatte, und suchte nach einem Ausweg?

Aber das war unwichtig. Was auch immer da zwischen ihnen war, es war ein Fehler, ihr näherzukommen. Obwohl alles in seinem Körper dagegen rebellierte, schrie, dass es nicht richtig war, musste er sie zurückweisen. Um seinetwillen, um ihretwillen und um Marias willen.

»Ich will nichts mit dir zu tun haben. Lass mich bitte in Ruhe«, sagte er.

—

Ivan war sprachlos. Hatte er Halluzinationen vom Kokain? Er verpasste sich ein paar stramme Ohrfeigen, schloss die Augen, rieb sich die Wangen, machte die Augen wieder auf. Aber kein Zweifel, die Frau neben Nicolas war die Ehefrau des Finanzhais. Was sollte das?

Sein ganzes Leben lang war die Welt gegen ihn gewesen. Und jetzt hatte ihn auch noch sein bester Freund hintergangen. Melina Davidson war in die Entführung eingeweiht, und das hatte Nicolas vor Ivan verheimlicht. Er hatte ihn hinters Licht geführt. Wollten sie sich etwa das komplette Lösegeld schnappen und damit abhauen?

Er ballte die Fäuste, biss die Zähne zusammen und schlug gegen die Decke. Dann packte er das Lenkrad und umklammerte es, bis die Fingerknöchel weiß wurden. Da gab es nur eine Lösung: Die beiden erschießen. Danach die Übergabe von Hampus Davidson durchziehen und die zehn Millionen einsacken. Aber was dann? Nicolas' Verrat hatte eine Tür geöffnet, die Ivan bisher geschlossen gehalten hatte.

Er startete sein Auto und fuhr los. Als er den Gullmarsplan passierte, rief er Joseph Boulaich an.

»Ich will das mit den Flüchtlingskindern machen«, sagte Ivan. »Ich kann sie dir beschaffen.«

»Das haben wir doch besprochen, ich brauche jemand mit Erfahrung. Jemand, der ruhig bleibt.«

Ivan hupte, als vor ihm ein Auto mitten im Kreisverkehr anhielt.

»Ist das eine sichere Verbindung?«, fragte er.

Der Wagen vor ihm beschleunigte, Ivan fuhr hinterher und bog Richtung Zentrum ab.

»Ja.«

Er berichtete von dem Überfall auf Bågenhielms Uhren und der Kundenliste. Von den beiden entführten Finanzmännern. Und davon, wie er und Nicolas gerade den Millionär Hampus Davidson gefangen hielten und von seiner Familie Lösegeld erpressten.

»Verflucht«, sagte Joseph, als Ivan verstummt war. Offensichtlich hatte er Joseph beeindruckt. »Wie viele Namen stehen auf der Liste?«

»Zweihundert. Ich gebe dir die Liste und Nicolas' Anteil. Aber ich brauche ein paar Tage Zeit.«

»Und was willst du dafür von mir haben, außer den Auftrag mit den Kindern?«

»Respekt«, entgegnete Ivan.

DREI Monica Zetterlund sang »Trubbel«.

Der Park war menschenleer. Ihre Wut war inzwischen verraucht, doch das Ohr, wo die Faust sie gestreift hatte, brannte noch. Vanessa tat es nicht leid, dass sie den Mann attackiert hatte. Ein Mann, der jungen Mädchen drohte, sie unterdrückte und sie dazu zwingen wollte, sich aufzugeben, verdiente kein einziges freundliches Wort. Um eine höfliche Zurechtweisung konnten sich andere kümmern. Vanessa hatte zu viele Frauenhasser erlebt, um noch zu glauben, diese Männer könnten sich ändern.

Danach hatte sie zu Natasja gesagt, sie wolle ihre Mentorin sein.

In der Surbrunnsgatan schob eine Frau einen Einkaufswagen vor sich her, aus dem Plastiktüten, Kartons und Kleider ragten. Vanessa wusste, dass die Frau obdachlos war. Seit Jahren schon. Manchmal stand sie vor dem Supermarkt in der Odengatan und bat die vorbeieilenden Kunden, ihr etwas zu essen zu kaufen. Vanessa hatte sie auch mehrmals in den Seitenstraßen gesehen, wo sie in den Mülltonnen nach Essensresten suchte oder sich zum Wasserlassen zwischen die parkenden Autos hockte.

»Trubbel« verklang und wurde von »Att angöra en brygga« abgelöst.

Jonas hatte versprochen, um halb sieben anzurufen. Mittlerweile war es kurz nach sieben, und er hatte sich noch immer nicht gemeldet. Vanessa überprüfte zum wiederholten Mal, ob sie ihr Telefon nicht versehentlich auf lautlos gestellt hatte, seufzte und lehnte sich zurück.

Dann, gerade als sie von der Bank aufstehen wollte, klingelte ihr Telefon.

»Entschuldige, dass ich nicht früher angerufen habe«, meldete Jonas sich. »Aber bei uns ist wirklich der Teufel los.«

»Hampus Davidson?«

»Ja. Zeit und Ort sind jetzt fix. Übermorgen, nachts um eins. In einem Waldstück, nicht weit vom Flughafen Bromma entfernt.«

»Schick mir die Koordinaten, dann schaue ich's mir mal an. Was haben die Götter des Olymp beschlossen?«

»Jan Skog leitet den Einsatz. Er sagt, wir sollen es drauf ankommen lassen.«

»Mein Gott, meine Klitoris ist doch abgebrühter als der«, sagte Vanessa irritiert, und Jonas brach in schallendes Gelächter aus. »Jan geht es doch nur darum, den Medien und allen anderen, die uns die ganze Zeit kritisieren, zu zeigen, wie hart wir sind. Dabei kritisieren sie uns zu Recht.«

»Klar. Ich würde mich nicht wundern, wenn die *Kvällspressen* oder die *Aftenposten* neben uns im Gebüsch lauert, wenn's so weit ist. Aber egal, ich werde jedenfalls morgen mit jemandem von den Spezialkräften die Gegend sondieren.«

»Ach, gleich die Spezialkräfte. Die Bereitschaft reicht da nicht?«

»Nein, nicht bei einem Millionär von Davidsons Kaliber.«

»Kann ich irgendwas für dich tun?«

»Wie du zu Hause bei mir gesagt hast, muss es einen Zusammenhang geben zwischen Hampus Davidson und Oscar Petersén. Hast du Zeit und Lust, den zu finden?«

»Und wenn ich dafür was im Register nachschauen muss?«

»Dann rufst du mich an, und ich regle das.«

Es entstand eine Pause, während der Vanessa überlegte, ob sie ihm von dem Vorfall in Tyresö erzählen sollte, sie entschied sich aber dagegen.

Im Hintergrund hörte sie, wie eine Autotür geöffnet wurde. Schritte. Kleine Füße auf Parkettboden. Helle Stimmen, die nach Papa riefen.

»Ich bin jetzt daheim, hören wir uns morgen wieder?«, sagte Jonas gestresst.

»Okay«, gab Vanessa zurück.

Sie drehte den Kopf und sah zur Fassade der Roslagsgatan 13 auf. Die Fenster lagen im Dunkeln. Sie stellte sich die leere, stille Dachwohnung vor. Sie konnte ebenso gut noch ein bisschen sitzen bleiben und Monica Zetterlunds trauriger Stimme lauschen, ehe sie zum Sport ging. Sie öffnete Tinder, wischte ein paar potenzielle Kandidaten weg, seufzte und schüttelte den Kopf. Dann ließ sie das Telefon wieder in ihre Tasche gleiten und kramte den britischen Ausweis heraus, den sie bei der Arbeit manchmal benutzte. Ohne das Wissen ihres Chefs.

Als sie Rufus kommen sah, verbarg sie die Karte in ihrer Hand.

»Guten Abend, Sheriff.«

»Ist er das wirklich, Rufus?«

»Alles ist relativ.« Rufus öffnete eine Flasche. »Frag meinen Freund Johnnie.«

»Johnnie?«

»Walker. Er ist ein Spaßvogel, ein richtiger Optimist, aber er kann auch ein launiger Kauz sein.« Rufus führte die Whiskyflasche zum Mund. Als er einen Schluck getrunken hatte, hielt er Vanessa die Flasche hin. »Willst du einen Schluck?«

»Nein, danke. Ich muss noch zum Sport. Und übrigens bin ich nicht mehr bei der Polizei. Jedenfalls nicht im Moment.«

Rufus warf ihr einen verwunderten Blick zu.

»Nein?«

»Nein. Ich bin suspendiert.«

»Na und, ein Bulle bist du trotzdem noch.«

»Auch das ist relativ«, entgegnete Vanessa.

»Selbst wenn ich ohne Johnnie, Jim oder meinen Captain Morgan in der Hand draußen herumlaufe, bleibe ich ja trotzdem ein Säufer.«

»Das stimmt.«

»Also.«

»Danke, Rufus.«

»Keine Ursache, Sheriff. Was hast du denn da?«, fragte er und deutete auf den Ausweis in Vanessas Hand. Sie reichte ihm die

Karte, und Rufus hob die Brauen. »Carol Spencer. Derselbe Nachname wie Prinzessin Diana. Nicht übel. Und achtunddreißig noch dazu. Das ist aber nicht ganz legal, oder?«, gluckste er und gab Vanessa die Karte zurück.

Sie wollte gerade gehen, als erneut ihr Telefon klingelte. Wieder war es Jonas. Sie drückte das Telefon ans Ohr.

»Hallo?«

»Du, ich habe noch was vergessen. Kannst du dir kurz ein Bild ansehen? Ich habe es dir gerade geschickt.«

Ihr Telefon machte pling.

»Okay, warte kurz.«

Sie steckte die Ohrhörer ein und schaute auf das Display. Die Oberhäupter der Legion Joseph Boulaich und Mikael Ståhl erkannte sie sofort. Aber es saß noch eine dritte Person am Tisch.

»Weißt du, wer der Typ ist, mit dem sie da reden?«, wollte Jonas wissen.

Der Mann war um die Dreißig, hatte kurze dunkelbraune Haare und eine markante Kieferpartie. Die muskulösen Arme waren von Tätowierungen übersät.

»Hübsch. Aber den habe ich noch nie gesehen, nein. Wo ist das Foto denn aufgenommen worden?«

»Im Benicio, das ist ein Restaurant in der Nybrogatan. Ein Beamter von uns war dort, mit seiner Familie, in seiner Freizeit. Er hat Boulaich und Ståhl gesehen und von seinem Tisch aus ein paar Bilder gemacht.«

VIER

Vanessa wartete an der U-Bahn-Station Rådhuset. Ein Parkwächter in gelber Weste ging die Autos ab und kontrollierte die Parkscheine.

Ein paar Kollegen kamen vorbei, grüßten knapp und eilten die Treppen hinunter. Nach Hause zu ihren Familien, zu ihren Leben. Zu Fernsehserien, Amortisierungen, Pärchenabenden und Elternsprechtagen. Vanessa war immer gern allein gewesen. Das hatte sie sich jedenfalls eingebildet und anderen gegenüber behauptet. Vielleicht war daraus eine selbsterfüllende Prophezeiung geworden. Häufig, wenn Svante nicht da gewesen war, hatte sie sich ein Buch oder ein paar Akten mit ins McLarens genommen und dort zu Abend gegessen. Wenn sie andere Menschen mied, warum wollte sie dann aber in ihrer Gesellschaft sein? Sie sehen und hören? Sie beobachten?

Natasja kam die Rolltreppe hochgefahren, entdeckte Vanessa und ging auf sie zu. Sie umarmten sich. Natasja trug eine dünne, zerschlissene Jacke.

»Kalt?«, fragte Vanessa.

»Ein bisschen. Ist aber nicht schlimm.«

»Und? Hat es noch mal Probleme gegeben?«

»Nein.«

Vanessa lächelte.

»Gut. Ich dachte mir, wir machen einen Spaziergang, dann siehst du ein bisschen was von Stockholm, und wenn wir Hunger kriegen, essen wir einen Hamburger.«

»Ich liebe Hamburger.«

Vanessa zeigte auf den Koloss vor ihnen.

»Das ist das Polizeipräsidium.«

Natasja betrachtete es interessiert.

»Und da arbeitest du?«

»Nein, meine Einheit sitzt da drüben, im alten Präsidium.«

Zwei Frauen nickten Vanessa im Vorbeigehen zu.

»Sind das auch Polizistinnen?«, fragte Natasja.

»Ja«, sagte sie und räusperte sich. »Etwa ein Viertel aller Polizisten in Schweden sind Frauen. Aber das war nicht immer so. Die ersten Polizistinnen sind 1958 hier in Stockholm auf Streife gegangen. Am Anfang durften sie nicht dieselben Aufgaben erledigen wie die Männer, durften nur einen Schlagstock tragen statt einen Säbel. Das waren halt andere Zeiten damals.« Sie sah Natasja von der Seite an. »Was willst du denn später gerne mal machen?«

»Ich will auch Polizistin werden, so wie du«, antwortete sie leicht verlegen.

»Super«, sagte Vanessa. »Wir brauchen gute Polizeibeamtinnen.«

In der Scheelegatan bogen sie auf Höhe des Rådhuset links ab. Vor ihnen ragte das Hotel Amaranten in den Himmel. Sie gingen bis zur Ampel und querten die Flemminggatan.

»Seit wann bist du schon in Schweden?«

»Seit fast zwei Jahren.«

»Und wie gefällt es dir hier?«

Natasja schmunzelte. Wechselte offenbar unwillkürlich vom Schwedischen ins Englische.

»Es ist viel schöner, als ich es mir je vorgestellt habe. In Syrien dachte ich, ich würde für den Rest meines Lebens in der Wohnung sitzen, starr vor Angst, weil ich jedes Mal fürchtete, zu sterben, wenn ich nach draußen ging, um einzukaufen. Überall war Krieg, nur Schüsse, Bomben, Tod.«

Sie unterbrach sich und ließ den Blick über die Bahnschienen schweifen. Vanessa wusste nicht, was sie darauf antworten sollte.

»Aber weißt du, was ich noch gedacht habe? Wie ungerecht das ist. Dass ich in einen Ort hineingeboren wurde, an dem Krieg herrscht. Jede Stunde, jede Minute dachte ich, dass mir ein Teil meines Lebens genommen wurde. Das hat mich traurig gemacht ... und wütend. Sehr wütend. Eigentlich sollte ich in der Schule sein, bei meiner Familie oder Freunde treffen. Mit welchem Recht führen sie Krieg? Mit welchem Recht zerstören sie unser Leben, obwohl wir nur in Frieden leben wollen?«

»Was hast du gemacht, wenn du in der Wohnung gewartet hast?«, wollte Vanessa wissen.

Natasja zuckte mit den Schultern und ließ ihre Hand im Gehen über das Brückengeländer gleiten.

»Wenn wir Strom hatten, konnte ich die Serien anschauen, die wir auf DVD hatten. *O.C., California* und *Friends*. Ich habe sie immer und immer wieder angesehen. Das half. Die Serien waren wie eine Parallelwelt für mich, in die ich eintauchen konnte. Fast wie Science-Fiction ... aber Science-Fiction, die mich an das Leben erinnert hat, das ich früher hatte. Klingt das komisch?«

»Überhaupt nicht. Hast du die Serien seitdem noch mal geguckt?«

Natasja lachte auf und schüttelte den Kopf.

»Das wäre irgendwie seltsam. Ungefähr so als würde ich ein Tagebuch aus einer schrecklichen Zeit lesen.«

»Ich weiß, was du meinst«, sagte Vanessa. »Ich kann mir die Beatles nicht mehr anhören. Als ich klein war, vielleicht zwei, haben wir eine Weile in London gewohnt. Wenn ich eingeschlafen war, sind meine Eltern ausgegangen, zum Tanzen. Sie haben mich alleine gelassen, und damit ich mich nicht einsam fühlte, haben sie eine Musikkassette für mich eingelegt ...«

»Die Beatles.«

Vanessa nickte.

»Manchmal bin ich mitten in der Nacht aufgewacht, noch bevor sie wieder zu Hause waren. Ich habe gebrüllt, geweint und an die Tür gehämmert. Ich hatte Todesangst, weil ich alleine war. Und die ganze Zeit diese Stimmen. Seitdem kann ich sie nicht mehr hören.«

Natasja blieb stehen, drehte sich zu ihr um und legte ihr behutsam eine Hand auf den Brustkorb.

»Deine Kette«, sagte sie leise. »Die ist schön.«

FÜNF Der Kastenwagen, den sie in Sundbyberg gemietet hatten, stand auf dem leeren Parkplatz vor dem Sportplatz von Skytteholms IP. Es war niemand unterwegs. Der Himmel war dunkel, der Wind schwach, er würde die Drohne nicht stören. Neben dem Kastenwagen stand der Volvo V70, den Ivan bei derselben Tankstelle gemietet hatte – im Kofferraum lag Hampus Davidson, geknebelt und an Händen und Füßen gefesselt.

Im Laderaum des Kastenwagens hatten Nicolas und Ivan einen wackligen Holztisch und zwei Klappstühle aufgestellt. Zwei Computerbildschirme erhellten den kleinen Raum mit ihrem bläulichen Schein.

Ivan trug eine Stirnlampe, kauerte am Boden und kontrollierte die FPV-Kamera ihrer Explorian 12.

Die Drohne sollte, genau wie beim letzten Mal, die Ikea-Tragetasche mit dem Lösegeld in Riksby abholen – von einer Lichtung in einem Wald beim Flughafen Bromma. Den Ort hatten sie mit Bedacht ausgewählt, denn hier herrschte absolutes Flugverbot. Wenn die Polizei wider Erwarten eingeweiht war, würden sie zuerst sämtlichen Flugverkehr stoppen müssen, ehe sie einen Hubschrauber schicken konnten, um ihre Drohne zu verfolgen.

Von draußen hörten sie den Verkehr auf dem Frösunda-Zubringer vorbeirauschen.

»So. Siehst du das Kamerabild?«, sagte Ivan.

Nicolas startete das Programm.

»Funktioniert«, stellte er fest.

»Gut.«

Ivan nahm einen kleinen Schraubenzieher und montierte die

Infrarotkamera auf die Drohne, mit der sie das Waldgebiet nach Menschen absuchen wollten, bevor die Drohne zur Landung ansetzte.

Nicolas warf einen Blick auf die Uhr.

»Das Geld müsste inzwischen da sein, aber wir warten noch.«

»Gut«, sagte Ivan, ohne aufzusehen. »Die Drohne ist in ein paar Minuten fertig, wir können also loslegen, wenn du bereit bist. Hast du einen Kaffee für mich?«

Nicolas gab ihm den Becher.

»Danke.«

Ivan war für die Drohne verantwortlich. Stundenlang hatte er trainiert, um sie so geschickt steuern zu können, dass er auf der Waldlichtung landen konnte. Dabei war die Landung an sich nicht einmal das schwierigste Manöver. Was wirkliche Präzision verlangte, war, den selbstkonstruierten Haken, den sie an der Drohne angebracht hatten, in die Griffe der Ikea-Tasche zu bugsieren. Doch nach all dem Training war er inzwischen so versiert, dass er maximal zwei Fehlversuche machte, bis er die Tasche aufgegabelt hatte.

Sowie das Geld in der Luft war, würde Nicolas mit dem Auto in Richtung Hagaparken fahren, wo er Hampus Davidson absetzen wollte.

Nicolas war angespannt, das war beim letzten Mal nicht der Fall gewesen. Er war wütend auf Ivan, weil er Joseph Boulaich erzählt hatte, wo er arbeitete. Aber er hatte noch keine Gelegenheit gehabt, ihn darauf anzusprechen, das musste warten. In wenigen Stunden war er um fünf Millionen Kronen reicher. Schon das war genug, um mit Maria aus Schweden abzuhauen und noch einmal bei null anzufangen. Vielleicht war eine dritte Entführung also gar nicht mehr nötig.

Er schielte zu Ivan hinüber. Spürte, wie sein Groll größer wurde. Auch wenn er vermutlich überreagiert hatte, als Joseph Boulaich ihn aufgesucht hatte.

»Ich muss dich was fragen«, sagte Nicolas.

»Ja?«

»Bin ich in Gefahr? Du hast mit Joseph über mich geredet, obwohl ich dich gebeten habe, es nicht zu tun. Die sind ins Restaurant gekommen.«

Ivan unterbrach seine Arbeit.

»Ich weiß, dass du mit ihm Kontakt hast«, fuhr Nicolas fort. »Und jetzt weiß ich auch, warum sie mit mir reden wollten. Ich hab ihnen gesagt, sie sollen sich verpissen.«

»Ich hab gehört, was passiert ist. Joseph war ziemlich sauer. Aber er hat gemeint, dass er keine große Sache draus macht.« Ivan bearbeitete die Drohne wieder mit dem Schraubenzieher. »Außerdem würde ich dich niemals in Gefahr bringen. Ich fasse es einfach nicht, dass du so was von mir denkst.«

Nicolas seufzte.

»Ich weiß, wir haben gesagt, dass wir uns noch mehr von den Typen schnappen, aber ... verdammt, ich kann das einfach nicht. Ich glaube, das hier ist das letzte Mal. Zehn Millionen für jeden müssen reichen.«

»Und was willst du dann mit der Liste machen?«

»Sie vernichten.«

»Wieso das denn?«

Nicolas trank einen Schluck Kaffee.

»Zum einen, weil sie mit uns in Verbindung gebracht werden kann, und zum anderen, weil sie in falsche Hände geraten kann. Wir wissen beide, dass es viel einfacher wäre, die Frauen oder die Kinder zu entführen und noch höhere Geldsummen zu fordern. Aber das kann ich nicht mit meinem Gewissen vereinbaren. Und eins musst du mir versprechen, Ivan.«

Ivan stand auf, drückte den Rücken durch und breitete die Arme aus.

»Was?«

»Dass du Joseph nicht hilfst. Lass dich da nicht mit reinziehen. Da geht's um Kinder. Ich weiß nicht, was sie mit ihnen vorhaben, aber du bist nicht wie Joseph. Du bist ein guter Mensch, auch wenn du vieles in deinem Leben hättest anders machen sollen. Aber das ist zum größten Teil meine Schuld.«

»Warum ist das deine Schuld?«, murmelte Ivan.

»Weil ich dich im Stich gelassen habe. Zuerst wegen Sigtuna und dann wegen dem Militär. Aber ich musste einfach weg, hier wäre ich draufgegangen. Das war egoistisch von mir, und ich mache das auch nie wieder. Wenn ich mit Maria weggehe, will ich, dass du mitkommst.«

»Ich werde gesucht, Nicolas. Viele Länder lassen mich nicht rein.«

»Dann nehmen wir eben ein Land, wo es geht. Oder wir besorgen uns falsche Pässe.«

»Und du willst mich wirklich dabeihaben?«

»Ja, Ivan. Du bist mein bester Freund. Wir sind uns nicht immer in allem einig, aber du bist mir wirklich wichtig. Ich will nicht, dass du alleine hier zurückbleibst.«

SECHS Sie blieben vor dem McLarens in der Surbrunns-gatan stehen. Vor dem Eingang stand ein elektrischer Rollstuhl. Vanessa spähte ins Innere und erkannte Otto Dahlén, er war Stammgast und saß über sein Bier gebeugt an der Bar. Zwei Männer saßen mit gekrümmten Rücken vor den Spielautomaten. Ansonsten war das Lokal leer. Die Stoßzeit, wenn man sie so nennen konnte, begann erst gegen neun Uhr abends. Vanessa schob die Tür auf, und sie traten ein. Alles war wie immer. Der Geruch von säuerlichem Bier und Essensdunst stach in der Nase.

Vanessa grüßte Otto und bedeutete Natasja, sich an einen Fenstertisch zu setzen. Der Wirt, Kjell-Arne, wollte schon ein Bier zapfen, aber Vanessa schüttelte den Kopf und bat um zwei Cola.

»Was gibt's Neues?«, fragte sie, während Kjell-Arne im Kühlschrank herumsuchte.

»Nichts. Oder doch, wir haben eine neue Biersorte. Ich habe mir gedacht, wir könnten das Sortiment mal ein bisschen erweitern. Die jungen Leute trinken so was«, sagte er und hielt Vanessa eine dunkle Flasche mit grünem Etikett vor die Nase, das einen Sonnenaufgang zeigte.

Vanessa sah, dass es unter anderem schwarzen Pfeffer, Alphasäure und Zitronensaft enthielt.

»Zinnebier«, las sie laut. »Das sieht ja sehr speziell aus. Was halten die anderen davon?«

Kjell-Arne grinste schief und schnalzte.

»Dass es scheiße schmeckt.«

»Tut mir leid, Kjell-Arne. Wir sind nun mal einfache Leute. Und wir wollen einfaches Bier trinken.«

Er machte eine ausholende Geste, öffnete die Colaflaschen, nahm zwei Gläser und füllte sie mit Eiswürfeln.

»Und zum Essen?«

Vanessa bestellte zwei Hamburger und ging zurück zu Natasja, die ihre Jacke über die Rückenlehne gehängt hatte. Vanessa stellte die Gläser ab und schnippte eine alte Pommes vom Tisch.

»Danke«, sagte Natasja. Sie trank einen Schluck und sah sich im Lokal um. Gerahmte Fotografien von verstorbenen Rockstars, Spitzensportlern und Politikern zierten die Wände. Neben der Bar hingen zwei Dartscheiben.

Eine Wanduhr gab es nicht. Als Vanessa einmal nach dem Grund gefragt hatte, hatte Kjell-Arne erklärt, dass er auf die Idee gekommen sei, als er auf den Cookinseln gewesen sei. Dort würden am Flughafen die Armbanduhren der Touristen in einer Kiste gesammelt, damit sie nicht länger an so banale Dinge wie die Zeit denken mussten.

Ein langhaariger Mann mit Cowboyhut und Stiefeln trat durch die Tür. Er entdeckte Vanessa, formte mit der Hand eine Pistole und drückte ab. Vanessa lächelte. Der Mann nannte sich Tommy Kamprad und behauptete, einer der Söhne des Ikea-Gründers Ingvar Kamprad zu sein, was von den anderen Gästen weitestgehend ignoriert wurde.

»Bist du oft hier?«, fragte Natasja.

»Früher ja. Aber in letzter Zeit nur noch selten.«

»Alleine?«

»Meistens schon. Ich bin zwar gerne unter Leuten, möchte aber auch meine Ruhe haben, wenn du verstehst, was ich meine.«

Vanessa trank einen Schluck Cola und stellte ihr Glas wieder ab. Natasja trug eine Herrenuhr mit Lederarmband am linken Handgelenk. Sie bemerkte, dass Vanessa sie musterte.

»Von meinem Vater«, sagte sie. »Ich habe sie bekommen, kurz bevor ich Syrien verlassen habe. Er hat mir gesagt, ich soll sie verkaufen, aber das habe ich einfach nicht übers Herz gebracht.«

»Sie ist schön.«

Vanessa studierte das Zifferblatt. Die Zeiger standen still.

»Die Batterien sind leer«, erklärte Natasja. »Ich weiß eigentlich auch nicht, warum ich sie behalte, denn jedes Mal, wenn ich die Uhr ansehe, denke ich an meine Familie und werde traurig. Aber wenn ich nicht an sie denke, dann denkt ja gar niemand an sie. Und dann ist es, als hätte es sie nie gegeben.«

Vanessa legte einen Finger auf den Micky-Maus-Anhänger unter ihrem Pullover.

»Von meiner Tochter Adeline«, sagte sie.

Natasja nickte langsam.

»Sie ist nur ein paar Monate alt geworden, und ich war sehr jung, als ich sie bekommen habe. Das habe ich nie jemandem erzählt, nicht mal meinem Mann … Ex-Mann. Jahrelang habe ich versucht, sie zu vergessen, bis ich irgendwann akzeptiert habe, dass ich sie für immer in meinem Herzen tragen werde. Manchmal habe ich sogar gedacht, ich wäre verrückt und hätte sie nur erfunden. Schließlich habe ich beschlossen, ihre Kette zu tragen. Das macht es zwar nicht leichter, aber es ist der einzige Beweis, den ich habe, dass es sie gegeben hat.«

Kjell-Arne brachte ihnen die Hamburger. Er begrüßte Natasja und stellte die Teller ab.

»Warum hast du das nie jemandem erzählt?«, wollte Natasja wissen.

»Ich weiß auch nicht«, erwiderte Vanessa und griff nach ihrem Hamburger.

Nach dem Essen spielten sie Dart. Als Natasja mit ihrem ersten Pfeil zielte, wurde Vanessa wieder bewusst, dass sie Linkshänderin war, und sie musste an eine Studie denken, der zufolge es in Regionen mit hoher Mordrate mehr Linkshänder gebe als anderswo. Den Grund dafür sahen die Wissenschaftler darin, dass es für einen Rechtshänder schwieriger sei, sich bei einer Messerstecherei gegen einen Linkshänder zu verteidigen, wodurch in aggressiven Gemeinschaften die Linkshänder einen Überlebensvorteil haben.

»Ich bin auch Linkshänderin«, sagte Vanessa in dem Moment, als Natasja den Pfeil werfen wollte. »Bei Schlägereien und im Fechtsport sind wir die Besseren, aber es hat nicht nur Vorteile, Linkshänder zu sein.«

Natasja sah sie fragend an.

»Vierzig Prozent aller Schizophreniekranken sind Linkshänder, und wir sterben im Schnitt drei Jahre früher als Rechtshänder.«

Natasja schickte den Pfeil Richtung Scheibe, er bohrte sich in das Feld außerhalb der Punkte.

Sie zuckte mit den Schultern und drehte sich zu Vanessa um.

»Wie hast du dich das getraut? Die waren zu viert. Hattest du keine Angst? Außerdem bist du …«

Natasja verstummte und warf die beiden anderen Pfeile.

»Eine Frau?«, ergänzte Vanessa, während sie die Pfeile wieder einsammelte.

»Ja.«

Vanessas erster Pfeil sauste durch die Luft und traf das Feld mit sechzehn Punkten. Zwei Pfeile später hatte sie neunundfünfzig Punkte gesammelt.

Ihr war nicht recht wohl bei dem Gesprächsthema, und sie ging zum Tisch, um von ihrer Cola zu trinken. Natasja nahm die Pfeile und gesellte sich zu ihr.

»Denkst du, das war falsch von mir?«, fragte Vanessa leise.

Natasja schüttelte den Kopf.

»Nein, ich habe nur noch nie eine Frau so was machen sehen.«

Vanessa lachte.

»Vielleicht war es dumm von mir, aber ich war so wütend. Und ein bisschen Angst hatte ich schon. Aber ich denke mir eben, je öfter ich das mache, desto seltener müssen die Frauen deiner Generation es machen.«

Als das Taxi, das Natasja wieder nach Tyresö brachte, nicht mehr zu sehen war, ging Vanessa nach Hause, schloss die leere Wohnung auf und legte sich aufs Sofa, ohne die Schuhe auszuziehen.

Seit Vanessa denken konnte, hatte sie unter einer Käseglocke gelebt. Abgeschirmt von ihrer Umwelt, von anderen Menschen. Auch wenn sie Svante geliebt hatte, ihn irgendwie noch immer liebte. Sie vermisste ihn, und das tat weh. Sie streckte sich nach der Fernbedienung und schaltete den Fernseher ein. Aber die Sendung, die gerade lief, war langweilig, und sie hing ihren Gedanken nach.

Sie liebte ihre Schwester Monica und deren Kinder. Trotzdem fühlte sie sich nirgends so richtig zu Hause, und wenn doch, dann nur für wenige Augenblicke. Innerlich kehrte sie immer wieder zu ihren Jahren auf Kuba zurück.

Als sie damals nach Schweden zurückgekehrt war, hatte sie niemandem erzählt, dass sie wieder da war, und hatte sich wochenlang durch Stockholm treiben lassen. Hatte alle Drogen genommen, die ihr in die Hände gefallen waren. Hatte in Hauseingängen und verlassenen Häusern geschlafen. Hatte überlegt, sich das Leben zu nehmen. Und war auch kurz davor gewesen, einmal auf der Västerbron, ein anderes Mal an den Bahngleisen von Ropsten. Dann aber hatte sie beschlossen, die fünfzig, sechzig Jahre durchzuhalten, die zu dem Zeitpunkt noch vor ihr gelegen hatten. Zu versuchen, etwas richtig zu machen. Etwas Gutes. Die Menschen nicht zu nah an sich rankommen zu lassen. Ihre Pflicht zu tun und dann zu sterben.

Aber bei Natasja war es anders. In der Zeit mit ihr hatte sie kaum an Adeline gedacht. Sie hatte keine Erklärung dafür, warum das so war. Vanessa streckte sich auf dem Sofa aus und schloss die Augen. Hinter ihren Lidern brannten die Tränen. Sie schluckte und kniff die Augen zu, damit sie ihr nicht über die Wangen liefen.

Sie fluchte, griff nach ihrem Mobiltelefon und suchte die Fotos von Hampus Davidson und Oscar Petersén. Warum hatten die Entführer sich ausgerechnet für die beiden entschieden?

Ihr Blick blieb an Davidsons Handgelenk hängen. Eine Patek Philippe. Sie scrollte weiter durch die Bilder und beschloss, bei Natasjas Uhr die Batterien auszutauschen. Und ein Lederarmband anpassen zu lassen, das ihr nicht zu weit war.

Die Uhr. Sie setzte sich auf. Scrollte zurück zu dem Foto mit Davidsons Patek Philippe. Sie glaubte, auch bei Oscar Petersén eine Uhr dieser Marke gesehen zu haben. Vanessa sah sich sein Foto an, und es stimmte.

Sie wusste, dass es nur zwei Geschäfte in Schweden gab, die Patek-Philippe-Uhren verkauften: Bågenhielms in der Biblioteksgatan und Flodmans in der Drottninggatan. Vor Svantes fünfundvierzigstem Geburtstag war sie in beiden Läden gewesen, um nach einem Geschenk für ihn zu suchen.

Klar, vielleicht war das nur Zufall, aber bisher war es der einzige potenzielle Zusammenhang, den sie hatte. Und sie richtete keinen Schaden an, wenn sie den beiden Geschäften einen Besuch abstattete. Sie brauchte sowieso eine Aufgabe, um den morgigen Tag rumzubringen.

SIEBEN   »Grün«, knurrte Ivan.

Sie konnten es nicht riskieren, dass ein vorbeifahrendes Auto die losfliegende Drohne entdeckte. Auf dem Fußballplatz, dessen Tribünen ihnen als Sichtschutz dienten, waren sie unbeobachtet.

Der Sportplatz des Skytteholms IP war eingezäunt. Nicolas kletterte den Zaun hoch und schwang sich darüber. Als er auf der anderen Seite stand, gab Ivan ihm die Drohne.

Auf Höhe der Mittellinie ging Nicolas in die Knie, stellte die Drohne ab und machte sie startklar.

Dann lief er zurück, schwang sich wieder über den Zaun, machte beim Kastenwagen hinten die Tür auf und stieg auf die Ladefläche. Er blinzelte ein paar Mal, damit sich seine Augen an die Dunkelheit gewöhnten.

Ivan hatte das Programm bereits gestartet. Die Drohne wurde über den Rechner gesteuert, der sich je nach Netzstärke in das 3G- oder 4G-Mobilfunknetz einwählte.

»Dann wollen wir mal«, sagte Ivan tonlos, als Nicolas sich neben ihn gesetzt hatte.

Die Entfernung zwischen dem Sportplatz und dem Wald beim Flughafen Bromma betrug genau dreitausendfünfhundertfünfundvierzig Meter.

Auf dem Bildschirm sahen sie, wie unter der Drohne alles immer kleiner wurde. Das Bild wurde verpixelter und verschwommener, je höher sie stieg. Nicolas bekam vor Aufregung eine Gänsehaut, als er sah, wie die Straßen, Häuser und Autos langsam in der Dunkelheit verschwanden, während Ivan der durch das Navigationssystem festgelegten Route folgte.

Unter der Drohne mussten sich nun bereits die Betonhäuser von Huvudsta befinden. Zur Rechten breitete sich Sundbyberg aus. Ivan beugte sich vor, mit der linken Hand knetete er einen kleinen roten Stressball.

Über dem Industriegebiet Ulvsunda ging die Drohne auf zwanzig Meter hinunter.

Als sie sich dem Flughafen näherte, flog sie in einem Halbkreis um die Landebahn herum. Der Webseite zufolge sollten um diese Zeit zwar keine Flugzeuge starten oder landen, aber man wusste ja nie. Auf keinen Fall wollten sie aus Versehen mit einer Passagiermaschine kollidieren.

»Wie sieht's aus?«, fragte Nicolas.

Ivan schien milder gestimmt zu sein, seit Nicolas ihn gefragt hatte, ob er mit ihm und Maria weggehen wollte. Er war nicht mehr ganz so angespannt.

»Gut, total gut. Es ist fast windstill.«

»Aber sie könnte die Tragetasche doch auch noch herfliegen, wenn der Wind stärker wird, oder?«, erkundigte sich Nicolas, vor allem, weil er gemerkt hatte, dass Ivan gern über die Drohne redete.

»Ja, wir könnten sogar zwei Rotorblätter verlieren und trotzdem noch sicher zurückfliegen.«

Die Drohne flog nun gemächlich über den Parkplatz, wo die Taxen auf die Passagiere warteten.

Ivan hatte keine Eile.

Die Maximalgeschwindigkeit der Drohne lag bei knapp fünfzig Stundenkilometern, die offizielle Traglastkapazität bei zehn Kilo. Die frisch gedruckten Tausenderscheine wogen 1,01 Gramm pro Stück. Zehn Millionen Kronen in Tausendern wogen also exakt 10,1 Kilogramm. Das war zwar nicht ganz optimal, aber sie hatten die Drohne schon einmal erfolgreich mit 12,5 Kilogramm getestet.

Das Ziel lag nur noch wenige hundert Meter vor ihnen, als Ivan die Infrarotkamera einschaltete. Über der Lichtung hielt er die Drohne im Schwebeflug, damit die Kamera die Umgebung absuchen konnte.

»Scheiße, siehst du das?« Ivan zeigte auf den Bildschirm.

Im Gehölz, rund fünfzig Meter von der Stelle entfernt, an der die Ikea-Tasche platziert worden war, waren vier rote Flecken zu erkennen.

Im Umkreis von dreihundert Metern entdeckten sie an die zwanzig weitere Wärmequellen.

Sie wurden bereits von der Polizei erwartet.

—

Jonas Jensen lag bäuchlings im Gebüsch, fünfzig Meter von der blauen Ikea-Tasche mit den zehn Millionen Kronen entfernt. Der Duft von nassem Gras und Laub, den er anfangs noch genüsslich eingesogen hatte, war nach vier Stunden zur reinen Qual geworden.

Am liebsten wollte er sofort nach Hause und warm duschen. Die kühle Nachtluft machte die Muskeln und Glieder steif. Hin und wieder änderte er seine Position und bewegte vorsichtig Arme und Beine, um den Kreislauf in Gang zu halten.

Er war von Anfang an gegen den Plan des Einsatzleiters gewesen.

Sowie Hampus Davidsons Frau Melina von den Entführern die Anweisungen erhalten hatte, hatte der unsäglich inkompetente Jan Skog, Chef der Nova-Gruppe, ein Meeting anberaumt und die Aufnahme des Telefonats zwischen Melina und Hampus Davidson vorgespielt.

Die Bedingungen hatten folgendermaßen ausgesehen: Zehn Millionen Kronen sollten auf einem Rastplatz im Wald deponiert werden, einen halben Kilometer vom Flughafen Bromma entfernt. Sobald das Lösegeld in Sicherheit war, würde Hampus Davidson freigelassen. Aber bevor es so weit war, musste die Ikea-Tasche untersucht und das Geld gezählt werden. Es wäre also sinnlos, Farbpatronen oder irgendeine andere Methode der Nachverfolgung einzusetzen.

Natürlich hatte Jonas sofort einen naheliegenden Einwand gehabt: Es gab keine Garantie dafür, dass Davidson an dem von den Entführern angegebenen Ort freigelassen werden würde, das alles konnte auch nur zur Irreführung dienen. Aber vor allem riskierte die Polizei durch ihre Anwesenheit das Leben des Finanzmannes.

Doch Jan Skog war uneinsichtig geblieben. Daher war nun eine Einheit von fünfundzwanzig Beamten, darunter auch ein Team der Spezialkräfte, vor Ort, um die Entführer festzunehmen.

Das war der reine Wahnsinn. Wenn sie entdeckt wurden, ehe Hampus Davidson frei war, würde der Einsatz in einer Katastrophe enden.

Die wahre Ursache für Jan Skogs Übereifer, die Kidnapper auf diese spektakuläre Weise fassen zu wollen, war nicht schwer zu begreifen – nach den Schießereien und gewalttätigen Auseinandersetzungen, die in den letzten Monaten die Vororte im Griff gehabt hatten, brauchte die Stockholmer Polizei dringend einen Sieg, der sie in den Medien gut dastehen ließ. Jonas wandte sich an seine Kollegin Liza Olsson, die sich gerade die Beine massierte.

»Ich würde mich nicht wundern, wenn hier außer uns auch noch irgendwelche Reporter im Gebüsch hocken«, flüsterte er.

Liza kicherte und hielt sich die Hand vor den Mund.

»Bei Jan Skog weiß man nie.«

Jonas kroch näher.

»Das ist ganz schön riskant. Wenn das nach hinten losgeht, wird er sicher nicht mit Samthandschuhen angefasst. Dann kann ihn nicht mal mehr der Landespolizeidirektor retten.«

»Wäre doch gar nicht so schlecht, dann wären wir den Idioten endlich los.«

»Ich hoffe bloß, dass Hampus Davidson nicht verletzt wird, nur weil Jan Skog vor den Abendzeitungen den großen Mann markieren will«, sagte Jonas. »Das wäre wirklich das Letzte. Und das wäre dann auch schlecht für uns.«

»Was glaubst du, wie es ihm geht?«

»Davidson? Er wird jetzt schon seit einer Woche festgehalten. Er muss total ...«

In dem Augenblick hörte er ein Motorengeräusch. Jonas verstummte, griff nach seinem Nachtsichtfernglas und richtete es auf die Ikea-Tasche.

Er konnte nicht ausmachen, woher das Geräusch kam. Auch Liza suchte mit ihrem Fernglas die Gegend ab. Sie wechselten einen fragenden Blick. Dann hob Jonas langsam den Kopf.

Sekunden später ebbte das Geräusch ab und verstummte.

»Was war das denn?«, murmelte Liza.

»Ich habe nicht die leiseste Ahnung.«

—

»Was machen wir jetzt?«, fragte Ivan nervös.

»Bleib auf etwa dreißig Metern und lass mich nachdenken. Den Motor können die ja wohl nicht hören, oder?«

Die Drohne hatte einen Geräuschdämpfer, aber Nicolas wusste nicht, wie effektiv der war.

»Nein, ich glaube nicht«, sagte Ivan mäßig überzeugt.

»Okay, Melina Davidson hat Kontakt mit der Polizei aufgenommen. Die erwarten natürlich, dass wir zu Fuß oder mit dem Auto kommen, und denken, sie können uns schnappen, wenn wir Davidson freigelassen haben. Wie lange brauchst du, um die Tasche zu holen, zehn, fünfzehn Sekunden?«

»Eher weniger.«

»Gut. Wir haben aber noch ein anderes Problem. Wahrscheinlich sind die Scheine mit einem Sender präpariert.«

Nicolas verzog das Gesicht und strich sich über die Wange, den Blick auf den Bildschirm geheftet. Ivan warf den roten Stressball weg und trommelte ungeduldig mit Zeige- und Mittelfinger auf die Tischplatte.

»Die Flugzeit zu uns liegt bei exakt sechs Minuten und vierzehn Sekunden. Können wir sie auf viereinhalb Minuten runterschrauben, wenn wir direkt über die Landebahn fliegen?«

»Ja. Die Geschwindigkeit nimmt durch die Tasche nicht ab, aber die Drohne kann nicht so lange in der Luft bleiben, sie verbraucht dann ja mehr Energie. Und die Landung ist mit der Tasche auch ein bisschen komplizierter, aber das dürfte kein Problem sein«, meinte Ivan.

»Wenn's hart auf hart kommt, kannst du die Landung dann auch hier auf dem Parkplatz durchziehen, anstatt auf dem Spielfeld?«

Ivan dachte kurz nach und nickte dann.

»Ja.«

»Bestimmt?«

»Hundertpro.«

»Gut.«

Nicolas studierte das Gelände, über dem sich die Drohne befand, auf einer Karte.

Die Polizeibeamten mussten seiner Annahme nach etwa dreihundert Meter laufen, um zu der Stelle zu gelangen, an der sie ihre Fahrzeuge abgestellt hatten. Es war unmöglich, mit dem Auto näher an die Lichtung heranzufahren. Hatten Ivan und Nicolas Glück, dann mussten die Beamten noch länger laufen. Sie konnten zwar weitere Streifenwagen als Verstärkung anfordern, um die Verfolgung der Drohne aufzunehmen, aber selbst dann blieben Ivan und Nicolas rund zehn Minuten, um die Tasche zu durchsuchen, bevor die ersten Beamten den Sportplatz erreichten.

»Okay, Zeit haben wir genug«, stellte Nicolas fest. »Riskant ist es schon, aber wenn du sagst, dass es funktioniert, dann ziehen wir's durch. Du gehst runter, machst drei, vier Meter über dem Boden die Scheinwerfer an, holst die Tasche und fliegst über den Flugplatz hierher. Wir schauen den Inhalt durch, und wenn wir einen Sender finden, lassen wir ihn hier und hauen ab.«

»Dann bleibst du hier, bis wir den Sender gefunden haben?«

»Ja. Vorausgesetzt, es gibt einen. Wir sind schneller, wenn wir die Tasche zu zweit durchsuchen. Wir machen genug Licht, leeren den Inhalt auf den Boden und untersuchen die Scheine. Danach lasse ich Davidson gehen, wie besprochen.«

»Okay.«

Ivan setzte sich bequemer hin, trank einen Schluck Kaffee, holte tief Luft und griff nach dem Steuerknauf. Der Erdboden kam näher und näher. In fünf Metern Entfernung schaltete Ivan die Scheinwerfer der Drohne ein.

Die blaue Ikea-Tasche stand wie verlangt auf dem Holztisch in der Mitte der Lichtung. Ivan korrigierte die Position um rund einen Meter und senkte die Drohne weiter ab. Die Trageriemen der Tasche waren zu einer Schlaufe zusammengebunden.

Nicolas legte den Kopf in den Nacken und schloss die Augen, während Ivan sich vorbeugte und die Drohne vorsichtig auf die Tasche zusteuerte, um den Haken in die Schlaufe einzuhängen.

»Jetzt komm schon«, murmelte Ivan.

Nicolas machte die Augen wieder auf. Ivan verfehlte die Schlaufe. Er beugte sich noch weiter Richtung Bildschirm. Die Drohne stieg wieder auf, drehte ab, und Ivan wagte einen neuen Versuch.

Zuerst glaubte Nicolas nicht, dass Ivan diesmal Erfolg gehabt hatte, und war überrascht, als er plötzlich den Steuerknauf mit einer hastigen Bewegung nach hinten schob, die Drohne steil nach oben lenkte und die Scheinwerfer ausstellte.

In einer Höhe von fünfundzwanzig Metern beschleunigte er, Nicolas klopfte ihm auf die Schulter, und Ivan wandte sich mit einem breiten Grinsen zu ihm um.

»Ich geh raus und hol die Tasche. Mach gleich nach der Landung die Scheinwerfer an.«

»Kein Problem.«

»Gute Arbeit.«

»Danke. Aber wir sind noch nicht fertig.«

»Ich weiß.«

Nicolas stand auf und machte die Tür des Laderaumes auf. Für einen Moment bildete er sich ein, der Kastenwagen wäre von Polizisten umringt, die mit ihren Waffen auf ihn zielten. Er verscheuchte das Hirngespinst und prüfte mit einem kurzen Rundumblick, ob jemand in der Nähe war.

Alles war ruhig. Auf dem Frösundaleden war wenig Verkehr. Das

Schnellrestaurant Max lag im Dunkeln, die Stühle standen auf den Tischen.

Nicolas spürte, wie die Anspannung langsam nachließ. Trotz einiger Hürden war ihr Plan aufgegangen. Die Polizei hatte nicht im Entferntesten damit gerechnet, dass das Lösegeld in der Luft abtransportiert werden würde. Und Ivan hatte einen erstklassigen Job gemacht.

Knapp fünf Minuten später konnte er das Geräusch der zwölf Rotorblätter hören, die durch die Nacht pflügten. Er sah die Drohne erst, als sie sich nur noch zehn Meter über dem Boden befand und Ivan die Scheinwerfer anstellte, um zu landen.

Die Ikea-Tasche setzte auf, und die Rotorblätter kamen rasch zum Stillstand. Nicolas machte die Tragetasche los, legte die Drohne zur Seite, lief zum Kastenwagen zurück und riss die Tür auf.

Ivan hatte Licht gemacht und war bereit, die Tasche in Empfang zu nehmen. Nicolas schob sie in den Laderaum und kletterte hinterher. Ivan schüttete die in Plastikfolie eingewickelten Geldbündel aus, dann reichte er Nicolas ein kleines Messer, damit er die Folie aufschlitzen konnte.

»Leg die Bündel, die du kontrolliert hast, hinter dich, dann kommen wir nicht durcheinander«, sagte Nicolas.

Ivan nickte, ohne aufzusehen. Nicolas schielte immer wieder auf seine Armbanduhr, um abzuschätzen, wie lange sie noch brauchen würden.

»Guck dir das an«, rief Ivan und hielt inne. »Ich könnte in dem Geld schwimmen, genau wie Dagobert Duck.«

Ihre Blicke trafen sich. Ihre Gesichter waren schweißüberströmt vor Stress und Anstrengung. Sie brachen in Gelächter aus, dann beugten sie sich wieder über die Geldbündel und fuhren mit ihrer Arbeit fort.

»Wenn wir hier heil rauskommen, leihe ich dir meine fünf Millionen, dann kannst du auch in denen baden«, sagte Nicolas.

Kurz darauf hielt Ivan einen schwarzen Sender zwischen Daumen und Zeigefinger, kaum größer als ein Würfelzucker.

»Der war zwischen zwei Scheinen versteckt. Reiner Zufall, dass ich den gefunden habe.«

»Sehr gut«, entgegnete Nicolas.

Sie mussten noch ungefähr ein Viertel der Beute kontrollieren. Ivan schob den Sender in die Hosentasche und durchwühlte die restlichen Scheine.

Nach dreißig Sekunden entdeckte Nicolas noch einen.

»Die werden kaum mehr als zwei Sender versteckt haben, aber wir müssen trotzdem alles durchsehen«, sagte er.

»Was sagt die Uhr?«

»Du bist genau vor sechs Minuten und vierzehn Sekunden gelandet«, gab Nicolas nach einem raschen Blick auf die Uhr zurück. »In drei Minuten und sechsundvierzig Sekunden müssen wir von hier verschwunden sein.«

Sie suchten weiter.

Nach zwei Minuten war der Boden vor ihnen leer, hinter ihnen lagen die Bündel verstreut.

»Okay, ich hol die Drohne, und dann nichts wie weg«, sagte Nicolas.

Er sprang aus dem Wagen und machte zwei Schritte, ehe er sich noch mal umdrehte.

»Lad doch du die Drohne ein und gib mir den Sender.«

Nicolas lief zum Eingang des Stadions, wischte die beiden Sender an seinem T-Shirt ab, um keine Fingerabdrücke zu hinterlassen, legte sie auf den Boden und beförderte sie mit einem Tritt weit hinter die Absperrung. Als er wieder zum Lieferwagen zurückging, hatte Ivan bereits den Motor gestartet.

Ivan ließ die Seitenscheibe herunter.

»Fahr vorsichtig. Bloß nicht auffallen«, sagte Nicolas über das Motorengeräusch hinweg. »Ich melde mich.«

Eigentlich hatten sie geplant, sich noch in derselben Nacht zu Hause bei Nicolas zu treffen und das Geld aufzuteilen. Aber da nun die Polizei involviert war, mussten sie improvisieren.

Hauptsache, sie wurden Hampus Davidson wieder los.

Ivan fuhr mit quietschenden Reifen davon. Nicolas öffnete die Fahrertür des Volvos und ließ sich auf den Sitz fallen. Er parkte rückwärts aus und fuhr am Schnellrestaurant vorbei.

Als er an der gegenüberliegenden Tankstelle vorbeigefahren war, hörte er die ersten Polizeisirenen. Er warf einen Blick in den Rückspiegel, Richtung Bromma, konnte aber kein Blaulicht erkennen.

Er ließ das ehemalige Fußballstadion Råsunda hinter sich und bog auf den Solnavägen.

Nach hundert Metern sah er die ersten Einsatzfahrzeuge. Zwei Streifenwagen kamen mit Blaulicht aus dem Stadtzentrum angerast. Er blickte in den Seitenspiegel und verfolgte, wie sie auf den Frösunda-Zubringer Richtung Sportplatz abbogen. Er nahm die dritte Ausfahrt im Kreisel und kam am Friedhof und an der Uniklinik vorbei. Ein paar Minuten später stellte er am Schmetterlingshaus den Motor ab. Der Parkplatz war leer. Nicolas zog die Sturmhaube übers Gesicht und machte den Kofferraum auf. Hampus Davidson blinzelte. Nicolas zückte sein Messer und beugte sich in den Kofferraum. Davidson riss die Augen auf, schüttelte den Kopf und versuchte, dem Messer auszuweichen, während er hinter dem Knebel kehlige Laute ausstieß.

»Ich lasse Sie jetzt gehen«, sagte Nicolas, worauf Hampus Davidson sich ein wenig beruhigte. Er streckte Nicolas die Füße entgegen, damit er die Fesseln durchtrennen konnte. Davidson setzte sich auf und hielt ihm auch die gefesselten Hände hin, aber Nicolas schüttelte den Kopf.

»Nein, das müssen Sie selbst erledigen. Wir sind im Hagaparken, beim Schmetterlingshaus. Gehen Sie Richtung Zentrum und halten Sie ein Auto an.«

Hampus Davidson setzte die Füße auf.

»Und noch was«, fügte Nicolas hinzu. »Ich habe es ernst gemeint. Wenn ich rauskriege, dass Sie ein Mädchen vergewaltigt oder auch nur verletzt haben, dann bringe ich Sie um.«

Hampus Davidson versuchte erst gar nicht zu antworten, sondern stolperte auf einen Pfad zu, der in den Wald führte.

TEIL FÜNF

EINS Um kurz nach zwei öffnete Vanessa die Tür von Flodmans Uhren und trat auf die Drottninggatan hinaus. Sie warf noch einen letzten Blick ins Schaufenster, in dem die exklusiven Armbanduhren ausgestellt waren. Die Verkäuferin hatte weder Oscar Petersén noch Hampus Davidson gekannt.

Graue Wolken schoben sich über den Himmel. Wie immer, seit der usbekische Terrorist mit einem Lkw fünf Menschen überfahren und getötet hatte, warf sie in regelmäßigen Abständen hektische Blicke über die Schulter.

Sie musste an die chaotische Phase denken, bis der Terrorist in Märsta gefasst worden war, nur sechs Stunden nach dem Attentat. Vanessa hatte sich mit ihrer Einheit in einem Parkhaus in Rågsved befunden, als über Funk die Meldung gekommen war, dass der Terrorist geschnappt worden war. Das Gerücht hatte die Runde gemacht, es gäbe mehrere bewaffnete Täter, die Abendzeitungen hatten von einem Schusswechsel auf Kungsholmen berichtet. Vanessa erinnerte sich wieder an die langen Schlangen verbissener, schweigender Stockholmer, die Brücken und Straßen in Beschlag genommen hatten, nachdem der öffentliche Nahverkehr eingestellt worden war.

Nach der Festnahme des Terroristen waren Bilder von Polizisten durch die Medien gegangen, die kurz nach dem Anschlag zum Ort des Attentats gelaufen waren, während Zivilisten die Flucht ergriffen hatten, und die Liebe der Stockholmer zu ihrer Polizei hatte keine Grenzen gekannt. Streifenwagen waren mit Blumen überschüttet worden und in den sozialen Netzwerken hatten sich die Lobeshymnen überschlagen.

Aber seitdem hatten Schießereien zwischen Gangs, Raubüberfälle und Autodiebstähle das Vertrauen der Bürger arg strapaziert. Und Schlagzeilen von Polizeibeamten, die das Handtuch warfen, und leeren Stühlen in den Hörsälen der Polizeischule hatten die Nachrichten dominiert.

Vanessa ging über den Hötorget, wo die Gemüsehändler in gebrochenem Schwedisch sich gegenseitig zu übertönen versuchten, und bog auf die Kungsgatan. Als sie am Sveavägen darauf wartete, dass die Fußgängerampel auf Grün sprang, ging ein News Alert von der *Aftenposten* auf ihrem Mobiltelefon ein.

Polizei von Kidnappern an der Nase herumgeführt – mit einer Drohne.

Sie klickte den Artikel an und las, während die Ampel grün wurde und dann wieder auf Rot sprang. Es stand nichts darüber drin, wer entführt worden war oder was mit ihm oder ihr geschehen war. Sowie Vanessa zu Ende gelesen hatte, rief sie Jonas an.

»Was ist passiert?«, fragte sie.

Der Verkehr stoppte, die Passanten um sie herum setzten sich in Bewegung.

»Wir sind verarscht worden, das ist passiert.«

»Und Davidson?«

»Ist am Sveaplan mit gefesselten Händen herumgeirrt, hat ein Auto anhalten können und uns angerufen. Er ist unverletzt, zumindest physisch.«

»Und das mit der Drohne, von der die *Aftenposten* schreibt, stimmt das?«

»Ja, damit haben sie das Lösegeld geholt. Jedes Wort ist wahr. Ich kann es selbst kaum glauben, obwohl ich alles mit eigenen Augen gesehen habe.«

Eine weitere Meldung ging auf ihrem Telefon ein, diesmal von der *Kvällspressen. Polizist über das Drohnenmanöver:* »Wie im Film«.

»Oh Gott, Jan Skog muss am Boden zerstört sein. Dabei wollte er doch als Held gefeiert werden.«

»Ich bin gerade auf dem Weg zu ihm. Er hat ein Meeting anberaumt, um, wie er sagt, die Situation zu sondieren.«

»Was im Abendzeitungsjargon Krisensitzung genannt wird. Ich denke, sowohl die Leser als auch die Medien haben sich ihre Meinung schon gebildet.«

»Ja, da hast du wohl recht.«

Vanessa kam am U-Bahn-Aufgang vorbei und beschleunigte ihren Schritt.

»Ich habe übrigens einen Zusammenhang zwischen Davidson und Petersén entdeckt. Nichts Großes, aber immerhin etwas. Habt ihr schon mit ihm geredet?«

»Mit Davidson? Nein, er ist wieder bei seiner Familie. Was hast du denn gefunden?«

»Die Armbanduhren. Sie haben beide eine Patek Philippe. Die teuerste Marke der Welt. Es gibt in Schweden nur zwei Geschäfte, die sie verkaufen.«

»Gut, das ist doch was. Ich melde mich später. Ruf an, wenn du was brauchst.«

»Jonas?«

»Ja?«

»Grüß Jan Skog von mir.«

Vanessa beendete die Verbindung. Auch wenn sie wusste, dass es unpassend war, freute sie sich diebisch. Immerhin hatte Davidson die Sache unbeschadet überstanden, und der selbstgefällige Jan Skog konnte sich nun längst nicht mehr so sicher fühlen.

Vielleicht hatte das alles also auch sein Gutes.

ZWEI

Die Sonne ging langsam unter und tauchte den Himmel in ein sattes Rot, in dem ein weißer Mond strahlte.

Der Mercedes stoppte ein Stück außerhalb des Dorfes. Der Chauffeur stützte sich mit der rechten Hand auf den Beifahrersitz, drehte sich um und grinste.

»Zeit für dich auszusteigen.«

Consuelo versuchte, die Tür zu öffnen, doch sie war verriegelt. Jean drückte auf einen Knopf im Armaturenbrett, und die Tür klickte. Consuelo zog am Griff, und sie ging auf.

Sie wandte sich vom Auto ab und ging los. Der Schotter drückte durch die Sohlen der Sandalen, Splitt geriet in die Schuhe und bohrte sich in ihre Füße. Obwohl die Luft noch warm war, fröstelte sie.

Der Wagen wartete. Sie spürte Jeans Blick im Rücken. Consuelo zog ihr Kleid stramm und lenkte ihre Schritte Richtung Dorf.

Auf dem Sportplatz spielten ein paar Jungs Fußball. Sie hielten inne und winkten ihr zu. Consuelo winkte zurück, und sie setzten ihr Spiel wurde fort. Ignacio saß in seinem Rollstuhl am Spielfeldrand. Ein paar Mal fing er den Ball und warf ihn zurück.

Als er Consuelo entdeckte, rollte er los und fuhr auf sie zu.

»*Buenas tardes, señorita* Consuelo«, sagte er höflich und verbeugte sich.

Sie lächelte ihn an.

»*Buenas tardes, don* Ignacio«, erwiderte sie, und er lachte, weil sie ihn *don* genannt hatte.

»Möchten Sie, dass ich Sie nach Hause begleite?«

»Was für ein Gentleman du bist«, sagte Consuelo, und Ignacio blickte stolz zu ihr auf. »Gerne, aber willst du nicht lieber mit deinen Freunden weiterspielen?«

»Die lassen mich sowieso nicht mitspielen.«

»Nein?«

Er schüttelte betrübt den Kopf, und sie machten sich schweigend auf den Weg.

Bald kamen sie an Mendozas kleinem Laden vorbei. Die ganze Familie saß draußen auf Plastikstühlen und wartete darauf, dass Vater Luis am Grill fertig war. Er folgte ihnen mit dem Blick, grüßte sie aber nicht.

»Was hat *señorita* Consuelo mit den Deutschen zu schaffen?«, fragte Ignacio.

Ihr Magen krampfte sich zusammen.

»Ich war in der Stadt und habe eingekauft«, sagte sie und versuchte, eine unbeteiligte Miene aufzusetzen.

Ignacio starrte sie mit offenem Mund an und blickte dann auf ihre leeren Hände.

»Ach so ja, weil ich habe Sie mit denen auch gestern schon gesehen. Sie sind genau wie heute hier lang gegangen. Und Sie hatten Ihr schönes weißes Kleid an. Aber da war ich nicht beim Sportplatz, sondern habe mit den Kühen geredet. Da sind Sie auch mit Carlos' Wagen gebracht worden.«

»Ich habe *don* Carlos unterwegs getroffen, und er hat mich mitgenommen. Du musst wissen, meine Mutter und er waren alte Freunde. Ich wollte aber lieber einen Spaziergang machen und bin vorher ausgestiegen. Die Einkäufe habe ich nach Hause bringen lassen. Was hast du den Kühen denn erzählt?«

Ignacio machte ein nachdenkliches Gesicht, gab aber keine Antwort. Er schien in seine eigene Welt abgetaucht zu sein. Vor ihrem Haus blieben sie stehen, und Consuelo sog den Duft der Rosenbüsche ein.

»Hast du Hunger, *nachito?*«

Ignacio nickte eifrig.

»Wenn du den Rosenbüschen Wasser gibst, mache ich uns Sandwiches und Tee«, sagte Consuelo und deutete auf den Gartenschlauch, der zusammengerollt auf dem Rasen lag.

»Mama sagt, dass ich andere Leute nicht um Essen anbetteln soll.«

»Aber ich habe doch dich gefragt. Und ich werde ihr auch nichts verraten.«

»Okay.«

Er hob die orangefarbene Düse auf und legte sie auf seinen Schoß. Dann sah er sich nach dem Wasserhahn um, rollte hin und drehte ihn auf. Consuelo setzte sich auf den kleinen Treppenabsatz und ließ sich von den letzten Sonnenstrahlen das Gesicht wärmen.

»Aber Sie müssen mir sagen, wenn ich mich ungeschickt anstelle oder wenn ich unhöflich bin. Ich bin es nicht gewohnt, eingeladen zu werden, und ich weiß nicht so genau, wie man sich dann benimmt«, sagte Ignacio und richtete den Schlauch auf die Rosen.

DREI Vanessa sah sich in dem Geschäft um, dann legte sie die Hände auf den Tresen und sah die Verkäuferin an.

»Sie verkaufen Patek Philippe?«

»Das ist korrekt«, gab sie mit einem Lächeln zurück. »Soll ich Ihnen …«

»Nein, nein danke.« Vanessa zeigte ihren Ausweis. Während die Verkäuferin ihn studierte, warf Vanessa einen Blick auf ihr Namensschild. »Ich möchte, dass Sie sich zwei Fotos ansehen und mir sagen, ob Sie einen der Männer kennen, Matilda.«

Sie steckte den Ausweis in ihre Gesäßtasche und griff nach ihrem Mobiltelefon.

»Ja, die kenne ich beide«, sagte Matilda unsicher. »Aber ich weiß nicht, was ich sagen darf und was nicht. Kann ich kurz meine Chefin dazuholen?«

An einer Tür gab sie einen Code ein, legte den Daumen auf das Lesegerät und machte auf.

»Laura, hier ist eine Polizistin, die hat ein paar Fragen. Können Sie raufkommen?«

Die Antwort konnte Vanessa nicht hören.

»Sie kommt gleich«, sagte Matilda.

Schritte kamen eine Treppe herauf, dann erschien eine hochgewachsene Frau. Die blonden Haare hatte sie zu einem strengen Dutt aufgesteckt. Sie gab Vanessa ihre kühle Hand und stellte sich vor.

»Laura Bågenhielm.«

Vanessa zeigte ihr die Bilder.

»Die Herren sind bei uns Kunden, ja. Aber mehr kann ich Ihnen leider nicht sagen. Vertraulichkeit ist uns sehr wichtig, und noch wichtiger ist sie unseren Kunden.«

Sie lächelte, aber ihr Blick hatte etwas Feindseliges. Feine Falten zogen sich um ihren Mund.

»Haben Sie vielleicht eine Kundenkartei?«

»In Schweden ist es verboten, Karteien zu führen, ich dachte, die Polizei weiß so etwas.«

»Ja, wenn man Meinungen, Konfessionen oder Ethnien auflistet. Aber das ist hier ja nicht der Fall, vermute ich. Ich dachte eher an Adressen oder Ähnliches.«

»Ja, eine Adressenliste haben wir. Unsere Kunden sind vielbeschäftigte Männer und Frauen, manchmal haben sie keine Zeit, ihre Uhr selbst zur Reparatur zu bringen oder sie abzuholen. Dann schicken wir sie per Boten zu ihnen.«

»Und diese Liste, existiert die auch in digitaler Form?«

»Natürlich nicht.«

»Es kann sich also niemand Zugriff auf Ihr System verschaffen, um so an die Namen zu kommen?«

»Nein, das ist absolut unmöglich. Und wenn die Liste in falsche Hände geraten wäre, dann hätten wir natürlich die Polizei informiert.«

Vanessa merkte, wie Matilda sie beobachtete. Sie holte zwei Visitenkarten hervor, reichte Laura die eine, wandte sich um und gab Matilda die andere.

»Wenn Ihnen noch etwas einfällt, dann melden Sie sich bitte.«

Sie verließ das Geschäft. Durch die Schaufensterscheibe sah sie, wie die beiden Frauen miteinander redeten.

VIER Ivan ließ seinen Blick über Björns trädgård schweifen. Die Straßenbeleuchtung tauchte den Park in gelbliches Licht. Raue Stimmen und heiseres Gelächter drangen an sein Ohr. Er führte seine Hand zum Hosenbund und tastete nach der Glock. Stumm wiederholte er Josephs Worte, dass die Kids unverletzt und ohne unnötige Gewaltanwendung geliefert werden sollten.

»Hat dein Bruder das Auto startklar?«, fragte er.

Herish Salah nickte.

»Gut, bleib hier.«

Ivan reckte sich und fixierte drei Jungs, die auf einer Bank saßen. Ein vierter stützte einen Fuß auf die Armlehne. Es roch nach Hasch. Sie musterten ihn aufmerksam, aber furchtlos. Zwei Meter von der Bank entfernt blieb Ivan stehen. Der, der stand, führte den Joint zum Mund, nahm einen tiefen Zug und behielt den Rauch in der Lunge. Wie alt mochten sie sein? Fünfzehn? Sechzehn? Die Klamotten waren ihnen zu groß, die Augen gerötet, die Lider schwer.

Der Junge blies den Rauch wieder aus und kratzte sich unter der Achsel. Mit Sicherheit hauen die sich auch Spritzen in den Arm, also brauchen sie Geld, dachte Ivan.

»Arbeit?«, fragte er.

Sie tauschten einen Blick, zuckten mit den Schultern und reichten den Joint weiter.

»Work«, sagte Ivan, diesmal lauter. »*You work for me. Okay? I have money.*« Er hob die Hand und rieb Daumen und Zeigefinger aneinander. »*Cash.*«

Der Junge nahm den Fuß von der Bank. Ein dünnes Rinnsal Blut lief aus seiner Armbeuge. Ivan sah weg.

»*Come with me.*«

Sie trotteten hinter ihm her und wechselten einsilbige Worte auf Arabisch, wie Ivan annahm. Mit den Jungs im Schlepptau gingen Ivan und Herish Richtung Tjärhovsgatan und bogen an der Östgötagatan rechts ab. In der Ladezone parkte der weiße Fiat, ein Lieferwagen. Ahmed Salah musste sie im Rückspiegel gesehen haben, denn er stieg aus und kam ihnen entgegen. Dabei ließ er den Autoschlüssel um den Finger kreisen und fing ihn in der offenen Hand auf.

Niemand sagte etwas. Jeder von ihnen wusste, was er zu tun hatte. Ivan hielt inne und drehte sich um, im Augenwinkel sah er, wie Ahmed die Tür der Ladefläche öffnete.

Der Junge, der vor der Bank gestanden hatte, schien der Anführer der Clique zu sein.

»*Get in*«, sagte Ivan.

Sie zögerten und spähten in den Wagen. Ivan versicherte sich, dass niemand auf der Straße war, dann führte er die Hand zum Hosenbund und zog die Glock heraus. Herish tat es ihm gleich.

»*Get in*«, wiederholte Ivan.

Die Jungs rührten sich nicht. Entweder waren sie zu high, um zu verstehen, was gerade vor sich ging, oder sie hatten keinerlei Angst vor Waffen. Ivan leckte sich über die Lippen, wartete ab. Erneut warf er einen Blick über die Schulter, um sicherzugehen, dass niemand sie beobachtete.

Dann trat er einen Schritt vor. Plötzlich wachten sie aus ihrer Trance auf und rannten in alle Richtungen davon. Ivan bekam einen von ihnen am Pullover zu fassen, riss ihn auf den Boden und stemmte ihm das Knie in den schmächtigen Brustkorb. Er drückte, bis es knackte. Der Junge stöhnte auf und riss die Arme hoch. Ivan sah, wie Herish einen weiteren Jungen zu Fall brachte und sich auf ihn setzte. Der Junge schrie, ruderte mit den Armen und versuchte, sich zu befreien.

Ahmed sprintete über die Straße, den anderen beiden hinterher. Ivan hob die Waffe und zielte, doch Ahmed nahm ihm die Sicht. Rasch hatte er die Jungs eingeholt.

»Schnapp sie dir«, brüllte Ivan.

Ahmed hechtete nach vorn und bekam den Jüngsten am Kragen zu fassen. Der stieß einen gellenden Schrei aus. Sie rangen auf dem Asphalt. Ahmed gab ihm zwei Ohrfeigen. Die Schläge hallten durch die verlassene Straße.

Der vierte Junge, der Anführer, verschwand Richtung Katarina kyrka.

Ivan riss den Jungen hoch und zerrte ihn zum Lieferwagen. Die Salah-Brüder schleiften die anderen beiden hinter sich her und schubsten sie ebenfalls hinein. Herish richtete seine Pistole auf sie und sprang in den Laderaum, während Ivan und Ahmed den Wagen umrundeten. Sie machten die Türen auf und stiegen ein. Ahmed fummelte mit dem Schlüssel herum, brachte ihn schließlich im Zündschloss unter, drehte ihn, und der Motor sprang an.

FÜNF Eigentlich sollte Matilda Malm ihr Geld lieber sparen, aber allein die Tickets hatten schon fünfzehntausend Kronen gekostet. Das Gesamtbudget für ihre Reise lag bei vierzigtausend. Aber schon das würde nicht reichen, um jede Nacht im Hotel zu schlafen. In Thailand musste sie sowieso auf das eine oder andere Hostel ausweichen. Also spielte es keine große Rolle, wenn sie vor der Abreise einen Tausender mehr oder weniger ausgab.

Das Essen bei Mr Voon, dem neuen In-Lokal, würde sie in Stimmung für die Thailandreise bringen. Die Gerichte auf der Karte waren ein Mischmasch aus asiatischen Spezialitäten. Das Restaurant war groß, hatte hohe Räume, und auf einer kleinen Bühne spielte ein Live-Band bestehend aus drei Musikern und einer Sängerin. Matilda gefiel es, dass hier mindestens zweihundert Gäste Platz hatten. Es fühlt sich so an, als wäre ich schon da, dachte sie und lächelte einem Mann in Anzug und Krawatte zu, der ein paar Tische weiter saß.

Sie hob ihren rot-gelben Drink und prostete Petra zu. Sie wusste nicht, was sie da trank, denn sie hatte die Kellnerin um eine Überraschung gebeten.

»Auf den Neuanfang«, sagte sie und bekam ein Lächeln zurück. »Und meinen letzten Tag bei Bågenhielms.«

Sie sah an Petra vorbei zu den schwarz gekleideten Köchen, die in der offenen Küche hin und her eilten. In länglichen Glasvitrinen lagen teure Fleischstücke, Direktimporte aus Japan und den USA.

Matilda hatte turbulente Monate hinter sich. Sie war fast jeden Abend ausgegangen, bis spät nachts in Bars gewesen und mit den verschiedensten Männern nach Hause gegangen. Sie war in Hotelzimmern aufgewacht, in Wohnungen auf Östermalm oder in den Vororten. Sie hatte sich lebendig gefühlt, wie neugeboren. Natürlich vermisste sie Peder und hätte es vorgezogen, wenn die Dinge nicht so geendet hätten, wie sie es getan hatten, doch die schlimmste Trauer hatte sie überwunden.

Freundinnen wie Petra hatten sie auf andere Gedanken gebracht, hatten Spaziergänge mit ihr unternommen oder waren mit ihr zum Kaffeetrinken und in die Kneipe gegangen. Anfangs hatte sie noch gezögert, aber schon ein paar Abende später war sie diejenige gewesen, die reihum angerufen hatte und unbedingt ausgehen wollte. Die am meisten getrunken und getanzt hatte. Am kühnsten geflirtet und am längsten geblieben war. Dann war sie nach Hause gewankt und hatte ein paar Stunden geschlafen, sich geduscht und die Bågenhielms-Uniform angelegt, um zur Arbeit zu fahren.

Und vor einem Monat hatte sie dann ihren Entschluss gefasst und ihre Anstellung bei Laura Bågenhielm gekündigt. Drei Monate in Thailand lagen vor ihr, in denen sie sich treiben lassen wollte. Danach wollte sie sich zur Immobilienmaklerin umschulen lassen.

»Hast du für die Reise schon alles geregelt?«, fragte Petra und stellte ihren Drink auf den Tisch.

»Ja, seit einer Woche. Und ich überlege, heute richtig einen draufzumachen und mich morgen krankzumelden. Obwohl es mein letzter Arbeitstag ist. Aber ich mach's ja doch nicht. Den letzten Tag schaffe ich auch noch.«

Die Bedienung kam an ihren Tisch und fragte, ob sie sich entschieden hatten. Sie bestellten beide Butterkrebs als Vorspeise. Als Hauptspeise nahm Matilda den Thunfisch, und Petra die in Ingwer marinierten Schweinelendchen.

»Wein?«

»Eine Flasche Hauswein, den weißen«, sagte Matilda schnell. »Wir sind da nicht so etepetete.«

Die Kellnerin nahm die Speisekarten, und Petra sah ihr nach, ehe sie sich Matilda zuwandte.

»Wird dir da nicht langweilig, wenn du drei Monate alleine bist?«

»Ach, man lernt doch immer nette Leute kennen, vor allem, wenn man alleine reist.«

»Woher willst du das denn wissen? Du hast so was doch noch nie gemacht.«

»Nein, aber in verschiedenen Reiseblogs habe ich gelesen, dass man quasi zum sozial sein gezwungen wird. Aber dich werde ich vermissen. Du musst mir versprechen, dass du mich besuchen kommst, wenn du frei kriegst.«

»Ich werd's versuchen, wirklich«, sagte Petra und stützte die Ellenbogen auf den Tisch. »Machst du nachher noch was?«

»Mal sehen. Eigentlich sollte ich das Geld lieber für die Reise sparen. Und du?«

Petra schüttelte den Kopf.

»Ich habe ein Date.«

»Ein Date?«

»Mit einem Typen, den ich vor ein paar Wochen kennengelernt habe. Wir treffen uns bei ihm und schauen einen Film.«

»Also Netflix und Chillen?«

»Das sagt heute doch keiner mehr. Aber ja, so was in der Art. Ich habe schließlich auch meine Bedürfnisse. Apropos Bedürfnisse, ich muss mal auf's Klo.«

Während Petra aufstand, lehnte Matilda sich im Sofa zurück und schielte zu dem Anzugträger hinüber, der ihren Blick jedoch nicht erwiderte, sondern über etwas lachte, das sein Begleiter sagte.

Matilda ließ die Hand in ihre Tasche gleiten und tastete nach der Karte, die die Polizistin ihr gegeben hatte. Sie holte sie heraus und las den Namen. *Vanessa Frank, Kriminalkommissarin.* Matilda führte den Drink an den Mund und überlegte.

Sollte sie sich bei ihr melden? Laura Bågenhielm würde ausflippen, aber immerhin war ja ein Verbrechen geschehen. Aber wollte sie da wirklich mit reingezogen werden? Auch als bloßer Zeuge konnte es einen mitunter erwischen. Sie hatte von einem Pärchen gelesen, das in seiner Wohnung umgebracht worden war, weil es gegen eine Vorort-Gang aussagen wollte. Und die Polizei konnte sie schließlich nicht daran hindern, nach Thailand zu fliegen.

»Was ist das denn?«

Petra musterte sie.

»Nichts.«

»Danach sieht's aber nicht aus.«

Matilda schob die Karte wieder in ihre Tasche und spürte, dass sie rot wurde.

»Das ist nur die Karte von einem Kunden. Habe ich heute bekommen.«

»Und jetzt hast du auch Lust auf Netflix und Chillen, oder wie?«

Petra zwinkerte, und Matilda lachte.

»Genau.«

SECHS

Die Legion hatte eine Lagerhalle in Orminge gemietet, nicht weit vom alten Clubhaus der Hells Angels entfernt. Die Halle war mit Gittern in fünfzig Parzellen unterteilt. In zehn dieser Zellen lagen Matratzen auf dem Boden. Nachdem Ivan und die Salah-Brüder ihre drei ersten Gefangenen eingesperrt und die Vorhängeschlösser angebracht hatten, setzten sie sich vor den Eingang und Herish und Ahmed zündeten sich ihre Zigaretten an.

Ivan gefielen die beiden Brüder. Sie waren gründlich und zuverlässig, ohne langweilig zu sein. Herish hatte erzählt, dass er gern im Café Opera feierte, und sie hatten ausgemacht, zusammen hinzugehen. Ahmed war der ältere der beiden und introvertierter. Mit ihm hatte Ivan viel über Mixed Martial Arts geredet, über Trainingsmethoden und Nahrungsergänzungsmittel.

Ivans Mobiltelefon klingelte. Nicolas. Zum vierten Mal in den vergangenen Stunden. Sie hatten sich noch nicht wiedergesehen, seit Hampus Davidson wieder frei war. Sowie der Klingelton verstummt war, ging eine SMS ein.

Ich brauche Infos wegen N, schrieb Joseph.

Ivan legte sein Telefon auf den Tisch und rieb sich die Augen. Sobald er alle Kinder beisammen hatte, war er urlaubsreif. Vielleicht wollte ja einer der Salah-Brüder mit ihm irgendwohin fahren?

»Ist noch Kaffee da?«

Die Stimme wurde von den kahlen Wänden zurückgeworfen.

Herish nickte.

»Von gestern. Wenn man ihn in der Mikrowelle aufwärmt, schmeckt er ganz okay.«

Ivan stand auf, goss den Kaffee aus der versifften Kanne in eine

Tasse, stellte sie in die Mikrowelle und den Timer auf dreißig Sekunden. Die Mikrowelle piepte, und er nahm die Tasse heraus. Pustete, trank einen Schluck. Der Kaffee schmeckte bitter. Er verzog das Gesicht und setzte sich zurück an den Tisch.

»Wir haben jetzt drei von zehn. Acht Tage bleiben uns noch, um den Rest klarzumachen. Das sollte kein Problem sein, oder?«

Ahmed schüttelte den Kopf.

»Heute ist zwar einer entwischt, aber drei von vier ist immer noch kein schlechter Schnitt. Morgen Abend haben wir vielleicht schon die Hälfte zusammen.«

»Weiß jemand von euch, was mit ihnen passiert?«, fragte Ivan und versuchte, so beiläufig zu klingen, als machte er nur Small Talk.

»Nein«, antwortete Ahmed.

»Keine Ahnung«, pflichtete Herish ihm bei, während er sich nach einem Aschenbecher umsah. »Und solange ich mein Geld kriege, ist mir das auch egal.« Er drückte die Zigarette aus und deutete auf einen der Jungs. »Der verfluchte Bastard hat mich gebissen. Verdammtes Pack. Ich fang also sicher nicht an zu heulen, wenn sie nicht ins Disneyland kommen.«

Ivan führte die Tasse zum Mund.

»Dein Handy.«

Ahmed zeigte auf das Mobiltelefon, das auf dem Tisch lag. Ivan nahm es und trat ein paar Schritte auf die Seite.

»Wie ist es gelaufen?«, erkundigte sich Joseph.

»Gut, heute haben wir drei geschnappt.«

»Probleme?«

»Nein.«

Im Hintergrund hörte Ivan Frauenstimmen. Ob Joseph zu denen gehörte, die mit mehreren Frauen gleichzeitig ins Bett gingen? Irgendwann würde Ivan das auch mal ausprobieren. Zwei bis drei Luxus-Escort-Girls bestellen, es ihnen besorgen und das Ganze mit einer Kamera aufnehmen.

»Wegen Nicolas«, sagte Joseph. »Ich will, dass du dich mit ihm triffst, irgendwo in der Stadt.«

»Wann?«

»Morgen Abend.«

Es war zu spät, irgendetwas zu bereuen. Für die Legion zu arbeiten, war Ivans Traum. Und damit Träume wahr wurden, musste man Opfer bringen. Es würde natürlich eine Zeit lang wehtun. Er würde sich leer fühlen. Aber danach würde er endlich respektiert werden.

»Hallo?«, rief Joseph.

Ivan holte tief Luft.

»Ich regle das.«

»So zwischen neun und zehn Uhr abends. Sag Bescheid, wenn das gebongt ist, dann schicke ich meine Leute zu ihm nach Hause, um die Liste zu suchen.«

»Okay. Manchmal essen wir abends was in einer Tapas-Bar in der Odengatan. Er nimmt dann immer die grüne U-Bahn-Linie und geht von der Rådmansgatan aus den Rest zu Fuß.«

»Gut. Gib mir dann die genaue Zeit und den Namen vom Restaurant durch.«

»Und was macht ihr dann mit Ni…«, hob Ivan an, verstummte jedoch, als er merkte, dass Joseph schon aufgelegt hatte.

SIEBEN

Der Bus hielt im Värtavägen, genau vor der Gärdesskolan. Matilda Malm beobachtete, wie die Kinder zu zweit oder zu dritt auf das backsteinerne Schulgebäude zusteuerten. In dem Moment, als der Bus rechts auf den Valhallavägen abbog, bekam sie eine Eilmeldung der *Aftenposten* auf ihr Mobiltelefon.

Die Millionäre, die den Drohnen-Kidnappern zum Opfer fielen.

Sie klickte den Artikel an. Die Entführungsopfer wurden nicht namentlich erwähnt, aber der Journalist schrieb, dass es sich um zwei der wohlhabendsten und einflussreichsten Männer Stockholms handelte. Außerdem nannte er ihre Unternehmen und legte ihre Jahreseinkommen offen. Anonyme Informationen über Luxusreisen, Immobilien und Sportwagen inklusive. Einer der Männer verkehrte angeblich sogar mit den Kindern von König Carl Gustav.

Die Polizei hatte zusätzliche Ressourcen zur Verfügung gestellt, um die Täter zu fassen. Eine Quelle gab an, die Polizei ginge davon aus, dass es zu weiteren Entführungen kommen könne. Zudem könne nicht ausgeschlossen werden, dass es weitere Fälle gebe, die sich der Kenntnis der Polizei entzogen.

Matilda war mulmig zumute. Sie wurde den Verdacht nicht los, dass es kein Zufall war, dass die Polizistin gestern bei ihnen aufgetaucht war. Sie holte die Visitenkarte heraus. Sie wollte wirklich keine Probleme, aber sie musste der Polizei doch erzählen, was im Laden geschehen war. Vor allem jetzt, da ihr Gehalt nicht länger von Laura Bågenhielm gezahlt wurde. Matilda gab die Nummer in ihr Mobiltelefon ein und rief an. Doch noch vor dem ersten Freizeichen änderte sie ihre Meinung.

Der Bus bog links ab, dann rechts auf den Karlavägen. Sie las den

Artikel ein zweites Mal. Betrachtete das Foto in der Verfasserzeile. Elias Grönstedt.

Rechteckiges Brillengestell, Tintin-Frisur, ernster Blick.

Vor dem Fenster flog der Karlavägen mit seinen Alleebäumen vorbei.

Die Polizei bat um Mithilfe. Es schadete ja nicht, sich bei dieser Vanessa Frank zu melden. Und zu erzählen, dass Bågenhielms Kundenliste gestohlen worden war. Vielleicht hatte das ja am Ende gar nichts mit dem Fall zu tun. Auch wenn Matilda ahnte, dass es da einen Zusammenhang gab. Irgendwie. Die erste Entführung hatte sich nur wenige Wochen nach dem Diebstahl ereignet.

Als sie am Stureplan ausgestiegen war, rief sie Vanessa Frank an. Die Polizistin meldete sich sofort, klang aber schlaftrunken. Anfangs schien sie nicht zu begreifen, wer sie angerufen hatte. Aber als Matilda Bågenhielms Uhren sagte, war sie auf einmal hellwach und wollte sich sobald wie möglich mit ihr treffen. Sie verabredeten sich für den Mittag in der Sturegallerian.

ACHT

Es war lange her, seit er das letzte Mal am Steuer gesessen hatte, aber er hatte Jean freigegeben und beschlossen, selbst nach Las Flores zu fahren, wo Oscar Peralta, der Chefarzt der Klinik, für ihr Meeting einen Tisch reserviert hatte.

Die Autofahrt dauerte vierzig Minuten, er hatte also viel Zeit. Carlos hängte sich an einen Lkw, der es nicht eilig hatte, und ließ seinen Blick über die Landschaft schweifen.

Nach zwei Kilometern entdeckte er an einer Bushaltestelle eine bekannte Silhouette. Guillermo Varas, der alte Pferdezüchter, saß dort mit gebeugtem Rücken und hatte den Kopf unter einem Sombrero versteckt, um sich vor der Sonne zu schützen. Er trug ein weißes frisch gebügeltes Hemd und beige ausgebeulte Hosen. Neben ihm auf der Bank stand eine Tasche. Carlos blinkte, hielt am Straßenrand und ließ die Scheibe herunter.

»Nach Las Flores, *don* Guillermo?«

Der Pferdezüchter stand auf, griff nach der Tasche und machte die Tür auf. Er quetschte sich auf den Sitz und nahm die Tasche auf den Schoß. »Danke.«

Nach einem Kontrollblick in den Seitenspiegel fuhr Carlos wieder auf die Fahrbahn. Guillermo Varas besaß ein Gestüt weiter oben am Berg und versorgte die Kolonie mit Rassepferden, seit Carlos denken konnte. Keiner liebte Pferde so innig wie Guillermo. Jeder Quadratmeter des acht Hektar großen Hofes diente dazu, den rund fünfzig Pferden ein angenehmes Dasein zu verschaffen. Im Haupthaus des Hofes lebte Guillermo mit seiner Frau Marcela. Etwa hundert Meter davon entfernt wohnte ihr Sohn Jaime mit seiner Frau Evelyn und der gemeinsamen Tochter Fransisca.

»Was hast du denn in Las Flores zu erledigen?«, wollte Carlos wissen.

Guillermo schickte ihm einen erschöpften Blick.

»Ich muss noch weiter, ins Höllenloch.«

»Nach Santiago?«, sagte Carlos mit gerunzelter Stirn. »Wieso das denn?«

»Medikamente. Die verdammten Medikamente.«

Vor drei Jahren war seine Schwiegertochter an Krebs erkrankt. Guillermo hatte daraufhin Teile seines Hofes verkauft, um die teure Chemotherapie bezahlen zu können. Obwohl Carlos angeboten hatte, für die Kosten aufzukommen.

»Ich dachte, Evelyn hätte den Krebs besiegt?«

»Das hat sie«, murmelte Guillermo. »Marcela ist krank.«

Guillermo und Marcela waren seit ihrer Jugend unzertrennlich. Carlos schüttelte seufzend den Kopf.

»Krebs?«

»Sí.«

Die chilenische Krankenversicherung zahlte keine Krebstherapien. Jede Anwendung kostete mehr als einen Monatslohn und war nur in Santiago erhältlich. Carlos überlegte, sein Angebot zu wiederholen, aber Guillermo kam ihm zuvor.

»Ich verkaufe jetzt auch einige Pferde. Wenn du willst, dann komm rauf und sieh sie dir an, vielleicht gibt es ja eins, das dir gefällt.« Für einen Moment verstummte der alte Mann. Als er fortfuhr, war seine Stimme rau. »Ich weiß, du willst uns helfen, aber wir sind eine stolze Familie. Wir haben nie Almosen angenommen und werden das auch in Zukunft nie tun.«

Carlos drehte die Klimaanlage runter.

»Du bist wirklich ein sturer alter Bock«, nuschelte er. »Das respektiere ich. Aber falls du deine Meinung doch noch änderst, komm zu mir, jederzeit. Und ich werde nie ein Pferd von dir kaufen, das du mir unter Wert verkaufst, weil du das Leben deiner Frau retten willst.«

Er setzte Guillermo am Busterminal ab und sah ihm nach, wie er mit seiner Tasche im Gedränge verschwand. Anschließend rollte er vom Parkplatz und fuhr Richtung Zentrum.

In den letzten Jahren hatten sich mehrere chinesische Familien in Las Flores niedergelassen. Seitdem schossen an jeder Straßenecke Chinarestaurants oder Casinos aus dem Boden, in denen die Arbeiter und Bauern ihr Geld verzockten.

Carlos stellte den Wagen in einer Seitenstraße ab, verscheuchte einen jungen Mann in ausgeblichenem T-Shirt und löchrigen Jeans, der das Auto waschen wollte, und ging auf das Hotel Continental zu.

Während er zum Tisch geführt wurde, hielt er den Blick starr geradeaus gerichtet, um nicht stehen bleiben und sich unterhalten zu müssen. Der Kellner brachte einen Brotkorb und eine Schale mit *pebre*. Carlos brach sich ein Stück Brot ab und tunkte es in die Tomaten-Koriander-Mischung. Sein Gesicht spiegelte sich in der Fensterscheibe.

Für einen Sekundenbruchteil bildete er sich ein, dass ihn das Gesicht seines Vaters anstarrte. Als Gustav Schillinger starb, war sein Gesicht runzlig, sein Haar weiß und seine Augen milchig. Der Bauch unförmig vor lauter Tumoren. Trotzdem sah er in Carlos' Erinnerung anders aus: Für Carlos war das Gesicht seines Vaters immer noch das eines Fünfzigjährigen. Für ihn war es schwer zu begreifen, dass sein Vater jemals jünger gewesen war als er.

Als Siebenundzwanzigjähriger hatte Gustav Schillinger sein Heimatland Schweden verlassen und sich als Freiwilliger den SS-Truppen angeschlossen. Nach dem verlorenen Weltkrieg war er zusammen mit seiner Frau und achtzehn weiteren Familien nach Südchile geflohen und hatte dort den Grundstein für die Colonia Rhein gelegt.

Carlos schlug die Augen nieder und tunkte ein weiteres Stück Brot in den *pebre*. Seine Gedanken wanderten zu seinem letzten Treffen mit Consuelo. Ein wohliger Schauer übermannte ihn, als er sich ihren nackten Körper in dem dunklen Wasser vorstellte, die weißen Zähne und die vollen Lippen, die die Zwiebel umschlossen.

Ihr wogendes Haar, als sie sich nach dem Essen auf der Decke aus-gestreckt hatte.

Carlos fiel auf, dass sie in seiner Vorstellung nicht mehr mit Ramona identisch war, sondern eine eigenständige Person gewor-den war. Er beschloss, nach dem Treffen mit Doktor Peralta, Marcos zu bitten, herauszufinden, ob Raúl noch immer unterwegs war. Wenn das der Fall war, würde er Consuelo holen lassen und sie bis zum Morgen bei sich behalten.

Vielleicht würde ihre Anwesenheit dafür sorgen, dass sein Kör-per endlich einmal wieder für eine ganze Nacht zur Ruhe kam.

NEUN

Vanessa und Matilda trafen sich vor Zara in der Sture-gallerian und beschlossen, zum Humlegården zu gehen. Matilda wollte nicht riskieren, zusammen mit einer Polizistin gesehen zu werden. Als sie am Sturecompagniet Club vorbeikamen, räusperte sich Vanessa.

»Legen Sie einfach los, dann sparen wir Zeit. Ich nehme an, Sie möchten auch noch etwas essen, bevor Sie wieder zurückmüssen.«

Matilda sah sich um.

»Vor ein paar Wochen ist unser Laden überfallen worden. Ich habe an dem Tag gearbeitet.«

Sie ließen ein Taxi passieren, dann überquerten sie auf Höhe des Scandic Anglais die Straße. Vor dem Eingang stieg gerade eine Reisegruppe in einen Bus.

Matilda berichtete von jenem Vormittag, als das Telefon geklingelt hatte und im nächsten Augenblick ein DHL-Bote aufgetaucht war. Wie der Mann sie gezwungen hatte, die Tür zum Büro aufzumachen. Wie Laura aufgeschrien hatte, als er dort eingedrungen war.

Bei der Kungliga biblioteket setzten sie sich auf eine Bank.

»Ist er gewalttätig geworden?«

»Überhaupt nicht. Eher im Gegenteil. Er war fast schon ... freundlich«, sagte Matilda nachdenklich. »Ich hatte gar keine Angst.«

»Und mit welchem Namen, sagten Sie, hat sich der Anrufer gemeldet?«

»Mit Carl-Johan Vallman.«

»Und das ist einer Ihrer Kunden?«

»Ja.«

»Warum haben Sie keine Anzeige erstattet?«

»Laura, also meine Chefin, war dagegen. Sie hat gemeint, das würde nur Panik bei unseren Kunden auslösen.«

»Verstehe. Ich werde Ihre Angaben an meine Kollegen weiterleiten, natürlich ohne zu sagen, dass ich sie von Ihnen habe.«

»Denken Sie, der Überfall hat etwas mit den Entführungen zu tun?«

Vanessa zuckte mit den Schultern und erhob sich.

»Das weiß ich nicht, aber ich danke Ihnen für die Informationen.«

ZEHN

Die U-Bahn verließ die Haltestelle Hötorget und verschwand in der Dunkelheit des Tunnels. Auf den Sitzen neben Nicolas nahmen zwei junge Männer Platz und begannen, aufgeregt über die Entführungen zu diskutieren.

Nicolas stand auf, entfernte sich ein paar Schritte und wartete darauf, dass die U-Bahn in die nächste Haltestelle einfuhr. In den letzten Tagen hatten alle Zeitungen, Radio- und Fernsehsender über die »Drohnen-Kidnapper«, wie sie genannt wurden, berichtet.

Er empfand dabei vor allem Scham. Er hatte nichts Ehrenhaftes getan, vielmehr aus Verzweiflung gehandelt. Weil er mit Maria von hier wegwollte. Und weil er Hampus Davidson entführt hatte, würde er nie erfahren, wie ein gemeinsames Leben mit Melina hätte verlaufen können. Ein Geheimnis dieses Kalibers musste ihn auf Dauer von innen auffressen. Er hatte deshalb sogar mit dem Gedanken gespielt, zu ihr zu gehen und ihr alles zu erzählen, doch er brachte es einfach nicht über sich.

Während die Medien sich auf die Drohnen-Kidnapper konzentrierten, waren die Kämpfe zwischen den Gangs unbemerkt wieder aufgeflammt. Vier Schießereien innerhalb von drei Tagen. Die Stockholmer schienen sich daran gewöhnt zu haben. Und für die Politiker galt dasselbe, auch wenn sie die ganze Zeit beteuerten, der Gewalt ein Ende zu bereiten.

In seiner Wohnung befanden sich vier Millionen Kronen in bar, in Marias Kellerabteil war eine weitere Million versteckt. Wenn er Ivan wiedersah, würde er die fünf Millionen für Hampus Davidson bekommen.

Und dann war er endlich frei, um mit seiner Schwester abzuhauen. Zehn Millionen mussten dafür reichen. Nichts konnte ihn mit den Entführungen in Verbindung bringen. Hampus Davidsons Mercedes hatte Nicolas am vergangenen Abend verschwinden lassen.

Sein Plan war, mit einem Mietauto über die Öresundbrücke nach Dänemark zu fahren und dann immer weiter durch den Kontinent, immer weiter Richtung Süden. In irgendein Steuerparadies, um das Geld in einer Bank umzutauschen. Flugtickets zu kaufen. Nach Südamerika abzuhauen und neue Pässe zu besorgen. Doch die Vorstellung daran machte ihn nicht mehr froh. Melina hatte ihn aus dem Konzept gebracht. Er konnte einfach nicht aufhören, an sie zu denken. Aber jetzt war ja Hampus Davidson wieder bei ihr. Hätte das Schicksal sie vor der Entführung zusammengebracht, wäre sicher vieles anders gelaufen. Doch so wie die Dinge jetzt lagen, wäre es schierer Wahnsinn, Kontakt mit ihr aufzunehmen. Was hätte er ihr auch sagen sollen? Hätte er sie denn bitte sollen, mit ihm und Maria nach Südamerika zu gehen? Nein. Lieber die Zeit verstreichen lassen. Vergessen und nach vorn schauen.

Die U-Bahn fuhr in die Haltestelle Rådmansgatan ein, und die Türen öffneten sich. Nicolas ging mit den wenigen anderen Fahrgästen über den Bahnsteig, auf der Rolltreppe sah er auf die Uhr. In einer Viertelstunde würde er sich mit Ivan treffen. Nach den Durchgangssperren bog er rechts ab, trat auf den Sveavägen und schob die Hände in die Taschen seiner dunkelblauen Bomberjacke.

Die Straße war verlassen. Vor dem McDonald's standen rund zehn Motorräder.

Er spähte durch das Fenster der La Habana Bar. Sie wurde gerade umgebaut, alles war weiß vom Baustaub. Ihm kam ein Sommertag in den Sinn, an dem Carl-Johann Vallman und er hier draußen gesessen und Daiquiris und Mojitos getrunken hatten. Carl-Johann hatte damals eine Phase gehabt, in der er nur Ernest Hemingway las. Während sich die Baufahrzeuge karawanengleich durch den Sveavägen geschoben hatten, hatten sie davon geträumt, auf die Florida Keys zu gehen. Bücher zu schreiben. Zu fischen. Ab und zu mit dem Boot nach Kuba rüberzufahren. Durch Havannas Straßen zu schlendern. Ins El Floridita zu gehen. Bei dem Gedanken daran schüttelte er den Kopf, die Vergänglichkeit machte ihn schwermütig.

Er beschleunigte seinen Schritt. Weiter vorn, Ecke Markvardsgatan, standen zwei Männer in seinem Alter. Dunkle Jacken, dunkle Hosen. Einer hatte eine lange Narbe, die sich vom kahlrasierten Schädel bis über die Stirn zog. Sie folgten ihm mit dem Blick, als er vorbeiging.

Statt den Florida Keys und Kuba war es die SOG geworden. Afghanistan, Tschad, Nigeria. Nächtliche Angriffe, Befreiungen von Geiseln an abgeschiedenen Orten, Feuergefechte im Dunkeln. Alles war ausgelöscht. Weg. Das, was er in den letzten Jahren eventuell richtig gemacht hatte, die Menschen, denen er geholfen hatte, alles war vergebens.

Er hatte es vom ersten Augenblick an als Ehre angesehen, Soldat zu sein. Derjenige zu sein, der sich mit der Waffe gegen jene erhob, die anderen schaden und sie zum Schweigen bringen wollen. Nicolas war kein Pazifist. Er hatte das Böse gesehen. Männer, immer waren es Männer, die sich das Recht zu töten herausnahmen, vergewaltigten, vernichteten, zerstörten. Doch dafür würde es niemals eine Rechtfertigung geben. Und für sie war es zu spät. Nicht weil sie böse geboren worden waren, sondern weil ihre Bereitschaft zu töten, um ihre Ziele zu erreichen, zu übermächtig geworden war. Er hatte keine Ahnung, wie viele es waren, die er umgebracht hatte, und wollte es auch gar nicht wissen. Aber er war überzeugt, dass er mehr Leben gerettet hatte, weil er getötet hatte.

Er bog in die Odengatan. Noch zweihundert Meter bis zum Restaurant. Die Straße vor ihm war menschenleer, die Geschäfte waren geschlossen. Eine Frau mit schmutzigem Gesicht und fettigen Haaren schob einen Einkaufswagen vor sich her. Als er an ihr vorbeikam, roch er ihren stechenden Körpergeruch. Auf der anderen Straßenseite, vor dem ICA, hatte ein Bettler alte Zeitungen als Sitzunterlage ausgebreitet.

Eine Gestalt trat aus der Luntmakargatan. Nicolas erkannte sofort, dass es sich um einen der Männer handelte, die er vorhin gesehen hatte. Aber er war sicher, dass da keiner von beiden eine Sporttasche dabeigehabt hatte. Er hörte Schritte hinter sich; das musste der mit der Narbe sein. Der Abstand zu dem Mann mit der Tasche betrug keine fünf Meter mehr. Er schielte über die Schulter und sah den Narbigen eine Pistole ziehen. Hörte, wie er sie entsicherte. Nicolas fixierte den Mann vor sich, der eine Hand in die Tasche gleiten ließ. Ein automatisches Gewehr, wahrscheinlich eine Kalaschnikow.

Adrenalin strömte durch seinen Körper, sein Hirn schaltete auf Autopilot und löschte alles, was nicht mit dem nackten Überleben zu tun hatte. Dass die Männer sich aufgeteilt hatten, bedeutete, dass sie ihn nicht einfach nur umlegen wollten. Vermutlich wollten sie ihn in eine Gasse drängen und dort hinrichten. Oder an einen einsamen Ort bringen. Das gab ihm wenigstens ein bisschen Zeit.

Nicolas rührte sich nicht.

»Geh weiter und dann da vorne rechts rein«, sagte der Mann mit der Pistole, es war eine Glock, wie er jetzt erkannte. Doch er war zu weit entfernt, um sie ihm abzunehmen. Außerdem würde der andere dann sofort das Feuer eröffnen und keine Schwierigkeiten haben, ihn zu treffen.

»Wollen Sie Geld?«, fragte Nicolas und trat einen Schritt auf den Mann mit dem Maschinengewehr zu.

»Du kommst mit uns«, entgegnete der, der hinter ihm stand. Der mit der Kalaschnikow trat zurück in den Schatten der Luntmakargatan. Nicolas folgte ihm.

»Wohin gehen wir?«, fragte er, um sie abzulenken.

»Schnauze. Bist du bewaffnet?«

»Nein.«

Als sie zwanzig Meter in die Seitenstraße hineingegangen waren, stellte der Mann die Tasche ab und trat auf Nicolas zu, um eine oberflächliche Leibesvisitation durchzuführen. Der andere, der Nicolas mit der Pistole in Schach hielt, sah sich nervös um. Es war offensichtlich, dass sie schnellstmöglich von hier verschwinden wollten. Nicolas machte einen langsamen Schritt auf ihn zu. Die Hände in der Luft, die Handflächen nach vorn.

»Geh weiter.«

Nach zwanzig Metern wurde ihm befohlen, stehen zu bleiben. Der Mann mit der Tasche lief die Luntmakargatan Richtung Innenstadt hinunter. Nicolas wandte sich dem Mann mit der Narbe zu.

»Stell dich an die Hauswand, damit dich von der Straße aus keiner sehen kann«, knurrte er und zielte auf Nicolas' Brust.

Nicolas tat es und positionierte sich dabei dichter neben dem Mann. Er war nun keinen halben Meter mehr von der Pistole entfernt.

ELF

Als nur noch die Reste des Seeaals auf ihren Tellern lagen und der Weißwein ausgetrunken war, tupfte Carlos Schillinger sich den Mund ab und bestellte Kaffee. Wie immer langweilte ihn Oscar Peraltas Gesellschaft.

Er war ohne Zweifel ein hervorragender Arzt, aber als Mensch war er schlicht und vorhersehbar gestrickt. Zudem war er ein Schleimer. Nüchtern legte er die Fortschritte der Klinik dar, ihre Entwicklung, ihre finanzielle Situation, ihre Auslastung. Bisweilen beugte er sich über ein Dokument und prüfte eine Zahl, ehe er mit seinem Sermon fortfuhr.

Die Spenderorgane hob er sich für den Schluss auf.

»Wir haben noch fünf Spender, *don* Carlos. Aber unsere Dienste sind wie immer sehr gefragt. Mehrere Patienten aus China haben bereits bei uns angeklopft, doch ohne zusätzliche Spender können wir sie nicht aufnehmen.«

Doktor Peralta war klein, kaum einsfünfundsechzig. Das schüttere schwarze Haar trug er mit einem akkuraten Seitenscheitel. Zwischen Nase und Mund ließ er sich ein schmales Bärtchen stehen.

»Es sind schon mehrere Spender unterwegs. In eineinhalb Wochen werden sie hier eintreffen«, sagte Carlos und kratzte sich mit dem Zeigefinger den Nasenrücken.

Der Arzt klatschte mit einer übertriebenen Geste in die Hände, dabei blinkte einer seiner Manschettenknöpfe auf.

»Großartig, absolut großartig.«

Während der Kellner den Kaffee servierte, ging Carlos auf die Toilette.

Er verstand nicht, warum er sich bodenständigen Männern wie Guillermo Varas mehr verbunden fühlte als solchen wie Doktor Peralta. Schließlich war er ja selbst auch Arzt. Aber er hatte sich unter seinesgleichen noch nie wohl gefühlt. Und die heutige Unterhaltung mit dem Chefarzt empfand er als geradezu qualvoll. Sein ganzer Körper kribbelte, es war, als liefen Tausende Ameisen über seine Haut. Seine Gedanken schweiften ab. Fort von Las Flores, dem Hotel Continental und der trockenen Berichterstattung des Arztes mit diesem lächerlichen winzigen Schwulenbärtchen. Ich werde einfach alt, dachte Carlos, mein Leben neigt sich seinem Ende entgegen. Und die Zeit, die mir noch bleibt, will ich nicht sinnlos vergeuden.

Als er wieder am Tisch war, hob er eine Hand und sagte, er müsse wegen einer dringenden Angelegenheit sofort zurück zur Kolonie.

Auf der Heimfahrt fühlte er sich einsam und schlecht. Er griff nach seinem Telefon und rief Marcos an, um zu hören, ob Raúl noch im Süden arbeitete oder schon wieder zu Hause war.

»Seine Schicht endet morgen. Soll ich Jean schicken, um Consuelo abzuholen?«

»Ja, mach das.«

Er kam an einem Obststand vorbei und beschloss, unterwegs irgendwo zu halten und für Consuelo frische Mangos zu kaufen.

»Da ist noch eine Sache, die ich mit dir besprechen muss«, sagte Marcos mit belegter Stimme.

»Ja?«

»Bei den Schweden gibt es ein kleines Problem.«

»Wie klein?«

»Der Mann, dem sie den Job zuerst angeboten haben, hat abgelehnt. Aber er weiß jetzt natürlich über die Sache Bescheid. Er hat zwar keine Ahnung, was mit den Kindern passiert, aber trotzdem. Vermutlich hat sich das Problem heute Abend sowieso schon erledigt.«

»Falls nicht, sollen sie ihn so schnell wie möglich aus dem Weg räumen.«

»Ich habe Declan McKinze geschickt. Nur um sicherzugehen, dass nichts schiefläuft. Es ist schließlich ihre erste Lieferung. Sie machen zwar einen zuverlässigen Eindruck, aber man weiß ja nie. Es ist sicher nicht schlecht, wenn Declan vor Ort ist und alles im Blick hat.«

ZWÖLF

Die Luntmakargatan lag öde und verlassen da. Der Mann zielte noch immer auf Nicolas' Brust. Nicolas machte den Mund auf, um etwas zu sagen, und schlug gleichzeitig mit der rechten Hand gegen die Rechte des Mannes, bewegte sich aus der Schusslinie, griff mit der Linken nach dem Lauf der Waffe und drehte sie nach oben. Der Mann schrie vor Schmerz auf, als sein Finger brach. Im nächsten Augenblick richtete Nicolas die Waffe auf ihn und trat zurück. Der Mann krümmte sich und hielt sich den verletzten Finger.

Nicolas wartete ab, bis in der Odengatan zwei Frauen vorbeigegangen waren. Er senkte die Waffe und hielt sie dicht am Körper.

»Wer hat euch geschickt?«

»Fick dich.«

Nicolas drückte ihn an die Wand, packte seinen verletzten Finger und knickte ihn um. Erneut stieß der Mann einen Schrei aus.

»Wer hat euch geschickt?«

Der Mann keuchte und warf Nicolas hasserfüllte Blicke zu.

Rechts von sich sah Nicolas ein Auto in die Luntmakargatan einbiegen. Die Scheinwerfer blendeten ihn. Der Fahrer stoppte abrupt, die Bremsen quietschten.

Nicolas hörte, wie bei laufendem Motor die Tür geöffnet wurde und der Fahrer sein Maschinengewehr zum Zielen auf das Autodach legte. Nicolas hechtete hinter ein geparktes Auto, und kurz darauf eröffnete der Mann das Feuer. Die Kugeln schlugen in die Karosserie, zerbarsten Scheiben und Reifen. Der Mann mit dem gebrochenen Finger rannte auf das Auto seines Komplizen zu.

Nicolas lief geduckt hinter den parkenden Autos entlang. Überall schlugen Kugeln ein, rechts neben ihm splitterte eine Schaufensterscheibe. Er lief auf die Straße und brachte sich aus dem Schussfeld. Die Salven brachen ab, der Motor heulte auf.

Nicolas rannte Richtung Birger Jarlsgatan. Für einen kurzen Moment glaubte er, die Männer hätten die Verfolgung aufgegeben, doch gleich darauf hörte er wieder das Pfeifen der Kugeln.

Zwei Autos kamen ihm auf dem Sveavägen entgegen, bremsten scharf ab und machten einen U-Turn. Weiter hinten auf der Straße schrie eine Frau und flüchtete in einen Hauseingang.

Seine Verfolger waren nun gleichauf mit Nicolas. Hinter einem geparkten Auto warf er sich der Länge nach auf den Boden. Sie machten eine Vollbremsung.

Eine Sekunde verstrich, zwei. Dann wurden die Türen gleichzeitig aufgestoßen. Der Abstand betrug keine zehn Meter. Wenn sie das Auto, hinter dem er sich versteckte, von beiden Seiten umrundeten, hatte er keine Chance.

Der Gehsteig war mit Glasscherben übersät. Irgendwo tönte ein Alarm. Die beiden Männer bewegten sich wie in Zeitlupe auf ihn zu. Nicolas saß mit dem Rücken an das Auto gelehnt, ein Splitter bohrte sich in seinen Oberschenkel. Im Schaufenster konnte er sehen, wie sich die gedrungenen Umrisse der Männer näherten, und umklammerte den Griff der Pistole.

Zuerst musste er den Mann mit der Kalaschnikow außer Gefecht setzen. Von ihm ging die größere Gefahr aus. Der andere hatte einen gebrochenen Zeigefinger, was seine Treffsicherheit beträchtlich schmälerte. In der Schaufensterscheibe sah er, dass der Mann eine neue Waffe in der Hand hielt. Einen Revolver.

Nicolas ging in die Hocke, holte tief Luft, stand ruckartig auf und gab beim Ausatmen zwei Schüsse auf den Mann mit dem Maschinengewehr ab. Er fiel in sich zusammen, und Nicolas warf sich zurück auf den Boden. Unter dem Auto hindurch konnte er die Füße des anderen sehen und feuerte zwei Schüsse auf sie ab. Er hörte den Mann aufschreien und stürzen.

Nicolas umrundete das Auto, und ihm bot sich ein Bild der Verwüstung. Der Angreifer mit der Kalaschnikow würde es nicht schaffen. Seine Waffe lag neben seinen Füßen. Eine der Kugeln war in seinen Hals eingedrungen, und er drückte sich röchelnd beide Hände darauf. Seine Beine zuckten unkontrolliert. Ein Fuß traf seine Waffe, wodurch sie ein Stück über die Straße schlitterte.

Der andere Mann lag gekrümmt am Boden, die beiden Kugeln hatten im Abstand von wenigen Zentimetern sein rechtes Schienbein getroffen. Vermutlich waren von den beiden Knochen des Unterschenkels nur noch Splitter übrig.

In den Fenstern der umliegenden Wohnungen ging das Licht an. Die Bewohner blickten auf das Schlachtfeld, sahen Nicolas und die Männer. In der Ferne waren Polizeisirenen zu hören.

Nicolas warf den Männern noch einen letzten Blick zu und rannte dann Richtung Sveavägen. Die Zeugen würden der Polizei gegenüber aussagen, dass er Richtung Odenplan verschwunden sei. Stattdessen aber bog er vom Sveavägen rechts in die Surbrunnsgatan ein.

TEIL SECHS

EINS

Obwohl es kurz vor Mitternacht und der Himmel finster war, war die Odengatan hell erleuchtet, als wäre es mitten am Tag. In den Häusern brannte Licht, neugierige Bewohner schauten aus ihren Fenstern. Die Straße sah wie ein Schlachtfeld aus. Überall Glassplitter, kaputte Schaufensterscheiben, zerschossene Autos, ununterbrochen heulten Sirenen. Vor der Konditorei Gateau stand ein roter Ford Scorpio. Zwischen dem Wagen und dem Gehsteig stapften Kriminaltechniker in weißen Schutzanzügen und mit blauem Mundschutz herum. Die Odengatan war von der Tulegatan bis zum Sveavägen abgesperrt.

Neben Vanessa machten zwei Fotografen der Abendpresse zahllose Fotos von der Verwüstung. Sie kannte die uniformierte Beamtin nicht, die mit verschränkten Armen vor dem blau-weißen Absperrband stand, und zeigte ihr ihren Ausweis. Die Frau warf einen flüchtigen Blick darauf und hob das Band an. Vanessa ging mitten auf der Straße und musterte die sensationshungrigen Anwohner, die die Szene mit ihren Mobiltelefonen filmten. Scherben knirschten unter ihren Schuhen.

Ein Polizeibus stand an der Bushaltestelle. Kriminalkommissarin Åsa Högström lehnte sich dagegen und unterhielt sich mit einem Techniker. Vanessa und Åsa waren gleich alt, ungefähr gleich lange im Polizeidienst und respektierten sich gegenseitig. Freundinnen waren sie jedoch nicht. Über Åsas Privatleben wusste Vanessa nur, dass sie mit einer Frau zusammenlebte, die adoptiert war und ursprünglich aus Indien stammte. Als Åsa ihr Gespräch mit dem Techniker beendet hatte, entdeckte Vanessa ein Bein, das hinter dem Ford herausragte, auf den der Techniker nun zuging. Eine dunkle Blutlache war auf dem Asphalt getrocknet. Åsa bemerkte Vanessa und winkte sie zu sich.

»Gut, dass du hier bist«, sagte sie. »Kannst du dir den Typen da drüben mal ansehen? Wenn du ihn kennst, wäre es gut zu wissen, womit wir es hier zu tun haben. Ein Toter und ein Schwerverletzter. Er ist eben ins Karolinska gefahren worden, vermutlich wird er für den Rest seines Lebens an Krücken gehen, wenn er überhaupt durchkommt.«

»Zeugen?«

»Wir haben riesiges Glück gehabt. Ein Anwohner hat alles gefilmt, und wir waren schneller als die von der Presse.«

»Von wo aus hat er denn gefilmt?«

Åsa drehte sich um und zeigte auf ein Eckhaus an der Kreuzung von Odengatan und Luntmakargatan.

»Erster oder zweiter Stock. Und jetzt schau dir bitte mal den Mann beim Auto an.«

Der Mann lag auf dem Rücken, die Beine breit gespreizt, eine Hand am Hals, als hätte er den Blutfluss stoppen wollen. Der Techniker reichte ihr Einwegschuhschützer und zeigte ihr, wo sie hintreten konnte. Vanessa beugte sich vor und musterte das Gesicht des Toten.

»Zwei Einschüsse im Abstand von ein paar Zentimetern. Brustkorb und Hals. Er muss sehr schnell verblutet sein.«

Vanessa richtete sich wieder auf und drückte den Rücken durch.

»Samer Feghuli. Gehört zum erweiterten Umkreis der Legion.«

»Ja, er sieht wirklich nicht gerade wie ein Grundschullehrer aus, der brav seine Steuern zahlt«, sagte der Techniker.

Vanessa schwieg, ging ein paar Schritte zurück und zog die Plastikschützer wieder aus.

Åsa unterhielt sich mit zwei Beamten, die auf die Häuser in der Luntmakargatan deuteten. Vanessa konnte nicht hören, was sie sagten, und zückte ihr Mobiltelefon, um die Webseiten der Presse zu checken.

Die Eilmeldungen zu der Schießerei überschlugen sich, und sowohl die *Aftenposten* als auch die *Kvällspressen* hatten Fotos in einer Slideshow online gestellt. Sie sah sich die Fotos durch und stellte fest, dass auf einigen ihr Rücken zu sehen war.

Schusswechsel in Stockholms Innenstadt, schrieb die *Aftenposten*.

Ein Toter und ein Schwerverletzter nach Schießerei in der Odengatan: »Wir warfen uns schützend auf unsere Kinder«, zitierte die *Kvällspressen*.

Åsa rief nach Vanessa, die den Kopf schüttelte.

»Samer Feghuli, er arbeitet für die Legion.«

»Also ein Berufskrimineller.«

»Und äußerst gewalttätig. Es gibt jedenfalls viele, denen er tot lieber ist.«

Vanessa schielte auf die Uhr. Sie musste morgen früh raus, um acht Uhr hatte sie einen Termin mit Carl-Johan Vallman in seinem Büro.

»Immerhin haben wir jede Menge Zeugen, die erzählen wollen, was sie gesehen haben, das ist die gute Nachricht. Ich brauche sogar Verstärkung, um vor den Journalisten alle Aussagen aufzunehmen. Komm, wir sehen uns den Film auf dem Handy an.«

Åsa wandte sich um und bedeutete Vanessa mit einer Geste, ihr zu folgen.

ZWEI

Ivan war müde und hungrig. Er war früh aufgestanden, dann hatten ihn die Salah-Brüder abgeholt, und sie waren nach Uppsala gefahren. In der Nähe des dortigen Bahnhofs hatten sie drei Straßenkinder aufgelesen und nach Orminge in ihr Lager gebracht. Anschließend waren sie zum Sergels torg gefahren, um nach weiteren brauchbaren Kindern Ausschau zu halten, und hatten eine Gruppe Marokkaner entdeckt. Sie hatten sie aber nicht einmal ansprechen können, da waren sie schon in alle Richtungen verschwunden. Offenbar war ihnen ihr Ruf bereits vorausgeeilt. Daraufhin hatten sie beschlossen, eine Runde durch den Björns trädgård zu drehen, aber ohne Erfolg. Vor zwei Stunden waren sie schließlich wieder am Sergels torg eingetroffen.

Ivan saß auf der Treppe, die Salah-Brüder waren zu McDonald's gegangen, um etwas zu essen zu besorgen, für Ivan einen Big Mac, mit Karotten statt Pommes frites. Er spähte über den Platz. Keine Straßenkinder. Nicht mal Polizei. Nur ein paar abgemagerte Fixer, die mit stumpfen Mienen vor dem U-Bahn-Eingang herumlungerten.

Er dachte an Nicolas und daran, dass er vermutlich tot war oder demnächst tot sein würde. Ivan hoffte, dass er nicht leiden musste, aber ansonsten ließ Nicolas' Schicksal ihn kalt. Nicolas hatte versucht, ihn zu hintergehen, auch wenn er nicht genau verstanden hatte, wie. Das spielte jetzt auch keine Rolle mehr. Im Verbund mit den Salah-Brüdern kam er sich wichtiger vor als jemals zusammen mit Nicolas. Sie hörten auf ihn und vertrauten ihm. Sie wussten, dass Ivan derjenige war, der das Sagen hatte und die Entscheidungen fällte.

Hinter sich hörte er Schritte. Ahmed und Herish kamen zurück. Ahmed mit einer Papiertüte in der Hand, Herish biss schon in seinen Hamburger.

»Du sollst Joseph anrufen, hat er gesagt«, ließ Ahmed ihn wissen.

Ivan streckte sich nach der Tüte, aber Ahmed zog sie weg.

»Sofort. Er kann es nicht leiden, dass du nie rangehst.«

Ivan verdrehte die Augen, griff nach seinem Telefon und trat auf die Seite. Vier Anrufe in Abwesenheit. Joseph meldete sich nach dem ersten Klingeln.

»Du sollst rangehen, wenn ich anrufe. Guckst du keine Nachrichten?«

»Nicht, wenn ich bei der Arbeit bin.«

»Nicolas ist verschwunden.«

»Was ist mit den Typen, die du geschickt hast?«

»Weiß ich nicht genau.«

Ivan spürte, wie sein Körper wieder zum Leben erwachte. Er sah die Drottninggatan hinunter. Quälende Stille.

»Wie konnte er …«

»Was weiß denn ich«, brüllte Joseph. »Ich will, dass du ihn verdammt noch mal findest. Fahr überall hin, wo er sich verstecken könnte.«

»Und die Kids? Wir brauchen noch vier.«

»Das kann warten«, sagte Joseph etwas ruhiger. »Am wichtigsten ist jetzt Nicolas. Er weiß, was wir vorhaben. Wenn die Bullen ihn kriegen und er redet, dann sind wir geliefert.«

Ivan überlegte, von Melina Davidson zu erzählen, ließ es dann aber lieber sein. Er schämte sich noch immer, weil er von Nicolas verarscht worden war, und wollte nicht, dass Joseph und die anderen etwas davon erfuhren.

»Schick am besten auch jemanden raus zu seiner Schwester nach Vårberg«, sagte er. »Ich glaube zwar nicht, dass er da aufkreuzt, aber sicher ist sicher.«

DREI

Carl-Johan Vallmans Büro befand sich im Strandvägen 1.

Vanessa nahm die Treppen, klingelte und wurde von einer hübschen Sekretärin Mitte zwanzig eingelassen, die ihr Kaffee anbot und sie anschließend zu einer Sitzgruppe führte.

»Carl-Johan ist gleich da«, sagte sie mit einem strahlenden Lächeln und nahm wieder hinter ihrem Schreibtisch Platz.

Vanessa sah aus dem Fenster und betrachtete das Wasser am Nybrokajen. Vor einem Schärenboot drängte sich eine Traube erwartungsvoller Touristen mit Rucksäcken und Kameras. Das Wasser glitzerte in der Sonne. Banker in dunklen Anzügen und mit Aktentaschen in den Händen strebten Richtung Blasieholmen.

Sie dachte an die Aufnahmen des Anwohners und daran, dass sie sich geirrt hatten. Die beiden Opfer, Ömer Tüzek und Samer Feghuli, waren vor Ort gewesen, um eine dritte Person umzubringen.

Oder sie zumindest von dort wegzubringen. Åsa hatte den Film viermal zurückspulen müssen, bis alle begriffen hatten, was passiert war: wie der Mann mit einer einzigen Bewegung Ömer Tüzek die Waffe abgenommen und ihn dann an die Hauswand gedrückt hatte. Im nächsten Augenblick kam ein Auto angefahren, und kurz darauf eröffnete der Fahrer das Feuer. Der Mann ergriff die Flucht und rannte Richtung Odengatan. Im Film war zu hören, wie der Zeuge aufgeregt nach seiner Frau rief. Dann positionierte er sich so, dass er in die Odengatan blicken konnte. Das Auto fuhr dem Mann hinterher, blieb aber vor der Konditorei Gateau wieder stehen.

Die beiden Männer stiegen aus und brachten ihre Waffen in Anschlag. Wie aus dem Nichts tauchte der Flüchtige hinter einem

Auto auf und feuerte zwei Schüsse auf Samer Feghuli ab, warf sich zu Boden und schoss auf Ömer Tüzek. Danach trat er noch kurz neben seine Opfer und verschwand dann Richtung Odenplan.

Vanessa und Åsa waren sich einig, dass sie so etwas noch nie gesehen hatten.

Das war Gewalt auf einem ganz anderen Niveau. Kontrolliert. Effizient. Wer der Mann war, wussten sie nicht. Es war zu dunkel gewesen, der Film zu unscharf. Selbst die Techniker würden da nicht mehr viel ausrichten können.

Die Strafregister von Ömer Tüzek und Samer Feghuli waren schwindelerregend. Schwere Körperverletzung, Drohung, schwerer Raub, Verstöße gegen das Betäubungsmittelgesetz, Hehlerei und noch vieles, vieles mehr. Beide bewegten sich im Dunstkreis der Legion, daher würde der Vorfall in der Odengatan vermutlich eine Gewaltspirale auslösen.

Eine Tür flog auf, und Carl-Johan Vallman erschien. Seine blonden Haare reichten ihm fast bis auf die Schultern, er trug Jeans und ein graues T-Shirt mit dem Aufdruck *Maui & Sons*. Am Handgelenk hingen bunte Leder- und Stoffarmbänder und eine Uhr. Vanessa schüttelte die Hand, die er ihr entgegenstreckte, und stellte sich vor. Mit einem Blick auf seine Armbanduhr erkannte sie, dass es eine Patek Philippe war. Carl-Johan ließ Vanessa eintreten und schloss die Tür.

Das Zimmer entsprach nicht im Entferntesten dem, was Vanessa sich unter einem Direktorenbüro auf Östermalm vorgestellt hatte. Die Wände waren mit Fotografien, Auszeichnungen und moderner Kunst regelrecht zugepflastert. In einer Ecke stand ein Trimmrad, daneben ein Surfbrett. Am Schreibtisch, der vor dem Fenster mit Blick auf den Nybrokajen stand, lehnte eine Gitarre.

»Nehmen Sie Platz«, sagte Carl-Johan gut gelaunt und zeigte auf den Besucherstuhl neben dem Schreibtisch. Der Stuhl knarzte. »Entschuldigen Sie bitte meine Verspätung. Mein Sohn wollte partout nicht in der Vorschule bleiben, sondern unbedingt mit hierherkommen.«

Carl-Johan Vallman wirkte auf sie irgendwie sympathisch. Vielleicht lag das an der Michael-Bolton-Frisur und daran, dass er offenbar seinen Sohn zur Vorschule brachte und auch wieder abholte.

Vanessa räusperte sich und beschloss, direkt zum Punkt zu kommen.

»Vor ein paar Monaten gab es einen Raubüberfall bei Bågenhielms, sagt Ihnen der Name was?«

»Ja, durchaus. Die hier habe ich dort gekauft«, erwiderte Carl-Johan und zeigte auf seine Uhr. Er stützte die Ellenbogen auf. »Aber von dem Überfall habe ich nichts gehört.«

»Aus verschiedenen Gründen wurde das nie zur Anzeige gebracht. Aber Ihr Name ist in dem Zusammenhang gefallen.«

»Mein Name?«

Vanessa musterte ihn scharf.

»Was meinen Sie damit, dass mein Name gefallen ist?«

»Eine Person, wir vermuten, es handelt sich dabei um den Täter, hat in dem Geschäft angerufen, sich als Carl-Johan Vallman ausgegeben und behauptet, er wolle per DHL-Boten seine Uhr zur Reparatur vorbeibringen. Und tatsächlich stand der Bote kurz darauf vor der Tür. Nur, dass er kein Bote war.«

»Was wurde denn gestohlen?«

»Dazu darf ich leider nichts sagen.«

»Okay. Kann man den Täter erkennen? Dann kann ich ihn vielleicht identifizieren, falls ich ihn kennen sollte.«

»In dem Geschäft gibt es drei Kameras. Aber wegen der Kappe sieht man sein Gesicht nicht, nur das Kinn.«

»Schade«, sagte er nachdenklich. »Ich habe wirklich keine Ahnung, warum man meinen Namen benutzt hat. Ich kenne nicht so viele Kriminelle.«

Vanessa schob ihren Stuhl zurück und stand auf.

An der Wand zu ihrer Linken hing ein Zeugnis der Humanistischen Lehranstalt Sigtuna, darunter ein Klassenfoto.

Sämtliche Gesichter, ausgenommen zwei, waren mit schwarzem

Filzstift übermalt. Eines der beiden war Carl-Johans. Vanessa lenkte ihren Blick schräg nach oben, zur hintersten Reihe, trat einen Schritt näher, und plötzlich schlug ihr das Herz bis zum Hals. Sie griff hektisch nach ihrem Telefon und rief das Foto aus dem Restaurant Benicio auf, das Jonas Jensen ihr geschickt hatte.

Sie hielt das Telefon neben das Klassenfoto und verglich die Gesichter. Kein Zweifel, es handelte sich um dieselbe Person.

Carl-Johan stellte sich hinter sie.

»Warum haben Sie alle Gesichter übermalt, nur Ihr eigenes und das hier nicht?«, fragte sie und zeigte darauf.

»Ich bin dort ziemlich gemobbt worden. Meine Klassenkameraden habe ich deshalb nicht sonderlich gemocht. Er war die Ausnahme. Er war mein bester Freund.«

»Wie heißt er?«

»Nicolas«, sagte Carl-Johan mit einem Lächeln. »Nicolas Paredes.«

VIER Ivan hasste diese Warterei. Er trommelte mit den Fingern auf das Lenkrad. Neben ihm schlief Ahmed Salah, das Gesicht an die Autotür gelehnt. Ein Speichelfaden hing an seinem Kinn. Achtundvierzig Stunden waren vergangen, seit Nicolas seine Angreifer niedergeschossen hatte und Richtung Odengatan verschwunden war. Seitdem war er wie vom Erdboden verschluckt.

Joseph hatte Ivan aufgetragen, sich wieder auf die Straßenkinder zu konzentrieren. Aber was anfangs wie ein Klacks ausgesehen hatte, hatte sich als Ding der Unmöglichkeit herausgestellt.

Statt weiter nach Straßenkindern zu suchen, waren sie deshalb am Vorabend in ein Flüchtlingsheim nach Västerås gefahren. Mit gezückten Pistolen hatten sie zwei Mädchen in den Lieferwagen gezwungen und sie in ihr Lager nach Orminge gebracht.

Nun fehlten ihnen nur noch zwei, dann waren alle zehn beisammen.

Ivan ohrfeigte sich selbst, um wachzubleiben, und blinzelte ein paar Mal.

Das Flüchtlingsheim in Tyresö war genau wie das in Västerås eine umgebaute Schule. Der Kastenwagen stand etwa hundert Meter von dem Backsteinbau entfernt.

Ivan hob die Hand, um an die Wand zwischen Fahrerkabine und Laderaum zu klopfen, denn Herish sollte die nächste Wache übernehmen, als zwei Mädchen auftauchten.

Ivan hielt inne und folgte ihnen mit dem Blick.

Sie gingen über den Schulhof und auf das Zentrum von Tyresö zu.

Er klopfte dreimal an die Wand hinter sich, damit Herish sich bereit machte. Ahmed wurde wach und sah sich verschlafen um. Ivan drehte den Schlüssel. Der Motor hustete und sprang an.

»Was ist los?«, fragte Ahmed.

Ivan zeigte auf die Mädchen. Er legte den ersten Gang ein, und das Auto rollte langsam die Straße entlang. Die Mädchen waren jetzt auf Höhe einer geschlossenen Imbissbude. Ivan drehte das Radio leise.

»Schnappt sie euch vor dem Fußgängerüberweg«, sagte er.

»Keine Angst, die kriegen wir schon.«

»Ich weiß«, entgegnete Ivan, warf einen Kontrollblick in den Rückspiegel und hielt an, um die Salah-Brüder aussteigen zu lassen. Sie sprangen aus dem Wagen.

Büsche säumten den Weg, dahinter lagen ein Spielplatz und ein paar Garagen. Autos waren keine in der Nähe. Eigentlich spielte das auch keine Rolle, es würde ohnehin alles so schnell gehen, dass niemand etwas bemerken würde.

Die Mädchen näherten sich dem Fußgängerüberweg. Der Wagen war hundert Meter, Ahmed und Herish rund zwanzig Meter hinter ihnen. Jetzt beschleunigten sie ihren Schritt, um aufzuschließen.

Ivan machte sich bereit, mit dem Wagen zu ihnen zu fahren, damit sie die Mädchen nur noch in den Laderaum befördern mussten.

Ein letztes Mal kontrollierte er über die Seitenspiegel, ob die Luft rein war.

Dann stöhnte er auf, ihm wurde heiß und kalt.

Eine Polizeistreife näherte sich langsam von hinten. Die Salah-Brüder hatten nur Augen für die Mädchen. Sie würden die Streife nicht bemerken, wenn Ivan nichts unternahm.

FÜNF Carlos Schillinger sah sich im Schlafzimmer um und rief sich die letzten Tage seines Vaters ins Gedächtnis. Er hatte so viel Tumormasse im Bauch gehabt, dass er ausgesehen hatte, als habe er einen Sack Golfbälle verschluckt. Seine Schreie waren durch Mark und Bein gegangen. Er hatte Carlos' Hand genommen und ihn angefleht, seinem Leben ein Ende zu machen, ohne der strenggläubigen Mutter etwas zu sagen. Schließlich hatte Carlos ihm eine tödliche Injektion gegeben, und die Gesichtszüge seines Vaters hatten sich entspannt.

Sein letzter Besuch an seinem Grab war Jahre her. Doch plötzlich hatte er das Bedürfnis, mit ihm zu sprechen.

Auf der Terrasse konnte er Consuelos Nacken sehen, die dunklen Haare hatte sie zu einem Knoten aufgesteckt. Ein Träger ihres Kleides war von ihrer Schulter gerutscht.

»Ich muss weg«, sagte er zu ihr. »Jean fährt dich nach Hause.«

Consuelo stellte die Limonade auf den Tisch und wollte aufstehen, doch er legte ihr eine Hand auf die Schulter und drückte sie sanft zurück.

»Das wird noch eine Weile dauern. Bleib sitzen. Ich bitte *señora* Marisol, dir Bescheid zu sagen, wenn er da ist.«

»*Gracias.*«

Carlos ging zurück ins Schlafzimmer und suchte sich ein ge-bügeltes weißes Hemd und beige Reithosen heraus. Er füllte eine Wasserflasche, überprüfte das Gewehr, nahm ein paar hart ge-kochte Eier aus dem Kühlschrank, wickelte sie in eine Serviette, zog seine Stiefel an und ging zum Stall.

Reina wieherte zur Begrüßung. Er streichelte ihr über den Kopf, legte den Sattel auf, nahm seinen Sombrero, der an einem Nagel hing, und ritt vom Hof.

Der Klang der aufschlagenden Hufe beruhigte ihn.

Er verließ den Schotterweg, ritt in den Wald hinein und suchte sich zwischen den Bäumen einen eigenen Weg. Die letzte Ruhestätte von Gustav und Hilde Schillinger lag im westlichen Teil der Kolonie. Dort, verteilt auf ein paar Hügel mit Blick über den Stillen Ozean, gab es insgesamt etwa fünfzig Gräber. Der Ritt dauerte zwei Stunden. Carlos ließ Reina ohne Hast dahintrotten. Die hohen Bäume sorgten für angenehm kühle Luft. Er atmete tief durch und genoss den letzten Hauch von Consuelos Duft, der seiner Haut noch anhaftete.

In den letzten Tagen hatte sie jeden Abend und jede Nacht mit ihm verbracht. Bisweilen war sie auch den ganzen Tag geblieben. Wenn er etwas in der Stadt zu erledigen hatte oder sich um seine Geschäfte kümmern musste, ließ er sie auf seinem Hof. Er hatte seine Burschen gebeten, den alten Pool vor der Terrasse zu füllen, und Marisol aufgetragen, ihr jeden Wunsch zu erfüllen. Consuelo füllte das Haus mit Leben. Und sie gab Carlos einen Grund, sich auf daheim zu freuen. Nie empfand er ihre Gegenwart als lästig.

Reina stampfte nervös auf, legte die Ohren an und schnaubte. Carlos zog die Zügel an. Versuchte zu erkennen, worauf seine Stute reagiert hatte.

Sie standen mitten im Wald. Zu seiner Rechten verlief ein kleiner Bach. Über seinem Kopf saß ein Vogel in einer Baumkrone und sang. Er schielte über die Schulter, konnte aber nichts entdecken. Trotzdem fühlte er sich irgendwie beobachtet.

Wahrscheinlich war es nur ein Tier.

Er legte sein Gewehr vor sich auf den Sattel und trieb Reina wieder an.

Nein, hier in Chile gab es keinerlei Schwierigkeiten. Nur in Schweden, da gab es welche. Der Mann, der, wie ihm Joseph versichert hatte, nicht zum Problem werden würde, war gerade zu einem geworden. Und zu keinem kleinen. Wie es der Zufall wollte, war er auch noch halb Chilene, sein Vater, ein Kommunist, war nach dem Militärputsch geflohen. Josephs Angaben zufolge, war der Mann bei einer schwedischen Spezialeinheit gewesen, hatte es vergeigt, war unehrenhaft entlassen worden und deshalb eigentlich perfekt dafür geeignet, die Kinder zu schnappen. Doch aus irgendwelchen moralischen Gründen hatte er abgelehnt und damit sein eigenes Todesurteil unterschrieben. Aber Joseph hatte ihn zunächst am Leben gelassen. Für ein paar Tage. Hatte versichert, dass alles unter Kontrolle war. Und Carlos hatte ihm vertraut. Jetzt aber, nachdem er zwei Auftragskiller unschädlich gemacht hatte, fehlte von ihm jede Spur.

Joseph hatte ihm garantiert, ihn bald zu finden, aber Carlos hatte kein gutes Gefühl bei der Sache. Zwar behauptete Joseph, dass Nicolas Paredes kaum Kenntnisse von der Operation hatte und nichts darüber wusste, wohin die Kinder verschickt wurden, aber konnte er ihm wirklich noch vertrauen? Schließlich gingen bereits zwei grobe Fehleinschätzungen auf seine Kappe. Zum Glück war Marcos so vorausschauend gewesen und hatte Declan McKinze nach Schweden geschickt.

Nach einer Stunde lichtete sich der Wald und ging in Grasland über. Er ritt die Talsohle zwischen zwei Hügeln entlang, auf denen Ziegen, Lamas und Wildesel grasten.

Erneut fühlte er sich beobachtet und ließ den Blick über die Hügel und Tiere schweifen. Er achtete darauf, ob sie auf irgendetwas reagierten. Aber sie grasten ruhig weiter, ohne von ihm noch von sonst etwas Notiz zu nehmen.

Carlos schüttelte den Kopf und beugte sich vor, um Reina den Hals zu tätscheln. Genau in dem Moment reflektierte die Sonne in einem kleinen Punkt bei einem Felsen. Er zog die Zügel stramm, und Reina blieb sofort stehen. Der Schuss echote zwischen den Hügeln, schlug hinter ihm in den Pfad ein und ließ die Erde in einem Platzregen explodieren.

Reina stob im Galopp davon. Carlos lenkte sie in Richtung eines kleinen Felsvorsprungs, vor dem ein Gebüsch stand, und schmiegte

sich eng an ihren Rücken, um die Angriffsfläche so klein wie möglich zu machen. Es waren nur noch zwanzig Meter, als der nächste
Schuss fiel.

Er fühlte, wie die Kugel in Reinas Bauch einschlug. Ihre Beine
knickten weg, und sie stürzte auf die Seite. Carlos versuchte noch,
sich aus dem Sattel zu schwingen, aber sein Fuß verhakte sich im
Steigbügel. Er spannte die Muskeln an und hörte sich schreien,
spürte, wie der steinige Boden seinen rechten Arm und seine
Schulter aufschürfte.

SECHS

Die Polizeistreife befand sich einhundert Meter hinter Ivan und kam schnell näher. Er löste die Handbremse, legte den ersten Gang ein und bog auf die Fahrbahn.

Ivan biss sich in die Backentasche, um nicht vor Panik loszubrüllen. Was sollte er tun? Wenn er beschleunigte und davonraste, würde die Polizei eventuell die Verfolgung aufnehmen und Herish und Ahmed gar nicht bemerken.

Ivan würde gezwungen werden anzuhalten, vielleicht musste er seinen Führerschein abgeben. Schlimmer würden die Konsequenzen nicht sein. Hauptsache, ihre Arbeit wurde nicht torpediert. Am Fußgängerüberweg fasste derweil Herish eines der Mädchen am Arm, Ahmed richtete unauffällig seine Pistole auf sie. Ivan blendete auf, damit sie in seine Richtung schauten. Keine Reaktion. Also betätigte er weiter die Lichthupe.

Erleichtert sah er, dass Herish den Kopf drehte und etwas zu seinem Bruder sagte, der sofort die Pistole unter seiner Jacke verbarg und zurücktrat.

Ivan warf einen Blick in den Seitenspiegel. Der Streifenwagen hatte seine Geschwindigkeit nicht gedrosselt und befand sich nun fünfzig Meter hinter ihm. Er streckte sich nach der Waffe unter seinem Sitz und legte sie auf den Beifahrersitz, um sie griffbereit zu haben. Er würde nicht zögern, zu schießen. Immerhin würde er Joseph damit seine Ergebenheit zeigen können.

Die Mädchen sahen verschreckt aus. Ahmed sagte etwas zu ihnen.

Ivan wurde langsamer, die Tachonadel stand auf dreißig Stundenkilometern. Er fuhr über die Ampel, blinkte, bog rechts ab und hielt an.

Ahmed hatte die Situation unter Kontrolle. Für Außenstehende wirkten sie wie vier Bekannte, die sich unterhielten. Die Streife fuhr vorbei. Der Fahrer sah nicht einmal zu ihnen hinüber.

Ivan atmete durch und machte die Tür auf. Er umrundete den Wagen und zog die Türen des Laderaums auf, damit sie die Mädchen schneller einladen konnten. Ahmed und Herish schubsten sie in seine Richtung, sie wehrten sich. Ahmed gab einem der Mädchen eine Ohrfeige, packte sie im Nacken und schob sie vor sich her. Ivan winkte ungeduldig, damit sie sich beeilten. Sie hievten die Mädchen hinein, und Herish und Ahmed kletterten hinterher. Ivan schlug die Türen zu, schwang sich wieder auf den Fahrersitz, legte den Gang ein und trat aufs Gas.

SIEBEN

Die Frau auf dem Sofa musterte sie misstrauisch. Das Gesicht erinnerte an Nicolas Paredes, auch wenn die Augen dunkel waren.

In der kleinen Wohnung herrschte ein einziges Durcheinander, es roch muffig. Vanessa warf einen Blick in die Küche. Auf der Spüle türmten sich Essensreste, leere Flaschen, Verpackungen von Fertiggerichten. Das Poster im Flur stach ihr besonders ins Auge. Es war ein großes, signiertes Foto des Skilangläufers Gunde Svan im Nationaltrikot.

Den gesamten gestrigen Tag hatte Vanessa damit zugebracht, Informationen über Nicolas Paredes zusammenzutragen. Doch seine Spuren endeten fast unmittelbar nach der Schulzeit. Danach war er wie vom Erdboden verschluckt. Er war in keinem sozialen Netzwerk zu finden, war nicht einmal beim Finanzamt registriert. Schließlich hatte sie eine Maria Paredes ausfindig gemacht, Name und Alter mit den Informationen verglichen, die Carl-Johan Vallman ihr über Paredes' Familienverhältnisse genannt hatte, und daraus geschlossen, dass es sich um die Schwester handeln musste. Durch einen Anruf bei der Steuerbehörde konnte sie klären, dass vor zwölf Jahren der Tod der Mutter Helene vermerkt worden war. Der Vater, Eduardo Paredes, war nach Chile ausgewandert.

»Wie gesagt, ich bin von der Polizei und suche Ihren Bruder Nicolas.«

Maria druckste herum und mied ihren Blick.

»Ich weiß nicht, wo er ist«, sagte sie leise.

»Wann haben Sie ihn zum letzten Mal gesehen?«

»Weiß nicht.«

Vanessa seufzte, schob auf dem Sofa eine Chipstüte zur Seite und setzte sich. Sie betrachtete Marias Profil.

»Was macht Nicolas denn beruflich?«

»Er arbeitet in einem Restaurant.«

»Seit wann arbeitet er dort?«

»Weiß nicht. Seit einer Weile.«

Vanessa nahm ihr Mobiltelefon zur Hand und suchte nach dem Foto, das Nicolas zusammen mit Joseph Boulaich und Mikael Ståhl zeigte.

»Wissen Sie, wer diese beiden sind?«

Maria schüttelte den Kopf.

»Und wo hat er gearbeitet, bevor er in dem Restaurant angefangen hat?«

Sie hob die Schultern.

»Wo wohnt er denn?«

Maria reckte sich nach der Fernbedienung auf dem Sofatisch und schaltete den Fernseher ein.

»Sie müssen mir helfen, ihn zu finden«, sagte Vanessa und ergriff Marias Hand, doch diese zog sie sofort zurück.

»Sie dürfen mich nicht anfassen. Keiner darf mich anfassen, wenn ich das nicht will«, schrie sie.

Vanessa hob die Hände in die Höhe.

»Entschuldigung«, sagte sie. »Das wollte ich nicht.«

Maria atmete stoßweise und kauerte sich auf dem Sofa zusammen.

»Ich will, dass Sie jetzt gehen«, flüsterte sie. »Ich weiß nicht, wo Nicolas ist.«

Unten an der Anmeldung rief Vanessa ein Taxi. Danach reichte sie der Frau hinter dem Tresen ihre Karte und bat darum, angerufen zu werden, falls Nicolas Paredes auftauchte. Vanessa trat auf den kleinen Parkplatz vor dem Gebäude, griff nach ihrem Telefon und versuchte nochmals, Jonas Jensen zu erreichen.

Keine Antwort.

Sie versuchte es bei Natasja, aber auch sie meldete sich nicht.

ACHT

Mit schmerzverzerrtem Gesicht versuchte Carlos aufzustehen, aber sein Bein war unter Reina eingeklemmt. Die Stute lag zwischen ihm und dem Schützen, das war immerhin ein Vorteil. Er machte sich klein, reckte den Hals und spähte in die Umgebung. Nichts. Auf den Hügeln grasten die Tiere, als wäre nichts gewesen.

Carlos suchte sein Gewehr, das bei dem Sturz weggeschleudert worden war. Er schob die Hand in die Tasche und fischte sein Mobiltelefon heraus. Das Display hatte einen Sprung, aber es funktionierte. Und er hatte sogar Empfang.

Er wählte Marcos' Nummer und erklärte ihm kurz, was passiert war und wo er sich befand. Er war noch nicht außer Gefahr. Vielleicht näherte sich der Schütze bereits, um es zu Ende zu bringen. Und bis Marcos und seine Männer eintrafen, würde es noch eine Weile dauern.

Carlos wurde klar, dass es sich nur um einen handeln konnte: Raúl.

Irgendwie musste er Wind davon bekommen haben, was zwischen Carlos und Consuelo lief. Außerdem war Raúl einer der wenigen Außenstehenden, die freien Zutritt zur Kolonie hatten und sich relativ unbehelligt auf dem Gelände bewegen konnten. Carlos musste unbedingt an sein Gewehr kommen. Denn wenn Raúl es wirklich darauf anlegte, war er völlig wehrlos.

Er umfasste mit beiden Händen das eingeklemmte Bein, schob den Fuß des anderen unter das Pferd und versuchte, das Bein herauszuziehen. Ihm schossen vor Schmerz die Tränen in die Augen. Das Bein bewegte sich ein paar Zentimeter, doch das Knie musste sich beim Sturz verdreht haben. Wenn er Pech hatte, war die Kniescheibe luxiert, im besten Fall hatte er sich nur die Bänder verletzt.

Carlos wiederholte die Prozedur, ignorierte die Schmerzen und griff nach einem Zweig, der neben ihm lag. Er schob ihn sich zwischen die Zähne und biss zu, um nicht laut zu schreien. Der Druck auf seinem Bein ließ etwas nach, und er konnte es herausziehen.

Er warf noch einen Blick Richtung Felsen, dann robbte er durch den Staub, die ganze Zeit darauf gefasst, dass ihn eine Kugel im Rücken traf. Er fand sein Gewehr, umklammerte es, rollte zur Seite und bewegte sich auf den Felsvorsprung zu, den er angepeilt hatte, als Reina getroffen wurde.

Dort angekommen lehnte er sich mit dem Rücken an den harten Stein. Und wartete.

Er würde Marcos und seine Männer mit Hunden losschicken, um Raúl zu suchen. Und wenn sie ihn gefasst hatten, würde er sterben müssen. Das war bedauerlich, aber es war die einzige Möglichkeit. Er würde sich nicht erweichen lassen, keine mildernden Umstände gelten lassen. Die Frage war allerdings, wie Consuelo es aufnehmen würde. War Raúl tot, gab es für sie keinen Grund mehr hierzubleiben. Sie war frei und konnte Santa Clara jederzeit verlassen. Aber wo sollte sie hin? Raúl war ihre ganze Familie, seit sie das getan hatte, was Ramona nie fertiggebracht hatte – den Zigeunern den Rücken zu kehren.

Eine halbe Stunde später hörte er Motoren. Zwei Jeeps kamen angebraust. Marcos bedeutete ihm mit einer Geste, sich nicht zu rühren, kommandierte die schwarz gekleideten Männer aus dem Fahrzeug und sicherte den Ort, ehe er Carlos auf die Füße half.

»Raúl?«, fragte Marcos und stützte Carlos bis zu dem hinteren der beiden Wagen.

»Ja.«

»Von dem Felsen da?«

Marcos machte eine knappe Handbewegung Richtung Hügel.

»Woher wusstest du das?«

»Ich hätte es genauso gemacht.«

Einer der Männer hielt ihnen die Tür auf, und Carlos setzte sich auf die Rückbank. Marcos wandte sich dem Mann zu.

»Ein Wagen bleibt hier. Die Hunde sind unterwegs. Schnappt ihn euch. Es ist mir völlig egal, wie der *hijo de puta* aussieht, wenn ihr ihn bringt, aber ich will, dass er noch atmet.«

»*Sí, comandante.*«

Der Mann drehte sich um und wiederholte die Order mit lautstarker Stimme. Zwei Soldaten nahmen in Carlos' Auto Platz. Marcos stieg ebenfalls ein. Der Fahrer setzte zurück und gab Gas.

»Schick jemanden, um Consuelo zu holen. Ich weiß nicht, wie sie das aufnimmt, wenn sie davon erfährt«, sagte Carlos gedämpft.

»Jean ist schon unterwegs«, gab Marcos zurück. Er verstummte, dann fuhr er zögerlich fort. »Glaubst du, sie hat davon gewusst?«

Carlos schüttelte langsam den Kopf.

»Nein, ausgeschlossen.«

Marcos heftete den Blick auf die Straße.

Die restliche Fahrt verlief schweigend. Zu Hause angekommen, half Marcos ihm ins Schlafzimmer und rief einen Arzt. *Señora* Marisol brachte Tee, und Marcos setzte sich in den Korbstuhl am Fußende des Bettes. Carlos schloss die Augen und hörte einen der Männer auf der Terrasse auf und ab gehen. Er sehnte sich nach Consuelo.

NEUN

Ivan bog in die Hagagatan. Das Parkhaus lag auf der rechten Seite, in einen Fels gesprengt, darüber befanden sich Wohnungen. Gegenüber war ein italienisches Restaurant und ein Maklerbüro.

Ivan hielt vor dem Einfahrtstor, das lautlos aufglitt. Als er in das Parkdeck fuhr, entdeckte er sofort Joseph Boulaichs schwarzen BMW. Ivan fand eine Lücke, parkte und stieg aus.

Während er auf Josephs Auto zuging, beschlich ihn ein mulmiges Gefühl. Letzte Woche erst hatte die Legion zwei bekannte Größen aus Stockholms Unterwelt aus dem Weg geräumt. Ihre Leichen waren in einer Parkgarage in Rissne gefunden worden. Er wusste, dass Joseph ihn beobachtete, also ballte er die Fäuste, drückte die Brust raus und machte große, selbstbewusste Schritte. Er hatte nichts zu befürchten, im Gegenteil. Er hatte die zehn Kinder schnell und diskret beschafft. Die paar Schwierigkeiten, auf die er gestoßen war, hatte er gelöst und den Auftrag zu Ende geführt. Das einzige Problem war Nicolas, das Aas, von dem noch immer jede Spur fehlte.

Er öffnete die Beifahrertür und stieg ein. Nachdem er die Hand, die Joseph ihm entgegenstreckte, geschüttelt hatte, zog er seine rasch zurück und vergrub sie in der Jackentasche.

»Ich habe gehört, es ist alles erledigt. Gute Arbeit«, sagte Joseph.

»Ich habe ja gesagt, dass ich der richtige Mann dafür bin, auf mich kann man zählen.«

Joseph schielte von Zeit zu Zeit in den Rückspiegel, als würde er noch jemanden erwarten.

»Wir haben die Liste und das Geld von der ersten Entführung in

Nicolas' Wohnung gefunden, aber er selbst ist immer noch verschwunden. Ich will, dass du bei der Suche nach ihm hilfst.«

Josephs ständige Blicke in den Rückspiegel irritierten Ivan. Wenn jemand es vermied, den anderen anzusehen, dann bedeutete das, dass er diese Person verachtete; das hatte er im Netz gelesen.

»Und wir haben noch ein anderes Problem.«

»Nämlich?«

Joseph wandte sich Ivan zu und musterte ihn eingehend.

»Wir haben bei Nicolas' behinderter Schwester jemanden vor dem Haus postiert. Und heute war ein Bulle da.«

Ivan stieß einen tiefen Seufzer aus.

»Woher weißt du, dass es ein Bulle war?«

»Weil wir die Frau an der Anmeldung bestochen haben. Es war eine Polizistin. Sie hat der Frau Fragen über Nicolas gestellt und ist dann hoch zu seiner Schwester. Unser Mann vor Ort hat Fotos gemacht, damit wir sie identifizieren können.«

»Und wer soll das machen?«

»Ein anderer Bulle natürlich. Wenn die Nicolas vor uns schnappen und er singt, dann ist alles im Arsch.«

»Warten wir hier etwa auf einen Bullen?«

Ivan war erleichtert.

»Das ist nicht irgendein Bulle, das ist ein gekaufter.«

»Wie der, der vor einer Weile erschossen wurde?«

Joseph sah Ivan belustigt an, legte die Hände aufs Lenkrad und streckte den Rücken durch.

»Weißt du, was eine *maskirovka* ist?«

»Eine *maski…* was?«

»*Maskirovka* bedeutet Irreführung auf Russisch. Im Kalten Krieg zum Beispiel hat der sowjetische Militärnachrichtendienst GRU die Briten glauben gemacht, dass sie einen sowjetischen Spion gefasst hatten, der nach seiner Ergreifung massenhaft andere Briten als russische Spione enttarnt hat. Einige von ihnen waren es tatsächlich, die wurden geopfert, um glaubwürdig zu sein, aber die meisten waren gar keine. So was löst Panik und Paranoia aus und sorgt für Suspendierungen. Klas Hemäläinen, der Typ, den wir in Sätra umgelegt haben, war gar nicht korrupt. Ich ließ ihn aus dem Weg schaffen, damit es so aussieht, als wäre er es gewesen, der uns mit Infos versorgt hat. Um den Bullen zu schützen, den ich nachher treffen werde. Unser Mann arbeitet hier in Stockholm.«

Hinter ihnen kam ein Scheinwerferpaar vorbei. Der Wagen bog links ab, entfernte sich von ihnen, fuhr in einen anderen Bereich der Parkgarage und verschwand aus Ivans Blickfeld.

»Bleib hier«, sagte Joseph und stieß die Tür auf.

Schon kurz darauf kam er wieder zurück, ließ sich auf den Fahrersitz fallen und gab Ivan sein Mobiltelefon. Er sollte sich die Fotos ansehen. Die Frau hatte blonde Haare und war in den Vierzigern. Ivan fand, sie sah gar nicht aus wie eine Polizistin.

»Und wie heißt sie?«

»Vanessa Frank. Gruppenführerin bei der Nova.«

»So eine Scheiße«, fluchte Ivan.

»Aber das wirklich Interessante ist«, überging Joseph Ivans Reaktion, »dass sie suspendiert ist. Wegen Alkohol am Steuer. Es ist sogar fraglich, ob sie überhaupt wieder arbeiten darf. Außerdem steckt sie mitten in einer Scheidung. Du musst für mich herausfinden, was sie in den nächsten Tagen so treibt.«

»Ich soll einen Bullen beschatten?«

Joseph wurde ungehalten.

»Ist das ein Problem?«

»Nein. Aber die Kids, wer kümmert sich um die?«

»Das kriegen meine Leute schon hin, noch heute Abend sind sie in der Luft.«

Ivan machte die Tür auf und wollte wieder zu seinem Auto zurückgehen. Aber Joseph legte ihm eine Hand auf den Arm.

»Da ist noch was. Ich will, dass du ein Auto mietest.«

»Ein Auto?«

»Was Unauffälliges. Wir haben Besuch von einem Mann, den die Südamerikaner geschickt haben. Und der soll sich frei bewegen können. Miet den Wagen aber auf deinen Namen.«

»Im Ernst?«

»Bleib cool. Da passiert nichts Illegales. Mach einfach, was ich dir sage.«

ZEHN

Vanessa hatte in den zwanzig Jahren, die Monica mit Harald Ramberg zusammen war, nie begriffen, was ihre Schwester an ihm fand. Er arbeitete bei einer Bank, war voreingenommen, neidisch und manchmal fast schon boshaft zu seiner Frau und den beiden gemeinsamen Kindern.

Aber Monica sagte nie etwas.

Nicht mal ihr älterer Sohn Hjalmar tat etwas, um sich gegen den Hohn seines Vaters zur Wehr zu setzen. Ihre sechzehnjährige Tochter Lovisa dagegen ging absichtlich auf Konfrontationskurs. Vanessa vergötterte sie. Ihre Nichte war schlagfertig, witzig und intelligent. Sie war im ersten Jahr auf dem altsprachlichen Gymnasium Södra Latin und hatte, um Harald auf die Palme zu bringen, ihren Haaren gerade erst einen Irokesenschnitt verpasst.

Draußen war es dunkel geworden. Sie saßen in ihrer Wohnung in der Skeppargatan am runden Esstisch und waren bei der Hauptspeise, bestehend aus gebratenem Huhn auf Kartoffelwürfeln, Fenchel und Zwiebeln. Monica hatte überall im Esszimmer Kerzen verteilt. Harald war schweigsam und beteiligte sich kaum an der Unterhaltung, bedachte Lovisas neue Frisur aber mit vielsagenden Blicken. Schließlich konnte er nicht länger an sich halten.

»Gefällt dir deine Frisur wirklich? Ehrlich gesagt sieht sie verboten aus«, meinte er und schob sich einen Bissen Huhn in den Mund.

Lovisa entgegnete nichts. Monica warf Harald flehende Blicke zu, der sie jedoch nicht beachtete und mit verächtlicher Miene weiter auf Lovisas Haare starrte.

Vanessa bemerkte, dass Lovisa traurig wurde, obwohl sie sich alle

Mühe gab, es zu verbergen. Vanessa schluckte, legte das Besteck aus der Hand, griff nach ihrem Weinglas und musterte Harald neugierig. Seine Glatze hatte er überkämmt, mit Haarbüscheln von den Schläfen.

»Und du, Lovisa, was hältst du von der Frisur deines Vaters?«, fragte sie.

Harald riss die Augen auf. Lovisa schlug sich die Hände vor den Mund, um nicht laut loszuprusten.

Vanessa trank einen Schluck Wein und deutete auf die Glatze ihres Schwagers.

»Ich bin beeindruckt, Harald. Deine Haare weichen schneller zurück als die Schweden in der Schlacht bei Poltawa, und trotzdem kämmst du die sieben, acht Härchen, die du noch hast, tapfer weiter über deine Platte. *Darüber* sollten wir mal reden.«

Sie zwinkerte Lovisa zu. Aus dem Augenwinkel sah sie, wie Monica und Hjalmar auf ihre Teller starrten und sich nur mit Mühe das Lachen verkneifen konnten.

Harald hob abwehrend die Hände.

»Okay, kapiert. Sie hat mich nicht nach meiner Meinung zu ihren Haaren gefragt.«

Monica räusperte sich demonstrativ.

»Und wie geht's Svante? Die Kritiker sind ja Feuer und Flamme wegen seines neuen Stücks.«

Vanessa hatte ihr Weinglas gerade wieder abstellen wollen, trank nun aber doch noch einen Schluck.

»Wir sind getrennt und lassen uns scheiden.«

»Wie bitte?«, rief Monica. »Wann ist das denn passiert?«

»Vor ein paar Monaten. Das Huhn ist übrigens hervorragend.«

Die anderen Familienmitglieder hatten das Besteck aus der Hand gelegt und sahen erst die eine, dann die andere Schwester erstaunt an.

»Und warum?«

»Svante ist gestolpert und hat seinen Liebesstab zufällig in die Schauspielerin gesteckt, die die Kritiker als nächste Greta Garbo feiern. Und jetzt hat unsere neue Greta Garbo auch noch einen Braten in der Röhre.«

Nach dem Essen waren Monica und Vanessa am Tisch sitzen geblieben. Harald war in sein Arbeitszimmer verschwunden, die Kinder deckten ab und räumten die Küche auf.

Vanessa stand auf, ging zum Barwagen und schenkte zwei Whiskys ein.

Monica war kurz angebunden. Vanessa nahm an, dass ihre Schwester verletzt war, weil sie ihr nichts von Svante erzählt hatte. Denn eigentlich hatten sie sich immer sehr nahegestanden, obwohl sie so verschieden waren.

Sie prosteten sich wortlos zu.

»Ich hätte dir erzählen sollen, dass wir uns getrennt haben«, sagte Vanessa. »Aber ich habe einfach nicht gewusst, wie ich es dir sagen soll.«

Monica zuckte lächelnd mit den Schultern.

»Schon gut. Aber ich will, dass du weißt, dass du mir solche Sachen immer erzählen kannst. Wir sind schließlich Schwestern.«

»Du hast recht.« Vanessa seufzte. »Tatsächlich ist da noch eine andere Sache. Ich bin suspendiert. Ich habe was getrunken und mich dann hinters Steuer gesetzt. Es ist noch nicht klar, ob ich wieder in den Job zurückkann.«

»Verdammt noch mal, Vanessa.«

»Ich weiß.«

Sie tranken von ihrem Whisky.

»Ich habe heute übrigens einen von deinen alten Artikeln gelesen. Ich wusste nicht, dass er von dir war, als ich angefangen habe zu lesen. Aber als ich am Schluss dein Bild in der Verfasserzeile gesehen habe, war ich echt stolz. Meine Schwester ist eine megageniale Journalistin.«

Monica schenkte ihr einen verwunderten, aber herzlichen Blick.

»Welcher Artikel war das?«

»Der über die schwedischen Eliteeinheiten.«

Eine der Kerzen war heruntergebrannt, Monica ging zum Sekretär und holte eine neue.

»Wie bist du denn an den gekommen?«

Sie hielt den Docht an eine der brennenden Kerzen und tauschte die alte Kerze aus. Vanessa senkte die Stimme.

»Reden wir *off the record*?«

»Haben wir jemals was anderes getan?«

»Nein, aber ich sage so gerne *off the record*.«

Monica kicherte und setzte sich wieder.

»Dann mal raus damit.«

»Die Schießerei in der Odengatan. Die Opfer waren dort, um den späteren Täter zu töten oder zumindest zu kidnappen. Sie hatten ihn auch schon in ihre Gewalt gebracht, aber dann hat er einem der beiden die Waffe abgenommen, den einen erschossen und den anderen verwundet. Das alles ist gefilmt worden. So etwas hat keiner von uns je gesehen. Deshalb glaube ich, der Täter ist Soldat.«

»Ich dachte, du bist suspendiert«, murmelte Monica, unterbrach sich aber kurz, als Hjalmar an den Esstisch kam, um die Salatschüssel abzuräumen. »Was willst du denn wissen? Ich darf natürlich keine Identitäten oder so was preisgeben. Die haben alle Quellenschutz«, sagte sie dann.

»Was waren das für Typen?«

»Die Elitesoldaten?« Monica überlegte. »Keine Machos. Im Gegenteil, eher geduldige, höfliche und fast schon einfühlsame Männer, jedenfalls während der Interviews. Aber als ich dann bei den militärischen Übungen dabei war ... na ja, wie soll ich das sagen ... physisch gesehen, waren sie geradezu unmenschlich. Psychisch auch. Das sind die Besten, die wir haben. Was die SOG genau macht, bei welchen Einsätzen sie dabei ist, wissen nur der Generalinspekteur der Armee und einige Regierungsmitglieder. Sie sind in kürzester Zeit einsatzbereit, überall auf der Welt.«

»Und sie haben geschützte Identitäten, nehme ich an.«

»Absolut. Der Feind darf ihre Identitäten ja nicht erfahren. Ihre

Aufgabe besteht darin, im Fall der Fälle in kleinen Guerillaverbänden hinter den feindlichen Linien zu operieren, um das Vorrücken auf Stockholm zu verzögern.«

»Wie gut sind sie denn?«

»Glaubt man den Experten, gehört die SOG zu den zehn weltbesten Spezialeinheiten, sie kann sich mit der britischen SAS und dem SEAL Team Six von den Amis messen, der DEVGRU, wie sie mittlerweile heißt. Von der russischen Speznas ganz zu schweigen.«

»Beeindruckend, für ein Land dieser Größe.«

»Ja, allerdings.«

Lovisa kam herein und räusperte sich. Sie erklärte, dass die Küche aufgeräumt sei und sie sich nun mit ein paar Freunden treffen wolle.

»Um diese Zeit noch?«, fragte Monica mit einem Blick auf die Uhr.

»Ja.«

Monica schüttelte resigniert den Kopf. Vanessa grinste, trank ihren Whisky aus und erhob sich.

»Ich wollte mir gerade sowieso ein Taxi rufen. Wohin musst du denn?«

»Ins Café 60, im Sveavägen.«

»Dann fahr doch einfach mit. Du hast doch nichts dagegen, Monica?«

Vanessa und Monica verabschiedeten sich in der Diele.

Im Fahrstuhl stellte Lovisa sich vor den Spiegel und trug knallroten Lippenstift auf.

»Danke, dass du mich gegen Papa verteidigt hast«, sagte sie.

»Ach, das war doch lustig. Er ist eben noch von der alten Schule und hat keine Ahnung, was man sagt und was nicht. Was nicht heißen soll, dass das in Ordnung ist. Papa, also euer Großvater, war genauso.«

»Ich weiß.«

»Gut.«

Vanessa blieb stehen und sah zu, wie Lovisa von ihren Freundinnen, alle mit ähnlichen Kleidern und Frisuren, umarmt wurde und das Café betrat. Dann ging sie den Sveavägen Richtung Vasastan hinauf.

Der Überfall auf Bågenhielms und die Entführung von Oscar Petersén und Hampus Davidson mussten irgendwie miteinander zusammenhängen. Und Nicolas Paredes hatte damit zu tun. Aber für wen arbeitete er? Anfangs schien alles auf die Legion hinzudeuten – nicht zuletzt wegen des Treffens mit Joseph Boulaich und Mikael Ståhl. Aber wenn Paredes auch der Mann war, der Ömer Tüzek und Samer Feghuli in der Odengatan attackiert hatte, machte das den Fall um einiges komplizierter.

Zum ersten Mal seit Stunden schaute Vanessa wieder auf ihr Mobiltelefon. Vier verpasste Anrufe, die alle von einer Nummer stammten, die sie nicht kannte. Sie rief zurück und hielt sich das Telefon ans Ohr.

»Endlich«, sagte eine Frauenstimme.

»Entschuldigung, aber mit wem spreche ich denn?«

»Mit Tina. Tina Leonidis von Mentor.«

Vanessa musste lächeln, als sie die junge Juristin vor sich sah, aber sie rechnete auch mit einer Zurechtweisung für das, was vor dem Flüchtlingsheim in Tyresö passiert war.

»Ich habe leider keine guten Neuigkeiten.«

»Ach, nein?«

»Natasja ist verschwunden.«

Vanessa blieb stehen. Ihr Herz schlug auf einmal schneller und heftiger.

Zwei Biker, die vor dem Pub Anchor saßen, musterten sie neugierig. Sie drehte ihnen den Rücken zu.

»Wie meinst du das?«

»Sie ist weg. Das Personal glaubt, dass sie die Unterkunft freiwillig verlassen hat. Das kommt schon mal vor bei Kindern, die ohne Begleitung ...«

»Ich weiß, dass viele Kinder, die alleine herkommen, abhauen, aber das hat oft damit zu tun, dass ihre Asylanträge abgelehnt wurden.«

»Das ist schwer zu akzeptieren, ich verstehe das …«

»Blöde Idiotin«, schnaubte Vanessa und legte auf. Sie trat auf die Straße und hielt ein Taxi an, das zufällig gerade vorbeifuhr.

ELF

Ivan machte die Haustür auf. Der kalte Wind schlug ihm ins Gesicht, fuhr unter seine dünne Jacke. Die Pizzeria Capri an der Ecke hatte noch geschlossen. Auch gut, er hatte in der letzten Zeit sowieso nur Junkfood gegessen. Er bog links zum ICA ab, um einen Salat zu kaufen.

Alles hatte sich irgendwie gegen ihn gewendet, war völlig falsch gelaufen. Und zu allem Überfluss hatte er kein Auge zugetan.

Ivan hatte im Auto gesessen, in der Roslagsgatan, vor dem Eingang des Hauses, in dem die Polizistin Vanessa Frank wohnte, als sie mit dem Taxi nach Hause gekommen war. Er hatte gerade wieder wegfahren wollen, aber das Taxi hatte zu seiner Verwunderung mit gesetztem Blinker gewartet. Fünf Minuten später war sie wieder heruntergekommen, hatte die Beifahrertür zugezogen und das Taxi war losgefahren.

Seine Neugier war abrupt in Nervosität umgeschlagen, als das Taxi den Nynäsvägen entlanggefahren und Richtung Tyresö abgebogen war. Er war dem Wagen gefolgt, bis zu der Abzweigung zum Flüchtlingsheim. Da hatte er begriffen, dass sie zu genau der Unterkunft wollte, vor der die Salah-Brüder die Mädchen gekidnappt hatten.

Er hatte auf dem Fahrradweg gehalten und Joseph angerufen. Danach war er nach Hause gefahren und hatte sich schlafen gelegt. Aber er war von Hundegebell wachgehalten worden. Und von seinen Gedanken. An Nicolas, an die Kinder, die er entführt hatte, an Vanessa Frank. Schließlich hatte er aufgegeben und einen Pornofilm angeguckt. Kokain geschnupft. Poker gespielt.

Er konnte die Verbindung zwischen Melina und Nicolas nicht

länger verschweigen. Er musste Joseph darüber informieren, egal wie peinlich es ihm war, dass er an der Nase herumgeführt worden war. Eine junge Frau ging an ihm vorbei. Er sah sie provokativ an, sie senkte den Blick. Dumme Hure, dachte er und schüttelte den Kopf.

Nein, die Achtung und Wertschätzung, die ihm die Legion entgegenbrachte, durfte er nicht aufs Spiel setzen. Ivan würde bei Melina vorbeischauen. Und niemand würde davon erfahren. Vielleicht konnte sie ihn zu Nicolas führen. Und wenn Ivan es gelang, Nicolas zu finden und umzubringen, würde Joseph ihn endlich voll und ganz respektieren.

Vor dem Supermarkt stach Ivan sofort der Hund ins Auge – der Hund von der hochnäsigen Alten, die ihn für eine Putze gehalten hatte. Diese kleine Ratte hatte ihn die ganze Nacht wach gehalten mit ihrem Gebell. Ivan verbannte Nicolas und Melina aus seinem Kopf und fühlte Wut in sich aufsteigen.

Der Hund kläffte und fletschte die Zähne. Ivan warf einen Blick in den Supermarkt. Die Alte war nirgends zu sehen. Er löste die festgebundene Leine, hielt dem Hund die Schnauze zu, hob ihn hoch und versteckte ihn unter seiner Jacke.

Der Hund knurrte. Und während Ivan weiterging, versuchte er verzweifelt, sich zu befreien. Ivan drückte fester zu. Der Hund knurrte durch seine aufeinandergepressten Kiefer.

Ivan gab den Code ein, schob mit der Schulter die Tür auf, erklomm eilig die Treppe und schloss die Wohnungstür auf. Drinnen setzte er den Hund ab.

Der rannte sofort ins Wohnzimmer und verschwand unter dem Sofa. Ivan nahm den Beutel mit dem Kokain und schnupfte zwei Lines. Machte den Oberkörper frei und stellte sich vor den Spiegel.

Er wusste nicht, wie lange er schon so dastand, als sein Mobiltelefon klingelte. Zerstreut warf er einen Blick auf das Display. Joseph.

»Du brauchst die Polizistin nicht länger zu beschatten. Konzentrier dich jetzt darauf, Nicolas zu finden. Der Südafrikaner, den die

Chilenen geschickt haben, der, für den du das Auto gemietet hast, bleibt an der Polizistin dran.«

»Okay.« Ivan erwog erneut, von Melina und Nicolas zu erzählen, aber er wollte nicht, dass Joseph ihn auslachte. Nicht, ehe er selbst verstanden hatte, wie alles zusammenhing. Vielleicht wusste Melina Davidson ja, wo Nicolas sich versteckte. »Was habt ihr denn mit der Polizistin vor?«

Joseph lachte.

»Wir regeln das, keine Sorge.«

»Wollt ihr etwa noch einen Bullen umlegen?«

»Sie hat sich gerade getrennt, ihren Job verloren und sie säuft zu viel. Würdest du da nicht auch an Selbstmord denken? Ich wäre jedenfalls nicht sonderlich überrascht, wenn ich dich im Wald an einem Baum hängen sehen würde.«

ZWÖLF Vanessa starrte auf den Brief in ihrer Hand.

Er war in knappem, präzisem Beamtenschwedisch verfasst. Sachlich wurde sie darüber in Kenntnis gesetzt, dass sie mit sofortiger Wirkung wieder willkommen war an ihrem Arbeitsplatz. Sie war noch mal mit einer Verwarnung davongekommen. Sie seufzte und legte den Schrieb auf den Tisch.

Die ganze Zeit hatte sie nur darauf gewartet, wieder zur Nova zurückkehren zu können. Aber jetzt empfand sie bei der Vorstellung eine einzige Leere. Sie wurde einfach nicht schlau aus Natasjas Verschwinden.

Es war ausgeschlossen, dass sie freiwillig gegangen war. Sie hatte eine Aufenthaltsgenehmigung, hatte einen Grund weiterzuleben. Sie liebte Schweden, sie liebte Bücher.

Aber die Alternative, dass sie gegen ihren Willen verschwunden war, war genauso absurd. Wer hätte sie entführen sollen? Und warum? Konnte der Junge aus der Unterkunft, den Vanessa niedergeschlagen hatte, ihr aus Rache etwas angetan haben?

Auf alle Fälle konnte sie ihre Arbeit erst wieder aufnehmen, wenn sie wusste, was Natasja zugestoßen war.

Vanessa stand auf, steckte eine Kapsel in die Espressomaschine auf der Anrichte, füllte Wasser ein, stellte eine Tasse darunter und drückte auf den Knopf.

Sie holte ihren Laptop und schrieb eine Mail an Jan Skog, den Chef der Nova. Ohne weitere Erklärung teilte sie ihm mit, dass sie ihren Resturlaub nahm.

Danach schrieb sie Monica eine SMS und fragte sie, ob sie zusammen zum Lunch gehen wollten. Vanessa trank einen Schluck

Kaffee und blickte in das triste Grau vor ihrem Fenster. Ihr Telefon vibrierte. Monica.

»Ich kann heute leider nicht«, sagte ihre Schwester. »Ich muss bis übermorgen zwei Texte fertig machen.«

»Aber ich brauche deine Hilfe. Ich bin sozusagen in einer Notlage.«

»Wenn es um die SOG geht, kann ich dir nicht weiterhelfen. Ich habe meiner Quelle absoluten Schutz versprochen. Du weißt, das ist mir wirklich heilig.«

Vanessa dachte nach.

»Ich würde dich nie darum bitten, dein Versprechen zu brechen. Aber wenn ich dir ein Foto schicke, würdest du mir dann sagen, ob die Person darauf einer der Elitesoldaten ist, die du getroffen hast?«

»Nein, auf keinen Fall«, erwiderte Monica leicht gereizt.

»Aber es ist wirklich wichtig.«

»Wie würde das denn aussehen, wenn ich meine Quelle preisgebe, nur weil du sagst, es ist wichtig?«

Vanessa legte auf und donnerte die Faust auf den Tisch. Die Tasse hüpfte und kippte beinahe um.

Die entführten Finanzhaie, die Legion, die Schießerei in der Odengatan, dass sie wieder in ihren Job zurückdurfte, das alles war ihr egal. Die Durchsuchung von Natasjas Zimmer hatte nichts ergeben. Nichts deutete darauf hin, dass sie die Unterkunft aus freien Stücken verlassen hatte. Das Personal hatte angegeben, dass sie mit einer Freundin ausgegangen war, die ebenfalls verschwunden war.

Nicolas Paredes. Konnte er etwas mit Natasjas Verschwinden zu tun haben?

Er steckte hinter der Entführung von Oscar Petersén und Hampus Davidson. Auf Befehl der Legion, so sah es zumindest aufgrund der Fotos von ihm, Joseph Boulaich und Mikael Ståhl aus.

Gleichzeitig war es gut möglich, dass er auch der Unbekannte aus der Odengatan war. Er hatte eine geschützte Identität, was bedeuten konnte, dass er bei der Armee gewesen war. Bei der SOG oder irgendeiner anderen Spezialeinheit. Daran, dass die Person aus dem Video von der Odengatan eine militärische Ausbildung hatte, gab es jedenfalls keinen Zweifel.

Blieb die Frage, warum er dann auf Ömer Tüzek und Samer Feghuli geschossen hatte, die ja ebenfalls für die Legion arbeiteten. Und warum sie versucht hatten, ihn umzubringen. Ihr Mobiltelefon klingelte. Sie warf einen irritierten Blick auf das Display. Jonas.

DREIZEHN

Ivan ignorierte das Hundegekläff, ging in die Küche und zog eine Schublade auf. Er entschied sich für ein großes Fleischermesser und kehrte damit ins Wohnzimmer zurück.

Die Leine lag auf dem Boden, er zog daran und zerrte den Hund unter dem Sofa hervor. Er sträubte sich, seine Krallen kratzten über den Boden.

Ivan schleifte ihn ins Bad. Er stellte den jämmerlich winselnden Hund in die Dusche, hob das Messer und haute die Klinge in den weichen Bauch. Der Hund jaulte auf. Ivan zog das Messer wieder heraus. Stach zu. Wieder und wieder. So lange, bis nur noch Fellbüschel und Blut übrig waren.

Benommen stand Ivan auf und begegnete seinem Spiegelbild. T-Shirt, Arme und Hände waren mit warmem Blut verschmiert. Der Geruch von Kot und Eisen hing in der Luft.

Er drehte die Dusche auf, zog sich aus, schob den Kadaver mit dem Fuß auf die Seite und richtete den Wasserstrahl auf seinen Körper. Das Wasser zu seinen Füßen färbte sich hellrot. Er nahm die halb volle Shampooflasche und seifte sich ein. Als er sich wieder sauber fühlte, drehte er den Hahn zu und schlang sich ein Handtuch um die Hüften. Dann holte er einen kleinen schwarzen Müllsack aus der Küche, stopfte den toten Hund hinein und knotete ihn zu. Im Gang vor der Wohnungstür warf er den Beutel in den Müllschacht.

Er war noch immer nur der Laufbursche. Die Legion und Joseph verhöhnten ihn. Er war auf dem Weg nach oben gewesen. Doch dann hatte Nicolas überlebt. Und alles vermasselt. Er und Vanessa

Frank, diese Polizistin, die bei Maria Paredes und in dem Wohnheim der beiden Flüchtlingsmädchen aufgetaucht war.

Aber eins nach dem anderen. Zuerst musste er herausfinden, was Melina und Nicolas vorhatten. Und wie sie ihn hereingelegt hatten.

Ivan ging ins Schlafzimmer, schlüpfte in Jeans und T-Shirt und vermied es, seine Hände zu betrachten, als er sich im Spiegel sah. Er schüttelte den Kopf, warf das T-Shirt auf den Boden, nahm ein Hemd und knöpfte es zu. Dann holte er seine Glock aus dem Nachttisch, überprüfte das Magazin und schob auch noch eine Sturmhaube in die Innentasche seiner Jacke.

Die anderen sahen in ihm nur den Lakaien, aber er würde es ihnen schon noch zeigen. Der Legion, Nicolas, Melina, allen.

Er fuhr auf den Tegeluddsvägen. Im Radio wurde über die zunehmende Bandenkriminalität in Stockholm diskutiert. Die Moderatorin fragte in ernstem Ton, ob man als gewöhnlicher Bürger Grund zur Beunruhigung haben musste.

»Die sind ja völlig rücksichtslos. Der Täter in der Odengatan hat wild um sich geschossen. Die Polizei hat siebenundneunzig Patronenhülsen gefunden. Wenn ein friedlich in seinem Bett schlafendes Kind von einer Kugel getroffen worden wäre, gar nicht auszudenken«, sagte sie.

»Jetzt halt aber auch mal den Rand, du verfluchte Kindergärtnerin«, murrte Ivan und stellte einen anderen Radiosender ein.

Er fuhr Richtung Lidingö. Es war kaum Verkehr. Er ließ mit einhundertzwanzig Stundenkilometern die Brücke hinter sich und fuhr bis Gåshaga.

Vor der imposanten Villa hielt er an. Er schnupfte etwas Koks und überlegte, wie er sich Zutritt zum Haus verschaffen sollte. Als er sein Gesicht im Rückspiegel sah, bemerkte er, dass ihm Blut aus der Nase rann. Er wischte es mit dem Handrücken weg.

Das Haus war vermutlich videoüberwacht, aber er wollte schließlich nur mit ihr reden. Und sie würde kaum zur Polizei gehen, erst recht nicht, wenn sie in die Entführung ihres Mannes verwickelt war. Und wenn Hampus Davidson zu Hause war, hatte er noch immer die Filme mit den baltischen Mädchen in der Hinterhand. Er war es, der sagte, wo es langging.

Er schob die Pistole in den Hosenbund, setzte seine Sonnenbrille auf, öffnete die Fahrertür und ging auf das Haus zu. Im Gehen streifte er die Kapuze seiner Jacke über. Dann klingelte er. Er stutzte, als er seinen Finger sah. Kurz, schmal, weibisch. Wie der Finger einer Kinderhand. Nichts tat sich. Er klingelte erneut. Kein Mucks.

Ivan warf einen Blick über die Schulter und schlüpfte um die Hausecke. Das Grundstück war abschüssig. Er umrundete das Gebäude und sein Blick fiel auf einen Steg, der ins Wasser ragte und an dem ein Motorboot vertäut war. Daneben war ein schmaler Sandstrand. Am anderen Ufer konnte er grüne Hügel und weitere Villen ausmachen. Er ging nach links und spähte durch die Panoramafenster.

Der Raum war gigantisch, etwas derartiges hatte Ivan noch nie gesehen. Das war eher eine große Lounge als ein Wohnzimmer. Vereinzelte Sitzgelegenheiten, teure Teppiche, sogar eine Bronzestatue stand in der Mitte. An den Wänden hingen überdimensionierte Bilder.

Ein paar Meter weiter stand eine Glastür offen. Plötzlich nahm Ivan einen Schatten wahr. Sah sie in einem Sessel sitzen, mit Kopfhörern. Sie starrten sich an.

Im nächsten Moment hechtete Ivan auf die Tür zu. Melina sprang auf, um ihm zuvorzukommen, aber er war schneller. Sie war noch gute zwei Meter von der Tür entfernt, als Ivan eintrat.

»Hinsetzen«, sagte er und deutete mit der Waffe auf ein Sofa. »Bist du allein?«

Melina nickte. Er spürte, wie ihn das Kokain aufputschte, wie ihn die Situation erregte.

»Wo ist dein Mann?«

»Ich weiß es nicht, aber hier ist er nicht. Ehrlich.«

»Gut.«

Ivan setzte sich und hielt dabei die Waffe auf sie gerichtet, sodass sie direkt in die Mündung starrte.

»Du wusstest davon, dass er entführt werden sollte, stimmt's?«, sagte er und wartete auf ihre Reaktion. Als diese ausblieb, rückte er näher an sie heran, berührte mit der Waffe ihre Wange, und sie stöhnte auf. »Weißt du nicht, wer ich bin?«

Sie schüttelte den Kopf.

»Ich bin Ivan.«

Sie wirkte verunsichert. Er konnte nicht sagen, ob sie bluffte oder nicht. Er stand auf, packte sie bei den Haaren und presste ihr die Glock an den Kopf.

»Ich war dabei, ich habe deinen Mann gekidnappt«, brüllte er. »Und jetzt tu nicht so blöd. Ihr habt mich verarscht. Wo zum Teufel ist er?«

Melina kniff die Augen zu. Ihr Körper zitterte, ihr Atem ging stoßweise.

»Vielleicht ist er ins Büro gefahren. Er erzählt mir nicht, wohin er fährt.«

Ivan zielte mit der Waffe auf ihre Brust.

»Doch nicht dein Mann«, schrie er. »Nicolas.«

»Nicolas?«

»Ja, Nicolas Paredes.«

Sie riss die Augen auf.

»Ich verstehe nicht?«

Er setzte sich, um nachzudenken. Senkte die Waffe und fuhr sich mit der linken Hand über sein Gesicht. Die Fingerkuppen färbten sich rot, er blutete wieder. Seine Nase brannte. Er wollte die Hand schon am Sofa abwischen, besann sich aber noch rechtzeitig und nahm stattdessen sein Hosenbein.

Er schluckte. Sein Mund war trocken. Da nahm er oben vor dem Haus ein leises Geräusch wahr.

»Erwartest du wen?«

»Nein.«

Ivan horchte. Die Haustür wurde geöffnet.

»Du bist still und bleibst sitzen. Kapiert?«

Er sah sich nach einem Versteck um und beschloss, dass es unter der Treppe gut genug war, wenn er sich nicht rührte. Derjenige, der das Haus betreten hatte, wusste nicht, dass er da war, und diesen Überraschungsmoment konnte er ausnutzen. Er hoffte, es wäre Nicolas. Dann könnte er dem Verräter endlich den Schädel wegpusten.

Er schlich zur Treppe und wartete.

VIERZEHN Jonas hatte bereits einen Tisch im McLarens in Beschlag genommen. Vanessa bestellte bei Kjell-Arne am Tresen einen Kaffee. Der Norweger hatte gerade einem Stammgast, der an der Bar saß, einen Hamburgerteller hinübergeschoben.

Der Mann steckte sich routiniert eine Serviette in den Halsausschnitt und hob die obere Brötchenhälfte an, um Ketchup auf das Fleisch zu geben. Ihm fiel die Kinnlade herunter.

»Was zur Hölle«, rief er verwundert aus.

Kjell-Arne verdrehte die Augen und wandte sich langsam wieder dem Gast zu. Zwischen Daumen und Zeigefinger hielt der Mann eine rote Zwiebelscheibe.

»Rote Zwiebel«, knurrte Kjell-Arne. »Eingelegt obendrein. Die Kids lieben das, und ich finde einen neuen Burgerbelag auch mal ganz cool. Probier's einfach. Schmeckt wirklich gut.«

Kjell-Arne seufzte und stellte den Kaffee vor Vanessas Nase.

»Na, wenn das dermaßen piekfein ist hier, dann müssen Eure Hoheit eine einfache Arbeiterseele wie mich entschuldigen, die nicht mit einem silbernen Löffel im Hintern geboren wurde«, sagte der Mann. »Nächstes Mal gibt's wohl Froschschenkel statt Fleisch und irgendeinen Brie statt Cheddar.«

Er musterte die Zwiebelscheibe, als wäre sie ein lebensgefährlicher Leberfleck, den er soeben von seiner Haut entfernt hatte. Dann steckte er sie in den Mund.

»Schmeckt eklig«, sagte er, kaute und schluckte sie hinunter. »Eure Hoheit.«

Vanessa konnte sich ein Lachen nicht verkneifen, als sie ihren Kaffee nahm, den Stuhl vom Tisch wegzog und gegenüber von

Jonas Platz nahm. Er hatte gerötete Augen und sah aus, als hätte er eine ganze Weile nicht mehr geschlafen.

»Du bist nicht gerade leicht zu erreichen gewesen«, begann Vanessa, rührte ihren Kaffee um und legte den Löffel auf den Tisch.

»Fünf Schießereien in einer Woche. Wir gehen auf dem Zahnfleisch. Und wie läuft's bei dir?«

Er führte seine Tasse zum Mund und trank einen Schluck. Vanessa schüttelte den Kopf.

»Natasja ist verschwunden.«

Jonas runzelte die Stirn.

»Wie meinst du das? Verschwunden?«

Vanessa fasste das Telefonat mit Tina Leonidis und das Gespräch mit dem Personal des Flüchtlingsheims zusammen.

Jonas hörte gebannt zu und schlug sich dann die Hand vor den Mund.

»Ich komme erst wieder zurück, wenn ich sie gefunden habe«, schloss Vanessa ihren Bericht. »Du weißt genauso gut wie ich, dass wir äußerst selten ermitteln, wenn Flüchtlingskinder verschwinden. Aber ich kann sie doch nicht einfach so ihrem Schicksal überlassen.«

Jonas fingerte an seiner Kaffeetasse herum und schielte zur Bar hinüber, wo der Stammgast immer noch über den Hamburger lamentierte.

»Aber da ist noch eine andere Sache. Der Mann auf dem Foto, das du mir gezeigt hast, heißt Nicolas Paredes. Er ist der Drahtzieher hinter den Entführungen der Finanzmänner«, sagte Vanessa und hob den Zeigefinger, als Jonas sie unterbrechen wollte. »Das ist noch nicht alles. Bågenhielms, das Uhrengeschäft, von dem ich dir erzählt habe, wurde von eben jenem Nicolas Paredes überfallen. Aber Uhren sind keine entwendet worden.«

»Nein?«

Vanessa schüttelte bedächtig den Kopf.

»Nein. Er hat nur die Kundenliste mitgenommen.«

Jonas machte große Augen.

»Warum ist das nicht zur Anzeige gebracht worden?«, fragte er.

»Weil die Inhaberin ihre wohlhabenden Kunden nicht unnötig verschrecken wollte.«

Vanessa erzählte ihm auch noch von ihrem Termin bei Carl-Johan Vallman und wie sie dort Nicolas Paredes' Namen in Erfahrung gebracht hatte.

»Die Verkäuferin, die bei dem Überfall auf Bågenhielms an der Kasse stand, hat bestätigt, dass er der als DHL-Bote getarnte Täter war«, schloss sie.

»Und wo ist er jetzt?«, fragte Jonas.

»Keine Ahnung. Möglich, dass er das Land verlassen hat. Außerdem glaube ich, dass er es auch war, der da draußen auf Samer Feghuli und Ömer Tüzek geschossen hat«, meinte sie und zeigte Richtung Odengatan. »Hat Ömer schon was gesagt?«

»Kein Wort.«

»Hast du die Aufnahmen gesehen?«, erkundigte Vanessa sich, und Jonas nickte. »Und bist du auch meiner Meinung, dass der Täter mit Sicherheit kein stinknormaler Vororttyp mit Scarface-Komplex ist?«

»Bin ich.«

»Gut. Dazu passt auch, dass Nicolas Paredes nirgends registriert ist, der war bei der SOG, da bin ich mir sicher.«

Jonas trank seinen restlichen Kaffee in einem Zug aus und blickte sie dann skeptisch an.

»Aber das geht doch irgendwie nicht zusammen. Er hat für die Legion gearbeitet, davon gehen wir doch zumindest aus, denn er hat sich ja im Benicio mit Joseph Boulaich und Mikael Ståhl getroffen. Warum sollten die beiden ihn dann umbringen wollen? Die Entführungen haben doch bisher immerhin zwanzig Millionen eingebracht.«

»Das verstehe ich auch noch nicht wirklich«, gab Vanessa zu. »Aber wie ich die Dinge auch drehe und wende, ich komme immer wieder auf Nicolas Paredes zurück.«

Jonas blickte in seine leere Kaffeetasse und biss sich auf die Lippe.

»Willst du, dass ich ihn zur Fahndung ausschreibe und mit Jan Skog rede?«

Vanessa überlegte und schüttelte dann den Kopf.

»Noch nicht. Dann ist Paredes noch vor dem Wochenende in den Schlagzeilen der *Aftenposten*. Und stell dir mal die Überschriften vor, wenn rauskommt, dass er bei der SOG war. Die würden sich gar nicht mehr einkriegen, und Paredes wäre gewarnt. Lass mich erst noch mehr herausfinden.«

FÜNFZEHN

Ivan wagte kaum zu atmen, als er die Schritte auf der Treppe hörte. Der andere befand sich nun direkt über seinem Kopf. Er nestelte an seiner Pistole herum und duckte sich, als er Hampus Davidsons Stimme hörte. Der Finanzmann machte einen Schritt in den Raum, und Ivan trat aus seinem Versteck. Er hielt die Waffe im Anschlag und bewegte sich leise auf Davidson zu, der zu Melina ging und ihn noch nicht bemerkt hatte.

»Langsam umdrehen, Hände weg vom Körper«, sagte Ivan.

Hampus Davidson stand mitten im Raum, fuhr zusammen, stieß einen überraschten Schrei aus und drehte sich um. Sein Blick verfinsterte sich, als er Ivan sah.

»Du bist der aus der Hütte«, rief er.

Ivan war überrascht. Davidson musste seine Stimme erkannt haben. Oder vielleicht seine Hände. Er wurde wütend.

»Ihr habt doch das Geld gekriegt, ihr wolltet mich in Ruhe lassen. Was soll das hier?«, ereiferte Davidson sich.

»Frag deine Frau.«

Hampus Davidson hob die Brauen und sah Melina an. Sie hatte den Blick fest auf den Boden geheftet. Ivan senkte die Waffe und wies Davidson an, sich neben sie zu setzen.

»Soll ich reden oder willst du?«, begann Ivan und deutete mit seiner Glock auf Melina.

Sie verzog keine Miene. Ihr Blick war ausdruckslos, und sie ließ die Schultern hängen.

»Okay, dann halt ich. Während ich dich in der Mangel hatte, hat sie den anderen Typen gefickt, der dich entführt hat. Und ich glaube, sie versteckt ihn irgendwo.«

Ivan starrte den Finanzmann an. Plötzlich stürzte sich Hampus Davidson auf ihn. Damit hatte Ivan nicht gerechnet. Er machte einen Schritt zurück, um den Angriff abzuwehren. Doch Davidson stieß ihn um, und als Ivan zu Boden ging, löste sich ein Schuss.

Die Kugel sauste an Davidson vorbei und drang in die Decke ein. Melina schrie auf. Davidson rannte auf die Treppe zu. Ivan kam auf die Knie und schoss zweimal. Die Kugeln schlugen, ohne ihr Ziel zu treffen, in die Wand. Als der Finanzmann auf halbem Weg nach oben war, betätigte Ivan zum vierten Mal den Abzug.

Davidson stürzte mitten im Schritt, fiel die Treppe hinunter und blieb liegen.

Ivan stand auf. Davidson lag auf dem Rücken, er blutete im Gesicht, das er sich beim Sturz aufgeschürft hatte. Er zitterte, wimmerte. Ivan sah an ihm herunter. Blut pulsierte aus der Eintrittswunde direkt unterhalb der Achsel, er würde sterben. Ivan hielt sich den Kopf, brüllte wutentbrannt und biss sich schließlich auf die Fingerknöchel, damit er verstummte. Er ging neben Davidson in die Hocke.

Was sollte er jetzt tun? Melina könnte ihn als Mörder entlarven. Er schielte zu ihr hinüber. Sie saß wie gelähmt auf dem Sofa, den Blick starr auf ihren röchelnden Mann gerichtet. Davidsons Beine zuckten ein paar Mal. Dann rührten sie sich nicht mehr.

Er war tot.

Ivan musste eine Entscheidung fällen. Er ging auf Melina zu, die sich zusammenkauerte und um ihr Leben flehte. Ivan mahlte mit den Kiefern.

»Bitte, lass mich am Leben. Ich weiß nicht, wer du bist. Ich habe dich noch nie gesehen. Ich werde dich nicht verraten, ich schwöre es.«

Er versuchte, ihr Flehen zu ignorieren. Seine Hand zitterte, als er sich ein Kissen griff und es ihr auf das Gesicht drückte. Er wollte das Einschussloch nicht sehen, dass er ihrer Stirn verpassen würde.

Ivan schloss die Augen, spannte die Muskeln an, damit der Arm aufhörte zu zittern, und richtete die Glock auf das Kissen.

TEIL SIEBEN

EINS Der Sommer bahnte sich seinen Weg, die Tage wurden wärmer. Carlos ging noch an Krücken, aber sein Knie war auf dem Weg der Besserung; die Kreuzbänder waren glücklicherweise nicht gerissen, sondern nur gezerrt.

Er hatte Jean aufgetragen, nach Las Flores zu fahren, um einen Ventilator für das Zimmer zu kaufen, in dem Consuelo eingeschlossen war. Das Fenster konnten sie nicht offen lassen, sonst würde sie entwischen.

Seit sie in sein Haus gebracht worden war, hatte sie fast kein Wort gesagt und weder gegessen noch getrunken. Sie lag die ganze Zeit nur auf dem Bett und starrte an die Decke.

Carlos war bekümmert. Tagsüber saß er fast immer im Korbstuhl auf der Terrasse, ließ seinen Blick über die Kolonie schweifen und nahm die Berichte über die Jagd nach Raúl entgegen.

Seit dem Mordversuch hatten Marcos und seine Soldaten die gesamte Kolonie nach Raúl abgesucht, doch sie hatten ihn nicht gefunden. Nun suchten sie in der Gegend um Santa Clara und am Meer. Auch die Polizei wusste davon, dass Carlos Schillinger seine Männer auf Raúl angesetzt hatte.

Carlos erhob sich aus seinem Korbstuhl.

Er konnte es kaum erwarten, das Problem Raúl Sanchez aus der Welt zu schaffen. Und er wunderte sich darüber, dass Raúl ihm bisher entkommen konnte. Sämtliche Soldaten unter Marcos' Befehl waren ehemalige kolumbianische Paramilitärs, die sich neue Arbeitgeber gesucht hatten, als der Krieg gegen die Farc-Rebellen abgeflaut war. Sie waren perfekt ausgerüstet, exzellent ausgebildet und absolut skrupellos. Einige von ihnen hatten auch schon für private Sicherheitsfirmen im Mittleren Osten gearbeitet oder waren bei der Fremdenlegion gewesen. Dass ein einfacher chilenischer Bauarbeiter sie an der Nase herumführen konnte, war beunruhigend, und sobald die ganze Sache über die Bühne gegangen war, würde Carlos mit Marcos darüber reden, dass die Männer härter an die Kandare genommen werden mussten.

Er klopfte an Consuelos Tür, schob sie auf, ohne eine Antwort abzuwarten, und trat ein. Sie lag auf der Seite, ihr dunkles glänzendes Haar floss über das Kissen. Ihre Augen waren gerötet und verquollen. Sie sah ihn nicht an.

»Du musst essen, Consuelo«, sagte er sanft. »Ich weiß, es ist schwer für dich, aber es wird auch nicht besser, wenn du deinem Körper die Nahrung verweigerst.«

Sie starrte beharrlich die Wand an, und als er sich ans Fußende setzte, zog sie die Beine weg.

»Hörst du mir zu?«

Der Ventilator surrte. Carlos warf ihm einen irritierten Blick zu und schaltete ihn eine Stufe runter.

Consuelo drehte sich zu ihm um und sah ihn hasserfüllt an.

»Weißt du, was mir am meisten wehtut? Dass er es nicht von mir erfahren hat. Ich weiß nicht, wie er es rausgefunden hat, aber jetzt kann ich es ihm nicht mehr selbst sagen, und er wird in dem Glauben sterben, dass ich freiwillig mit dir geschlafen habe und von deiner Macht und deinem Geld geblendet war.«

»Consuelo, ich …«

Sie setzte sich auf und verbarg ihren Körper mit der Decke.

»Bitte, verschone ihn. Lass ihn am Leben, und ich bleibe bei dir. Du kannst mit mir machen, was du willst, aber bitte lass ihn am Leben. Ich kann ihn überreden, weit von hier wegzugehen. Er wird dir nie wieder Probleme machen.«

Carlos blickte auf seine Hände und schüttelte langsam den Kopf.

»Du hast es doch selbst gesagt. Er wird auf Rache sinnen, solange er atmet.«

Sie verstummten, als sich ein Auto näherte. Im Hof wurde der

Motor abgestellt. Schnelle Schritte ertönten. Carlos erkannte sofort, dass es Marcos war. Sein Adoptivsohn redete mit *señora* Marisol. Carlos hörte seinen Namen, und im nächsten Augenblick klopfte es an der Tür.

»*Entra.*«

Marcos streckte den Kopf herein und bedachte Consuelo mit einem flüchtigen Blick, ehe er Carlos zunickte.

»Wir haben ihn.«

»Danke, Marcos.«

Als Carlos aufstand, stürzte Consuelo sich auf ihn und klammerte sich an sein Hemd.

»Bitte, tu das nicht. Lass ihn am Leben«, flehte sie.

Carlos löste ihre Finger und stieß sie von sich.

»Das kann ich nicht.«

Consuelo schoss die Zornesröte ins Gesicht. Sie versuchte, ihn zu kratzen.

»Du Monster!«, schrie sie. »Ich hasse dich. Verreck. Ihr sollt verrecken, alle miteinander. Wir haben niemandem etwas getan. Wir wollten nur in Frieden leben. Einfach nur leben.«

Carlos schenkte seinem Adoptivsohn einen auffordernden Blick. Marcos zog Consuelo weg und drückte sie aufs Bett. Sie trat schreiend um sich und versuchte, ihn zu beißen. Nach einer Weile beruhigte sie sich etwas, und ihr Zorn ging in Schluchzer über.

»Lass einen deiner Männer bei ihr, damit sie sich nichts antut«, murmelte Carlos in Marcos' Richtung und verließ das Zimmer.

ZWEI Vanessa war auf dem Rückweg vom Fitnessstudio in der Tulegatan. Sie war dort gewesen, um den Kopf freizukriegen und ihre Privatermittlungen auszuklammern, in die sie sich gestürzt hatte, um Natasja zu finden.

Wenn es ihr gelang, Nicolas Paredes zu finden, würde sie auch Natasja finden. Je mehr sie daran dachte, desto klarer wurde ihr, dass Natasjas Verschwinden ein Racheakt von Paredes war. Zugleich zweifelte sie aber an ihrer Fähigkeit, dem Mädchen helfen zu können. Sowohl Tina Leonidis wie auch Jonas waren skeptisch gewesen. Konnte es nicht doch sein, dass Natasja freiwillig abgehauen war?

Morgen würde sie den Zug nach Karlsborg nehmen. Dort hatte Nicolas jahrelang gewohnt, als er bei der SOG gewesen war. Sie hoffte, in Erfahrung zu bringen, warum er aus der Armee ausgeschieden war, und jemanden zu finden, der ihr einen Hinweis geben konnte, wo er sich jetzt aufhielt. Am Abend war sie mit Carl-Johan Vallman verabredet, der erst nach langer Überredung in das Treffen eingewilligt hatte.

Vor der Pizzeria Napoletana in der Roslagsgatan fuhr sie langsamer. Auf der anderen Straßenseite parkte ein silberner Golf, ein Mietwagen.

Sie war sicher, dass sie den Wagen auch schon vor ihrem Treffen mit Jonas gesehen hatte. Und auch am Tag zuvor. Aber mit einem anderen Mann hinter dem Steuer. Jetzt gerade war der Fahrer mit seinem Mobiltelefon beschäftigt und nahm keine Notiz von ihr.

Wurde sie langsam paranoid? Vorsichtshalber merkte Vanessa

sich das Kennzeichen. Sie gab den Türcode ein und ging die Treppen hinauf.

Bevor sie in die Dusche stieg, schrieb sie das Kennzeichen in der Küche auf einen Zettel. Sie wollte bei Hertz anrufen, sobald sie im Bad fertig war. Nur damit sie Sicherheit hatte.

Doch als sie geduscht und sich ein Handtuch um den Körper und eins um den Kopf gewickelt hatte, klingelte ihr Mobiltelefon. Tropfend lief sie zum Küchentisch.

Die Ohrhörer steckten vom Training noch im Telefon, und Vanessa nahm den Anruf an, ohne nachzusehen, wer es war.

»Wo bist du?«

Jonas klang gehetzt.

»Zu Hause. Wieso?«

»Ich bin auf dem Weg zu Hampus Davidson. Bei uns ist eine Meldung über Schüsse eingegangen. Die Kollegen durchsuchen im Moment das Haus, das wird noch eine Weile dauern, das ist eine der größten Villen auf Lidingö. Ich wollte dich nur informieren. Hampus Davidson ist tot.«

»Kann ich irgendwas für dich tun?«

Es entstand eine Pause. Vanessa merkte, dass er zögerte.

»Jetzt sag's einfach«, forderte sie ihn auf.

»Kannst du am Montag nicht doch wieder anfangen zu arbeiten? Wir brauchen dich. Ich brauche dich.«

Vanessa seufzte und malte mit der großen Zehe ein Muster auf den nassen Boden.

»Ich überleg's mir«, nuschelte sie.

»Danke«, erwiderte Jonas. »Mehr will ich auch gar nicht.«

Vanessa machte den Kühlschrank auf und ihr schlug ein säuerlicher Gestank entgegen. Das Gemüse im untersten Fach war verschimmelt. Sie inspizierte den restlichen Inhalt. Ein Tetra Pak Orangensaft stand in der Tür, Vanessa schüttelte ihn und drehte den Verschluss auf. Der Saft schien in Ordnung zu sein. Sie trank direkt aus dem Karton, setzte sich an den Tisch und wischte sich mit dem Handrücken den Mund ab.

Um halb acht am Abend betrat sie Carl-Johan Vallmans Büro im Strandvägen 1. Anders als beim letzten Mal erwartete er sie oben bereits. Der Schreibtisch der Sekretärin war aufgeräumt, die Beleuchtung dezent. Vallman hatte einen neuen Haarschnitt, die Michael-Bolton-Frisur war durch einen akkuraten Seitenscheitel ersetzt worden. Aus irgendeinem Grund war Vanessa enttäuscht. Sie blieb vor dem Klassenfoto stehen und studierte Nicolas Paredes' achtzehnjähriges Gesicht.

Vallman nahm Platz, stützte die Ellenbogen auf die Knie und räusperte sich. Vanessa setzte sich ihm gegenüber.

»Erzählen Sie mir von Nicolas. Aus welchen Verhältnissen stammt er?«

»Bei ihm zu Hause herrschte nicht gerade heile Welt. Das war mir klar, ohne dass er darüber reden musste.«

»Inwiefern?«

»Wie gesagt«, versuchte Vallman zu erklären und hob die Schultern, »er hat nie darüber gesprochen, das war mehr so ein Gefühl. In ihm war eine große Trauer. Eine große Wut. Beides gleichzeitig.«

Er machte eine Pause und sah zum Fenster hinaus.

»Sie denken, er ist ein Gangster, ein kaltblütiger Mörder. Aber das ist er nicht. Jedenfalls nicht für mich. Vielleicht wird das deutlicher, wenn ich Ihnen ein Beispiel aus unserer Schulzeit gebe.« Carl-Johan Vallman strich sich über seine neue Frisur, ehe er fortfuhr. »Irgendwann rauschten meine Noten ziemlich in den Keller, woraufhin mir mein Vater verbot, weiterhin Gitarre zu spielen. Eines Nachmittags kam er sogar extra in die Schule, um sie mir abzunehmen. Und als ich ihn unter Tränen daran hindern wollte, hat er sie vor meinen Augen zertrümmert. Am nächsten Wochenende ist Nicolas nach Sollentuna gefahren. Und wissen Sie, was er dort gemacht hat?« Carl-Johan schüttelte lächelnd den Kopf. »Er ist in ein Musikgeschäft eingestiegen. Und am Montag stand eine nagelneue Fender-Gitarre mit rotem Gurt neben meinem Bett.«

Er verstummte.

»Wissen Sie, was er gemacht hat, als er nicht mehr bei den Küstenjägern war?«, fragte Vanessa.

»Er war weiter beim Militär.«

»Sind Sie da ganz sicher?«

»Ja.«

»Da gibt es aber nichts über ihn, und die Steuerbehörde weiß auch von nichts. Das heißt, dass er vermutlich entweder irgendeine wichtige Funktion bekleidet hat, oder bei einer der Spezialeinheiten gewesen ist.«

Vallman stand auf und trat vor das Klassenfoto. Ehe er sich wieder umwandte, betrachtete er es eingehend.

»Sie müssen das verstehen, in Nicolas war eine irrsinnige Wut, und sein ganzes Leben war und ist ein einziger Kampf gegen diese Wut. Er musste sie zähmen, und meistens ist ihm das auch gelungen. Weil er es unbedingt wollte. Die Schule hat ihm dabei viel geholfen. Er war ein guter, ein sehr guter Schüler. Er gehörte zu den Klassenbesten und musste sich dafür nicht mal besonders ins Zeug legen. Aber vor allem ist Nicolas eine physische Ausnahmeerscheinung.«

»Wie meinen Sie das?«

Vallman nahm wieder Platz und schlug die Beine übereinander.

»Ich kenne keinen, der besser und stärker ist, egal in welcher Disziplin: im Schwimmen, im Laufen, in jeder nur denkbaren Ballsportart. Sogar im Schlägern. Nicolas hat alle in die Tasche gesteckt. Dass er dann beim Militär Koch oder Funker wurde, kann ich mir also kaum vorstellen. Er war ganz sicher bei einer dieser Spezialeinheiten. Nennen Sie mir den anspruchsvollsten, den härtesten Job der Welt, und ich verwette mein gesamtes Vermögen darauf, noch die allerletzte Krone, dass Sie ihn genau dort finden werden.«

DREI

Schwarze Felsen, die steil und glatt in den Stillen Ozean abfielen, bildeten die westliche Grenze der Kolonie. Davor war der Grund seicht, es gab kleine Inseln, und bei Ebbe wimmelte es nur so von Schalentieren, die überall herumkrabbelten. Manchmal sah man auch Seelöwenmännchen, die von ihrer Junggesellenherde verstoßen worden waren und brüllten und einsam auf ihren Tod warteten. Außerdem gab es einen kleinen Sandstrand, an den riesige Wellen brandeten. Der Wind war stets stark und rau. Getragen von den Böen zogen die Seevögel ihre Kreise und tauchten im Sturzflug ins Meer.

Am Fuß der Bergseite standen zwei Geländewagen. Sie gehörten den Soldaten. Als Carlos sie entdeckte, wandte er sich an Marcos.

»Wo habt ihr ihn gefunden?«

»Bei dem Platz, wo die Muslime gehaust haben.«

Vor ein paar Jahren hatte sich eine sufische Familie weiter oben in den Bergen östlich von Santa Clara niedergelassen. Die muslimischen Häretiker waren unter sich geblieben, hatten weder Strom noch fließend Wasser gehabt, waren Selbstversorger gewesen und hatten meditiert, um auf diese Weise Gott so nah wie möglich zu sein. Doch eines Tages hatten sie ihre Hütten überstürzt verlassen und waren in den Norden gezogen.

Sie hielten vor den beiden Jeeps. Carlos machte die Tür auf und stieg aus. Er spürte sein verletztes Knie und verzog das Gesicht. Hinter der Windschutzscheibe erkannte er den Dorftrottel, Ignacio, der auf dem Beifahrersitz saß und abwesend mit den Kiefern mahlte.

»Was macht der denn hier?«

Marcos seufzte.

»Der Idiot hat uns zu Raúl geführt. Wahrscheinlich war er es auch, der ihm von Consuelo und dir erzählt hat.«

»Verflucht.«

Carlos fuhr sich mit der Hand über das Gesicht, er spürte, wie ihn die Müdigkeit übermannte.

Ein Soldat in schwarzer Kluft machte die Autotür auf. Er zog Raúl heraus und schubste ihn zu Carlos. Raúls Hände waren auf dem Rücken gefesselt, sein Gesicht war mit blauschwarzen Flecken übersät. Blut lief von seiner rechten Schläfe über die Wange und tropfte auf sein Hemd.

»Es tut mir leid, dass es so kommen musste«, sagte Carlos leise, damit nur Raúl es hören konnte. »Du bist immer loyal gewesen, hast hart gearbeitet und nicht viel Aufhebens um dich gemacht. Es tut mir wirklich leid.«

Raúl reagierte nicht.

»Ich werde dich nicht demütigen und fragen, ob du nicht einfach hättest darüber hinwegsehen können. Ob du nicht einfach deine Frau mit mir hättest teilen können. Du bist ein echter Mann, anders als die anderen in Santa Clara. Du bist kein Angeber, du handelst nach deinen Instinkten und nach deiner Moral. Egal wie hoch der Preis dafür ist. Und ich respektiere, was du getan hast.«

Carlos klopfte ihm sacht auf die Schulter.

»Menschen wie Sie glauben, dass sie sich alles erlauben können, egal wie grausam und abscheulich es ist«, lallte Raúl. Das Blut hatte seine Zähne rot gefärbt, seine Lippen waren geschwollen. »Ich schäme mich dafür, dass ich mich jahrelang habe kaufen lassen. Viel zu lang, obwohl ich jeden Tag mitangesehen habe, wie Sie meine Nachbarn bedroht und bestochen haben, um Ihren Willen durchzudrücken. Erst als auch meine Frau unter Ihren Grausamkeiten leiden musste, bin ich eingeschritten. Sie sagen, wir haben sie geteilt, als hätten Sie mich damit verletzt. Das zeigt nur, wie geisteskrank Sie sind. Der Schmerz, den ich vergelten wollte, war nicht mein Schmerz, es war der Schmerz meiner Frau. Sie haben ihr die Freiheit genommen und eine Sklavin aus ihr gemacht.«

Carlos wurde von rasender Wut gepackt. Er ballte die Hand zur Faust und hob den Arm, um zuzuschlagen, hielt dann aber inne. Er starrte Raúl an, der ohne zu blinzeln zurückstarrte.

»Ach ja? Woher weißt du, dass sie nicht von sich aus zu mir gekommen ist? Ich will dir sagen, wie's war. Consuelo hatte genug von deiner schäbigen Viehtreiberhütte. Sie hat mir schöne Augen gemacht, mich gelockt. Sie hat sich von meinem Geld und meiner Macht verführen lassen.«

Raúl schluckte. Carlos merkte, dass ein Anflug von Zweifel seine stolze Miene durchfuhr. Carlos wollte ihn vernichten und wusste, dass er das niemals durch physischen Schmerz erreichen konnte.

»Und weißt du was?«, fuhr er fort. »Am Anfang war sie noch ein guter Fick. Aber der Unterschied zwischen dir und mir ist, dass deine Frau für mich nie mehr als eine Hure war. Und jetzt … habe ich genug von ihr. Wenn ich nach Hause komme, werde ich es ihr ein letztes Mal besorgen, und dann gebe ich sie Marcos und seinen Männern, die können mit ihr dann machen, was sie wollen.«

Raúl blickte zu Boden und spannte die Kiefermuskeln an. Carlos wandte sich an einen Soldaten und zeigte auf die Pistole, eine tschechische ČZ, die er am Gürtel trug. Der Soldat trat vor und reichte ihm die Waffe. Carlos wog sie in der Hand und richtete sie dann auf Raúls Kopf. Raúl holte tief Luft. Schweißperlen traten ihm auf die Stirn.

Carlos drückte ab. Raúl schrie auf und taumelte nach hinten. Carlos begann zu lachen, und die Männer stimmten in sein Gelächter ein. Im letzten Moment hatte er die Pistole ein Stück nach rechts gerissen, und die Kugel war hinter Raúl in die Felswand eingeschlagen.

»Sehr mutig warst du ja nicht, trotz allem«, sagte Carlos höhnisch.

Die Soldaten lachten noch immer. Raúl bebte am ganzen Körper. Sein Blick war nun weder stolz noch trotzig, sondern voller Angst. Dennoch stellte er sich wieder vor Carlos.

Als dieser erneut die Waffe hob, schloss Raúl die Augen.

»Denk an das, was ich vorhin gesagt habe: Sie ist zu mir gekommen, aber jetzt langweilt sie mich nur noch«, raunte Carlos. »Heute Abend ficke ich sie ein letztes Mal, danach können die Männer hier ihre weiche Fotze vögeln, bis sie genug von ihr haben.«

Er drückte ab. Die Kugel drang in Raúls Stirn ein und schleuderte seinen Kopf nach hinten. Seine Beine knickten ein, und er blieb zusammengekrümmt am Boden liegen.

Marcos trat neben Carlos, sah auf die Leiche hinab und nahm die Waffe entgegen.

»Verscharr den Hund beim Bunker.«

Marcos nickte, blieb aber stehen. Carlos sah ihn fragend an.

»Was ist mit dem Idioten?«, brachte Marcos schließlich heraus.

Carlos hatte Ignacio ganz vergessen. Er drehte sich um. Der Junge saß wie gelähmt im Geländewagen und starrte ihn mit offenem Mund an. Carlos seufzte und schüttelte langsam den Kopf.

»Wer weiß, dass er hier ist?«

»Niemand.«

»Gut.«

VIER

Vanessa war verwirrt. Sie lehnte Carl-Johan Vallmans Angebot ab, sie unterwegs abzusetzen. Sie wollte lieber zu Fuß nach Hause gehen.

Sie war überzeugt davon, dass Nicolas Paredes bei der SOG und dass er die Zielperson der beiden Handlanger gewesen war, die die Legion auf ihn angesetzt hatte. In dem Fall musste irgendetwas vorgefallen sein, seit das Foto von Paredes, Joseph Boulaich und Mikael Ståhl gemacht worden war. Aber was? Was hatte Nicolas Paredes getan, das sie dermaßen verärgert hat, dass sie seinen Tod wollten?

Vanessa sah auf ihre Uhr. Halb neun. Vielleicht wusste ja seine Schwester etwas. Wenn sie jetzt ein Taxi erwischte, konnte sie in einer halben Stunde in Vårberg sein. Sie warf einen Blick über die Schulter, aber die Birger Jarlsgatan war bis auf einen Bus der Linie 2, der gerade an ihr vorüberfuhr, menschenleer.

Dennoch beschlich sie, als sie sich wieder in Bewegung setzte, das vage Gefühl, beobachtet zu werden. Sie musste wieder an den silbernen Golf denken, der zwei Tage lang mit zwei verschiedenen Fahrern in ihrer Straße gestanden hatte. Der eine war dunkelhaarig gewesen, mit Bartstoppeln im Gesicht. Der andere Mann hatte kurze braune Haare gehabt und einen sonnengebräunten Teint. Sie hatte ihn zwar nur im Sitzen gesehen, fand aber trotzdem, dass er außergewöhnlich groß gewirkt hatte. Es hatte irgendwie merkwürdig ausgesehen, wie er da am Steuer gesessen hatte. Aber wer sollte sie observieren lassen? Die Legion? Deren Quelle innerhalb der Polizei war durch den Tod von Klas Hemäläinen versiegt. Und sie hatte nur mit Jonas über den Fall geredet. Außerdem hatte der

Golf schon dagestanden, bevor sie Jonas getroffen hatte. Nein, vermutlich sah sie nur Gespenster. Sie stand unter zu hohem Druck und wurde langsam paranoid.

Sie beschloss, dennoch bei Hertz anzurufen, um den Namen desjenigen zu erfragen, der den Wagen gemietet hatte. Das konnte nicht schaden.

Sie hörte Motorengeräusche hinter sich, drehte sich um und sah ein Taxi näherkommen. Vanessa hob die Hand, und der Taxifahrer setzte den Blinker und fuhr rechts ran.

Sie stieg ein und nannte ihm Maria Paredes' Adresse.

FÜNF

Sie fuhren bis zum Strand und stellten die Motoren ab. Es war Ebbe. Krabben liefen im Zickzack zwischen schwarzen Seetangbüscheln und großen Quallen über den feuchten Sand.

Carlos stieg aus und ging ein paar Schritte auf die Seite, während Marcos Ignacio aus dem Wagen zerrte. Die reglosen Beine schleiften über den Boden. Jean machte den Kofferraum auf, nahm den Rollstuhl heraus und klappte ihn auf. Marcos setzte Ignacio, der sich verwirrt und entsetzt umsah, hinein. Carlos blickte über das Meer. Ein Schwarm Fische schwamm im seichten Wasser, und die Vögel tauchten kreischend nach ihnen.

Jean schob Ignacio durch den Sand auf das Meer zu. Die Räder sackten ein und hinterließen tiefe Spuren. Marcos kam ihm zu Hilfe. Carlos begriff nicht, warum er das alles mit ansah und nicht einfach wegging.

Vielleicht wollte er Ignacio trotz allem Respekt zollen. Der Junge war von Raúl gelinkt worden. Ignacio hatte Raúl von den Autos erzählt, die gekommen waren, um Consuelo abzuholen oder nach Hause zu bringen. Er hatte keine Ahnung gehabt, welche Konsequenzen das haben würde. Er hatte das nicht getan, weil er ein Verräter war, sondern weil er es nicht besser gewusst hatte.

Trotzdem musste er sterben.

Andernfalls würde er allen erzählen, was er gesehen hatte. Und es spielt sowieso keine große Rolle, ob er lebt, dachte Carlos. Die Dorfbewohner hatten ihn im Grunde ohnehin längst verstoßen. Was war das dann noch für ein Leben?

Der Rollstuhl stand nun ein Stück weit im Meer, das kalte Wasser reichte Ignacio bis zu den Knien. Er begann zu protestieren. Carlos sah, wie er sich zu Jean und Marcos umwandte und etwas sagte. Dann umfasste er mit beiden Händen seine Oberarme, um ihnen zu zeigen, dass er fror. Aber sie schoben ihn noch weiter raus. Wenn seine Leiche gefunden würde, sollte es so aussehen, als ob der Junge ins seichte Wasser gefahren wäre, nicht mehr zurückgekonnt hätte und ertrunken wäre. Das Wasser reichte ihm nun bis zur Taille. Er schrie aus vollem Hals, drehte sich zu Carlos um und streckte die Arme nach ihm aus. Flehte um sein Leben.

Jean bedeutete Marcos, loszulassen, und kippte den Rollstuhl um.

Mit einem Schrei stürzte Ignacio ins Wasser.

Ein paar Sekunden blieb er verschwunden, dann tauchte sein Kopf auf. Marcos und Jean hatten ihm den Rücken zugewandt. Ignacio versuchte wild fuchtelnd, an der Wasseroberfläche zu bleiben, sank aber gleich wieder nach unten. Er griff nach dem nassen Metall des Rollstuhls, bekam es zu fassen und hielt sich japsend daran fest.

Marcos und Jean wateten zu Ignacio zurück, doch Carlos rief ihnen zu, dass sie ihn seinem Schicksal überlassen sollen. In der Zwischenzeit hatte Ignacio sich wieder in den Stuhl gewuchtet, packte nun die Räder und wollte umdrehen, um zum Strand zurückzurollen.

Carlos ging auf das Auto zu, während er Ignacios vor Todesangst gellende Schreie auszublenden versuchte. Er lehnte sich ans Auto, als Marcos zu ihm aufschloss. Das Wasser hatte seine Hosenbeine und Schuhe dunkel gefärbt.

»In einer halben Stunde holt ihn die Flut«, sagte er. »Mach dir keine Gedanken, es wird ihn keiner finden. Und wenn doch, dann sieht es so aus, als wäre er ertrunken. Jeder weiß, dass er nicht schwimmen kann.«

Carlos zog die Autotür auf und setzte sich hinein. Jean ließ den Motor an, und Marcos sprang auf den Beifahrersitz. Während sie wendeten, sah Carlos eine Welle über Ignacio zusammenschlagen. Der Rollstuhl lag auf der Seite im Meer, und Ignacio riss die Arme hoch. Kurz war sein Kopf noch einmal zu sehen, dann blieb er verschwunden. Eine neue Welle rollte heran, und weder der Stuhl noch Ignacio tauchten wieder auf.

»Wann kommt die Lieferung aus Schweden an?«

»Morgen Abend.«

»Gut. Doktor Peralta wird sich freuen. Wo?«

»Auf dem alten Flugfeld.«

»Perfekt«, sagte Carlos und schnalzte mit der Zunge.

Er drehte sich um und ließ seinen Blick über die wogende Brandung schweifen. Im Stillen hoffte er, Ignacio irgendwo auszumachen.

»Hast du mit Declan McKinze gesprochen?«, fragte er, als er sich zurückgedreht hatte.

»Die Schweden haben ihm die Anweisung übermittelt. Morgen ist die Kommissarin tot. Sobald das erledigt ist, reist er wieder ab. Die Tickets sind schon gebucht. Er ist außer Landes, noch bevor ihre Leiche gefunden wird.«

SECHS

»Sie schon wieder«, rief Maria Paredes misstrauisch aus und trat ein paar Schritte zurück in die Diele. Vanessa hatte beschlossen, diesmal behutsamer vorzugehen, um Marias Vertrauen zu gewinnen. Sie blieb in der Tür stehen.

»Darf ich reinkommen?«

»Okay.«

»Danke.«

Maria hatte fettige Haare, und sie roch nach Schweiß. Die Wohnung war in einem noch schlechteren Zustand als bei ihrem letzten Besuch. Vanessa bückte sich, um ihre Schnürsenkel aufzuknoten. Während sie die Bänder lockerte, zeigte sie auf das Gunde-Svan-Poster.

»Sie mögen Gunde also auch?«

»Ich liebe Gunde. Aber wer tut das noch?«

»Ich.«

»Ach so.«

Vanessa schlüpfte aus ihren Schuhen und stellte sie neben einen Stapel Werbebroschüren. Maria war ins Wohnzimmer gegangen. Im Fernseher lief *Friends*. Maria sprach die Dialoge stumm mit. Vanessa setzte sich neben sie.

Maria schien etwas sagen zu wollen, konzentrierte sich aber gleich wieder auf die Dialoge. Als die Folge zu Ende war, blieb Vanessa ruhig sitzen. Doch als dann erneut die Titelmelodie erklang, fragte sie Maria, ob sie Kaffee wollte.

»Gerne«, gab Maria zurück.

Vanessa ging in die Küche, entdeckte eine weiße Kaffeemaschine, fand einen Filter und füllte ihn mit einem Messlöffel Gevalia-Kaffee. Sie schaltete die Maschine an und kehrte ins Wohnzimmer zurück, wo sie sich an die halb geöffnete Balkontür stellte und ihren Blick über den Parkplatz schweifen ließ. Es pfiff ein kalter Wind. Sie nahm die Autos ins Visier und erkannte den Golf wieder. Jetzt konnte es einfach kein Zufall mehr sein. Irgendjemand durfte sie offenbar keinen Moment lang aus den Augen lassen.

»Kann ich die Tür zumachen?«, fragte sie.

»Ja.«

Vanessa zog sie zu. Maria drehte sich auf dem Sofa zu ihr um.

»Warum haben Sie das gemacht?«

»Ich habe doch gefragt, ob ich sie zumachen kann.«

»Ja, und ich habe geantwortet, dass Sie das können. Sie haben nicht gesagt, dass Sie das auch wirklich machen.«

»Dann habe ich das falsch verstanden. Soll ich wieder aufmachen?«

»Ja«, murmelte Maria und wandte ihr den Rücken zu.

Der Kaffeeduft suchte sich seinen Weg ins Wohnzimmer. Maria knurrte laut der Magen. Draußen warfen ein paar Teenager Feuerwerkskörper in einen Container. Die Explosionen hallten über den Parkplatz, doch Maria nahm keine Notiz davon. Sie schwiegen. Bis sich irgendwann Marias Magen erneut meldete.

»Sind Sie hungrig?«

»Ja.«

Vårberg wirkte verlassen. Sie gingen langsam und ohne ein Wort miteinander zu wechseln. Maria wirkte nervös. Immer wieder warf sie einen Blick über die Schulter.

Sie bestellten zwei Tunnbrödsrullar, bekamen sie in Alufolie eingewickelt ausgehändigt und gingen zurück.

»Kann ich meine jetzt schon bekommen?«, fragte Maria.

Vanessa schmunzelte und legte eine Tunnbrödsrulle in Marias ausgestreckte Hand. Sie nahm sofort einen großen Bissen.

»Ich muss mit Ihnen über eine wirklich wichtige Sache reden«, sagte Vanessa. »Ich glaube, dass letzte Woche jemand versucht hat,

Nicolas zu erschießen. Sie haben vielleicht darüber gelesen, ohne zu wissen, dass es um Nicolas ging.«

»Ich lese keine Zeitungen.«

»Okay, aber ich sage die Wahrheit. Ich denke, er ist in Gefahr. Es ist schon eine Zeit lang her, dass er Sie besucht hat, oder?«

Maria nickte, den Mund voll Wurst und Kartoffelbrei. Sie machte ein trauriges Gesicht.

»Ich weiß nicht, wo er ist«, sagte sie und sah zu Boden.

»Das glaube ich Ihnen.«

Vanessa nahm nun selbst einen Bissen, merkte, dass sie noch einen Snus-Portionsbeutel unter der Lippe hatte, nahm ihn heraus und schnippte ihn mit Daumen und Zeigefinger weg.

»Weißt du, wer Hampus Davidson ist?«

»Nein.«

»Er ist entführt und dann wieder freigelassen worden. Aber jemand ist in sein Haus eingedrungen und hat ihn erschossen. Seine Frau Melina hat überlebt.«

In Marias Gesicht zuckte es. Vanessa musterte sie aufmerksam.

»Wissen Sie, wer Melina ist?«

Maria zögerte, sagte aber nichts.

»Und dann ist da noch ein Mädchen, das heißt Natasja. Natasja ist völlig alleine zu Fuß durch ganz Europa gelaufen. Sie kommt aus Syrien. Sie und ihre Freundin sind auch verschwunden.«

Maria blieb stehen. Ihre Augen verengten sich zu Schlitzen.

»Ich darf nicht über Nicolas reden. Mit keinem. Aber ich weiß, dass er Melina nichts getan hat. Und den Mädchen hat er auch nichts getan.«

»Woher wissen Sie, dass er Melina nichts getan hat?«

»Ich weiß es einfach.«

»Ich will ihm helfen. Helfen Sie mir dabei?«

Maria seufzte, nahm einen großen Bissen und kaute mit offenem Mund.

»Weil Nicolas Männer hasst, die Mädchen wehtun. Und weil Nicolas Melina mag.«

Vanessa hustete.

»Wie meinen Sie das? Sind sie ein Paar?«

»Nein.«

Nicolas Paredes und Melina Davidson kannten sich. Und Nicolas hatte ihren Mann entführt. Wusste sie das?

»Und woher wissen Sie das?«, fragte Vanessa vorsichtig.

»Er hat gesagt, dass er traurig ist, weil sie nicht zusammen sein können.«

»Hat er auch gesagt, warum nicht?«

Maria überlegte und sah einem vorbeifahrenden Auto nach. Dann schüttelte sie den Kopf.

Oben in der Wohnung brachte Vanessa ihr einen Kaffee.

Maria schaute wieder *Friends*.

»Ich habe nur noch eine Frage. Es geht um Natasja. Das verschwundene Mädchen, von dem ich erzählt habe.«

Zu ihrer Verwunderung reckte Maria sich nach der Fernbedienung und drückte auf Pause.

»Ich glaube, dass sie entführt worden ist und dass das mit mir zu tun hat. Sie ist erst vierzehn, sie hat ihr ganzes Leben noch vor sich. Ich glaube Ihnen, wenn Sie sagen, dass Nicolas ihr nichts getan hat. Aber auch wenn er nichts damit zu tun hat, weiß er vielleicht, worum es dabei geht. Sie müssen ihm unbedingt sagen, dass er mit mir Kontakt aufnehmen soll, Maria. Das ist wichtig. Sehr wichtig.«

TEIL ACHT

EINS Natasja schlug die Augen auf. Unter der Decke verliefen Neonröhren. Ihr dröhnte der Kopf und sie hatte einen trockenen Mund. Zu beiden Seiten von ihr standen Betten aufgereiht. Links lag ein Mädchen. Die Decke war hochgerutscht und verdeckte ihr Gesicht. Rechts lag Farah und schien tief zu schlafen.

Natasja versuchte, sich aufzusetzen, aber da war ein Widerstand. Sie tastete mit den Fingern über die Bettdecke. Ein breiter Lederriemen war quer über ihren Bauch gespannt.

In ihrer Reihe standen zehn Betten. Genauso viele wie auf der gegenüberliegenden Seite des Raumes.

An die letzten vierundzwanzig Stunden konnte sie sich nur bruchstückhaft erinnern. Je weniger Zeit verstrichen war, desto unvollständiger waren ihre Erinnerungen. Wie lange war es her, dass Farah und sie überfallen und entführt worden waren?

Eine Woche? Sie hatte keine Ahnung.

Danach waren sie in einem Keller eingesperrt gewesen.

Die Feuchtigkeit, die Schreie der Jungen, die schroffen, verbissenen Männer, die sie zweimal am Tag mit Essen versorgt hatten. Und der fürchterliche Gestank. Sie waren in kleinen Käfigen gefangen gehalten worden, als Klo hatten Eimer gedient.

Danach die Autofahrt.

Nach Norden, vermutete Natasja. Denn als sie aus dem Auto geführt und an Bord eines Flugzeugs gebracht worden waren, war der Boden gefroren und die Luft bedeutend kühler gewesen als in Stockholm.

Sobald sie an Bord ihre Plätze eingenommen hatten, hatten die Männer ihnen Tabletten verabreicht. Kleine weiße Pillen. Und alles war schwarz geworden. Hin und wieder war sie wach geworden. Hoch oben in der Luft. Hatte Todesangst gehabt. Als sie nach unten geschaut hatte, hatte sie Wolken und Meer gesehen. Ein paar Mal, als sie aufgewacht war, hatte das Flugzeug auf einem Rollfeld gestanden. Dann hatte sie so getan, als schliefe sie, damit sie nicht wieder mit Medikamenten ruhiggestellt wurde. Und nun wusste sie überhaupt nicht mehr, wo sie sich befand. Oder was mit ihr passieren würde.

Sie musste husten, und gleichzeitig ging eine Tür am Ende des Raumes auf.

Natasja hörte Stimmen und Schritte. Sie schloss die Augen und stellte sich schlafend. Die Sprache klang fremd. Wie viele waren es?

Natasja hob kaum merklich die Lider. Es waren drei Männer. Zwei kleine, schwarzhaarige in weißen Kitteln und mit Notizblock. Der dritte war hochgewachsen und blond und ging an Krücken. Er blieb vor jedem Bett stehen und beugte sich vor, ehe er mühsam zum nächsten Bett hinkte. Sie schien in einem Krankenhaus gelandet zu sein, die Männer, die mit ihren Stiften über das Papier fuhren, sahen aus wie Ärzte. Jetzt näherten sie sich ihrem Bett und unterhielten sich mit gedämpften Stimmen.

ZWEI Nicolas blieb sitzen, das Mobiltelefon in der Hand. Marias Anruf veränderte alles. Er musste zurück nach Stockholm. Wenn die Polizei den Verdacht hatte, Melina hätte etwas mit der Entführung zu tun, dann wäre sie übel dran. Sie war unschuldig, und das musste er der Kommissarin erklären, die bei Maria zu Hause aufgetaucht war.

Nach einer Weile stand er auf, trat ans Fenster und zog die Gardine zur Seite. Licht flutete in das kleine Hotelzimmer. Vor dem Fenster lag ein leerer Parkplatz. Dahinter verlief eine schmale Straße. Jenseits davon gab es eine Eishalle, hinter der eine Mädchenmannschaft auf einem Fußballplatz trainierte. Er folgte einem Jungen mit dem Blick, der auf seinem Fahrrad vorbeifuhr.

Alles war komplett aus dem Ruder gelaufen. Hampus Davidson war tot. Dahinter musste Ivan stecken, aber warum er es getan hatte, konnte Nicolas sich nicht erklären. Nach den Schüssen in der Odengatan hatte er die U-Bahn zum Gullmarsplan genommen und war in seine Wohnung gegangen, nur um festzustellen, dass die Legion schneller gewesen war als er. Er war nach Vårberg gefahren, hatte Marias Kellerschlüssel und anschließend die Tasche mit dem Geld geholt. In der Centralstationen hatte er den Zug nach Köping genommen und dort im Hotel Scheele eingecheckt – einem quaderförmigen Backsteinbau mit zwei Stockwerken, der abseits des Zentrums lag. Dass er ausgerechnet nach Köping gefahren war, war kein Zufall. Denn er hatte sich selbst das Versprechen abgenommen, jemanden von früher um Verzeihung zu bitten.

Tom Samuelsson würde nie wieder gehen können. Und das war

Nicolas' Schuld. Trotzdem hatte er es so lange wie möglich hinaus-
gezögert, seinen Kameraden zu besuchen.

Doch jetzt wurde es Zeit, Köping wieder zu verlassen. Er hatte nur
noch wenige Stunden, um mit Tom zu reden. Wenn er ihm überhaupt aufmachte.

Er schlüpfte in seine Jacke, band sich die Schuhe und trat auf
den Hotelkorridor. Der Florteppich schluckte seine Schritte. Durch
eine der dünnen Türen hörte er lautes Schnarchen. Er nickte dem
Rezeptionisten zu und schob die Tür auf. Draußen ging er nach
links, kam an einer Tankstelle vorbei und blieb kurz stehen, bevor
er eintrat.

Der Mord an Hampus Davidson war der Aufmacher beider
Abendzeitungen.

Er kaufte die *Aftenposten*, blätterte bis zu dem Artikel vor und
stellte fest, dass Davidsons Name nicht erwähnt wurde. Nachdem
er den Text überflogen hatte, warf er die Zeitung in einen Papierkorb.

Sobald er mit Tom gesprochen hatte, würde er mit dem nächsten
Zug nach Stockholm zurückfahren. Die Hauptstadt lag nur knapp
zwei Stunden entfernt, und doch kam sie ihm wie eine völlig andere Welt vor.

Hatte er überhaupt eine Wahl? Die Kommissarin, die bei Maria
gewesen war, war ihm auf den Fersen und wusste, dass er hinter
den Entführungen steckte. Wie sie das herausgefunden hatte,
spielte keine Rolle. Er stellte sich eher die Frage, warum sie Maria
allein aufgesucht hatte. Offenbar hatte sie eine Art Ein-Frau-
Ermittlung gegen ihn am Laufen. Wie auch immer, es führte kein
Weg dran vorbei, er musste mit ihr Kontakt aufnehmen und ihr
von dem Angebot der Legion erzählen. Dem Auftrag mit den Kindern. Der ließ ihm keine Ruhe. Und vielleicht konnte die Polizei
etwas tun, um ihnen zu helfen.

Er zückte sein Mobiltelefon und änderte die Einstellungen, damit
seine Nummer nicht sichtbar war. Dann wählte er die Nummer,

die er von Maria bekommen hatte. Das Freizeichen ertönte, aber es nahm niemand ab. Er beendete die Verbindung und versuchte es gleich noch einmal. Mit demselben Ergebnis.

Eine Viertelstunde später stand er neben einem verwilderten Spielplatz.

Zwei Frauen mit Schleier und gekrümmten Rücken schoben ihre Kinderwagen vor sich her. In den meisten Wohnungen waren die Jalousien heruntergelassen. Es gab keinen Lift, also nahm Nicolas die Treppe. Vor der Tür blieb er stehen. Auf einem kleinen Zettel über dem Briefschlitz stand T *Samuelsson.*

Er klingelte.

Tom stützte sich auf eine Krücke. Er war unrasiert, seine Haare waren fettig und strähnig. Das rechte Bein war ab dem Knie amputiert. Eine Weile musterten sie sich schweigend, dann ergriff Tom das Wort.

»Soll ich hier die ganze Zeit auf einem Bein rumstehen, oder kommst du mit rein?«

Die Zweizimmerwohnung war dreckig, und es roch säuerlich. Tom machte eine ausholende Geste Richtung Küche.

»Kaffee?«

»Gerne. Ich mache das schon, wenn du mir sagst, wo was steht.«

Tom schwang sich an seiner Krücke vor ihm in die Küche. Die Anrichte und die Spüle waren von Essensresten, schmutzigem Geschirr und halb leeren Gläsern übersät. Tom zeigte auf einen Schrank und ließ sich auf einen Stuhl an einem kleinen Tisch fallen. Nicolas nahm das Kaffeepulver heraus, füllte Wasser in die Maschine und schaltete sie ein. Dann setzte er sich Tom gegenüber.

»Es tut mir leid, dass ich nicht früher zu dir gekommen bin. Ich habe … Verdammt, ich konnte dir einfach nicht in die Augen sehen. Aber mir ist klar geworden, dass ich das irgendwann tun muss.«

»Und jetzt kamst du rein zufällig in diesem Scheißloch vorbei?«

Nicolas lächelte.

»So ungefähr.«

Die Kaffeemaschine blubberte. Nicolas stützte die Ellenbogen auf den Tisch und das Kinn in die rechte Hand. Seine Zunge fühlte sich an wie Schmirgelpapier.

»Ich bin gekommen, um dich um Entschuldigung zu bitten. Du hast jedes Recht dazu, wütend auf mich zu sein.«

Auf dem Fensterbrett standen ein paar gerahmte Fotos. Auf einem davon strahlte ein junger, glatt rasierter Tom in die Kamera, das rote Barett der Fallschirmjäger auf dem Kopf.

»Ich habe dich gehasst, Nicolas. Aber das war nicht gerecht. Die Entscheidung, die du gefällt hast, war genau richtig, für uns, für das, wofür die SOG steht. Die Schweine wollten die Mädchen zurücklassen. Und du hattest den Mut, sich ihnen zu widersetzen. Und die ganze Gruppe stand hinter dir. Das ist die Wahrheit und nichts, wofür du dich entschuldigen musst.«

In der Nachbarwohnung weinte ein Kind.

»Denkst du oft daran?«

»Andauernd. Ich tue nichts anderes.«

»Ich auch nicht«, entgegnete Nicolas gedämpft.

»Aber weißt du, was ich denke?« Tom warf einen Blick aus dem Fenster, ehe er fortfuhr. »Das ist es wert gewesen. Ich hätte mir keinen würdigeren letzten Einsatz wünschen können. Wir haben versucht, sie zu retten. Es ist uns nicht gelungen, aber wir haben es wenigstens versucht.«

»Genau, wir haben es versucht – und versagt.«

Tom machte eine resignierte Geste.

»Hatten wir denn eine Wahl? Die zwei Mädchen zurücklassen, damit diese verfluchten … Tiere sie Tag für Tag vergewaltigen? Nein, Nicolas. Es gab keine Alternative. Die, die uns befohlen haben, nur die Schweden mitzunehmen, mussten ihnen ja auch nicht in die Augen sehen. Sie im Stich lassen, nur weil ihr Pass eine andere Farbe hat als unserer? Nein, Nicolas, du hast zwar die Entscheidung getroffen, aber ich und die anderen standen hinter dir.«

Die Kaffeemaschine gurgelte. Nicolas stand auf.

»Tassen sind in dem Schrank da«, sagte Tom und zeigte darauf.

Nicolas goss ein, wusste, dass er nicht nach Milch oder Zucker zu fragen brauchte, und schob die dampfende Tasse zu ihm rüber.

»Ich will damit nur sagen, dass du dich nicht zu entschuldigen brauchst«, sagte Tom, trank einen Schluck und verzog das Gesicht. »Für gar nichts. Versteh mich nicht falsch, Krüppel zu sein, ist echt das Letzte, aber die Alternative wäre gewesen, die Mädchen ihrem Schicksal zu überlassen. Ich weiß ja nicht, wie es dir geht, aber lieber opfere ich mein Bein als mein Gewissen.«

DREI Ivan Tomic.

So hieß der Mann, der den Golf gemietet hatte, der vor der Tür stand.

Vanessa hatte richtig penetrant werden müssen, als sie bei der Autovermietung angerufen hatte. Eigentlich hätte sie ihre Anfrage schriftlich an Hertz stellen müssen, aber sie hatte sich nicht abwimmeln lassen und erklärt, dass es dringend sei, war weiter durchgestellt und nach einer Stunde von der Zentrale zurückgerufen worden. So hatte sie den Namen der Person erfahren, die das Fahrzeug mit dem Kennzeichen XCI 171 gemietet hatte. Als sie das Telefonat beendet hatte, sah sie, dass zwei verpasste Anrufe von einer unbekannten Nummer bei ihr eingegangen waren.

Sie rief Jonas an und bat ihn, im Register nachzusehen, ob gegen Ivan Tomic etwas vorlag, aber Jonas hatte keine Zeit.

Immerhin fand Vanessa im Internet heraus, dass auf einen gewissen Tomic auch noch ein anderes Auto zugelassen war, was ihr ziemlich merkwürdig vorkam. Er war in der Sandhamnsgatan gemeldet, und auf seiner Facebook-Seite hatte er lauter Fotos von sich mit nacktem Oberkörper gepostet. Aber er war keiner der beiden Männer, die sie in dem Golf hatte sitzen sehen. Fungierte er vielleicht nur als Mittelsmann?

Sie hatte keine Lust mehr, länger zu warten. Sie wollte Ivan Tomic noch schnell einen Besuch abstatten und danach zur Centralstationen fahren, um einen Zug nach Karlsborg zu nehmen. Sie schloss ihre Wohnungstür ab und stoppte in der Odengatan ein Taxi.

»In die Sandhamnsgatan«, sagte sie.

Sie fuhren den Valhallavägen hinunter, im Kreisel links raus und kamen an einem Fußballplatz vorbei, wo nur ein paar verfrorene Hundebesitzer Gassi gingen. Vor einem gelben Gebäude mit einer Pizzeria im Erdgeschoss wurden sie langsamer.

Vanessa zahlte und stieg aus.

An einem Laternenpfahl hing ein Zettel in DIN-A4-Format, mit dem nach einem vermissten Hund namens Nalle gesucht wurde. Auf dem Schwarz-Weiß-Foto zeigte Nalle die Zähne. Unter dem Foto stand eine Telefonnummer.

Vanessa schüttelte den Kopf und lief auf den Eingang zu. In dem Augenblick klingelte ihr Telefon.

Wieder die unbekannte Nummer. Sie ging ran, und der Anrufer stellte sich höflich vor: Nicolas Paredes.

—

In den letzten Jahren war die Stockholmer Centralstationen mehrmals umgebaut worden.

Von hier aus hatten er und Ivan vor gut zehn Jahren ihre Interrail-Tour gestartet. Nicolas erinnerte sich noch an die Aufregung und das Gefühl der grenzenlosen Freiheit, als sie in den Zug nach Kopenhagen gestiegen waren.

Mittlerweile glich der alte Bahnhof eher einem Einkaufszentrum. Die Menschen eilten in alle Richtungen, beladen mit großem Gepäck. Er fuhr mit der Rolltreppe eine Etage tiefer, schloss seine Tasche in ein Schließfach ein und überlegte, ob er auch die Pistole zurücklassen sollte. Aber es konnte sicher nicht schaden, wenn er bewaffnet war. Er hatte sich mit Vanessa Frank beim Hagaparken hinter dem Wenner-Gren-Center verabredet. Dort war es unmöglich, abgehört zu werden, denn es war eine große offene Fläche. Sie hatte ihm versichert, allein zu kommen. Und wenn sie ihr Wort nicht hielt, würde er das sofort sehen. Er könnte in alle Richtungen fliehen. Und in dem nahen Wald würde er mögliche Verfolger abschütteln können.

Er musste unbedingt klarstellen, dass er mit dem Mord an Hampus Davidson nichts zu tun hatte. Und dass Melina nicht in die Entführung involviert war.

—

Vanessa gab den Code für die Roslagsgatan 13 ein, trat nach einem flüchtigen Schulterblick durch die Tür und rannte die Treppe hinauf.

In den letzten Tagen waren die Temperaturen gefallen. Sie würde Nicolas Paredes im Freien treffen und hatte keine Lust zu frieren. Zum wiederholten Mal rief sie sich das Telefongespräch mit ihm ins Gedächtnis. Er war kurz angebunden gewesen, aber seine Stimme hatte trotzdem sympathisch geklungen. Sie hatte versucht, ein paar Fragen zu stellen, aber er hatte sie lieber persönlich treffen wollen.

Am Ende des Gesprächs hatte sie den Namen Ivan Tomic erwähnt. Da hatte Paredes zum ersten Mal gezögert und gefragt, warum sie sich nach Ivan erkundigte. Genau so hatte er sich ausgedrückt. Ivan hatte er gesagt, nicht Ivan Tomic. Das deutete darauf hin, dass er ihn kannte.

Sie war außer Atem, als sie den dritten Stock erreichte, und ging das letzte Stück langsamer, damit sie nicht ins Schwitzen geriet.

Vor der Tür holte sie tief Luft, nahm die Schlüssel aus ihrer Jackentasche und schloss auf. Sie schob die Tür auf, da hörte sie plötzlich ein Schurren hinter sich. Sie fuhr herum.

Ein Mann richtete seine Waffe auf sie.

VIER

Die Ärzte sahen, dass Natasja wach war, und lösten die Riemen. Sie halfen ihr aufzustehen und führten sie zwischen den Betten hindurch in ein kleineres Zimmer. Sie versuchte, auf Englisch mit ihnen zu reden. Gestikulierte. Aber sie schüttelten nur ihre Köpfe und zeigten auf die Pritsche, die an der schmalen Seite des Zimmers stand.

Sie setzte sich. Eine Frau in den Vierzigern mit schwarzen Haaren und dunklen Augen kam herein, legte ein Bündel Kleider in Natasjas Schoß und verschwand wieder. Ohne ein Wort.

Es waren zwei identische weiße Flügelhemden. Die Ärzte bedeuteten ihr, sich frei zu machen.

Natasja schüttelte den Kopf, worauf einer der beiden auf sein Stethoskop zeigte.

»Nein, ich will nicht«, murmelte sie auf Englisch.

Der Arzt rief etwas in den Saal hinein, und im nächsten Augenblick tauchte der Wachmann auf, den hochgewachsenen Blonden im Schlepptau.

Der Wachmann richtete seine Automatikwaffe auf sie.

Natasja begriff, dass sie keine Wahl hatte. Sie zog ihren Pullover über den Kopf, knöpfte ihr Hemd auf, zog Hose und Unterhose aus. Dann setzte sie sich wieder auf die Pritsche.

Die vier Männer schwiegen. Sie versuchte, sich zu bedecken, zum Schutz vor der klammen Kälte und ihren Blicken.

Der Arzt griff nach seinem Stethoskop und platzierte die Membran auf ihrem Rücken. Der kalte Metallring ließ sie zusammenzucken.

»*Breathe*«, sagte er.

Natasja kam seiner Aufforderung nach. Er blinzelte, während er das Stethoskop auf verschiedene Stellen ihres Rückens setzte.

»Good. *Lay down*«, sagte der Arzt und klopfte mit der Handfläche auf die Pritsche.

Er beugte sich über sie und horchte ihre Brust ab.

»Good«, sagte er wieder. »*Now, shower. Okay?*«

Neben dem Untersuchungszimmer befand sich ein kleiner Duschraum. Natasja wurde von der Frau hineingeführt, die ihr die Flügelhemden gegeben hatte. An einem Haken hing bereits ein Handtuch. Sie stieg in die Dusche, drehte das Wasser auf und schrubbte ihren Körper mit einem kleinen gelben Stück Seife. Spülte den Mund aus und spuckte vor ihre Füße.

Nach einer Weile klopfte es an die Tür, und sie drehte das Wasser ab. Sie fühlte sich jetzt munterer, wärmer. Sie trocknete sich ab und zog eines der beiden Hemden an. Als sie die Tür aufmachte, saß bereits ein anderes Mädchen auf der Pritsche. Der Arzt führte Natasja zurück zu ihrem Bett.

Sie wurde wieder fixiert. Das kleine Mädchen in dem Bett zu ihrer Linken drehte den Kopf und sah Natasja aus großen ernsten Augen an. Sie war etwa zehn Jahre alt, ihre Haut schimmerte kupfern. Vielleicht stammte sie aus Asien. Natasja lächelte ihr zu und fragte, wie sie hieß. Ein Redeschwall, von dem Natasja kein Wort verstand, entströmte dem Mund des Mädchens.

Nachdem alle Neuankömmlinge untersucht worden waren, wurde Essen ausgeteilt – dampfender Gemüseeintopf in kleinen Schüsseln. Die Gurte wurden ein wenig gelöst, sodass sie beinahe aufrecht sitzen konnten. Der Wachmann ließ sie nicht aus den Augen. Natasja aß schnell, sie war richtig ausgehungert. Sie trank auch von dem kalten Wasser und behielt es eine Weile im Mund, ehe sie es runterschluckte.

Die ganze Zeit über stand der hellhäutige Mann neben dem Wachmann. Er ließ seinen Blick durch den Saal wandern, die Griffe seiner Krücken gegen den Bauch gepresst. Natasja fragte sich, wer er war. Seinem Aussehen nach war er Europäer. Aber wenn er sich mit den Ärzten unterhielt, sprach er Spanisch. Natasja versuchte, Farahs Aufmerksamkeit auf sich zu lenken, aber ihre Freundin starrte ins Leere, ohne das Essen anzurühren.

»Du musst essen«, flüsterte sie ihr auf Arabisch zu. »Wer weiß, wann wir wieder was kriegen. Probier mal. Es schmeckt sogar.«

Farah schüttelte den Kopf. Sie trank etwas Wasser, aber das Essen ließ sie stehen.

»Was glaubst du, passiert mit uns?«

»Ich weiß es nicht, aber es wird bestimmt alles gut«, sagte Natasja und schlug die Augen nieder, damit ihre Freundin ihre Zweifel nicht bemerkte.

FÜNF Der Mann trat einen Schritt näher. Vanessa überlegte, ob sie noch rechtzeitig in die Wohnung hechten und die Tür abschließen konnte. Aber er hatte ein freies Schussfeld und war nur eineinhalb Meter entfernt. Da konnte er sie gar nicht verfehlen. Außerdem war da etwas an seiner Art, die Waffe zu halten, an seiner Ruhe, das keinen Zweifel daran ließ, dass er ein Profi war.

»Hol deine Autoschlüssel und komm mit«, sagte er gedämpft auf Englisch.

Er bedeutete ihr, in die Wohnung zu gehen. Sie trat in die Diele, und er zog die Tür hinter ihnen zu.

»Ich darf kein Auto fahren, ich habe keinen Führerschein«, sagte sie, um Zeit zu gewinnen.

»*Doesn't matter.*« Er warf einen schnellen Blick in die Wohnung.

Die Autoschlüssel des Porsche, den sie von ihrem Vater geerbt hatte, hingen im Schlüsselschrank. Sie zeigte darauf und öffnete ihn, nahm die Schlüssel heraus und hielt sie ihm vor die Nase.

»Hör mir genau zu. Wir gehen jetzt zusammen zum Auto. Ich weiß, wo es steht, und ich werde die ganze Zeit meine Waffe auf dich richten. Wenn du irgendwelche Mätzchen machst, drücke ich sofort ab.«

Sein Englisch war weder britisch noch amerikanisch. Vielleicht australisch? Oder südafrikanisch?

»Ich bin Polizistin, das wissen Sie, oder?«

Der Mann grinste schief.

»Ja, ich weiß«, gab er zurück und drückte die Türklinke runter. Er griff sich eine ihrer Jacken und legte sie sich über den Arm, um die Waffe zu verbergen.

Unten auf der Straße bogen sie rechts ab, die Garage lag ein Stück weiter unten in der Roslagsgatan, neben dem Norra Real. Der Mann ging schräg hinter ihr. Vanessa schob ihren Zeigfinger in den Schlüsselring, ließ die Schlüssel um den Ring schnellen, fing sie mit der hohlen Hand auf und wiederholte die Bewegung. Sie warf einen Blick in den Monica Zetterlunds Park. Es machte sie traurig, dass sie den Park vielleicht zum letzten Mal sah. Sie versuchte herauszuhören, welches Lied die Bank gerade abspielte, aber sie hörte nur das Rauschen des Verkehrs und ihre Schritte.

Egal was passierte, sie würde alles dafür tun, zu überleben. Sie würde sich wehren. Sie war noch nicht bereit zu sterben. Nicht ohne Natasja gefunden zu haben. Die kleinste Gelegenheit, die kleinste Chance, ihn zu überrumpeln, würde sie nutzen. Sie kamen am Coop Ecke Odengatan-Roslagsgatan vorbei. Noch hundert Meter bis zur Garage. Der Mann ging nun neben ihr und zog ein Telefon aus der Innentasche seiner Jacke. Er gab eine Nummer ein und hielt es sich ans Ohr, ohne sie aus den Augen zu lassen.

»Wir sind gleich da«, sagte er und beendete die Verbindung.

»Wohin fahren wir?«, fragte Vanessa, um ihre Nervosität zu überspielen.

»Wirst du schon sehen.«

Sie blieben vor dem Eingang zur Garage stehen. Sie machte auf und stieg vor ihm die Treppe hinunter. Vanessa hatte den Geruch von Abgasen und Benzin immer gemocht, aber jetzt wurde ihr davon übel. Sie schloss den Wagen auf. Auf der Rückbank lag ein Golfschläger. Sie spielte überhaupt kein Golf, der Schläger lag da nur für den Fall, dass sie überfallen wurde.

»Du fährst«, sagte der Mann, ging um die Motorhaube herum und setzte sich auf den Beifahrersitz. Er warf seine Jacke auf den Rücksitz und legte die Waffe auf seinen rechten Schenkel, außer Reichweite für sie. Der Motor heulte auf, und die Wand vor ihnen wurde von den Scheinwerfern erhellt. Vanessa setzte zurück und schielte dabei auf den Golfschläger, sah aber sofort, dass sie ihn unmöglich an sich nehmen konnte. Das Radio rauschte. Sie drehte die Lautstärke herunter, legte den Vorwärtsgang ein und rollte langsam Richtung Ausfahrt. An der Auffahrt zur Tulegatan hatte das Radio wieder Empfang.

Sie erreichten das Tageslicht. Vanessa blinzelte ein paar Mal und bog rechts ab. Sie schaute den Mann fragend an, als sie an der Ampel hielt.

»*Left*«, befahl er, den Blick nach vorn auf den Seven Eleven gerichtet, vor dem eine Traube Schulschwänzer Kaffee trank und rauchte. Sie trommelte mit den Fingern auf das Lenkrad, während sie auf Grün warteten. Als die Ampel umsprang, bog sie links ab.

Sie passierten die Non Solo Bar.

»Wie heißen Sie?«, fragte sie.

Er beantwortete ihre Frage mit einem gleichgültigen Blick.

»Halt's Maul und fahr. Da vorne dann rechts.«

Sie hielten an der roten Ampel vor dem Sveavägen. Vanessa schielte auf die Pistole. Sie war zu weit weg. Für einen Moment betrachtete sie die imposante Fassade der Stadtbibliothek, die vor ihr in den Himmel emporragte.

»Grün.«

Vanessa fuhr zusammen, ging von der Kupplung und rollte den Sveavägen hinauf. Als sie an der Retro Bar vorbeikamen, warf sie einen Blick auf den Tacho: knapp über fünfzig Stundenkilometer. In hundert Metern sah sie ihre Chance.

Kurz vor der Kreuzung mit der Frejgatan stand ein Umzugswagen auf der rechten Spur. Zwei Männer zogen Kartons heraus und entfernten sich.

SECHS

Ivan ging ins Fitnessstudio. Er brauchte Zeit zum Nachdenken.

Er hatte es nicht über sich gebracht, Melina Davidson umzubringen. Stattdessen hatte er fluchtartig das Haus verlassen, war in sein Auto gesprungen und losgefahren. Vermutlich wurde sie in diesem Augenblick bereits von der Polizei vernommen.

Er hatte die Hantelstange mit einhundert Kilo bestückt und stöhnte, als er sie vom Brustkorb hochstemmte, bis er die Arme durchdrücken konnte. Nachdem er die Übung sechsmal wiederholt hatte, setzte er sich auf und trank aus seiner Wasserflasche.

Sie konnte ihn beschreiben und würde ihn wiedererkennen.

Man brachte sie sicherlich irgendwohin. Zuerst aufs Präsidium und danach in eine Art geheime Wohnung. Wie in dem Film *Safe House* mit Denzel Washington. Aber Josephs Kontaktmann bei der Polizei konnte Ivan dabei helfen, sie aufzuspüren. Der Boss der Legion würde eine Riesenwut auf ihn haben, aber es half ja nichts. Nicht in dieser Situation. Melina musste sterben. Sie hatte ihn gesehen und zusammen mit Nicolas ein falsches Spiel mit ihm gespielt. Er holte sein Mobiltelefon hervor, blätterte bis zu Josephs Kontaktdaten und rief ihn an.

Er erklärte ihm, dass sie sich dringend treffen mussten. Joseph seufzte. In zwanzig Minuten hatte er Zeit.

»Wo?«, fragte Ivan.

»Auf dem Parkplatz beim Kaknästornet.«

SIEBEN

Die Laderampe des Möbelwagens war nicht bis auf den Boden heruntergelassen worden. Vanessa gab vorsichtig Gas und beschleunigte auf sechzig Stundenkilometer. Sie zwang sich, starr geradeaus zu schauen. Bereitete den Spurwechsel vor. Kontrollierte den Seitenspiegel und setzte den linken Blinker.

Die Rampe kam näher. Die Höhe war perfekt.

Es würde wehtun, schrecklich wehtun. Vielleicht würde sie bei dem Aufprall sterben, vielleicht würde er noch genug Zeit haben, um nach seiner Waffe zu greifen und ihr einen Kopfschuss zu verpassen. Ihr Hirn überall im Auto zu verteilen. Aber das Einzige, was Vanessa mit absoluter Sicherheit wusste, war, dass er so oder so vorhatte, sie aus dem Weg zu räumen. Sie wechselte die Spur.

Vor ihrem inneren Auge tauchte Adelines Gesicht auf. Ihre Tochter lachte und patschte verwundert mit ihren kleinen Händchen auf die kristallklare Wasseroberfläche. Schnell schob Vanessa die Erinnerung beiseite und fokussierte wieder die Straße. Die nächsten Sekunden würden darüber entscheiden, ob sie zu den Lebenden oder zu den Toten gehören würde. Das hier war ihre letzte Chance.

Sie musste genau im richtigen Moment das Lenkrad drehen.

Als nur noch dreißig Meter vor ihr lagen, hielt sie den Atem an. Spannte die Wadenmuskeln. Krümmte die Zehen. Wappnete sich für den Aufprall.

Zwanzig Meter.

Sie musste das Lenkrad nur ein paar Zentimeter drehen. Im allerletzten Moment, damit er nicht mehr nach seiner Waffe greifen konnte. Vanessa spürte, wie sich alles in ihr dagegen sträubte. Wie all ihre Instinkte dagegen rebellierten. Und er musste ihre Unruhe wahrgenommen haben.

Denn wenige Meter vor der Rampe wandte er sich zu ihr um. Aber es war zu spät. Sie drehte das Lenkrad kaum merklich nach rechts und spannte jeden einzelnen Muskel ihres Körpers an.

Sie hörte sich schreien, zwang sich aber, nicht die Augen zuzukneifen, und lenkte leicht nach links, damit die Rampe nur die Beifahrerseite traf.

Splitterndes Glas. Krachendes Metall, das auf Metall prallte. Das Auto wurde über die Straße geschleudert. Vanessa wurde hin und her geworfen und klammerte sich am Lenkrad fest.

Dann wurde alles schwarz.

ACHT Vanessa schlug die Augen auf, konnte aber nichts sehen. Sie berührte ihr Gesicht und fasste in eine zähe warme Flüssigkeit. Sie blinzelte ein paar Mal, bis sie wieder etwas sehen konnte. Ihre Handfläche war blutverschmiert.

Aber außer, dass ihr schwindelig war und sie Kopfweh hatte, ging es ihr gut.

Sie blickte sich um. Der Mann saß noch immer neben ihr – nur ohne Kopf. Die Rampe des Möbelwagens hatte ihn enthauptet. Blutgefäße, Nackenwirbel und Sehnen ragten aus dem durchtrennten Hals. Sein Körper war nach vorn gesackt, vom Gurt in Position gehalten.

Die gesamte Front des Wagens war eingedrückt. Überall lagen Glassplitter, bei jeder Bewegung knirschte es.

Vanessa hörte aufgeregte Stimmen. Der Porsche war mitten auf die Straße katapultiert worden und blockierte beide Spuren.

»Der Krankenwagen ist unterwegs.«

Sie erinnerte sich, dass sie noch immer nicht wusste, wer der Mann war. Mit gestrecktem Arm durchsuchte Vanessa die Taschen seiner Jeans. Ein gefaltetes leeres Blatt Papier, ein Stift, ein Streifen Tabletten.

Sie arbeitete sich zur Jacke vor und bekam sein Mobiltelefon zu fassen. Passwortgeschützt. Ein Fall für die Techniker.

Jemand wollte sie beseitigen. Aber damit war sie bei weitem nicht allein. Im vergangenen Jahr hatten circa zweihundert schwedische Polizeibeamtinnen und -beamte zeitweise mit Personenschutz leben müssen. Weil sie und ihre Familien bedroht und Polizeistationen von Handgranaten getroffen worden waren. Alles nur, um einzuschüchtern und Angst zu verbreiten. In diesen Fällen aber hatten die Gangs geradezu damit geprahlt, wer dahintergesteckt hatte. Dieses Mal hingegen war, wer auch immer den Auftrag gegeben hatte, sehr darauf bedacht, anonym zu bleiben. Sie hatten ihr einen Ausländer auf den Hals gehetzt, vermutlich mit einer Vergangenheit beim Militär. Der Stift und das Papier deuteten darauf hin, dass Vanessas Tod als Selbstmord inszeniert werden und sie davor noch einen Abschiedsbrief schreiben sollte. Jemand wollte sie tot sehen und nicht nur mit dem Mord davonkommen, sondern auch die wahre Todesursache vertuschen. Und, dachte Vanessa düster, für einen glaubhaften Selbstmord lieferte sie tatsächlich genügend Gründe – frisch getrennt, kurz vor der Scheidung, wegen Alkohol am Steuer verurteilt und bis eben noch mit unsicherer beruflicher Zukunft. Aber all das durfte eigentlich nur die Polizei wissen. Sollte ihr Ableben also wirklich wie ein Suizid inszeniert werden, musste es bei der Stockholmer Polizei noch immer irgendwo eine Person geben, die Kriminellen Informationen zuspielte. Klas Hemäläinen war also nicht der Einzige gewesen.

Ein junger Polizist tauchte vor dem Loch auf, wo einst die Seitenscheibe gewesen war.

»Sind Sie okay?«

»Ja«, gab Vanessa zurück. Hinter dem Polizeibeamten stand einer der Möbelpacker und teilte ihm mit, dass der Notarzt schon unterwegs sei. Er warf Vanessa besorgte Blicke zu.

»Halten Sie durch. Die Feuerwehr holt Sie da raus.«

»Sehr nett von Ihnen«, sagte sie.

Der Polizist beugte sich herunter und entdeckte den kopflosen Körper neben Vanessa.

»Oh Gott«, rief er aus, fasste sich aber gleich wieder. »Das tut mir wirklich leid.«

»Das muss es nicht. Aber rufen Sie bitte im Präsidium an und richten Jonas Jensen von der Nova aus, dass er herkommen soll.«

Der Beamte wirkte verwirrt.

»Ist das Ihr Mann?«, fragte er.

»Nein, das ist mein Hellseher.« Der junge Polizist machte den Mund auf, aber Vanessa hob mühsam ihre blutige Hand und bedeutete ihm zu schweigen. »Ich bin bei der Nova, ich heiße Vanessa Frank. Und jetzt schaffen Sie mir Jonas Jensen her.«

Der Polizist trat zur Seite, drehte sein Kinn zum Funkgerät und gab die Meldung durch, während hinter ihm auf dem Gehsteig ein Einsatzwagen der Feuerwehr hielt.

Ein paar Feuerwehrmänner schnitten das Autodach auf, dann streckten sich Vanessa vier Arme entgegen und hoben sie vorsichtig aus dem Wrack. Die Männer führten sie von der Straße, und eine Sanitäterin legte ihr eine Decke um die Schultern. Vanessa setzte sich in den Krankenwagen, und die Sanitäterin wollte sie untersuchen. Doch Vanessa protestierte und beteuerte, dass es ihr gut gehe. Sie hörte jemanden ihren Namen rufen und entdeckte Jonas, der auf sie zugelaufen kam.

»Was ist denn hier los? Lebst du noch?«

»Ich fürchte, ja. Andernfalls wäre ich jetzt bitter enttäuscht vom Leben«, gab Vanessa zurück.

Mit einem schiefen Lächeln zückte Jonas seinen Polizeiausweis und bat die Sanitäterin, sie kurz allein zu lassen.

»Was ist passiert?«, wollte er wissen und warf einen Blick auf das demolierte Auto, wo Polizei und Feuerwehr gerade dabei waren, den Mann vom Beifahrersitz zu bergen.

Vanessa erläuterte kurz und sachlich, was sich abgespielt hatte, unterbrochen nur von Jonas' Zwischenfragen.

»Und du hast wirklich keine Idee, wer der Mann sein könnte?«

Vanessa schüttelte den Kopf. Doch dann fiel ihr ein, dass ja das Telefon des Täters in einer ihrer Taschen steckte, und sie klopfte die Jacke danach ab. Dabei rutschte ihr Kartenetui heraus, und EC-Karte und Polizeiausweis fielen auf den Boden.

Jonas hob sie auf und sah sich Vanessas Foto an.

»Hübsches Bild. Ab Montag kannst du den ja auch wieder ganz offiziell benutzen«, sagte er, grinste und gab ihr den Ausweis zurück. »Nicht so, wie du's in Vårberg an der Anmeldung gemacht hast.«

Vanessa wurde heiß und kalt. Sie nahm die Karten mit abgewandtem Gesicht wieder an sich und ließ ihren Blick über die Schaulustigen schweifen, die sich aufgeregt unterhielten und immer wieder auf das Wrack zeigten. Vanessa versuchte, ihre Gedanken zu ordnen.

Jonas bückte sich noch einmal und reichte ihr dann den gefälschten britischen Personalausweis.

»Fräulein Carol Spencer. Lange ist's her«, sagte er amüsiert.

Woher wusste er, dass sie in Vårberg ihren Ausweis vorgezeigt hatte? Er wusste zwar, dass sie Paredes' Schwester einen Besuch abgestattet hatte, aber nicht, dass Maria in einem Wohnheim mit Anmeldetresen wohnte. Wie konnte er das dann einfach so behaupten? Um dieses Detail zu kennen, musste er mit der Frau an der Anmeldung gesprochen haben. Oder mit jemand anderem, der wiederum mit der Frau gesprochen hatte.

Vanessa hielt das Telefon des Toten in der Hand. Eigentlich hatte sie es Jonas geben wollen, damit der es den Kriminaltechnikern aushändigen konnte, jetzt aber zögerte sie und schob es dann unauffällig in ihre Tasche zurück. Sie sah Jonas an, dass er nichts davon bemerkt hatte.

»Ich nehme an, dass ich auch noch ins Röhrchen pusten muss. Am besten mache ich das gleich, danach will ich nur noch nach Hause und mich ausruhen.«

Jonas nickte und ging zu dem Polizeibeamten hinüber, der als Erster vor Ort gewesen war. Er wechselte ein paar Worte mit ihm und deutete auf Vanessa.

Nachdem sie den Alkoholtest absolviert hatte, bedankte sich der Polizist und ging.

»Wir schicken nachher jemanden bei dir vorbei«, sagte Jonas. »Du musst noch vernommen werden, auch im Hinblick auf die eher außergewöhnlichen Umstände des Unfalls. Soll ich dich nach Hause fahren?«

Vanessa schüttelte den Kopf.

»Ich laufe.«

»Bist du sicher?«, fragte Jonas und runzelte die Stirn.

»Ja, danke«, gab Vanessa zurück und rang sich ein Lächeln ab.

Er umarmte sie vorsichtig.

NEUN Obwohl die vereinbarte Uhrzeit schon verstrichen war, entschied Nicolas, noch etwas länger zu warten. Aber als er die Sirenen hörte, zog er die Kapuze auf, erhob sich von der Bank und ging eilig Richtung O'Learys in der Ynglingagatan. Vor dem Sveavägen hatten sich lange Autoschlangen gebildet. Das konnte kaum etwas mit ihm zu tun haben. Er sah den Sveavägen hinunter, und sein Blick fiel auf einen zerbeulten schwarzen Porsche, ein älteres Modell. Er stand mitten auf der Fahrbahn.

Vier Feuerwehrleute waren damit beschäftigt, das Dach aufzuschneiden. Er ging näher heran und blieb hinter einer Gruppe Schaulustiger stehen, die sich um das Autowrack versammelt hatte. Eine blonde Frau wurde aus dem Auto befreit. Haare, Gesicht und Kleider waren blutverschmiert. Sie sah aus wie Mitte dreißig und wirkte benommen, war aber offenbar mit leichten Verletzungen davongekommen. Es wimmelte von Polizeibeamten, die den Verkehr über den Vanadisvägen umzuleiten versuchten und mit Augenzeugen sprachen. Die Frau wurde von einer Sanitäterin zum Krankenwagen geführt und dort untersucht. Er wollte gerade wieder los, als ein Raunen durch die Schaulustigen ging.

»Scheiße, er hat gar keinen Kopf mehr«, rief eine junge Frau neben ihm aus. Sie packte ihre Begleitung am Arm.

Ein Feuerwehrmann versuchte, den geköpften Beifahrer von seinem Sitz zu bergen. Die Polizisten baten die Gaffer weiterzugehen. Nicolas spähte an dem Auto vorbei, um zu sehen, wo die Kollision stattgefunden hatte. Kurz vor der Frejgatan stand ein Umzugswagen mit heruntergelassener Laderampe. Ein Polizist redete mit zwei blassen Möbelpackern. Nicolas ging in ihre Richtung. Als er nur noch wenige Meter von den Männern entfernt war, bückte er sich und tat, als würde er sich den Schuh binden.

»Es ... Das muss Absicht gewesen sein«, stammelte einer der Männer in Göteborger Dialekt. »Sie hat extra rübergezogen. Zuerst dachte ich, das ist ein Terrorist. Ich bin ... Scheiße, jede Wette, dass das Absicht war. Haben Sie überprüft, ob sie unter Drogen steht?«

»Ja, das haben wir.«

Der Mann schüttelte den Kopf, schlug sich die Hand vor den Mund und lehnte sich an den Möbelwagen. Der Polizist wandte sich ab und musterte die blonde Frau, die aus dem Wrack befreit worden war.

»Sie hat zu Ihrem Kollegen gesagt, dass sie von der Polizei ist. Stimmt das wirklich?«, wollte der Möbelpacker wissen.

»Dazu kann ich leider nichts sagen.«

Die Sanitäterin war zur Seite gegangen, und ein Mann mit kahlrasiertem Schädel stand nun neben der Frau. Nicolas beobachtete die beiden.

Der Mann sah wie ein Polizist aus. Und es war offensichtlich, dass sich die beiden kannten. Wenn die Frau aus dem Auto Vanessa Frank war, dann konnte der Unfall kein Zufall sein. Die Legion musste sie irgendwie mit ihm in Verbindung gebracht haben. Wahrscheinlich observierten sie Maria.

Nicolas zückte sein Mobiltelefon und rief Maria an.

»Ich bin's«, sagte er tonlos. »Wie würdest du Vanessa Frank beschreiben?«

»Ziemlich nett.«

»Wie sie aussieht, meine ich.«

»Du hast gesagt, dass das Aussehen nicht so wichtig ist. Es ist viel wichtiger, zu anderen nett zu sein.«

Nicolas musste lächeln.

»Das stimmt auch, aber manchmal muss man schon wissen, wie jemand aussieht, um ihn überhaupt zu erkennen. Welche Haarfarbe hatte sie?«

»Blond.«

Nicolas stellte noch ein paar weitere Fragen, dann beendete er das Gespräch. Er beschloss, Vanessa Frank unauffällig zu folgen, um herauszufinden, wo sie wohnte. Anschließend wollte er das Geld holen und ihr dann einen Besuch abstatten.

ZEHN Das Bett neben dem asiatischen Mädchen war leer. Spät am Vorabend war sie von zwei Männern in Arztkitteln abgeholt worden und bisher nicht zurückgekehrt. Nun zog eine grimmige Frau ihr Bett ab und verschwand mit der Wäsche. Das andere asiatische Mädchen schluchzte und sah Natasja aus verweinten Augen völlig verängstigt an. Natasja streckte ihre Hand aus, und das Mädchen ergriff sie. Die kleine Hand war warm. Natasja drückte sie und streichelte sie mit dem Daumen, um das Mädchen zu beruhigen. Auf der anderen Seite schlief Farah tief und fest. Auch sie hatte die ganze Nacht lang geweint und war erst vor einer Stunde eingeschlafen.

Natasja versuchte zu verstehen, was hier vor sich ging. Aber sie konnte sich einfach keinen Reim auf all das machen. Vieles deutete darauf hin, dass sie sich in einer Art Krankenhaus befanden. Die Schwestern und Ärzte behandelten sie wie rohe Eier und versorgten sie mit drei Mahlzeiten am Tag. Dabei war keines der Kinder im Schlafsaal krank oder verletzt. Sie waren keine Patienten. Sie waren zweifelsohne Gefangene. Rund um die Uhr waren sie durch die Lederriemen fixiert, es sei denn, sie bekamen Essen oder mussten auf die Toilette. Natasja wusste nicht einmal, wo auf der Welt sie sich überhaupt befanden. Und sie hatte Angst. Todesangst. Dann kam ihr Vanessa in den Sinn. Schon komisch, dachte sie, wie ein Mensch, den man erst seit kurzer Zeit kennt, so einen starken Eindruck hinterlassen kann, dass sich die ganze Art zu Denken ändert. Sie fragte sich, was Vanessa an ihrer Stelle tun würde.

Die Tür flog auf, und sie wurde aus ihren Gedanken gerissen. Das Mädchen ließ ihre Hand los und erstarrte. Der blonde Mann, der schon hin und wieder im Schlafsaal aufgetaucht war, erschien im Türrahmen. Gefolgt von einem Arzt trat er in den Raum und schritt die Betten ab. Die beiden Männer diskutierten, doch Natasja konnte nur einzelne Wörter aufschnappen. Als sie an ihr vorbeikamen, hob sie den Kopf, so weit die Gurte dies zuließen.

»Was ist mit dem Mädchen passiert?«, fragte Natasja laut auf Englisch und zeigte auf das leere Bett.

Der Blonde blieb stehen, sagte aber kein Wort. Weshalb sie dieselbe Frage noch einmal stellte, nun auf Arabisch. Der Mann musterte sie aus seinen graublauen Augen; nicht feindlich, eher neugierig.

Als er sich zum Gehen wandte, wiederholte sie ihre Frage erneut. Auf Schwedisch. Da stutzte der Mann. Er bedeutete dem Arzt weiterzugehen und antwortete ihr auf Schwedisch.

ELF

Vanessa schenkte sich ein großzügiges Glas Whisky ein, legte den Kopf in den Nacken und trank es in einem Zug aus. Sie füllte es erneut, diesmal bis zur Hälfte, ließ es auf dem Wohnzimmertisch stehen und ging ins Bad. Sie begutachtete ihren Körper im Spiegel. Abgesehen von einer Platzwunde am Kopf und mehreren, über den gesamten Körper verteilten Prellungen war sie unverletzt.

Auf dem Heimweg hatte sie das Mobiltelefon ihres geköpften Entführers bei Hassan abgegeben, der einen Handyladen führte. Seine Miene war von erschrocken zu skeptisch gewechselt, nachdem er Vanessa gesehen und dann von ihr gehört hatte, dass sie das Passwort umgehen wolle. Er würde es versuchen, konnte ihr allerdings nichts versprechen.

Vanessa ging unter die Dusche, drehte das warme Wasser auf und ließ den Strahl auf sich niederprasseln. Ihre Verwirrung hatte nichts mit dem Schwindel zu tun, der sie seit der Kollision plagte. Vielmehr fragte sie sich, wem sie nach den Geschehnissen der letzten Stunden noch vertrauen konnte.

Mit Jonas arbeitete sie seit Jahren Seite an Seite, Tag für Tag. Er war für sie mehr als nur ein Kollege. Er war ein Freund. Aber die Bemerkung von vorhin, so belanglos sie auf den ersten Blick auch war, deutete auf zwei Dinge hin: Zum einen, dass jemand sie observieren ließ, seit sie zum ersten Mal bei Maria Paredes gewesen war. Und zum anderen, dass derjenige, der sie beschattete, Kontakt mit Jonas hatte.

Diejenigen, die hinter Nicolas Paredes her waren – zumindest seit der Schießerei in der Odengatan –, waren die Leute der Legion.

Sie waren auch die Einzigen, die einen Grund hatten, jemanden vor dem Wohnheim in Vårberg zu postieren. Folglich hatte Jonas aus irgendeinem Grund Kontakt zur Legion. Aber solange ihr die Beweise fehlten, konnte sie ihn damit nicht konfrontieren. Und wenn die Kontakte der Legion bis ins Präsidium reichten, sogar bis in die Nova, also ausgerechnet in die Sondereinheit, die dafür da war, Gangs wie die Legion zu zerschlagen, wem konnte sie dann überhaupt noch trauen? Aber sie konnte sich einfach nicht vorstellen, dass Jonas sich dafür bezahlen ließ, sie mit Informationen zu versorgen. Sie mussten irgendetwas gegen ihn in der Hand haben. Wurde vielleicht sogar seine Familie bedroht?

Vanessa stieg aus der Dusche, trocknete sich ab und versorgte ihre Platzwunde mit einem Pflaster. Danach ließ sie sich aufs Sofa fallen und griff nach dem Whisky.

Das alles war zu viel für sie.

Zuerst der Diebstahl bei Bågenhielms und die Entführungen von Oscar Petersén und Hampus Davidson. Dann die Schüsse in der Odengatan. Dann identifiziert sie Nicolas Paredes, und Natasja verschwindet wie vom Erdboden verschluckt. Dann stellt sie fest, dass sie überwacht wird, was dazu führt, dass vor eineinhalb Stunden ein Auftragskiller auftaucht, um sie aus dem Weg zu räumen.

Das alles ergab keinen Sinn.

Sie stand auf, holte Notizblock und Stift und notierte, was vorgefallen war. Doch es half nichts, das alles wollte einfach nicht zusammenpassen. Viel drängender, das musste sie sich wohl oder übel eingestehen, war allerdings auch, dass jemand sie umbringen wollte.

Es klingelte, und sie schlich zur Wohnungstür. Sie blickte durch den Spion, holte tief Luft und öffnete die Tür.

ZWÖLF Joseph Boulaich lehnte mit verschränkten Armen

an der Autotür. Hinter ihm ragte der Kaknästornet einhundertsiebzig Meter in den grauen Himmel. Josephs Bodyguard, ein bulliger Araber, den Ivan zum ersten Mal sah, schlenderte davon, damit die beiden ungestört reden konnten. Joseph hob die Brauen und zeigte auf Ivans Trainingsklamotten.

»Hast du nicht geduscht?«

Ivan schüttelte den Kopf. Er räusperte sich. Er wusste, dass Joseph nicht gerade erfreut sein würde über das, was er ihm mitteilen wollte.

»Worum geht es denn jetzt?«, sagte Joseph und schielte auf seine Armbanduhr.

»Die Schüsse auf Lidingö.«

»Ja?«

»Das war ich. Ich habe den Typ erschossen. Also Hampus Davidson.«

Joseph sah Ivan ausdruckslos an.

»Ich hoffe, du hast eine gute Erklärung dafür«, sagte er gedehnt.

»Davidson war einer der beiden, die wir entführt haben. Aber Nicolas hat mich verarscht. Davidsons Frau und er, die kennen sich. Ich weiß nicht, woher, aber sie hat Bescheid gewusst. Die ganze Zeit. Ich bin hingefahren, um herauszufinden, ob sie weiß, wo Nicolas ist, aber dann ist dieser Davidson nach Hause gekommen und hat versucht zu fliehen. Ich musste ihn erschießen.«

»Und was ist mir ihr?«

»Sie war auf einmal weg«, log Ivan. »Bevor ich ihr den Schädel wegpusten konnte.«

Joseph packte Ivan am Pullover und drückte ihn gegen das Auto. Ivan wehrte sich nicht, sondern versuchte, möglichst ruhig zu wirken.

»Und jetzt sitzt sie bei der Polizei und kann dich als Mörder ihres Mannes identifizieren. Und wenn du gefasst wirst, was machst du dann? Machst du dann mit denen einen Deal und erzählst ihnen von den Kindern?«

Der Leibwächter kam wieder näher. Joseph presste seine Faust auf Ivans Adamsapfel. Ivan biss die Zähne zusammen. Er durfte jetzt auf keinen Fall panisch werden. Er musste sich aus der Sache rausreden, Joseph eine Lösung für das Problem präsentieren.

»Ich würde nie im Leben auspacken. Ich regle das, aber ich brauche deine Hilfe.«

Joseph drückte ein letztes Mal zu und nahm dann seine Faust von Ivans Hals.

»Du brauchst also meine Hilfe, ja?«, fragte er skeptisch.

Ivan führte eine Hand an seine Kehle und hustete. Der Bodyguard war ein Stück entfernt stehen geblieben.

»Deine Quelle bei der Polizei. Sag ihr, sie soll herausfinden, wo sich Melina Davidson aufhält, dann kümmere ich mich um den Rest.«

Der Schlag kam aus dem Nichts. Ivan krümmte sich. Schnappte nach Luft. Joseph packte ihn am Ohr und zog ihn zu sich heran.

»Kapierst du überhaupt, in was für eine Situation du uns da gebracht hast?«, zischte er. »Jemanden in einem Safe House zum Schweigen zu bringen, das hat es noch nie gegeben in Schweden. Und weißt du auch wieso? Weil es unmöglich ist.«

»Ich schaff das«, keuchte Ivan.

Joseph holte zum nächsten Schlag aus. Ivan schloss die Augen und spannte die Muskeln an. Doch der Schlag kam nicht. Vorsichtig machte er die Augen wieder auf. Joseph hatte mitten in der Bewegung innegehalten. Der Leibwächter war auf ihn zugegangen und hielt ihm ein Mobiltelefon hin.

»Mikael«, sagte er.

Joseph riss das Telefon an sich.

»Ja?«

Ivan begriff, dass es sich um keine guten Nachrichten handelte. Joseph verzog das Gesicht und schüttelte verärgert den Kopf.

»Ich komme«, sagte er und beendete das Gespräch. Er behielt das Telefon in der Hand und starrte ins Leere. Dann schleuderte er es auf den Asphalt und zertrat es. »Der Südafrikaner, der die Polizistin umlegen sollte, ist nicht wieder aufgetaucht. Die haben keine Ahnung, wo er ist. Sie lebt also noch. Und was mit ihm passiert ist, wissen wir nicht. Vielleicht haben die Bullen ihn geschnappt.«

Ivan wagte kaum zu atmen.

»Ich kontaktiere meine Quelle, um rauszukriegen, wo Davidsons Frau ist. Das kostet aber eine fette Stange Geld, und die wirst du aus eigener Tasche zahlen.«

»Kein Problem. Und was soll ich solange machen?«

»Nichts. Du unternimmst gar nichts. Schließ dich zu Hause ein, hol dir einen runter, spiel Counter-Strike, tu, was immer du willst.« Joseph gab dem Leibwächter ein Zeichen, der daraufhin den Wagen aufschloss, sich ans Steuer setzte und den Motor anließ. »Aber wenn ich dich anrufe, stehst du sofort auf der Matte«, sagte Joseph, stieg ins Auto und knallte die Tür zu.

DREIZEHN Carlos musterte das Mädchen. Sie lag im Bett, die strahlend blauen Augen standen in starkem Kontrast zu ihren schwarzen Haaren und ihrem blassen Teint. Sie war ihm neulich schon aufgefallen. Wie alt mochte sie sein, elf, zwölf? Obwohl sie sich sehr bemühte, ihre Angst zu verbergen, war sie ihr deutlich anzumerken.

Noch nie hatte er eines der Kinder angesprochen, nicht einmal, seit die Lieferungen Anfang der Neunziger begonnen hatten. Das käme einer Grenzüberschreitung gleich und machte sie menschlicher als nötig. Tief im Innern fürchtete er, weich zu werden, wenn er es täte. Schon als Kind hatte sein Vater ihn für seine Weichlichkeit kritisiert, er habe nicht das, worauf es ankomme, hatte er gesagt. Aber sein Vater war tot. Und jetzt war Carlos das Oberhaupt der Kolonie, er hielt sie am Leben. Ein ums andere Mal hatte er seine Stärke bewiesen.

Jetzt die Sprache seines Vaters zu hören, war irgendwie seltsam. Nach so vielen Jahren. Als es mit seinem Vater zu Ende gegangen war, hatte er immer öfter Schwedisch mit ihm gesprochen. Hatte von seiner Kindheit in Stockholm und seinen Eltern erzählt. Vom Krieg und davon, wie er Hilde kennengelernt hatte, nach Südamerika geflohen war und die Colonia Rhein gegründet hatte.

Er fragte das Mädchen nach seinem Namen. Sie blinzelte verdutzt.

»Natasja.«

Sie wiederholte die Frage, was mit dem anderen Mädchen geschehen war, und deutete auf das leere Bett. Doktor Peralta gesellte sich zu ihm, offenkundig verunsichert, weil er nicht verstand, was gesagt wurde. Einen Schritt von Carlos entfernt blieb er stehen.

»*Señor* Schillinger, wollen wir mit der Inspektion fortfahren?«

Carlos seufzte und nickte knapp.

VIERZEHN

Nicolas hob die Pistole, als die Tür aufging. Vanessa Frank hatte sich in ein weißes Handtuch gewickelt. Mit mattem Blick sah sie auf die Waffe.

»Ich würde ja gerne die Hände hochnehmen, aber dann würde ich das Handtuch fallen lassen, und so begeistert bin ich dann doch nicht, Sie endlich zu sehen«, sagte sie, ehe sie sich umwandte und ins Wohnzimmer ging.

Nicolas blieb ein paar Sekunden stehen, dann schloss er die Wohnungstür hinter sich. Er stellte die Tasche ab und bückte sich, um seine Schuhe auszuziehen, aber Vanessa rief ihm zu, dass das nicht nötig sei.

Sie saß mit übergeschlagenen Beinen auf dem Sofa und sah in unverwandt an.

»Sie sind gefilmt worden, als Sie hier reinspaziert sind, nur dass Sie's wissen«, sagte sie. »Ich muss Ihnen wohl kaum erklären, was passiert, wenn ich hier mit einem Loch im Schädel gefunden werde.«

Nicolas legte die Glock auf den Sofatisch zwischen ihnen und nahm Platz. Sie musterten sich schweigend, bis Vanessa ihr Glas hob, es leerte und ihr Gesicht verzog.

»Ich bin ziemlich sicher, dass Sie Hampus Davidson nicht umgebracht haben, also erlaube ich mir die Frage, ob Sie mir einen Tipp geben könnten, wer stattdessen der Mörder ist.«

»Ivan Tomic.«

»Derselbe Ivan Tomic, der …«

»Genau.«

Vanessa massierte sich mit Daumen und Zeigefinger die Nasenwurzel.

»Für wen arbeitet er? Und warum stand die ganze letzte Woche ein Auto vor meinem Haus, für das er als Mieter eingetragen ist?«

»Er arbeitet für die Legion. Und die sind vermutlich neugierig geworden und wollten wissen, warum Sie bei meiner Schwester in Vårberg waren.«

»Und warum ist die Legion hinter Ihnen her? Ihre Qualifikationen und Ihr Werdegang passen doch eigentlich wie angegossen zur Legion.«

Nicolas zögerte. Wenn sie das Gespräch aufnahm, konnte alles, was er sagte, als Beweismaterial verwendet werden. Sie schien seine Gedanken erraten zu haben, denn im nächsten Moment stand sie auf und ließ das Handtuch fallen.

Nicolas spürte, wie er rot wurde, und wandte den Blick ab.

»Wie Sie sehen, trage ich kein verstecktes Mikro, und mein Mobiltelefon hängt am Ladekabel im Schlafzimmer. Ich nehme nichts auf. Und ich bin, ob Sie's glauben oder nicht, Ihre beste Chance, um aus dieser Sache irgendwie rauszukommen.«

Sie hob das Handtuch auf, setzte sich wieder und deckte sich damit zu.

»Warum wollen Sie mir überhaupt helfen?«, fragte er.

Sie beugte sich vor und taxierte ihn.

»Weil es mir im Moment total egal ist, dass Sie Oscar Petersén und Hampus Davidson entführt und Ömer Tüzek und Samer Feghuli neutralisiert haben, oder wie ihr Soldaten das nennt, was in der Odengatan passiert ist. Ich würde es ja als Selbstverteidigung bezeichnen. Was mir aber nicht egal ist, ist, dass die Legion mich tot sehen will. Und ich will wissen, warum. Vor ein paar Wochen hätte mich das kaltgelassen, aber jetzt will ich doch noch ein bisschen am Leben bleiben. Zumindest eine Weile.«

Nicolas stand auf und ging zum Fenster. Daneben befand sich eine verglaste Terrasse.

»Ich habe nie für die Legion gearbeitet. Die haben mir einen Job angeboten, den habe ich aber abgelehnt.«

»Was für ein Job war das?«

»Die wollten, dass ich Straßenkinder kidnappe.«

Vanessas Augen verengten sich zu Schlitzen.

»Straßenkinder? Wieso das denn?«

»Ich habe keine Ahnung«, sagte Nicolas und schüttelte den Kopf. »Hätten sie gesagt, dass sie nur junge Mädchen wollen, hätte ich vielleicht an Zwangsprostitution gedacht, aber …«

»Warum auch immer«, unterbrach Vanessa ihn. »Weil Sie abgelehnt haben, sind Sie also zur Zielscheibe geworden. Genau wie ich, als ich nach Ihnen gesucht habe. Weil die Legion nicht wollte, dass Sie genau das der Polizei erzählen.«

Nicolas setzte sich wieder aufs Sofa.

»Und jetzt habe ich's gemacht«, sagte er. »Mehr kann ich nicht tun. Was ich weiß, habe ich Ihnen erzählt. Der Rest liegt an Ihnen. Und Sie müssen Ihre Kollegen davon überzeugen, dass ich nichts mit dem Mord an Davidson zu tun habe.«

»Das Problem ist nur, dass ich das nicht kann.«

»Was? Machen Sie Witze?«

Nicolas spürte, wie ihn die Erschöpfung übermannte, er schlug die Hände vors Gesicht und seufzte.

Plötzlich kam ihm Melina in den Sinn. Nach dem Mord an Hampus Davidson musste sie unter Polizeischutz stehen. Im Normalfall hätte er angenommen, dass sie dadurch in Sicherheit war. Aber jetzt? Die Legion musste einen Informanten bei der Polizei haben, nur so konnte sie ihm immer einen Schritt voraus sein. Melina war in Gefahr. Sie war Zeugin des Mordes an ihrem Mann.

»Einer Person kann ich immerhin vertrauen, weil wir anscheinend gerade denselben Feind haben. Und das sind Sie.«

FÜNFZEHN

Als Carlos nach Hause zurückkehrte, war es bereits dunkel. Er fragte den Wachmann vor Consuelos Zimmer tonlos, ob während seiner Abwesenheit irgendetwas vorgefallen sei, was dieser mit einem kurzen Kopfschütteln beantwortete.

»Danke. Du kannst gehen«, sagte er. »Wir sehen uns dann morgen.«

Sie lag genauso da wie zuvor. Auf dem Nachttisch stand ein Tablett mit Essen, unberührt. Er stellte die Krücken ab und beugte sich über den Teller, *Cazuela de ave*. Er nahm eine Kartoffel und steckte sie sich in den Mund. Dann streichelte er ihr mit den Fingern über die Schulter.

»Du musst essen«, sagte er.

Seit Raúls Tod verweigerte Consuelo das Essen, schwieg und sah Carlos nicht mehr an. Seit Ramonas Tod hatte er sich nie so machtlos gefühlt. Er konnte weder drohen noch jemanden töten noch sein Geld einsetzen, um Consuelo zu einer Reaktion zu bewegen. Er brauchte jemanden, der sich rund um die Uhr um sie kümmerte und ihr Gesellschaft leistete.

Er wollte nicht, dass die Einwohner von Santa Clara dahinterkamen, dass er Raúls Tod zu verantworten hatte. Entdeckte jemand Consuelo in seinem Haus, würde es nicht lange dauern, bis sie sich ausrechneten, was passiert war. Sie würden zwar nicht wagen, etwas zu unternehmen, aber es würde einen Keil zwischen die Deutschen und die Dorfbewohner treiben.

TEIL NEUN

EINS Hätte vor ein paar Tagen jemand behauptet, dass sie Nicolas Paredes gegenübersitzen und mit ihm über die Legion diskutieren würde, hätte sie diese Person für verrückt erklärt. Aber ihr Bauchgefühl sagte ihr, dass er die Wahrheit sagte. Und dass sie ihm – jedenfalls zum gegenwärtigen Zeitpunkt – vertrauen konnte.

Vanessa holte ihr Mobiltelefon aus dem Schlafzimmer. Sieben Anrufe in Abwesenheit. Zwei von Jonas und fünf von Tina Leonidis. Sie rief Tina zurück und warf einen raschen Blick auf ihre Armbanduhr. 19:15 Uhr. Tina meldete sich nach vier Freizeichen.

»Können wir uns treffen?«

»Wir beide?«, fragte Vanessa ungläubig.

»Und noch jemand. Ich glaube, ich habe mich geirrt, was Natasja angeht.«

»Wie meinst du das?«

»Am besten, du kommst her.«

Tina nannte ihr die Adresse und beendete die Verbindung. Vanessa zog sich an. Sie brauchte eine Viertelstunde, um in die Regeringsgatan zu laufen, wo das Büro von Mentor.se lag. Sie war von dem Unfall zwar ziemlich fertig, dennoch wollte sie zu Fuß gehen, um wieder einen klaren Kopf zu bekommen.

Sie waren übereingekommen, dass Nicolas der geeignetere von ihnen beiden war, um aus Ivan Tomic herauszukriegen, was mit den entführten Kindern geschehen war. Würde die Polizei – also ihre Kollegen, wie sie ihn korrigierte – Ivan schnappen, würden sie nie erfahren, wohin die Kinder gebracht worden waren. Er würde mit Sicherheit nicht den Mund aufmachen. Wie Nicolas ihn dazu bewegen wollte, wollte sie sich gar nicht erst ausmalen, aber ihr lief die Zeit davon, wenn sie Natasja lebend wiedersehen wollte.

Das weitere Vorgehen hing von Ivans Aussage ab. Vanessa hatte Nicolas versichert, in der Zwischenzeit herauszufinden, wohin ihre Kollegen Melina Davidson gebracht hatten. Eigens für solche Fälle verfügte die Polizei in den meisten mittelgroßen Städten über sichere Wohnungen. Vermutlich war sie gar nicht mehr in Stockholm. Das Problem war nur, dass sie nicht einfach jemanden anrufen und fragen konnte. Obwohl sie bei der Nova war.

Die Abteilung für Personenschutz war hermetisch abgeschirmt von den anderen Abteilungen, was in diesem Fall auch von Vorteil war. Der oder die Polizisten, die auf der Gehaltsliste der Legion standen, hatten es dadurch genauso schwer, Melina Davidson ausfindig zu machen, wie Vanessa.

Vor dem Hauseingang in der Regeringsgatan standen drei Personen. Zwei Frauen und ein junger Mann um die achtzehn, der eine dünne Windjacke trug.

»Das ist Mohammed«, sagte Tina und deutete auf den Jungen, der Vanessas Blick konsequent auswich. »Er mag die Polizei nicht sonderlich, aber ich konnte ihn dazu überreden, dir etwas zu erzählen. Er hat zusammen mit ein paar Freunden in Stockholm auf der Straße gelebt. Sarah ist hier, um zu dolmetschen und dir bei deinen Fragen zu helfen.«

»Okay«, erwiderte Vanessa. »Schieß los.«

Der Junge begann, leise und heiser auf Arabisch zu erzählen. Nach einer Weile hob Sarah die Hand, und er verstummte sofort.

»Eines Abends kam ein Mann auf uns zu, als wir auf Södermalm in einem Park saßen. Er hatte einen Job für uns. Wir sollten einfach mit ihm mitkommen. Schon als wir zu seinem Auto gingen, kam uns das alles irgendwie komisch vor. Wir haben gemerkt, dass es eine Falle war, und sind weggerannt.«

Mit einer Geste bat Sarah ihn fortzufahren.

»Sie haben meine Freunde mitgenommen. Seitdem sind sie verschwunden.«

Vanessa wollte ihm sagen, wie leid ihr das tat, als er sie zum ersten Mal ansah. Er hielt ihr sein Mobiltelefon hin und zeigte darauf.

»Er weiß, wohin seine Freunde gebracht worden sind«, erklärte Sarah.

»Stockholm?«

Der Junge nickte.

Vanessa spürte, wie ihr Herz einen Satz machte. Vielleicht war Natasja noch hier. Und wenn sie die Legion mit den verschwundenen Kindern in Zusammenhang bringen konnte, wäre das ein großer Erfolg für die Stockholmer Polizei. Den führenden Köpfen würde endlich der Prozess gemacht werden, sie würden verurteilt werden und zumindest für ein paar Jahre hinter Gittern landen.

Der Junge war nun nicht mehr zu bremsen.

»Er und seine Freunde verwenden GPS-Tracking, um sich gegenseitig zu orten, weil sie die Straßennamen nicht kennen. Ich habe nicht alles verstanden, aber er sagt, sie wurden in ein Gebäude gebracht, bevor die Handys ausgeschaltet wurden.«

Sie zeigte auf sein Mobiltelefon.

»Warum ist er nicht zur Polizei gegangen?«

Sarah antwortete, ohne die Frage für Mohammed zu übersetzen.

»Er traut der Polizei nicht. Wenn sie ihn festnehmen, wird er wieder zurückgeschickt.«

Mohammed zeigte Vanessa das Display, auf dem eine Karte von Stockholms Südosten, Nacka und Orminge, zu sehen war. Mit Daumen und Zeigefinger zoomte er näher heran. Ein Gebäude war rot eingekreist. Vanessa machte mit ihrem Telefon ein Foto davon. Sie klopfte ihm auf die Schulter und bedankte sich. Dann wandte sie sich an Sarah.

»Frag ihn, ob er die Männer wiedererkennen würde, wenn ich ihm Fotos zeige.«

ZWEI Im Café Opera hallte House-Musik. Ivan und Ahmed Salah standen an einem Tisch im erhöhten VIP-Bereich. Sie hatten für fünfzigtausend Kronen Champagner und Drinks bestellt, wodurch sie sofort die Aufmerksamkeit der anderen Clubgäste auf sich gezogen hatten.

Ahmed hatte sich daraufhin an das rote Seil gestellt, das den VIP-Bereich von der Tanzfläche abgrenzte, und auf drei Mädels gedeutet, die sie an ihrem Tisch haben wollten. Die Bräute waren heiß, aber Ivan hatte kein Interesse an ihnen. Er hatte beschlossen, sich nur mit dem Besten vom Besten zufriedenzugeben. Warum auch nicht? Schon morgen konnte alles vorbei sein. Wenn die Polizei ihn fasste, winkte ihm eine lange Haftstrafe, vielleicht sogar lebenslänglich. Er hatte also nichts zu verlieren.

Er hatte versucht, sich an Josephs Anweisung zu halten und zu Hause zu bleiben. Aber er hatte die Ruhelosigkeit einfach nicht abschütteln können und stattdessen Ahmed angerufen und sich mit ihm im Café Opera verabredet.

Die anderen Typen im Club warfen neidische Blicke zu ihnen herüber. Ivan liebte das, und er genoss jede Sekunde davon.

»Die Bräute da wollen noch irgendwo anders weiterfeiern. Ich habe ihnen gesagt, dass du bei dir daheim Stoff hast«, schrie Ahmed, um die Musik zu übertönen.

»Welche?«

»Die da.«

Ahmed zeigte auf vier junge Frauen Anfang zwanzig. Als sie Ahmeds und Ivans Blicke bemerkten, winkten sie zu ihnen herüber. Sie waren hübsch, aber Ivan wollte noch warten.

»Es ist noch früh«, sagte er zögerlich.

»Du bist der Boss«, meinte Ahmed.

Eine der jungen Frauen, die Ahmed vorher schon ausgewählt hatte, setzte sich neben Ivan. Sie hatte braune schulterlange Haare, blaue Augen, lange dünne Beine und trug einen kurzen schwarzen Rock, der sich an ihre Schenkel schmiegte.

»Hast du das alles bezahlt?«, fragte sie mit einer Geste Richtung Tisch.

»Genau.«

»Und was machst du so?«

»Verschiedene Sachen«, sagte Ivan mit einem Lachen. »Zerbrech dir darüber mal nicht den Kopf, trink was und hab Spaß. Wie heißt du?«

»Linda.«

»Okay, Linda, ich heiße Ivan. Wenn ich dich mit nach Hause nehmen möchte, dann sage ich's dir.«

Ivan drehte den Kopf und warf einen Blick zum Gedränge an der Bar. Da stand eine Braut nach seinem Geschmack. Sie war platinblond und trug ein enges rosafarbenes Kleid, das über ihren großen Silikonbrüsten spannte.

Die will ich, dachte er und steuerte auf die Bar zu.

Die anderen Männer machten ihm Platz, als er auf sie zukam. Sie wussten, dass er nicht zu denen gehörte, mit denen man sich anlegen wollte. Als er das rote Seil erreichte, hakte er es aus. Der Security Guard drehte sich um und wollte ihn zurechtweisen, überlegte es sich dann aber anders und bat stattdessen ein paar junge Frauen, die sehnsüchtig darauf warteten, dass ihnen der Zutritt zum VIP-Bereich gewährt wurde, zur Seite zu treten.

»Bin gleich wieder da, ich will nur eine Braut holen«, sagte Ivan.

»Kein Problem.«

Die Menge wurde dichter, und Ivan bahnte sich seinen Weg durch sie hindurch. Die Gäste bedachten ihn mit wütenden Blicken, aber er scherte sich nicht darum. Er war hier der King. Er brauchte nur mit dem Finger zu schnippen, dann würden die Leute vom Sicherheitspersonal jeden einzelnen von diesen Losern sofort rauswerfen. Geld war alles, was zählte, besonders, wenn andere wussten, dass man welches hatte. Er drängte sich die letzten Meter zur Bar durch und stellte sich neben die Frau mit dem rosafarbenen Kleid.

Sie sieht aus wie ein Pornostar, dachte er.

»Wie heißt du?« Sein Blick wanderte zu ihrem Ausschnitt.

»Hanna«, antwortete sie gelangweilt.

»Willst du was trinken, Hanna?«, fragte er.

Sie zeigte auf ihr Weinglas.

»Ich bin schon versorgt, danke«, entgegnete sie.

Ivan nahm ihr das Weinglas aus der Hand. Sie sah ihn verdutzt an und wollte protestieren, aber er hob demonstrativ den Arm und ließ das Glas fallen. Es zersprang auf dem Boden.

»Was willst du trinken?«, fragte er noch mal. »Champagner?«

Hanna blickte auf die Scherben.

»Na gut«, sagte sie mit einem Lächeln.

Ivan stellte sich auf die Zehenspitzen und beugte sich über die Theke. Doch der Barkeeper ignorierte ihn. Daraufhin packte Ivan ihn an seinem schwarzen Hemd, als er das nächste Mal an ihm vorbeikam, und zog ihn zu sich heran.

Der Mann stolperte.

»Gib mir eine Flasche Champagner.«

Der Barkeeper strich sein Hemd glatt und sah Ivan erschrocken an, machte aber keine Anstalten, seiner Aufforderung nachzukommen.

»Was ist los mit dir? Ich habe dich gebeten, mir eine Flasche Champagner zu geben«, wiederholte Ivan.

Der Barkeeper holte eine Flasche aus dem Kühlschrank, machte sie auf, füllte einen Kühler mit Eis und stellte die Flasche hinein.

»Wie viele Gläser?«, fragte er.

»Zwei.«

Ivan fischte ein Bündel Tausender aus seiner Gesäßtasche, zählte ein paar Scheine ab und legte sie als Stapel vor den Barkeeper. Er spürte, dass Hanna wie gebannt auf das Geld starrte.

»Behalt das Wechselgeld und merk dir mein Gesicht«, sagte er, drehte sich zu Hanna und reichte ihr eines der Gläser. Er schenkte ein, zuerst ihr, dann sich selbst, und prostete ihr zu. »Kommst du zum Nachglühen noch mit zu mir?«

»Wer kommt denn alles?«

»Nur wir beide.«

Sie lachte.

»Okay, vielleicht.«

»Kein vielleicht.«

Hanna blickte sich suchend um.

»Gut, ich komme mit. Ich muss dann nur meiner Freundin Bescheid sagen, dass sie allein nach Hause fahren muss. Wann willst du denn los?«

»Jetzt.«

»Und das hier?«, sagte sie und hielt das Champagnerglas hoch.

»Zu Hause habe ich was Besseres. Such deine Freundin. In fünf Minuten treffen wir uns am Ausgang.«

DREI

Die Temperaturen waren gefallen. Nicolas war zu dem Schluss gekommen, dass Ivan nicht zu Hause war. Neben einer grünen Garagentür auf der gegenüberliegenden Straßenseite standen ein paar Büsche und Bäume, die das Licht der Straßenlaternen schluckten. Dort hatte er sich postiert, um zu warten. Er bewegte ständig seine Finger und Zehen, damit sie nicht abstarben, und sprang hin und wieder auf der Stelle. Im Kreuz spürte er das kalte Metall der Glock.

Ivan hatte ihn hintergangen. Zwanzig Jahre Freundschaft, und trotzdem hatte Ivan ihn in eine Falle gelockt, die seinen Tod bedeuten sollte. Je länger er darüber nachdachte, desto unwirklicher kam ihm das vor. Und dann war Ivan auch noch zu Melina gefahren und hatte sie bedroht, um von ihr zu erfahren, wo Nicolas sich versteckt hielt. Er musste sie zusammen gesehen haben. Entweder in der Hotelbar oder ein paar Tage später vor Nicolas' Haus.

Eigentlich hätte er Ivan schon längst damit konfrontieren sollen, anstatt sich in Köping auf seinem Hotelzimmer zu verstecken. Ivan hatte sich für die Legion entschieden. Sicher, diesen Lebensstil hatte er schon immer angestrebt, aber dass er dafür ihre Freundschaft opfern würde, hätte Nicolas nie gedacht.

Ivan war kein guter Schüler und auch nicht sonderlich beliebt gewesen, er hatte es immer schwer gehabt, Freunde zu finden. Er verlor schnell die Geduld, fühlte sich beim geringsten Widerspruch gekränkt und wurde gewalttätig, wenn er in Bedrängnis geriet. Aber Nicolas hatte seinen Freund trotzdem immer für einen im Grunde guten Menschen gehalten. Doch in den letzten Tagen hatte er seine Meinung geändert. Ein guter Mensch half Leuten wie

Joseph Boulaich und Mikael Ståhl nicht dabei, Kinder von Stockholms Straßen zu entführen.

Ivan musste sich in den Jahren, die Nicolas weg gewesen war, verändert haben. Und als er zurückgekommen war, war er zu sehr mit sich selbst beschäftigt gewesen, um diese Veränderung zu bemerken. Und jetzt war Melinas Leben in Gefahr. Noch dazu gab es Polizisten, die der Legion halfen. Er konnte nur hoffen, dass Vanessa ihr Versteck aufspürte, bevor sie das taten.

Nicolas zog die Handschuhe aus und wärmte seine eiskalten Hände mit seinem Atem.

Der blaue Bus der Linie 1 fuhr die Haltestelle an, zwei Männer stiegen ein, und der Bus fuhr geräuschlos weiter.

VIER

Sie gingen schweigend zum Auto. Ivan hatte hinter dem Café Opera geparkt. Als sie eingestiegen waren, streckte er sich zu Hanna hinüber, machte das Handschuhfach auf und holte ein Tütchen mit ein paar Gramm Kokain heraus.

»Hast du einen Spiegel oder so was?«

Hanna durchwühlte ihre Tasche und nahm aus einem schwarzen Necessaire eine schwarze runde Dose, die sie aufklappte und Ivan reichte.

Er legte eine Line und gab ihr einen Geldschein. Sie schnupfte, verzog das Gesicht und tupfte sich die Nasenspitze ab. Ivan legte auch für sich eine Line. Danach parkte er rückwärts aus.

»Wo wohnst du?«, fragte Hanna.

Ivan schielte zu ihr hinüber, als sie am Grand Hôtel vorbeifuhren. Normalerweise hatte er Mühe mit Menschen, die ununterbrochen redeten. Aber Hannas Fragen betrafen ihn. Sie wirkte ernsthaft interessiert an ihm. Und er strotzte vor Selbstvertrauen.

»In Gärdet«, gab er zurück. »Ist ganz in der Nähe.«

»Ich weiß. Auf jeden Fall näher als Skogås.«

»Bist du von da?«

»Ja.«

»Und was machst du beruflich?«

»Ich bin Kosmetikerin.«

Ivan hob die Brauen.

»Dann kriege ich bei dir schöne Haut?«

Hanna lachte und gab ihm einen Klaps auf den Arm.

»So ungefähr«, sagte sie. »Und was machst du?«

»Ich bin in der Sicherheitsbranche, kann man so sagen.«

Am Strandvägen bog Ivan links ab, um am Stureplan vorbeizufahren, obwohl das ein Umweg war. Auf dem Strandvägen wären sie schneller bei ihm zu Hause gewesen. Aber er wollte den Moment auskosten. Wollte die Betrunkenen und die Warteschlangen sehen, die Mädels, die sich übergeben mussten und heulten, während er mit einer schönen Frau nach Hause fuhr.

Er fühlte sich überhaupt nicht müde, und konnte es kaum erwarten, Hanna die Kleider vom Leib zu reißen. Sie zu vögeln. Alles war so leicht, wenn man Geld hatte. Und in Gesellschaft war das Leben viel schöner.

FÜNF

Vanessa bat den Fahrer, dreihundert Meter vor dem Lager zu halten, zahlte und stieg aus. Das Taxi fuhr an, und das Motorengeräusch verebbte, die Rücklichter verschwanden hinter einer Abbiegung. Sie blieb auf dem Fahrradweg stehen und sah zu, wie ihr Atem in kleinen Wölkchen in den Himmel stieg.

Der Fahrradweg verlief parallel zu einer spärlich beleuchteten Straße, auf der man nach ein paar Kilometern die idyllischen Mittelklassevillen von Saltsjö-Boo in Strandnähe erreichte. Hinter Vanessa lagen die in Grautönen gehaltenen maroden Arbeiterhäuser von Orminge.

Sie setzte sich in Bewegung.

Zwischen dem Industriegebiet, bestehend aus einigen Werkstätten und ein paar Lagerhallen, und der Straße befand sich ein drei Meter hoher Zaun.

Mohammed zufolge hatte Ivan Tomic zusammen mit zwei Komplizen seine Freunde entführt. Er hatte ihn sofort wiedererkannt, als sie ihm Fotos von Ivans Facebook-Profil gezeigt hatte.

Und hier, unmittelbar vor ihr, war das Mobiltelefon von Mohammeds Freund ausgeschaltet worden. Am liebsten hätte Vanessa Nicolas angerufen, aber sie wollte ihn nicht stören. Um voranzukommen, mussten sie Ivan zur Rede stellen. Mehr Informationen zusammentragen. Und wenn Natasja hier irgendwo war, wollte Vanessa sie so schnell wie möglich finden. Es war mucksmäuschenstill. Sie vermutete, dass die Kinder geknebelt worden waren. Außerdem wurden sie höchstwahrscheinlich bewacht, vor allem, wenn in dem Lager auch Drogen aufbewahrt wurden. Vanessa spähte durch den Zaun Richtung Lagerhalle. Eine Leiter führte bis aufs Dach. Vanessa griff in den Zaun und zog sich hinauf, die Sohlen ihrer Nikes gaben ihr festen Halt. Oben angelangt, schwang sie die Beine über den Zaun und kletterte wieder hinunter.

Die Tür zum Lager war mit zwei Schlössern versehen. Sie legte das Ohr an die Tür und horchte. Kein Laut. Sie umrundete das Gebäude, um nach einem anderen Eingang zu suchen. Beim Verladeplatz entdeckte sie ein Tor, doch das war ebenfalls verriegelt. Sie ging wieder zur Tür zurück und besah sich die Leiter.

Vanessa hasste alles, was nicht ebenerdig war. Ihre Höhenangst war mit den Jahren immer schlimmer geworden. Mittlerweile bekam sie schon Schweißhände und Schwindelanfälle, wenn sie nur einen Globus ansah.

»Verdammte Scheiße«, fluchte sie und rüttelte mit beiden Händen an der Leiter, um zu testen, ob sie stabil genug war. Sie stellte einen Fuß auf die unterste Sprosse und arbeitete sich langsam hoch, den Blick immer auf die grün gestrichene Fläche vor sich geheftet. Sie machte eine Pause, drückte ihren Körper an die Wand und trocknete sich die Hände an den Hosenbeinen ab.

Nach ein paar Metern erreichte sie ein Fenster. Sie stieg noch etwas höher und lugte dann durch die verschmierte Scheibe nach drinnen. In dem Raum war es stockdunkel.

Sie leuchtete mit ihrem Smartphone, ließ den Lichtkegel über die Scheibe schweifen und stellte zu ihrer Erleichterung fest, dass im Inneren etwa ein Meter unterhalb des Fensters Boden zu sehen war. Außerdem konnte sie ein Geländer und eine Treppe ausmachen, von der sie annahm, dass sie ins Erdgeschoss führte.

Vanessa steckte ihr Telefon wieder ein. Sie brauchte etwas, womit sie die Fensterscheibe einschlagen konnte, und verfluchte sich, weil sie keinen Stein mitgenommen hatte. Sie ertastete ihre Schnürsenkel und knotete sie so weit auf, dass sie aus dem Schuh schlüpfen konnte. Sie hielt sich mit der Rechten an der Leiter fest, nahm den Schuh in die Linke und schlug mit der Sohle gegen die Scheibe.

Sie vibrierte, aber sie gab nicht nach.

Vanessa wiederholte die Prozedur, diesmal mit mehr Kraft. Aber demselben Ergebnis. Sie stieg noch eine Sprosse höher und schlug ein drittes Mal zu.

Die Glasscheibe splitterte.

Sie klopfte die verbliebenen Scherben aus dem Fensterrahmen, damit sie sich hindurchzwängen konnte, ohne sich die Haut aufzuschlitzen. Mit der Sohle fegte sie die größeren Scherben vom Fensterbrett und kletterte ins Innere.

Doch zu ihrer Enttäuschung musste sie feststellen, dass sie zu spät war.

Der Lagerraum war in Parzellen unterteilt, in einigen davon lagen Matratzen und dünne Decken. Hier waren Menschen untergebracht gewesen.

In einer Ecke stand ein wackliger Tisch mit drei Stühlen. Eine Kaffeemaschine, ein Kühlschrank und eine Gefriertruhe, bestückt mit lauter Fertiggerichten von Findus.

Sie ging zurück zu den Parzellen. Insgesamt zählte sie zehn Matratzen. Ivan Tomic und seine beiden Handlanger mussten also zehn Straßenkinder aufgelesen, hierhergebracht und gefangen gehalten haben. Aber was war danach mit den Kindern geschehen?

Vanessa ließ sich in der provisorischen Küche auf einen Stuhl fallen, machte die Taschenlampe ihres Smartphones aus und starrte in die Dunkelheit.

Egal was genau hier vor sich ging, diese Sache war zu groß, zu schmutzig, um sie nicht zu Ende zu bringen. Und zwar schnell. Das Gebäude musste observiert werden. Aber an wen sollte sie sich wenden? Jonas kam zurzeit nicht infrage. Sie konnte nicht riskieren, dass die Informationen bei der Legion landeten. Dann würde sie nie herausfinden, was mit den Kindern passiert war. Jan Skog? Der Chef der Einheit war zwar ein Idiot und redete gern mit den Medien, aber er war zumindest nicht korrupt.

SECHS

Natasja wachte auf, weil jemand sie anstupste. Im Dunkeln beugte sich ein Mann über sie, den sie noch nie gesehen hatte. Er löste die Gurte. Hinter ihm konnte sie einen der Ärzte erkennen, die Hände auf dem Rücken verschränkt. Der Unbekannte bedeutete ihr mit einer Geste, aufzustehen und ihm zu folgen.

»Nein«, flüsterte sie. »Bitte.«

Der Mann musterte sie mit leerem Blick. Sie schielte zu Farah hinüber und sah, dass sie auch wach geworden war.

»Geh nicht mit, Natasja. Dann kommst du nie wieder zurück«, sagte sie auf Arabisch.

Der Mann umrundete Natasjas Bett, holte aus und verpasste Farah eine schallende Ohrfeige. Dann wandte er sich wieder Natasja zu.

»*Come. Now.*«

Er hob die Hand und drohte, Farah zum zweiten Mal zu ohrfeigen.

»Okay«, sagte Natasja.

Sie schlug die Decke zur Seite, stellte ihre bloßen Füße auf den kalten Boden, und er hielt mitten in der Bewegung inne. Sie stand auf. Blinzelte. Zitterte. Ob aus Angst oder weil sie fror, konnte sie nicht sagen. Der Mann und der Arzt gingen zur Tür.

Bevor sie den Männern folgte, erwiderte Natasja Farahs Blick und lächelte. Sie wusste, dass sie sich nicht wiedersehen würden.

—

Es war schön, endlich keine Krücken mehr zu brauchen. Carlos führte seine Hand zum linken Knie, während er das Mädchen durch die Glasscheibe beobachtete. Sie setzte sich auf die Metallpritsche, sah sich um und rieb sich die Oberarme.

Dies war die gefürchtetste Folterkammer der gesamten Kolonie. La Parrilla, der Grill, wie der Raum inoffiziell genannt wurde. An einer Seite stand ein Apparat, der über einen Anschluss in der Wand Elektroden mit Strom versorgte, die dem Folteropfer an verschiedenen Stellen des Körpers angebracht wurden. Carlos erinnerte sich daran, wie sein Vater ihn genau hierhin gestellt hatte, wenn die Gefangenen hereingeschleift worden waren. Die meisten konnten nach der monatelangen Folter in Santiago schon nicht mehr gehen. Man nahm ihnen sämtliche Kleider ab und fixierte sie, einen nach dem anderen, auf der Pritsche.

Dann steckte man ihnen nasse Baumwolle in die Ohren, setzte ihnen ein Helm auf und verband ihnen die Augen. Die Elektroden brachte man am ganzen Körper an, vor allem in den Achselhöhlen, im Mund, am Anus und an den Hoden. Außerdem wurde den Männern ein Stück Stahldraht in die Harnröhre geschoben. Dafür mussten mehrere Personen den Gefangenen festhalten, während ein anderer den Draht einführte. War es eine Frau, die verhört werden sollte, war das aus anatomischen Gründen natürlich einfacher. Erst später hatte Carlos begriffen, dass sämtliche Frauen vergewaltigt worden waren, ehe sie auf den Grill gekommen waren. Aber es war ihm gleichgültig gewesen, denn die Vergewaltigungen sollten in erster Linie die Frauen demütigen, sie psychisch fertigmachen, und weniger die Lust der Folterer befriedigen.

Carlos fuhr zusammen, als die Tür hinter ihm aufflog und Marcos eintrat. Er stellte sich neben Carlos und verschränkte die Arme.

»Und du bist dir wirklich sicher?«

SIEBEN

Der Hauseingang lag im Dunkeln. Vor einer Stunde war das letzte Mal jemand hineingegangen. Ein Scheinwerferpaar erhellte die Sandhamnsgatan und arbeitete sich den Berg herauf.

Ivans Auto.

Nicolas drückte sich an die Fassade. Wackelte mit den Zehen und bewegte die Finger, um locker zu bleiben. Sein Gehirn arbeitete auf Hochtouren und sortierte rasch alle irrelevanten Informationen aus.

Als der Wagen an ihm vorbeifuhr, fluchte er. Ivan war nicht allein, auf dem Beifahrersitz saß eine blonde Frau.

Auf Höhe des Eingangs machte Ivan einen U-Turn und parkte gegenüber auf dem Parkstreifen. Vermutlich war er high. Er stand schief, das linke Vorderrad ragte in die Straße hinein.

Er stellte den Motor ab, und fast gleichzeitig wurden die Türen aufgestoßen.

Wer war die Frau? Sollte er es drauf ankommen lassen? Auf sie zurennen und ihr mit vorgehaltener Waffe das Telefon abnehmen und sie anbrüllen, sie solle verschwinden? Wenn sie die Polizei alarmierte, würde er bei deren Eintreffen längst wieder weg sein. Er könnte mit Ivans Auto fliehen.

Sie überquerten die Straße und hatten noch zwanzig Meter bis zum Haus. Er könnte es schaffen.

Nicolas machte einen Schritt nach vorn, hielt dann aber inne.

Es war zu riskant. Er brauchte mehr Zeit, um von Ivan zu erfahren, was mit den Kindern passiert war. Warum er bei Melina gewesen war und Hampus Davidson erschossen hatte. Und vor allem musste er herausfinden, ob Ivan vorhatte, Melina zum Schweigen zu bringen.

—

Ivan steckte den Schlüssel ins Schloss, drehte ihn herum und schob die Tür auf. Die Fahrt in dem schmalen Lift verlief schweigend. Ivan suchte vergeblich nach Worten. Er war nicht mehr so entspannt und selbstsicher wie vorhin. Was war bloß los mit ihm?

Hanna ging an ihm vorbei in die Wohnung und zog sich die Schuhe aus.

»Mach die Schublade im Couchtisch auf«, sagte er.

Sie stolperte ins Wohnzimmer, ließ sich aufs Sofa fallen, zog das Schubfach auf und hielt kurz darauf einen Plastikbeutel in die Höhe.

»So viel habe ich echt noch nie gesehen. Das ist bestimmt mehr als hunderttausend wert, oder?«, rief sie.

Zeit, wieder zum Alphamännchen zu werden.

»So ungefähr«, entgegnete Ivan. »Leg mal ein bisschen Musik auf.«

Er machte die Badezimmertür hinter sich zu und zog den Hosenschlitz auf. Gerade als der Strahl in die Kloschüssel traf, klingelte sein Mobiltelefon. Joseph.

»Ja?«

»Pisst du gerade?«

»Ja.«

»Hör auf damit.«

»Warte kurz.«

Ivan legte das Telefon auf den Waschbeckenrand, wartete die letzten Tropfen ab und machte die Hose zu. Dann drückte er sich das Telefon wieder ans Ohr und überprüfte, ob seine Frisur richtig saß.

»Ich habe mit meinem Kontakt geredet. Er weiß, wo sie ist.«

»Gut«, sagte Ivan. »Wo?«

»Das tut jetzt nichts zur Sache. Aber du fährst uns hin, wenn's soweit ist.«

»Wer ist uns?«

»Mich und Mikael. Und noch zwei Typen. Und hör bloß auf, so blöde Fragen zu stellen. Du hast uns das alles eingebrockt, also halt den Mund und tu, was ich dir sage.«

»Wann schlagen wir zu?«

»Noch heute Nacht.«

Ivan war alles andere als begeistert.

»Soll ich nicht wenigstens die Waffen mitbringen?«

»Nein, darum kümmern wir uns. Wir holen dich dann ab.«

Ivan blieb mit dem Telefon in der Hand stehen. Wollten sie ihn in eine Falle locken? Vielleicht hatte Joseph beschlossen, ihn aus dem Weg zu räumen. Es war schließlich einfacher, Ivan umzubringen als Melina. Zum einen, weil sie unter Polizeischutz stand, zum anderen, weil hinterher weniger Fragen aufkommen würden. Nur ein weiterer toter Krimineller, das würde kein großes Aufsehen erregen. Im Netz hatte er mehrere Kommentare gelesen, dass sich die Mitglieder der Gangs ruhig gegenseitig erschießen sollten.

Es klopfte an der Tür. Hanna kicherte.

»Kommst du? Ich habe eine Überraschung für dich.«

Ivan machte auf. Sie hatte das Kleid ausgezogen. Ihre Unterwäsche war schwarz und knapp bemessen. Er musterte sie vom Scheitel bis zur Sohle. Dachte, es sei das Beste, nicht länger zu grübeln, sondern den Augenblick zu genießen. In wenigen Stunden war er vielleicht schon tot.

ACHT Das Haus mit der Klinkerfassade lag in einer schönen Villengegend in Enskede. Als das Taxi abgefahren war, blieb Vanessa vor dem Briefkasten stehen. Auf dem Namensschild stand *J. Skog*. Wie die übrigen Häuser lag das Haus des Nova-Chefs im Dunkeln.

Vanessa machte das Gartentor auf und stieg die paar Treppen zur Haustür hinauf. Sie legte einen Finger auf den Klingelknopf. Ein durchdringendes Signal hallte durchs Haus.

Wenn sie Jan Skog richtig einschätzte, würde ihr Anblick ihn nicht gerade erfreuen. Er hatte nie einen Hehl aus seiner Abneigung gegen Vanessa gemacht. Und er war noch feindseliger geworden, seit er seine Frau an den Krebs verloren hatte.

Sie hörte Schritte, dann wurde die Tür aufgezogen, und Jan Skog blinzelte sie hinter seiner filigranen Brille an. Er trug einen roten seidenen Morgenrock.

»Vanessa?«, fragte er ungläubig.

Vanessa hob die Hand und winkte zaghaft.

»Gott, wie siehst du denn aus? Bist du okay?«

»Du weißt wirklich, was eine Frau hören will, wenn sie nachts um zwei bei dir an der Haustür klingelt. Willst du mich nicht reinbitten?«

»Entschuldige, aber mit dir habe ich nun wirklich nicht gerechnet«, erwiderte Jan Skog und trat zur Seite. »Komm rein.«

Er führte sie in eine geräumige Küche und drehte das gedimmte Licht auf. An der Wand neben dem Küchentisch hing ein altmodisches Telefon mit Schnur. Darunter lagen ein Notizblock und ein Kugelschreiber. Jan Skog deutete auf einen Stuhl.

»Kaffee oder was Stärkeres?«

»Lieber was Stärkeres, bitte.«

»Whisky?«

»Ja, gern.«

Jan Skog verschwand und kehrte kurz darauf mit zwei vollen Gläsern zurück.

»Was gibt es denn so Dringendes?«, fragte er nach dem ersten Schluck und stellte das Glas vorsichtig ab.

»Die Legion«, begann Vanessa und verzog das Gesicht, als der Alkohol in ihrer aufgesprungenen Lippe brannte. »Die haben Kinder entführt, obdachlose Kinder. Danach haben sie sie in ein Lager in Orminge gebracht. Da komme ich gerade her, deswegen sehe ich auch so aus. Leider verliert sich dort die Spur der Kinder.«

Während sie geredet hatte, hatte sich in Jan Skogs Stirn eine tiefe Falte gegraben.

»Woher weißt du, dass die Legion dahintersteckt? Gehört ihnen die Lagerhalle?«

»Keine Ahnung. Wahrscheinlich eher nicht. Aber ein Junge, der ihnen entkommen konnte, hat Ivan Tomic identifiziert.«

»Und dieser Tomic arbeitet für die Legion?«

Vanessa nickte und hoffte, die Folgefrage, woher sie diese Information habe, würde ihr erspart bleiben.

»Außerdem stand die letzte Zeit ein Auto vor meinem Haus, das unter seinem Namen gemietet worden war. Und in diesem Auto saß derselbe Mann, der mich umbringen wollte.«

»Ich habe davon gehört. Das tut mir leid.« Skog trank nachdenklich noch einen Schluck Whisky. »Ich schulde dir eine Erklärung. Ich weiß, dass wir beide nicht immer an einem Strang gezogen haben, aber du sollst wissen, dass ich dich respektiere. Du bist eine gute Polizistin. Das hast du bewiesen, und zwar nicht nur heute.«

»Danke«, sagte Vanessa und hielt seinem Blick stand.

Skog schwenkte langsam sein Glas.

»Was kann ich für dich tun? Ich nehme an, du bist nicht nur wegen des Whiskys hier. Darfst du überhaupt Alkohol trinken?«

»Eigentlich nicht. Das ist so, als würdest du einem Heroinabhängigen eine Spritze in die Hand drücken«, gab Vanessa tonlos zurück, und ihr Chef machte große Augen. »War ein Witz.«

Er lächelte gezwungen.

»Wir müssen die Lagerhalle observieren lassen.«

»Klingt gut«, sagte Skog und stand auf. »Ich bin froh, dass du hergekommen bist. Was du erzählt hast ... vielleicht können wir sie damit endlich dingfest machen. Entschuldige mich kurz.«

Er verließ die Küche, und Vanessa schnappte sich den blauen Kugelschreiber, der auf dem Notizblock lag. Der Besuch bei Jan Skog hatte ihre Erwartungen bei weitem übertroffen. Vielleicht hatte er sich verändert, vielleicht war er nach dem Fiasko am Flughafen Bromma demütiger geworden.

Vanessa drehte den Kopf und las ein Zitat, das eingerahmt an der Wand hing.

Wenn es dir wirklich wichtig ist, dann wirst du auch einen Weg finden. Andernfalls nur eine Ausflucht, stand da. Wenn sie etwas hasste, dann waren es Kalendersprüche wie dieser. Allerdings passten die Zeilen ziemlich gut zu Jan Skog.

Sie stand auf, klickte mit dem Kugelschreiber und ging die paar Schritte bis zum Kühlschrank.

Fotos von Kindern und Enkeln. Skog in einem Liegestuhl am Pool, in den Händen ein Krimi von Leif GW Persson. Mit zwei Freunden auf dem Golfplatz. Nicht ein Bild von Alva, seiner verstorbenen Frau. Vielleicht, dachte sie, ist es nur so möglich, jemanden zu vergessen – indem man alle Beweise dafür, dass dieser jemand je existiert hat, vernichtet. Andererseits schien das dazu zu führen, dass man sich platte Zitate an die Wand hängt.

Sie hörte Schritte hinter sich und drehte sich um. Skog zeigte lächelnd auf den Kühlschrank.

»Meine Kinder. Na ja, Kinder ist vielleicht ein wenig übertrieben. Simon ist dreiundzwanzig, Sara siebenundzwanzig. Sie hat letztes Jahr schon ihr zweites Kind bekommen.«

NEUN Ivan drehte sich auf den Rücken und betrachtete ihren nackten Körper. Hanna lag auf der Seite und hatte ihm das Gesicht zugewandt. Er fuhr mit dem Finger über die Narben unter ihren Brüsten.

»Du bist hübsch«, sagte er.

»Du auch.«

»Deine Haare …« Ivan wickelte eine blonde Locke um seinen Zeigefinger.

»Ja?«

»Ganz schön lang.«

»Das ist eine Perücke.«

»Ach so.«

Er ließ die Locke wieder los und überlegte, ob er Viagra dahatte. Er wollte sie noch einmal haben, die Gelegenheit ausnutzen. Ivan sprang aus dem Bett.

»Wo gehst du hin?«

»Nur was nachsehen.«

Er machte den Kleiderschrank auf, ging in die Hocke und wühlte in den Tablettenschachteln.

»Dein Handy.«

Er stand auf und fuhr herum. Als er sah, dass Joseph dran war, runzelte er die Stirn und ging mit dem Telefon in die Diele.

»Ich dachte, wir sehen uns später?«

»Planänderung. Du musst nach Enskede. Sofort.«

»Jetzt gleich?«

»Ja, verdammt. Sofort. Ruf mich an, wenn du losgefahren bist. Und nimm deine Waffe mit.«

Joseph beendete die Verbindung. Ivan sah auf die Uhr seines Smartphones. Es war Viertel vor zwei, mitten in der Nacht. Er streckte den Kopf ins Schlafzimmer, Hanna musterte ihn amüsiert.

»Kommst du wieder ins Bett?«

Ivan schüttelte den Kopf.

»Ich muss weg«, sagte er, stellte sich vor den Kleiderschrank und zog sich eine Unterhose an. »Arbeit.«

»Jetzt?«

»Ja«, sagte er grimmig.

»Wenn ich was falsch gemacht habe, kannst du das ruhig sagen.« Ivan drehte sich zu ihr um.

»Nein, hast du nicht. Bleib einfach hier.«

Er griff nach der Jeans, die auf dem Boden lag, durchsuchte die Taschen, holte eine Handvoll Tausender heraus und legte das Geld auf den Nachttisch.

»Im Kühlschrank ist was zu Trinken, und wenn du Hunger hast, kannst du dir was bestellen. Du hast nichts falsch gemacht. Ich muss nur was erledigen.«

Er zog sich einen schwarzen Kapuzenpulli über den Kopf, steckte seine Glock ein, die unter einer Hose im obersten Schrankfach lag, und schlug die Wohnungstür hinter sich zu.

ZEHN Vanessa nahm das Glas, das Jan Skog noch einmal gefüllt hatte. Trotz allem war sie irgendwie enttäuscht. Sie hatte gehofft, Natasja und die anderen Kinder in der Lagerhalle zu finden. Außerdem wollte sie unbedingt erfahren, was Ivan Tomic zu sagen gehabt hatte. Vielleicht wusste Nicolas ja schon, wo Natasja jetzt war? Sie wollte ihn anrufen, um sich zu erkundigen, wie es gelaufen war, aber Jan Skog hatte sie noch nicht gehen lassen. Vanessa gähnte. Sie wollte nur noch unter die Dusche und dann schlafen.

Der Nova-Chef schien mit jedem Schluck munterer zu werden.

»Ich glaube, ich sollte mir langsam mal ein Taxi rufen«, meinte Vanessa.

»Gleich. Jetzt, wo du mich geweckt hast, können wir uns doch auch ein bisschen unterhalten«, sagte er und strich sich mit der Hand über den kahlen Schädel.

»Worüber?«

»Darüber, wie du diesen Südafrikaner einen Kopf kürzer gemacht hast, zum Beispiel. Ich meine, so was lernt man ja wohl kaum auf der Polizeischule.«

Irgendetwas stimmte nicht. Vanessa spürte es, ohne zu wissen, warum. Sie nahm ihr Glas in die andere Hand, um ein bisschen Zeit zu schinden, und führte es zum Mund.

»Ich hatte Glück. Wenn der Möbelwagen da nicht gestanden hätte, dann wäre ich jetzt tot«, sagte sie gedehnt.

»Du bist also mit Absicht in den reingefahren?«

»Das war meine einzige Chance«, entgegnete sie und ließ den Blick durch die Küche schweifen. »Du, wo ist denn dein Bad?«

»Wenn du in die Diele gehst, rechts.«

»Danke.«

Vanessa erhob sich. Sie hatte weiche Knie. Die Klotür war mit einem kleinen roten Herzen verziert. Sie machte sie auf und verriegelte sie hinter sich. Irgendwas lief hier verkehrt. Das war keine natürliche Müdigkeit, sie konnte kaum noch die Augen offenhalten.

Den ersten Schluck hatte sie vor zehn Minuten getrunken, wenn er ihr etwas ins Glas getan hatte, dann war es noch nicht zu spät. Vanessa drehte das Wasser auf, kniete sich vor die Toilettenschüssel und nahm den üblichen Geruch von Reinigungsmitteln und Urin wahr. Sie erbrach sich beinah lautlos, ohne den Finger in den Hals stecken zu müssen. Sie hatte sich diesen Trick in ihrer Jugend beigebracht, weder ihre Eltern noch Monica hatten je etwas gemerkt.

Vanessa zog ihre Hose herunter, setzte sich auf die Toilette und pinkelte ein paar Tropfen, während sie Leitungswasser trank.

Sie spülte und stand auf. Die Müdigkeit war jetzt nicht mehr ganz so schlimm. Sie begegnete ihrem Blick im Spiegel. Er war unfokussiert, aber ihr Körper erwachte langsam wieder zum Leben. Und ihr Denkapparat auch.

Er hatte Südafrikaner gesagt. Es war absolut ausgeschlossen, dass Jan Skog wissen konnte, dass der Mann aus Südafrika kam. Während sie darauf gewartet hatte, dass die Feuerwehrleute das Autowrack aufschnitten, hatte sie seine Taschen gründlich durchsucht, um etwas über seine Identität zu erfahren. Sie hatte aber nur sein Mobiltelefon gefunden. Und es war völlig unmöglich, dass die Rechtsmedizin so schnell herausgefunden hatte, wer er war.

Jan Skog musste schon vorher gewusst haben, dass sie aus dem Weg geräumt werden sollte. Sie trocknete sich die Stirn. Standen etwa sowohl Jan Skog als auch Jonas auf der Gehaltsliste der Legion?

Im Spiegel sah sie hinter sich ein gerahmtes Bild. Sie drehte sich um und las die schwarzen Zeilen.

Du kannst das nächste Kapitel deines Lebens erst aufschlagen, wenn du nicht immer wieder das vergangene liest.

Oh Gott, dachte Vanessa, das kann doch nicht wahr sein, dass mich ein Mann hinters Licht führt, dessen intellektuelles Niveau so flach ist, dass es mit einer roten Boje markiert werden muss.

Es klopfte an der Tür.

»Ist alles in Ordnung?«, fragte Jan Skog.

»Ja, ich fühle mich nur etwas erschöpft. Ich komme schon.«

Vanessa schloss die Tür auf und legte die Hand auf die Klinke, um sie aufzuschieben. Aber die Tür rührte sich nicht.

ELF

Vanessa stemmte sich mit der Schulter gegen die Tür und drückte mit aller Kraft. Keine Chance. Sie setzte sich aufs Klo. Ihr Mobiltelefon lag in der Küche. Und Jan Skog wusste, dass sie über ihn Bescheid wusste. Aber er würde es nicht riskieren, sie in seinem eigenen Haus umzubringen. Sie war also hier eingeschlossen, bis jemand kam, um sie wegzuschaffen.

Sie schluckte. Ging gedanklich ihre Alternativen durch.

»Wie bist du draufgekommen?«, fragte Skog durch die Tür.

Vanessa seufzte und blieb ihm die Antwort schuldig.

»Sie sind auf dem Weg und müssten jeden Moment hier sein.«

Sie stand auf. Tigerte in dem kleinen Raum auf und ab. Zwang sich nachzudenken. Blieb vor dem Zitat stehen.

Du kannst das nächste Kapitel deines Lebens erst aufschlagen, wenn du nicht immer wieder das vergangene liest.

Sie spürte, wie Wut in ihr aufstieg.

»Du hast ja nette Zitate an deinen Wänden.«

Skog schnaubte.

»Du hast immer schon geglaubt, dass du schlauer bist als alle anderen, und genau das ist dein Problem, Vanessa. Wärst du nicht aus der Reihe getanzt und hättest gemacht, was ich dir gesagt habe, dann wäre es nie so weit gekommen.«

Es entstand eine Pause. Vanessa trat ans Waschbecken, drehte den Wasserhahn auf und wusch sich die Hände.

»Und dein Problem ist, dass deine Entscheidungen dermaßen bekloppt waren, dass ich mich oft gefragt habe, wie deine Eltern das hingekriegt haben.«

»Was hingekriegt haben?«

Sie drehte den Hahn zu, aber nur, um ihn sofort wieder aufzudrehen. Sie nahm den Papierkorb, schüttete den Inhalt auf den Boden und verstopfte mit dem Plastikmüllbeutel den Abfluss. Das Wasser im Waschbecken begann langsam zu steigen.

»Zu heiraten«, sagte sie und trat an die Tür. »Du bist so bescheuert, dass sie eineiige Zwillinge gewesen sein müssen.«

»Ich weiß, dass du mich nur wütend machen willst, damit ich die Tür öffne, aber das mache ich erst, wenn die hier sind. Und das ist dann auch das letzte Mal, dass wir uns sehen. Wenn sie deine Leiche finden, wird niemand infrage stellen, dass es Selbstmord war. Das werden alle schlucken, genau wie bei Klas Hemäläinen, von dem glauben auch alle, dass er sich von der Legion hat kaufen lassen.«

Vanessa stellte sich mit dem Rücken an die Tür. Das Wasser lief über den Waschbeckenrand und auf den Boden.

»Klas war gar nicht korrupt?«

»Nein«, gab Jan Skog zurück und lachte auf. »Natürlich nicht.«

»Aber er hat rausgefunden, dass du es bist?«

»Fast. Er war kurz davor. Es war Boulaichs Idee, ihn nicht nur aus dem Verkehr zu ziehen, sondern es auch so aussehen zu lassen, als hätte Klas für ihn gearbeitet. Und wo ich jetzt so drüber nachdenke, werden sie mit dir das Gleiche machen. Du hast ja keine Ahnung, wie einfach es ist, aus einem toten Polizisten einen toten korrupten Polizisten zu machen.«

Vanessa hob ein Bein an, um nicht im Wasser zu stehen.

»Was passiert mit den Kindern, die sie entführt haben?«, fragte sie.

»Ich weiß es nicht, und es ist mir auch scheißegal. Die sind Abschaum, die Legion erweist uns einen Dienst, wenn sie diese Brut von der Straße sammelt … Wir haben dafür momentan nicht genügend Ressourcen.«

Skog verstummte. Vanessa legte das Ohr an die Tür. Prüfte die Klinke. Noch immer tat sich nichts.

»Es ist offen«, rief Skog.

Jemand trat ins Haus, und Jan Skog wechselte ein paar Worte mit dem Mann. Vanessa konnte nicht verstehen, was sie sagten.

Dann ging die Tür auf. Neben Skog stand Nicolas Paredes und zielte mit seiner Pistole auf sie.

Vanessa blinzelte ein paar Mal und ließ ihren Blick von Paredes zu Skog wandern und wieder zurück. Er hatte sie an der Nase herumgeführt. Er hatte die ganze Zeit für die Legion gearbeitet. Und war nur bei ihr vorbeigekommen, um herauszufinden, wie viel sie wusste. Abgesehen von Jonas war sie die Einzige, die ihn mit den Entführungen in Zusammenhang bringen konnte. Und vielleicht auch mit der Schießerei in der Odengatan. Skog warf einen Blick auf den nassen Fußboden, ging an ihr vorbei und drehte den Wasserhahn zu. Kopfschüttelnd hielt er den Müllbeutel hoch.

Dann baute er sich vor Vanessa auf und rammte ihr die Faust in den Magen.

ZWÖLF

Der Fahrer drehte die Klimaanlage auf, der Luftstrahl war angenehm kühl. Der blonde Mann, der mit dem merkwürdigen Schwedisch, saß neben Natasja. Gelegentlich sah er wortlos zu ihr hinüber. Abgesehen davon, dass er sie aufgefordert hatte, mit ihm mitzukommen, hatte er kein Wort gesagt.

Natasja hatte Angst. Sie musste an die vergangenen zwei Jahre denken. An die Flucht aus Syrien, an die Sehnsucht nach ihrer Familie, an die ersten Nächte in einer Sporthalle in Trelleborg. Den Umzug nach Stockholm. Die Aussichtslosigkeit, die Einsamkeit. Und dann die Begegnung mit Vanessa, ihrer ersten schwedischen Freundin. Und sie war mehr als das – sie war ein Vorbild, die stärkste und faszinierendste Frau, der sie je begegnet war.

Nun sollte sie Vanessa nie wiedersehen.

Vielleicht wusste Vanessa nicht einmal, dass sie entführt worden war. Vielleicht dachte sie, dass sie einfach abgehauen war.

Das Auto fuhr einen Hügel hinauf, der von Wald und Weiden umgeben war, auf denen das Vieh graste. Als die Straße wieder abwärts führte, konnte sie ein paar Häuser ausmachen, einen schmalen Weg, eine Kirche. Die Menschen eilten hin und her, lachten und unterhielten sich. Die meisten waren ebenso blond und hellhäutig wie der Mann neben ihr. Sie drückte die Stirn ans Fenster und begriff, dass sie durch die getönten Scheiben nicht gesehen werden konnte.

Sie ließen den Ort hinter sich. Der Wald wurde dichter. Ein Schild tauchte auf: *Clínica Bavaria*. Dann ein großes Gebäude, das wie ein Krankenhaus aussah.

Das Auto fuhr an dem Krankenhaus vorbei und bog auf einen Waldweg ab, der bergan führte. Kurze Zeit später rollten sie auf einen Hof, der zu einem kastenförmigen weißen Haus gehörte. Der Motor verstummte. Natasja hörte Hundegebell. Im Gehölz stand ein geräumiger Zwinger, in dem der größte Hund, den sie je gesehen hatte, gegen das Gitter sprang und das Auto ankläffte.

Der Fahrer stieg aus und machte Natasja die Tür auf. Der blonde Mann ging humpelnd auf das Haus zu. Natasja folgte ihm. Hinter den Bäumen grasten zwei Pferde auf der Weide. Der Mann machte die Haustür auf, und sie trat hindurch.

Klobige, alte Holzmöbel. Natasja blickte durch die großen Fenster, die ins Tal zeigten, auf der Suche nach einem Hinweis darauf, wo sie sich befand. Die Aussicht war schön. An den Wänden hingen altmodische Waffen, Säbel und Gewehre. Dazu ein paar Schwarz-Weiß-Fotos. Männer in Uniform. Frauen in Arbeitskleidern. Einige Bilder waren offenbar in dem Dorf aufgenommen worden, durch das sie eben gefahren waren. Natasja erkannte die weiße Kirche im Hintergrund wieder. Über dem offenen Kamin hing eine Pistole. Aus Gold.

Der Mann stellte sich neben sie.

»Eltern. Meine.«

Er schlug sich vor die Brust, um seine Worte zu verdeutlichen. Natasja wusste nicht, was er von ihr erwartete. Er musterte sie ruhig, während er sich mit der Hand die Schweißperlen von der Stirn wischte.

»Meine Frau. Krank. Gib ihr Essen. Leiste ihr Gesellschaft«, sagte er und deutete einen Korridor hinunter.

Er rief etwas. Lauter jetzt. Ein schwarzgekleideter Mann kam den Korridor entlanggeeilt. Er trug ein Pistolenholster am Gürtel. Die beiden Männer wechselten ein paar Worte, dann verschwand der Mann in Schwarz, und der Blonde wandte sich wieder Natasja zu.

»Ich heiße Carlos«, sagte er und zeigte auf sich.

DREIZEHN

Nicolas packte Vanessa am Arm und zog sie aus dem Badezimmer. Nach Skogs Schlag musste sie nach Luft schnappen. Als sie protestieren wollte, presste Nicolas sie gegen die Wand und verpasste ihr eine Ohrfeige. Jan Skog lachte hämisch, und Nicolas schob sie vor sich her in die Küche.

»Hast du Klebeband?«

Jan zog eine Schublade auf und holte eine Rolle Gaffa Tape heraus. Nicolas drückte sie auf einen Stuhl und wies sie an, die Hände vorzustrecken. Wie hatte sie sich nur so sehr in ihm täuschen können? Während er ihre Handgelenke umwickelte, wich er ihrem Blick aus. Vanessa wollte sich auf ihn stürzen. Ihre Stirn gegen seine Nase knallen. Ihn verletzen. Aber sie beherrschte sich.

Sie biss sich auf die Zunge, um ihn nicht anzuschreien.

Als Nicolas mit dem Klebeband fertig war, packte er Vanessa unter den Achseln und zog sie auf die Füße. Skog ging zum Tisch und nahm ihr Telefon und ihre Snusdose an sich.

»Vergiss ihre Sachen nicht. Es darf keiner erfahren, dass sie hier war.«

Nicolas musterte den Polizeichef.

»Ich brauche noch die Adresse.«

Skog runzelte die Stirn.

»Welche verfluchte Adresse?«

»Die vom Versteck«, entgegnete Nicolas gereizt. »Da muss ich hin, sobald das hier erledigt ist. Die brauchen mehr Leute.«

Jan Skog zögerte.

»Joseph kennt sie. Ruf ihn an. Ich weiß nicht …«

Nicolas trat einen Schritt auf Skog zu und starrte ihn feindselig an.

»Spinnst du? Die bereiten gerade einen Anschlag auf ein Safe House vor, und du willst, dass ich Joseph anrufe, um mit ihm zu plaudern? Ruf ihn doch selbst an. Aber er wird nicht sonderlich glücklich darüber sein.«

Jan Skog wirkte verwirrt. Er wog sein Telefon in der Hand und grübelte.

»Ruf an. Aber schnell«, sagte Nicolas. »Ich habe nicht ewig Zeit.«

Skog seufzte und steckte das Telefon zurück in die Tasche.

»Örnstigen 1 in Täby«, erwiderte er knapp. »Und jetzt schaff sie hier raus.«

Nicolas schubste Vanessa Richtung Tür. Als sie in der Diele standen, ging Skog an ihnen vorbei und machte die Haustür auf.

»Ich werde auch richtig traurig gucken, wenn deine Leiche gefunden wird, versprochen«, sagte er. »Aber leider werde ich nicht zu deiner Beerdigung kommen können. Das würde ja auch komisch aussehen, wenn ich eine Rede halten würde für eine, die sich mit Verbrechern eingelassen hat.«

Er tätschelte ihr unsanft die Wange. Vanessa ließ es teilnahmslos über sich ergehen.

Nicolas schubste sie, damit sie sich wieder in Bewegung setzte.

Ein Stück weit die Straße hinunter stand ein Auto. Nicolas schob eine Hand in die Hosentasche und schloss auf. Er öffnete die hintere Tür. Vanessa zog den Kopf ein und ließ sich auf die Rückbank fallen. Nicolas setzte sich hinters Steuer und warf den Motor an. Jan Skog beobachtete sie von der Treppe aus. Vanessa drehte sich um und sah noch, wie er wieder ins Haus trat und die Tür hinter sich schloss.

Nicolas lächelte in den Rückspiegel.

»Ich glaube, jetzt können wir erst mal durchatmen«, sagte er. »Sobald ich irgendwo anhalten kann, mache ich das Klebeband ab. Auch wenn ich es ganz angenehm finde, dass du gefesselt bist.«

»Idiot«, murmelte Vanessa erleichtert.

Nach ein paar Minuten kamen sie zu einem Parkplatz. Nicolas stoppte, machte die Tür auf und half Vanessa beim Aussteigen.

Sie hielt ihm die Hände hin, und er grummelte, während er mit dem Fingernagel versuchte, den Anfang des Klebebands zu finden.

»Dreh dich mal ein bisschen ins Licht.«

Ab und zu fuhr auf dem Nynäsvägen ein Auto vorbei. Sie blickte zum Globen hinüber, der den Himmel anstrahlte. Endlich hatte Nicolas die Kante gefunden und befreite Vanessa. Sie rieb sich die Handgelenke, ihre Haut war gerötet und brannte.

»Wie zum Henker hast du mich eigentlich gefunden?«

Nicolas erwiderte nichts. Stattdessen trat er vor den Kofferraum und öffnete die Klappe.

»Darf ich vorstellen: Ivan Tomic. Er war schon auf dem Weg, um dich zu holen. Ich hatte vorher keine Gelegenheit, mit ihm zu sprechen, er war in Begleitung. Aber dann ist er irgendwann allein wieder aus dem Haus gekommen.«

Vanessa senkte den Kopf, um Ivan besser sehen zu können. Seine Augen waren halb geschlossen, sein Mund stand offen. Er stöhnte auf und führte langsam seine Hand zur Schulter.

Nicolas stupste ihn an.

»Sag ihr, was du mir vorhin erzählt hast.«

Das Weiß in Ivans Augen glänzte.

»Fahr zur Hölle, du Hure«, nuschelte er. Nicolas packte ihn an der Schulter, und Ivan biss die Zähne zusammen.

»Die Kinder, Ivan. Erzähl ihr von den Kindern, die ihr gekidnappt habt.«

»Nein.«

Nicolas ballte die Faust und rammte sie gegen Ivans Schulter. Der schrie auf.

»Wir haben zehn Kids eingesammelt. Mehr weiß ich nicht«, sagte er gepresst.

»Aber ihr habt nicht nur Straßenkinder genommen«, sagte Nicolas und wandte sich dann an Vanessa. »Bei den obdachlosen Kindern hat sich rumgesprochen, was passiert ist, und sie sind in Deckung gegangen. Also sind sie zu Flüchtlingsunterkünften gefahren.«

Vanessa machte einen Schritt auf Ivan zu und schlug ihm zweimal ins Gesicht. Ivan hob schützend die Arme.

»Wo habt ihr sie hingebracht? Wo ist Natasja, verdammt noch mal?«, schrie sie.

Ivan schüttelte den Kopf. Blut rann ihm aus dem Mundwinkel.

»Die sind nach Südamerika gebracht worden. Mehr weiß ich nicht, ehrlich.«

»Wie?«

»Mit dem Flugzeug.«

Vanessa sah ihn ungläubig an, und Ivan massierte sich die Schläfen. Es war unmöglich, jemanden gegen seinen Willen in ein Linienflugzeug zu verfrachten. Dazu brauchte es einen Pass, Dokumente, und die Geisel musste sich die ganze Zeit ruhig verhalten.

»Ich glaube dir kein Wort«, sagte Vanessa schroff.

Ivan verzog das Gesicht und änderte seine Position.

»Doch nicht mit einem normalen Flugzeug, du Bullenfotze. Mit kleinen Maschinen, von Norrland oder Lappland aus, oder wie zur Hölle das heißt. Von irgendwo im Norden jedenfalls.«

Nirgendwo im Land war die Polizei dermaßen unterbesetzt wie in Nordschweden. Eine einzige Streife musste eine Fläche von der Größe Dänemarks abdecken. Es erschien ihr logisch, den Transport von dort aus zu organisieren. Und clever.

»Wie spät ist es?«, wollte Ivan wissen.

Vanessa hob die Brauen und schielte auf ihr Handgelenk.

»Zwanzig vor vier.«

Ivan lachte hohl, drehte den Kopf zur Seite und spuckte Blut. Dann sah er Nicolas an, grinste und entblößte dabei seine roten Zähne.

»Dann hat Joseph die Hure schon kaltgemacht. Und keiner kann mehr gegen mich aussagen. Ich bin schlauer als du. Ich gewinne, und du verlierst.«

VIERZEHN

Im Wohnzimmer lief der Fernseher, das Licht flimmerte durch die Ritze unter der Schlafzimmertür hindurch. Melina reckte sich nach dem Glas auf dem Nachttisch und trank ein paar Schlucke. Dann legte sie den Kopf wieder aufs Kissen und machte die Augen zu. Aber sie konnte nicht einschlafen. Sie hatte die beiden Polizeibeamten Anna und Robert mehrmals gefragt, wie lange sie sich noch verstecken müsste. Aber sie hatte nur kryptische Antworten erhalten.

Jedes Mal, wenn sie die Augen schloss, sah sie sein Gesicht. Ivan Tomic. Seinen wilden Blick. Seine blutunterlaufenen Augen, als er ihr keuchend die Waffe an den Kopf gehalten hatte. Seine zittrige Hand. Wie er fluchend versucht hatte, sie mit der Linken ruhig zu halten, um ihrem Leben ein Ende zu setzen.

Melina hatte gebettelt und geflucht. Dinge versprochen. Sowohl Gott als auch Ivan. Und plötzlich war er weg gewesen. Sie hatte die Augen aufgeschlagen und zuerst gar nicht aufstehen können.

Schließlich hatte sie sich aufgerappelt und war auf der Suche nach ihrem Mobiltelefon durchs Wohnzimmer gestolpert. Nachdem sie es endlich auf dem Fußboden gefunden hatte, hatte sie die 112 angerufen. Und um Hilfe geschrien. Hampus hatte in unnatürlicher Haltung in einer Blutlache gelegen. Tot.

Vor der Tür lachte Robert über etwas im Fernsehen. Anna bat ihn, leiser zu sein.

Sie hatte die Polizisten, die sie vernommen hatten, angelogen. Vielleicht nicht direkt angelogen, aber sie hatte Details verschwiegen. Einzelheiten, die allesamt Nicolas betrafen. Ivan Tomic hatte seinen Namen genannt und Nicolas mit der Entführung in Zusammenhang gebracht. Auf die eine oder andere Weise war Nicolas also an der Entführung von Hampus beteiligt gewesen. Und somit auch an seinem Tod. Hatte er sie benutzt? Hatte er nur Kontakt mit ihr aufgenommen, um an Hampus heranzukommen? Möglich war's. Aber nach ihrer ersten Begegnung war sie es gewesen, die ihn aufgesucht hatte. Wenn sie der Polizei erzählte, dass sie Nicolas kannte, würden die Ermittler vielleicht glauben, dass sie etwas mit Hampus' Entführung und seinem Tod zu tun hatte.

Melina drehte sich um und blickte die Wand an. Sie musste auf die Toilette. Sie schlug die Bettdecke zurück und stand auf. Vorsichtig öffnete sie die Tür zum Wohnzimmer. Anna und Robert sahen auf.

»Probleme beim Einschlafen?«, fragte Anna verständnisvoll und erhob sich.

»Ein bisschen.«

Im Fernsehen lief ein Actionfilm. Lautlose Explosionen und Schusswechsel. Robert sah weg, als er bemerkte, dass sie nur in T-Shirt und Unterhose dastand. Er wechselte den Sender, vermutlich um sie nicht unnötig aufzuwühlen. Er trat ans Fenster und blickte nach draußen. Sie bemerkte das Holster mit dem schwarzen Pistolengriff an seinem Gürtel. Anna legte ihr einen Arm um die Schulter und führte sie zum Bad.

»Keine Angst. Wir sind rund um die Uhr hier. Und keiner, absolut keiner weiß von dieser Wohnung.«

Als Melina zurückkam, saßen die beiden an dem runden Küchentisch, vor ihnen standen zwei Tassen. Die Kaffeemaschine lief, und Anna mischte gekonnt einen Stapel Karten. Melina lächelte in ihre Richtung, als sie wieder auf ihr Zimmer ging.

»Wollen Sie mitspielen? Ich wollte Robert eigentlich beim Shithead schlagen, aber das können wir ja auch zu zweit!«

»Ich versuche lieber zu schlafen.«

Melina kroch ins Bett und schloss die Augen. Vielleicht sollte sie den beiden doch von Nicolas erzählen? Es war nicht richtig, die Polizei anzulügen.

Sie setzte sich auf und schaute aus dem Fenster. Der Nachthimmel war schwarz, kein Stern war zu sehen. Zwischen den Doppelfenstern lag eine tote Fliege auf dem Rücken. Wie lange sie wohl schon dort lag? Wie viele Menschen wohl schon auf diesem Bett gesessen und auf den Hof hinausgeschaut hatten, in der gleichen Situation wie sie? Ihre Augen brannten vor Müdigkeit, aber ihr gingen zu viele Gedanken durch den Kopf, vollkommen durcheinander, ohne jede Logik. Ob sie wohl den Rest ihres Lebens so verbringen musste? An einem Ort, an dem niemand sie kannte.

Melina zog sich eine Jogginghose an und ging zurück ins Wohnzimmer. Als Anna sie im Türrahmen sah, deutete sie auf einen Stuhl und mischte die Karten neu. Robert füllte den Wasserkocher und zeigte ihr die Teeauswahl.

»Ist das Zimmer in Ordnung?«, erkundigte sich Anna, während sie die Karten austeilte.

»Ja, ich kann nur nicht schlafen. Ich kann einfach nicht abschalten.«

Es war schön, mit jemandem zu reden. Mit anderen Menschen zusammen zu sein.

»Das ist ganz normal«, beruhigte sie Robert und schaute in sein Blatt. »So zu leben, ist einfach nicht gut, für niemanden. Hoffentlich ist das nur vorübergehend.«

Melina nahm ihre Karten auf.

In dem Moment hörten sie ein Geräusch aus dem Treppenhaus. Robert und Anna wechselten einen Blick, dann sahen sie zur Tür.

»Melina, gehen Sie zurück ins Zimmer und schließen Sie ab«, sagte Anna gedämpft und stand auf. Robert hatte die Haustür schon fast erreicht.

Melina lief in ihr Zimmer, sank aufs Bett und starrte ins Leere. Die Haustür explodierte.

—

Vanessa schielte auf den Tacho: einhundertsechzig Stundenkilometer. Vor dem Fenster sauste der Sveavägen vorbei. Gut, dass es mitten in der Nacht ist, dachte sie, während Nicolas die Spur wechselte und einen Lieferwagen überholte. Sie hatte noch nie jemanden so Auto fahren sehen, selbst bei ihren haarsträubendsten Einsätzen in den Anfängen ihrer Karriere nicht. Nicht selten war sie da neben einem jungen Machotypen gelandet, der Eindruck schinden wollte. Sie hatte dann immer die Zähne zusammengebissen, um ihre Angst nicht zu zeigen, obwohl es nicht nur einmal böse hätte ausgehen können.

Doch bei Nicolas war sie ganz sicher, dass er alles unter Kontrolle hatte. Trotz der hohen Geschwindigkeit steuerte er das Auto geschmeidig durch die Straßen. Sie musste sich nicht einmal an dem Griff über der Tür festhalten. Autofahren, das war ihr jetzt klar, gehörte zu den Dingen, die bei der SOG intensiv trainiert wurden.

Sie warf Nicolas einen verstohlenen Blick zu. Er war wie ausgewechselt. Saß kerzengerade hinterm Steuer, den Blick unbeirrt auf die Fahrbahn geheftet. Er war nicht mehr derselbe Mensch wie noch vor wenigen Minuten. Sie dachte, dass so jemand aussehen musste, der darauf gedrillt worden war zu töten. Sie sah auf seine Hände und fragte sich, wie viele Menschen er wohl schon auf dem Gewissen hatte.

Sie fuhren am Vanadisparken vorbei, dort, wo sie mit ihrem Auto in die Laderampe des Möbelwagens gedonnert war. Sie sah wieder den Toten vor sich, ohne Kopf. Sie schüttelte sich, wollte an etwas anderes denken.

»Was glaubst du, wie viele werden es sein?«, fragte sie.

»Laut Ivan vier.«

Am Sveaplan verlangsamte Nicolas die Fahrt und bog rechts ab.

»Waffen?«

»Auf jeden Fall bessere als unsere.« Seine Stimme war schroff und tonlos. »Geh mal auf Google Maps und zeig mir den Örnstigen 1, damit ich weiß, wie das Gebäude aussieht.«

Auf ihrem Display erschien ein schlichtes graues Haus, zwei Stockwerke hoch. Eine Holztür mit Glasfenster. Sie reichte ihm das Telefon. Nicolas warf einen kurzen Blick darauf und gab es ihr wieder zurück.

»Gut. Was meinst du, wie viele Polizisten sind vor Ort?«

»Zwei bis vier, schätze ich.«

»Waffen?«

»Leider kaum bessere als unsere.«

Sie befanden sich jetzt auf der Stadtautobahn, die nördlich des Zentrums durch den Unicampus führte. Das Auto schien seine Höchstgeschwindigkeit erreicht zu haben, die Tachonadel stand bei hundertachtzig.

»Soll ich nicht doch lieber Verstärkung anfordern?«

»Nein, wenn es sowieso schon vorbei ist, hilft es auch nichts mehr, und wenn wir noch rechtzeitig kommen, wären sie nur im Weg.«

—

Seltsamerweise klangen die Schüsse eher wie laute Huster. Melina drückte sich vor dem Bett auf den Boden und hoffte, dass die Wand nicht einstürzte. Sie hörte, wie Anna in ihr Funkgerät brüllte. Aber sie hatte offensichtlich keine Verbindung. Melina griff nach ihrem iPhone, das sie unter der Bedingung hatte behalten dürfen, dass sie es nicht einschaltete. Jetzt machte sie es an – weißer Apfel auf schwarzem Grund.

»Jetzt komm schon.«

Um Zeit zu sparen, wählte sie direkt den Notruf. Nichts tat sich. Sie hielt sich das Telefon dichter vor die Augen. Kein Netz. Das konnte doch nicht wahr sein. Sie war doch gerade mal zehn Kilometer von Stockholms Zentrum entfernt, noch dazu in einem Wohngebiet und im obersten Stock des Hauses. Sie hörte, wie

Robert und Anna sich Anweisungen zubrüllten, während sie das Feuer erwiderten. Ihre Waffen klangen um einiges lauter als die der Angreifer. Sie hörte, wie jemand aufschrie. Das musste Robert gewesen sein. Er war verletzt. Es folgte eine kurze Feuerpause. Robert wimmerte. Dann hörte sie erneut die Huster. Sie kamen immer näher.

FÜNFZEHN Sie kamen an einer Shell-Tankstelle vorbei. Ohne Seitenblick bog Nicolas links ab auf den Centralvägen. Nach ein paar hundert Metern fuhr er rechts ran und hielt an einer Bushaltestelle. Er stellte den Motor ab und stieg aus. Es waren eindeutig Schüsse zu hören.

»Die Verstärkung muss unterwegs sein«, sagte Vanessa.

Nicolas erwiderte nichts, machte die hintere Tür auf und griff nach seiner Tasche. Wieder sporadische Schüsse. Das mussten die Polizisten sein, die das Feuer der Angreifer erwiderten. Wie lange konnten sie noch durchhalten? Vanessa zückte ihr Mobiltelefon und rief die 112 an. Kein Empfang. Nichts. Gar nichts.

»Nicolas«, sagte sie. »Ich habe kein Netz.«

»Die haben Störsender.« Er nahm ein dunkel angesprühtes, zweischneidiges Messer aus der Tasche, das kein Licht reflektierte. Er wog es in der Hand. »Ich mache mich auf die Suche nach dem Fluchtauto, vermutlich ist da jemand postiert.«

»Und ich?«

»Fahr um das Gebäude rum«, sagte er. »Am besten auffällig, damit er dich sieht. Aber mach keine Anstalten einzugreifen.«

»Ich soll also die neugierige Zivilistin spielen?«

»Genau. Sorg dafür, dass er dich bemerkt, aber er soll nicht denken, dass du dich einmischen willst.«

»Und was machst du?«

Nicolas blieb die Antwort schuldig und lief auf das Gebäude zu. Vanessa überholte ihn im Auto. Sie fuhr langsam, setzte den linken Blinker und bog in den Örnstigen.

Gut, dachte Nicolas und lief etwas langsamer. Dann blieb er stehen und duckte sich. Vor der Hausnummer 1 parkte ein schwarzer SUV.

Vanessa hielt ein Stück weiter unten in der Straße. Ein Mann mit Sturmgewehr stand rund hundert Meter entfernt und sah in ihre Richtung.

—

Vanessa stellte den Motor ab, stieß die Tür auf und stieg aus. Das Herz schlug ihr bis zum Hals. Es kam ihr wahnwitzig vor, sich einem bewaffneten Mann entgegenzustellen. Er folgte ihr mit dem Blick. Seine Waffe war schussbereit, aber er zielte nicht auf sie. Er fuchtelte mit dem Arm, bedeutete ihr, weiterzufahren. Aber Vanessa blieb seelenruhig stehen.

Hinter ihm sah sie Nicolas näherkommen. Dann war er plötzlich wieder verschwunden. Vanessa war irritiert. Sekunden verstrichen. Vanessa hielt den Atem an. Hatte der Mann Nicolas bemerkt? Ahnte er etwas?

Der Mann schien die Geduld zu verlieren und machte einen Schritt auf sie zu. Plötzlich legte sich ein Arm um seinen Hals und seine Beine sackten unter ihm weg. Es sah aus, als würde Nicolas ihn von hinten stützen. Er legte ihn auf den Boden und ging in die Knie. Dann winkte er Vanessa zu sich. Sie rannte los, während Nicolas die Waffe an sich nahm.

»Ist er tot?«, raunte Vanessa.

»Schau im Auto nach, ob du den Störsender finden kannst, und zerstör ihn. Dann rufst du deine Kollegen an und danach den Rettungsdienst.«

Er wischte das blutige Messer am Hosenbein ab und steckte es in die Scheide zurück. Vanessa unterdrückte den Impuls, die Sturmhaube des Toten hochzuschieben, um ihm ins Gesicht zu sehen. Im Lendenbereich bildete sich eine Blutlache unter ihm. Ihr war klar, dass Nicolas ihm das Rückenmark durchtrennt und so die Lähmung der Beine verursacht hatte, woraufhin sein Kreislauf kollabiert war.

Der Hauseingang stand offen. Nicolas hielt die schallgedämpfte Waffe vor sich und verschwand im Treppenaufgang. Im zweiten Stock war der Schusswechsel noch immer im Gange.

—

Melina warf erneut einen Blick auf ihr iPhone, um zu prüfen, ob sie jetzt Empfang hatte. Die ersten Schüsse der Angreifer hatte sie vor drei Minuten gehört, und trotzdem kam es ihr vor, als würde sie schon seit Stunden hier liegen.

Einige der Kugeln durchschlugen die dünne Gipswand zum Schlafzimmer. Diesmal sollte Melina nicht lebend davonkommen. Die Männer da draußen waren bereit, zwei Polizisten zu töten, um bis zu ihr vorzudringen, und sobald ihnen das gelungen war, war sie an der Reihe. Konnte sie nicht irgendwas tun? Sie stand auf und sah sich im Zimmer um. Das Fenster – das war ihre einzige Möglichkeit. Sie machte es auf, und kühle Luft schlug ihr entgegen. Sie blickte nach unten, zehn Meter tief. Einen Sturz würde sie niemals überleben. Zu ihrer Linken entdeckte sie einen kahlen Baum. Doch er war zu weit weg, um ihn zu erreichen, hatte sie nicht genug Kraft.

Noch heute Morgen hatte sie sich nicht vorstellen können, jemals vor die Wahl gestellt zu sein, entweder in den Tod zu springen oder erschossen zu werden. Oder war es doch möglich, den Sprung in die Tiefe zu überleben? Sie schüttelte den Kopf und zog das Fenster wieder zu. Nein, ihr blieb nichts anderes übrig, als darauf zu warten, dass Anna starb. Danach war sie dran.

—

Nicolas hatte den Sicherungshebel auf F für Feuerstoß gestellt und hielt das Sturmgewehr im Anschlag, während er mit dem linken Fuß leise auf die Treppenstufe stieg. Er befand sich im ersten Stock. Die Angreifer hatten den Widerstand der Polizisten anscheinend noch nicht gebrochen.

Die schallgedämpften Schusssalven nahmen kein Ende. Joseph rechnete wohl damit, dass ihnen der Störsender ausreichend Zeit gab. Die Polizeibeamten antworteten immer seltener mit ihren Sig Sauer. Sie konnten nicht mehr sehr viele Schüsse im Magazin übrig haben. Nicolas schlich an die Wand gedrückt und wie in Zeitlupe die Treppe hoch. Er wusste schließlich nicht, wie viele Männer Joseph dabeihatte.

Er erreichte das Ende der Treppe. Die Schüsse waren verstummt, und er hörte Stimmen. Jemand rief etwas. Nicolas blieb mit dem Rücken zur Wand stehen, holte Luft und riskierte einen Blick um die Ecke. In der Wohnungstür stand ein Mann.

—

Vanessa fand den Störsender gut sichtbar auf der Rückbank platziert, doch den Aus-Knopf suchte sie vergeblich. Deshalb legte sie ihn auf die Bordsteinkante, ging in die Hocke, holte mit der Glock aus und zertrümmerte den Sender mit dem Griff. Sie holte ihr Mobiltelefon hervor, nur um festzustellen, dass sie noch immer keinen Empfang hatte. Es musste also mehrere Störsender geben. Sie blickte zum zweiten Stock hinauf. Noch schien Nicolas nicht oben angekommen zu sein. Die Nachbarn mussten Todesängste ausstehen, sämtliche Fenster in der Straße waren nun erleuchtet.

Vereinzelt spähten sie aus ihren Fenstern. Vanessa behielt die Straße im Auge, um sich nicht vorstellen zu müssen, was im zweiten Stock möglicherweise gerade passierte. Plötzlich tauchte ein Scheinwerferpaar auf. Noch hörte sie nur den Motor, das Auto selbst konnte sie nicht sehen. Sie hoffte, dass es ihre Kollegen waren. Doch als der Wagen näherkam, erkannte sie, dass es keine Streife war, sondern ein SUV. Das gleiche Modell wie das, neben dem sie stand.

Sie zog ihre Waffe und versteckte sich hinter dem Auto. Der zweite SUV hielt an, und die Fahrertür wurde aufgestoßen. Gleich darauf ging die Beifahrertür auf. Noch war Vanessa unentdeckt.

Aber wenn die Männer ausstiegen und an ihr vorbeigingen, würden sie Nicolas in den Rücken fallen. Einer der Männer war Mikael Ståhl, die Nummer zwei der Legion. Sie erkannte ihn trotz der getönten Scheiben. Beide Männer trugen automatische Waffen, und die Glock, die sie umklammert hielt, kam ihr plötzlich lächerlich klein vor. Aber das Überraschungsmoment war auf ihrer Seite.

Einer der Männer rief etwas. Sie hatten ihren Mitstreiter, der hinter dem Vorderrad lag, noch nicht gesehen. Von ihrer Position aus hatte sie keine Garantie, dass sie beide erwischte, wenn sie zuerst das Feuer eröffnete. Und sollte einer von ihnen überleben, hatte sie keine Chance gegen seine Feuerkraft. Sie musste näher an sie heran, um sie sicher zu treffen.

Die hintere Tür des SUVs neben ihr stand noch immer offen.

Vanessa ließ die Männer nicht aus den Augen, trat einen Schritt vor, zwängte sich auf den Sitz, zog die Tür langsam zu, legte sich auf den Rücken und umfasste die Waffe mit beiden Händen.

—

Nicolas feuerte auf den Rücken des Mannes im Türrahmen. Er sackte lautlos zusammen.

Aus der Wohnung hallten zwei Schüsse.

Er blieb neben der Tür stehen und warf einen raschen Blick in die Wohnung. Ein Mann lag bäuchlings mitten in der Diele. Der Rücken von Schüssen durchlöchert. Blutspuren auf dem Parkett zeugten davon, dass er sich noch zu seiner Kollegin hatte schleppen wollen. Sie lag rechts von ihm, ebenfalls tot.

Melina. Wo zum Teufel war Melina?

Aus dem Zimmer zu seiner Linken drangen Geräusche. Nicolas hob die Waffe, und ein Mann mit Sturmhaube tauchte in der Tür auf. Er zuckte zusammen, als er Nicolas erblickte, und starrte ihn durch die Sehschlitze seiner Maske an.

»Waffe fallen lassen.«

Der Mann hob die Hände, und seine Pistole, eine Sig Sauer, fiel zu

Boden. Mit einer Hand zog er sich die Sturmhaube vom Kopf und gab sich zu erkennen. Es war Joseph.

»Du bist zu spät«, sagte er. »Sie ist tot.«

Nicolas krümmte den Finger um den Abzug und schoss dem Chef der Legion ins Gesicht. Er traf ihn zwischen die Augen, der Kopf flog nach hinten und rammte gegen den Türstock.

—

Zwischen Auto und Hauseingang lagen keine fünf Meter. Vanessa würde schießen, wenn Josephs Handlanger vorbeikamen. Obwohl es kühl war, trat ihr der Schweiß auf die Stirn. Ihre Hände waren feucht, und sie wischte sie an ihren Hosenbeinen ab.

Sie hörte Schritte. Einer der Männer fluchte. Er muss seinen toten Kameraden entdeckt haben, dachte Vanessa. Die Stimmen der Männer wurden immer lauter, sie diskutierten, ob sie raufgehen oder vor der Haustür warten sollten.

Plötzlich tauchte ein Kopf vor dem Autofenster auf – Mikael Ståhl. Vanessa konzentrierte sich auf das Weiß seiner Augen, zielte auf einen Punkt dazwischen und feuerte zweimal. Die Scheibe zerbarst. Sein Kopf wurde nach hinten katapultiert und verschwand aus ihrem Blickfeld.

Vanessa stieß mit dem Fuß die Autotür auf, hechtete ins Freie und blieb auf dem Bauch liegen.

Brachte die Glock in Anschlag.

Entdeckte den zweiten Mann. Er nestelte panisch an seiner Waffe herum. Vanessa zielte auf die Magengegend, um ihn auf keinen Fall zu verfehlen und schoss.

Der Mann sackte auf den Boden und hielt sich schreiend den Bauch. Vanessa trat seine Waffe weg. Erst jetzt bemerkte sie, dass die Schüsse in der Wohnung verstummt waren, während sie sich auf die beiden Männer konzentriert hatte.

Sie betrat das Gebäude und ging die Treppen hinauf.

Vor der Wohnungstür lag ein toter Mann, in der Diele drei weitere

Tote, zwei Männer und eine Frau. Sie erkannte Joseph Boulaich, der mit glasigem, leerem Blick auf der Seite lag. Sie stieg über ihn hinweg ins Schlafzimmer.

Nicolas saß auf dem Bett, neben ihm lag Melina Davidson. Er sah zu Vanessa auf, die erst ihn und dann Melina musterte.

Er streckte den Arm aus, und Vanessa begriff, dass er Melinas Augen schließen wollte. Sie packte seine Hand.

»Fingerabdrücke«, sagte sie und ließ den Blick durch das Zimmer schweifen. Versuchte klar zu denken. »Wir müssen hier weg, Nicolas.«

Vanessa zog ihn am Pullover, damit er aufstand. Er schlug ihre Hand weg und sah Melina an.

»Wir waren zu spät.«

Vanessa entgegnete nichts. Ihre Kollegen mussten jeden Moment eintreffen.

»Denk an deine Schwester. Wer soll sich um Maria kümmern, wenn du in den Knast gehst? Wir müssen hier weg. Sofort, Nicolas.«

Diesmal nickte er, und sie gingen durch die Wohnung, die Treppen hinunter und zum Auto. Polizeisirenen wurden lauter. Vanessa setzte sich ans Steuer und startete den Motor. Nicolas saß nach vorn gebeugt auf dem Beifahrersitz. Als sie auf die E4 fuhr, hörte sie ihn schluchzen.

TEIL ZEHN

EINS Vanessa bremste und hielt vor dem Ryttarvägen 47. Ihr Kopf drohte vor Erschöpfung schier zu platzen, jetzt, da der Adrenalinrausch nachgelassen hatte. Sie hatte Nicolas nach Hause gebracht, sich von ihm einen Schlüssel zu seiner Wohnung geben lassen und war anschließend planlos herumgefahren, mit Ivan Tomic im Kofferraum, bis sie entschieden hatte, was sie mit ihm und Jonas tun wollte.

Sie stellte den Motor ab und blieb mit den Händen am Lenkrad sitzen, den Blick auf das Reihenhaus der Familie Jensen gerichtet. Nur Jonas' Auto stand vor dem Haus. Hatte sie Glück, dann war er allein. Sie griff nach ihrer Glock und machte die Fahrertür auf. Überquerte mit langen Schritten die Auffahrt, warf noch einen Blick über die Schulter und klingelte an der Tür. Angespannt lauschte sie, eine Hand auf dem Rücken, wo sie die Waffe trug. Als Jonas sie entdeckte, runzelte er die Stirn und beeilte sich, ihr aufzumachen.

»Vanessa«, rief er aus. »Ich habe schon die ganze Zeit versucht, dich zu erreichen!«

»Bist du allein?«

Er schüttelte den Kopf.

»Nein, Karin und die Kinder sind auch da.«

Vanessa richtete die Waffe auf ihn.

»Dann muss ich dich bitten mitzukommen.«

Jonas' Blick zuckte zwischen der Waffe und Vanessas Gesicht hin und her.

»Was hast du vor? Soll das ein Witz sein?«

Vanessa schüttelte den Kopf.

»Darf ich mir wenigstens noch meine Schuhe anziehen?«

Vanessa warf einen Blick auf seine Füße. Jonas war barfuß.

»Nein, komm jetzt«, sagte sie tonlos.

Sie schob ihn vor sich her zum Auto, die Glock dicht am Körper, öffnete die Hintertür, drückte Jonas in den Wagen und forderte ihn auf rüberzurutschen. Hinter sich zog sie die Tür zu und hielt die Waffe auf ihn gerichtet.

»Was soll das, Vanessa?«, fragte er.

»Woher wusstest du, dass ich in Vårberg meinen Polizeiausweis gezeigt habe?«

»Was?«

»Nach dem Unfall hast du das gesagt. Woher wusstest du, dass ich in Vårberg meinen Ausweis gezeigt habe?«

Er starrte sie verständnislos an.

»Glaubst du wirklich ...«

»Antworte auf die Frage, verdammt«, schrie Vanessa. »Woher wusstest du, dass ich in Vårberg war und meinen Ausweis gezeigt habe?«

Jonas hob abwehrend die Hände.

»Das hat mir Jan Skog gesagt«, entgegnete er. »Nachdem der Kollege mich über den Unfall informiert hat, bin ich sofort zu ihm, um ihm zu berichten, was passiert ist. Da hat er's mir gesagt.«

»Und was genau hat er gesagt?«

»Dass du in Vårberg gewesen bist und im Wohnheim von Paredes' Schwester an der Anmeldung mit deinem Ausweis rumgefuchtelt hast. Und dass er es satt hat, dass du immer Schwierigkeiten machst.«

Das konnte stimmen. Das musste stimmen. Vanessa ließ die Waffe sinken. Jonas fuhr sich über den kahlrasierten Schädel und sah sie fragend an.

»Hast du wirklich geglaubt, ich bin korrupt?«

»Vergiss es einfach.«

Es entstand eine Pause.

»Verdammt noch mal, du kommst einfach hierher und zielst mit einer Waffe auf mich, was denkst du dir eigentlich dabei?«

»Unverhofft kommt oft.«

»Du bist echt unglaublich«, sagte Jonas kopfschüttelnd.

»Jan Skog ist das Leck«, murmelte sie. »Er hat die Legion die ganze Zeit mit Informationen zu unseren Ermittlungen versorgt. Deswegen konnten wir sie auch nie schnappen. Und nach dem, was du zu mir gesagt hast, dachte ich eben, dass du auch von ihnen geschmiert wirst.« Jonas' Augen verengten sich zu Schlitzen, er wollte etwas sagen, aber Vanessa unterbrach ihn. »Ich weiß, dass Mikael Ståhl und Joseph Boulaich tot sind. Also nein, ich habe keine Beweise.«

Sie erzählte ihm, wie sie zu Jan Skog nach Hause gefahren war und was sich im Örnstigen abgespielt hatte. Jonas hörte gebannt zu. Seine Wut schlug in Neugier um.

»Also über Norrland«, sagte er. »So haben sie das Kokain reingeschmuggelt. Simpel, aber clever. Kaum Polizei. Riesige Flächen. Da oben lässt sich sogar ein Flugplatz ohne Probleme verstecken.«

Vanessa schwieg.

»Aber wenn Nicolas Paredes dich gerettet hat, was ist dann mit Ivan Tomic passiert?«

Vanessa stieß die Tür auf und steckte die Glock unter ihrer Jacke in den Hosenbund. Sie ging um den Wagen, und Jonas stellte sich neben sie. Als sie den Kofferraum aufmachte, starrte Ivan sie wütend an.

»Er hat Hampus Davidson erschossen. Du kannst ihn aufs Präsidium bringen.«

»Und warum kannst du das nicht machen?«, wollte Jonas wissen.

»Zum einen, weil ich meinen Führerschein immer noch nicht zurückhabe. Aber vor allem, weil die Legion nicht nur auf Koks und Mord spezialisiert ist.«

Jonas zitterte.

»Das musst du mir genauer erklären, aber ich wäre dir sehr verbunden, wenn du das nicht im Freien machen würdest«, meinte er und deutete auf die Rückbank.

Sie stiegen wieder ins Auto und zogen die Türen zu. Vanessa zückte den Schlüssel und beugte sich nach vorn, um den Motor zu starten und die Heizung aufzudrehen.

»Danke«, sagte Jonas und schob die Füße zwischen die Vordersitze, um sie zu wärmen.

»Die Legion hat Kinder entführt und nach Südamerika verschifft. Oder eher rübergeflogen. Am Anfang waren es Straßenkinder, unter anderem aus Björns trädgård. Als das aber nicht mehr so gut funktionierte, haben sie Flüchtlingsheime ins Visier genommen. Und ich glaube, dass Natasja eines ihrer Opfer ist.«

»Wenn das stimmt ... Aber du weißt nicht, wo ...?«

Vanessa schüttelte den Kopf.

»Nein, bis jetzt nicht.«

»Und Paredes? Was soll ich mit dem machen? Ich gehe ja mal schwer davon aus, dass du weißt, wo er steckt.«

Vanessa hob die Schultern.

»Nein.«

»Ach, hör auf. Wo zum Teufel steckt Nicolas Paredes?«

Sie seufzte und erwiderte seinen Blick.

»Lass Nicolas da raus. Wenn er nicht gewesen wäre ...«

»Vanessa, es geht hier um zweifachen Menschenraub. Und dann ist da noch der Überfall auf Bågenhielms. Beweise gegen ihn haben wir genug.«

»Haben wir das? Erzähl!«, sagte Vanessa neugierig. »Was denn für welche?«

»Du hast doch gesagt, dass ...«

Vanessa lachte.

»Wir haben nichts gegen ihn in der Hand. Das Geld von den Entführungen findet ihr bei Ivan Tomic und bei der Legion. Und ich garantiere dir, dass ihr darauf keinerlei DNA-Spuren und keinen einzigen Fingerabdruck finden werdet. Hampus Davidson kann ja aus naheliegenden Gründen nicht mehr aussagen. Und selbst wenn das erste Entführungsopfer, wie hieß er noch gleich ... Oscar Petersén ... Selbst wenn der beschließt auszupacken, weiß er nicht, wer die Entführer sind und wo er festgehalten worden ist. Du hast keine Beweise.«

»Einen vergisst du«, wandte Jonas ein und deutete mit dem Daumen Richtung Kofferraum.

»Okay, Ivan Tomic könnte reden. Und zu seiner Verurteilung wegen Mordes noch ein paar Jahre draufpacken. Aber warum sollte er das tun?«

»Du willst Paredes also wirklich einfach so davonkommen lassen? Verflucht noch mal, er ist eine wandelnde Killermaschine.«

»Das war Notwehr, vergiss das nicht. Kein Gericht der Welt würde da anders urteilen. Und das weißt du auch.«

»Das zu entscheiden, ist nicht unser Job. Unser Job ist …«

»Er hat mir das Leben gerettet, Jonas«, fiel sie ihm ins Wort. »Und er hat versucht, Melina Davidson das Leben zu retten. Wir wollen doch immer, dass die Verbrecher der Gesellschaft etwas zurückgeben, wenn sie ihre Haftstrafe abgesessen haben. Er hat schon damit angefangen. Gib ihm doch die Chance, etwas Gutes aus seinem Leben zu machen.«

ZWEI Natasja brach ein Stück Brot ab und ließ es unauffällig in die Tasche ihrer Schürze gleiten. Dann nahm sie das Tablett und trug es in das Zimmer. Die Suppe duftete nach Koriander und Huhn. Sie klopfte und trat ein, ohne die Antwort abzuwarten.

Consuelo setzte sich auf. Ihre dunklen Haare flossen über die Schultern, doch sie war noch immer blass im Gesicht, auch wenn sie deutlich besser aussah als bei ihrem ersten Zusammentreffen. Natasja stellte den Teller auf den Nachttisch, drückte Consuelo den Löffel in die Hand, legte das Tablett auf dem Boden ab und setzte sich ans Fußende des Bettes.

»Danke«, sagte Consuelo auf Englisch und rührte die dampfende Suppe um. »Wie geht es dir?«

Natasja zuckte mit den Schultern.

»Isst du gern allein?«

Natasja runzelte die Stirn, und Consuelo deutete auf ihren Bauch.

»Das Brot. Du hast jeden Tag ein Stück genommen.« Sie streckte die Hand aus und legte sie Natasja auf den Arm. »Keine Angst, ich verrate dich nicht.«

»Ich will hier weg«, flüsterte Natasja. »Ich muss etwas Essen sammeln, um ein paar Tage über die Runden zu kommen.«

Consuelo stellte die Suppe beiseite und rückte ein Stück zu Natasja herüber.

»Ich kann dich aber nicht gehen lassen.«

»Warum nicht?«

»Weil du das nicht überleben würdest. Jeder, der von hier entkommen wollte, hat mit dem Leben bezahlt. Jeder. Es gibt Hunde, Wachmänner, elektrische Zäune, Minen. Und wenn sie dich schnappen, bringen sie dich wieder in den Bunker zurück.«

»Dann flieh mit mir«, flehte Natasja. »Zusammen können wir es schaffen.«

»Du weißt nicht, was das für Menschen sind. Selbst wenn du es schaffst, das Gelände hinter dir zu lassen, haben sie in den umliegenden Dörfern alle Einwohner bestochen oder eingeschüchtert. Die Polizei, die Politiker und sogar die Priester. In irgendeiner Form arbeiten fast alle Männer für sie.«

Natasja seufzte. Sie fühlte sich vollkommen hilflos. Und allein. Consuelo stellte den Teller auf ihren Schoß und aß weiter. Währenddessen erzählte sie von der Kolonie, vom Krankenhaus und den Geschäftsleuten, die dort behandelt wurden.

»Dann müssen alle Kinder sterben?«, fragte Natasja.

Consuelo senkte den Blick und nickte.

»Warum haben sie mich dann hierhergebracht?«

»Weil *don* Carlos will, dass mir jemand Gesellschaft leistet, damit ich mir nichts antue. Und das kann keiner hier aus der Gegend machen, denn dann erfahren alle, dass Raúl tot ist.«

»Wer ist Raúl?«

DREI

Der Taxifahrer hielt in einer Parklücke ein Stück vom Haus entfernt und ließ Vanessa aussteigen. In Sibirien waren unzählige Familien und Paare auf den Beinen, die das Wochenende genossen, indem sie die kleinen Läden frequentierten oder zum Brunch in den Cafés saßen. Als sie an Hassans Handyladen vorbeiging, entdeckte er sie durchs Schaufenster und winkte hektisch.

Vanessas Herz machte einen Satz. Sie hatte das Mobiltelefon ganz vergessen. Sie schob die Ladentür mit einem Pling auf, und Hassan breitete die Arme aus.

»Ich dachte schon, du hättest mich vergessen. Das Handy ist fertig«, begrüßte er sie.

Vanessa konnte ihre Ungeduld nur schwer verbergen.

»Und, hast du's hingekriegt?«

»Klar doch.«

Vanessa trat an den Tresen.

»Gehört das Svante?«, fragte Hassan mit einem Augenzwinkern. Dann wurde er ernst und streckte einen Finger in die Luft. »Ich will dir ja kein Salz auf die Zunge streuen, aber das Privatleben muss privat bleiben. Auch wenn man verheiratet ist.«

»In die Wunde, Hassan. Verdammt, es heißt Salz in die Wunde streuen.«

»Ja, ja, du weißt doch, was die Zeitungen schreiben. Schwedisch für Einwanderer funktioniert einfach nicht. Dafür bin ich ja wohl der lebende Beweis.«

»Stimmt. Und wenn ich eine Eheberatung gewollt hätte, dann wäre ich nicht zu dir gegangen. Dein kleiner Napoleon lebt sicher schon seit Längerem in der Verbannung.«

»Mein kleiner Napoleon?«

Vanessa deutete auf seinen Schritt.

»Es gibt doch die schwedische Formulierung, die Hosen voll haben, stimmt's?«, sagte Hassan grinsend. »Oder irre ich mich?«

Vanessa lachte.

»Nein, da hast du recht. Und jetzt gib mir bitte das Telefon.«

»Lisa.«

Er schob das iPhone über den Glastresen.

»Wer soll das sein?«

Hassan verdrehte die Augen.

»Der Code ist Lisa. 5472.«

Nicolas schlief. Sie schob die Tür zu seinem Schlafzimmer wieder zu, ging ins Wohnzimmer und entsperrte das Mobiltelefon.

Zwei Stunden später hatte Vanessa noch immer nichts gefunden, was ihr einen Hinweis auf den Mann geben konnte. Nicht die geringste Spur. Sie hatte jede einzelne App geöffnet, um irgendein Detail über den Besitzer des Telefons herauszufinden. Nichts. Lediglich zwei Telefonnummern waren eingespeichert, schwedische, bei denen sich nur die Mailbox meldete.

Seit Natasjas Verschwinden waren rund zwei Wochen vergangen. War sie noch am Leben? So oder so, Vanessa würde die Verbrecher, die ihr das angetan hatten, finden und bestrafen. Sie fühlte Wut in sich aufsteigen, versuchte vergebens, sich wieder zu beruhigen, und beschloss, dass Wut immerhin besser war als Machtlosigkeit.

Machtlos hatte sie sich gefühlt, als sie ihre Tochter verloren hatte.

Aber mit der Zeit hatte sie sich damit abgefunden, dass sie nichts hatte tun können, um Adeline zu retten. Die kubanischen Ärzte hatten nichts gegen die Bakterien ausrichten können, die sich schnell und erbarmungslos auf das Leben ihrer sechs Monate alten Tochter gestürzt hatten. Vanessa war keine Ärztin, gegen Bakterien und Krankheiten hatte sie keine Chance. Aber gegen die Menschen, die

Natasja entführt hatten, konnte sie vorgehen, die konnte sie bekämpfen. Sie würde Natasja retten, und wenn ihr das nicht gelang, würde sie zumindest die Schuldigen zur Rechenschaft ziehen.

Vanessa nahm das Telefon wieder zur Hand und öffnete noch einmal die wenigen Apps, während sie zwischen Fenster und Regal auf und ab ging. Irgendeinen Hinweis musste es doch geben.

Runmeter. Ein weißer Laufschuh auf rotem Grund. Ohne große Hoffnungen tippte sie mit dem Zeigefinger auf den Verlauf und scrollte die Zeiten durch. Er lief zehn Kilometer in unter vierzig Minuten. Das war im Oktober gewesen. Einen Tag später war er wieder gelaufen.

Vanessa wischte mit dem Daumen nach oben. Eine Karte erschien auf dem Display. Sie begriff zuerst nicht, was darauf dargestellt war, und machte sie mit zwei Fingern kleiner, bis an der linken Seite die Pazifikküste auftauchte. Dann zoomte sie die Karte wieder größer. Der Mann war also in Südchile gelaufen, zwischen einer Stadt namens Las Flores und einem kleineren Ort, der Santa Clara hieß. Sie überprüfte auch die anderen Laufrunden. Sie hatten ausnahmslos am selben Ort stattgefunden. Die Kinder waren nach Südamerika gebracht worden, hatte Ivan Tomic gesagt.

Jetzt konnte Vanessa den Kreis enger ziehen.

VIER Draußen war es dunkel. Natasja lag wach und horchte nach den Ratten, die auf dem Dachboden ihr Unwesen trieben. Die Nacht war kühl, aber das Fenster stand offen, und gelegentlich drangen die Rufe der Fledermäuse ins Zimmer herein. Irgendwo bellte der große Hund. Als die Wanduhr im Wohnzimmer zwölf schlug, setzte Natasja sich im Bett auf. Der Mondschein wurde von den verschneiten Gipfeln der Anden zurückgeworfen. Wie konnte ein Ort, der so schön war, gleichzeitig so schrecklich sein?

Ein Auto näherte sich. Der Hund bellte noch lauter. Kurz darauf erhellten Scheinwerfer den Innenhof, und Carlos stieg aus.

Er hatte schon seit Tagen nicht mehr mit ihr geredet. War kaum zu Hause gewesen. Sie hatte ihn morgens zeitig aufstehen und abends nach Einbruch der Dunkelheit wieder heimkommen hören.

Er wandte sich dem Hund zu und streichelte ihn. Plötzlich drehte er sich um und sah zu Natasja hinüber. Sie wollte sich verstecken, aber dafür war es zu spät. Gefolgt von seinem Hund kam Carlos ans Fenster.

»Kannst du nicht schlafen?«

Sie schüttelte wortlos den Kopf.

»Komm raus«, sagte er. Als sie den Hund anstarrte, schmunzelte er. »Ich sperre Bruja ein.«

Natasja zog sich die Schuhe an. Carlos trat an den Zwinger, und der Hund trottete hinein. Er schraubte eine PET-Flasche auf, goss dem Hund etwas von ihrem Inhalt in die Wasserschale und schloss die Tür.

»Was hast du in das Wasser gegeben?«, fragte sie mit einem Seitenblick auf den Zwinger.

»Urin.«

Natasja war nicht sicher, ob er das ernst gemeint hatte.

»Warum denn das?«, wollte sie wissen, als er nicht näher darauf einging.

»Loyalität.«

»Ich habe nie gesehen, dass ihn jemand anders streichelt.«

»Nein, kein anderer darf Bruja anfassen. So richtet man einen Wachhund ab. Der Einzige, der sich hier nachts frei bewegen kann, bin ich.«

FÜNF

Der Hof war öde und verlassen. Die Haushälterin ging in der Küche ihrer Arbeit nach. Sie bereitete das Essen zu und nahm keine Notiz von ihr. Consuelo ruhte sich in ihrem Zimmer aus.

Natasja ließ den Blick über den Innenhof schweifen. Die Sonne stand tief am Himmel und blendete sie. Bruja lag im Zwinger und döste.

Mitten in der Nacht war Natasja in die Küche geschlichen, hatte den Wasserhahn aufgedreht und mit klopfendem Herzen die Schränke nach einer leeren Flasche abgesucht. Nachdem sie eine gefunden hatte, hatte sie sie in einer der Schubladen der Kommode in ihrem Zimmer versteckt. Außerdem war sie in die Waschküche gehuscht und hatte eine von Carlos' Hosen und einen Pullover entwendet.

Nun eilte sie zum Zwinger, die Flasche an die Brust gedrückt. Im Innern des Käfigs, ein Stück von der Tür entfernt, stand eine PET-Flasche, die zwei Liter fasste, gefüllt mit Carlos' Urin. Bruja schlug die Augen auf, sprang hoch und zeigte die Zähne.

Von ihrem Fenster aus hatte Natasja geschätzt, dass der Spalt zwischen der unteren Kante der Zwingertür und dem Boden groß genug war, um eine Flasche hindurchzuschieben. Das schien zu stimmen. Aber die Flasche mit dem Urin stand zu weit weg, und sie hatte keine Lust, ihren Arm zu riskieren, um sie zu erreichen.

Sie sah sich um.

An der Hausfassade lehnte ein Besen. Sie holte ihn, kniete sich vor den Zwinger, steckte den Stiel hinein und versetzte der Flasche einen Schubs, sodass sie umfiel. Bruja attackierte den Besen.

Natasja warf einen Blick zum Haus. Dort blieb alles still. Sie konzentrierte sich wieder auf den Besen. Versuchte, beruhigend auf Bruja einzureden, aber die Hündin bellte wie verrückt und sprang am Gitter hoch.

Bruja warf die Flasche mit dem Hinterlauf um. Sie drehte sich und rollte ein paar Zentimeter auf Natasja zu. Natasja zog den Besenstiel heraus, und Bruja beruhigte sich etwas, blieb aber am Gitter stehen. Die Flasche war nun keinen halben Meter von Natasja entfernt. Noch einmal musste sie den Besen in den Zwinger schieben, um die Flasche zu sich heranzuziehen. Sie holte tief Luft.

Sie erwischte die Flasche, und sie rollte ans Gitter.

Sie ließ den Besen fallen, und Bruja ging sofort auf ihn los.

Mit zitternden Händen schraubte sie den Verschluss auf, griff nach ihrer eigenen Flasche und füllte die Hälfte des dunkelgelben Urins um. Ein paar Tropfen davon liefen über ihre Finger. Als die Halbliterflasche voll war, schraubte sie die Flaschen wieder zu und schob die größere mit dem Fuß zurück in den Zwinger, wo Bruja sich bellend darauf stürzte.

SECHS

Vanessa rannte mit dem Telefon in der Hand die Birger Jarlsgatan hinunter. Der chilenische Botschafter hieß Luis Gonzalez, und seine Residenz lag in der Eriksbergsgatan.

Vor ein paar Jahren hatte Svante bei einem chilenisch-schwedischen Gemeinschaftsprojekt Regie geführt. Das Ensemble war aus Chile gewesen und das Stück war am Stadsteatern aufgeführt worden. Gonzalez war Premierengast gewesen, die anschließende Feier hatte sogar in der Botschaft stattgefunden. Dort hatte Vanessa ihn kennengelernt.

Luis Gonzalez war als junger Student im Widerstand gegen die Militärdiktatur gewesen und hatte Ende der Siebziger aus dem Land fliehen müssen, nachdem er ein paar Jahre lang im Untergrund gelebt hatte. Als der Übergang zur Demokratie begann, war er nach Chile zurückgekehrt und hatte sich politisch engagiert. Später war er als Botschafter in Washington tätig gewesen und übte nun in der schwedischen Hauptstadt seine zweite Amtszeit aus. Im Laufen warf Vanessa einen Blick auf ihre Uhr. Wenn sie Glück hatte, war er zu Hause.

Sie klingelte an der Sprechanlage, und eine Frauenstimme meldete sich. Vanessa stellte sich als Kommissarin Frank vor, und nach einigen kleineren Missverständnissen, die mehr dem Rauschen der Sprechanlage geschuldet waren als Vanessas Spanisch, wurde sie eingelassen. Sie nahm den Fahrstuhl ins oberste Stockwerk. Die Frau von der Sprechanlage machte ihr die Tür auf, nahm ihr die Jacke ab und führte sie hinein.

Zwei Fahnenstangen mit der schwedischen und der chilenischen Flagge standen am Boden. Die Frau führte Vanessa in das

Empfangszimmer und teilte ihr mit, dass der Botschafter gleich komme. Vanessa ging auf dem knarrenden Parkett auf und ab.

Weil sie den ganzen Weg gelaufen war, rann ihr der Schweiß den Rücken hinunter und bildete nasse Flecken unter den Achseln. Ihr schlug das Herz bis zum Hals, sowohl wegen der Anstrengung als auch wegen der Aufregung darüber, dass sie jetzt einer Lösung für Natasjas Verschwinden so nahe war. Sie atmete tief durch und setzte sich.

Hinter Vanessa knarrten die Dielen, und sie erhob sich wieder. Gonzalez war ein schmaler Mann mit freundlichen braunen Augen. Das graumelierte Haar hatte er zu einem Seitenscheitel gekämmt. Er trug einen braunen Anzug.

»Vanessa, ich bin ebenso erfreut wie überrascht, Sie zu sehen«, begrüßte er sie.

»Herr Botschafter«, erwiderte Vanessa und kam sich unbeholfen vor. »Ich brauche Ihre Hilfe. Es ist dringend.«

Luis Gonzalez lächelte und deutete mit einer Geste an, dass sie vorangehen solle. Sie durchquerten ein weiteres Empfangszimmer und kamen in einen Speisesaal. Der Raum wurde von einem langen Tisch dominiert, an dem mindestens zwölf Personen Platz hatten. An den Wänden hingen Gemälde mit Landschaftsmotiven. Der Botschafter zog für Vanessa einen Stuhl vor und setzte sich neben sie.

Vanessa wollte gerade das Wort ergreifen, als die Tür aufflog, ein Mann in weißem Hemd eintrat und fragte, was sie zu trinken wünschten. Der Botschafter sah Vanessa an, die um ein Glas Rotwein bat, worauf Gonzalez zwei Finger hochhielt.

»Also dann«, begann der Botschafter. »Ich schlage vor, ich spreche Spanisch und Sie antworten auf Schwedisch, damit es keine Missverständnisse gibt. Ist Ihr Spanisch noch so hervorragend wie beim letzten Mal?«

»Das hoffe ich.«

»Schön.«

Der Wein wurde serviert, dann waren sie wieder allein.

Vanessa fasste die jüngsten Geschehnisse zusammen. Erläuterte, wie die schwedische Polizei herausgefunden hatte, dass in Stockholm Straßen- und Flüchtlingskinder entführt worden waren. Bisweilen warf der Botschafter eine Zwischenfrage ein. Als sie auf ihre Entdeckung im Mobiltelefon zu sprechen kam, senkte sie die Stimme.

»Ich habe Grund zu der Annahme, dass die Kinder nach Südchile gebracht worden sind.« Sie zückte das iPhone, öffnete die Lauf-App und zeigte ihm das Display.

Der Botschafter setzte sich eine Lesebrille auf die Nasenspitze.

»Das ist nördlich von Tierra del Fuego«, sagte er.

Er lehnte sich zurück und legte die Lesebrille auf den Tisch. Vanessa runzelte die Stirn.

»Feuerland«, wiederholte sie. »Woher kommt der Name eigentlich?«

»Der Entdecker Ferdinand Magellan hat es so genannt. Wegen der vielen Feuer, die die Selk'nam, die Ureinwohner, angezündet haben, um abends Schalentiere zu kochen. Aber der Ort, den Sie mir hier zeigen, liegt nördlich davon. Da gibt es Dörfer, größere Orte, Lachszuchten, Wälder und Seen.«

»Es muss dort aber auch noch etwas anderes geben. Helfen Sie mir.«

Der Botschafter seufzte und trank einen Schluck Wein.

»Sie haben von Kindern gesprochen?« Luis Gonzalez sah ihr über den Glasrand hinweg in die Augen. »Da fällt mir eigentlich nur die Colonia Dignidad ein«, sagte er schließlich und stellte sein Weinglas wieder ab. »Das war eine Sekte, und die Militärjunta hat Gefangene dorthin gebracht, um sie zu foltern. Auch Freunde von mir. Ein paar von ihnen haben überlebt, aber sie waren nie wieder sie selbst. Später kam heraus, dass Sektenmitglieder Hunderte von Kindern sexuell missbraucht haben. Paul Schäfer, der Gründer, ist vor einigen Jahren in Argentinien gefasst worden.«

»Und wo lag diese Kolonie?«

»Liegt. Es gibt sie noch. Weiter im Norden, in der Nähe der Stadt

Parral. Ich habe sogar schon selbst einmal in ihrem Restaurant gegessen, zusammen mit meinem Sohn.« Luis Gonzalez ließ seinen
Blick zum Fenster wandern. »Aber«, sagte er gedehnt, hob einen
Finger und sah Vanessa an, »im Untergrund ging das Gerücht um,
dass es einen Ort gibt, der noch viel schlimmer gewesen sein soll.
Einen Ort, den niemand lebendig wieder verlassen hat. Und der
soll irgendwo zwischen Feuerland und Parral liegen.«

»Wie kann das all die Jahre lang unentdeckt geblieben sein?«

»Weil wir Chilenen vergessen wollen. Die Diktatur hat das Land
gespalten, mit allem, was dazugehört – Folter, Mord, Unterdrü-
ckung. Wir wollten nach vorne schauen, als vereintes Land. Viele
der Generäle, die auch für den Tod meiner Kameraden verantwortlich sind, genießen Immunität. Das war der Preis dafür, dass es
freie Wahlen geben konnte. Und ich gebe gerne zu, dass ich den
Gerüchten über ein zweites Folterlager keinen Glauben geschenkt
habe. Das alles klang einfach zu unfassbar.«

Vanessa trank einen Schluck Wein.

»Und wenn ich der chilenischen Polizei die Koordinaten
nenne ...?«

Der Botschafter reckte erneut einen Finger in die Luft, diesmal
bewegte er ihn vor und zurück.

»Eines müssen Sie verstehen. Wenn oder falls dieser Ort existiert
hat oder vielleicht noch immer existiert, dann wird er geschützt
durch Leute, die Macht haben. Die dafür zahlen, dass andere
schweigen. Wenn Sie also mit Ihren chilenischen Kollegen Kontakt
aufnehmen, dann warnen Sie genau diese Leute.«

»Und was soll ich dann Ihrer Meinung nach tun?«

Luis Gonzalez lächelte verschmitzt.

»Fahren Sie hin. Chile ist ein schönes Land. Als EU-Bürgerin erhalten Sie bei Ihrer Ankunft in Santiago ein dreimonatiges Visum.
Aber diesen Vergnügungstrip schlage ich nicht in meiner Eigen-
schaft als Repräsentant Chiles in Schweden vor, dafür haben Sie
sicher Verständnis.«

SIEBEN Die Iberia-Maschine sollte am folgenden Tag von Arlanda nach Madrid fliegen. Vanessa war gestresst und hatte das Gefühl, als hätte sie hundert Dinge übersehen.

Die Route stand bereits fest. Der Botschafter hatte vorgeschlagen, dass sie in Santiago den Bus nach Las Flores nahm. Die Ungeduld und Unsicherheit machten sie ganz nervös. Natürlich bestand das Risiko, dass Natasja nicht mehr am Leben war. Aber mit etwas Glück konnte Vanessa zumindest in Erfahrung bringen, was passiert war und wer sie entführt hatte.

Und irgendwie war sie sich trotz allem sicher, dass das Mädchen noch lebte. Sie musste einfach leben. Vanessa hatte nicht die geringste Ahnung, was sie erwartete, wenn sie in Chile eintraf; sie musste einfach alles auf sich zukommen lassen.

Ihr knurrte der Magen. Sie inspizierte den Kühlschrank, und ein modriger Gestank schlug ihr entgegen. Sie verzog das Gesicht und nahm im Augenwinkel eine Bewegung wahr. Sie drückte den Rücken durch.

Nicolas musterte sie schweigend. Seine Augen waren rot und verquollen.

»Wo ist Ivan?«, fragte er.

Vanessa ließ mit einem Seufzer die Kühlschranktür zufallen.

»Im Präsidium auf Kungsholmen«, erwiderte sie ruhig. »Festgenommen wegen des dringenden Tatverdachts, Hampus Davidson ermordet zu haben.«

»Du hast mich reingelegt«, sagte er.

»Nein, ich habe dich davor bewahrt, noch einen Fehler in der langen Reihe von Fehlern zu machen, die du schon begangen hast.«

Nicolas trat ans Fenster und starrte in die Dunkelheit hinaus. Vanessa stellte sich neben ihn.

»Melina ist tot«, sagte sie. »Wir haben versucht, sie zu retten, aber wir waren zu spät. Ivan umzubringen, war keine gute Idee. Wir machen alle Fehler, aber schlechte Menschen hören nicht mehr auf damit. Bessere Menschen machen sie wieder gut.«

»Ivan muss ... Sie hat Kontakt zu mir aufgenommen, und irgendwie muss er gedacht haben, dass wir ihn übers Ohr hauen wollten. Deshalb hat er geglaubt ... Das war mein Fehler.«

»Ja, Nicolas, das war dein Fehler. Du hast ihren Mann entführt und sie da mitreingezogen.«

Nicolas seufzte.

»Hampus Davidson war ein verdammter Vergewaltiger. Auf seinem Laptop hatte er Filme davon, wie er kleine Mädchen vergewaltigt. Melina ist zu mir gekommen, aber ich habe ihr gesagt, dass sie verschwinden soll.«

Vanessa trat vom Fenster zurück und setzte sich aufs Sofa, um zu überprüfen, ob ihr Pass in der Reisetasche war.

»Ich glaube, ich habe Natasja gefunden. Oder zumindest den Mann, der versucht hat, mich umzubringen.«

Sie deutete auf das Mobiltelefon auf dem Sofatisch, und Nicolas ließ sich neben ihr nieder.

»Ich fliege morgen nach Chile.«

»Nach Chile?«

»Ja. Dorthin führt die einzige Spur, die es von Natasja gibt. Du kannst hierbleiben und dir selbst leidtun oder mitkommen und versuchen, die Sache zu Ende zu bringen. Wenn sie noch lebt, dann braucht sie unsere Hilfe.«

Nicolas stützte den Kopf in die Hände und rieb sich mit den Handflächen übers Gesicht.

Vanessa erhob sich, packte ihn an den Haaren, drehte seinen Kopf in ihre Richtung und sah ihm in die Augen.

»Wenn du nicht die ganze Zeit mit dir selbst beschäftigt gewesen wärst, dann wärst du zur Polizei gegangen und hättest erzählt, was die Legion treibt«, ereiferte sie sich. »Wenn du nur ansatzweise so was wie Verstand gehabt hättest, weißt du, was dann wäre? Dann wäre Natasja nicht gekidnappt worden, und Melina wäre noch am Leben.«

Vanessa verstummte und ließ ihn wieder los.

»Aber klar, bleib du nur hier sitzen und ersäuf dich in Selbstmitleid, du feiger Hund. Ich habe Männer so was von satt, die für das, was sie tun, keine Verantwortung übernehmen.«

ACHT

Carlos wurde allmählich ungehalten, während Oscar Peralta nervös seinen schmalen Schnurrbart zwirbelte. Der Chefarzt bemerkte Carlos' Blick und legte die Hände auf den Tisch. Peralta hatte am frühen Morgen angerufen und um ein rasches Treffen in der Klinik gebeten. Als Carlos mittags in der Kantine Platz genommen hatte, war der Chefarzt der Clínica Bavaria noch nicht da. Erst eine Viertelstunde später tauchte er auf. Während Carlos gewartet hatte, hatte er die Aussicht durch die Panoramafenster auf die Anden bewundert und Patienten mit ihren Angehörigen durch den Garten spazieren sehen.

»*Don* Carlos, haben Sie gehört, was ich gesagt habe?«

»Wir haben nur noch drei Organspender«, wiederholte er langsam.

»*Exactamente.* Ab Ende nächster Woche werden wir potenziellen Patienten, die sich bei uns melden, erklären müssen, dass wir keine Kapazitäten haben, um ihnen zu helfen«, sagte Peralta und rührte in seinem Kaffee. »Ich brauche Ihnen ja wohl kaum zu erklären, dass hier der Ruf der Klinik auf dem Spiel steht.«

Carlos massierte sich mit Daumen und Zeigefinger die Nasenwurzel. Die letzten Tage waren ein einziger Albtraum gewesen. Declan McKinze war tot, und ihre schwedischen Partner meldeten sich nicht mehr. Schließlich war er im Internet auf die Seite einer schwedischen Abendzeitungen gegangen und dort auf ein Foto von Joseph Boulaich gestoßen. *Gangmitglieder bei Massaker getötet – Hauptbelastungszeugin zum Schweigen gebracht*, hatte darüber gestanden. Carlos hatte sich mühsam durch den Text gequält. Er hatte längst nicht alles verstanden, aber die wichtigsten Informationen waren offensichtlich: Joseph Boulaich war tot und seine Gang zerschlagen.

Ob Joseph noch atmete oder nicht, war Carlos gleichgültig, aber ihm war klar, dass die schwedische Polizei nun die Geschäfte der Legion durchforsten und sie dann auch mit Chile und der Colonia Rhein in Verbindung bringen würde. Er hatte sofort seine Kontakte bei der chilenischen Polizei angerufen und erklärt, er wolle umgehend informiert werden, falls die schwedische Polizei Fragen stellte.

Marcos hatte die verschärfte Bewachung der Kolonie in Angriff genommen und inspizierte gerade den Stacheldraht und die elektrischen Zäune, behob jede Schwachstelle, über die potenzielle Eindringlinge sich unbemerkt Zutritt auf das Gelände verschaffen konnten.

Es war eher unwahrscheinlich, dass die schwedische Polizei überraschend vor den Toren der Colonia Rhein auftauchte, denn seine Politikerfreunde und Polizeikontakte würden ihn mit Sicherheit vorwarnen. Aber Carlos wollte kein Risiko eingehen.

Das Hauptproblem war damit jedoch nicht vom Tisch: Weil die Legion keine Kinder mehr liefern konnte, musste er noch mal von vorn anfangen und eine neue Quelle auftun. Er hatte Marcos darauf angesetzt, seine Fühler nach Mexiko auszustrecken, auch wenn das – wie er wusste – einem Akt der Verzweiflung gleichkam. Die Mexikaner waren unzuverlässig. Vor allem, weil sämtliche Kartelle darauf aus waren, sich Anteile am US-Drogengeschäft zu sichern – koste es, was es wolle. Und sie lösten alles mit Gewalt. Diese aggressiven Expansionsbestrebungen machten sie zu Zielscheiben der amerikanischen Drogenbehörde DEA.

Doch bis jetzt lagen eventuelle Probleme mit den amerikanischen Behörden in der Zukunft. Das Problem der neuen Quelle war weitaus drängender.

»Haben Sie mich verstanden?«, wiederholte Peralta und führte seine Hand erneut an den Schnurrbart.

»Nein«, seufzte Carlos. »Was haben Sie gesagt?«

»Eine französische Familie hat uns kontaktiert, der Vater ist ein hohes Tier bei Renault und die Tochter braucht eine Operation.«

»Und wo ist das Problem?«

»Keiner unserer Spender passt. Nur das Mädchen, das Sie mit nach Hause genommen haben. Besteht nicht doch die Möglichkeit, dass wir sie einsetzen?«

Carlos schaute nach draußen. Ein Junge und ein Mädchen spielten Fangen. Unschuldige Kinder, ordentlich gekämmt und mit gebügelten Kleidern. Vermutlich Geschwister, die Kinder eines Patienten. Für solche Leute hatte sein Vater die Klinik aufgebaut. Für solche Leute verwaltete Carlos die Klinik. Damit solche Familien nicht zerstört wurden. Die Kinder, die ihnen als Organspender dienten, einerlei ob sie von den Philippinen oder aus Schweden kamen, hatten keine Familien und waren nirgends eingebunden. Und Kinder ohne Familien kamen nicht sonderlich weit im Leben. Sie degenerierten zu Gewalttätern, Huren, Junkies, Abschaum. Menschlichen Kakerlaken in den Hinterhöfen der Städte. Indem er sie benutzte, diente Carlos der Menschlichkeit. Die Clínica Bavaria diente der Menschlichkeit. Und genau deshalb konnte er sie nicht schließen.

Er musste stark sein. Opfer bringen. Wie das Mädchen mit den blauen Augen und dem russischen Namen, das sich um Consuelo kümmerte. Natürlich war sie liebenswert, und sie tat ihm auch leid. Aber sie war eine Ausnahme. Die meisten der Kinder waren Analphabeten, drogenabhängig, aggressiv, wertlos. Sie unschädlich zu machen und ihre Organe Menschen zur Verfügung zu stellen, die es geschafft hatten, die etwas aus ihrem Leben gemacht hatten, die Angehörige hatten, die um sie trauern würden, wenn sie starben, machte die Welt zu einem besseren Ort.

Er fixierte Peralta.

»Ich rede mit Marcos, er soll sie zu Ihnen schicken, wenn es so weit ist. Sagen Sie der Familie, dass wir ihr helfen können.«

NEUN

Natasja hielt die Flasche in die Höhe, und das Mondlicht schien durchs Fenster auf den gelben Urin. Carlos war vor einer Weile nach Hause gekommen, hatte Bruja aus dem Zwinger gelassen und war auf sein Zimmer gegangen. Seitdem war alles still im Haus, es lag vollkommen im Dunkeln. Sie zog die entwendeten Kleider an und krempelte die Hosenbeine hoch, damit sie nicht darüber stolperte.

Dann schraubte sie die Flasche auf, goss etwas von dem Urin in ihre hohle Hand und rieb damit ihre Schuhsohlen und einen Teil der Hose ein. Als die Flasche halb leer war, schlich sie sich ins Bad, verdünnte den Rest mit Wasser, damit die Flüssigkeit länger ausreichte, und steckte die Flasche in die Tüte, in der sie die trockenen Brotkanten aufbewahrte.

Die Dielen knarrten, als sie auf die Haustür zuschlich. Sie hielt inne und horchte, aber alles blieb still.

In wenigen Minuten würde sie Bruja Auge in Auge gegenüberstehen. Das war ihre einzige Chance, eine zweite bekam sie nicht. Und sie dachte nicht daran, sich aufzugeben, sie wollte nicht sterben.

Natasja legte die linke Hand auf die Türklinke und drehte mit der Rechten den Schlüssel. Die Tür glitt lautlos auf. Kühle Abendluft schlug ihr entgegen. Sie trat hinaus und schloss die Tür wieder. Der Hundezwinger war leer, dahinter konnte sie die Silhouetten der Pferde ausmachen.

Den Weg zur Klinik hatte Natasja sich gemerkt.

Danach musste sie improvisieren, um einen Weg in die Freiheit zu finden. Sie mied den Kies im Hof und hielt sich an die Rasenflächen nahe des Hauses, um keinen Lärm zu machen. Die Tüte presste sie an ihren Körper, damit sie nicht im Wind knisterte.

Der Wald wurde dichter und Natasja immer ruhiger.

Sie beschleunigte ihren Schritt. Doch dann knackte hinter ihr ein Zweig, und sie hielt inne. Etwas regte sich in ihrer Nähe, ein Lebewesen. Mit Pfoten. Ein Hecheln. Sie schaute nach rechts und begegnete Brujas Blick. Aus ihrer Kehle stieg ein dumpfes Knurren auf. Nur einen Meter trennte Natasja von Brujas geifernden Lefzen.

Die Hündin musterte sie neugierig, fast verwirrt. Witterte.

Natasja schob ihre zitternde Hand in die Plastiktüte und zog die Flasche heraus, schraubte den Deckel auf und besprizte sich mit Carlos' Urin. Benetzte ein Brotstück und warf es Bruja hin.

Die Hündin legte den Kopf schief. Natasja wagte kaum zu atmen, während Bruja das Brotstück beschnupperte.

Natasja setzte sich langsam wieder in Bewegung. Zwang sich, nicht zurückzuschauen, und war sicher, jeden Augenblick das Geräusch von Brujas Pfoten zu hören. Fast spürte sie schon, wie die Zähne sich in ihren Rücken bohrten. Doch nichts davon geschah.

Nach einer Weile wagte sie einen Schulterblick. Es war nichts zu sehen. Stille. Sie war allein. Zwischen den Bäumen konnte sie die Lichter erkennen, die Carlos' Hof erhellten.

—

Als er aufwachte, spürte er sofort, dass etwas nicht stimmte. Er blieb reglos im Bett liegen und lauschte. Im Haus war alles still. Zu still. Carlos trat die Decke zur Seite und stand auf. Schlüpfte in seinen Morgenmantel und trat auf den Flur. Vor Consuelos Tür blieb er stehen, legte den Kopf an die Tür und horchte. Nichts. Er schob die Tür einen Spalt auf. Sie war wach, blinzelte in seine Richtung und stützte den Kopf auf.

»Geht es dir gut?«, fragte er.

»Sí.«

Consuelo setzte sich auf, reckte sich zur Nachttischlampe hinüber und knipste sie an. Ihr weißes Nachthemd war nicht blickdicht, und er konnte die Umrisse ihrer dunklen Brustwarzen sehen. Er spürte, wie die Lust in ihm aufstieg. Auch brachte ihm Consuelo nicht die Verachtung entgegen, die sie seit Raúls Tod an den Tag gelegt hatte. Hatte sie sich endlich damit abgefunden, dass es das Beste für sie war, wenn sie ihm gefügig war? Hatte sie eingesehen, dass er ihr ein Leben bieten konnte, von dem sie bisher nur hatte träumen können? Er setzte sich auf die Bettkante.

»Ist etwas passiert?«, fragte sie sanft. Zu sanft.

Er schüttelte den Kopf, ohne sie aus den Augen zu lassen.

Der Hof draußen war in gelbliches Licht getaucht. Bruja trottete vor dem Fenster vorbei. Und trotzdem stimmte irgendwas nicht. Consuelo war zu ausgeglichen. Zu zahm. Er erhob sich und verließ eilig das Zimmer. Hörte, wie sie aus dem Bett sprang und ihm hinterherrief. Er stieß die Tür von Natasjas Zimmer auf. Das Bett war leer.

Carlos stieß einen Schrei aus. Consuelo musste davon gewusst haben. Sie und das Mädchen hatten ihn sicher verspottet, als sie das alles geplant hatten. Er fuhr herum. Consuelo drückte sich an die Wand, und er schlug ihr mit der geballten Faust ins Gesicht. Spürte, wie seine Knöchel ihre Zähne trafen und ihre Lippe aufplatzte. Sie ging zu Boden und hielt sich schützend die Hände vors Gesicht. Aber er war schon weiter, rannte in sein Zimmer, rief Marcos an, erklärte, was vorgefallen war, und wies ihn an, die Männer zusammenzutrommeln.

Sie würden ihn auslachen. Er durfte jetzt keine Schwäche zeigen. Er musste sie bestrafen, vor den Männern, damit sie nicht den Respekt vor ihm verloren. Würde Doktor Peralta ihre Organe nicht brauchen, hätte er sie mit bloßen Händen erschlagen. Er zog sich rasch an, trat in den Hof hinaus und rief nach Bruja, die sofort angelaufen kam. Wie hatte sie die Hündin überlisten können? Er sah sich um, und sein Blick blieb am Zwinger hängen. Ein zerbissener Besen lag am Boden. Die PET-Flasche mit seinem Urin. So muss es gewesen sein – das Mädchen hatte ihn benutzt, um Bruja zu verwirren.

Wieder schrie er vor Wut. Sie hatte ihn gedemütigt. Schlimmer noch, sie hatte ihn vor Consuelo lächerlich gemacht. Marcos hatte recht. Consuelo machte ihn blind und schwach.

Er betrat den Zwinger, spritzte sich Urin an die Finger, ließ Bruja schnuppern und befahl ihr, die Fährte aufzunehmen.

ZEHN

Nach einer Weile begann sich der Wald zu lichten und zu ihren Füßen breiteten sich in den Nebelschwaden große Acker- flächen aus. Sie wusste noch, dass sie einen Fluss gesehen hatte, als sie zu Carlos' Haus gebracht worden war. Natasja lehnte sich an einen Baum und blickte in den Himmel. Die Sterne ließen ihn milchfarben erscheinen, sie hatte noch nie so viele gesehen. Eine Sternschnuppe durchzog das Firmament, und Natasja folgte ihr mit dem Blick, bis sie verglomm.

Dort unten war ein Fluss, und irgendwo musste er münden. Wenn sie dem Wasser lange genug folgte, musste sie früher oder später einen Weg finden. Sie hörte ein Auto näherkommen. Natasja trat wieder zwischen die Bäume und wartete. Das Auto rollte langsam vorbei, zwei Männer mit ausdruckslosen Gesichtern saßen darin. Sie mussten zum Wachpersonal gehören, dachte Natasja. Aber da sie so gemächlich vorübergefahren waren, war ihr Verschwinden nicht bemerkt worden. Noch nicht.

Sie ging in die Hocke, lehnte sich mit dem Rücken an einen Baumstamm und wartete, bis das Motorengeräusch verklungen war. Noch bevor es hell wurde, musste sie das Gelände hinter sich gelassen haben, und dann musste sie Menschen finden, die ihr helfen konnten. Es gibt überall gute und schlechte Menschen, hatte ihr Vater immer gesagt. Sie hoffte, dass er recht behielt.

Sie kam wieder auf die Füße und erreichte bald einen Fahrweg. Sie krempelte die Hosenbeine hoch und sah sich mehrmals um, ehe sie den Weg überquerte und in die Felder schlüpfte.

Bei dem Nebel konnte sie nur wenige Meter weit sehen, aber das Rauschen des Flusses wurde immer lauter. Als sie dann das Ufer erreichte, blieb sie stehen und folgte dem Strom mit dem Blick. Sie beschloss, in Fließrichtung an ihm entlangzugehen. Das Wasser übertönte ihre Schritte, im Flussbett konnten die Wachmänner sie schwerer entdecken und sie war geschützt durch den dichten Nebel.

Große Fische schlugen mit ihren Schwanzflossen. Sie dachte an ihren Bruder Lev, der in seinem Zimmer ein Aquarium mit kleinen Guppys gehabt hatte. Bei einem Bombenangriff war die Filterpumpe kaputtgegangen und die Fische waren erstickt. Lev hatte geweint, als er gesehen hatte, dass sie mit den Bäuchen nach oben in dem trüben Wasser trieben.

Natasja zuckte zusammen, als sie ein Geräusch hinter sich hörte.

Sie machte sich ganz klein und lauschte. Nichts. Sie sagte sich, dass sie sich zusammenreißen müsse, und ging weiter. Doch dann war sie sicher – Hundegebell und Stimmen. Sie versuchte festzustellen, aus welcher Richtung sie kamen, und kroch auf allen Vieren aus dem Flussbett, um über den Rand zu spähen. Zweihundert Meter hinter ihr entdeckte sie vier Scheinwerfer im Nebel. Sie bewegten sich direkt auf sie zu.

ELF Die Lautsprecher knackten, und eine Männerstimme bat die Fluggäste sich anzuschnallen. Nicolas zuckte zusammen und schlug die Augen auf. Er wusste im ersten Moment nicht, wo er war, aber dann fiel es ihm wieder ein: Sie befanden sich an Bord eines Flugzeugs nach Chile. Er sah Melinas Gesicht vor sich, ihren offenen, überraschten Blick, und er verspürte einen Stich.

Plötzlich wurden die Passagiere durchgerüttelt. Sein Magen hob sich, als die Maschine in ein Luftloch sackte.

Vanessa saß mit geschlossenen Augen neben ihm. Er wusste nicht, ob sie schlief oder nur ausruhte. Nicolas rieb sich die Augen, stellte die Rückenlehne aufrecht und sah aus dem Fenster. Inseln glommen wie Kohlen in der Dunkelheit.

Bei der Zwischenlandung in Madrid war Vanessa kurz verschwunden, und als sie wiedergekommen war, hatte sie mit zwei neuen Flugtickets gewedelt und Nicolas ohne Begründung mitgeteilt, dass sie die Economy-Class-Tickets in Business-Class-Tickets aufgewertet hatte.

»Bist du wach? Wir fliegen gleich über Brasilien.«

Nicolas streckte den Nacken, bis es knackte.

»Was kostet eigentlich so ein Flug?«

Sie hob die Schultern.

»Ich zahle das alles mit meiner American-Express-Karte, ohne auf die Preise zu achten. Und da wir vermutlich bald tot sein werden, kommt es mir sowieso eher so vor, als würde ich die Bank betrügen. Sag einfach Bescheid, wenn du am Flughafen ein Parfum oder irgendwas anderes aus dem Duty-Free-Shop möchtest. Ich übernehme das.«

Nicolas war nicht sicher, ob sie das ernst meinte. Aber in jedem Fall hatte Vanessa recht. Sie wussten nicht, was sie erwartete oder wer die Kinder entführt hatte. Und wenn etwas schiefging, würde niemand nach ihnen suchen.

»Kann ich die Karten noch mal sehen?«, fragte er.

Er knipste die Lampe an, und Vanessa gab ihm die Unterlagen. Mithilfe von Google Maps hatten sie nachzuvollziehen versucht, an welchem Ort sich der Mann aufgehalten hatte. Nicolas klappte den Tisch herunter, faltete die Ausdrucke auf und blinzelte ein paar Mal. Das Gelände erstreckte sich über Tausende Hektar Land, bestehend aus Wäldern und Feldern. Hügeln. Vereinzelten Häusern. Gelegentlich waren deutlich Zäune zu erkennen.

Im Westen breitete sich der Pazifik aus. Der Eingang zur Kolonie lag im Nordosten, eine schmale Straße führte von der Autobahn aus bis dorthin. Hinter dem Tor stand ein Wachtturm, wie Nicolas annahm. Die Straße führte durch das Tor und verzweigte sich dahinter kilometerweit in verschiedene Richtungen.

»Was überlegst du?«, fragte Vanessa.

»Eine so große Fläche lässt sich unmöglich komplett gegen Eindringlinge verteidigen. Sich Zutritt zu verschaffen, ist also nicht das Problem. Das eigentliche Problem ist, nicht entdeckt zu werden, während wir nach den Kindern suchen. Mit ziemlicher Sicherheit gibt es dort jede Menge Wachmänner. Und wenn man davon ausgeht, was diese Menschen dort treiben, sind sie sicher gut ausgebildet und bis an die Zähne bewaffnet. Aber wirklich wissen können wir das alles erst, wenn wir vor Ort sind.«

»Kann ich dich was fragen?«, entgegnete Vanessa. »Warum hast du eigentlich bei der SOG aufgehört?«

Nur Maria kannte den wahren Grund. Aber er mochte Vanessa und vertraute ihr. Er drehte sich um und warf einen raschen Blick auf die schlafenden Passagiere hinter sich.

»Vor gut einem Jahr sind in Nigeria zwei schwedische Geschäftsmänner entführt worden. Wir sind hingeschickt worden und haben herausgefunden, wo sie gefangen gehalten wurden, ungefähr zu dem Zeitpunkt, als die diplomatischen Verhandlungen scheiterten. Wir hatten den Befehl, sie zu befreien, wenn nötig mit Gewalt.«

Nicolas unterbrach sich und hing seinen Gedanken nach.

»Wir haben die vier Wachen unschädlich gemacht, den Ort gesichert und die Geschäftsmänner befreit. Aber dann haben wir in einem Nebenzimmer zwei Mädchen entdeckt. Sexsklavinnen. Ich habe die Zentrale kontaktiert und die Situation geschildert. Mein Vorgesetzter hat den Befehl gegeben, die Mädchen zu lassen, wo sie waren. Ich vermute, sie sind von Boko Haram entführt worden, du erinnerst dich?«

»Was ist dann passiert?«, fragte sie.

»Wir haben sie trotzdem mitgenommen. Aber sie waren übel zugerichtet, konnten kaum laufen, dadurch kamen wir nur langsam vorwärts. Dann wurden wir beschossen. Ein Kamerad von mir wurde getroffen. Und die Mädchen auch. Wir mussten sie zurücklassen.«

Sie starrte ihn verständnislos an.

»Was soll das heißen?«

»Deshalb musste ich die SOG verlassen.« Nicolas lachte auf. »Weil ich einen Befehl ignoriert und das Leben meiner Männer aufs Spiel gesetzt habe. Und das Leben zweier Zivilisten. Mit dem Ergebnis, dass einer meiner engsten Freunde aus der Einheit nie wieder gehen können wird. Der Vorfall wurde natürlich nie öffentlich gemacht. Ich, wir alle waren ja schuld an dem Tod der Mädchen, auch wenn wir in guter Absicht gehandelt haben.«

»Du warst also das Bauernopfer«, stellte Vanessa fest. »Geheimnisse – gibt es etwas, das einen Menschen mehr bedrückt, als Geheimnisse mit sich herumzutragen?«

»Manche Dinge dürfen eben nicht ans Licht kommen.«

»Was denn zum Beispiel?«

Nicolas überlegte.

»Mein Vater hatte ein Verhältnis mit einer anderen Frau, als meine Mutter mit mir schwanger war. Er war während meiner gesamten Kindheit ein notorischer Fremdgänger. Erst im Sterbebett hat mir meine Mutter davon erzählt. Meiner Schwester habe ich das nie gesagt, das hätte sie zu sehr verletzt. Aus irgendeinem Grund ...«

»Wolltest du nicht, dass sie enttäuscht ist von ihrem Vater.«

»Kann sein«, sagte Nicolas zögerlich. »Oder ich wollte nicht, dass ihr das so wehtut wie mir, als ich davon erfahren habe.«

Vanessa griff nach seiner Hand und hielt sie ein paar Sekunden lang fest. Nicolas war überrascht. Es war das erste Mal, dass er sah, wie sie einen anderen Menschen berührte.

»Vielleicht bist du doch nicht so verkehrt«, sagte sie.

ZWÖLF

Natasja rannte los, stolperte über einen Stein und stürzte. Mit einem Fuß rutschte sie ins kalte Wasser.

Sie stand wieder auf, verzog das Gesicht und lief weiter.

Der Lärm der Hunde, die Motoren der Autos, die Schreie der Männer kamen unaufhaltsam näher. Der Urin hatte ihr geholfen, Bruja zu überlisten, aber dadurch war sie jetzt auch leichter aufzuspüren. Sie blieb stehen, warf keuchend die Tüte mit der Flasche und den Brotstücken in hohem Bogen über den Fluss und hörte, wie sie am anderen Ufer aufschlug.

Vor ihr machte der Fluss eine Biegung. Ein Baum ragte in den Himmel. Sie hatte nur noch wenige Meter bis zu dem Baum, als Stamm und Krone plötzlich angeleuchtet wurden. Natasja warf einen Blick über die Schulter. Das Licht kam von dort, die Männer mussten sie überholt und von der anderen Seite umzingelt haben. Sie konnte nicht mehr weiterlaufen, ihre Beine pochten und ihre Zunge schmeckte Eisen. Sie spürte, wie Erschöpfung und Hoffnungslosigkeit sie übermannten. Sie hatte es nicht geschafft, sie würden sie schnappen.

Sie sank zu Boden, rollte auf die Seite und atmete keuchend.

Die Männer kamen immer näher. Natasja presste das Gesicht in die Erde und weinte. Wenn sie starb, würde sich niemand mehr an ihre Familie erinnern. Und was geschah mit Erinnerungen, wenn es niemanden mehr gab, der diese Erinnerungen kannte? Dann wäre es, als hätte es sie nie gegeben.

Einer der Hunde kam auf Natasja zu. Sie machte sich so klein sie konnte und kniff die Augen zusammen. Der Hund knurrte und bellte. Schließlich war er ganz dicht vor ihr. Sie machte die Augen auf und wurde von einer Taschenlampe geblendet. Ein Stiefelpaar, eine Schrittlänge entfernt. Sie drehte den Kopf. Carlos musterte sie reglos, nur sein Mundwinkel zuckte.

Plötzlich beugte er sich vor und packte sie an den Haaren. Natasja schrie auf. Er schleifte sie über die scharfkantigen Steine zum Wasser, zerrte sie auf die Knie, packte sie im Nacken und drückte ihren Kopf unter Wasser. Sie stieß Gurgellaute aus, Wasser drang ihr in Mund und Nase. Ihr war klar, dass sie sterben würde. Sie hörte, wie die Männer hinter ihr lachten.

Ihre Lunge drohte zu platzen. Vor ihren Augen flimmerte es. Carlos riss sie wieder hoch, ließ sie liegen und sah zu, wie sie sich krümmte. Natasja schnappte nach Luft.

Dann holte er Schwung und trat ihr in die Seite.

Sie versuchte zu schreien, brachte aber kein Wort heraus. Sie nahm eine Bewegung wahr und begriff, dass er erneut ausholte. Schützend hob sie einen Arm.

Er traf ihren Kopf, und sie verlor das Bewusstsein.

DREIZEHN Die Iberia-Maschine war der erste Flieger aus Europa, der an jenem Morgen in Santiago de Chile landete. Vanessa und Nicolas holten ihre Taschen, drängten sich durch die Menschenmenge, die gekommen war, um ihre Liebsten abzuholen, ließen die automatischen Schiebetüren hinter sich und steuerten den Taxistand an. Die Sonne brannte, und obwohl es erst kurz nach zehn Uhr morgens war, flirrte die heiße Luft. Sie blieben stehen, um sich die Jacken auszuziehen, dann trat Nicolas auf einen Taxifahrer mit Lederjacke und Hockey-Frisur zu. Er trug ein Ramones-T-Shirt und Stiefel. Sie verhandelten, der Taxifahrer machte eine ausholende Geste und zündete sich eine Zigarette an. Nicolas warf Vanessa einen resignierten Blick zu.

»Ich konnte ihm nicht erklären, zu welchem Busterminal wir wollen. Er sagt, es gibt mehrere. Dann frage ich eben einen anderen.«

Vanessa verdrehte die Augen, sah den Taxifahrer an und sprach ihn auf Spanisch an. Nicolas schüttelte den Kopf. Vanessas Spanisch war perfekt. Akzentfrei, melodisch. Welten entfernt von seinem, er musste ständig überlegen, um das richtige Wort zu finden. Der Fahrer klopfte ihr kumpelhaft auf die Schulter und trat seine Zigarette aus. Sie sagte etwas, und er musste lachen.

»Kommst du?«, fragte sie und machte die Tür des Taxis auf.

Wenige Minuten später waren die Taschen in den Kofferraum der Rostlaube gestopft und Nicolas und Vanessa hatten sich auf die Rückbank gezwängt. Sie fuhren auf die Autobahn.

»Warum hast du nicht gesagt, dass du Spanisch kannst?«

Vanessa hob die Schultern.

»Es war witzig zuzusehen, wie du dich abgemüht hast. Ihr Männer denkt doch alle, ihr seid die geborenen Logistiker. Organisieren und Netzwerken mit anderen Männchen, da seid ihr spitze, denkt ihr. Ich wollte dich einfach noch ein bisschen in diesem Irrglauben lassen.«

Nicolas nahm die Sonnenbrille ab und putzte die Gläser mit seinem T-Shirt.

»Als ich mir in Madrid einen Hamburger kaufen wollte ...«

»Ja, da habe ich wirklich gelacht. Es war so klar, dass der Typ nicht verstanden hat, dass du einen Dip und ein größeres Getränk haben wolltest.«

»Wieso kannst du eigentlich Spanisch?«

»Ich habe mal eine Zeit lang auf Kuba gelebt«, sagte Vanessa, wandte sich ab und betrachtete den chaotischen Straßenverkehr.

Nach einer Weile wurde die Bebauung dichter. Santiagos Vorstädte bestanden aus flachen, baufälligen Häusern mit Wellblechdächern. In der Ferne glänzten Wolkenkratzer aus dunklem Glas. Die Anden versteckten sich hinter einer dichten Glocke aus gelbem Smog.

»Woher kommt ihr?«, erkundigte sich der Taxifahrer und blickte in den Rückspiegel.

»*Suecia*«, gab Nicolas zurück.

»*Ah, Europe.*«

Der Taxifahrer grinste.

»Ja, genau. Schweden liegt in Europa.«

»*No, no. Europe!*«

Der Fahrer überholte einen Lastwagen, der schwarze Rußwolken ausspie.

»Was meint er denn?«, raunte Nicolas zu Vanessa hinüber.

»Joey«, rief der Mann, hupte gleichzeitig und stieß eine Tirade von Flüchen über die Geschlechtsteile eines anderen Fahrers aus. »Joey Tempest. Von Europe. Die beste Band der Welt. Sie kommen im Februar auf das Festival in Viña del Mar. Ich habe Karten. *Yo soy rockero.*«

»Er ist Rocker und Fan der Band Europe«, fasste Vanessa zusammen.

Der Fahrer warf mit offenem Mund den Kopf vor und zurück und machte das Teufelszeichen.

Irgendwo unter den sieben Millionen Einwohnern der Stadt lebte auch Nicolas' Vater. Er fragte sich, was er sagen würde, wenn er wüsste, was Nicolas hier tat. Eduardo Paredes hatte die Entscheidung seines Sohnes, Soldat zu werden, nie gutgeheißen. Doch nun würde die Ausbildung, die die schwedische Armee Nicolas hatte angedeihen lassen, gegen die Menschen zum Einsatz kommen, die Eduardo Paredes' Freunde gefoltert und getötet hatten. Gegen dieselben Menschen, die seinen Vater vor die Wahl gestellt hatten, als Zwanzigjähriger sein Heimatland zu verlassen oder an den Folgen brutaler Folter zu sterben.

Wenn ihnen ihr Vorhaben misslang, würden ihre Leichen nie gefunden werden. Und Nicolas' Vater würde nie etwas von seiner letzten Mission erfahren. Die schwedischen Behörden würden Vanessas und Nicolas' Schritte bis nach Santiago und vielleicht auch noch bis nach Las Flores zurückverfolgen können, aber danach würde sich jede Spur von ihnen verlieren.

Er hatte sich Missionen wie dieser verschrieben und Abertausende Stunden Training darauf verwendet. Aus diesem Grund war er überhaupt erst Soldat bei der renommiertesten und besten Einheit Schwedens geworden. Ohne Menschen wie ihn könnte das Böse sich völlig frei entfalten. Aus der Armee war er zwar unehrenhaft entlassen worden, aber diese Sache musste er noch zu Ende bringen. Und irgendwie genoss er es, endlich wieder das tun zu können, wozu er sich berufen fühlte.

Sie fuhren am Präsidentenpalast La Moneda vorbei, der am 11. September 1973 von der chilenischen Luftwaffe bombardiert worden war. Nicolas sah an der Fassade hoch. Hier hatte der vom Volk gewählte Präsident Salvador Allende Selbstmord begangen, damit er sich den Soldaten nicht lebend ausliefern musste. Nur Stunden zuvor war dem Präsidenten und seiner Familie freies Geleit aus dem Land zugesichert worden – wenn er sich ergab. Allende hatte sich geweigert, die Waffe auf sich gerichtet und abgedrückt.

Das Busterminal lag in einem heruntergekommenen Stadtteil. Die Wände waren kaputt und voller Graffiti. Sie stiegen aus und nahmen ihre Taschen aus dem Kofferraum. Die Temperatur war noch einmal um ein paar Grad gestiegen. Nicolas ließ sich auf einer Bank nieder, während Vanessa sich um die Fahrkarten kümmerte. Kurz darauf kehrte sie mit energischen Schritten zurück.

»Der Bus geht in einer Viertelstunde«, verkündete sie.

TEIL ELF

EINS

In einem verfallenen Viertel von Las Flores checkten sie in ein Hostel ein. Es war voller Touristen in Funktionskleidung, mit Wanderstiefeln und Rucksäcken, die darauf warteten, weiter südwärts zu reisen. Vanessa und Nicolas fanden einen Laden, in dem Wanderkleidung angeboten wurde, und sie kauften sich je eine komplette Ausrüstung, um nicht aufzufallen. An ihrem zweiten Tag in Las Flores kaufte Nicolas in einem kleinen Supermarkt Proviant ein, während Vanessa draußen in dem schwarzen Ford Explorer wartete, den sie gemietet hatten. Nicolas kaufte Dosen-Thunfisch, Mineralwasser und Baguette.

Als er aus dem Laden trat, wuschen zwei spindeldürre Fixer das Auto mit Schwämmen. Vanessa lehnte mit verschränkten Armen an der Hauswand und sah ihnen dabei zu.

»Man muss ehrgeizige Geschäftsleute einfach lieben«, sagte sie, den Blick noch immer auf die Männer geheftet. »Außerdem ist es nie verkehrt, sich mit Repräsentanten der örtlichen Unternehmerschaft gut zu stellen.«

Bislang hatten sie es vermieden, den Einheimischen Fragen über die Colonia Rhein zu stellen, aber als die Männer fertig waren, faltete Vanessa eine Karte auseinander und legte sie auf die Motorhaube.

Sie legte ihren Finger auf einen Punkt der Karte.

»Was ist denn da?«, fragte sie.

Einer der Männer nahm seine Baseballkappe ab und beugte sich vor.

»Deutsche. Richtig gefährlich.«

Nicolas und Vanessa wechselten einen flüchtigen Blick.

»Deutsche?«, wiederholte sie. »Warum sind die gefährlich?«

»Von dort kommt keiner zurück. Vertrau mir. Fahr woandershin.« Der Mann leckte mit der Zunge über einen einsamen Zahn im Oberkiefer, bewegte seinen Finger auf der Karte dreißig Zentimeter nach rechts und zeigte auf eine andere Stelle. »Hier ist es schöner.«

Vanessa nahm seinen Finger, hob ihn an und setzte ihn auf dem Gelände der Colonia Rhein wieder ab.

»Hier muss es aber irgendwas geben.«

Der Mann zuckte mit den Achseln.

»Krankenhaus.«

»Ein Krankenhaus?«

»Sí. Clínica Bavaria.«

Vanessa verabschiedete sich herzlich von den Männern, die mit dem Eimer zwischen sich davonschlenderten.

»Haben sie Fragen über uns gestellt?«, wollte Nicolas wissen, während er die Einkaufstüten auf die Rückbank schob.

»Ja, wo wir herkommen und was wir hier machen.«

Vanessa setzte sich ans Steuer, startete den Wagen und bog gerade noch vor einem roten Pick-up auf die Straße. Der Fahrer musste eine Vollbremsung hinlegen und hupte erbost.

»Und was hast du gesagt?«, fragte Nicolas und schielte nach hinten.

»Na, die Wahrheit. Dass ich hier bin, um mir die Wasserfälle und die Wale anzusehen. Und dass du mein Toyboy bist.«

Sie ließen die Stadt hinter sich, kamen an einer Shell-Tankstelle vorbei, tankten und fuhren in südlicher Richtung weiter. Eine halbe Stunde später hielten sie an einer Raststätte, vor der ein paar Lkw parkten. Die Fahrer lagen ausgestreckt im Gras und schliefen oder rauchten.

Seit Vanessa und Nicolas in Las Flores angekommen waren, hatten sie jede einzelne Minute darauf verwendet, die Umgebung der Colonia Rhein auszukundschaften. Sie waren bis vor das große Tor gefahren, hatten zum Wachtturm hinaufgespäht und wieder umgedreht, als eine Männerstimme sie über Lautsprecher informierte, dass die Kolonie Privatgelände war. Sie waren die Küste entlanggefahren, bis sie an einen Zaun gekommen waren. Von dort aus hatten sie Hügel und ein paar Häuser ausmachen können, wo gerade ein Helikopter landete. Überall hatten Schilder gehangen: *Recinto privado.* Privatgelände.

Die Schwierigkeit bestand also tatsächlich nicht darin, auf das Gelände zu gelangen, sondern darin, Natasja und die anderen Kinder dort überhaupt zu finden. Nicolas hatte bemerkt, dass Vanessa mit jeder Stunde, die verstrich, immer unruhiger wurde.

»Dichter ran kommen wir nicht, und wenn wir uns die ganze Zeit in der Nähe aufhalten, machen wir uns nur verdächtig. Wir müssen rein. Noch heute Abend.«

Ein Greifvogel schwebte zwanzig Meter über den Baumkronen, flog eine Schleife und verschwand Richtung Westen.

»Wir sind unbewaffnet, also gehe ich nicht davon aus, dass du dir mit Gewalt Zutritt verschaffen willst.«

Vanessa schüttelte den Kopf.

Von ihrem Spähposten ein Stück weiter oben im Wald hatten sie zu verschiedenen Tageszeiten Autos auf das Gelände fahren und es später wieder verlassen sehen. Sie fuhren bis zum Tor, und der Fahrer sagte etwas in eine Art Sprechanlage, die mit dem Wachtturm verbunden sein musste. Anschließend glitt das Tor auf, und die Wagen fuhren hinein.

»Wie du schon gesagt hast, sind wir unbewaffnet«, sagte sie und trommelte mit den Fingern auf das Lenkrad. »Unser Problem wird es sein, am Leben zu bleiben, wenn wir erst mal drin sind. Am besten wäre es also, wenn wir ihnen gar keinen Grund geben, uns umzulegen.«

Sie drehte sich zur Rückbank um, brach ein Stück Brot ab und biss hinein.

»Ganz deiner Meinung«, sagte Nicolas. »Du vergisst dabei allerdings, dass wir die Kinder auf einer Fläche finden müssen, die so groß ist wie ein europäisches Fürstentum.«

»Eins nach dem anderen.«

»Gut, und wie verschaffen wir uns Zutritt, ohne sofort erschossen zu werden?«

»Über dieses Krankenhaus«, erklärte Vanessa. »Es gibt zwei Möglichkeiten: Wir kennen den Namen der Klinik, und es gibt sicher eine Homepage. Ich kann dort einfach anrufen und mich als vermögende Gräfin aus Europa vorstellen, die dringend eine Operation braucht ... um einen Tumor zu entfernen oder irgend so was. Dafür würde ich allerdings ein paar Tage brauchen, damit der Fake dann auch glaubwürdig ist, und genau da liegt das Problem. Die Zeit haben wir nämlich nicht. Oder was meinst du?«

»Stimmt, und außerdem wären die Ärzte vermutlich etwas verwirrt, wenn sie deine Krankenakte anfordern und darin keine einzige Zeile über einen Tumor zu finden ist.«

»Korrekt.« Vanessa biss von ihrem Brot ab und kaute nachdenklich. »Deshalb müssen wir ihnen ein richtig schweres Trauma liefern. Ich glaube, meine mit dem History Channel verbrachten schlaflosen Nächte machen sich da endlich bezahlt. Sagt dir die Operation Mincemeat was?«

Nicolas überlegte.

»Vor der Invasion Siziliens haben die Briten eine mit falschen Dokumenten versehene Leiche an die spanische Küste treiben lassen. Es sollte so aussehen, als wäre der Mann, der wie ein Offizier gekleidet war, bei einem missglückten Fallschirmsprung ums Leben gekommen. Die Dokumente, die bei ihm gefunden wurden, deuteten darauf hin, dass die Invasion irgendwo auf dem Balkan stattfinden sollte und nicht auf Sizilien.«

»Genau. Eine Leiche mit falschen Informationen zu versehen, war zwar nichts wirklich Neues. Aber die Deutschen haben es trotzdem geglaubt.« Vanessa unterbrach sich, schraubte eine Wasserflasche auf, trank einen Schluck und verzog das Gesicht. Sie kurbelte das Fenster herunter und spuckte. »Ich hasse Sprudel«, sagte sie, als sie Nicolas' verwunderte Miene bemerkte. »Jedenfalls brauchten sie dafür eine Leiche, die schon eine Weile im Wasser gelegen hatte. Und sie haben einen Toten gefunden, der an einer Lungenentzündung gestorben war. Seine Lunge war voller Sekret. Der Tote wurde mit den Ausweispapieren eines Offiziers versehen, den es tatsächlich gegeben hat. Es lag ja auf der Hand, dass die Deutschen der Sache nachgehen würden. Unter den Dokumenten fanden sich auch alte Pläne von einem Angriff, der tatsächlich umgesetzt worden war. Dann wurde die Leiche mit einem U-Boot vor die spanischen Küste bei Huelva gebracht, wo die Deutschen gute Kontakte hatten. Die Information über eine angespülte Leiche in britischer Uniform würde ihnen also garantiert zu Ohren kommen.«

Ein Lastwagenfahrer trat aus einer der Toiletten, zog den Gürtel stramm und ging mit langen Schritten auf seinen Lkw zu.

»Wir brauchen also ein Opfer«, schloss Nicolas.

»Nein«, sagte Vanessa kopfschüttelnd. »Wir brauchen *unser* Opfer. Diese Typen halten sich für gute Menschen, glaub mir, ich habe schließlich viel mit Kriminellen zu tun. Wenn eine Frau in Not ist, helfen sie ihr, solange das für sie selbst keine Gefahr darstellt.«

»Und diese Frau in Not bist du?«

»Ja, diese arme Frau bin ich.«

»Aber du bist Schwedin. Und diese Leute haben einen Killer auf dich angesetzt. Da ist es nicht gerade abwegig, dass sie deinen Namen kennen und wissen, dass du Polizistin bist. Und wenn sie dich ohne Ausweis antreffen, bist du sowieso gleich verdächtig.«

Vanessa schob ihre Hand in die Hosentasche, fischte ihren falschen Personalausweis heraus und hielt ihn Nicolas unter die Nase.

»Wenn die Frau Vanessa Frank heißt, ja, aber nicht, wenn sie Carol Spencer heißt.«

ZWEI Natasja war wieder zurück in dem unterirdischen Schlafsaal. Die Platzwunde von Carlos' Stiefel war genäht worden; die Haut unter den Stichen spannte. Sie tastete mit den Fingerkuppen über die pochende Beule. Sie war allein, die anderen Kinder waren fort. Natasja begriff, dass es vorbei war, dass sie sterben musste. Sie fühlte Angst und Verzweiflung in sich aufsteigen, aber es kamen keine Tränen. Ein paar Stunden blieben ihr noch vom Leben, mehr nicht. Consuelo hatte ihr erzählt, warum die Kinder in die Kolonie gebracht wurden und was mit ihnen geschah. Wenn die Männer sie holten, würde sie betäubt werden, sie würden ihr den Bauch aufschneiden und die Organe entnehmen, die sie brauchten, um danach ihre leiblichen Überreste im Wald zu verscharren.

Nie wieder würde in ihr ein Traum Gestalt annehmen oder ein Gedanke entstehen.

Sie versuchte, an etwas anderes zu denken. Dankbar zu sein für das, was sie erleben durfte. Sich an Menschen zu erinnern, denen sie begegnet war und die sie liebte. An ihre Eltern und Geschwister zu denken. An die guten Tage. Vor dem Krieg, vor der Flucht.

Natasja erinnerte sich an den alten Mann, mit dem sie Makedonien durchquert hatte, der seine Tasche geöffnet und ihr einen großen, saftigen Apfel gegeben hatte. An den Musiklehrer Omar, der ihr Klavierunterricht gegeben hatte. Doch nun würden keine Melodien mehr aus ihren Fingern strömen.

Als sie klein war, hatte sie manchmal daran gedacht, dass sie eines Tages sterben würde. Hatte sich vorgestellt, wie sie dann aussehen würde, eine alte, von ihren weinenden Kindern und Enkeln umgebene Frau. Auch als um sie herum die Bomben gefallen waren und das Leben ihrer Freunde und Nachbarn zerstört und ausgelöscht hatten, war sie nicht von dieser Vorstellung abgerückt. Doch nun blieb ihr nichts anderes übrig. Sie würde sterben, unweigerlich. Hier. Weit weg von Syrien und Schweden, dem Land, in dem sie eine neue Heimat gefunden hatte. Schließlich brannten ihr doch zu viele Tränen unter den Lidern, sie konnte sie nicht länger zurückhalten.

»Bitte! Kann mir jemand helfen? Irgendjemand. Holt mich hier raus, lasst mich nicht so sterben«, schluchzte sie.

DREI

Sie verließen die Autobahn. Vanessa fuhr etwa fünfzig Meter, ehe sie den Motor abstellte. Nicolas stieg aus dem zweiten Mietwagen, ging zu Vanessa und setzte sich auf den Beifahrersitz. Abertausende Sterne blinkten am Himmel, das Zirpen der Grillen drang bis ins Auto und Blätter wogten im Wind.

Aus einem Gebüsch leuchtete ihnen ein grünes Augenpaar entgegen.

Nicolas zückte ein Jagdmesser, das er in einem Spezialgeschäft gekauft hatte, und legte es auf seinen Schoß. Vanessa schielte wortlos hinüber.

»Und du bist dir wirklich sicher?«, murmelte er.

Vanessa nickte entschlossen. Sie würde sich als Erste auf den Weg machen. Nicolas würde in ein paar hundert Metern Entfernung warten und erst losgehen, wenn ein anderes Auto anhielt und Vanessa auf das Gelände brachte.

Wenn sie Natasja fand, würde sie ein Telefon suchen und Nicolas anrufen, der ihnen dann bei der Flucht helfen würde. Den zweiten Mietwagen würde er dort abstellen, wo er den Zaun manipuliert hatte, damit sie sich möglichst schnell aus dem Staub machen konnten. Der erste kritische Punkt bestand darin, die Unfallstelle glaubwürdig aussehen zu lassen. Dann mussten sie hoffen, dass jemand Vanessa auf dem Weg in die Kolonie entdeckte.

»Also, worauf wartest du noch?«

Nicolas machte die Deckenlampe an. Eine schmale gerötete Narbe war alles, was von Vanessas Unfall auf dem Sveavägen übrig geblieben war. Mithilfe des Messers öffnete er die Narbe wieder. Vanessa biss die Zähne zusammen und zwang sich, tiefe Atemzüge zu nehmen, während er die Narbe mit der Klinge bearbeitete. Blut lief ihr über Augen und Nase, tropfte auf ihre dünne gelbe Windjacke.

»Gut«, sagte sie schließlich und begutachtete das Ergebnis im Rückspiegel. Nicolas wischte das Messer am Hosenbein ab und legte es vor sich aufs Armaturenbrett.

Er faltete die Hände. Zögerte. Sekunden verstrichen.

»Tu's einfach«, forderte Vanessa ihn auf.

Er schwieg. Vanessa wollte schon Luft holen, um ihm zu sagen, er solle aufhören, so ein Feigling zu sein, die Zeit werde knapp, als Nicolas unvermittelt ihren Kopf packte und ihr Gesicht mit voller Wucht gegen das Lenkrad schlug. Sie spürte, wie ihr Nasenbein brach, der Schmerz übermannte sie, lähmte sie. Sie schnappte nach Luft, doch Blut blockierte ihre Atemwege, und sie bekam Panik. Sie schluckte das Blut und öffnete erneut den Mund, damit sich ihre Lunge mit Sauerstoff füllen konnte. Alles drehte sich und bunte Punkte tanzten hinter ihren Lidern. Nicolas machte die Tür auf, ging um das Auto herum, half Vanessa beim Aussteigen und legte sie auf die Rückbank. Vanessa stöhnte auf, ihr Kopf dröhnte. Nicolas startete den Motor, wendete und fuhr langsam zur Autobahnauffahrt.

Durch die Tränen und das Blut konnte Vanessa die Sterne sehen, als Nicolas auf die Autobahn fuhr. Ihr Gesicht war vollkommen taub. Ein paar Minuten später bog er auf die abfallende Schotterstraße, die zur Colonia Rhein führte.

Nach wenigen Metern stoppten sie. Er hob sie vorsichtig aus dem Auto und trug sie unter einen Baum. Kurz strich er ihr übers Haar, dann eilte er zurück.

Vanessa hörte, wie die Autotür zugeschlagen wurde. Durch die kühle, frische Luft wurde sie etwas munterer, und sie legte sich auf die Seite. Der Boden war feucht. Sie stöhnte, nahm eine Handvoll Erde und ließ sie zwischen ihren Fingern hindurchrieseln. Unter ihrem Pullover krabbelte und juckte es, aber Vanessa hatte keine Kraft, die Insekten aus ihren Kleidern zu schlagen.

Sie drehte den Kopf, um nachzusehen, wie es Nicolas erging, aber die Scheinwerfer blendeten sie in dem Moment, als das Auto vorbeiraste. Dann prallte es krachend gegen einen Baum.

VIER

Natasja hatte ihn herausgefordert, ihn vor Consuelo und seinen Männern gedemütigt. Hatte seine Kleider gestohlen, seinen Hund überlistet. Sie hatte nie eine reelle Chance gehabt zu entkommen, aber die Wut darüber, dass sie geglaubt hatte, sie könne ihn hintergehen, brannte wie Feuer in ihm.

Carlos verspürte eine seltene Lust auf Alkohol. In seinem Barschrank hatte er Pisco, Wodka, Rum, Whisky, Tequila und Calvados. Er entschied sich für ein Glas Wodka, gab Eiswürfel dazu und trat auf die Terrasse.

Unterhalb des Geländers leuchtete das Wasser des Pools bläulichweiß. Carlos hatte dafür gesorgt, dass er für Consuelo in Ordnung gebracht wurde, damit sie sich die Zeit vertreiben konnte, wenn er nicht zu Hause war. Damit sie sich wohlfühlte. Und nach allem, was er für sie getan hatte, dankte sie es ihm, indem sie Natasja half.

Er stellte sein Glas auf dem Geländer ab, hielt es mit beiden Händen fest und blickte in die Dunkelheit. Was sollte er mit Consuelo machen? Das Glück, das er am Anfang empfunden hatte, war in Zorn umgeschlagen. Äußerlich glich sie Ramona aufs Haar, aber mehr Gemeinsamkeiten gab es nicht zwischen den beiden Frauen. Consuelo war undankbar und verstand nicht, dass alles, was er tat, nur zu ihrem Besten war. Er hatte sie aus der Armut gerettet, davor bewahrt, ihren Körper mit Fast Food und Schwangerschaften zu martern, vor den vier oder fünf schmutzigen Kindern, die für die Gesellschaft nie einen größeren Beitrag leisten würden, als sich als Haushälterinnen oder Tagelöhner zu verdingen. Und Raúl, der ihr ach so viel bedeutete, hätte vermutlich als verbitterter, verbrauchter Alkoholiker mit einem Hang zur Gewalttätigkeit geendet.

»Du bist nur eine dreckige Zigeunerhure, die mich verführt hat, sonst nichts«, murmelte er.

Er räusperte sich, spuckte Richtung Pool und sah zu, wie der Schleim auf der Wasseroberfläche schwamm. Vielleicht sollte er das Versprechen einlösen, das er Raúl gegeben hatte, ehe er ihm den Schädel weggepustet hatte – und Consuelo ein letztes Mal vergewaltigen und sie dann den Söldnern überlassen. Dann würde sie vielleicht zur Vernunft kommen und ihn anflehen, sie zu verschonen.

Er trank leer, schenkte sich nach und stellte das Glas zur Seite, damit der Wodka vom Eis abgekühlt wurde. Vor allem aber wollte er das Mädchen sterben sehen. Zum ersten Mal seit Jahren würde er wieder im OP-Saal dabei sein, und vielleicht würde der Anblick, wie das Leben aus ihr wich, die Erinnerung daran ersetzen, wie sie ihn erniedrigt hatte.

FÜNF Nicolas warf den Ast weg, mit dem er das Gaspedal nach unten gedrückt hatte, und nahm das Auto unter die Lupe. Es qualmte aus der eingedrückten Motorhaube, der rechte Scheinwerfer war gesplittert und der Airbag aufgegangen. Er beschloss, dass die Schäden glaubwürdig genug aussahen, und kehrte zu Vanessa zurück. Sie wimmerte leise, als er sich zu ihr hinunterbeugte und sie auf den Arm nahm. Er trug sie zum Auto und musterte ihr Gesicht. Ihre Verletzungen bluteten nicht mehr. Er wollte sie vor der Fahrertür vorsichtig absetzen, aber ihr sackten sofort die Beine weg.

»Bist du wach?«

Sie sah ihn unter schweren, geschwollenen Lidern an. Nicolas half ihr auf den Fahrersitz, ihr Kopf sank auf den Airbag und färbte ihn rot.

»Der Gurt.«

»Ist jetzt wohl ein bisschen zu spät«, lallte Vanessa und versuchte ein Lächeln, das ihr jedoch entglitt. Sie tastete nach dem Sicherheitsgurt, den Nicolas ihr hinhielt, und schnallte sich mühsam an.

»Und du weißt meine Nummer noch?«

Vanessa nuschelte die Ziffern.

»Ich bleibe in der Nähe, bis dich jemand entdeckt.«

Nicolas wollte die Autotür schon schließen, da hielt er noch einmal inne.

»Du bist einer der mutigsten und selbstlosesten Menschen, denen ich je begegnet bin, auch wenn du alles tust, um das zu verbergen. Du wärst eine gute Soldatin.«

Vanessa lächelte matt, brachte aber kein Wort heraus.

Er schlug die Tür zu, ging ein Stück in den Wald hinein und kauerte sich hinter einen Baum. Von der Schnellstraße scholl das Rauschen der vorbeifahrenden Autos und Lastwagen zu ihm herüber.

Nicolas' Gedanken schweiften ab, nach Schweden und zu Maria. Vermutlich würde er seine Schwester nie wiedersehen. Und trotzdem wollte er an keinem anderen Ort sein; denn genau deswegen war er Soldat geworden: Er wusste, dass alle Gedanken an das, was passiert war, wie weggeblasen sein würden, sobald er sich auf dem Gelände der Kolonie befand. Die Wahrscheinlichkeit, da bei lebendigem Leib wieder rauszukommen, war gering. Vielleicht würde er sterben. Musste er sterben. In die Kolonie einzudringen, war eine absolute Selbstmordmission.

Aber er hatte so vieles falsch gemacht und wollte nun unbedingt etwas richtig machen. Die Entführung von Melinas Mann hatte mit ihrem Tod geendet. Es war moralisch richtig, Vanessa zu helfen, auch wenn Melina dadurch nicht wieder lebendig wurde. Die Kinder, die die Legion und Ivan gekidnappt hatten, waren unschuldig. Hilflos. Und er spürte eine quälende, zermürbende Schuld, weil er nicht eingeschritten war und sich an die Polizei gewandt hatte.

Er wurde aus seinen Gedanken gerissen, als sich ein Scheinwerferpaar den Hügel hinunterbewegte und auf das zerbeulte Auto zusteuerte. Nicolas horchte angespannt. Der Wagen fuhr keine fünfzig Meter mehr, dann hörte er eine Vollbremsung. Die Reifen rutschten über den Schotter, fanden Halt und kamen zum Stehen.

Bei laufendem Motor wurden zwei Türen aufgestoßen. Nicolas spähte hinter dem Baum hervor. Zwei Männer näherten sich dem Autowrack.

»Nehmt sie bloß mit, verdammt«, murmelte Nicolas.

Die Männer hatten das Auto erreicht, und einer von ihnen leuchtete mit der Taschenlampe seines Handys durch die Windschutzscheibe. Aufgeregte Stimmen. Sie machten die Fahrertür auf, zogen Vanessa heraus und legten sie auf die Erde. Er hörte, wie sie miteinander redeten und versuchten, sie wiederzubeleben. Einer der Männer rannte zurück zum Auto und fuhr es näher heran. Dann sprang er wieder heraus, und die beiden nahmen Vanessa zwischen sich und hievten sie auf die Rückbank. Einer blieb neben ihr sitzen.

Nicolas sah die Scheinwerfer Richtung Kolonie verschwinden und atmete auf. Dann lief er zur Autobahn und ihrem anderen Mietwagen zurück.

SECHS

Vanessa entschied, dass sie lange genug geschauspielert hatte, und schlug die Augen auf. Sofort leuchtete ein Mann im Arztkittel mit einer kleinen Taschenlampe in ihre Pupillen, dann schob er die Lampe in seine Brusttasche und verzog den Mund zu einem Lächeln.

»Wie geht es Ihnen, Frau Spencer?«, fragte der Arzt.

Sie befand sich in einem Patientenzimmer. Neben dem Bett stand ein Tropfständer, von dem ein langer durchsichtiger Schlauch in ihre Armbeuge führte.

»Können Sie sich erinnern, was passiert ist?«, fragte er.

Vanessa schüttelte langsam den Kopf, und eine schmale Falte grub sich in die Stirn des Arztes.

»Wissen Sie, wie Sie heißen?«

»Carol Spencer«, flüsterte Vanessa heiser.

Der Arzt schien mit der Antwort zufrieden zu sein.

»Sie sind von der Straße abgekommen und gegen einen Baum geprallt. Zum Glück war das ganz in der Nähe der Klinik.«

»Wo bin ich hier?«

»In der Clínica Bavaria. Einem der besten Krankenhäuser Südamerikas«, erklärte er nicht ohne Stolz und drückte einen roten Knopf an der Wand.

Vanessa warf einen raschen Blick auf sein Namensschild: *Doctor I. Carvajal.*

Der Arzt ging ans andere Ende des Zimmers, nahm eine Flasche Mineralwasser aus dem Kühlwürfel und schenkte einen Pappbecher voll. Vanessa trank ein paar Schlucke und reichte ihm den Becher wieder zurück.

Die Tür ging auf und ein kleiner Mann mit raspelkurzen Haaren wechselte ein paar Worte mit dem Arzt. Der Mann umrundete das Bett, und Vanessa versuchte sich an einem Lächeln. Der Mann starrte sie mit leerem Blick an.

Sie hatte keine Ahnung, wer er war und was er hier tat – jedenfalls sah er nicht aus wie ein Arzt, und an den Füßen trug er blank gewienerte Militärstiefel. Doktor Carvajal räusperte sich nervös.

»*Comandante* Marcos hat ein paar Fragen an Sie«, sagte er.

Vanessa drehte den Kopf, um den Mann anzusehen, der offenbar so etwas wie der Sicherheitschef war. Wieder keine Reaktion, nur dieser Blick, der sie zunehmend irritierte.

»Danke für Ihre Hilfe«, begann Vanessa in ihrem britischsten Englisch, als er noch immer schwieg. »Ich weiß nicht, was passiert ist, ich kann Ihnen nur dafür danken, dass Sie sich so rührend um mich kümmern. Könnte ich noch etwas Wasser bekommen?«

Marcos machte keine Anstalten, ihr den Pappbecher zu geben. Er blieb mit vor der Brust verschränkten Armen stehen.

»Carol Spencer. So heißen Sie doch?«

»Genau. Und Sie sind?«

»Können Sie mir erklären, warum die Britische Botschaft Ihren Namen nicht im Melderegister finden kann?«

Vanessa war überrascht. Es war völlig ausgeschlossen, eine derartige Auskunft von der Britischen Botschaft so schnell zu erhalten. Entweder bluffte er, oder die Kontakte der Kolonie reichten weiter, als sie es sich ausgemalt hatte.

»Das weiß ich auch nicht.«

Marcos' Miene verriet nicht, ob er ihr glaubte.

Sie lachte leise auf. »Sie haben darum gebeten, die Fluglisten zu checken, nehme ich an?«

»*Yes.*«

Vanessa verzog das Gesicht, als die Kopfschmerzen wieder zuschlugen.

»Ich bin mit dem Bus gekommen. Aus Bolivien.«

»Und was machen Sie hier?«

»Was soll das werden, ein Verhör, oder was?«, fragte Vanessa mit einem Seitenblick auf den Arzt, der zu Boden sah.

»Beantworten Sie die Frage«, bellte Marcos.

»Ich reise seit einem Monat durch Südamerika. Ich war schon in Brasilien, Kolumbien, Peru und Bolivien. Und jetzt will ich runter nach Feuerland.«

»Allein?«

»Ja, ich bin frisch geschieden. Ich brauche einfach mal ein bisschen Abstand.«

»Beruf?«

»Maklerin.«

Marcos kratzte sich am Arm. Er hatte außergewöhnlich breite Schultern.

»Das Auto?«, fragte er.

Vanessa seufzte.

»Was ist damit?«

»Wo haben Sie es gemietet?«

»In Valdivia«, log Vanessa.

»Als Carol Spencer?«

Die Autovermietung war um diese Uhrzeit geschlossen. Bis sie wieder aufmachte, war es also unmöglich zu überprüfen, ob eine Carol Spencer einen Ford Explorer gemietet hatte. Zumindest nahm Vanessa das an.

»Selbstverständlich.«

»Wo haben Sie gewohnt?«

»In Las Flores.«

»Hostel?«

»Ja, aber an den Namen erinnere ich mich nicht mehr. Irgendwas Spanisches.«

»Wie sah das Gebäude aus?«

»*Oh my god*. Vor ein paar Minuten war ich noch ohnmächtig und jetzt werde ich hier verhört. Wenn das die Britische Botschaft erfährt!«

»Das Gebäude. Wie sah das aus?«

Vanessa seufzte erneut.

»Ein rosafarbenes Holzhaus im Zentrum. Beim Busterminal.«

»El Huaso also.«

»Wenn Sie das sagen.«

Marcos' Augen verengten sich zu Schlitzen. Wortlos trat er an ihr Bett, packte ihren Arm, ließ eine Handschelle um ihr rechtes Handgelenk zuschnappen und befestigte die andere am Bettgestell.

»Was soll das?«, schrie Vanessa.

»Ich nehme sie Ihnen wieder ab, wenn ich Ihre Angaben überprüft habe.«

»Ich habe Rechte, ich bin britische Staatsbürgerin. So können Sie nicht mit mir umspringen«, schimpfte sie.

Als Marcos sich zum Gehen wandte, ließ er den Schlüssel in die Brusttasche des Arztes gleiten. Vanessa riss ein paar Mal vergeblich an den Handschellen und ließ dann ihren dröhnenden Kopf wieder auf das Kissen sinken.

Sie befand sich in großer Gefahr, und sie konnte Nicolas nicht benachrichtigen. Und selbst wenn ihr das doch irgendwie gelingen würde, konnte er nicht viel tun, um ihr zu helfen. Sie warf einen Blick auf die Uhr, es war gleich halb zwölf. Mit Nicolas hatte sie vereinbart, dass er die Aktion abbließ, wenn sie sich bis Mitternacht nicht gemeldet hatte.

Sie musste sich befreien. Und zwar schnell.

SIEBEN

Marcos fuhr durch das Tor und prüfte mit einem Blick über die Schulter, dass es hinter ihm wieder zuglitt. Als die Klinik ihn von der Engländerin in Kenntnis gesetzt hatte, die verletzt an der Straße gefunden worden war, hatte er sofort Verdacht geschöpft. Doch Carlos wollte er damit nicht behelligen. Seit einigen Tagen war sein Vater irgendwie neben der Spur. Manchmal antwortete er nicht einmal, wenn er angesprochen wurde. Marcos war von Anfang an klar gewesen, dass es ein Fehler war, mit Consuelo eine Affäre anzufangen. Andererseits konnte er seinen Vater auch verstehen.

Seit Ramonas Tod hatte Carlos keine Frauen mehr angerührt. Abgesehen von den kolumbianischen Huren in Las Flores. Ein Mann in seinem Alter brauchte aber eine Frau, jemanden, der sich um ihn kümmerte, um dem Alter Paroli zu bieten. Marcos machte ihm also keinen Vorwurf. Im Gegenteil. Carlos' Kopflosigkeit der letzten Zeit hatte sein Mitleid geweckt. Ihm vergegenwärtigt, dass sein Vater nicht mehr der Jüngste war.

Carlos war der einzige Mensch, den Marcos liebte. Er verdankte ihm alles. Carlos hatte ihn als Kind gerettet, ihm ein Leben ermöglicht, von dem er als armer Mapuche-Junge nicht einmal hätte träumen können. Er hatte ihn großgezogen und beschützt. Und nun war es Carlos, der ihn brauchte.

Die Kolonie brauchte ihn.

Er stoppte den Chevrolet, ließ den Motor im Leerlauf, nahm seine Taschenlampe und richtete den Lichtkegel auf das Autowrack, während er darauf zuging. Mit dieser Frau stimmte irgendwas nicht. Und er wollte nicht erst warten, bis er alle ihre Angaben überprüft hatte. Einmal hatte sie bereits gelogen, denn im El Huaso war niemand mit dem Namen Carol Spencer bekannt.

Er machte die Hintertür auf und leuchtete hinein. Dann setzte er sich in die Mitte der Rückbank. Das Auto war sauber. Nicht mal ein Kaffeebecher oder eine leere Flasche. Er machte das Handschuhfach auf – nichts. Marcos bückte sich, tastete den Bereich unter den Sitzen ab und bekam etwas zu fassen.

Ein zerknüllter Kassenzettel. Er setzte sich auf und strich das Papier glatt. Carol Spencer, wenn sie denn wirklich so hieß, hatte Wasser, Thunfisch und Brot eingekauft. Er kannte den Namen des Supermarktes, Jorgito in der Avenida Concepción in Las Flores. Wenn ihn nicht alles täuschte, gab es dort ganz in der Nähe ein Hostel. Das Bernardo O'Higgins. Er zückte sein Mobiltelefon, während er zum Auto zurückging, suchte die Nummer des Hostels heraus und rief an.

ACHT Vanessa ignorierte die Kopfschmerzen und die Übelkeit und sah sich im Zimmer um. Sie musste den sympathischen Arzt in ihre Gewalt bringen. Ihr Blick blieb an dem Schlauch hängen, der vom Tropfständer in ihren Arm führte.

Sie befühlte mit der Hand ihre Armbeuge und zog die Nadel heraus. Klare Flüssigkeit lief aus der Kanüle. Vanessa legte sie unter die Decke und verbarg ihren Arm ebenfalls darunter. Dann drückte sie die Patientenklingel. Kurz darauf hörte sie Schritte auf dem Gang und eine Krankenschwester erschien in der Tür.

»Sí?«

»*Please bring me the doctor*«, sagte Vanessa.

Die Schwester schien kein Englisch zu verstehen und sah Vanessa fragend an.

»*The doctor*«, wiederholte sie. »*Aquí. Ahora.*«

Die Schwester nickte und verschwand.

Sie wartete ein paar Minuten. Nichts geschah. Die Neonröhren flackerten unter der Decke. Vanessa drückte probeweise die Nadel gegen den Zeigefinger.

Es klopfte, und die Tür ging auf. Doktor Carvajal betrat den Raum, sah kurz von einer Krankenakte auf, um dann etwas zu notieren. An Vanessas Bett blieb er stehen. Sie warf einen Blick auf seine Brusttasche, um zu sehen, ob sich der Schlüssel für die Handschellen noch immer darin befand. Irgendwie musste sie den Arzt mit ihrer fixierten rechten Hand festhalten, damit sie ihn mit der Kanüle erreichen konnte. Dafür musste sie ihn näher zu sich heranlocken. Das Stethoskop. Wenn er es gebrauchte, hatte sie vielleicht eine Chance.

»Wie geht es Ihnen?«

Sie schüttelte den Kopf.

»Ich habe vergessen, Ihnen das zu sagen, aber ich habe Herzprobleme. Liegt in der Familie.«

Der Arzt ließ seinen Blick auf ihr ruhen.

»Und jetzt, ich weiß auch nicht, habe ich Herzrasen. Ungefähr so ...« Vanessa schlug mit der fixierten Hand gegen das Bettgestell.

Die Stirn des Arztes legte sich in sorgenvolle Falten. Er nahm das Stethoskop zur Hand, um sie abzuhorchen. Vanessa schob das Flügelhemd nach oben. Das Metall fühlte sich kalt an auf ihrer Haut. Der Arzt horchte mit konzentrierter Miene und schüttelte den Kopf.

»Ich ...«

Vanessa packte seinen Haarschopf mit ihrer Rechten und drückte seinen Kopf an ihre Brust, gleichzeitig griff sie mit der Linken nach der Nadel. Er schrie auf, und Vanessa hielt die Nadel ein paar Zentimeter vor seine Augen.

»Nehmen Sie langsam den Schlüssel aus Ihrer Tasche und schließen Sie die Handschellen auf«, sagte sie. »Und keinen Mucks, sonst spieße ich Ihr Auge auf.«

Der Arzt führte seine Hand zur Brusttasche und brachte zwischen Daumen und Zeigefinger den Schlüssel zum Vorschein.

»Schließen Sie auf.«

Vanessa lockerte den Griff um seinen Kopf, und Doktor Carvajal schloss mit zitternden Händen die Handschellen auf. Sie krabbelte aus dem Bett, die Nadel weiterhin auf den Arzt gerichtet.

»Setzen Sie sich auf den Boden und legen Sie die Handschellen an.« Vanessa deutete auf die Fesseln, die noch am Bett befestigt waren. Der Arzt kam ihrer Aufforderung nach und ging auf die Knie. Die Todesangst stand ihm ins Gesicht geschrieben. Er sah sie aus großen dunklen Augen an. Vanessa ging vor ihm in die Hocke.

»Ich will wissen, wo die Kinder sind.«

»Welche Kinder?«

»Die Kinder, die ihr hierhergebracht habt. Wo sind sie?«

Sie bewegte die Kanüle auf sein Auge zu, senkte sie im letzten Moment und stach ihm in die Wange. Der Arzt stieß einen Schrei aus.

»Schnauze.«

Der Arzt strich sich mit der freien Hand über den Einstich.

»Im Bunker«, sagte er.

»Und wo ist der?«

»Ich habe keine Ahnung. Ich war noch nie dort, ich schwöre. Irgendwo auf dem Gelände.«

Vanessa glaubte ihm.

»Und wer hat hier das Sagen?«

Doktor Carvajal schüttelte wortlos den Kopf. Vanessa hob die Nadel ein Stück höher.

»Nächstes Mal ist das Auge fällig. Also, wer hat hier das Sagen?«

»*Don* Carlos.«

»Ich brauche Ihr Handy.«

Der Arzt zog ein iPhone aus der Jeanstasche und reichte es ihr. Vanessa gab Nicolas' Nummer ein. Er meldete sich nach dem zweiten Klingeln.

»Ich habe einen Arzt als Geisel genommen«, flüsterte Vanessa, damit auf dem Gang niemand hörte, dass sie Schwedisch sprach. »Er weiß nicht genau, wo die Kinder sind, aber er hat mir einen Namen genannt: *don* Carlos. Er soll mich zu ihm führen.«

»Okay, ich mach mich auf den Weg. Schick mir die Koordinaten.«

Vanessa überlegte.

»Warte kurz.«

Sie hockte sich wieder vor den Arzt.

»In welchem Teil der Kolonie wohnt *don* Carlos?«

»Im Nordosten. Bei den Hügeln.«

Vanessa stand wieder auf.

»Versuch, bis zum nordöstlichen Teil des Geländes zu kommen. Dort, wo die Hügel sind. Ich schick dir dann die genauen Koordinaten, wenn ich da bin.«

Ihre Kleider lagen in einer zugeknoteten Plastiktüte auf einem

Stuhl. Vanessa zog sich hastig um, schob das Mobiltelefon in die Gesäßtasche, ging um das Bett herum und streckte den Kopf auf den Gang hinaus. Niemand war zu sehen. Sie machte die Tür wieder zu, durchsuchte die Schränke nach einer effizienteren Waffe, fand ein eingeschweißtes Skalpell und riss die Folie auf.

NEUN Das Hostel Bernardo O'Higgins war ein weiß gestrichener Bungalow und lag im alten Teil von Las Flores. In dem Viertel gab es kleine Bars, heruntergekommene Nachtclubs und schäbige Bordelle. Marcos stellte sein Auto vor dem Hostel ab und stieg aus. Ein Betrunkener torkelte an ihm vorbei. Zwei Kolumbianerinnen mit bauchfreien Tops und hochhackigen Schuhen fragten, ob er ein bisschen Spaß haben wolle. Er schüttelte den Kopf. Aus dem abbruchreifen Puff gegenüber drang Reggae-Musik. Er trat auf die Terrasse des Hostels und prüfte den Türknauf. Abgeschlossen. Er drückte die Stirn gegen die Scheibe und spähte ins Innere. Die Rezeption war nicht besetzt. Links neben der Tür befand sich eine Klingel, er drückte den Knopf, bis ein junger Mann mit Dreadlocks und in einem gelben Kaftan auftauchte.

»Wir haben keine Zimmer frei, *amigo*«, sagte er mit träger Stimme.

Aus dem Hof drangen Stimmen und Gelächter. Süßer Marihuanaduft kitzelte Marcos in der Nase.

»Warum geht hier keiner ans Telefon?«, wollte Marcos wissen und betrat den Raum.

Der junge Mann ging zum Rezeptionstresen und lehnte sich mit offenem Mund dagegen.

Marcos erkundigte sich, ob es einen Gast namens Carol Spencer gab.

»Ich darf keine …«

Marcos' Faust traf ihn in den Magen. Der Mann krümmte sich. Marcos packte ihn am Kaftan und richtete ihn wieder auf.

Der Mann keuchte und zeigte auf die Rezeption.

»Ich sehe nach.«

Er schleppte sich um den Tresen herum, stolperte über einen Stuhl, konnte sich aber gerade noch so auf den Beinen halten. Er nahm einen Ordner aus dem Regal und begann kopfschüttelnd darin zu blättern.

»Nein, keine Carol Spencer.«

»Kennst du diese Frau?«, fragte Marcos und legte Vanessas britischen Ausweis auf den Tresen. Der Mann nickte, und seine Dreadlocks tanzten.

»Ja, hab ich schon mal gesehen.«

»Wohnt sie hier?«

Wieder nickte der junge Mann.

»Und unter welchem Namen?«

Er blätterte weiter, drehte den Ordner um und schob ihn zu Marcos. Von einem DIN-A4-Blatt aus starrte ihn die Frau aus dem Krankenhaus an. Unter dem Schwarz-Weiß-Foto stand ihr Name: *Vanessa Viola Frank*. Rechts daneben: *Suecia*. Schweden. Er spürte, wie ihm ein kalter Schauer den Rücken hinunterlief.

»Ist sie allein?«

Der Mann schüttelte den Kopf und blätterte um.

Die nächste Ausweiskopie gehörte zu einem Mann: *Nicolas Andrés Paredes*. Ebenfalls ein Schwede. Marcos kam der Name irgendwie bekannt vor. Irgendwo hatte er ihn schon mal gehört. Er ließ die Faust auf den Rezeptionstresen krachen.

»Zeig mir das Zimmer.«

Der Mann stellte den Ordner hektisch ins Regal zurück und führte Marcos in den Innenhof. Auf ein paar Sofas saßen Rucksacktouristen und ließen einen Joint kreisen. Sie überquerten den Hof, bis der Mann mit den Dreadlocks vor einer hölzernen Tür stehen blieb und den Schlüssel ins Schloss schob.

ZEHN Vanessa fesselte die Hände des Arztes mit den Handschellen auf seinem Rücken und schob ihn vor sich her. Sie hielt ihm das Skalpell an den Nacken gedrückt, in ihrer Gesäßtasche steckten seine Autoschlüssel. Seinen Angaben zufolge stand sein Auto auf dem Parkplatz vor dem Haupteingang. Sie kamen an einem leeren Wartezimmer vorbei. Über einer Tür neben einer Sitzecke las sie *Salida de emergencia*, Notausgang. Sie hielt Doktor Carvajal am Kragen fest, und er stoppte. Vanessa wollte so schnell wie möglich nach draußen.

»Ist es hier?«

Er nickte. Vanessa drückte mit der Schulter die Tür auf und bedeutete ihm voranzugehen. Sie kamen in ein Treppenhaus und gingen ein Stockwerk tiefer. Hinter einer Tür wurde gelacht. Sie drückte den Arzt an die Wand und hielt ihm das Skalpell unters Kinn.

»Ein Wort und ich schneide Ihnen die Kehle durch.«

Der Arzt schloss die Augen. Das Gelächter verebbte, und Vanessa forderte Doktor Carvajal auf weiterzugehen. Sie erreichten das Erdgeschoss, und sie spähte durchs Fenster in die Dunkelheit hinaus.

»Ich sehe keinen Parkplatz.«

»Weiter rechts.«

»Das will ich auch hoffen.«

Sie machte die Tür auf und schubste ihn ins Freie. Die Luft war kühl, Vanessa atmete tief ein und füllte ihre Lunge mit Sauerstoff. Die Kopfschmerzen ließen davon jedoch nicht nach, schlimmer noch schmerzte aber ihre Nase. Allerdings wollte sie keine weiteren Tabletten nehmen, sie musste klar im Kopf bleiben.

Sie bogen um die Ecke. Auf einem eingezäunten, asphaltierten Parkplatz standen fünf Autos. Vanessa nahm den Autoschlüssel, drückte auf einen Knopf, und etwa fünfzig Meter vor ihnen blinkte ein schwarzer Jeep Cherokee.

Während sie auf den Wagen zugingen, überlegte sie, was klüger war – selbst zu fahren oder den Arzt fahren zu lassen. Sie entschied sich für Letzteres und warf einen Blick ins Auto. Im Kofferraum lagen eine Jacke und ein roter Benzinkanister. Vanessa machte Doktor Carvajal die Handschellen auf, ließ ihn die Arme vorstrecken und schloss sie vor seinem Körper wieder, damit er fahren konnte. Danach machte sie die Fahrertür auf und befahl ihm einzusteigen. Als sie die Tür zuschlug, nahm sie ihr Spiegelbild auf der Scheibe wahr. Ihr Kopf war bandagiert, und sie hatte getrocknetes Blut im Gesicht und rote Flecken auf den Kleidern.

Nachdem sie sich auf den Beifahrersitz gesetzt hatte, steckte sie den Schlüssel ins Zündschloss und drehte ihn um. Der Motor sprang sofort an.

»Fahren Sie mich zum Haus von *don* Carlos«, forderte sie ihn auf.

Der Arzt legte die Hände aufs Lenkrad und nickte Richtung Schalthebel. Vanessa stellte in auf D. An der Schranke hatte er Mühe, die Seitenscheibe herunterzulassen und das Band mit der Karte abzunehmen, das er um den Hals trug, um sie vor das Lesegerät zu halten. Doch dann schnellte die Schranke hoch, und sie fuhren in den dichten Wald hinein. Unten im Tal brannte Licht in den Häusern. Doktor Carvajal fuhr die ganze Zeit geradeaus, an mehreren Abzweigungen vorbei, die noch tiefer in den Wald führten.

»Versuchen Sie nicht, mich zu verarschen«, sagte Vanessa, den Blick auf die Straße geheftet. »Sonst steche ich Sie ab, ohne zu zögern.«

Nach einem Kilometer bog er auf eine kleinere Straße ab, die in Serpentinen den Hügel hinaufführte und immer schmaler wurde. Der Schotter spritzte gegen den Unterboden des Autos.

Schließlich erschien fünfzig Meter vor ihnen ein Stahltor.

»Halten Sie hier, fahren Sie rechts ran.«

Er bremste. Vanessa stellte den Motor ab, zückte Doktor Carvajals Mobiltelefon und rief Nicolas an, um ihm die Koordinaten durchzugeben.

»Wann kannst du hier sein?«

Für einige Sekunden, in denen er vermutlich die Daten checkte, herrschte Stille am anderen Ende.

»Ungefähr in zwanzig Minuten«, sagte Nicolas. »Was siehst du?«

»Ein großes weißes Haus mit einem Tor.«

»Wachmänner?«

»Soweit ich sehen kann, nein. Wo bist du jetzt?«

»Ich bin im Wald und gehe bergauf. Ich glaube, ich bin richtig. Stell das Auto irgendwo ab, wo man es nicht gleich entdeckt, und warte dort. Ich melde mich, wenn ich da bin.«

ELF Zwei schmale, ungemachte Betten, an der gegenüberliegenden Wand ein Fernseher. Unter einem großen Holzkreuz standen zwei Taschen. Marcos stellte sie auf eines der Betten und durchwühlte ihren Inhalt. Kleider, Geld, Hygieneartikel. Er fand Nicolas Paredes' Reisepass und starrte das Foto an. Wieder hatte er das Gefühl, den Namen schon mal gehört zu haben. Im Zusammenhang mit Schweden. Mit den Kindern. Er griff nach seinem Mobiltelefon und rief Carlos an. Er ging nicht ran. Marcos fluchte, legte das Telefon beiseite, nahm den anderen Pass zur Hand und klappte ihn auf. Griff erneut nach seinem Telefon und rief Jean an, den Chauffeur seines Vaters.

»Hör zu«, sagte er, als Jean sich meldete. »Nimm den Wagen, fahr in die Klinik und frag nach Doktor Carvajal. Die Engländerin, die vor dem Tor gefunden wurde, kommt nicht aus England, sondern aus Schweden. Behalt sie im Auge, bis ich da bin.«

»Geht klar. Sonst noch was?«

»Nein. Ich rufe jetzt Garcia an. Vermutlich hat sie einen Komplizen, der sich irgendwo auf dem Gelände rumtreibt. Ich habe hier gerade seinen Pass vor mir.«

Marcos hörte, wie Jean eine Tür aufmachte. Der Wind pfiff ins Mikrofon, es rauschte, und Jeans Stimme erstarb.

»Was hast du gesagt?«, fragte Marcos irritiert.

»Wie heißt er?«

»Nicolas Paredes.«

Eine Autotür wurde geöffnet. Marcos beruhigte sich etwas, jetzt, da er wusste, dass Jean in gut zehn Minuten in der Klinik sein würde. Der Motor heulte auf.

»Nicolas Paredes? Ich dachte, du hast gesagt, die kommen aus Schweden?«

»Es sind schwedische Pässe.«

»Sollte nicht zuerst der Sohn eines Chilenen den Schweden mit den Kindern helfen? Der, der dann abgehauen ist?«

Jean hatte recht. Und der Mann war, wie Joseph Boulaich, ein ehemaliger Soldat, war bei irgendeiner schwedischen Spezialeinheit gewesen. Die Lage war also ernster, als er angenommen hatte.

Ohne ein weiteres Wort zu sagen, beendete Marcos das Telefonat, machte die Tür auf und rannte über den Hof. Im Laufen rief er Boris Garcia an, den Kommandeur seiner Soldaten.

Als er das Gespräch beendet hatte, versuchte er erneut, Carlos zu erreichen, doch sein Vater meldete sich nicht.

ZWÖLF Vanessa konnte lediglich Doktor Carvajals Umrisse und seine weißen Augäpfel erkennen. Sie blinzelte ein paar Mal, um sich an die Dunkelheit zu gewöhnen.

Draußen riss und zerrte der Wind an den Bäumen.

»Was machen Sie mit den Kindern?«, wollte Vanessa wissen.

Er schwieg, und sie fuchtelte mit dem Skalpell vor seinem Gesicht. Er schreckte zurück und stieß mit dem Kopf an die Fensterscheibe. Seine Augäpfel waren nicht mehr zu sehen, und sie begriff, dass er die Augen geschlossen hatte.

»Vergessen Sie nicht, dass ich Sie nicht mehr brauche«, sagte Vanessa. »Sie haben mir gezeigt, wo er wohnt, und behaupten, nicht zu wissen, wo genau die Kinder sind. Von jetzt an sind Sie nutzlos für mich. Ich kann Ihnen also ohne Probleme ein Auge ausstechen, während ich warte.«

»Organe«, murmelte der Arzt. Seine Stimme war belegt. Er räusperte sich. »Wir verwenden ihre Organe für andere Patienten.«

Vanessa wollte zustechen. Doktor Carvajal drückte sich verzweifelt gegen die Scheibe, und Vanessa beherrschte sich. Ließ ihren Arm sinken. Ihr wurde übel. Aber sie durfte auf keinen Fall die Kontrolle verlieren, musste einen kühlen Kopf bewahren.

»Leben sie noch?«, raunte sie.

Der Arzt schwieg.

»Leben sie noch?«, schrie Vanessa.

»Ich weiß nur, dass für morgen früh eine Operation geplant ist«, stammelte er.

Im nächsten Moment nahm Vanessa draußen in der Dunkelheit eine Bewegung wahr. Sie stutzte, dann erkannte sie Nicolas. Der

Arzt hatte ihn ebenfalls entdeckt. Sie konnten ihn nicht hierlassen. Das Risiko war zu groß, dass er sich auf die Hupe lehnte, um auf sich aufmerksam zu machen. Besser war es, ihn im Kofferraum zu fesseln, damit er nicht entkommen konnte.

Sie wollte ihm gerade noch eine Frage stellen, als sich ein paar Meter hinter Nicolas etwas in den Büschen bewegte. Was zum Teufel war das?

Plötzlich kam ein riesiger schwarzer Hund auf sie zugeschossen. Nicolas hatte ihn noch nicht bemerkt.

Sie hämmerte gegen die Windschutzscheibe und brüllte. Doch Nicolas reagierte nicht und ging weiter auf das Auto zu. Sie drehte den Zündschlüssel, Nicolas wurde vom Scheinwerferlicht geblendet und hob die Hände vors Gesicht. Der Hund war nun direkt hinter ihm. Da verstand Nicolas, zog sein Messer und wandte sich um, gerade in dem Moment, als das Tier zum Sprung ansetzte und sich auf ihn stürzte.

DREIZEHN

Marcos überholte einen Lkw und fuhr wieder auf die rechte Spur. In zwanzig Minuten würde er das Tor erreichen, wo er sich mit Boris Garcia und seinen Männern verabredet hatte. Sowie er die Suche nach Nicolas Paredes organisiert hätte, würde er nach Hause zu seinem Vater fahren. Vielleicht war es sogar ganz gut, dass sein Vater nicht ans Telefon gegangen war. Er hatte Marcos immer eingeschärft, nicht nur mit einem Problem zu ihm zu kommen, sondern auch mit einer Lösung. Er hoffte, dass er Nicolas Paredes bereits geschnappt haben würde, wenn er seinem Vater von der ganzen Sache erzählte.

Vanessa Frank machte keine Schwierigkeiten, sie war in der Klinik gut aufgehoben. Aber was, wenn ein kompletter Einsatztrupp in die Kolonie eingefallen war?, dachte Marcos missmutig. Er drückte das Gaspedal durch, und die Tachonadel überschritt die Hundertachtzig. Vanessa Frank würde reden, sie würde alles erzählen, was sie wusste. Er würde dafür sorgen, dass Jean sie zum La Parrilla brachte. Wenn er ihr so richtig zusetzte und den Stahldraht in den Unterleib rammte, würde sie schon nicht mehr so aufsässig sein. Und Nicolas Paredes blühte das gleiche Schicksal.

Es war lange her, seit er jemanden gefoltert hatte. Als Kind hatte er Spinnen, Tausendfüßler und Käfer gefangen, ihnen die Beine ausgerissen und sie dann verenden lassen. Dass Vanessa Frank und Nicolas Paredes hier waren, musste mit den Kindern aus Schweden zu tun haben. Aber wie war es ihnen überhaupt gelungen, die verschwundenen Kinder mit Chile und der Colonia Rhein in Verbindung zu bringen? Und wer wusste noch davon? Wenn Joseph nicht gelogen hatte, dann hatten sie Nicolas Paredes nicht gesagt, was mit den Kindern passierte. Oder wohin sie gebracht wurden. Die Folter würde also nicht nur ein Genuss werden, sondern sie war auch notwendig, um herauszufinden, wie diese Informationen nach außen dringen konnten.

Das Telefon klingelte und riss ihn aus seinen Gedanken. Ohne die Straße aus den Augen zu lassen, tastete er auf dem Beifahrersitz danach und klemmte es sich zwischen Ohr und Schulter, um mit beiden Händen lenken zu können.

»Die *gringa* ist nicht mehr hier.«

»Was soll das heißen, verdammt?«

Das Telefon rutschte heraus und fiel zwischen seine Beine. Er fluchte und hörte, wie Jean weiterredete.

»Warte«, rief er, ging vom Gas und drückte sich das Telefon wieder ans Ohr. »Jetzt.«

Jean hustete.

»Ich bin in ihrem Zimmer. Es ist leer.«

»Und Carvajal?«, schnaubte Marcos. »Wo ist der Arzt?«

»Weg. Sie haben schon versucht, ihn anzurufen, aber er geht nicht ran.«

»Warte auf mich am Tor.«

VIERZEHN

Nachdem Nicolas über den Zaun geklettert war, war er etwa zwei Kilometer durch den Wald gerannt, um Vanessa möglichst schnell zu erreichen. Seine dunkle Kleidung war durchgeschwitzt und seine Beine schmerzten. Als er das Auto endlich entdeckte, lief er etwas langsamer.

Doch dann gingen plötzlich die Scheinwerfer an.

Reflexartig hob er die Hände vors Gesicht und begriff noch im selben Moment, dass Vanessa ihn warnen wollte. Er drehte sich um und sah den Hund auf ihn zustürzen.

Nicolas streckte den linken Arm aus, wappnete sich gegen den Schmerz und positionierte seine Füße so, dass er nicht umfiel und damit riskierte, dass der Hund ihm an die Kehle ging. Den rechten Arm hielt er gebeugt am Körper, um blitzartig mit dem Messer zustechen zu können.

Es fühlte sich an wie eine Ewigkeit, bis der Hund seine Zähne in seinen Unterarm schlug. Als er den Schmerz spürte, hob er den Arm an, damit das Tier, das sich festgebissen hatte, seinen Hals reckte. Nicolas bohrte ihm die Klinge in die Kehle und zerschnitt Luftröhre und Arterien. Er drehte das Messer, damit die Wunde breiter und tiefer wurde. Der Hund ließ los, fiel zu Boden und blieb reglos liegen.

Nicolas' linker Arm zitterte, aber die Schmerzen waren nicht so schlimm, wie er befürchtet hatte. Allerdings würden sie sicher bald stärker werden. Er konnte die Finger bewegen, also war der Arm wenigstens nicht gebrochen. Er warf einen letzten Blick auf den Hund, der nur noch ein leises Winseln von sich gab, und ging zum Auto.

Vanessa stieg aus und machte die Tür zur Rückbank auf. Nicolas musterte den Mann im Arztkittel, der ans Lenkrad gefesselt war, ehe er vorsichtig den Ärmel hochschob, um seine Verletzung zu begutachten. Die Bisswunden waren klein, aber tief und bluteten stark. Drumherum war die Haut gerötet.

»Das müssen wir verbinden«, sagte Vanessa.

»Später, dazu ist jetzt keine Zeit. Wir müssen Natasja finden und dann nichts wie weg von hier«, widersprach Nicolas. Er zog den Ärmel zurück über die Wunde und probierte ein paar Mal, eine Faust zu ballen. Es brannte und spannte, aber funktionierte.

»Er sagt, dass der Mann, der dort in dem Haus wohnt, der Chef der Kolonie ist«, sagte Vanessa und zeigte auf das Gebäude, das hinter den Bäumen zu sehen war. »Wenn Natasja noch lebt, weiß er, wo sie ist.«

Vanessa ließ den Arzt aussteigen, wies ihn an, sich in den Kofferraum zu legen, fesselte ihn wieder mit den Handschellen und schlug die Klappe zu.

FÜNFZEHN   Nicolas und Vanessa traten durch das offene Tor, hielten inne und horchten. Alles blieb still. Zu ihrer Rechten befand sich eine große Terrasse, davor ein Pool. Die glatte Wasseroberfläche schimmerte blau und einladend. Ein paar Bäume reckten ihre Äste gen Himmel.

Sie gingen weiter aufwärts, bis der Hügel in einen Innenhof mündete. Vanessa drückte sich an die Hauswand und schlich geduckt weiter. Nicolas folgte ihr. Am ersten Fenster richtete Vanessa sich auf und spähte hinein. Es war dunkel, sie konnte nichts erkennen. Sie drehte sich zu Nicolas um und schüttelte den Kopf, das Risiko war zu groß. Auch bei den beiden anderen Fenstern blieb sie kurz stehen, mit dem gleichen Ergebnis. Schließlich prüfte sie den Knauf der Haustür. Es war abgeschlossen.

»Die Terrasse«, flüsterte Nicolas. »Durchs Fenster zu steigen, ist zu laut und dauert zu lange.«

Sie schlichen denselben Weg wieder zurück und bogen um die Ecke. Die Terrasse war auf Stein gebaut, und in den Ritzen zwischen den Steinen konnte man sich festhalten und so nach oben klettern. Nicolas streckte sich und schob seine Finger in eine Spalte.

Vanessa legte ihm eine Hand auf den Rücken.

»Ich mach das schon.«

Nicolas warf ihr einen dankbaren Blick zu. Schon kurz darauf war Vanessa oben und stellte fest, dass die Terrassentür nur angelehnt war.

Sie beugte sich über das Geländer und bedeutete Nicolas, zurück zur Haustür zu gehen. Sie wartete einen Augenblick, dann betrat sie das Haus. Sie konnte eine Sofagruppe ausmachen und links von ihr einen offenen Kamin. Sie durchquerte den Raum, erreichte die Diele, öffnete die Tür und ließ Nicolas herein. Er zückte sein Messer und ging den Flur entlang, Vanessa folgte ihm.

Plötzlich blieb Nicolas stehen und lauschte an einer Tür. Dahinter war leises Schnarchen zu hören.

Lautlos schob er die Tür auf.

In dem schwachen Licht, das durch das Fenster ins Zimmer drang, erkannte er die Konturen eines Mannes.

Nicolas schlich zum Bett, legte ihm eine Hand auf den Mund und drückte ihm das Messer an den Hals.

Der Mann schlug die Augen auf, fuchtelte mit den Armen und trat um sich. Dann schob er seine Hand unter das Kopfkissen und griff nach einer Pistole.

Vanessa packte seinen Arm und nahm ihm die Waffe aus der Hand, während Nicolas ihn festhielt.

—

Marcos bremste vor den Männern, die sich in einem Halbkreis vor dem Wachtturm aufgestellt hatten. Er stieg aus, hielt Nicolas' und Vanessas Passbilder in die Höhe und gab sie Boris Garcia, der einen flüchtigen Blick darauf warf, ehe er sie an seine Soldaten weiterreichte.

»Diese beiden Individuen befinden sich hier irgendwo auf dem Gelände. Die Frau ist aus der Klinik entkommen. Findet die beiden und bringt sie zu mir. Mindestens einen von ihnen lebend, damit wir sie noch verhören können. Boris teilt euch ein und gibt euch eure Aufgaben. Garcia, komm her«, sagte Marcos und entfernte sich ein paar Meter von der Gruppe.

Boris Garcia gab Marcos ein Funkgerät. Er steckte sich den Hörer ins Ohr und schob das Gerät in die Tasche.

»Schick zwei von deinen Leuten zum Bunker. Sie suchen die Kinder. Ich fahre mit Jean zu meinem Vater, um ihn über alles zu informieren. Alle zehn Minuten will ich von dir auf den neusten Stand gebracht werden. Verstanden?«

»Sí, comandante.«

—

Carlos warf ihnen wütende Blicke zu. Nachdem sie das Haus kontrolliert und Consuelo gefunden hatten, schleiften sie ihn ins Wohnzimmer und setzten ihn mit auf dem Rücken gefesselten Händen auf einen Stuhl. Die Frau zielte mit seiner Pistole auf seine Brust und stellte auf Spanisch ein paar Fragen über die Kinder. Er tat, als verstünde er sie nicht, und setzte ein höhnisches Grinsen auf. Doch als sie miteinander flüsterten, gefror es ihm. Sie kamen aus Schweden. Der Mann blieb vor der vergoldeten Luger stehen, die über dem offenen Kamin hing, und las die Grüße von General Pinochet.

Carlos begriff nicht, wie es ihnen gelungen war, ihn zu finden. Oder wer die beiden überhaupt waren. Hatte jemand von der Legion der schwedischen Polizei verraten, wo die Kinder waren? Nein. Wenn es sich um einen Einsatz handelte, der von den chilenischen Behörden abgesegnet war, hätten sie mehr Leute geschickt und sie auch mit besseren Waffen ausgestattet.

Er musterte Consuelo. Sie saß auf dem Sofa und wirkte geschockt, sagte kaum etwas und blickte zwischen Carlos und den schwedischen Eindringlingen hin und her.

Der Mann und die Frau sprachen leise miteinander. Carlos hörte, wie Natasjas Name fiel, und sah, wie Consuelo die Augen aufriss. Sie machte den Mund auf und schrie. Der Mann und die Frau fuhren herum.

Carlos versuchte, sie zu treten, doch er kippte mitsamt dem Stuhl um und stöhnte auf, als sein Kopf gegen die Tischkante schlug. Er blieb am Boden liegen. Die Frau setzte sich auf das Sofa, und Consuelo begann zu erzählen, von Natasja und vom Bunker.

»Lebt sie noch?«, fragte die Frau.

»Ich weiß es nicht«, erwiderte Consuelo.

SECHZEHN

SECHZEHN   Marcos machte ein Zeichen, und Jean fuhr langsamer – ein Stück weiter oben im Wald hatte jemand einen Jeep Cherokee abgestellt.

»Weißt du, wem der gehört?«, fragte er.

Jean schüttelte den Kopf. Zwischen den Baumstämmen sahen sie die Außenbeleuchtung vom Haus seines Vaters oben auf dem Hügel. Dreißig Meter vor dem Jeep hielt Jean an. Sie versuchten auszumachen, ob jemand im Wagen saß. Marcos zückte seine Pistole, entsicherte sie und öffnete die Tür.

Er flüsterte Jean zu, dass er sitzen bleiben soll, hielt die Waffe mit beiden Händen und bewegte sich auf das Auto zu. Jeans Scheinwerfer störten ihn, und er bedeutete ihm mit einer Geste, sie auszuschalten.

—

Vanessa duckte sich hinter das Steuer. Consuelo tat es ihr auf dem Beifahrersitz gleich. Nicolas drückte Carlos auf die Rückbank und stopfte ihm die Mündung seiner Pistole in den Mund, damit er nicht schrie. Den Arzt hatten sie gefesselt in dem leeren Hundezwinger zurückgelassen und sich gerade ins Auto gesetzt, als sie von einem Scheinwerferpaar überrascht wurden, das auf der Straße näher kam. Vanessa hob den Kopf, sodass sie im Seitenspiegel sehen konnte, wie ein schwarz gekleideter Mann auf ihren Wagen zukam. Seine Gesichtszüge wurden deutlicher, und sie erkannte ihn wieder. Es war der Mann aus der Klinik.

»Rede mit mir, Vanessa, was ist los?«, stieß Nicolas hervor.

473

»Einer von denen kommt auf uns zu. Er ist bewaffnet.«

Die Scheinwerfer gingen aus, und es wurde dunkel. Sie konnte den Mann nicht mehr sehen.

»Was für ein Auto ist es?«

»Ein Mercedes«, sagte Vanessa.

»Größer als unser Wagen?«

»Nein, kleiner.«

—

Marcos konnte nicht erkennen, ob jemand im Auto saß. Er blieb stehen und spähte zum Haus seines Vaters hinauf. Er hatte noch vier oder fünf Meter zu gehen, als plötzlich der Motor ansprang. Die Reifen griffen nicht sofort, aber dann raste der Wagen rückwärts auf ihn zu.

Er hechtete zur Seite, blieb liegen und sah, wie der Jeep mit der Frau aus der Klinik am Steuer direkt auf den Mercedes zuhielt. Er dachte, sie würde noch rechtzeitig lenken, aber sie fuhr mit Vollgas in ihn hinein.

Die Lichter beider Autos explodierten. Der Mercedes wurde zurückgeschoben und landete im Straßengraben.

Gleich darauf verschwand der Jeep mit quietschenden Reifen Richtung Dorf. Marcos sprang auf, rannte hinterher und schoss sein Magazin leer. Dann lief er zu dem ramponierten Mercedes. Jean stieg aus, er wirkte geschockt.

»Worauf zum Henker wartest du? Mach den Motor an«, brüllte Marcos.

Jean schüttelte den Kopf.

»Geht nicht, der ist tot.«

Marcos rannte zum Haus seines Vaters und gab über Funk durch, dass die Wachmannschaft am Tor verstärkt werden sollte.

—

Vanessa machte die Scheinwerfer aus, damit niemand sehen konnte, wohin sie fuhren, und blinzelte in die Dunkelheit.

»Kennen Sie den Weg?«, fragte sie Consuelo.

Die Frau nickte. Vanessa hörte Carlos von der Rückbank fluchen, aber sie konzentrierte sich auf die Straße. Ohne Licht konnte sie nicht so schnell fahren, aber die Hauptsache war, sie machte Marcos' Männern die Verfolgungsjagd so schwer wie möglich. Sie kamen an ein paar erleuchteten Häusern und einer Werkstatt vorbei.

»Woher wissen Sie, wer Natasja ist?«

SIEBZEHN

Eine Viertelstunde später hielten sie an einer kleinen Lichtung und stellten den Motor ab. Ein dunkler SUV parkte vor ihnen. Der Boden war zerfurcht, Reifenspuren verliefen kreuz und quer über das Gras. Nicolas hielt seine Pistole auf Carlos gerichtet und sah Consuelo fragend an, die Richtung Wald zeigte.

»Da lang.«

Nicolas warf einen Blick auf den verlassenen Wagen und wandte sich an Vanessa.

»Bleib du hier.«

Er packte Carlos, führte ihn zu einem schmalen Baum und befahl ihm, die Arme um den Stamm zu legen. Dann ließ er die Handschellen zuschnappen und gab Vanessa sein Messer.

»Beim kleinsten Mucks bringst du ihn zum Schweigen«, sagte er.

Ohne eine Miene zu verziehen, nahm sie das Messer entgegen.

Parallel zu einem ausgetretenen Pfad, der in den Wald hineinführte, bahnte sich Nicolas seinen Weg. Die Baumkronen waren so dicht, dass der Sternenhimmel kaum zu sehen war. Ein brennender, stechender Schmerz strahlte von seinem linken Arm aus.

Nach dreihundert Metern erreichte er ein großes Gebüsch. Dahinter waren eine weitere Lichtung und Felsen zu sehen. Plötzlich bemerkte er einen roten Punkt und duckte sich rasch. Ein Wachmann rauchte bei den Felsen, zusammen mit einem Kollegen. Hinter den beiden Männern war eine Tür in den Felsen eingelassen.

Ihre Gesichter waren ihm zugewandt, und genau das war Nicolas' Problem. Er würde um sie herumgehen müssen, um sich aus ihrem Blickfeld zu stehlen. Er schob die Pistole hinten in den Hosenbund, legte sich auf den Bauch und begann vorwärtszukriechen.

Er kam nur langsam voran, jedes Mal, wenn er sich aufstützte, schossen Schmerzen in seinen linken Arm. Das dichte Gestrüpp zerkratzte ihm Wangen und Stirn. Endlich war er weit genug nach rechts vorgedrungen, um geradeaus weiterzugehen. Die Zigarette war erloschen, aber die Männer spähten noch immer Richtung Pfad. Meter um Meter schlich er sich näher an sie heran. Hielt inne, wartete ab, setzte sich in Bewegung, hielt inne. Immer wieder. Das war frustrierend, aber er konnte nicht riskieren, dass sie ihn entdeckten, ehe er sicher war, dass er sie mit der Pistole erwischte.

Schon bald hörte er die Stimmen der Männer, sie unterhielten sich gedämpft miteinander. Nicolas tastete nach seiner Waffe und zog sie vorsichtig hervor.

Er zielte lange und legte sich seine nächsten Bewegungen zurecht. Dann atmete er ein und feuerte den ersten Schuss ab. Der Mann stürzte zu Boden. Während der andere seine Automatikwaffe in Anschlag brachte, ging Nicolas auf die Knie und schoss zweimal. Beide Schüsse trafen. Er erhob sich und ging auf die Männer zu. Der Mann, auf den er zuerst geschossen hatte, suchte nach seiner Waffe, einer M16. Nicolas richtete seine Pistole auf ihn und schoss ihm in den Kopf.

Stille.

Die Männer starrten mit leeren Augen in den Sternenhimmel. Nicolas prüfte die Tür, sie war verschlossen. Daneben war ein Lesegerät angebracht.

Er griff nach seinem Telefon, rief Vanessa an und sagte ihr, sie solle die Frau auf der Lichtung zurücklassen, das Auto starten und dem Weg folgen.

»Soll ich sie nicht mitnehmen?«, fragte Vanessa.

»Nein, sie stört nur. Wir sammeln sie auf dem Rückweg ein.«

Er durchsuchte die Taschen der toten Männer und fand eine Magnetstreifenkarte. Er hielt sie vor das Gerät und hörte das Türschloss klicken.

—

Marcos hörte Rufe aus dem Hundezwinger und ging darauf zu. Als er Doktor Carvajal erkannte, sicherte er seine Pistole und riss die Tür auf. Der Arzt sah ihn erschrocken an.

»Gott sei Dank«, murmelte Carvajal.

Marcos half ihm auf die Beine und hörte über Funk, dass der Wagen, der losgeschickt worden war, um sie abzuholen, gleich da sein würde.

»Ist mein Vater noch im Haus?«

Der Arzt schüttelte den Kopf. Marcos trat gegen den Käfig.

»Der Bunker. Sie sind zum Bunker gefahren«, sagte Carvajal.

Marcos warf ihm einen skeptischen Blick zu. Nur wenige Minuten zuvor hatte Boris Garcia berichtet, dass die beiden Soldaten, die er zum Bunker geschickt hatte, gemeldet hatten, dass alles ruhig war. Er drückte auf den Knopf und funkte Garcia an.

»Wann kam die letzte Meldung vom Bunker? Kommen.«

»Vor vier Minuten. Kommen.«

»Funk sie an. Kommen.«

»Verstanden.«

Marcos hörte Motorengeräusche, drehte sich um und sah, wie sich ein Scheinwerferpaar den Hügel hinaufarbeitete. Das Auto stoppte, und Marcos bedeutete Jean, sich auf die Rückbank zu setzen. Als Marcos die Tür zugemacht und dem Fahrer knapp zugenickt hatte, knackte das Funkgerät.

Garcia klang nervös.

»Marcos. Kommen.«

»Ja. Kommen.«

Doktor Carvajal klopfte an die Scheibe und gestikulierte. Er wollte mitgenommen werden. Der Fahrer sah Marcos fragend an, der schüttelte jedoch den Kopf. Das Auto fuhr los.

»Die Männer vorm Bunker reagieren nicht. Kommen.«

Marcos donnerte seine Faust auf das Armaturenbrett.

»Schick deine Männer hin. Alle. Sofort. Wir sind unterwegs.«

—

Vanessa warf einen Blick auf die toten Männer.

»Ich geh rein. Pass auf, dass mir keiner folgt«, sagte Nicolas und gab ihr eine der Automatikwaffen. »Das ist besser so. Wenn sie nicht mehr am Leben ist, dann solltest du sie nicht sehen.«

Nicolas zeigte ihr, wie sie die Waffe an der linken Seite entsicherte, dann zog er die Tür auf. Sie kamen in einen dunklen Raum mit glatten Betonwänden. Direkt vor ihnen befand sich ein Fahrstuhl. Sein Boden war aus unbehandeltem Holz, während die Kabine einer Art Stahlkäfig glich. Links neben dem Liftschacht führte eine Treppe in die Tiefe.

»Ich weiß nicht, ob ich da unten Empfang habe«, meinte Nicolas, zog die Fahrstuhltür auf und trat in die Kabine. Der Schließmechanismus klickte, als er die Tür wieder zuzog. »Es wird alles gut, ich werde sie finden, ganz bestimmt.«

Der Fahrstuhl gab einen Seufzer von sich, und Nicolas' Kopf verschwand. Es gab zwei Knöpfe am Fahrstuhl. Einen Notfallknopf und einen, um ihn nach oben zu holen.

Vanessa machte die Tür auf und trat zurück ins Freie. Neben einem der Männer lag eine schwach glimmende Zigarettenkippe. Sie trat sie aus und lehnte sich mit dem Rücken an den Felsen. Der Wind duftete nach Eukalyptus. Die Gegenstände, die Nicolas in den Taschen der Männer gefunden hatte, hatte er neben die Leichen gelegt: eine Zigarettenschachtel, Streichhölzer, zwei Geldbeutel und einen Autoschlüssel. Sie starrte auf die Zigaretten und hatte plötzlich Lust, eine zu rauchen.

In ihrer Snusdose waren noch zwei Portionsbeutel. Sie ließ den ausgelaugten unter ihrer Lippe und schob einen neuen daneben. Sicherheitshalber steckte sie die Zigaretten und die Streichhölzer ein. Bald ist alles vorbei, dachte sie, und Nicolas kommt mit Natasja nach oben. Dann würden sie sich ins Auto setzen, diesen schrecklichen Ort hinter sich lassen und erst wieder anhalten, wenn sie in Santiago am Flughafen wären.

—

Carlos hörte Motoren. Er versuchte, den Kopf zu drehen, aber er sah nichts. Es konnten aber nur Marcos und seine Männer sein. Ein Wagen stoppte. Consuelo lief Richtung Bunker davon. Er rief, dass sie geschnappt werden musste. Jemand brüllte einen Befehl, und ein Soldat nahm die Verfolgung auf.

Hinter ihm wurden Autotüren aufgestoßen. Die Motoren verstummten. Schritte näherten sich. Consuelo befand sich am Rande der Lichtung und schrie verzweifelt. Boris Garcia ließ sich eine Axt geben und beeilte sich, Carlos zu befreien.

Er rieb sich die Handgelenke und fragte, wo Marcos sei.

»Er ist unterwegs, oben bei Ihrem Haus gab es Probleme, aber er muss jeden Moment hier sein.«

Carlos blickte sich um. Der Soldat hatte Consuelo an den Haaren gepackt. Carlos streckte seine Hand aus, worauf Garcia sofort nach seiner Pistole griff und sie an Carlos übergab. Carlos entsicherte die Waffe und wog sie in der Hand.

Ein weiteres Auto tauchte auf und kam wenige Meter entfernt zum Stehen. Marcos und Jean stiegen aus und nickten Carlos zu. Die Situation war unter Kontrolle. Gleich würden die Schweden sterben.

Consuelo schluchzte. Carlos kannte kein Erbarmen und empfand auch kein Mitleid. Nur Leere. Und die feste Entschlossenheit, sie für ihren Verrat leiden zu lassen. Der Soldat packte ihre Haare noch fester, Consuelo konnte sich kaum mehr bewegen.

Als Carlos einen Meter vor ihr stand, zwang der Soldat sie auf die Knie. Carlos wollte sehen, wie sie ihren Lebenswillen verlor, wie sie innerlich starb, ehe er sie in den Tod schickte.

—

Nicolas hatte sich keine Vorstellung davon gemacht, wie riesig die Ausmaße der unterirdischen Räume waren. Er machte hier und da eine Tür auf und warf einen Blick in die Zimmer. An den Wänden stand Regal an Regal, entweder mit Konserven und anderen

Lebensmitteln oder mit Waffen und dazugehöriger Munition bestückt.

Er durchquerte ein Gewölbe. An der Decke verliefen Rohre und Leitungen. Ventilatoren lärmten. Davon abgesehen hörte er nur seine Schritte. Es roch muffig.

Vor ihm gabelte sich der Gang. Er starrte auf ein Schild mit deutscher Schrift. Auf der rechten Seite stand *Verwahrung*. Nicolas hatte keine Ahnung, was das Wort bedeutete. Links wies ein Pfeil zum *Hospital*.

Er bog links ab und kam an einer Tür mit eingelassenem Fenster vorbei. Sie schien in einen großen Kühlraum zu führen. An einer Wand befand sich eine Reihe von herausziehbaren Fächern. Nicolas machte die Tür auf und betrat den Raum.

Tatsächlich war die Luft hier bedeutend kühler als im Gang. Er umfasste einen beliebigen Griff und zog das Fach heraus. Wider Erwarten musste er dafür seine ganze Kraft aufwenden. Dann aber starrte das Gesicht eines Mädchens mit leerem Blick zur Decke. Von der Taille bis zum Hals war ihr der Körper geöffnet worden. Nicolas zog ein anderes Fach heraus. Wieder ein totes Kind. Ein Junge. Er hatte keine Augen mehr, und an seinem großen Zeh hing ein kleines Etikett. Nicolas beugte sich vor und las, was darauf geschrieben stand. Der Junge war vor vier Tagen gestorben.

Nicolas hatte genug gesehen. Er schob das Fach schwungvoll zu und hastete in den Gang hinaus. Dort blieb er vor einer weißen Tür stehen. Ehe er die Klinke drückte, drehte er sich noch einmal um, spähte den Korridor hinunter und hob die Waffe auf Brusthöhe.

Er erkannte die Konturen eines Bettes und tastete nach dem Lichtschalter.

An der Decke flackerten Neonröhren auf, und im nächsten Augenblick war es taghell im Raum. Er blickte die Bettenreihen entlang, wähnte sie leer und wollte sich gerade wieder umdrehen, als er eine winzige Bewegung im vorletzten Bett wahrnahm. Nicolas lief hin und beugte sich über das Mädchen. Das musste Natasja sein. Schlaftrunken schlug sie die Augen auf, blinzelte und sah ihn erschrocken an.

»Ich bin hier, um dich zu befreien«, sagte er auf Schwedisch, legte seine Waffe aufs Bett und begann, die Riemen zu lösen. Während er sich daran zu schaffen machte, spürte er den Blick des Mädchens auf sich. Dann löste er den letzten Gurt.

»Du kommst aus Schweden?«

Er konnte sich ein Schmunzeln nicht verkneifen, stützte ihr vorsichtig den Rücken und half ihr, sich aufzusetzen.

»Ist Vanessa auch hier?«, flüsterte sie.

»Sie ist oben.«

Natasja entfuhr ein Schluchzer und sie stellte die Füße auf den kalten Betonboden.

»Sind noch andere Kinder hier?«

Sie schüttelte langsam den Kopf.

»Ich bin die Letzte.«

ACHTZEHN

Carlos baute sich vor Consuelo auf. Sie schlotterte am ganzen Körper; sie wusste, dass sie sterben würde, und wünschte nur, sie könnte ihrem Tod auf anderem Weg entgegengehen. Nicht mit so vielen Fremden, die sie anstarrten. Einige grinsten. Carlos sagte etwas, aber sie hörte seine Worte nicht. Er bemerkte, dass sie nichts verstand, und ging in die Hocke, damit ihre Gesichter auf gleicher Höhe waren.

»Genau so ist auch Raúl gestorben«, sagte Carlos, und Consuelo konnte Wodka riechen und den Rausch in seinen Augen sehen. »Und weißt du, mit welchem Gedanken er abgekratzt ist? Ich habe ihm gesagt, dass du diejenige warst, die zu mir gekommen ist. Dass du die Beine breitgemacht hat. Dass du seine Scheißarmut nicht länger ausgehalten hast. Und er hat mir geglaubt, Consuelo.«

Er verstummte und wartete auf ihre Reaktion.

»Er hat geflennt, weil du ihn betrogen und gedemütigt hast«, fuhr Carlos fort, stand wieder auf und erhob seine Stimme. »Und weißt du was, du warst nicht einmal ein guter Fick.«

Das Gelächter der Soldaten hallte in die Nacht.

Carlos spuckte sie an. Der Speichel landete auf ihren Haaren, lief über ihr Gesicht. Er setzte ihr die Mündung der Pistole auf die Stirn. Das Metall war kalt. Consuelo sah an ihm vorbei in den Sternenhimmel. Milchig. Schön. Ewig.

Sie würde sterben. Sein Arm zuckte, und sie wusste, er würde abdrücken. Sie schloss die Augen und hoffte, sie würde nichts davon mitkriegen.

—

Vanessa hörte einen Schuss, sprang auf die Füße und nahm die Waffe in Anschlag. Sie hielt den Blick auf den Pfad geheftet und lauschte, aber alles blieb still.

Sie überlegte, wo sie in Deckung gehen konnte, und entschied sich für ein Gebüsch ein paar Meter entfernt von ihr. Sie umrundete das Auto und legte sich auf die Erde. Direkt vor ihr war der Eingang des Bunkers. Zu ihrer Linken endete der Pfad, und sie vermutete, dass jeden Moment weitere Soldaten auftauchten. Sie fragte sich nur, wie viele.

Eine Minute verstrich, und Vanessa änderte ihre Position.

Ein Zweig knackte. Sie hörte flüsternde Stimmen. Als sie die Soldaten entdeckte, stöhnte sie innerlich auf. Sie erkannte Carlos, er ging voran. Insgesamt zählte sie dreizehn Männer.

Das waren zu viele.

Viel zu viele.

Sie hatte keine Chance, sie alle zu erschießen, denn sowie sie das Feuer eröffnete, würden sie sich verteilen, sie lokalisieren und umlegen. Und dann würden sie in den Bunker hinunterfahren und auch Nicolas töten.

Vier der Männer kamen näher und überprüften ihr Auto.

Vanessa hielt den Finger am Abzug. Mit jeder Sekunde, die verging, wurde ihr mulmiger zumute. Sie würde Nicolas enttäuschen müssen. Er zählte auf sie, hatte sein Leben in ihre Hände gelegt. Aber nun war sie machtlos. Zwei, vielleicht drei Soldaten könnte sie erwischen. Das war alles. Und alles umsonst. Diese Wahnsinnigen würden ihre Leichen verscharren und weitermachen, als wäre nichts gewesen. Andererseits konnte sie, anstatt dabei zuzusehen, wie sie in den Bunker hinunterfuhren und Nicolas töteten, genauso gut vorher ein paar von ihnen umbringen.

Sie biss sich auf die Lippe, zielte auf Carlos und legte den Finger auf den Abzug.

—

Carlos blieb vor den toten Soldaten stehen. Sein Knie schmerzte von dem schnellen Marsch durch den Wald. Die Soldaten ließen ihre Blicke über die Lichtung schweifen, aber alles war ruhig. Niemand war hier. Er wurde ungeduldig. Er wollte die Eindringlinge endlich zu fassen kriegen, sie endlich foltern. Und dieses Mal würde er sich selbst um La Parrilla kümmern. Die Frau würde er vergewaltigen, vor den Augen seiner Männer. Genau wie früher. Genau wie sein Vater und dessen Freunde es getan hatten. Damals war er dafür zu feinfühlig gewesen.

Aber damit war jetzt Schluss.

Carlos öffnete mit seiner Karte die Tür zum Bunker und zeigte auf zwei Männer, die sofort hineingingen.

Sekunden vergingen. Er hörte die Schritte der Männer im Vorraum.

»Leer.«

Carlos trat an den Liftschacht, drückte auf den Knopf, und die Maschine setzte sich in Gang. Er leckte sich die Lippen, während er wartete. Sie fühlten sich trocken an, schmeckten nach Alkohol.

Marcos lehnte sich nach vorn und sah in den Schacht hinunter.

»Sollen wir alle runter?«, fragte Garcia.

»Klar. Die sind ja da unten. Oder bist du zu feige, Garcia?«, entgegnete Carlos.

Boris Garcia schwieg.

Carlos griff sich seine M16 und verwendete die Waffe als Riegel für die Tür, die zur Treppe führte.

»Bist du jetzt zufrieden, Garcia? Die kommen hier nicht raus.«

Der Fahrstuhl hielt vor ihnen, Garcia machte auf, und die Männer gingen nacheinander hinein. Garcia ließ Carlos den Vortritt, dann zog er die Tür hinter sich zu. Carlos drückte auf den Knopf, und der Lift setzte sich rüttelnd in Bewegung.

»Zielt nicht zu hoch, bringt sie nicht um. Ich will, dass sie erfahren, wie es sich wirklich anfühlt zu sterben«, sagte Carlos.

—

In dem Moment, als die Tür ins Schloss fiel, stand Vanessa auf, ließ ihre Waffe liegen und rannte zum Auto. Sie versuchte, den demolierten Kofferraum zu öffnen, aber sie bekam ihn nicht auf.

Sie riss eine der Hintertüren auf, griff nach dem Benzinkanister hinten im Kofferraum und zog ihn über die Lehne der Rückbank.

Während sie auf den Eingang des Bunkers zurannte, schraubte sie den Deckel auf und kontrollierte, ob die Zigaretten und Streichhölzer noch in ihrer Tasche waren.

Sie suchte nach der Magnetstreifenkarte und schrie auf, als ihr klar wurde, dass Nicolas sie mitgenommen hatte. Sie stürzte auf die Leichen zu und tastete sie nach einer weiteren Karte ab. Ihr lief die Zeit davon. Nicolas hatte keine Chance, wenn die Männer erst einmal aus dem Fahrstuhl getreten waren.

Aus purer Verzweiflung hämmerte sie auf die Brust des Toten ein. Dabei stieß ihre Faust auf etwas Hartes.

Vanessa schob eine Hand in seinen Halsausschnitt und fand eine Plastikkarte, die der Tote an einer Schnur um den Hals trug. Vanessa hob seinen Kopf an, öffnete den Knoten, griff sich den Benzinkanister, hielt die Karte vor das Lesegerät und riss die Tür auf.

Als sie hörte, dass der Motor des Fahrstuhls noch arbeitete, schlug sie sofort auf den Knopf für den Nothalt.

Der Lift stoppte. Stille.

Sie blickte in den Schacht hinab und sah die Köpfe dicht gedrängter Körper.

Sie hielt den Kanister mit gestrecktem Arm über den Schacht und goss das Benzin aus. Sie hörte Rufe, sah verwunderte Mienen, die zu ihr heraufstarrten. Dann mussten sie den Benzingeruch wahrgenommen haben, denn sie begannen zu schreien.

Jemand drückte den Knopf, und der Fahrstuhl sank einen halben Meter tiefer, ehe Vanessa die Hand wieder auf den Nothalt schnellen ließ.

Sie schwenkte den Kanister. Ein bisschen noch, dachte sie. Jemand zückte eine Waffe und feuerte eine Salve ab. Die Kugeln pfiffen an ihrem Arm vorbei, trafen den Kanister, und noch mehr Benzin regnete auf die nun panischen Männer hinab.

Vanessa warf den fast leeren Kanister zur Seite. Die Männer schossen nicht mehr, aber ihre verzweifelten Hilferufe hallten zu ihr herauf.

Sie nahm die Streichhölzer zur Hand, zündete eines an der Reibefläche an, hielt es über den Schacht und ließ es fallen. Nichts. Das Streichholz war durch den Luftzug erloschen.

Die Männer setzten den Fahrstuhl wieder in Bewegung, Vanessa brachte ihn wieder zum Stehen. Spürte selbst Panik in sich aufsteigen. Zündete mit zitternden Händen ein weiteres Streichholz an. Warf es hinunter und sah zu, wie das Flämmchen ausging. Sie brauchte etwas, das die gesamte Strecke den Schacht hinunter brannte.

Die Zigaretten. Vanessa nahm zwei aus der Schachtel und steckte sie sich zwischen die Lippen. Zündete sie an, zog daran, hustete und nahm einen weiteren tiefen Zug. Dann warf sie die glühenden Zigaretten über die Kante und sah zu, wie sie in die Tiefe torkelten.

Die Männer schrien und verwandelten sich in ein Meer aus brennenden Gliedmaßen. Unter den zuckenden Körpern meinte sie, den Mann auszumachen, der Carlos hieß.

—

Natasja und Nicolas hatten den Fahrstuhl fast erreicht, als sie die Schreie hörten. Nicolas griff nach seiner M16 und forderte Natasja auf, hinter ihm zu bleiben. Der Fahrstuhl schien zu stehen; verzweifelte Rufe und das Hämmern von Fäusten waren zu hören. Doch mit einem Mal explodierte der Schacht, und eine Hitzewelle raste ihnen entgegen. Nicolas wich zurück, rief nach Vanessa. Aber die Schreie der sterbenden Männer übertönten seine Stimme.

Nicolas wandte sich Natasja zu.

»Wir müssen die Treppe nehmen. Schaffst du das?«

Sie nickte. Nicolas machte die Tür zum Treppenhaus auf und

nahm Natasja an die Hand. Auf halbem Weg nach oben hörte er Vanessa nach ihnen rufen.

Nicolas brüllte, dass sie gleich bei ihr seien. Dicker Rauch quoll aus dem Liftschacht und erschwerte das Atmen. Seine Beine schmerzten.

Doch schließlich erreichten sie das Ende der Treppe. Nicolas stieß die Tür auf, und sein Blick fiel auf eine Automatikwaffe, die am Boden lag.

Er rannte daran vorbei, machte die Bunkertür auf und sog die frische Luft ein, die seinen Körper wieder zum Leben erweckte. Der Jeep wartete mit laufendem Motor.

Vanessa sprang aus dem Auto und umarmte Natasja.

»Und jetzt nichts wie weg«, sagte Vanessa und öffnete die Tür zur Rückbank. Dann setzte sie sich wieder hinters Steuer, während Nicolas auf dem Beifahrersitz Platz nahm.

Wenige Minuten später erreichten sie das Tor.

Nicolas griff nach seiner M16 und schielte zum Wachtturm hinauf. Er wirkte verlassen. Nicolas stieg aus und rannte die Treppe hinauf.

Oben spähte er in einen unbesetzten Raum. Mit dem Kolben seiner Waffe schlug er die Fensterscheibe ein und kletterte hindurch. Suchte den Knopf, der das Tor öffnete, fand ihn, und es glitt quietschend auf.

EPILOG

Der erste Schnee war gefallen, die Bäume waren kahl. Vanessa erinnerten sie an unbekleidete, verschämte Schaufensterpuppen. Die Sonne war schon untergegangen, und Monica Zetterlund sang unverdrossen über die Vergänglichkeit des Lebens. Ein einsamer Schneemann stand traurig mitten im Park, in den Fenstern der umliegenden Häuser leuchteten Weihnachtssterne. In einer halben Stunde hatte sie das erste Date ihres Lebens – mit einer Frau. Sie war nervös. War in der Wohnung auf und ab gegangen, ehe sie beschlossen hatte, im Park zu warten.

Vanessa hörte Schritte hinter sich und drehte den Kopf. Nicolas strich den Schnee von der Bank und setzte sich neben sie.

»Ich habe versucht, dich zu erreichen«, sagte er.

Sie zog einen Handschuh aus, fischte die Snusdose aus ihrer Jacke und nahm einen Portionsbeutel heraus. Er sah sie an. Ihre Narben waren verheilt. Von der Platzwunde an der Stirn war nur ein feiner rosafarbener Strich geblieben.

»Hast du die Nachrichten gesehen?«, fragte er.

»Ja.«

In den letzten Tagen hatten Meldungen und Bilder von der Colonia Rhein weltweit die Nachrichten dominiert. Schaufelbagger rissen den Boden auf, Forensiker in weißen Schutzanzügen untersuchten die Massengräber. Aufgeregte Fernsehreporter führten ihre Zuschauer durch die Bunkeranlage, zeigten ihnen die Folterkammern, Waffenlager, Operationssäle und auch die langen Bettenreihen. Die Klinik war geschlossen, die Patienten heimgeschickt worden.

Offiziellen Angaben zufolge hatte die chilenische Polizei aufgrund eines Hinweises über einen Schusswechsel das Gelände gestürmt und war dabei auf den Bunker gestoßen.

Nicolas räusperte sich.

»Ich wollte nur hören, wie es dir und Natasja geht.«

»Ihr geht es gut«, gab Vanessa zurück und blies eine Atemwolke aus. »Und ich habe bei der Nova gekündigt.«

Nicolas grinste. Vanessa presste die Lippen zusammen in der Hoffnung, dass es wie ein Lächeln aussah.

»Du fragst dich sicher, was mit Jan Skog passiert ist.«

Er nickte.

»Die Ermittler sind immer noch damit beschäftigt zu untersuchen, über welche Kanäle das Geld geflossen ist. Aber er sitzt in U-Haft. Gestern habe ich mit der Staatsanwältin gesprochen, und sie hat gesagt, dass genug Beweise gegen ihn vorliegen, um ihn hinter Gitter zu bringen. Er hat zwar das Mobiltelefon verschwinden lassen, über das er mit Joseph Boulaich in Kontakt stand, aber sie haben ja Josephs Telefon. Und außerdem meine Zeugenaussage.«

»Gut«, sagte Nicolas.

Sie folgten einem älteren Paar mit dem Blick. Die beiden gingen langsam und mit vorsichtigen Schritten, um nicht auszurutschen.

»Kommst du klar?«, fragte Vanessa.

»Ja, sicher.«

»Was wirst du jetzt tun?«

»Das weiß ich noch nicht.«

Er seufzte. Vanessa holte einen Flachmann heraus, drehte den Verschluss auf und setzte ihn an ihre Lippen.

Nicolas runzelte verwundert die Stirn.

»Nur keine Panik, das ist Kaffee«, erklärte Vanessa und ließ ein paar Tropfen der dampfenden Flüssigkeit in den Schnee fallen. »Siehst du?«

Sie schraubte den Flachmann wieder zu und stand auf. Nicolas tat es ihr gleich.

»Das Geld von den Entführungen, das du bei mir deponiert

hast ...«, begann sie, unterbrach sich aber, als Nicolas den Kopf schüttelte.

»Davon will ich nichts wissen.«

Vanessa lächelte. Vor ein paar Tagen hatte sie die Tasche zur Heilsarmee gebracht und sie dort einer Dame übergeben, hatte auf dem Absatz kehrtgemacht und war wieder gegangen.

»Wir sehen uns«, sagte Nicolas und nahm sie in den Arm.

Er ging Richtung Odengatan, und sie sah ihm nach.

Vanessa wollte gerade aufbrechen, als ihr Blick an dem Papierkorb neben der Bank hängen blieb – darin lag ein kleines Paket, eingeschlagen in rotes Papier.

Erfolglos suchte sie im Papierkorb nach einer Karte oder einem anderen Hinweis auf den Absender. Was wohl passiert ist, überlegte sie, dass derjenige, für den das Päckchen bestimmt war, es nicht bekommen hat?

Schließlich zuckte sie mit den Schultern und legte es wieder zurück.

DANK Zuallererst danke ich dir, Linnea. Dafür, dass du mich aus Liebe für drei Monate bis ans Ende der Welt begleitet hast, damit ich *Feuerland* beenden konnte. Ich liebe dich.

Außerdem möchte ich all jenen danken, die auf verschiedene Weise mit ihrem Wissen und ihrer Zeit dazu beigetragen haben, dass dieses Buch entstehen konnte. T., der mich mit der schwedischen Polizeiarbeit vertraut gemacht hat, Vorschläge eingebracht, das Manuskript gelesen und meine mitunter lästigen Fragen beantwortet hat. Ferner danke ich dem Soldaten X, der mir erklärt hat, wie die schwedischen Spezialeinheiten im Allgemeinen und die SOG im Besonderen operieren, und mir so verständlich gemacht hat, was Nicolas Paredes tatsächlich bewältigen kann und was nicht.

Ich danke meiner Familie, die ich stets an meiner Seite weiß.

Ich danke Christina Saliba für ihre bedingungslose Freundschaft, ihre Klugheit und ihr Talent, mich zum Lachen zu bringen.

Ich danke meiner Verlegerin Ann-Marie Skarp, die von Anfang an an mich geglaubt hat, nicht von ihrer Meinung abrückt und auf meine Fähigkeiten vertraut.

Ich danke meiner Lektorin Anna Hirvi Sigurdsson für ihr Sprachgefühl und ihr Gespür für Details. Durch sie ist meine Geschichte begreiflicher geworden.

Ich danke all meinen Freunden beim Piratförlaget für ihr Engagement und ihre Unterstützung.

Pascal Engman
Der Patriot

Thriller
Aus dem Schwedischen
von Nike Karen Müller
480 Seiten, broschiert
ISBN 978-3-608-50478-1
€ 10,– (D) / € 10,30 (A)

»Der Plot fühlt sich erschreckend real an… Ein unglaublich spannender Thriller.« *Expressen*

Der Mord an einer Journalistin versetzt die schwedischen Nachrichtenredaktionen in Alarmbereitschaft. Massive Drohungen gegen Vertreter der sogenannten »Lügenpresse« sind längst an der Tagesordnung, doch nun macht ein rechtsextremer Serienkiller ernst und hinterlässt in den Zeitungsredaktionen seine blutige Spur. Bis sich ihm August Novak entgegenstellt – ein hochgefährlicher Gegenspieler, der zum Äußersten entschlossen ist.

Tropen